杨
渡
著

一百年漂泊
台湾的故事

三联书店

图书在版编目（CIP）数据

一百年漂泊：台湾的故事／杨渡著. —北京：生活·读书·
新知三联书店，2016.1 （2024.8 重印）
ISBN 978 – 7 – 108 – 05445 – 6

Ⅰ．①一… Ⅱ．①杨… Ⅲ．①长篇小说 – 中国 – 当代
Ⅳ．① I247.5

中国版本图书馆 CIP 数据核字（2015）第 188737 号

责任编辑 吴　彬
装帧设计 薛　宇
责任印制 董　欢
出版发行 生活·讀書·新知 三联书店
　　　　（北京市东城区美术馆东街 22 号 100010）
网　　址 www.sdxjpc.com
经　　销 新华书店
印　　刷 北京隆昌伟业印刷有限公司
版　　次 2016 年 1 月北京第 1 版
　　　　2024 年 8 月北京第 9 次印刷
开　　本 880 毫米 × 1230 毫米 1/32 印张 17
字　　数 339 千字
印　　数 50,001 – 52,000 册
定　　价 48.00 元
（印装查询：01064002715；邮购查询：01084010542）

目　录

序言：读杨渡新作《一百年漂泊》

赵　刚

　　九月中旬，杨渡兄打电话给我，告诉我他有一部新近完成的名为《一百年漂泊：台湾的故事》的书稿，想请我写点东西或是给点意见之类的。这本书主要是以他父亲，一个原本注定只能是台中乌日的乡下农民，在一九七〇年代磕磕碰碰起起落落，终而成为成功的锅炉制造业者的一生故事为纲，但也兼写了头家娘、地方、家族、信仰、中小企业、工人的故事。"这本书或可作为台湾史的侧颜一读吧！"——杨渡如此说。

　　老实说，我有点狐疑。儿女不是不能写父母（或反之），但要写得回荡婉转写得有公共意义，也的确比较难，因为常常作者那一厢情愿的耽情，不见得也能让读者们产生共鸣。最近这些年颇流行作家爸爸写儿子写女儿，我就常不免诧异于这些作家的胆大，这样亲密切肤的关系也敢动辄写一本书？对象越写越近，世界越写越小，就不担心如此的写作泄露的不是经验的逼仄与创作力的枯竭？于是我想起陈映真的一句我以为的名言："一个人其实不一定要写作！"

　　利用课余事亲之余，我一页页读下去，竟然发现，没有勉

强，感到兴趣，颇有收获，甚多感慨。《左传》里说："孝子不
匮，永锡尔类"，而杨渡兄不正是一个孝子吗？而且还是一个对
大家都可以有所馈赠的孝子。杨渡说得很精准：这本书"告别
的不只是父亲，是一个时代"。

这本《一百年漂泊》在一个伦理的意义上，是一个孝子为
亡父作的一本巨大"行传"，虽然我必须说它和传统的行传不
类，因为它并非只是旌表扬善而已，而更是子对父的善恶清浊
都试着去尽可能地认识理解，从而认识理解他自身的一个努力。
但在一个知识的、社会的意义上，它更是对台湾从二十世纪六
十年代末到八十年代中的极其压缩的"短工业化时代"的一个
见证与一纸吊文，以他的父母亲为陀螺，画出小人物在时代的
快速旋转中，在社会的坑坑洼洼中，颠扑冲撞的线条痕迹。因
此，这本书的难得可贵恰恰在于它不只是私人或家族感情维度
中的书写，而是以饱满的对亲人的感情为底气，努力展开对一
个时代、对一群轰轰烈烈但却将被彻底遗忘的人群的认识与反
省。而正由于所书写者是小人物，因此完全没有某些作家写大
人物父亲所带着的浓浓翻案风，因为这样的小人物在历史上根
本是无案可稽的。杨渡的写作救赎了他的父亲，更救赎了整整
一代的小人物，使之免于被体制化的大官大腕才子佳人的历史
书写所遗忘。

因此，这本书的确是"可作为台湾史的侧颜一读"的！

岂止，透过"魅寇"（杨渡父亲名字"铭煌"的日语发音）
的不寻常的旺盛生命力，我们看到了一般社会经济史所难以勾
画出来的隐密而惊人的线条，因为魅寇虽是一般意义上的小人
物，但却在他力所能及之地，努力撑破体制与现实所加诸他的
种种限制，而这或许是众多关于台湾当代的工业化或发展叙事

所无从着墨的一个重要侧面，因为它们太强调那些既存的结构或文化条件了。杨渡在"终曲"里也如此说："是的，一个时代，一个属于工业时代的风景，正随着父亲的离去，慢慢结束了。"读这本书，让读者在魅寇的翻腾不定的无畏人生结束后，深刻地感喟于一个潜在的问题：我们这又是一个什么样的时代？我们又将如何安身立命？我们又将如何面对并迎向未来？我们，又将如何被后人回忆与理解？

以魅寇（一九三〇——二〇一四）的一生为主要线头，杨渡编织出一个兼具深广度的社会、人文与历史的交响风景。又，如果也可以说魅寇的故事是一个被他儿子诗人杨渡所镂刻出来的一片生动、可信，乃至可爱的浮雕风景，那么，之所以能如此，恰恰是由于魅寇的一生是镶嵌于一个由小至大、由迩至远的多层次背景架构之中，包括了家族中的女性、父亲与母亲的家族史、乌日（或台中地区）的社会经济史，以及作为大背景脉络的日本殖民史与政权更迭史。

这本书是以主人公魅寇的老病临终为楔子，引领出每一章的历史回溯。今昔交织，使得叙述张力饱满。从铭刻着"弘农堂"这个堂号的一间老三合院，作者讲起台湾的一九六〇年代，一个工业化的马达声即将响彻全岛之前的酝酿蠕动时代。在书写中，杨渡将这段工业化前的农村史和先人渡海来台、日本殖民统治、美军大轰炸、成功岭的马场、神风特攻队以及父系与母系的父祖辈的湖海漂泊或神鬼离奇或兼而有之的命运，以一种蒙太奇的方式拼贴起来，使读者在平静的叙事中隐隐地感受到远方的风雷与脚下的震动。读杨渡的书，让我不免想起台湾这个岛屿的故事的离奇荒诞与血汗现实，丝毫不让于拉美，但为何终究没有出现那样的"魔幻写实"的文学？这当然是离题了。

"乌日"是一个和包括我在内的众多成年台湾男性都发生过关系的地方，因为著名的军事训练中心成功岭就在乌日。千千万万的大专生新鲜人都曾在乌日的星空下睡过六周，但其中的绝大多数人却对这个地方可说一无所知。一九九一年后我来台中教书，乌日虽是紧邻台中市，但却是一次也没去过，直到近些年有了高铁，才常常"到"乌日，从高架公路到乌日高铁站赴台北；这也还是一次也没去过。我服兵役时，连上有一个背后刺了一幅裸女图的悍兵的家乡就是乌日，乌日让我联想起黑道。那时，我就对这个地名很好奇，感觉这个地名诡异离奇得很，令我无端想起一首黑人灵魂曲《午夜的太阳》。读了杨渡的书，才知道乌日的地名由来。原来，先民因为乌溪河面宽阔，在静静如湖的河水上见到"红彤彤落日，映满河面"，就称这一带为"湖日"，然后到了日据时期，日本人不索本意，只凭发音，改成了如今的"乌日"二字。但这个误会还算是"美丽的误会"，因为相对于"玉井"则是让人哭笑不得了。在杨渡的书里，因为讲到他来自玉井的工程师大姑丈，而有了这一段黑色插播："玉井原名蕉芭年，余清芳在那里发动袭击事变，反抗日本殖民统治，日本派出军队，机枪大炮全面镇压，为了报复，日本人在村子树一根竹竿，约一百二十厘米高，凡是超过的男子，一律枪杀……它被改名玉井，那是东京一个风化区的名字，殖民政府有意用它来诅咒它的后代。"

借着自家亲见与长者口传，杨渡带我们回到一个曾经风景迥异的乌日，在那一方水土之中"天空是澄蓝的，溪流是干净的，土地是柔软的"，而每一个早晨"都是用晶莹的露水去冰透的风景"。这是杨渡对一九六〇年代乌日的风景记忆。但杨渡并不是一个田园派诗人，他在明媚的大地上看到阴暗的皱褶，从晴空深处听到霹雳。在谓之乌日的那块地界上曾终日行走着一个遭受白色恐怖荼毒的"在自己家乡流浪"，被人叫作"空竹丸仔"的斯文疯汉。那里的朴实的农民也曾因为干旱而极其恶毒地抢夺水资源乃至亲戚反目。而更之前，在日据时期，则因为成功岭是日本人的军事养马场，而使乌日成为经常要躲美军轰炸的一块恶地；曾经，成功岭上、岭下有过马匹在如雨的炮弹下，失魂落魄、尖声嘶鸣、左奔右突的风景，而杨渡的二叔公就是在这样的空袭下失去了一条腿。这样一个乌日，在"二战"末期，又因日本的军事需要，成为暂时军服生产的最重要纺织基地，而这个在"工业日本，农业台湾"政策下的少有例外，却成为战后的重要纺织厂——吴火狮的"中和纺织厂"——的前身。

然后就进入了这本书的主要乐章——轰隆隆的台湾一九七〇年代。魅寇关闭了他脱农转工的第一个工厂——瓦片厂，开启了他的"铁工厂时代"。那是一个雄性的、躁动的、任性的、喜新厌旧的开创时代。

一九七〇年前后是一个关键的转变年代，世世代代绑在土地上的人们开始受到无处不在的"发财"诱惑，于是有人开始种植各式各样的经济作物，甚至养一种名叫"白文鸟"的经济鸟，以为可以牟取暴利，但潮起潮落，总归是一场热闹的空，搞得很多人血本无归。虽然欲望的心血无时无刻不在剧烈地翻搅着，但是一头热的人们对于如何理财、如何借贷、何谓信用、何谓规划，可谓一窍不通，而这只要看到那时的主要金融机构仍是碾米厂或是各种寄生于地上的信用合作社的地下钱庄就可略见一斑了。而魅寇就是这个时代旋涡下的一个屡遭灭顶但仍奋泅向前的小人物。而那时的乌日已经和一九六〇年代初的乌日风景迥异了。一九七〇年初，那个原先叫作"台湾纺绩株式会社"（村人习称的"布会社"）的中和纺织厂，已经扩充到一千五百人的规模，而由于大多数劳动者都是女青年，又给这个小镇带来了无限的青春风光与爱情故事。也就在此时，琼瑶的爱情电影也成为人们的必要精神商品，让无数盼望城市生活的年轻男女得到一种梦想的投射。同时，出现了所谓的"钥匙俱乐部"，青年男女工人于假日骑摩托车冶游，而女方怀了孕则还要请头家娘代为提亲。与全岛的摩托化同时，骨科被时代造就为一重要生意……

　　杨渡投入而不失冷静地描写了魅寇这样一个台湾男性农民创业者像一条蛮牛般地冲撞、任性，以及整个家族，特别是他的妻子，为他的发达欲望所付出的包括流亡与坐牢的众多代价。杨渡不掩其轻蔑与遗恨地速描了那群只想把这只仅余其勇而闯入工业化森林中的小兽魅寇吃干抹净的无情掠食者的嘴脸，但又以一管热情如火的笔，描写了这个时代的新兴工人阶级群像；他（她）们的挥霍的青春、爆发的生命力、饱满而压抑的情欲，他们的肌肉与她们的娉婷，以及工人的粗鲁而率真的义气世界。杨渡把他的脑袋发烧的父亲和那个全身滚烫的一九七〇年代写得极为鲜活。合上书，我还能记得魅寇要周转，回到家里，非要他母亲和妻子答应卖田地的"张"（闽南语，怄气的意思）样。"你们啊，憨女人！世界就要翻过来了，你们知不知道？再不抓住机会，难道要一辈子趴在田中央，做一只憨牛？"——魅寇的那兼男性愤怒与小孩撒娇的声口，在我书写的此刻仍余音不绝。虽然这个年代有很多问题，带来很多的伤害——尤其是环境生态，但杨渡对他父亲的这个一九七〇年代却抱持着一种对英雄与英雄主义的敬重与惜别。一个农民出身的、日据时期小学程度的魅寇，竟然能够为了自尊，能够独力钻研出一种属于当时日本锅炉工业的高端技术。一九七〇年代末的某一个冬天，魅寇在夜暗的埔里乡间公路上，语重心长地告诉和他一起出差检查某客户锅炉的尚在大学就读的儿子："这人生，终归是一句话：终生职业之奋斗。"

一九七〇年代结束时，这本书的十章已经走完八章了。最后的两章不能不说是泼墨似的快速走过一九八〇年代之后的三十余年。读最后两章的感觉不能说不好，但有一种说不出的苍凉，而且还是一种似曾相识的苍凉。后来，我猛然一惊，咦，这不是很典型的中国式的历史文学书写吗？原谅我个人化的联想，我的确深深地感到杨渡的这两章书写很类似《红楼梦》或是《三国》的尾声，一种景物萧条人事全非的大苍凉：三合院空荡荡了，慈祥智慧的老祖母先是不养鸡养鸭，然后过世了，魅寇老病残矣，曾经是乌日美人的小姑姑去世了，纺织厂前朝气蓬勃青年男女工人进出的盛景消失了……而乌日既没有了一九六〇年代的山明水秀，也失去了一九七〇年代的朝气拼搏，而陷入了一片大家乐赌风，处处是挥金如土的"田侨仔"。这当然不只是乌日唯然，全台湾都变成了"一条大肥虫，从加工出口型工业吸饱了血，张着大口，饥饿无比，仿佛什么都可以吞进肚"。这股怪风甚至吹到了昔日"弘农堂"的杨家，连一向鄙夷魅寇好赌的魅寇妻也不能豁免于此。而之前非要卖地开工厂的魅寇，此时又为了向家里讨钱而"张"（怄气）了，但不是为了开办实业，而是为了要买宾士轿车。一九七〇年代终了以后的魅寇唯一的（当然也是很重要的）成就，就是全力投入乌日的妈祖庙的筹划兴建。魅寇从一个无所依凭无所畏惧的壮年，走入了一个回向传统与宗教的初老之人，而大略从时代的浪头淡出了。魅寇的下一波，也就是他的儿子——书写者杨渡，则淡入了镜头，携来了这个社会的变动音讯以及家族的繁衍故事。

在杨渡笔下，一九六〇年代有一种以"三合院"为核心象征的前工业时代的人文与自然为底色，结合起当时的政治肃杀氛围，形成的特殊"美感"（姑且如此用吧）。一九七〇年代则有一种以"锅炉"为核心象征的工业时代的求变求新的狂热、希望、投机、肌肉与阳刚，而这当然也是一种美感。但他似乎对于一九八〇年代中期以后的乌日丧失了一种热情，乃至连一种淡淡的、颓废的美感耽溺也没有。那是一个或可说是以"高铁"（以及高铁旁边废弃的农田、商城的规划用地）为核心象征的"去工业化"的乌日，象征的是一种精致的、冷漠的、傲慢的、终结的、遗忘的"文明"，既没有向前的热情，也失去了对传统的虔敬。于是他看到了那经历"一九七〇年代的大兴盛，一九八〇年代的狂飙，一九九〇年代的没落，现在已经彻底转移到东南亚"的中和纺织厂废墟，而在原址上建立了人声嘈杂的超市卖场还有幼儿园。于是他叹息："有一天当所有改建完成，过去的厂房建筑都消失，再不会有任何遗迹可以见证纺织厂的故事了。"这也就是整篇故事为何萧萧然地从高铁乌日站开始讲起的原因吧——这里有一股极深的难以言喻的落寞。这就是我为何说这是一篇为那个"短工业化年代"所做的诔文。

一九七〇年代，乌日的空气中充满了往现代化狂奔的男性荷尔蒙，而魅寇或许就是最浸淫在这个激素中的一个代表人物吧。而另一方面，家族里的女性则一如大地般温柔而执着地体现了对魅寇的支持与制衡——特别是当魅寇头脑发热发昏不顾一切向前冲时。当杨渡把书名取为"一百年漂泊"时，以及他不止一次用"尤里西斯"来比喻他父亲的一生时，他也许是在描述这一百年来台湾男性的一种连续状态（从那位在"二战"时在上海的三叔公，到魅寇，乃至到叙述者自己）——"我们活着，我们滚动，如一块顽石，漂泊四方……"但是，这样的漂泊叙事并不包括这些男人的妻子或母亲们。她们生养了一代代的人，敬天法祖，尊重生命与生活的日常要求，无可奈何而又安之若素。魅寇的母亲，也就是杨渡的祖母，在魅寇的"现代化"铁工厂内，不顾魅寇的反对，坚持要养鸡、鸭，因为"长到年底刚好可以拜祖先呢！"更何况她认为"一个家，无鸡啼，不成家"。魅寇的妻子，也就是杨渡的母亲，她的身份也就是一般所通称的"头家娘"，透过杨渡，我们更深刻地理解了这个台湾在一九七〇至一九八〇年代快速工业化过程中，非常重要的一个角色。

过去，我仅仅狭隘地从一种左翼工业社会学的角度，把头家娘理解为台湾中小企业的一种剥削亲友邻居劳动力的角色；她以身作则，设定劳动强度，并带动生产。但从杨渡这里，我理解到头家娘不只是一个汇聚多重任务（家长、媒婆、会计、厂长、总务兼仓库管理员）于一身的角色，更是一个事业单位的精神重心，犹如一艘随时都会随波逐流的小船的锚。对此，杨渡甚至说："这是一九七〇年代，台湾中小企业成功的奥秘。"语虽武断，但作为一个经常被忽略的重要因素的加重提醒，则是必要的。在工业时代的风浪里，头家娘仍然扮演着一种永恒的大地般的沉稳与包容，以无比的同情支持着、安慰着那永远也回归不了土地的男人。不仅如此，她们还背负了男性的罪愆，成为票据犯的代罪羔羊。杨渡的母亲就是其中之一，因为先生的毫无财务概念的经营，与台湾男人放纵的挥霍而导致的跳票，而逃亡而坐牢。记得有朋友曾经和我说，一九七〇至一九八〇年代，很多栖枝于东京声色场中的台湾妇女，就是先生票据违法的妻子受害者。但可惜这些问题都没有人做过扎实的研究。有很多原因造成这个社会现象，但其中一项必然是关键的，那就是这些新兴的从黑手或从泥手变头家的中小企业者，缺少现代资本主义的游戏能力：他们不懂财务管理。杨渡说得很中肯："财务管理，涉及一个人对金钱的观念与处理原则，（不是）一夕可以学会的。"

　　如尤里西斯般漂泊的台湾男性，之所以能漂泊，最后还是因为他有一个"水田里的妻子"。杨渡的叙事里让我颇感动的一个图像是：当"现代化"工厂的总经理魅宠，以应酬之名在外"漂泊"时，他的妻子，杨渡的瘦小的母亲秀绒，不但要顾上一家老小，还得要咬牙担起向来只有男人才做的事——喷农药。多年后，目睹这一景象的六叔公总是向人说："这么小粒子的妇人，农药桶快要比她高，有这种力气去喷农药的，这一辈子没见过，只有阿秀绒一个人。"这，大概是为什么杨渡的书写到了最后第五稿还是定不了题目的原因吧！因为他总是挣扎于指出这出时代剧的真正主人公到底是他父亲还是他母亲，或甚至于，要认同的是"父"还是"母"所体现的价值！有时，我认为他认同的是"母"，但我旋而又觉得我似乎是误解了。一直读到"后记"，我才知道杨渡把这本书（台湾版的）的书名从《一百年漂泊》改为《水田里的妈妈》，并不是因为，如我之前所臆想的，当父亲一头热于开工厂交际应酬自以为现代人时，母亲一肩扛起了家事与农活，并像一个男人一样在水田里劳动……而指的是为了躲避来拘捕她的警察躲在一方水田中，满脸泥泞不掩惊慌，在暗夜中被她的儿子找到，而后开始流亡生涯的母亲。这个母亲形象诚然很生动乃至伟大，但却不是一种承担家族与传统之重的母亲形象。

穿插一个"八卦"吧。若前所述,前八章的主人公是魅寇,那么这八章是以一种什么事件作为壮年魅寇的结束曲呢?杨渡并没有"曲终奏雅",他"选择"在对父亲的另一个女人的描述中结束。这显然是相应于这个男性尤里西斯的百年漂泊主旋律的一种终曲震动吧。这是另一个如大地般的女性——虽然是在风尘中,而非在水田中——的故事。杨渡以一种不知该如何诉说但又非得诉说的心情,最后以一种"朋友"的姿态述说了父亲在漂泊的一九七〇年代中,所结识的那个有情义的红粉知己,那个在魅寇逃亡的时候不求报偿地接纳了他,给他吃,给他住,照顾他,帮他解决问题,从而有了感情的一个女人。于是,杨渡也只有把那个名叫阿月仔的如今不知何处的女人,比喻成救起尤里西斯的克莉佩索了。而尤里西斯最终只能回到"他的绮色佳,回到潘尼洛普和孩子身边。他有他的家园和责任"。对于克莉佩索,杨渡是难掩其同情的,因为他也深深地陷在他父亲魅寇的自问中:"这样的情义,人要怎么报答?"而杨渡能为他父亲做到的"报答",就是把这件事、这个人写进了这个原本是以家族为纲本布局的历史中,庶几不让"她"被时间的荒烟蔓草所终极覆盖。若杨渡者,可谓体贴父志,不逆母情者也。

可能和我是一个"外省人"有关吧,读这本书时,感受比较强烈或较陌生的有三点:殖民、宗教与家族。日本殖民给主体与家族所带来的影响,只要看杨家的三个叔公的命运就可见其一斑了。"二战"期间,杨渡的三叔公在上海帮日本人当翻译,战后死里逃生回到台湾,六叔公则是远赴南洋当军夫,而平安留在家乡的二叔公反而被美军空袭炸掉了一条腿。至于魅寇，则是受日本小学教育的，但这样一种教育到了国民党政府来台，却又马上像金圆券一般地贬值，这样的一种作为无望的殖民地人民的苦闷经验，对于后来如何形塑了魅寇这一辈人的"台湾人的悲情"也都是具有关键作用的。杨渡关于父亲这一代台湾男人的心理状况的讨论，对于不论是岛内的族群大和解，或是大陆对台湾人民的感情结构的理解，都是有意义的。此外，日本教育也并不仅是"奴化"，魅寇的日文教育毕竟还是发挥了效用；他凭借着那一点日文能力，自修了日本的相关出版品，获得当时的相关科技知识，帮助他成为一个优秀锅炉制造者。在台湾，如何直面日本殖民的"遗留"，是一个一直缺位的思考课题，而杨渡的书写以第一人称做了一番真挚的见证，应该纳入吾人的思考参照。

在杨渡的书写中，家族像是一条绵延不绝的河，有源有流，有过去，有现在，有未来，有变也有不变。魅寇生了，魅寇壮了，杨渡生了，魅寇老了，杨渡的儿女生了，魅寇死了，杨渡初老了，杨渡当阿公了……而在这条大河中，死掉的人并没有真正死，常常，祖母每天都还和死去的家人在供桌前讲上一个小时的悄悄话。而一个红通通、皱巴巴的新生儿，也不只是一个新生命，更是这个无尽传承家族大河中的一个新加入者，既是恩典也是命运。如何在这个无尽的河里有传有承、继往开来，这样一个谦卑而远大的责任，照亮了中国几千年来的士大夫的道德理想，而归其本源，则还是在家族。这样一个世俗化的、此在的、无可逃避的责任，似乎是当代中国人道德救赎的一个重要根源。杨渡曾经稍带自弃地以滚石自比，以漂泊自怜，为《金刚经》里的"颠倒迷错，流浪生死"的经文而感动流泪。但他在他的孩子出生时，领悟到一个道理："即使再怎么想摆脱家族的纠缠，想摆脱父母的羁绊，想摆脱家庭的束缚，但这个孩子，宣告了我的生命，无论怎么想远离，终究是这一条命运之线、血缘之脉的延续，我是其中的一个，勇敢承续，再也无法脱离。"杨渡讲的是他的家族，难道不会让他联想到"中国"吗？我不知道。而这却是我的联想。

另一强烈的陌生感受是"宗教"或是"魔奇"（magic）。杨渡花了不少篇幅，以一种至少并不质疑的口吻，描述他的外公的通灵轶事，或是"凤阳教"的离奇传奇，或是他父亲的撞鬼经验……对这些现象，我诚然不知如何好好理解，而我相信杨渡或许也有类似的困惑吧。这不是"迷信"与否的问题，而是一个世界观的问题。要之，我们还能够继续身心合一且安顿地接受理性或是科学世界观（或杨渡所说的"way of thinking"）的霸权吗？杨渡还是在一种诚实的困惑状态中，一方面曾经在他自己所亲身经历的病魔劫难中体会了一个道理："或许规划命运的，不是理性自主的力量，而是某一种更高、更难测的偶然性力量"，但另一方面，他又似乎还是习惯性地以一种理性主义、启蒙主义的姿态对应世界，例如他对商场中人拜"武财神"的现象所提出的隐晦"批评"。

这是一个大问题。但如果我们暂时先把"宗教"（或中国式的道德义理）从这些神奇超自然中切割开来，是否会有利于讨论的进行呢？因为这整篇叙事，如果从一个最高的义理层次来理解的话，是探讨我们如何在一个尤里西斯式的英雄主义工业化时代退潮时，重新建立并巩固我们的生活与生命，以对抗那以冰凉理性安静空虚流动的"高铁站文明"。这本书以高铁站迎来序曲，以朝天宫、以妈祖、以金刚经、以家族在祠堂为中心的信仰光芒中的团聚，送出终曲。于是，漂泊者魅寇的死亡，像是他一代代的先人一般，有了归宿，于是杨渡"真正地放心大哭起来"，因为意义又因家族伦理与"宗教精神"而重新饱满起来。有了这种历史连续感，人重新找到了时间的意义，它不再是物理时间、空洞时间，或是货币时间了。在"终曲"里，在乡人眼里"从台北回来的"杨渡，克绍箕裘，现身为朝天宫的二〇一四年除夕夜开庙门的仪式参与者。他说：

> 时间到了，主委一声令下：开庙门！
>
> 我们一起打开大门。
>
> 开门的那一刹那，我仿佛感受到时间之门，在遥远的天际，缓缓打开，时间之流，像光，像水，像风，那无声的节奏，拂过庙前的广场，穿过庙宇的每一个雕像的眼睛，穿过每一个等候的信徒的身体，飘浮在夜的天空中。
>
> 新的一年，新的时光，新的希望，来临了。

而我也记得，杨渡在他十六七岁时，也就是约莫一九七三、一九七四年的某一个秋日，母亲入狱、债主逼门、父亲继续漂泊、唯一照顾他们兄妹的祖母又老耄病弱……少年的他从台中老市区的监狱探母不成，一个人失魂落魄踽踽独行，从三民路一路走回乌日，在那时，他梦想着一种乌托邦，在那里鳏寡孤独废疾者皆有所养。而二〇一四年初春，在杨渡的"少年乌托邦"梦想四十年后，他似乎重新找到了一种"中年乌托邦"，而那是一种几千年来属于中国人的乌托邦吧！在一种连绵无尽的世俗时间中，找到了和先人与后人，以及无穷远方的无尽关联，亡者未逝，来者已至，慎终追远，承先启后，敬己爱人，富贵不淫，贫贱不移，无愧生平之志……而如何交接汇通这两种"乌托邦"，或许是杨渡以及他这本"短工业化年代"的社会史，无论它题名为《一百年漂泊》或是《水田里的妈妈》，所留给我们的一个极为重要的问题罢！因为，还需要说吗——台湾的今日，不是正见证着这两种"乌托邦"的消逝吗？

"家族"与"宗教"是在科学霸权世界观中，受西化教育的我等，所长期漠视、轻视甚或鄙视的两个"概念"。但如何将我们从断裂的时间、断裂的空间中（用老祖母的话："像一场眠梦"的世界）自我解救出来，恐怕还是得重新思索家族与宗教这两个概念及其所涵育的制度与价值。它们未必都好，未必都能为今日的我们所用，但否定了它们，我们也将不是我们了。我们不是很民主吗？"公民"难道不够吗？——或许有人会如此抗议。但徒然"民主"或"公民"能帮助我们克服这个"像一场眠梦"的高度压缩，从而不成理路地断裂时空与人生吗？台湾人民如何自我救赎，似乎要开始重新思索那些让人有所敬畏的厚重之德，从那里开始，重建一个真正民主社会的厚重主体，这一点是我所完全同意于杨渡的所在。如今甚嚣尘上的"民主"、"自由"、"正义"或"公民"话语，如果只有民粹、自私与妒恨的内核的话，那将使台湾陷于永劫之地。而台湾人民果能自救于断碎眠梦，那势将对应该同样陷于"像一场眠梦"的高度压缩的当代中国大陆的发展时空有所裨益。这是台湾真正能输出的"未来经验"，而杨渡已经开始有所反省了。

作为一个应作者客气之请而写的读后感，已经太长了。但是我还想在结尾处提一下这本书第五章里的一个饶富历史寓言深意的小插曲。是这样子，杨渡为了要说三合院并非总是祥和一团而有时也会吵成一团而说了一段往事。有一天，院里头一个叔公家里丢了一串金链子，婶婆大怒骂院，疑东疑西指桑骂槐，这还不解恨，竟指着老天爷诅咒，要偷她的链子的人不得好死。结果呢，"小偷"竟是她自己的女儿，因为受婆家欺负，想买点礼物给婆婆讨个好，又没钱，只好顺手拿了母亲的链子……结果，这个女儿也没买到好，终而抑郁服毒自杀。消息传来，三合院如临大灾，全院的人惊恐讳默，而杨渡的祖母和母亲则在此时，反复告诫后生，无论如何，不可施人以毒咒，因为"毒咒之于人，咒到的只是自己的心"、"人哪，厚道待人，老天才会厚道待我们"。

我初读到这段记录时，感觉很是震动，因为这件发生于一九六〇年代台湾中部的一个寻常三合院的往事，在今日读来，深具一种寓言性质。这个"祖母与母亲的心"相对于那位"婶婆的嘴"，似乎见证了两种台湾人心灵状态的消长关系，一种对天理的敬畏之心与对他人的宽厚之心，似乎在我们的"民粹民主化"过程中，被一种只知有"当下"、"争夺"、"我要"、"我义"、"他魔"……的心理与言说状态中给消释泰半了。这也许是我的"过度解读"，而非作者的本意。但是，我读这本书时所感受到的杨渡对于他祖母的深挚厚重的感情，也不能不想象这个感情后头的更大的文化与历史内容吧！的确，杨渡是把对祖母的告别理解为对一个年代的告别的。

　　出殡之日，我持着经幡，父亲捧着祖母的灵位，走过乌村的街道，街道竟变得如此陌生。它不再是童年时与祖母一同走过的街道，那是一九九〇年代有超市与汽车的年代，工业的时代。属于祖母的岁月，属于农村生活的温暖，那柔软的土地的触觉，那有着鸡啼声的微凉的早晨，随着她的逝去，永远消失了。

但愿并非如此吧！毕竟，作者在书的"后记"里，也还如传统的中国士大夫一样，仍然抱持着一种信念与坚持。在指出了台湾发展经验的沉重代价后，杨渡说了一个宝贵的"然而"——"然而，一如台湾民间所信持的，无论多么扭曲、多么变形，至少有些不变的人性，还是值得人去活、去坚持的。"

二〇一四年十二月二日

于台中大度山

1　紧急简讯

"哥：爸病危，需开刀，妈不敢签字，请速回。阿清"二〇
一〇年三月二十日下午两点二十分。

黄昏的时候，高铁列车慢慢驶向台中乌日站。列车放缓了速
度，滑过家乡宽广平坦的田野，逐渐驶入车站。一轮火红的夕阳，
在远远西海岸的方向，像一盏灯笼般，挂在黄澄澄的天空。

我坐在干净灰白的车厢里，重新把简讯看一遍，思考接下
来该怎么办。

接到简讯的时候，我正在开会。会议室有人做简报，幽暗
中，我悄悄看了简讯，顿时心中一沉，立即离开会议室，去外
面打电话。

小妹中午接到妈妈电话。妈妈说，上午看父亲神情呆滞，
右半边几乎都不能动，手臂也抬不起来，她感觉怪怪的，就叫
一辆救护车，带父亲去医院检查，发现脑后有一个血块，可能
是上次跌倒时受的伤，造成脑部神经压迫，医生说，其实就是

中风。如果不开刀，原本罹患阿兹海默症的父亲，会有生命危险。但开刀也可能有后遗症，老人容易感染，因此要妈妈签下手术同意书。

"妈妈很害怕，哥，你一定要回去！这件事，只能由大哥来负责了。"小妹说。

"啊，好的，我尽量想办法。"我悄声回答。

"哥，那要不要通知二哥和姐姐回来？"小妹问。

"暂时先不要吧！免得他们紧张。"我想了想说。

"可是，如果爸爸怎么样了，他们没见到最后一面，会不会很难过？"小妹直接问。

"晚一点，我们看过以后再决定。如果有危险，再找他们一起回来吧。"

小妹今年四十来岁，跟我一样在台北上班，只有利用假日回老家看望父母。作为最小的女儿，她的个性和长相像极妈妈，两人特别亲近，父亲生病的事，妈妈都是先找她商量帮忙。

我们兄妹四人，弟弟差我三岁，继承了爸爸锅炉工厂的生意，转去越南开工厂，现在人还在越南。大妹与我年龄相差八岁，小妹差十一岁，她们小的时候，我曾经帮妈妈背过她们。她们成长的过程中，我已经上了高中大学，"长兄如父"在她们的眼中，特别明显。大妹在上海工作，一时回不来，只有小妹同在台北，总是比较容易有个照应。

爸爸罹患阿兹海默症已经有好几年，无论用什么药，做哪一种复健运动，都无法抵抗那致命的退化。我们毫无办法，只能看着他的智力、他的认知、他的行动能力，一点一滴消失。

最可怕的是记忆，像水一样，一滴一滴流失，一寸一寸蒸发，到后来，甚至无法辨认自己曾画过的锅炉设计图。那一张花了他一生最多时间的制图桌，布满了灰尘。日本制的专业铅笔，静静等待他回来。有一天，当他看着我，却喊着叔叔名字的时候，我终于知道，连我们，这么亲近的孩子，也像电影的"fade out"一样，从他的脑海中淡出了。

许多时候，我真想问他脑海里，到底还剩下什么？一个人的生命，如果没有了记忆，最后会剩下什么？

然而，他已无法说出来。

现在，最艰难的时刻来临了，除了直接面对，还能如何？

2　空无回音

高铁到站后，人潮如流，往出口走去。

我不想和人争着出站，在月台上打电话。奇怪的是：家中的电话一直响，却没人接。

老家在乌日高铁站附近，约莫二三公里的路程，开车走捷径，不用五分钟就到。平时回台中不必事先通知，只要快到站再打电话就好。

第二次拨，电话依旧没人接。

列车要继续向南方开动，车门逐一关上，穿堂风卷动起来，仿佛把所有东西都带走了，显得空空荡荡，我独自站在月台，听着老家的电话嘟嘟嘟空响，只觉着一种异样的寂寞。

"奇怪？明明要我快一点回来，现在怎么反而找不到人了？"

像很多中南部的中小企业一样，是住家兼工厂。一片四五百坪①左右的工厂，前面有货车进出的大门，大门入口的右边，是一幢三层楼的房子，每层四十几坪。一楼作办公室兼厨房，二三楼是住家。而小楼外面的土地，就是生产的工厂。

父亲开锅炉工厂近四十年，现在由我弟弟经营。虽然主要业务外移去越南，但生产基地仍在台湾，工厂仍正常营运，只是常常招不到年轻工人，只能靠着老工人维持，办公室里也还有四五个职员。无论如何，以前只要打电话回家，妈妈交代一下，职员就会开着车来高铁站接人。现在才刚刚过了下班时间，应该不至于没人啊？

"或许他们是去工厂区收拾，或者在外头把车子开进来吧！"我心中想。每到下工的时候，职员总是要把公用车开进厂里，这是一个收工程序。我挂上电话，茫茫地想："但妈妈呢？她在哪里？是不是还在医院照顾爸爸？"

远远的天空飘浮着大朵大朵的云，那白色，饱满得像要溢出来的泡沫，外围的云边被夕阳晕染得微微泛红，还镶着一层金橘色的光。这黄昏明亮的辉煌，映满了整个西边的天空，照得田野上芦苇的影子，闪动着一层红光，且飘动得更为萧瑟了。

然而，这空旷，这辉煌，这明亮，这茫茫的大地，这高铁，这无人的月台的寂寞，却这样的陌生。

"这是我的家乡吗？"我如是问自己。

"没有父母的孩子，是不是要成为'孤儿'？……"我轻声地问自己。

---

① 台湾的房屋一坪相当于 3.30378 平方米。

3 妈妈在哪里

我转而打妈妈的手机，但回音却是"对不起，您拨的电话未开机"。我边走边打，心中逐渐着急起来。大约是第五次吧，终于有人来接听。

一个东南亚年轻女子的口音说："哦，阿嬷，阿嬷不在，不在。"声音很陌生，我都怀疑是不是打错电话。

"阿嬷不在。她去哪里了？"我用英文问。随后我想起来了，上一任的菲律宾女佣离开后，妈妈一直在找接替的外佣，但申请的人还没到，只能暂时请中介公司帮忙找一个印尼的女佣来帮忙，所以英语也不通。我赶紧改口用国语说："阿嬷不在，她在哪里？"

"不知道，不知道。"她的声音短促，四声不分。

"阿嬷去哪里？阿嬷去哪里？"我重复说着。

"不知道，不知道。"她只是这样回答。我只好放弃了。

还有谁知道妈妈的去处呢？

我继续打电话给弟媳妇。她和弟弟共同分担越南工厂的经营与管理，二人轮流往来。

弟媳妇在手机里说："医生说爸爸要开刀，要妈签字。妈叫我来医院，和医生商量。可是我来了，也没看到，她可能非常害怕，自己先坐车回家，也不知道去哪里了！我也找不到。"

"哦，妈妈！"我在心中轻呼。瘦小的妈妈，一个人，要承受这么大的压力，她会去哪里？

我完全可以了解她的恐惧。以前祖父就是因为牙龈生了一个小肿瘤，远赴台北台大医院开刀。刀一开，癌细胞扩散，就一去不回，死亡方归。自此我们家族都非常害怕住院开刀，仿佛刀一开，就再也回不了家。祖母晚年也是这样，骨骼老化疏松，她宁可承受痛苦，也不愿意住院治疗，直到最后，在父亲的怀中过世。父亲也有一样的观念。妈妈怎么敢下这个决定去签字呢？

不管如何，先找到妈妈再说。我决定走路回家。

我想起读大学的时代，从台北回到台中时，父亲常常在台中火车站等着接我。台中火车站是日据时代的建筑，那种浓厚的文艺复兴时期巴洛克风格，红白相间的正面，典雅的对称色泽，有一种庄重的气质。车站的月台，总是飘着煤油和蒸气的白雾；穿过长长的检票口，出了车站，外面老排着一条长龙似的出租车；出租车之后，才是等候家人的自用车。我看见父亲倚在车子旁边，斜靠着车子，抽着香烟，遥遥地挥一挥手，口中仿佛还哼着日本的演歌。

见了面，他常常问一声："吃饭了没？"

"有啊，吃了便当。"我说。

"很久没回来了，要不要去吃台中肉圆？"爸爸总是这样问。

台中肉圆离车站很近，转个弯就到了。我还没回答，爸爸就自己说："去买几个回去吧！你阿嬷也喜欢吃。"阿嬷年纪大了，肉圆软软的，她吃得动。

飘着老火车站的气味、台中肉圆的香味、爸爸等候的身影、老"长寿"牌带一点呛鼻的烟味，仿佛构成了我回乡的记忆。

想不到走路出高铁，是如此曲折。我先下到一楼，再从等候区的中间穿过，在车群之间，还是找不到通往外面的人行步道。最后，我只好趁着空档，直接穿越，才走出高铁站的建筑，来到天空下的马路上。

我步上一座天桥，望着一大片广阔的平野，什么都没有，就只有一些被财团买下的土地，现在还未开发，全部用来当停车场。这是我第一次用徒步的方式，近距离感受着高铁和家乡的关系。它更像是一个被围起来的孤岛，荒凉而有几分寂寞。

"真奇怪，家乡什么时候变成这样？"我有一种仿佛置身异乡的陌生。

4 空寂之屋

"妈妈，你在哪里？"我的脑海里迅速闪过几个地点。她曾在夜半走荒凉的田埂路去巡视水田；曾逃亡几个月躲避警察的通缉；曾独自支撑工厂财务让爸爸再站起来；她可以调动几十个工人，重建工厂；她可以当媒婆，帮工人成家。她一生好强，从不喜欢麻烦别人。现在的她，应该不会去找亲戚帮忙，她和父亲最熟悉的郑添兴医师也老了，不再看诊，她不会去找他询问。最可能的地方，只有朝天宫妈祖庙。

那是父亲中年后投入最多心力的地方。他担任寺庙主委二三十年，出钱出力，一砖一瓦，石雕神像，烧香金炉，都是自己去台南、鹿港、泉州、厦门找木匠、石材师傅定做来的。这是父亲毕生心血所在，也是妈妈信仰的依托。

现在的她，会不会正拿着香，双手合十，在靠近乌溪的妈祖庙，在黄昏无人的暗暗幽幽香火中，独自跪着祈求妈祖的保佑，祈求妈祖的指引？

比起台北，台中的气候有些热了，我把西装外套脱下来，一手勾着，披在肩膀上，慢慢走着。

我想起来，这姿势其实也是学自父亲。

以前父亲喝了酒，会像一九六〇年代早期的日本黑道电影里小林旭的造型，披着西装上衣，唱着演歌，带一点浪荡的模样，从门外走进来。

他酒后的歌声唱着流浪的况味：

> 渡海而来
>
> 孤单一人前来
>
> 别放弃希望，莉露
>
> 从上海归来的莉露，莉露
>
> 坎坷的命运俩人共同来承担
>
> 一如往昔一起生活吧！

回到家的时候已经黄昏。奇怪的是，一楼办公室竟空无一人，职员都下班了，只有一个印尼的临时女佣，用不熟悉的中文说："阿嬷，阿嬷，楼上，楼上。"

二楼。平时父母亲的房里，并未见到妈妈。父亲睡的床收拾干净了，那一条怕他无意识挣扎受伤而捆绑手脚的布带子，垂在床尾。冷清清，电视机不再传出平时父亲爱听的闽南语民谣和日本演歌；空荡荡，轮椅上散置着几条旧毛毯。一切都空了，静了。

"妈妈……妈妈……"我呼唤着。

没有回音，只能一间一间找找看。

以前我和弟弟共用的房间，依旧是一样的摆设，书架上我高中时期买的许多书，全都被妈妈拿去送给乡村图书馆，只有大学用的精装书还在。当年朋友常来聊天过夜，最多睡过六个人，连长桌上都睡过人。现在只是无声的幽暗。

过去祖母睡的房间，有一个大通铺，上头还摆着祖母年轻时的嫁妆，一个雕花的木头柜子。细细的纹理，仿佛祖母的个性，带着那古老年代的沉静，虽然她已经去世二十几年了。妈妈也不在这里。

三楼空洞洞。二十几年前刚结婚时，这三楼的房间曾作为我的新房，有小客厅，可以看电视、泡茶，女儿生下来后由妈妈在台中抚养，每个周末会回来看小孩。后来弟弟结婚，住三楼的隔壁房间，生了女儿，整个三楼有如孩子的游戏间，充满童书、玩具，还有一个弹跳用的弹簧网。当时常有朋友在周末来喝酒泡茶，到夜半才散去。

现在，孩子都长大了，玩具收了起来，书架的童书沾满灰尘。我无语看着，心想，妈妈平时生活在这里，空空荡荡，人去楼空；会不会回想过往同孙子一起住的欢乐，而更加感到孤单？

爸爸生病，无法言语；菲律宾女佣言语不通，连说几句话的伴都没有，这是何等寂寞。以前她是"头家娘"，所有孩子的阿嬷，所有员工都依赖着她来发薪水，发落工作。许多员工家庭的婚丧喜庆、提亲送油饭，都要她来处理，她才是公司的灵魂。如今她也不管营运的事务了。

平时自己未曾注意，如今孤独一人寻她，才开始体会她的心情。

我在三楼的楼梯间，向四楼喊着："妈……妈……"正犹豫要不要去朝天宫妈祖庙看看，此时传出了妈妈的回声："我在这里。"

我响应着走上四楼的祠堂。

"我在楼上拜拜，你也上来拜祖先吧。"妈妈说。

5　幽暗祠堂

四楼是顶层加盖的小阁楼，空间不大。面东的一侧是神桌，供奉着观世音、土地公和祖先的牌位。

黄昏的光线全暗下来，只有一盏老旧的日光灯和供桌上的红色小灯，映着妈妈有些苍白的脸。三炷香插在祖先的牌位前，已烧去大半，显示她已经在这里待了一段时间，熏香的味道充满小小的空间。

"妈，你怎么一个人在这里？"我走到她的面前说。

她站在祖先牌位前，拿一条抹布不断擦拭桌子。她的动作迟缓，仿佛不知道如何停下来似的，抬头看我一眼，又继续慢悠悠地移动双手。

"妈……我回来了。"我唤她。

她回过神来，低声回说："唉！这一阵子你爸爸生病，我都只是上来烧香，菲佣也一直换人，没有人来照顾这神明厅，你看，上头有很多灰尘呢！刚刚上来，才仔细把它擦干净。你先来拜一拜祖先。"她点上六炷香。

"先拜神明，再拜祖先。告诉咱的祖先，你回来了。"她喃喃说。

我默默祭拜，祈求神明保佑父亲这一次可以渡过难关，平安回家。

看着我插好香，妈妈又拿起抹布，默默擦拭供桌的另一边。擦完了供桌，再擦一擦香炉前掉落的香灰。她的神情，让我有些不安。

"妈……已经很干净了，休息一下吧！"仿佛怕吓到她似的，我轻声地说："现在，爸爸怎么样了？是不是要开刀？"

"现在，医生要我们签字，不签字就没有希望了。"

"怎么突然变得这么严重？"

"上次过年时，他从床上自己爬下来，跌倒在二楼客厅，那时候可能就有点中风，只是我们不知道。后来我看他情况变得严重起来，坐在轮椅上，整个人会慢慢地向一边倾斜，拉都拉不回来。今天早上他连喝水都有困难。喂他喝水，他不会吞，都流了出来，滴得满身都是。我赶紧叫救护车，带他去医院检查。医生看了，说有中风的迹象，还问我们怎么到现在才送来，已经很严重了……"妈妈自责地哽咽着。

"唉！妈妈，我们不是医生，也不知道怎么判断。如果当时立刻去看医生就好了。"我也自责地说。

"没办法，那时候大过年的，医院不开门，去哪里找医生？"妈妈说。

我记得，那是大年初二，爸爸想从轮椅上起身，却无力地跌在二楼地板上，是大妹先发现的，她的腿因为年前带孩子去哈尔滨滑雪跌断了，还裹着石膏，撑着拐杖，根本无法扶起爸爸，她只能对着楼梯口大叫："快来人呐，来人呐！爸爸跌倒了！"

我上楼时，只见爸爸痛苦地在地上喘息，右手想撑住地面，头部努力抬高，不断挣扎想爬起来，可身体不听使唤，只能大

11

序曲

口喘气。我扶住他，他的身体无力，无法撑起，我只好让他先坐在地上，要妈妈倒一口水让他喝。

妈妈慌慌张张，从旁边抓了一瓶矿泉水，从里面倒一杯水，给他喝了一小口，看爸爸缓了一口气，再喂他喝下两三口。喝下后，爸爸并不动作，只是坐在地上，脸色慢慢变红。后来我想扶他起来坐上轮椅，却嗅出酒的味道，觉得奇怪，仔细去分辨，味道竟来自爸爸，我感觉有点不对劲，查看一下刚刚的瓶子，才发觉那矿泉水瓶里装的竟是米酒。那是妈妈早上拿去四楼拜神用的米酒，她和其他的矿泉水瓶子搞混了。

"哎呀！刚刚爸爸喝下去的是米酒！"我说。

我们家很少使用公卖局的酒，而是向亲戚购买自酿的糯米酒，装在一个二十公升的大桶里。平时这些酒都放在厨房烹饪用，今天因为拜拜，分装到矿泉水瓶子里，没拿回厨房，竟不小心被当成水，喂爸爸喝了。

我和妹妹看着爸爸喝了酒，脸色很快涨红，赶紧把他扶上轮椅，安置好身子，还笑着说："爸爸搞不好很爽，因为太久没喝酒了。"

现在回想，是不是爸爸误喝了米酒，才会如此？我有些自责，但一想，更自责的可能是妈妈，便回头安慰她："当时是过年，医院确实都没开。"

"今天早上，我看情况不对，赶紧带他去医院。医生看了吓一跳，立马做断层扫描。他说，爸爸脑部后面，有一个小血块，是淤血，可能是上次跌倒的时候，没处理好，变成旧伤，或者是后来又跌倒，才造成的，现在也查不清楚了。"

"医生要怎么处理？"

"医生说，要赶快开刀，把血块清出来。如果不开刀，会一直恶化下去，最后整个血管阻塞，压迫神经，身体没办法动。那时，就没办法治疗了。"妈妈说。

"那就安排开刀吧！"我说。

"可是，你爸爸年纪大了，身体不好，开刀会流很多血，他体力不知道能不能负荷？而且开刀以后，很容易感染，如果有什么意外，就回不来了。"妈妈叹了一口气说，"我也不知道怎么办……"

"可是，如果不开刀，就只有……"我有些犹豫，不知道如何措辞，只好说，"如果不开刀，就等于放弃了。"

"可是如果开刀，"妈妈有些伤感的说，"有什么意外，像咱们三合院那边你的四婶婆，四叔公过世以后，她得了癌症，后来去开刀，结果病情变得很严重，孩子让她做了气管切开术，现在只能靠一根管子打氧气进去。整个人昏迷不醒，变成植物人，已经四五年了，这样多可怜！"

"啊，四婶婆！"我想起小时候在三合院里，看见四婶婆的那一双脚。因为长年在土地里劳动，她的五根脚趾头张得开开的，黑黑粗粗，仿佛每一根都很努力要抓住大地似的。她的家中，几个叔叔姑姑都爱听音乐，看武侠小说，他们特别疼我，总是让我躺在他们家的大通铺上，听着黑胶唱片，看着东方玉的武侠小说。夏天天气很热，四婶婆喜欢在我全身洒满白爽爽痱子粉，一边吹着电扇，一边像摸小狗那样，摸着我的背，哄我睡觉。四叔公种地瓜，四婶婆总是可以从他们家的大灶里，摸出一个烤得黑糊糊的地瓜，拿给我，说："你正在长大呢，肚子容易饿，给你吃！"

"四婶婆，很疼我们家的孩子。"我说。

妈妈柔声地说："你四婶婆的儿子阿祥很乖，很孝顺，每天去医院看她。我去看了一次，她什么都不知道，阿祥在旁边，一直叫'阿母，阿母，咱阿嫂秀绒来看你了。'可是有什么办法，他都阿母阿母，叫了四年了，还叫不回来。"

妈妈说着，眼眶红了起来："拖累子孙啊，拖磨自己，死也死不了，活也不能活，你四婶婆心肝内，一定真艰苦……"

"我们可以不要让爸爸气切。"我说，"但还是开刀吧，不然就是等……"那"死"字我竟说不出口。

"以后，我若老去了，你们子孙都要记得，千万不要让我气切，不要急救，不要拖磨。让我平平静静，好好地过去。"妈妈语气沉静地说。

那暗红色供桌，被她擦得如此干净，映着祖先牌位前红色的灯光，虽然是十烛光的小灯，竟仿佛轻轻摇曳起来。

我望着祖先的牌位，默然想到，如果爸爸走了，他的神明，会不会像祖母一样，回到祖先的牌位，回到杨氏家族的共同墓园？

我想起很遥远以前，那么疼爱我的祖母，她的神明在天，现在有看见吗？

0

"开灯吧！妈妈。"我说。

四楼祠堂外的天色，已全然暗下来了。夜风从阳台上吹进来，有些寒凉，妈妈的身子瑟缩在供桌的一角，看起来更加弱小忧伤。我打开了大灯。

"总是要试一试。说不定，血块清干净，爸爸就好起来了。"我试着安慰她。

"会这样呢，是最好啦。若是不能如此，你爸爸走了，剩下我一个人，也是很没伴啊……现在这样，虽然他不能说话，总是有一个伴……"妈妈轻轻摩挲着桌面。

夜色已浸透祠堂，温度降下，天气转冷，那烧了一半的沉香挂着白灰，一柱白烟上飘了半炷香的高度，遇上冷空气，便缓缓下沉，飘向妈妈的左边。浓郁的味道，在祠堂里扩散。

"如果不开刀，会一直恶化下去，医生说，很快失去感觉，人就这样过去了。"妈妈说，"我只是在想，这样过去，说不定好一点。他老年痴呆好几年，每天呆呆躺着、憨憨坐着，不能吃，不能喝，活着也只是拖磨，真的很可怜……"

"妈，你不要这样想……"

"走了，会不会比较轻松……"她止不住哽咽，低头拭泪。

"唉，人的生命，要活多长，也不是我们在决定的。生死，还是让上天来决定吧。"望着她的泪水，我明白，她依然万般不舍。

仿佛沉浸在另一个世界里，妈妈静静抚着桌子，手指无意识地画圆圈。

"如果你爸爸走了，"她细声说，"我会在这里，早晚，总要有人来上香。"

望着妈妈的脸，我想起祖母生前每天早晚拜拜，专注的眼神，凝望祖先牌位，一个人可以站上许久，嘴唇轻轻掀动，仿佛诉说什么。我很好奇，曾问她到底说什么。

"憨孙仔，什么都说啊，家里的事，你爸爸的事业，你的功课，什么都有。"祖母微笑说，"有一次我站这里，骂你祖父，足足骂了一个多小时，你知道吗？"

"祖父都过世这么久了，二三十年了，还骂什么？"

"那时候你骨髓发炎，很严重，住在台中加护病房，我就骂他：你都当了神，看着自己的孙子这样生病，你做什么阿公，你做了神，怎么不来保护咱的孙子啊？"祖母眼神温柔，微笑诉说。那神情，不像在说她生了气，而是说她跟祖父还有另一种联系，一种亲密。

几十年岁月，生死两隔，仿佛没有分开彼此，反而让他们变成一种絮絮相依的精神伴侣。

而祖母，也走入这家族的牌位，成为祖先中的一位。

他们会在天上相会吗？

在红色的长明灯里，祖母细长而明亮的眼睛，是不是静静地凝视着？

1　石头公

每天早晨，阳光射进来的时候，老家三合院祠堂上的"弘农堂"三个字闪闪发光，迎向早晨的阳光。那祠堂向东迎光，高敞明亮，温暖舒服，常年有燕子筑巢，清早就叽叽喳喳，快快乐乐，忙进忙出，穿梭在屋檐下。

这是两进式三合院，中间最高大的主屋作为祠堂，正上方挂着"弘农堂"三个大字的堂号，黑底金字的匾额，并不富丽，但字体厚实端正，有如门风的展现。它的两侧才是环绕的厢房。厢房后面还有增建的另一进护龙①。

整个家族有七房，六七十个人，全部聚居在这里。除了中间的祠堂是祭祖的地方，其他各房分配在两侧的厢房。如果人丁旺盛，就在旁边加盖。

我家就住在祠堂右边的两房，以及后面护龙加盖的另两间房。这大约是祖父时代所分配，所以左龙住着另一房的堂叔。其余六个叔公也分别住在三合院的各个厢房里。

因为紧临祠堂，我喜欢在比较宽大的祠堂里玩。下雨的时候，晒谷场湿答答，无处可去，祠堂里至少可以打打弹珠，跳

---

① 护龙，三合院除中间主建筑外，左右两边的侧翼即为护龙。

跳格子。实在太无聊了，我们就拿神明前的香炉上烧尽了的香脚当游戏。香脚一把，握在手上，撒开之后互相重叠，再一支支挑出，以不移动其他香脚为原则。若因挑动而移了其他的，就输了，换另一方。谁拿得多，谁就赢了。当然，有时也免不了躲在神明桌下，将它当一个小家庭的房子，扮起家家酒。

奇怪的是，神明桌下正中央，有一块石头，不是特别大，约莫就是一个人的半只手臂长一点，宽不足一尺，不规则的椭圆形，石灰色，看起来是一块极平常的石头。我们玩家家酒时，老觉得它碍事，就把它搬到旁边靠墙角的地方。但因为有点重量，得两个人一起推。后来推得兴起，竟玩了起来，满祠堂地乱滚。

不料此时，祖母走了出来。她看了大惊道："啊哟，你们这几个夭寿囝仔，这石头公是你们玩的吗？"

我一回头，祖母一脸惊怒神色，忍不住调皮说："推它去洗澡，落雨啦！"

"憨囝仔，这是石头公呢！不许玩，给我推回去。"祖母笑骂道。

"什么石头公？"我问。

"石头公就是咱祖先带来的唐山石，是跟着祖先来的，你们不可以玩。"

祖母走过来，拎起我的耳朵，"去！给我放好。"

我推着那个相貌平凡的石头，心里嘀嘀咕咕想着：这样一个笨石头，你不说，谁知道它哪里来的？而且随便捡一个石头，都可以替换，干嘛这么生气？

晚上，等祖母气消了，我才问她："阿嬷，你说那石头公，是阿公的石头吗？"我的祖父在我三岁时过世。

"呵呵呵，憨孙，不是阿公带来的，是咱的祖先，阿公的阿公呢！古早古早的以前的以前了。"她笑着说。

"那唐山呢？"

"唐山啊，就是在很远很远的地方，我们祖先来的地方。"祖母安安静静地微笑着。

"那时候，祖先从唐山渡海来台，什么都没有，穷得只有几件衣服一包米，包成一个小包袱。他用一根扁担挑着，走呀走的，实在很不方便，就找了一条绳子，绑了一粒石头，让扁担的两边平一点，挑着走路。这样来到了台湾。这石头，他一直带着，无论走到哪里，一代传一代，最后，传到了今天。"

"可是那石头长得很普通，跟路上的石头一样，谁知道它是祖先带来的？"

"这个，只要我们自己人知道就好了。"祖母说。

"可是，他为什么要用扁担挑石头，很重呢，拿着包袱就好了呀？"我问。

"呵呵呵，团仔人，问这么多做什么？"祖母笑着说，"我也不知道，那是清朝的时代，也许可以用扁担打坏人吧！"

夜雨细细地下着，祖母的眼睛，微微地眯着。

这个石头，随着最早的祖先渡海来台，落地生根，祖先想念家乡，便舍不得丢弃。中间经历漳泉械斗，家族互斗，传说祖先也曾流离过许多地方，辗转逃亡，但这个石头，竟奇迹般地保存下来。它被放在祠堂里，作为一种不能遗忘的象征，象征着我们祭拜祖先的时候，没有遗忘自己的根。而留传下来的渡海故事，或许不被提起，但每一个后代都知道，这是"祖先石"。

"咱台湾人的老祖啊，就是挑着这石头，一根扁担，一个人，来到台湾啊！才有这些子子孙孙……"

2　大年初一

我三岁的时候，祖父过世了。那时我曾半夜站在灵堂前，仿佛失了魂，不知站了多久，直到祖母发现了我……

祖母总是说，祖父极其疼爱我这个长孙，常常骑着脚踏车，用一藤椅架子搁在前座，带去乌日街道上，叫一碗咸汤圆给我吃。人问他："阿永伯仔，你自己不来一碗吗？"

"唉哟，我省一点，明天他又有一碗可以吃了。"祖父总是这样回答。他的节俭因此出了名，他的正直也出了名。日据时期日本人警察曾向乡人说："如果人人像海永仔，乌日就不必设警察局了。"

祖父因牙龈生了肿瘤，远赴台北的台大医院开刀。当时交通不便，就由大姑姑北上照顾。祖父住院检查，开刀后还治疗许久，医生以为切除干净了，不料癌细胞迅速扩散，医生眼看没希望，赶紧叫他回家准备后事。回来没几天，就病逝了。

依习俗，灵柩要停在祠堂里，举行家祭法事。

有一天晚上，祖母半夜醒来，原本睡在她身边的我竟然不见了。她吓得起身找，床下没找着，她找到隔壁房间，找到厨房，都没找着，最后到了祠堂，才见到三岁小孙子，小小的身躯，站在祖父的灵堂前，呆呆望着遗照，不知道已经望了多久。

她大惊失色，赶紧抱起我，发现全身冰冷，立即焚香祭拜，向祖父说："我知道你这么疼这个孙子，你就千万不要吓到他。他还小，你已经去天上做了神，就好好做神，全心保佑他，让他平平安安，乖乖长大！"

此时我妈妈刚生了弟弟，她白天忙农事，晚上还得哺乳，我便由祖母照顾，一路由祖母带大。我仍记得，刚上小学时，要准备考试的冬天清晨，祖母怕我冷，从后面抱着我，让我躲在她的怀中读书。她不认识字，却总是说："好好读书，学会写字，懂得道理，长大做贤人。"

祖母一出生就和祖父指腹为婚，还不到十七岁嫁来杨家，非常了解家族的历史。她没读过书，民间故事两下子就说完，只好讲起家族的故事。我们祖先如何从唐山迁徙而来，二叔公是如何跛脚的，六叔公去了南洋当军夫，三叔公如何娶了一个上海婆子，她的娘家如何淹大水，如何重建等等；甚至父亲小时候如何好强赌"倒毙九"而几乎成为职业赌徒等等，都是她隐隐约约，东说一句、西道一点地说出来的。它像珍珠，多年后我才有能力把它串起来，成为连贯的故事。

虽然日本曾统治台湾五十年，后期更厉行皇民化政策，要求台湾人改姓名、改信神道教，可我们家族的传统信仰和名姓都未曾改变。

每年春节是家族的共同祭典。大年初一早晨，各家族把三牲四果各种供品和香烛，摆满了供桌，祭拜神明和祖先，为新的一年祈福。

神桌正前方，供着神明，左边则供奉祖先牌位。牌位旁边，放着一块旧旧的、色泽灰黄灰黄的木牌。木牌上，用不整齐的毛笔字，写了一些名字。男性写上姓名，女性是嫁过来的，就写杨氏某某。

每年祭祖，老一辈的人会拿下来看一看，用布擦拭一下。

曾祖母去世的那一年农历春节，一个叔公拿下来擦拭时，看了看说："也该把她写上去了。"

在祭祖的缭绕香火中，写字比较好看的七叔公被推出来写。他磨好墨汁，拿着毛笔，整整齐齐、一笔一画写上"杨氏□□"，写在最后的位置。墨迹未干，字体仍新，七叔公用嘴巴轻轻呼了呼，拿起来端详，脸上露出满意的神色。大家都高兴地说："这样就一起做伴了。"

仿佛把她的名字写上去，灵魂就归队，重新和我的曾祖父，以及所有的祖先团聚在一起。

3 流亡渡船头

事实上，这一个写着"弘农堂"的家族，隐藏着一段曲折的历史。

在祖母隐隐晦晦的传说中，清朝时代，祖先原居住福建平和一带，因与人有仇隙，迁移来台，在各地流落当长工，后来到了今日的丰原、神冈一带，租佃土地种作维生。

然而，祖先在平和县的仇家竟追杀而来，最后在神冈找着了。在当地"头人"的安排下，双方进行谈判。"头人"表明大家都历经台湾海峡黑水沟的生死艰难，能活着到台湾，已经很不容易，不妨好好解决旧怨，重新在这一块土地上生活。"头人"既然说了话，官府也已经知道，双方因此表示愿意和解。

不料当夜，地方"头人"就差人来传话，说对方打算夜半发动袭击，正在调集人手，武器大刀，来抄家灭族，大人小孩，一个不留。

眼前的道路只有两条：一是找帮手，聚众人，搏杀到底；

一是立即躲避逃亡。据说当年祖先在福建平和就为了互相寻仇，杀红了眼，最后杀了对方家族的人，还砍下人头，他的家人不堪奇辱，誓言报仇，才千里追踪到台湾。祖先可能也觉得做过了头，有意避祸，就远走异乡，想重新做人。此时此刻，毕竟已到台湾，他只想新天新地，从头来起。当夜，立即带上家小，一行四五个男女，背上简单包袱，连夜逃亡。

当时夜半无灯无火，他们摸黑走啊走的，走累了也不敢休息，直到天亮，最后碰到乌溪。

乌溪河口宽广，沼泽如湖，水流湍急，夜半无渡船，过也过不去，就先停下，找到一间小小妈祖庙，在廊檐下先借住。后来妈祖庙的人看祖先拖着家小逃亡，也不是办法，就把庙产的田地，佃给他们种作。

就这样，贫困流离的一家傍着乌溪，在乌村定居了下来，绵延成一个家族。

在老一辈的叙述里，这一段家族历史有如谜团。有一说是因为抗日，才流离神冈。但日本警察应不会有"抄家灭族"之说，且其追缉不会因逃亡而停止。另一个谜团是：为什么逃到乌村以后，就没再追过来了？是找不到？还是因为乌村有许多杨姓的家族，所以不敢来寻仇？

祖先到达乌日的时候，这里还是一片宽阔的沼泽地。靠河岸的地方，有一大片石板的码头，停泊了几十只小型木帆船，沼泽芦苇丛中，还有十几艘竹筏作为摆渡之用。唐山来的中小型船只常在这里靠岸，再转往上游的雾峰一带，运输从草屯、埔里等地带出来的山产作物，如米粮、兽肉、鹿皮等。而运进去的则不外乎盐、农具、铁器、衣服、布料等等。

当时雾峰林家已经在阿罩雾拓垦，农产山产相当丰富，都是靠着乌溪做转运，销往大陆。两岸的货品在鹿港、彰化一带交换，这些地方成了重要的水陆码头。

当时的乌溪河面宽阔，水泽饱满。清晨，初升的太阳穿出中央山脉，映照宽阔江面，河水平缓如湖。人立河边，东望上游，雾气蒸腾，缠绵环绕着中央山脉，山峦重叠，由远至近，由翠绿至墨绿，层次极是分明。那便是雾峰。

晨风中，白鹭鸶贴着江面飞行，偶尔停下，啄食江中小鱼。黄昏西望，但见溪流向宽阔的出海口延伸。天地远处，红彤彤落日，映满河面，白茫茫芦苇，遍洒金光。河水平静如湖，这一带被称为"湖日"。

到了日据时期，日本人不知闽南语本意，遂依其发音，改成没人知道的"乌日"二字，仿佛这是有着"黑色的太阳"的地方。和日本的红色太阳旗，恰恰成了反比。

4　美军大轰炸

我父亲小时候，那一大群如神鬼般出没的美国轰炸机，正是从乌溪宽阔的出海口，沿着沼泽河面飞行而来。它们起初尽量放低引擎声音，贴着河面飞行，以避免被侦察到。

等到接近成功岭一带，低低的引擎加足油门，突然起飞升高，机身一个斜刺，在我祖先最初停留的乌溪渡口上空，拉高到半空中，机身九十度转弯，以极快速度，向北直冲，炸弹就陆续丢了下来。这时大家才恍然大悟，轰炸目标：台中飞行场。

父亲说，那时候他还小，不明白为什么空气中会传来一种很沉闷的声音，有如大型野兽紧闭嘴巴，从喉底发出愤怒的声音，"嗨嗨嗨——"的低音，直到轰然一声，美军飞机突然群起升空，他才警觉到那是轰炸机。那低飞的轰炸机非常之大，成排向北飞去，让少年的他心生恐惧。然而轰炸过后，他即心生气愤，希望有一天，可以驾着飞机，在天空中，和这一群巨无霸决一死战，为家乡死去的人报仇。

第二次世界大战，祖父的七兄弟有三人投入战争。美军轰炸正凶悍的那一年，作为长兄的祖父，还不到四十岁，带着七个年幼子女躲警报，另外还要照料在前线的两个兄弟的家庭。

日语非常流利的三叔公，因为语言天分高，被征调到唐山去当通译。据他最后一次来信说，是在上海的法院里当法庭的通译，为日本人翻译上海话。他是什么时候学会了上海话，连我祖父都非常惊讶。

年轻的六叔公去南洋当军夫。作为殖民地的台湾人，他还不够资格拿枪当正规军，只是战场上的工兵。虽然不至于上战场，但美军的飞机难道会分辨是不是正规军吗？投入战场两三年了，家里只偶尔接到他寄回来的微薄军饷，聊以贴补家用。他的妻小还在三合院一起生活，家里没有男人，更需要兄弟的帮忙。

然而最先出事的，竟然是二叔公。

战争快结束的那一年，美军轰炸机从乌溪出海口上岸，等到贴近成功岭一带，以迅雷不及掩耳的速度，斜斜转向清泉岗，整个乌村就位于美军轰炸的航道上，只要美军一高兴，按几个钮，随手丢几颗炸弹，整个乌村就震得轰轰作响。更何况乌村是美军轰炸机开始拉高的起点。要等到轰炸机拉高，日军发现"呜呜呜"的警报，飞机已经飞到头顶上空，跑都来不及了！

"美国飞机啊，像一只大鸟。炸弹真像大鸟在空中拉鸟屎，随时会掉下来，你闪都来不及闪啊！"老一辈的叔公总是这么说。

美军炸了两次之后，发觉乌溪边上的成功岭开始有高射炮伏击，如果不先炸平，航道无法顺利。于是下一次美军飞机转向，目标瞄准成功岭。

成功岭本不是重要的军事基地，它只是日本军队的练马场。一些准备派上战场的马，会运来此地训练。二叔公精明干练，脾气火爆，却对养马特别在行，就在此受雇练马，以供前线军队所需。不料日本人发动高射炮攻击后，美军用猛烈的大轰炸来回击。

轰炸的那一天，三合院的每一个人都记得，飞机起初低飞，成功岭的基地发出空袭警报，不料飞机竟提早拉高，在出海口的地方，忽地转向。大家正惊讶美军为什么这么做的时候，机身一个斜转，直直向成功岭的方向飞来。等惊觉到大事不妙，连练马场的马都惊慌失措地嘶鸣起来，却已经来不及了。

炮弹，像下雨。下大雨。大得无法躲避的大雨。

雨落在成功岭的山头。巨大，密集，打得大地不断抖动燃烧。

有人来不及躲进防空洞，炸弹就在他身边爆炸。马被吓得失了魂魄，满山遍野地嘶鸣狂奔，冲过来冲过去。

我的二叔公当年才三十几岁，他在哀鸿遍野、马嘶声震天的成功岭上，爬了许久，才终于被发现。他的一条腿从膝盖以下，全部炸烂了，必须立即切除才能活命。终其一生，都必须靠着拐杖行走。

乌村的三合院在大轰炸过后一片残破。孩子用惊惶的眼神望着天空，大人则狂骂："夭寿啊，这些阿督仔，要轰炸也不会看一看。炸死的都是台湾人啊！"

　　二叔公精明强悍，炸断了一条腿，也不装义肢，任由脚下的西装裤拖着一条空荡荡的裤管，拄着拐杖，坐在家门口的老藤椅上，望着门前经过的孩子。他的眼神愤怒，有威严，每一个经过的孩子都怕他。唯独我经过时，他总是正色说："魅寇的孩子啊！你生作书生的样子，看来不是种田的料，要好好读书哦，不然你会没饭吃。"

　　但他所不知道的是，夏天台风来时，风狂雨大，我会趁着下雨无人的下午，翻过屋顶，去他家芒果树上摘芒果青。他根本不知道我身手敏捷，可以爬上龙眼树，沿着三合院相连的屋檐，去品尝比较哪一家的龙眼最好吃。

　　二叔公是我祖父的亲弟弟，但他又做了另一个没有子嗣的亲族的义子，因此分得许多遗产，在乌村的马路边，开一家旅社，接待过往行人。靠着这小旅社，他拥有比家族人更多的财产。他是家乡前几个有能力首先接上电话线的人。

5　归来的破兵仔

　　我的几个叔公的命运，几乎就是日据时代台湾人命运的缩影。

　　三叔公日本语流利，反应灵敏，第二次世界大战后期，因为有语言天分，被调去大陆战场，担任法院通译。

　　起初在厦门，后来转上海。据说他也能讲上海话。战争结束时，上海到处抓日本人报复，群众自发地组织起来，在街道上逮捕殴打"日本人及其走狗"。我三叔公改变身份逃躲，讲带有外地腔的上海话，找机会回台湾。

战败的日本人还可以在国民政府所谓"以德报怨"的政策下，被遣送回日本，台湾人却无人闻问，只能靠自己想办法买船票回家。但日本人一战败，日本钱无用了，要如何买船票？所以只能到处找同乡关系，托人借钱买票，以后再想办法还。

三叔公在上海到处找门路，不料有一天，他在街道上碰到了盘查日本人的群众。当时上海有来自中国各地的人，光靠上海口音还不足以分辨是不是中国人或"日本人及其走狗"，所以他们要求被盘查的人，要当场脱下外裤，检查内裤。如果内裤穿的是中式的大开裆内裤，那是中国人无误；如果穿的是日本式的"裈"（兜裆布），那就当场逮捕。我三叔公根本没想到这一招，还未改日本习惯，穿着"裈"，他知道裤子一脱，必然穿帮，而这一被逮捕，在乱世，很可能被活活打死。

当时防人逃跑都是抓紧裤头，或者衣领，我三叔公情急之下，当机立断，趁着脱下外套的刹那，金蝉脱壳，直接把外衣脱了，只穿着长裤内衣往前直冲，趁乱逃走。

战争结束六个多月后，三叔公才回到台湾。他回来的那一天，是初春寒夜，我祖母紧裹棉被睡觉，却恍惚听到有人拍打柴门，用沙哑的声音在叫着："阿嫂，阿嫂啊，开门啦，开门啦。"

祖母吓得半死，叫醒了祖父，披衣起床，开门一看，并无人影。祖父吓得正想关上门，不料只听得一个微弱的声音说："阿兄，我在这里……"

声音是从地上传来的。祖父低头一看，三叔公无力地躺在地上，头靠着门槛，气息低微如鬼。

他终于回到家了，衣衫褴褛，瘦弱不堪，只剩下一丝游魂。

他说，上海脱逃之后，孑然一身，连一件正式衣服都没有，是靠着以前当通译曾帮过一些人，到处逃躲，勉力掩护，才保下一条小命。最后是去找了上海的台湾同乡，借一点钱，再加上沿路乞讨，才凑够钱买一张船票，坐在最下等的货舱，回到基隆。再从基隆沿路半乞讨、半搭车，终于走回到家。

长得精瘦结实的六叔公是个典型的农民，被征召去南洋，在巴布亚新几内亚一带的一个群岛上当工兵，负责建防御工事、搬运水泥等粗活。日本人把此地当成南进的基地。

二次大战后期，美国开始以"跳岛政策"反攻以后，他们所处的岛屿很幸运，是美国跳岛政策中，被跳过去的一个小岛，没被战火波及。但一夕之间，所有补给切断，通讯全无。美国打到什么地方，日本皇军如何作战，"二战"打到哪里，他们完全不知道。甚至日本天皇已经投降了，他们还在等待。

六叔公被正规日本军带着，在这个荒岛上野地求生，找寻各种食物。为了怕有烟火会被美军发现，他们不敢生火，全部食物都生食。他们曾经啃树皮、吃青草，为了补充蛋白质，他们甚至抓一种长得很像台湾鸡母虫的白虫来吃。"那味道，有一种草腥味，但很肥，很软。"六叔公曾对我说。

断绝补给，失去通讯半年多之后，物资早已消耗净尽，他们衣物破烂不堪，面黄肌瘦。他们也曾碰见当地的原住民，六叔公叫他们是"在地番仔"，他说，这些人瘦小，黝黑，长得比我们矮小一个头，手持长木削尖的棍子当武器，射鱼生吃维生。

因为不敢生火熟食，很多人开始感染疟疾，早晚发作起来，全身发抖，寒颤不已，有许多人因此死于荒岛丛林。日本投降半年多以后，美军在南太平洋清理战场，发现有些跳过的岛屿可能有日军残留，才上岸去寻找，但怕遭遇伏击，也不敢深入。

起初六叔公他们都不相信天皇会投降，日军的士官坚信这是美军的欺敌战术，不能上当。逼不得已，美军后来在岛上遍撒传单，以日语将天皇投降的"御音放送"内容印出来，这才终于让他们相信日本已经战败，战争已经结束，从丛林走出来。

美军用军舰将六叔公运回台湾的时候，他简直不敢相信美军的待遇竟如此"高级"。日本的宣传中，美军会如同对待印第安人一样，将他们虐杀至死。不料美军的食物、美军的军舰、美军的衣服，竟都比日本还"高级"。

"那食物不只比荒岛好太多，比日本统治时候的台湾都好！我终于回到'人的世界'！"六叔公说。他只有一个感想："阿督仔"这么强，"阿本仔"怎么打得赢？

"阿督仔"是美国人的俗称，"阿本仔"是对日本人的俗称。

六叔公这一支部队还不是最后一支。一九七四年，还有一个台湾台东少数民族李光辉，在南洋丛林中生活三十年，最后由印尼军方组织十一个人的搜索队，跋涉三十几个小时，从蛮荒深林把他找出来，成为最后一个投降的"日本兵"。日本发动的南洋战争，才终于宣告结束。

回到三合院以后，六叔公瘦弱得皮包骨，家人用土鸡、土龙（一种补元气的本地鲈鳗）来调养，半年后才把他的骨血补回来。

终其一生，六叔公都在向日本政府追讨他的薪水。他那在南洋血汗战场所赚的一点工兵薪水，全部存在日本军部的邮局中。但战后，日本政府一概否认，把它归为战争的损失。六叔公一生瞧不起日本政府，每次都用鼻孔说："哼哼，欠钱不还，这个贼仔政府，这些阿本仔，还敢说武士道？"

远赴大陆的三叔公，被当成日本人、汉奸，几乎死于上海，连回乡的道路都如此艰难；远赴太平洋的六叔公，被日军征召，差点饿死于南太平洋的荒岛上，竟是靠着美军带回家；而留在家乡的二叔公，左腿竟毁于美军的大轰炸；一个小小家族，在一场战争中，竟有这样不同的际遇，这或许就是台湾人命运的缩影吧！

6　上海婆子

三叔公身体复原后，运用他在上海的人脉与经验，在基隆港经营两岸贸易，上海台湾两地跑，做得非常出色。但因为他长年在外奔波，妻子常常和他吵架。祖母形容：这两个人呐，像两个小孩子，吵着吵着，又和好了。有一天，他们穿上正式外出服，出门手牵手，好像去旅游。回来才知道，离婚手续已办妥。

两个人又笑嘻嘻地一起过。一段日子以后，人们以为他们又和好了，不料有一天，三婶婆带着女儿悄悄搬走，此后再不曾回来，三合院里的人才知道他们真的"离了了"了。

三叔公长相清秀，一生风流。他到上海做生意，勾搭上了一个"上海婆子"，曾带她回来我们乡下的三合院。

她来到的那一天，像电影《花样年华》的张曼玉那样，穿着色彩红艳艳、光泽亮晶晶的旗袍，摇曳生姿，一身粉香，亮得像一颗夜明珠，落在农村的荒野上。她斜眼扫过围观的、眼睛睁得不知道怎么看才好的亲戚，走进我们的土埆厝①三合院。

---

①　土埆厝，将泥土放入方块状模子里夯过晒干，成为房屋建材，以此建成的房子即为土埆厝。

彼时，真是轰动了全村子。许多无聊男女、乡下亲戚，都偷偷来我们三合院，想看看上海女人长什么样子？男人想看那都市女子到底什么花容月貌？女子想看看那都市女子是什么装扮？

祖母说，那女人天天穿戴得漂漂亮亮，红花水粉，画得粉嫩粉嫩，摇摇摆摆走出去，上街要去买东西，说是要回来做菜给三叔公吃。可是笑死人哦，她闽南语不会讲，连那些菜叫什么名字都不知道，大灶的火也不会起，怎么做饭？

至于农事，那更不必说了。她细皮嫩肉，穿着皮鞋，站在那里，连田埂都不会走，怎么拿锄头啊？三合院的女人一看，就知道不是带回来当媳妇的料。果不其然，没一个月，这女子依然高高兴兴、漂漂亮亮，回上海去了。

但她终究让三合院的人开了眼界，见识到这大千世界还有另一种"都市查某"（都会女子），和咱们这种"庄脚查某"（乡下女子）是不一样的。这世界有另一种生活，烟花水粉，繁华浓艳，和咱们乡下水田青菜不一样的。

三叔公的失败婚姻，给三合院开了眼界。他的所言所语，自然也和所有人都不同。祖母总是说，他是"去外头看过世面的人"。

一九四七年"二二八事件"① 爆发时，三叔公本来在基隆港做贸易，眼见局面无法收拾，从基隆回老家避难。当时村子里没多少外省人，并无什么省籍冲突。但三叔公在两岸之间做生意，了解国共内战爆发，社会秩序土崩瓦解，战祸连绵，乱

---

① 二二八事件，台湾于 1947 年 2 月底发生的大规模民众反抗政府事件。其中包括民众与政府的冲突、军警镇压平民、当地人对外省人的攻击，以及台湾士绅遭军警捕杀等情事。该事件由请愿转变成为对抗的政治性运动，并爆发自国民政府接管台湾以来因贪腐失政导致民不聊生所累积的民怨，引发军民冲突以及省籍对抗。

世将至，难以收拾。

他并不特别说什么，只是和我父亲说："啊，这个世事，再坏下去，很快哦，就会有饭大家吃，有事大家做啰。"

父亲当年约莫是十六七岁的少年，因为聪明，得到三叔公的"中意"，总是喜欢找他说一说话，教他识一识世面。但他当时也没听懂，不知道世间有所谓"共产主义"，有国民党和共产党，大陆已经开始内战，只知道三叔公在说一个他未曾看过的世界。

多年以后，他才了解三叔公的意思是，如果"二二八"再扩大下去，台湾就会变成共产主义的统治，那时就"有饭大家吃，有事大家做"啰。

三叔公膝下无子，他唯一的女儿在离婚后被三婶婆带走，因此视父亲如子，无事不说，无巧不教。尤其"二二八"之后，他在基隆做生意，因与人冲突，被打坏了内脏，得了糖尿病，需长期注射胰岛素，便回到家乡养病。这注射的工作，都落到手脚灵巧的青年手上。

不能从事农活的三叔公，在三合院里，晒着南方的阳光，靠着回忆过往度日，用他广博的杂学，满足这个少年的好奇心：他在厦门、上海如何当通译，如何从上海逃亡福建，偷渡回台，上海的世界如何繁华，远洋轮船可以航行到世界五大洲，现在的机械文明如何昌盛，这世界除了种田，还有什么生活的方式等等，为我父亲狭窄的农村生活，开了一扇窗，让他把"去世界走一走"当成了一生的志愿。

三叔公是一个充满想象力的人。有一天，开旅馆的二叔公家接上了电话，一条电线就可以和最远的人讲话。三叔公看了之后，笑起来，悠然和我父亲说："这社会进步这么快，这边讲话，那边就听得到；以后啊，早晚有一天，不只可以听到声音，也可以看到人影对人影，在讲电话哟。"

我妈妈嫁了我爸爸之后，还侍候过三叔公，知道他的脾气和个性，也听他这样说过，却只是笑一笑。

时隔六十几年后，二〇〇九年，我的大女儿小茵去英国留学，住学校宿舍。她用笔记本电脑的摄影功能，扫过寝室和室友，逐一介绍环境，并用实时通信和我妈妈通话，一边说，一边和她的每一个室友打招呼。

我妈妈高兴得不得了，通完话，她忽然想起来了，说："这事情，你三叔公在世的时候，就说过了。他说，如果一条线就可以跟很远的人讲话，有一日，一定可以透过这一条线，看着人影讲话！你三叔公好厉害啊，可惜他没活着看见！"

据祖母说，我父亲小时候的个性只是比较聪明，好自作主张，但自与三叔公朝夕相处以后，长志气了，开始想孔想缝，无论什么事，他总要做得比别人还厉害，像搞"铁指甲"去播田，当个第一名的农夫；像他赌博被老千骗了钱，就一定要学会掷骰子，把钱骗回来；还有包下一个歌仔戏班来乌日演出等等；他更想要离开家乡，去外面闯荡，看这世面长得什么模样。

7 乱世青年

"二战"后期，美军开始轰炸台湾之前，我们家中曾养过两匹马，一匹是褐色的母马，体型高大，鬃毛修长，跑起来轻轻飘扬，甚是好看，后来还生了一匹小马。另一匹是灰白相间的公马。

日本政府曾鼓励民间养马，好让前方征战的部队有原始交通工具可用。有些好马可作为指挥官的坐骑。但养马很困难。

在水田沼泽、道路狭窄、缺乏跑马场的台湾乡下，不能耕田、不能骑乘的这种大型动物，一点也不实用。并不是每一个农村家庭都养得起马，因为养起来非常费事。我父亲少年好事，农闲时，除了要喂养两条耕田的水牛之外，主要兴趣是喂养那两匹马。牛栏和马厩隔邻，待遇天壤之别。马天性娇贵，不喜欢吃干黄杂草，只爱吃干净的刚刚割来的青草，上面还带着草汁香味。空闲时，一定要带着马出去溜达，常常跑步，有助于马匹的身材健美。但一般在农村田埂路上，如何跑马？成功岭上的练马场会举办竞赛，一如现在的赛马。跑得好的，军队会出高价买去，这农家就赚了一笔。

养马，让我父亲的少年时代充满想象，不再自视为一个养牛的农民，而是长大后要横刀立马、征战沙场的将军。他立志要离开农民身份，成就一番大事业。

可现实是：马匹也实在太娇贵了，战争后期，连人都吃不饱，何况马匹？后来就卖了。

父亲十三四岁左右，战争已到末期，他开始上日本夜间职业学校。但每天跑警报，学校时断时续，有些老师也逃到乡下避难去了。

那时的他，躲在防空洞里，望着美军轰炸机从乌村上头飞过，炸得农田破了一个个大洞，生活愈来愈困苦，吃饭靠配给，连吃一块猪肉都要日本政府批准。受了日本宣传的影响，他暗暗立志，长大以后要当神风特攻队，像老鹰一样，驾驶飞机，用自己的肉身，射穿美国的航空母舰，保护家族，为被轰炸的土地报仇。

然而也没过多久，日本就投降了。

他开始适应另一种生活：日本官员离开，大陆官员进来；日本老师离开，中国老师进来；日本语不能用，中国语还要学；改朝换代，一切重来。

从一九四四年到一九五四年，这将近十年的光阴，恰恰是我父亲成长最关键的时代。

而这个时代所面对的世界，竟是这样：教育停顿（没有教师，因为从小学到大学，整个语言要转换，缺乏可以读写沟通的汉语老师）；语言转换（弃日语重新学汉语）；政权轮替（从接收官员、公务员到地方的警察全面转变）；经济大萧条（日据时期，工业为日人垄断，只有少数农商业台湾人可以参与，此时几乎全面停止运转）；社会大混乱（接收的冲突、法律的崩解、法治的失序、财产的侵占、民间的愤怒与冲突等等）；文化与生活习惯的冲突（日本文化对大陆文化、海洋文明对大陆文明、守法习惯与战乱失序等）……

即使蒋介石派来担任行政长官的陈仪，娶日本妻子，是知日派官僚，日本语讲得非常好，可以沟通无碍，他也请来相当多优秀的知识分子（如台静农、许寿裳等），参与台湾的教育重建，但他仍无法管理整个腐败贪污、霸道横行的官僚与军队。这恐怕不是个人理想与能力的问题，而是百年来，中国的腐败落后，战乱频仍，使它只能有这样水平的官员。国民政府接收过程的腐败贪污，侵占抢夺，民怨高涨，从东北到台湾，两岸皆然，而台湾社会的教育素质较高，反应尤烈。

生活在这历史夹缝中的人民，尤其从十几岁的少年成长到二十几岁的阶段，既要面对政权的转换，语言的重来，文化的冲突，更缺乏教育、经济、工作的机会，生命的奋斗与挣扎，实在难以想象。

我父亲这一代人，整整一代的台湾人，就在这乱世中，奋斗浮沉。

唯一可以庆幸的是进行了土地改革。一九四九年起，从"三七五减租"① 到"耕者有其田"，逐步实施。我们这个当了几代佃农的家族，终于有了自己的土地。

但土地改革可以成功，政府可以和平、无暴力地完成改革，却和一九五〇年代开始的"白色恐怖"有关。

一九四七年发生的"二二八"事件，是一场从南到北的巨大武力镇压，一时之间，台湾民间退缩而噤声。但实际上，反抗并未结束，所有的不满与愤怒，转化为地下的反抗。民间各种读书会、反抗团体悄悄成立，南北串联。政府知道自己犯了错，派了较有文化水平的青年军来取代原来的镇压部队，以缓和矛盾，但未能改变大陆内战国民政府节节败退的现实。

一九四九年，国民政府从大陆败退台湾，风雨飘摇中，从

---

① 三五七减租，台湾政府在台湾施行的土地改革政策，分为三大步骤："三七五减租"、"公地放领"与"耕者有其田"。第一步：耕地"三七五减租条例"，是在 1951 年 6 月 7 日公布施行，历经三次修订而实施至今。"三七五减租条例"规定佃农向地主缴纳的地租，以全年收获量的 37.5% 为上限，现有地租高于 37.5% 者须降至此标准，低于此标准者则不得提高。同时公布保障佃农耕作权的相关法律，包括规定要签订书面佃耕契约、延长契约期间、限制佃耕地的收回等。第二步："公地放领"。台湾光复后，从日本人手里接收过来的耕地叫公地。从 1951 年开始，当局将这些公地陆续卖给农民，地价为耕地全年收获量的 2.5 倍，为了不受货币贬值的影响，以实物计算，全部地价由农民在十年内分期偿付，不负担利息。受领农民只要连续交纳十年地租，每年交纳的租额正好等于每年应交纳的地价，十年期满，耕地即归农户所有，公地放领到 1961 年办理完毕。第三步："耕者有其田"政策。1953 年 1 月公布《实施耕者有其田条例》及《台湾省实物土地债券发行条例》，将地主出租之耕地征收后，放领给现耕佃农或雇农。地主除了获得股票、债券作为补偿外，能保有部分土地。

"四六事件"开始，逮捕有反抗色彩的学生与读书会成员，再加以扩大，以"宁可错杀一百，不可放过一个"为原则，进行大量逮捕。起初因逮捕人数太多，来不及公开审理，只是关押，等待法院来审理。一九五〇年六月朝鲜战争爆发，美军协防台湾，蒋介石认为大局初定，监狱内即开始了大量的枪决。而社会上的逮捕与株连就更为严重了。大量学生、医生、文化人、知识分子遭到逮捕入狱。而日据时期有能力读书上学的知识分子，大多是地主家庭出身。从一九五〇年开始这种白色恐怖的"清乡"，到一九五四年才宣告结束。据政治犯陈明忠的估计，至少死亡三万多人，其人数远远高于"二二八"的镇压。

只是由于当时参与反抗的人，多是曾对"二二八"事件表示不满的年轻人、知识分子居多，而"白色恐怖"（这是一九八〇年代才出现的诠释当年事件的名词）一词未出现，所以人们仍以"二二八事件受难者"，来称呼这几万个白色恐怖时期的受难人。

在大陆一直无法实施土地改革的国民政府，在台湾可以和平顺利完成土改，固然因为其与台湾地主并无太多渊源，利益挂钩较少有关，但当时正是白色恐怖"清乡运动"大盛之时，许多地主家庭不免有青年子弟被牵连，财产被没收，即使无事的，看到同一个村子的青年受难，连反抗都不敢了。

土地改革能够和平完成的奥秘，其实不是别的，只是镇压后的恐惧噤声。

一方面是反共清乡的大逮捕，镇压有反抗倾向的人与思想；另一方面是用土地改革来瓦解农村革命的可能性，双管齐下，配合朝鲜战争爆发，美军协防台湾，整个局势终于稳定下来。

在父亲的记忆中，马场、战争、空袭、飞机、神风特攻队、军歌和贫困的农村岁月，以及"二二八"所带来的政治阴影，交叠成一种难以言说的青少年时代情感。中年时，他偶尔喝醉酒，还会唱起少年时的台湾民谣《雨夜花》和日本民歌，仿佛自己是一个骑马的少年将军。男性的壮志与寂寞、梦想与挫折、想象与现实，难以分辨。

日本文化在他们身上留下古老的印记。父亲和姑姑之间，总是以日语名字相称。有时他们一起唱歌，会唱出童年的日语歌谣。

父亲身上另有一种气魄，那种可以极其决绝地进行决战，至死方休，可以流浪天涯，直到世界尽头的气魄，我曾认为是日本教育的遗留；但了解更多台湾史以后，我反而认为那是台湾人的基因中，流着仿佛尤里西斯的漂泊之血。

随着土地改革完成，我们三合院隔壁那家"台湾纺绩株式会社"的股票作为土地的补偿转移到地主手上，开始营运。我的五个姑姑娉婷成长，进入纺织工厂工作。安安静静的岁月中，她们成为台湾最早期的女工，帮着祖父照顾家庭，直到出嫁。

8　空竹丸仔

历史总是遗忘，在台湾社会变化之后，人们仿佛遗忘了蒋介石父子在台湾实施戒严长达三十八年的恐怖年代，但成长在那个年代的台湾孩子，应该不会忘记。

是的，一九五〇年代的台湾上空，有一种灰色的幽灵在飘浮。那是一种恐怖的感觉，也是一种惊疑的震慑。

39

第一章　三合院

我不知道空竹丸仔这个人何时开始出现在乌日的村路上。我只知道很小的时候，他就是一个无声的灰黑的人影，远远的，仿佛怕被人驱赶，怯生生的，站在我们家门外的龙眼树下，手上捧着一个破破粗粗的陶碗，静静地望着，等待谁给他一碗饭吃。

无论家里剩下多少饭菜，妈妈总是会分给他一点，即使只是剩下一小块地瓜。妈妈会把饭菜放在碗里，让我端出去，倒扣在他的破碗里。"只是多分一点点给他，我们少吃一口饭就好了。"

那空竹丸仔并不道谢，只是感激地弯腰点头，默默敬礼，就走了。

他的身材颀长，顶着光头，有一双温驯如羊的眼睛，和悲苦下垂的嘴唇，不停地走在路上。他是一个无声的人，在自己的家乡流浪。

因为长时间在外面赤脚行走，他的面目黧黑，嘴唇边几根稀疏的灰白胡子；手上长满老茧，瘦长的脚掌又厚又粗，踩在粗粝的大地上。夏天他穿着单衣、短裤；冬天，他会加一件长长的外套。那外套一般是破了几个洞的大衣，可能是谁家不要了送给他的。

他根本不像一个"起痟"（闽南语，"发疯"之意）的人，不攻击人，身体也不会脏兮兮发臭，我问妈妈："他是怎么'起痟'的？人为什么会'起痟'呢？"

"我也不知道。"妈妈说："听咱乌日的老人说，他是读书读太多了，读到最后，想得太多，怎么也想不通，像有一块血，郁在心肝，走不过去，整个人就发疯了。"

那安静的人影，喜欢在我们放学的时候，站在小学校门口，看着孩子奔跑欢笑，叽叽喳喳，离开校园。他只是两眼无神地微笑着。有一天，几个高年级的学生看他站在校门口，并不怕他，反而围着他喊："空竹丸仔，人空空，头憨憨，撞到石头不知痛，跌落水底头晕晕。"

空竹丸仔可能感觉到有人在捉弄他，转头想走。可是顽皮的学生仍绕着他转圈，一边继续念那"人空空，头憨憨……"

空竹丸仔于是慌张起来，低头往前快步走。一个带头的孩子不甘心，在后面追着唱，有一个大胆的，还捡起了一颗小石头，朝他丢去。

空竹丸仔被打到了赤脚，疼得弯下腰，但随即又有一颗小石头打在他的背上。他直起身，只回头愤怒地看一眼那些孩子，那些孩子忽然感到害怕了，停下手，只这么一刹那，他便又垂下了那羊一般温驯的眼睛，弯着腰，快步离开。

那一夜，我忍不住问祖母。她才告诉我，那空竹丸仔来自一个读书的家庭，从小就是一个聪明的孩子，上过汉语学堂，会吟唱古诗，会唱七字调。日本时代，他们家族培养他上过中学，可惜战争躲空袭，就失学了。光复后，他回到学校，因有汉学的基础，中文读写能力比别人强，就先带着同学读一些大陆的汉文书。后来政府不许学生有读书会，就开始抓学生，他和几个学生都被抓，听说有些被枪杀了。

几年后，他被放回来，就再也不说话，只是低垂着头，眼神空空洞洞，不断地走路。从街道的这一头，走到另一头；从这个三合院的角落，走到最远的村子口。累了就在树下休息一会儿，渴了找水井喝一口水。没人知道他最后会到什么地方，什么时候才会回头。但第二天早上，在同样的街道上，人们还是会看到他的身影。

"可怜啊，一个读书的孩子，怎么就读成了这样？"祖母这样感叹着，却又忍不住叮咛道："读书归读书，千万不要变成这样的人！"

妈妈听了祖母的话，接着说："以前我们南屯邻居，有一个女孩子，很漂亮，很聪明，很会读书，读到了师范学校。'二二八'以后，她去参加读书会，和几个南屯的学生一起被抓走，就再也没有回来了。"妈妈说："总之读书要很小心，读了不好的书，会坐牢，会被枪杀的哟。"

一九五〇到一九六〇年代，空竹丸仔是吾乡悲伤的风景，也是老一辈在告诫孩子应该好好读书的时候，总是被引用的借镜。

在那恐怖的年代，仅仅是"二二八事件"这五个字，就像一道魔咒，没有人敢说出口。即使在极近的亲人之间，也只会用一种隐密的口吻，食指轻轻压着嘴唇，形成一个禁忌的十字架。

在那政治鬼魅飘忽、死亡暗影流动的年代，我们三合院还曾经有过一段闹鬼的传说：大陆派了"匪谍"过来，平时乔装成老百姓，半夜就全身白衣，画着血脸，披着长发，手拿尖刀，装神弄鬼，躲在暗处，忽然跳出，趁人吓得半死，全身瘫软无力之际，一刀结束性命。

传言还说，全台湾已经死了很多人，尤其没有路灯、黑暗偏僻的乡下，更是杀人白衣鬼最常出没的地方。

三合院的人吓坏了，大人不敢半夜出来上公用茅厕，小孩子更怕，连白天都不敢去茅厕。因为，我们三合院只有一处共用的茅厕，且在最偏远的地方。

最恐怖的是下雨天的夜晚，没电没光，只能提着一盏煤油灯，从房内走出来，经过下雨的晒谷场，走过湿答答的鱼池边，走过阴暗庞大的草垺堆；草垺的后面，好像有什么鬼怪会跑出来似的。踩过地上的泥泞，走进茅厕。那时如果有人刚好在上厕所，你会看另一盏小煤油灯光，透过小缝隙穿过来。你要小声招呼，说我是谁，我来了。他如果是人，就会回答说，他是谁。

但如果都没人，就更恐怖了。因为，如果都没人，你的听觉会特别敏锐，你会注意每一点最微细的声息。

仿佛会听见有人在吹气，在喘息，发出嘘嘘嘘的声息。你会想，不要怕，那声音很远，应该是风吹在尤加利树叶上，叶子摩挲的声音。

仿佛会听见有人走路的声音，声音不远，可透过地下的门缝，你只能一直盯着看。可是沙沙的声音，还在飘呀飘的……你一直盯着，好怕那细细的光线中间，突然现出一道阴影，那会是什么？……

每一次夜间上茅厕，我都找弟弟做伴，他站门外，两个人一直说话壮胆。有一次，我说着不知什么话，反正是无意义的随口乱说，却没有回音。我有些惊恐起来，再叫着："阿杰，阿杰。"还是没回音。我急了，心想会不会发生什么事，他被白衣鬼抓走了，我提起裤子，急忙往外冲，却见他走了回来，笑嘻嘻的，手上抓一只萤火虫说："刚刚看到的。它飞出去，被我抓回来了。"

"哦！你去追它干什么？"我急了，大声骂。

"萤火虫有一点亮光，可以做伴啊！"

我们终究未曾碰见那身穿白衣、手持尖刀的厉鬼，那只是白色恐怖时代的谣言，让空气布满疑云，让人互相猜疑。白衣厉鬼并不存在，但政治所塑造的恐怖阴影，却一直追随着我们，变成一种恐惧的根源、永恒的禁忌，遮蔽了成长的天空。长大后，我们每每读书读到某一个问题，想到可能碰上的政治禁忌，就会自动告诉自己，不要再读那危险的书，想想空竹丸仔，想想那内心里郁积不化的血，就不敢再探索下去了。

即便如此，政治的鬼影只是虚假的幻影，真实的生活依旧生机盎然地在战后的台湾，野草般地成长起来。土地改革让农民首度拥有自己的土地，吃着自己的粮食，不必看地主的脸色，生活大获改善。加上我们三合院旁的纺织工厂开工，招募女工，经济开始好转。农村有了新活力。

9　溪流生机

一九六〇年代，天空是澄蓝的，溪流是干净的，土地是柔软的。

那时候的天空，老鹰在盘旋，画着优美的弧线。

早晨时光，老鹰会从附近的树林子里飞翔而上，迎风张翅，随风飘动，等候机会猛扑而下，攫取小鸡去吃。母鸡因此养成一种习性：只要天空的老鹰有飞翔扑击的可能，它就会咕咕叫，把小鸡召回来，一起躲在它的羽翼下。鸡妈妈的羽翼张开，抬头望天，有一点虚张声势地咕咕叫着。

我们就是那一群小鸡，躲在妈妈的羽翼下。

小时候，父亲在外面忙碌，做了许多被三合院长辈视为"胆大包天"但大部分都没有成功的"事业"。家里的农活就全部由妈妈包办。播种、插秧、除草、喷洒农药、割稻，到收成后晒稻子，甚至运到农会去交税，都是妈妈在负责。父亲只配合做必要的体力劳动，例如和其他家族成员合组割稻班、播种班，轮流完成一季的工作。

那年代，每一个早晨，都是用晶莹的露水去冰透的风景。

暑假的早晨，我最喜欢帮妈妈去菜园子浇水。露水是最舒服的甘露。那些凉透的水珠，好像无数的小精灵，滚到你的脚上，渗透你的脚趾，让湿湿的脚趾变得干净洁白，赶走整个晚上的暑热，叫醒还在沉睡的眼睛。

最辛苦的是冬日清晨，露水深重，湿了裤脚，冰冷了脚趾，却还要穿过浓浓的雾，去菜园子里，用冰冷的水浇菜。如一首歌里唱的："露水透心肝。"从脚底一直冷透入心，让人骨髓一阵哆嗦。

每天早晨，妈妈都得把待洗的衣服用一个木桶子盛着，手挽木桶，走到溪边，在石头上坐下，再用木棒子捶打，即所谓"捣衣"。

那时代的溪边，是孩子最快乐的时光。

溪水清清流动，水草青青摇曳，水中有许多小鱼小虾小毛蟹作玩伴。

我会沿着溪流，到上游去。上游草叶茂盛，水浅处，总是有一些鱼虾、文蛤可摸。妈妈每一次看我摸到一把文蛤，就会很开心地说："再去摸多一些，晚上煮汤给你喝。"有时也会碰上泥鳅、鳝鱼之类的，但不好抓。有一次我以为抓到一条比较不怎么滑溜的鳝鱼，手一拉起来，才知是蛇！

然而水蛇我们是不怕的。草丛水沼，总是有许多小青蛇，一般只吃青蛙蝌蚪，它特别胆小怕人，一碰上风吹草动，就赶紧游走，并不伤人。我们也偶尔抓小青蛇来玩。那蛇对青草没有戒心，只要拿长草做一个活结，慢慢往蛇头上套去，约莫到七寸处，轻轻一拉，活结套牢，蛇便无力地任你摆布了。只是这种游戏也很无聊，小青蛇不能药用也不能吃，只能玩一玩放走。不像小泥鳅，还可以抓回家养在汽水瓶子里。

有时，稻田还未长高，水田里有小浮萍，祖母便要我带上小网子，去捞浮萍，用来喂小鸭子。春天的时候，田洼里、圳沟边、小水渠里长满青草，就有许多蜗牛，在草间爬来爬去。有些蜗牛大极了，两支触角伸得长长的，像一个持着长枪的战士，你可以拿青草和它玩，也可以抓来打破切碎了，让祖母喂鸭子。

那时的溪，是属于水草和鱼的世界。

住在溪边的阿汉伯仔总会在溪流的湍急处，做一个竹排陷阱，水从其上流过，只要有鱼不小心进入，就会卡在竹排后端，你再去抓起来就好了。唯一的问题是，举凡经过的人都可以抓起来，设陷阱的阿汉伯不一定会随时等在那里，大部分是让我们这些闲闲无事的小孩子给带走了。几次台风吹垮以后，就没有人再设了。

陪妈妈去洗衣服的日子，我也曾去一些水草深处，寻找某些叔公、伯叔设下的抓毛蟹的竹篓子，那里头有时会有毛蟹，但不能抓出来，因为一旦抓出来，那就等于是偷人家的东西，所以只是偷偷拿起来看，然后高兴地说："哇！这里有毛蟹耶。"

几十年后，当溪水不再有鱼虾，当河流充满异色的污染颜料，当河里只剩下肥得无人敢捕捉的发臭吴郭鱼（也叫罗非鱼），甚至吴郭鱼都会翻白肚子集体死亡，我们才知道，那时节的小溪生活，那四季变幻的美景，那露水沁透足底的冰凉，是一个多么美丽的印记。因为，我们已永远失去。那美丽的农村，不会再回来了。

10 流浪汉

河流是生命的源头，只要有河，就可以养人。

仿佛每一条河，都会住着依河而生的流浪汉。

这些流浪汉不知从何而来，不知去向何方。

他们没有身世，也没人过问他们的身世。

我们的小溪边住着的阿汉伯，就是这样一个人。

他身体结实，皮肤呈黄铜色，老皮发亮，水性特好，不只会游泳，还很会捕鱼。每次大雨后溪流发大水，他就会在溪边一棵大树旁，挂上一个渔网。这渔网用长竹为骨架，渔网大张，置入水流较缓和处，偶尔拉动起来，就会抓到许多鱼。

无论老天要发几次大水，无论老天要摧毁他的茅草屋几次，阿汉伯总是可以在水灾过后的小溪边、沙洲上，用竹子、芦苇和泥巴，重新结成简单的草庐，可以遮风避雨。再用竹片编成一张眠床，用石头垒起一个小灶，灶上放一口黑黑粗粗的老陶锅，旁边再堆着捡来的树枝和干柴，就成为一个家。

阿汉伯总在河滩地上种一点地瓜、青菜。他善钓，会制作竹篓陷阱，布置河中抓虾蟹；或者小屋边围起竹篱笆，养几只鸭鹅（不养小鸡，因鸡不会游泳），有时放它们去水里吃点小鱼虾，长大了，用来换一点米油盐，年节宰杀了拜神。

一个人，一条河，一种简单滋润的生活。

有一次大水后，我去河边看他抓鱼，大水刚过，他已经抓了一篓子的大鱼。

实在是太钦佩了，我忍不住问他："你怎么知道这里有鱼？"

他看着我，一个眼神好奇的小男生，大概觉得啰嗦，不理我。

我继续看。有一次他抓了一条大鱼，放入篓子的时候，手被刺伤，痛了一下，我帮他扶住竹篓，避免掉进水里。他终于看了我两眼说："你回去问魅寇，就知道了。你老爸也很厉害呢！"

"魅寇"是父亲的名字"铭煌"的日文发音，所有人都这样叫他。他的好强好辩，远近驰名，所以他故意这样说。

后来他拿了几条鲫鱼和溪哥（学名宽鳍鱲，别名桃花鱼），要我带回去给祖母吃。他说，这是因为祖父曾照顾他。

晚上我回家问父亲。他问明了捕鱼的地方，才说："发大水的时候，大水把河底的石头都冲翻了，平常藏在河底深处的大鱼也被冲出来，这时候才容易抓到大鱼。他在那里是对的，因为那里是水流转弯的所在。大水直冲过去，只有绕弯的地方，水会稍微缓和下来，你想，被大水冲得头晕目眩的鱼，被冲到这里，怎么可能不停下来休息？所以这里会有比较多的鱼。"

后来我去和那个"阿汉伯"说了，他很高兴地说："你很聪明，没有白白给你鱼吃。"

他是溪流的守望者。每一次溪流有什么风吹草动，他一定先知道。

东北季风来了，会从溪流的上游开始，向下游的南方吹。冬风吹过溪流上的火车铁桥，发出口哨般呜呜呜的声音。他逢人就说："早上起风了，溪边冷飕飕，铁桥冷得吱吱叫，要穿多一点啦!"

夏天台风来了,他看到上游的山上乌云密布,雷声大作,就警告过往的人说:"快回去,会发大水。"

这一条溪流并不长,也不是特别宽,但它细细的支流,转成为无数的小溪、小沟渠,灌溉了一大片的农田,养活了上下游的无数家族,也让许多家族吃足了淹大水的苦头。

祖母说,八七水灾的时候,大水从溪流漫溢而出,淹过了附近稻田,淹没了整个灌溉沟渠,三合院几乎全部淹没。

那时,父亲正在金门补服兵役,叔叔当时才读高中,理着光头背着我,准备弃屋向高处逃走。他说,两岁的我在他背上,看见农田整个被淹没不见,只剩下白茫茫一片大水,惊得瞪大了眼睛,指着前方,一直喃喃念着:"啊!白白,白白……"

11　干旱大地

如果不是碰上一次大干旱,我一定不会知道古代的干旱,为什么可以变成流离战乱的根源。

河流干涸了,稻田干涸了,人性,也干涸了。

干旱是从溪水开始的。洗衣服的小溪,水位愈来愈低。妈妈平时坐着洗衣服的石头,变成离溪水太远,于是移动位置,更靠近溪水一点。

溪水愈来愈少,溪里的鱼却仿佛变多了。

我站在河流中看着小鱼游来游去,拿了小小网子就可以捞鱼,惊讶地问阿汉伯:"你看,鱼都出来吃东西,比较好抓了。"

"憨团仔,这是水变少了,鱼出来喘气啊!"阿汉伯看着天说，"这个天公呐，再不落雨，稻子就没水吃了。"

最可怜的是水田里的泥鳅。

小小的泥鳅本来都躲在稻田的泥土里，我们在播种、除草、放水的时候，它总是能利用深层的软泥，把自己藏起来。但这一次真的很麻烦了，水田都干得裂开了缝，软泥变成一片片的土块。泥鳅没地方躲，只有跑出来喘气。

"啊呀，这个天公伯，不要让我们活了吗？"阿汉伯望着天空说。

那一年，从冬天开始，过了春节，该播种了，老天还不下春雨。

但农民不能不播种。不播种，这一季就一无收成，今年无法过活啊！

还好！溪的上游还有水下来，利用一点河水，大家轮流灌溉，让农田湿润些，勉强播种。

秧苗初插，是灌溉的时机，可整条溪流要见底了，却不见下雨。

"夭寿啊，这个天，"六叔公看着天说，"伊是要叫咱怎样啦？这田土，干得可以做豆干了。连田里的泥鳅都晒成干了……"

最后，七叔公找出一架古代的木头制脚踏抽水机。

这是最后的希望了。整个三合院的人出动，来帮忙踩水车。全部的孩子都像看见新玩具一样兴奋，排队要上去踩水车。

水车架在溪边，那水是透过一根根滚动的长柄木勺子，从溪底，一勺一勺，舀上来的。水不多，刚刚舀上来的第一勺水，一流进沟渠，就被干渴太久的泥土给吸干了。

没关系，再来，于是一勺一勺，把沟渠弄湿，水慢慢向下流，一条涓涓细流，终于形成，慢慢地流入了最靠近六叔公的水田。那田里的土，真的变了样，本来是灰色的干涸的土，一旦滋润了水分，就变成黑色的泥土。那土地，真的在喝水，一口一口，吸得一滴不剩。

最美妙的是稻子。小秧苗，叶子垂下来，头低低的，像一个垂头丧气的小孩子。喝足了水，精神就来了。头抬起来，胸挺起来，翠绿的脸色回来了，那光泽也亮起来了。

成排的小秧苗，站在那里，真像早晨的操场，小学生仰头看升旗，面孔发亮！

土地会喝水，土地会呼吸，土地也会歌唱！

然而，干旱太大，水车太慢。踩了一下午，根本不足以灌溉一分地。再这样下去，要让所有的田都上了水，至少得好几天，排后面的秧苗早干死了。于是，大家决定派父亲去找门路，借马达抽水机。

当时全台湾都缺水，父亲找乡长，乡长找农会，农会不知道去什么地方找，居然借到一辆马达超级大声的抽水机。

为了稻子，大家没日没夜地工作，轮流灌溉。我们轮到半夜的班。妈妈半夜起来，和父亲、叔叔一起，去看着水车帮浦（即水泵）抽水，而且要有一个人跟着水流走，直到下游，看着水流入自己的稻田里。但这还不能放心。因为可能有人会来偷放水，让水从我们稻田的另一边流出去，去灌溉他们的田。

本来三合院都是自家人，不应互相猜忌。但为了生存的一粒米、一碗饭，也用尽心机，尤其是隔壁亲戚，看得见彼此的行动，更有互相伤害的机会。轮到我们灌溉用水的时候，水源就曾被某一房亲戚偷偷拦截。

妈妈请他们遵守约定，轮流灌溉。但那一房的人却说："讲笑话，水要往下流，流进我们的田，我有什么办法？"

这就是农村的生存战斗。

妈妈本是一个弱小女子，她敢半夜出门，全靠一只德国狼犬。

妈妈的家族不知从什么地方找来了有血统的狼狗，体型特别高大勇猛。那母狗生了几只小狗，送妈妈一只，名叫库洛。在妈妈的训练下，它养成习惯，非妈妈喂的食物，绝对不吃。即使在妈妈面前拿食物给它，它一样站着不动，非常有尊严，像一个训练有素的武士。除非妈妈拿起食物说："库洛，来！"再放到它的面前，它才开始动口。

在干旱的战斗里，瘦瘦小小的妈妈，荷着一根锄头，在黑漆漆的水田间巡视。为了要让水源流下来，好趁着夜色，无人用水的当下，把自己的田先灌溉了，她甚至走很远很远的夜路，到圳沟①的上游，打开圳埤②的水路。

通往圳埤上游唯有一条小路，一边是纺织工厂高高的墙壁，一边是足可淹没人的大圳，月黑风高的晚上，妈妈就独自一人，带着一条狼狗，走出去。

彼时，台湾乡下没有路灯，一到晚上夜色漆黑，妈妈拿一个手电筒独自出门，实在让人担心。

有一天夜半，妈妈看守水田，直到天已蒙蒙亮的时候，水已经灌溉得饱满了，轮到另一个叔公家。那叔公刚出门，身上带了一个小饭团，他看妈妈一个小妇人寒夜如此辛劳，就从身

————————

①② 圳沟、圳埤，河流中以石头垒为堤，让水位升高如池，是为圳埤；升高的水位可让水流向旁边的沟渠，以利灌溉下游的农田，是为圳沟。

上拿出热饭团，要递给妈妈。他的手刚刚一伸出来，那德国狼狗立即跳起来，朝着那人的手扑咬过去。那亲戚大叫一声，吓得连连后退。但那狼狗并不追击，只是护着妈妈，坚持站着，怒目龇牙，发出低沉的警告声。它并不是要吃东西，而是不容许有伸手或攻击的动作。

后来妈妈说，只要有库洛做伴，她什么都不怕。

其实，为了灌溉的田水，为了让稻子可以生长，她什么都不怕了。

农村，在作家的笔下是一个乌托邦，但我知道，那是生存的肉搏战场。既温柔又残酷，既明亮又阴暗，既细致又粗暴，既轻盈又厚重；唯一的生存法则，只有和大地自然共生，没别的办法。

一个农民，如果不想终生靠着黑土地、天天汗水淋漓地过活，唯有走出去。

12　打铁店

小学一、二年级刚开始上学的时候，每天的路程都是一场探险。沿途所见的打铁铺、食油店、香纸铺、杂货店、冰店、竹器百货店等，都像一个新世界，让我好奇地看着、闻着、听着。食油店的花生油香味浓郁；香纸铺飘着檀木金纸的香气；杂货店有虾米、小鱼干的味道；冰店会在夏天飘着白雾；日用百货店有五颜六色的蚊帐、纸伞、雨衣等；但最棒最好玩的是打铁铺。

下课回家途中，我最初喜欢驻足的地方，是一家打铁铺。

它有一个不时红通通的火炉，永远烧着一排铁条或者铁块，师傅总是拿一根长长的铁夹子，等铁块烧得通红，就伸进火炉中，把它夹出来，搁在一块无比坚硬的铁板上，叮叮当当地敲打起来。他的旁边放了一盆冷水，打过的铁，快成形了，就放进冷水中，"滋……"的一声，白蒸气直冲满屋。火星四射，红光迸裂，白气茫茫中，圆的铁锅、扁的锄头、尖的叉子、弯的镰刀甚至牛车上的轮轴，各种器具，就在敲打中，慢慢成形。那简直是魔幻般的制作过程。

有一次，打铁师傅看我偶尔站在一旁，就问坐着闲聊的黑脸人："这是谁家的孩子?"

"你看呢?"那个黑脸故意说。

"喂，你住哪里的?"师傅问我。

"哦?"我有些惊讶，说，"在布会社过去一点。"

"啊，布会社那边哦，我知道了。"他转头端详我一眼，继续在火炉里烧着铁，拿出来敲一下，当一声，火光四射中，他说，"看你这个脸形仔，你是不是魅寇的囝仔?"

"嗯。"我点点头。

"有点像。哈哈哈，眼睛最像，只是脸型没像他爸爸那么四方。"

"魅寇最近在做什么?"黑脸问。

"不知道，说不定他去做飞机了。"有人大笑说。

"这个魅寇啊! 实在是咱庄头最聪明的人，每天啊，想孔想缝，一个头壳，转二十四个弯，不知在想什么。你们知右? 有一阵子，他常常来找我，要我帮他打造'铁手指'。"师傅高兴地说。

叮叮当当，打铁声中，他当我不存在似的，一边敲打铁块，继续讲述着。旁人也呼应着他。

"你们猜猜看,魅寇讲的'铁手指'是什么?"他自问自答起来,"我听都不曾听过。我问他,你到底在讲啥?要做暗器吗?魅寇就说,用铁做的,可以套在食指和中指两个手指上的。不要太大只,要可以当手指用。"

"他要做什么用?敢是要打得尖尖的,当暗器,拿来刺死人?"黑脸阿叔问。

"不是啦,"打铁师傅笑起来很可爱,前面有一颗门牙断了一半,听说是他和人打架,被打断的。

"我也很好奇,就问他做什么用?"打铁师父说,"他若要做金戒指,我做不来,要去金饰店。我跟他说。"

"可是他讲,不是要做金戒指,也不是要做铁戒指,是用铁做的手指套。"

"铁手指套?要练铁砂掌吗?"黑面阿叔问。大家都笑了。

"不是。这个魅寇说,稻子插秧的时候,每一次把稻苗插下去,总是会用力把根插深一点,这样稻子才种得牢。可是太用力,泥土就塞进指甲缝里,久了,总是会痛。所以我们都只能动作慢一点,才不会让泥土塞进指甲缝。但这样一来,速度就快不起来了。"打铁师傅说。

"他还要多快啊?他已经是咱们庄头最快的人了,还要跟谁比?"黑面阿叔说。

"我就是这样跟他讲。"打铁师傅说,"可是你们猜,这魅寇怎么说?他说,咱若有这种'铁手指'套在手上,插稻子的时候,大家手指就不会痛了,我们就可以插秧插得很快,大家一起用,咱们农民就不会那么累了。"

"他真是好心呢!"另一个人说。

第一章　三合院

"他鬼头鬼脑，太好笑了。结果呢？"

"我就是看他好心，陪他做下去了。"打铁师傅说，"不过，我也是怕自己做不来，就跟他说，你要不要去找金饰店，他们手路比较细，比较会做手工。要套在手上的手指，可能要用做戒指的手工，才能做得好。"

"不可能啦，他说，没有人拿金手指来种田，有金手指也不必种田了。我们只有用铁的，还差不多。"打铁师傅笑起来。

"夭寿！那一阵子哦，我只要有空，就帮他打那铁手指，一边做，还要一边合他的手指，慢慢打，慢慢改，手指套进去，还要能动，可以去掰秧苗，比打金戒指还难。我常常跟他讲，恁爸做好这个，就可以去开金饰店了。结果你猜怎么样了？"

"怎么样了？"旁边的叔伯们问。

"我们真的做好了，套上去也很合他的手指。当然是特别合的哟，依照他的食指和中指打造的。他高兴极了，戴上去，要下田表演给大家看，他说，他会是世界第一名的插秧高手。第二天，我站在他旁边，一定要看清楚，伊娘咧，我打了一个多月啊！"

"他有没有找很多人来参观？"

"有啊，整个插秧团的人都来了。只见他站在田埂边，把手指套上去，真像要变魔术。插秧团的人都瞪大了眼睛，都来看哪，真是热闹。"打铁师傅笑着说，"他两根指头刚刚掰好秧苗，两手一伸，向下，咔嚓一下，插进土里去了。立即的，他手一拉出来，就站着不动了。"

"啊？怎么啦？"

"怎么啦？你猜猜看？"

"难道是铁手指插到泥鳅？还是抓出一只青蛙哦？"

"哈哈哈，猜猜看啊。哈哈哈，他的两根手指头光溜溜！他的铁手指一插下去，就被泥土给黏住，出不来了。这田土是会黏人的啊。这田土一吸，哈哈哈！什么都被黏住了。"

"干！这不是给田土吸走了！"有人着急地说。

"这个魅寇啊，当场气得满脸发红。他不甘愿，不服输，这固执的家伙，又做了很久，我帮他修改了好几次，还真的没办法。田土很会吸，怎么做都被吸进去。可是，你不得不佩服啊，这个魅寇，实在太聪明了。只有他想得出来。"

"你也很空哦？陪着他这样玩。"

"他实在很有趣，我就跟他做伴。虽然没成功，手艺也进步很多呢！"打铁师傅挥舞着手中的大铁锤，当当当敲了几下，笑着说，"我一世人，第一次用这种粗重的工具，做金饰店做的事哩！若不是他，我这一辈子大概永远也不会做铁手指。陪他玩一次，实在真趣味！"

"鬼头鬼脑，每一项事情，都要跟人不一样！这个魅寇啊，实在是吃了他三叔的嘴涎哪！他一点也不像他爸海永伯，那么古意，反而比较像他的三叔，实在是真聪明啊！"一个亲戚说。

"喂，魅寇的后生啊！"那打铁师傅看我乖乖站在旁边偷偷听，就喊道，"你啊，来吃一个地瓜吧！"他们把地瓜放在火炉边，用它的余温烤。

接过火炉烘熟了地瓜，我仍然有点生闷气。虽然他们称赞父亲很聪明，可是听起来又有一点嘲笑。我不知道该怎么说，只有向他们道过谢，转头默默走了。

但那打铁师傅愿意陪父亲做铁手指，用那么大的铁锤去做那么小的手指套，那还真是成语说的"铁杵磨成绣花针"。我真是很佩服他们。

这是我第一次知道父亲在乡人的心目中，是怎样一种形象。不管怎么样，他敢去开创别人不敢想的事。这个"敢"字，成了他的正字标记。

然而，这也注定了他要走上完全不同的道路，迎向风暴的未来。

0

"哥,我到了。"小妹从高铁车站打手机给我。

"我马上来接你,一起去医院。"我急着去医院看父亲,到底病情如何,是不是要开刀,总要做个决断。

妈妈安静地跟在我身边,眼神迷茫,我让她坐上车,帮她关上门,她都沉默着,只是很奇怪地说了一声:"谢谢。"低头进了车子。

"啊!谢什么?我是你儿子呢!"我故作轻松地说,却望见她像一个陌生人,在遥远的距离之外。"妈妈一定感觉到什么了",我心中暗道。

小妹阿清已经先约了医生讨论明天开刀的事。今天是星期五,今晚如果不签开刀同意书,明早就不能进手术房。父亲的手术时间便会拖延到下星期二以后,这对病情非常不利。

"哥,现在真的很难做决定哦。"阿清说。

"有些时候，我们也别无选择。只能设想，如果躺在那里的是我，会希望你们怎么做。用这样的心，去做决定吧！"我说。

还记得大约小学二年级的时候，有一次，我跟三合院邻居的一个堂兄打了一架，他体型跟我差不多，但我没打架经验，被打得手臂瘀青，脸颊红肿，很生气地回家向妈妈哭诉。妈妈一边问，一边用万金油搓揉瘀青的地方，我痛得哭出来，直说："他欺负我……"我心中想，堂兄比我大，打了人就是欺负人，妈妈应该要帮我去向他的父母讨回公道。

此时父亲刚从外面回来，一看我的模样，知道是小孩子打架，也不问来龙去脉，一把拉过去，一巴掌打了下来，我还来不及反应，他叫我立正站好，冷冷地骂道："哭什么哭，给我闭嘴！要打架，就不要哭。男子汉，出了事情自己解决。要，就去打回来；要不，就吞下去。哭？哭有什么用？"

他的眼光直瞪着我，强悍如狼，我当场咬紧嘴唇，不敢再吭一声。

一个月以后，我依照父亲的方式，和那堂兄打了一架，打得脸都受了伤，却把他压在地上，直到他哭了出来。

那堂兄不甘心，叫他的同班同学（他高我一年级），一个相当高大的男生，下课时到我的班上来，威胁要教训我，叫我不准欺负他。但因为在学校，他也不敢真正动手。我也毫不客气，立即在回家半路上堵人，把他打了一顿，叫他放明白，如果他敢再叫人来学校找我麻烦，我天天在回家的路上堵他，见一次打一次，直到没人来找我麻烦。他知道同学再厉害，他还是得经过我们家门口才能回家，终于认了。

我未曾向父亲说过这事，但从此，我牢牢记住这个现实：示弱没有用，你要当一个战斗者。战斗者，才会赢得尊严；战斗，是生存的唯一道理。

我们怎么能让这个一生好强的男子汉，在死亡面前，还没有战斗，就低下了头？

"爸爸，我们打这一仗吧！"我在心中对他说。

车子转过几个弯，小妹忽然有些感慨地说："哥，你会不会觉得当一个长子，要负责整个家族的事情，其实压力很大吧？"

"还好，家族的事，总是要有人决定。算命的不是说，我是长子命。这是注定的。"我笑着掩饰自己的脆弱。

我不敢跟小妹说的是：自己内心里最恐惧的，是像石黑一雄所写的小说名《我辈孤雏》般，成为"孤雏"。

如果父母亲都不在了，我们岂不是变成一群"孤雏"？那样孤独无依，独自在这世界上，漂泊飞翔？

然而，这样的孤独感，真的很熟悉，很熟悉，仿佛已经成为本能。这种必须负起责任的重压的感觉，似乎来得很早，在我十四岁，母亲开始离家逃亡的那一年春天，就开始了。

而母亲，仿佛注定要来承担杨家的命运一般，和父亲相遇于三合院旁边，日据时代布会社的门口。她的生命自此改观。

1　外公收惊

母亲的娘家在台中南屯一条小溪边。那溪水前方是一座清朝时期搭建起来的妈祖庙——万和宫，庙里香火鼎盛，庙前小广场则有一个固定戏台，上面总是上演着酬神的布袋戏、歌仔戏。南屯曾是平埔族巴布萨人猫雾社的猎场，雍正时已经开垦有成，它早期有一个名字叫"犁头店"，是专门做犁头的地方。也保留了不少平埔族和移民开垦的痕迹。

妈妈娘家的三合院前庭围墙边，种了一排槟榔树，外面正对一片水田，当绿油油的稻浪转成金黄色的稻穗，所有麻雀、燕子都飞来偷吃，三合院仿佛被鸟鸣包围，小孩子就拿着长竹竿绑着花布条，在田野中追逐驱赶。

三合院的后面却是另一道风景。那里阴阴暗暗，有一大片浓密的竹林，环绕着几棵大樟树，一条小小的水渠，总有许多小鱼和泥鳅，竹林暗黑处，各种蛇虫蜥蜴，繁殖生长，悄悄出没。

三合院的正厅，已改为外公的神坛。那是外公在近五十岁开始通灵以后，为供奉三界公而设的。

神坛正中央，供奉玉皇大帝、太上老君、文昌帝君、八仙过海等神像。一尊尊神像被香火熏黑，在幽幽的厅堂里，阴沉着脸，凝视人间的一切善恶轮回。唯有八仙过海的何仙姑身着绣红花白衣，持一支笛子，面孔线条柔和，是最不阴暗的一尊。而最主要的三尊神像是三界公，也就是掌管天、地、水的三个大神，合称"三界公"。这是外公的"师父"，因为他是被三界公看上，收为弟子，才开始通灵。

外公的这个神坛，四季香火缭绕，把横柱和墙壁熏得黑黑黝黝，仿佛陈年古迹，即使不点沉香也飘满香味。夜半时分，外公准备关上神坛之前，总会烧香做晚课，这时，只见外公念念有词，缓慢跪拜，请示神明。如果什么难解的课题，也会在此时慢慢述说。

每次回到妈妈娘家，我和弟弟会先被带去向外公请安。在等待他为我们收惊的时候，静静坐在他身边，观察着神人之间的沟通，聆听外公低声的吟哦，感受到一股巨大的神秘力量，在幽幽的神坛前，无声移动，有如神的气息。

外公有一个光头，和一双慈祥但锐利的眼睛，话很少，因此有一种权威感。他总是请信徒先祭拜天公众神三界公，再回头坐在对面。他的位置在神明桌旁边，一张小桌子的后面，一张大大的茶色老藤椅。他一手支着额头，一手放在一本书上，那是用来查阅天干地支和好坏时辰用的。有时信徒想问何时办法事什么的，他可以随手翻阅解答。他总是默默听取信徒的诉说，有时会发问一两句，有时唔唔啊哦地作声答复，但主要是倾听。

信徒的请示非常复杂。

"我昨天早上带牛去田埂上，忽然那牛就不动了，好像中了邪。那牛眼像铜铃，一直看一个地方，很久很久，后来就掉下了眼泪。"那面孔黝黑的农民，大约中年，叙述起来断断续续，"那牛是老牛了，本来我想卖了，总是换一点钱。可是昨天晚上，我梦见我老母，她已经死去五年多了，忽然回来家里，站在厝角喂鸡鸭，她回头问我说，你有牵牛去饲吗？我听到就说：有啊。她说，有就好。然后我就醒来了。师父啊，你看我老母是什么意思，她是不是叫我不要卖牛了？不然，唉！或者是我老母最近回来要做什么？"

我外公听完，先帮他收惊，再握着那人的手，片刻之后，沉静地说："你只是做了眠梦，你老母在那边，过得很好啦。"外公笑着说："我看，你只是舍不得那一头牛。你就把牛留下来吧。总是替咱做了一辈子，每天早上牵出去溪岸边，放伊吃吃草，让它自己走动，有时也可以拉拉不重的车，收收稻草，让它吃到老去吧。"那黑面孔的农民高高兴兴地回去了。

还有一个妇人，瘦瘦的脸颊，薄薄的肩膀，站在神明前拜拜，诉说许久，之后坐在一旁，等外公和前一个人说完话。

她在外公前面，外公那厚厚的大手掌一搭上她的脉搏，她的眼泪就忽然不停地落下来了。她开始诉说自己的不幸：结婚几年，还没怀上孩子，公婆嫌弃，不要她了，想娶细姨，要传宗接代。为了赶走她，丈夫常殴打，婆婆也只叫她做粗重的活，累得更难怀上孕。她想问问神明，何时可怀上孩子，否则这日子，怎么过下去……

外公握着她的手脉，片刻才说："你身体比较虚弱，要注意照顾。怀孕的事，是上天要送孩子来，晚上我再请示神明，看是什么问题，请神明帮你忙。总是，你身体要照顾好，有好的树枝，才会有花蕊来依枝啊。"那妇人拭了眼泪回去了。

举凡牛猪生病、身体欠安；家庭不睦，夫妻失和；骨头酸疼，居家不宁，甚至被牛只撞了大腿骨，有如撞邪；婆媳相争、父子吵个不停，都来想找办法化解；还有儿子在金门当兵，有两个多月没接到信了，想请神明去帮忙看看等等。总之，五花八门，什么疑难杂症都有。

外公话很少，总是静静倾听。听完了，也不说什么，先收惊。他让信徒转过身，右手拿三炷香，左手抚着信徒的背，慢慢念动咒语，等到仪式做完，信徒的情绪缓和下来，他才开始回答。

万一碰上真的很难解决的，他最后就说："这样吧，今天晚上我拜神的时候，来请示神明该怎么办，明后天，你再来看看。"

神明厅里，香烟缭绕，香火鼎盛。外公所供的神明吃素，信徒只许供奉饼干四季鲜果，不许有三牲荤物，也不接受金钱捐献。信徒参拜完，有的客气些就留下一包瓜果饼干，表示敬意。这些留下的瓜果饼干，就成了小孩子的零食。在那贫穷饥饿的年代，这里简直是孩子的天堂。

"来哦，阿公给你收惊。"轮到我们的时候，他总是抚着我们的头，轻声说。

无论有没有被惊吓到，小孩子体气弱，在外面难免会遇见各种奇奇怪怪的"邪鬼恶灵"，那些东西看不见，跟在身边，容易让小孩做噩梦、惊惧夜哭。收惊，是让孩子的主神回来。

他手拿三炷香，先用手轻轻抚着我的背，由上而下，抚三下，然后念了起来："一请天公，二请三界公，三请……"几个神明的名字轻声传出，他拿香的手在我的背上旋转着，仿佛在画着什么符咒似的图案，最后上升到头顶，由上而下，一笔直画而下，直至脊骨末端。最后他会轻轻按一下头顶灵台，仿佛魂魄原神都归了位，整个收惊仪式才算结束。

说来也奇怪，外公的手在背后移动作法，并不碰触到我的背，但他的手隔空摸过的地方，脊骨会感觉有一股热流，穿透肌肤。那真是很奇妙的体验。

小时候我非常调皮，总是在后面的厢房里，学着他的姿势，为几个小表弟收惊。他们要乖乖坐地上，让我依样画葫芦，口念咒语，喃喃有韵，再隔空摸过脊骨，最后用力地按一下他们的头。但有时候，我是故意用力一点。

他们总是"嗯"一声说："哦，不要那么用力，轻一点咧，我本来好好的，都被你吓坏了。"

每次外婆看见我玩这模仿游戏，就叫外公来看，疼爱地说："学得还真像呢！这个憨孙子。"

2　稻谷换肥

妈妈是长女，自幼就懂事。她从小就懂得用长长的背巾，前后回转，把年幼的弟妹背起来，一边做农事。择菜洗米，烧饭洗衣，菜园浇水，样样都来。

即使如此，妈妈小学时代的功课，仍是班上最好的。瘦瘦小小的身材，明亮的眼睛，第一名的成绩，让日本老师很是疼爱，小学六年，她当了五年的班长。

小学毕业前，老师找她谈了很多次，希望她继续升学读初中。但她家里人反对。毕竟小学是义务教育，初中就得自己交学费、通勤上学了。

她的老师很舍不得，特别来家庭访问，"这孩子天资聪颖，不读书，太可惜了。"老师说。

外公也想让她继续上学，于是去请示他的妈妈。

妈妈的这个老祖母，当时六十几岁，守寡多年，眼睛已经看不清楚，快瞎了，可是脑筋异常清楚。妈妈说，小时候每一个人都尊敬害怕她，她可以闭着眼睛，用手摸出钞票的面额，再多的大小钞票，她都可以很快地心算加总，得出总额。谁也骗不了她，她才是真正的当家。外公家好几房的人，都靠佃租的农地过活。每年交租后，只能留下的那一点稻谷，和菜园子自种的一点青菜，勉强度日，其中关键，就是这个老祖母的用心操持，才得以平均分配，维持生存。

我外公带着妈妈去向她报告说："阿绒仔的日本老师，人很好，真疼惜咱阿绒呢，特别来家庭访问，说阿绒真聪明，真巧，没有继续读书，实在可惜。让她去读初中，以后一定会出头天！"

老祖母眼睛看不见，默默良久，回说："阿绒很聪明，也很乖巧，若是可以读书，当然很好。可是，我们每年要交给头家那么多稻谷，自己只剩下这一点米粮过活，怎么有钱交学费，何况还要通勤？如果阿绒会读书，就可以上初中，那咱家里，有好几房，十来个小孩，每一房的女孩子都要上学，我们哪来那么多的钱呢？你自己想一想！"

我外公愕然，默然。

"今天不是阿绒仔一个人，是每一个囝仔，怎么做才公平。咱没这么多钱让孩子读书。"她断然说。

妈妈小学毕业就回家照顾弟妹，从事农活，稍大一点，当裁缝学徒，学会了针线做衣服，就去附近一家制服工厂，包一些学生制服回来缝制，论件计酬，帮助生计。

外公不识字，是一个贫穷佃农的后代，反而外婆家境稍好一点，上过几个月的汉学仔堂，识得一些字，会看农民历和简单的佛经善书。外公早年没别的本事，就是身强力壮，老实正直，平时除了农事，还靠着牵牛车，为农民搬运稻谷，赚一点体力活的钱。

"他身体壮得像一头牛，一个人可以扛起五十公斤的大米布袋，随手叠进米仓。"妈妈如此形容。

一九五〇年代，台湾政府实施土地改革，推动"三七五减租"和"耕者有其田"政策。外公的家因为是大家族，人口众多，依照人口比例，分得一些土地，家境才稍稍好转。但外公依旧要牵牛车，帮农民运稻谷到农会，赚取微薄的劳力收入，贴补家用。这也是拜了台湾政府实施的"稻谷换肥"制度之所赐。

台湾农地耕作过度，地力不够，要种好作物，就得靠肥料；而生产肥料的台肥公司控制在政府手中。政府并不直接出售肥料，而是利用每年稻谷收成的时候，让农民自己把稻谷运到农会，先交完农业税，才能换取肥料。届时，农会职员要检查稻谷的干湿度、重量、品相等，过关后，取得证明，再用交来的稻谷数量，换取农地下一季所需要的肥料。这便是戒严时代控制民间的最重要手段——"稻谷换肥"制度。

运用日据时期所建立的基层农村组织——农会，政府一方面借此储备粮食，以为两岸长期战争作准备；同时控制生产资料的肥料，就可以控制农会、农民。

此种制度，造成农民很大的不便，每年到了稻谷收成的季节，每一个小乡小村的农会前都大排长龙，等候查验稻谷交税。一条道路、一条小街，往往被牛车、人群挤得像闹市。但那时人们并不抱怨，最多就是说农会动作慢而已；因为"耕者有其田"的政策让农民首度拥有土地，自己收成，自己交税，高兴都来不及。每年两季的收成季节，农会外排着的长龙，总是带着收获的欢乐。较有余裕的农民会扶老携幼，从田庄去农会所在地的街道，顺便买一些新衣新鞋、日用杂货。

此时，农会外面会排着长长的牛车阵，牛车上堆了满满稻谷包。农民闲极无聊，往往去杂货小铺打一杯太白米酒（那时代米酒可以一杯一杯卖）、小包花生米，喝得脸红红的，有人划拳行令，有人小醉了，就唱起了农村小调；有时农会的人经过，也会加进来喝一杯。

排队久了，牛会饥饿想吃草，所以牛车上要准备草料；人也一样会饥饿，想喝点茶汤，农会旁边就发展了小小的一排摊子，有流动的小酒小菜小点心，卖着肉粥、咸汤圆、米苔目、绿豆汤、红豆汤等。

为了排队交稻谷，有时一等待就是一天。有些人家并无牛车和人力去搬运稻谷，就请人来帮忙。这牵牛车的劳动力，就像收割、插秧一样，都是农村的季节性工作。

我外公就是靠一台牛车，和一身粗壮的肌肉，在稻谷换肥的季节，一身汗水，帮人运稻谷去农会赚外快。

然而，近五十岁的时候，三界公竟找上他。那时，妈妈已经和爸爸结婚，怀上第一胎。

3 邮便局

爸爸和妈妈的姻缘，起因于日据后期，为了南洋战争的军服需要而设立的纺织厂。

"布会社"是我们三合院从日据时代以来习惯性的称呼。它最早的名称，其实是"台湾纺绩株式会社"。

日本轰炸珍珠港之前，南洋战场已不断扩大，日本政府有鉴于南洋战争中，需要供应大量的军服，从日本岛运送太远，才决定打破"工业日本，农业台湾"的政策，将纺织生产工厂设在台湾。一九四一年，总督府从日本吴羽纺绩株式会社，将半旧的纺机两万锭、织机五百部，拆运来台，在乌日设立了王田和乌日两个工厂。那是台湾最大的棉纺厂。占地九公顷，算是非常大的面积。可是，光建厂就花了很长一段时间。

我大姑姑的丈夫，就是从台南玉井派来这里建厂的工程师，参与了纺织工厂的设计制图与规划。大姑当时正在乌日的邮便局上班，作为接听和转接电话的接线生。爸爸曾说，如果不是这布会社带来机器设备和工厂，也带来工人和新的商业活动，乌日只是一个偏远的小农村，它就不是今天这样，我们家也不是今天这样。

彼时，大姑姑正当青春，美丽的十七岁。所有人都喜欢她说日语的模样和腔调，说她的口音像极了她的年轻女教师，有一种悦耳的东京腔，一点都市味，一点电影里穿和服日本女人的内向和端庄，却又有一点倔强。她继承了祖母的肤色，皮肤嫩白，身材修长，有一双圆润的小腿，尤其容易让乌村的男子动心。在她下班的马路边，往往有些年轻男子，假装不经意地谈着话，却斜瞟着眼睛去偷看。然而大姑总是连斜眼都不瞧一眼地走过去。她耿直正派，对轻佻的作风，根本不屑一顾。

小学毕业后，透过老师的介绍，她在邮便局谋了一份工作：当接线生。当时的邮便局还兼有电报、电话的功能。她的业务，主要还是帮公务机关、会社接通电话。尤其是外派来乌村附近建纺织工厂的工程师、建筑师，总是要打电话和总公司联络。

当时电话是摇铃式的，打电话的人得先摇动电话，接通乌村邮便局的总机，总机小姐再接到另一地的邮便局，例如说台北；台北那一边的邮便局总机小姐再接到你要打的电话，插上线，然后再向另一边说：有乌村来的电话，要找某某某。如果那个人在，就向另一边说："接通了，请说话。"如果不在，就说："他不在，其他人说话可以吗？"

即便在战火中，大姑姑穿着邮便局的制服从乌村的小街上走回家的时候，秀气而白皙的模样，文静而端庄的步伐，依旧是乌村美丽的风景。人们不说她的名字，只用日语称呼她是"杨家的美人"，或者，简称"美人"。

祖母不是没有注意到女儿已经长大了，却不知道该如何为她找一个婆家。有人找媒婆来说亲，有人在路上等待，有人常常到三合院里来偷偷看一眼，祖母当然知道麻烦的事开始了，但大姑生性刚烈，对感情的事情，浑然无知，只是安静地上下班，帮助家事。

只有一个台南派来纺绩会社的建厂工程师得到青睐。当时计划刚刚执行，工厂正在兴建，技术人员大量进驻。总公司与乌村之间有联络的需要，就让这些工程师有许多打电话的机会。起初只是公事，后来有些工程师只是想借机讲电话，就发展出新的打电话的方法。

“莫西莫西，请帮我接台北，找某某人。”

“电话摇过去了，有人接，但找的人不在。”

“那再找谁吧。”

“哎呀，又不在。”

“那真是伤脑筋呀！有急事呀！怎么办才好？你能帮忙想一想吗？”

“那等一下，我再帮你接一接，如果有人了，我请你听吧！”总机小姐说。

这个姓江的工程师诡计得逞，乐得等待。

慢慢地，工程师下了班以后，会借故到三合院来。

黄昏时，他下了班，洗过澡，一身干净的灰蓝长裤，白色短衬衫，手上拎着糖果，或者去杂货店打来的太白酒，坐在晒谷场上，和家族的男人说笑。

那时节，因为美军大轰炸，土埆厝倒塌了要重建，三合院就开始做了一些土埆，男人白天得忙着运土打模，傍晚才得休息。

劳动了一天的男人累了，会吹嘘起土埆多么结实耐用，今年春天做好了，可以抵御冬天的寒风。他们也特地请教了工程师，怎么盖房子才会结实。工程师闻着土埆传来泥土的味道，会认真地给一点意见，笑着讨论，偶尔和大家一起唱闽南语歌谣。

和三合院里全身滚着泥土，被阳光晒得黑黝黝的男人比较起来，他的皮肤干净，动作斯文，确实有一种读书人的气质。

"按怎？遇见美人，你就笑不出来了？"大家都取笑工程师，笑他没有男子气概。

"唉！男人嘛！要庄重，不能随便。"工程师总是苦笑。人人皆知他来三合院其实都只是为了看大姑姑一眼，有时整整一个晚上，大姑姑只出门去邻家取一回东西，他就只为了这一眼，也心甘情愿。幸运的时候是夏天，房子里太热了，大姑姑会拿着圆圆的团扇，扇着扇着，出来晒谷场上聊天。他就会快乐地唱起歌来。

一日一日下来，工程师的苦心竟感动了三合院的家族。大家都喜欢上他了，看他态度尊重斯文，人好相处，又是个远在异乡工作的读书人，下班寂寞，孤独一个人，逢年过节，妈祖生日，乡下做戏，都会邀请他来。时日久了，一些叔叔伯伯反而向祖父说："唉！你们家美人就嫁了他吧，他是好人。"

我祖父个性质朴，没什么心机，不知怎么说。倒是我祖母已先偷偷观察许久，她安静地对我大姑姑说："你看，这个人怎么样？"

我大姑姑只是害羞着说，年纪还小，不急着出嫁。这样，我祖母就知道了她的意思。但她想着，现在也没什么钱可以办嫁妆，吃一点米饭和肉都得靠配给，怎么办也热闹不起来，就再等一等吧。

直到成功岭空袭那一次，整个三合院的人都看见了成功岭的火海，燃烧的山头，把早晨的天空都烧成了黄昏。成功岭的火星向山下飘散，附近屋顶上的茅草也着了火，纷纷燃烧起来。更令人惊骇的是成功岭马场里的马。它们有良好的训练，养得特别强壮，本是为了送去当前线将军的坐骑或运输用马，此时都被惊吓得不知所措，马场的围墙破了，受惊吓的马匹四下奔逃，可能是沿着成功岭的铁道，惊惶逃散。附近的村子，有人发觉自己的菜园子里，站着两三匹马；有人看见马在田埂边的小沟渠喝水；有人看见它在铁轨边上急奔。几百匹专业饲养、英姿焕发的军用马，被打得涣散失魂，飘荡无依。

据说，曾有几匹白马，游走到了布会社附近。它们眼睛茫然四顾，有如一个被吓到的孩子，大大的眼珠子里，竟像含了泪水般湿湿的。

大轰炸后，大姑姑从防空洞里爬出来，还来不及看清四周的状况，就看见一匹白马，体型高大，腹圆腿壮，站在树下，瞪着大眼睛，笔直地看着她。她吓得想呼叫什么人来帮忙，却见白马扬起高高的长腿，扬起马蹄，拔足狂奔，飘飘而去。她惊呼一声："啊！那会按呢？"却见一群白鹅，被马惊吓，呱呱大叫，从草丛里跳起来。但马跑得太快，白鹅刚开始叫，马步就已经奔向远方，一转眼消失在竹林转角处。

不久，工程师来了。他惊惶的眼神，让大姑以为他也被吓坏了。但他更担心的，其实是大姑的安危。

"啊！你知道吗，我看见了一匹白马呀……"大姑姑急急地向工程师说。

他平静地看着大姑说："嗯，从我们工厂旁边跑过去了。会社里面有青草地，它可能想去吃草吧。"

他们看着成功岭的方向，天空还飘着轰炸后的残烟。

"日本快不行了，战争可能快结束了。"工程师说。

大姑姑在战后和工程师结婚。工程师也就近住进了三合院。可惜在大姑生下女儿不久，工程师突然得了急症，由于战后的纷乱，来不及好好治疗，几天之内，就过世了。

小时候，大姑特别疼爱我，曾带我坐长途火车去台南玉井，那工程师的老家。在那长满了芒果树的乡村三合院里，看见白白的小芒果花，飘落了一地。

后来研究台湾史我才知道，玉井原名噍吧哖，余清芳①在那里发动袭击事变，反抗日本殖民统治，日本派出军队，机枪大炮全面镇压，为了报复，日本人在村子竖一根竹竿，约一百二十厘米高，凡是超过的男子，一律枪杀。村子的男人被屠杀一空，只有一百二十厘米以下的小孩和妇人幸存下来。它被改名玉井，那是东京一个风化区的名字，殖民政府有意用来诅咒它的后代。但工程师却很争气地学习工业设计，静静长大。可惜他却早逝了。

回程中，火车缓缓行过嘉南平原早春的平野，穿过西螺大桥的时候，她指着窗外说："你看，要过西螺大桥了，会有很大的声音哦。"大姑坐在火车窗边，温柔沉静，带一点忧愁的美丽。

哐当，哐当，哐当，火车敲打着铁桥，那节奏规律而强烈，压过了说话的声音，宽阔的平野和河床，绿油油的西瓜田，摇曳着扇子般的叶片的香蕉树，远远的天空中，有细致如蒲公英的云，轻轻飘浮。大姑微笑看着窗外。

"那一边再过去，就是海边了。"她指着窗外的风景说。火

---

① 余清芳（1879—1915），台湾屏东市人。年少时曾接受私塾汉文教育，后因家境清寒辍学。十七岁时值日军侵台，遂投身抗日义民团体，组成台湾抗日革命军，领导了一九一五年的"西来庵事件"，遭日本殖民当局通缉，因人告密被捕，同年九月被日军在台南监狱处以绞刑。

车乘务员刚刚泡过一杯茶，那新鲜的茉莉香片味道，蒸气浮动的车厢，和大姑沉静而寂寞的笑容，依旧在我的记忆中飘浮。那是我的第一次火车之旅。

4 戏台相亲

日据时代开始建设的这个会社，就在我们三合院的隔壁，西南两面紧紧相邻，它的围墙又长又高，上面插着铁丝网防护，即使是一墙之隔的三合院，也无法窥见工厂内部，仿佛把半个三合院给包围起来。在日本统治时代，这里算是军事工业的生产基地，闲杂人等不得进出。

老一辈的人说，纺织厂占地九公顷，从规划设计、安装机器、试车并教会工人，就花了两三年的时间，可以开始生产时，战争已经到了后期。

光复后，"台湾纺绩株式会社"由国民政府接收，改由台湾工矿公司管理，更名为"乌日纺织厂"。后来，推行土地改革，历经三七五减租、耕者有其田政策，"乌日纺织厂"的股票就作为抵偿地价，分给了几个大地主，主要是由吴火狮①来继续经营，改名叫"中和纺织厂"。

因着战后台湾缺乏棉衣布料，加上美援带来的棉锭需要纺织，这个日据时代的棉纺厂生意大好，中和纺织厂成为中部一带重要的工业。

大姑姑在丈夫过世后，在乌日的街道开了一间裁缝店，帮

---

① 吴火狮（1919—1986），台湾新竹人，著名企业家。

人做衣服，带着女儿过活。二姑姑和三姑姑长大了，就请人介绍，进入纺织厂当女工，赚钱贴补家用。

一九五〇年代的乌日周边，没什么工业生产，有这么一家纺织工厂，能够容纳一两百个女工，发出薪水，让那么多家庭过活，已经是地方上很重要的产业了。许多人想进去工作，还得托人介绍找关系。

台湾光复初期，我的几个姑姑都曾在此工作，直到结婚才停止。在南屯的我妈妈家族也一样。她的两个姐妹，从南屯通勤来纺织厂工作，就和二姑姑、三姑姑结识了。

约莫在一九五四年，日月潭和上游的水库刚重建好，成为新的观光景点，为了吸引游客，省政府欢迎民间组织旅行团前往参观，以增加它的知名度。但那时交通不便，唯有靠公司租大巴集体旅行。中和纺织厂响应政策，租了几辆大车，要去日月潭玩，欢迎大家报名。

妈妈的两个姐妹都报了名，她们怕我妈妈平日只在家里做裁缝，生活无聊单调，既然公司可以免费旅游，便邀她一起去。

旅程中，两个姑姑认识了我妈妈。

妈妈谦卑有礼的样子，很会照顾人的大姐个性，让她们很是喜欢，忍不住想帮长兄做媒。

她们极力撮合，于是拜托阿姨，找个机会，请妈妈来纺织厂走走，好让父亲躲在暗处，偷偷瞧一眼。

妈妈后来回忆，她本来也不愿意，但为了阿姨的央求，才来了乌日纺织厂。那一天黄昏，她带着外婆做的桂圆糯米糕，用便当铁盒子装着，趁热带来给上夜班的阿姨吃。她站在纺织厂门口，和阿姨说了几句话。

阿姨用眼神扫了一下她的左前方，说："呐，在那边，那一棵树下，穿白衬衫、西服的那个男子。他在看着呢。"

妈妈不好意思回头看，红着脸说："没关系，我等一下自己先回去了。"

她眼神微微斜了一下，只见远远的地方，有一个男子，个子也不矮，穿了西服，未打领带，站在一棵樟树下，抽着香烟。她转身就回去了。

姑姑问父亲意下如何，他随口说："不错啊，很贤惠的样子。"

姑姑知道有谱了，就托了阿姨想办法，找一个庙会的时候，请妈妈去庙庭前拜拜，好让祖父可以看一看。

南屯的妈祖庙名为"万和宫"，是雍正时代开垦南屯的早期移民筹建，据说很是灵验，此时正要过生日，就决定由祖父带着大姑姑、三姑姑去烧香，坐在庙前的广场上，假装看歌仔戏，而其实是一直在等待妈妈提着拜拜的红色礼篮走过去。

尔时，戏台上正是锣鼓喧天，文戏武戏连台的时刻。妈妈穿着暗红素色冬衣，和阿姨手挽手，低头默默，穿过庙前广场，缓步进入庙里拜拜。

祖父觉得这女子眼神看起来善良温柔，有些腼腆，是一个很有妇德的好女子，就决定请人去做媒了。

这下轮到外公烦恼了。前面的安排，无非是看男女双方的意思，有意思才做媒。但既然男方着了媒人来，到底嫁不嫁女儿，还得去探听探听。

有一天，外公悄悄骑了自行车来到乌日，想在三合院附近打听看看。不料，他刚现身，就见到了一个南屯邻居的女儿，正蹲在河边洗衣服。

外公很高兴地说："阿满仔，你怎么会在这里？"

"我嫁来给某某伯仔做媳妇，已经好几年了！那你呢？你怎会来这里？"阿满说。

"啊呀呀，是这样啦，既然你是我们南屯人，总是老实说吧。"外公是一个木讷的人，不善说谎，就老实交代，"是因为有人来给阿绒做媒，对方是乌日村的人，我们也不知道对方门风好不好，所以特地来探听一下。你来做乌日的媳妇好几年了，总是比较了解，帮我打听打听。"

那女子于是笑起来说："是谁家做的媒人？"

"是乌日菜市场那卖猪肉的王一生太太去做的媒。"

"对象是谁啊？"

"叫作海永伯的儿子，大儿子。"

"哦！"那女子于是笑了，说，"若是海永伯，我最熟了。他就住在我们厝边。你放心啦。他是一个古意老实的人，日本时代，那时的日本警察都说，若是乌日的人都像海永，乌日就不需要警察了。他是做田人，很是本分，也是勤勤俭俭过日子。不过海永伯的女孩子都很争气，三个女儿在布会社上班，每一份薪水都留下来，省了一点钱，最近又刚刚买了一小块田地。"

外公一听，心里有底，也没有多探听，就回家了。他向外婆说："这家人有好门风，把秀绒嫁了吧。"

妈妈嫁来了乌日，跟着父亲过起农妇的生活。插秧、播田、种菜、除草、割稻，样样精通。

多年以后，妈妈想起此事，总是说，她的姻缘大概是天注定的，她一定前辈子欠了杨家什么，否则外公也不至于一到乌日，就碰上了南屯的故乡人，给他杨家那么好的印象，就决定把女儿嫁了；如果她没嫁来杨家，就不会受这么多的苦。

5 三界公

妈妈怀了第一胎，大腹便便的时候，外公才被三界公看上，要找他去当弟子。那时，外公也五十多岁了。

那一天，外公牵着牛车，慢慢走过了他家附近的田野，恰恰有一列队伍，举着庙宇的刺绣旌旗，敲锣打鼓，唢呐喧天，抬着一座神轿，从不远的田埂间经过。原来是附近一间三界公庙在做拜拜，出去巡境回来。他把牛车停下来，下车鞠躬，站在田埂上看了一会儿，只觉耳朵被唢呐吹得嗡嗡作响，脑中一片混沌，天地玄黄，渺渺茫茫，晕晕乎乎，就回家了。

回家后，他变得神智恍惚，不理其他人，只是对着天庭，口中念念有词，脚踏七星方位，前后左右移动，弯身朝天祭拜。

外婆惊问："你是怎么啦，为什么一直这样拜？"

他什么都没说，只是站在三合院的晒谷场中央，向天朝拜。

外婆以为他只是那一阵子牵牛车去农会稻谷换肥，工作太累，一时头脑糊涂，便不理会。晚一些，他拜得累了，也不吃饭，自去洗澡，一进了房间，倒头就熟睡了。

不料，次日醒来，他依然如故，什么农活都不做，只是脚踏七星方位，对天拜个不停，继续念念有词，还发出一种类似七字调的古代韵文，但一句话都听不懂，完全脱离正常人的理解。但说他失常，也不对，他还可以应答，只说："不要吵，我要拜三界公。"

外婆觉得他可能是中了暑，或者在野地被妖魔煞到，就带他去万和宫拜拜，尤其他口念七字调，怕是冲了文昌帝君，就特地请求文昌帝君的原谅。但没用，他依然拜个不停。没办法，只好带他去看西医。

西医直摇头说，这不是一种细菌病症，更没有对天一直拜不停的病例，没药医。最后，西医只能悄悄地建议她："是不是要送去附近的静和医院看看？"

静和医院是日据时代就建立的著名精神科医院，地点就在外公家附近。外公知道要被送去精神病院，气得不得了，愤怒反抗。家人只好把他手脚捆绑起来，抬去医院。一到那里，医生无法判断他是不是已经失常，只知道家里无法看护，立即办理住院，关进了那特殊制作的"病房"里。

那医院设计得相当完善。病房的排列呈半圆弧形，每一间房间的铁门成排，一起对着医疗护士站。医疗站位居正中央，环顾四周，各病房的情况一目了然，如此可避免病人自残。

医院四边树立高高的围墙，四周都是竹林农田，杂树丛生，非常荒凉。虽然它的内部庭院整理得整齐漂亮，种了几棵高大的椰子树，有繁花盛开的花园和大片的草坪，看起来还算明朗整洁。但附近农民不太敢在附近走动，都说这里一定有各种妖魔鬼怪，才会让这些人"起痟"，精神失常。

那时，妈妈结婚近一年，好不容易才刚怀了几个月的身孕，听到此事，顾不得腹中胎儿，立即回娘家探望。外婆知道外公特别疼爱我妈，就叫她去医院探望，希望可以因为她的呼唤，叫回外公的神魂。

去看外公的那一天，妈妈带了香蕉，希望它柔软方便剥皮，外公可以吃，但医院规定不能送东西进去。她站在外公的房间外，隔着铁栏杆，握着外公的手，说："爸爸，你怎么了？你怎么会这样？是不是哪里不舒服？"

"没有啊，我很好，只是三界公叫我要一直拜。"外公平静地说。

"你赶快好起来，不要再拜拜了，我们可以回家吗？"妈妈问。

"我也想回家。我没病，在这里干什么？"外公生气地说。

此时旁边有好几个病人叫了起来，有人大喊大叫，有一个苍白的中年人过来对妈妈很认真地说："阿督仔，阿督仔，美国飞机来了！美国飞机来了！"

妈妈吓了一跳，随着他的眼光看去，只见铁栏杆上，只有斜斜的阳光穿透过来而已。

"好了啦，"外公望着妈妈略为隆起的肚子，用一种悲哀的声音说，"你快快回去吧。你有身孕，挺着这么大的肚子，来这里不好。这里人都不正常，因为附近有许多妖魔鬼怪。"

"啊？那你也回家吧。"妈妈说。

"我也想回家啊。你有身（孕），不要在这里逗留，快回去。你放心，回去跟你妈说，我没病，只是要去三界公那里修行，修行结束，就好了。"

妈妈哭着说："可是爸爸，你自己去天上修行，我们孩子怎么办？妈妈怎么办？"

"不会怎么样啊，我修行好，就会回来。憨查某团仔，阿爸不是去天上做神。三界公只是要我当弟子，来帮他做事而已。"

"可是，你好好种田，也是三界公的好弟子！"我妈妈只想回到从前，拥有一个平凡的农民爸爸。

"唉，别说了，憨查某团仔，阿爸根本就没有发疯，关这里做什么？你回去叫他们帮我办出院手续，不要浪费钱。让我回家，在房间里闭关，只要七七四十九天就好了。"

妈妈还在流泪，外公就说："快回去说吧，记得，告诉他们，快来接我回家。这里妖魔鬼怪太多了，你一个有身孕的人，快走吧！"

妈妈站在稍远处挥手，却见那铁栅栏内，外公兀自挥手，仿佛在求她快一点找人来放了他，不禁泪下如雨。

后来，外婆打听到附近有一家供奉陈靖姑的"临水夫人庙"很是灵验，便找人去问那里主事的道姑，是不是有解，要怎么解。

那道姑上了香，跪拜请示过神明，才回说："哦，这个不是坏事，是好事。他是被老三界看上，要抓去做乩童而已。你们只要照着神明的指示做，就会好了。不过，他现在还未修行，不能当乩童。你们赶紧找他来拜拜，陈靖姑会让他'开口'。"

"那，要怎么让他开口？"外婆问。

"你们带他来吧。不过，要记住哦，要让他的老母带他来。这个事情，很重大，要老母才能做主。"

那"临水夫人庙"供奉的是陈靖姑。传说陈靖姑是南海观世音菩萨的指甲投胎，生于唐朝大历二年，二十四岁以有孕之身，奋然脱胎，临坛施法祈雨，拯救福建大旱，却遭仇妖暗算，尸解归天，死时留言："我死必为神，救人产难。"民众于是立庙祭祀，自此成为闽南民间供奉的女神，专门保护妇女的生育和孩童的生长。

那道姑所说的"老三界"就是三界公。三界公又称"三官大帝"，即上元赐福天官紫微大帝、中元赦罪地官清虚大帝、下元解厄水官洞阴大帝，民间俗称"三界公"，为掌管天、地、水三界之神，在历史上的指称即尧、舜、禹三帝。其中尧帝定四时制年月、舜帝拓荒垦地、大禹治水有功，因此奉为三官大帝。

外婆去医院带外公回家，再由那眼盲的老母带着，去陈靖姑庙问明始末。那道姑最后交代说："陈靖姑有指示，是三界公要找你儿子去做弟子，你回去以后，要准备五果素面，在大庭前，设坛祭天，咒誓说：你愿意让你儿子，做三界公的弟子，他愿意一世人吃素，奉侍三界公，这一生一世，他要帮助世间人，绝对不向人收一分五厘的钱，一生清清白白，替神明来看顾世人。"

外公的母亲回去后，率全家在晒谷场设坛祭天，焚香立誓，把儿子献给三界公。自此外公成为三界公弟子，但还不是正式乩童。

外公在家里找了一间不会有人打扰的房间，关起来，谁也不许进出，依照外公的指示，只留下一个小洞，作为送水的洞口，就这样开始了他七七四十九天的闭关。

6 修道捉妖

起初，外婆送进去水和素食水果，但外公只饮用一点水，素食根本没动过。外婆以为他修行中没食欲，不以为意。不料过了两天后，发现送进去的米饭他一粒未动，食物原封不动送出来。外婆心想，这不吃食物，七七四十九天下来，怎么能活啊？一定会死。她哭着劝，没用。外公不动如山。他的母亲来劝，也无用，她一点办法也没有。门已经在闭关时，锁死了。外婆没办法，找我妈妈这个最疼爱的女儿回去。

妈妈知道事态严重，一回家就长跪在外公闭关的门外，大哭起来。她劝着说："阿爸啊，你一定要吃一点东西，吃一点点也好啊！再这样下去，你一定会死。人无法这样过七七四十九天！阿爸啊，你修行是为了帮助人，你这样不吃，若是过世，怎么帮助人啊？"

妈妈哭了许久之后，外公终于有回音了。他从小小的窗口，用缓和的声音说："秀绒啊，你不必烦恼，我不会饿。我都有吃啊！我每天去天庭学道，吃的是天上的食物，有仙果素菜，都是修行人的食物，不是你们这一款食物。你不必操烦（操心烦恼），我吃得很好，不会饿死。"

妈妈仍不相信说："不然，你就先吃一点点，才有力气上天去学道啊！"

"呵呵呵，憨查某囝仔，你都不知，天上的物件，比咱这个地下多太多啦，那里有很多仙桃，有许多你没见过的花果，我不会饿着，吃得很丰富呢！"

妈妈没办法，只好如此回报外婆。外婆忧心无比，常常叩门探问，深怕他因为饥饿、体力不支，昏倒在里面。

七七四十九天之后，外公出关了。全家人等在门外，只见他的身体虽然变瘦，脸色反而红润，气色非常好，而且因为有多天未做农事，没晒太阳，皮肤还白净了些。妈妈和外婆都惊讶不已，终于相信这是三界公的意旨。

父亲陪着妈妈回去南屯娘家，看着外公出关，也惊讶不已。但他不信神鬼，只在一旁冷冷观察着。不料外公走过来对他说："魅寇，要出来的时候，三界公有交代，我若是出关之后，要去白沙坑，拜一间何仙姑庙，在上面，他们都讲好了。你也陪我去。"

去拜访的那一天，父亲和外公的几个儿子一起，一行人浩浩荡荡南行，去彰化白沙坑找那一间传说中的庙。

一生只牵牛车而没去过彰化的外公，东绕西绕，居然就在彰化的乡间找到那一间庙。离奇的是，他们一行人还未到庙前，就远远见到一排人站在庙前飞檐下，遥遥招手欢迎。父亲惊讶地问："是这一间吗？"

外公答："是啊，他们在等，我们快过去。"

他们一到，那何仙姑庙的弟子就奉上香，说："仙姑前几日就有交代了，说你们会来。昨天晚上拜拜，仙姑指示说你们今天早上到，果然灵验。"于是邀请入内，一起参拜。

父亲少年时代起就只信科学，不信神怪灵异，他在三合院人称"铁齿"，至此改观。因为他真的见证了在那个没有电话、没有通信的时代，他们竟能早早就等候在庙门口。除了神仙，谁能事先通知？

依照父亲的说法，那是一场神仙界"礼貌性的拜会"。它好像说：三界公用这个仪式，说明他新收一名弟子，以后弟子要出来办事，"不看僧面看佛面"，请何仙姑和其他的八仙诸神明，各庙宇及其弟子，多多关照。

烧香跪拜，法事俱毕，外公正式成为弟子，于是打道回府。

不料回台中路程中，刚刚踏过乌溪大肚桥，走进成功岭地界，外公忽然大叫一声："啊，停一下！"众人正感到不解，却只见外公从他的包袱中，拿出七星宝剑，先是在马路上，对着看不见的东方，就下跪、祭拜起来，大家于是问他怎么了。

"这成功岭的山上，有太多妖魔了。我请示神明，要把他们赶跑。"他说。

父亲放眼望去，只见山坡上，乌云盖天，芦苇翻飞，杂树苍苍，密草荒凉，确实有些古怪。只是，朗朗人间，一望到底，哪有什么神怪？

　　然而，只见外公一个人，一把剑，一提身子，往山上冲去，手挥七星宝剑，斜里冲上去，时而行祭拜之礼，时而挥剑横击，时而冲下山来，再向左右各方冲杀，跑得不亦乐乎。

　　过了许久，外公满头大汗，手提七星宝剑，缓步归来。他气喘如牛，精神奕奕，向天空四方祭拜一遍，才说："可以走了。"

　　父亲问他做了什么。

　　"这个山上不平静，有许多妖魔鬼怪，神明挡在前面，是要我去作法，为他们超度，请他们离开。这样，神明才会让我们过去。"外公喘着大气说。

　　父亲想了一下，回说："以前日本时代，美国阿督仔的大只母鸡，有来大轰炸，这里好像死了很多人。而且以前这里是跑马场，轰炸的时候，也死了一些马。"

　　"嗯。没错。"外公说。

　　父亲再回头，只见成功岭天空的乌云慢慢散开，天色确实渐渐清朗起来，乾坤还在，杂树还在，只是，他仍没看出作法后，成功岭有什么不同。

　　"要回去了吗？"他小心地问。

　　外公把七星宝剑收起来，说："都解决了。"

　　"看没有，就是看没有。省得操心！"父亲后来说，他怎么样也看不到鬼神，不知道他们怎么相杀相克，确实有点可惜；可是这样也好，看不到鬼神，不会天天受干扰，太烦人了。

　　自此，外公在家里设神坛，供奉玉皇大帝、八仙、陈靖姑等诸神，最主要的供奉，当然是三界公。平时帮人收惊，也帮地方做一些除妖祛魔法会。

说也奇怪，本来不识字的外公，仿佛在天界真的有进修，竟然开始识字，会画消灾平安符，也会写一些中药的方子、指引信徒的七字诗词，给小孩收惊治病。他通灵的能力，则因为诸多事迹的证明，例如寻找失物、寻人、问病、问平安等，特别灵验，而得到地方的尊敬。

毕竟，一个人是不是真的通灵，在外乡还可以骗骗人，在故乡行不通的。故乡人日日时时都看着，看着他长大，看着他变化，看着他说话，装也装不得。我外公有些信徒老朋友，常年来找他问事，诉说心灵的忧虑和伤痛。有一些信徒太熟了，把家中大小事都来问他，让他有些困扰。但他确实是有些神迹。据妈妈说，我的出生，就是外公先说的。

7 白花依枝

妈妈在外公出关后不久，生下一个女儿，可惜因先天的心脏缺陷而早夭。

接下来两年，妈妈一直未再怀孕。她有些着急，邻居也有人说这个媳妇似乎肚子不争气，要不要去领养一个女儿来引路，但妈妈不愿意。后来外公想问一问神明有什么办法可以怀孕，可三界公不是主管这事的，就叫他去问临水夫人庙的陈靖姑。

陈靖姑给他的指引出乎意料："看起来，已经有'白花来依枝'，应该有身（孕）了。"

"啊？真的？太好了！"外公心中暗喜不已，又再问，"那会生男的，还是女的？"

"既然是'白花来依枝'，当然会生男的哟。"陈靖姑回答。

外公于是来和妈妈说，叫她不要着急，已经有了。当时还没什么检验怀孕的仪器，只能等待。而自此后，妈妈肚子真的就一日一日地大起来。

那时年初二必须回娘家，但妈妈大腹便便，即将生产，不能回去南屯娘家，就由父亲代表。次日，年初三，他们一早要带父亲回乌日。外公心想，该要生了，去看看陈靖姑是不是那么准确，会生个男的。

彼时，妈妈正要分娩，外公站在门外，陪父亲等候。

过了很久，妈妈终于把孩子生下来。接生婆抱着孩子出来的时候，把裤子拉开，让父亲和外公看见生殖器，说："恭喜哦，生了一个后生。"

"没错，果然是男的。陈靖姑有说过'白花来依枝'，会生一个白白胖胖的男孩子。"外公高兴地说。

许多三合院的亲戚闻讯来道贺，祖母抱着孩子让人看。众人都笑着说："看不出来呢，这个秀绒真厉害，'小麻雀生鹅蛋'，这孩子好大只！"

又过了三年，故事再度上演。

我三岁的时候，那一年的农历年初二，依惯例妈妈应该回娘家。可是因为她怀胎近十月，又大腹便便，当时怕要生产，不敢轻易回娘家，仍旧由父亲带着我，代表她回娘家。

那一夜，依照年初二请女婿回娘家的惯例，大家都喝了烧酒。冬日寒冷，父亲和我早早就睡了。却不料十点半左右，外公睡前烧香拜三界公，请示神明，神明交代他说：秀绒要生了。他遂到房间，把熟睡中的我们父子叫醒。

"魅寇，起来啊，阿秀绒快要生了。你起来，赶紧回去吧。"外公说。

父亲急忙起身，穿上衣服，他随口问："生了吗？"

"刚才拜拜的时候，神明讲的，快生了。"外公说。

"神明有讲是生儿子？生女儿？"父亲问。他心想，如果神明知道要生了，说不定已经知道生男生女。

"生儿子。"外公说。

"真的吗？"爸爸说。

"没错，你赶紧返去，就快生下来了。"外公说。

三更半夜，没有交通工具，也没有摩托车、汽车可叫，只有乘坐外公家犁田用的铁牛车。那铁牛车前端是一个发动马达和油箱，挂着两个大齿轮，有两条长长的手臂让农民操控，它的后面则可以挂耕田、犁田的各式工具，收割后也可以挂上拖板，变小货车，载着稻谷去农会交稻谷。我们都叫它犁田铁牛车。可是这犁田车力量虽强，却只能以时速十公里都不到的速度，磕磕碰碰的，走着乡村小路，回乌日三合院。

那车子无顶无遮，冬天夜晚这么寒冷，于是外婆用一条大毛毯，把我整个包起来，由舅舅开车，父亲抱我坐后面，砰砰砰地开回家。

回到家已是半夜一点多。妈妈刚刚把小孩生了下来，果然是一个儿子。父亲问了一下生产的时间，不禁大感讶异，因为刚刚问外公的时候，妈妈都还没把孩子生出来，外公就知道是男是女了，他真的是通灵。

我和弟弟是同一天生日，相隔了三年，一个在下午一点多，一个凌晨一点多。父亲喜欢吹牛说，妈妈真厉害，她可以选好日子生孩子，隔了三年同一天生。但她再厉害，也要有人在刚刚好那个时候，去播下种子，白花才能来依枝。"所以说到底，还是我厉害吧！"父亲说。

8 返回天界

外公一生茹素，每日早晨，先以三炷香向天上神明、三界公请安；晚上睡前，再以三炷香请示。有些事，三界公要交代，就会在这种时候告诉他。

八十几岁时，有一日晚上，吃过晚饭。全家人都围坐一起，他忽然静静地和外婆说，某些文件摆在什么地方，某些证件和地契，放在早年嫁妆的那个衣柜里……仿佛在交代后事。

大家心中浮起奇怪的感觉，因为他的身体很好，没什么病痛，怎么会如此说，因此不敢接话。

晚上睡觉前，他依旧在大厅里拜拜，向神明说晚安。拜完上床，静静地和外婆说，如果我过去了，你要记得，我的坟要安放在什么地方，向着什么方位。外婆有些惊讶，心中觉得不祥，却不敢说出来，就说："今天晚了，先去睡吧，明天早上起来，再跟孩子交代清楚。"

次日早晨，外公未起来吃早饭。他一向早起，先在院子里、田埂边走动走动，上过香才吃早餐。那一日，却日头高升，迟迟未起，外婆叫小孙子去叫阿公起来吃早饭。孙子去房里一看，只见他安然闭眼，身体平躺，好像还在睡觉。于是小孙子叫他："阿公，起来吃早餐了。"

叫了几声，他都没响应。小孙子去回报。外婆和舅舅来到床前，只见他依然眼睛闭着，鼻息均匀，只是怎么也叫不醒。

"怎么会睡这么熟哩？"孙子问。

"可能太累了，让他再睡一下子吧。中午再吃。"外婆摸了摸他的额头，也没有发烧，只是仿佛睡得太熟了，也不敢打扰他。可是中午时分，他依然未醒。外婆有些紧张了，把孩子都叫来说："爸爸没醒过来，看起来很奇怪，现在，要不要先送医院去检查一下啊？"

孩子感觉不妙，纷纷大声地呼喊他："阿爸，阿爸呀！你起来啊。起来吃饭啦！"

"阿公，阿公啊，你起来吃饭啦！"

他依然沉睡不动。

"要不然再等一下吧！"外婆想起他以前被三界公要抓去当弟子的时候，曾经七七四十九天闭关修行，那时候也都不说什么话。但那时还是清醒的，现在这时候，会不会他的神魂也去修行了？

"也许只是出去一下，就再等一等吧。"她心想。

然而等到傍晚，外公还是没有醒来的迹象。他鼻息均匀，只是呼吸变慢了，而且无论怎么呼唤，他一点反应都没有。

外婆慢慢回想前一晚睡前，他交代后事的样子，仿佛通灵的外公已经预知自己的大限。

她把所有的孩子叫回来，包括嫁出去的几个女儿，在外工作的孩子与孙子，都到房间里和外公见面。妈妈握着他的手，早年从事农作的手，依然厚实温暖，但多年未劳动的手显得白皙柔软。妈妈握着手说："爸爸，爸爸，你起来吧。我们几个女儿都回来了，你起来跟我们说一说话吧。"

外公没有反应，连微微动一下都没有。他的呼吸更缓慢了。妈妈紧张起来说："爸爸，爸爸，你跟三界公说，说你先回来一

第二章 通灵人

下，跟女儿说说话，好不好？"

妈妈想起他的手曾帮每一个小孩子收惊祈福，摸过每一个孩子的头，不禁泪下如雨。

无论怎么呼唤，外公的神魂仿佛离开了，只剩下一个肉体还存在。

但总不能这样放弃，外婆家族决定送他去医院，希望只是一时脑血管的问题，需要治疗。

外公被救护车送到中部一所大型医学中心。但进了急诊室，那年轻的医生却不知道要往哪一科送。最后只有先送内科，再找心脏科、脑科、胸腔科等来会检。然而，无论抽了多少血，验了多少科，他依旧沉睡不动。他的身体柔软，肤色红润，心跳虽然微弱，但还在正常范围，并不苍白病态。全身检查之后，医生找不出毛病，一时间竟不知道要打什么针、下什么药。

医生找外婆问明外公发病的过程与他的生命历史之后，摇摇头望着外婆说："我第一次碰到这样的事，我也不会治疗了。"

最后，只有先办住院手续，怕他万一有意外，至少还有医护人员可以治疗。而一切的一切，只有寄希望于他自己神魂的归来。

但外公的神魂已经离开。住院一星期之后，他的呼吸慢慢转弱，心跳逐渐变慢，医生用药也无效，终于停止呼吸，宣告死亡。然而，他的脸色依旧柔软白皙，带着微微的红润。妈妈在他身边送别，她感觉到的不是悲伤，而是他早已去做神仙，这肉体可以不要了。

外公的身体保持着柔软，直到下葬。安详而仿佛睡着的容颜，与我们小时候见到的那个摸着我们的头，为小孩子收惊的面容一模一样。

0

　　"跟你爸爸这一世人,真像一场的眠梦啊!"妈妈虽然忧愁着脸色,有点恍神,但语气温柔地说,"你爸爸啊,一世人,什么都不怕,一直往前冲,想不到,这年纪大了,却什么都忘了。"

　　我们坐在长椅上等医生出来,希望签字前多了解一下情况。

　　医院的光线有些暗淡,仿佛父亲的记忆,模糊的、白茫茫的光影,在空气中浮动。帕金森氏症像电脑记忆体里面的病毒,把他人生中的所有记忆,一点一滴地吃掉,最后,全部消失在空茫中。

　　人生如果什么记忆都不曾留下,那这人生是不是等于白活了?

　　"他总是爱走在时代的前面,他是我们乌日最先买摩托车的几个人,真风神(闽南语,拉风之意)呢。"我故意说起父亲早年骑摩托车的样子,像一个拉风的少年,好让妈妈宽心一点。

　　以前在三合院老家,要出门回娘家,父亲总是跨坐在车子上，先发动车子，让它发出轰轰的声响，等待娇小的妈妈坐上后座。那时传统的妇女总是侧坐。妈妈一手环抱着他的腰，一手回头挥着，对那一只德国狼犬，用日语说："库洛，坐下！坐下！不许动。"

狼犬只听妈妈的话，乖乖坐在门槛边，眼巴巴望着摩托车离开，无奈地低头等候，仿佛很伤心的样子。那狼犬非常忠心，每天早晨坐在门口张望，只要听到遥远的摩托车声音，它就会往门口冲去，摇着尾巴，等候妈妈归来。

"是啊，你爸爸的个性，爱风神，爱热闹，爱朋友。"妈妈说。

"他什么都要走在最前面。"小妹笑着说，"最先骑摩托车，最爱开快车，总是穿着整整齐齐的西装，每年新春站在庙门口，跟我们村子的人说：新年恭喜！"她可能怕妈妈太伤感了，想把话题引到比较正面的地方。

我附和着说："我大学毕业之前，他每年总是去日本一两趟，买回一些新的书和资料，算起来，实在是很拼命的企业家。他大概是我们村子最爱出国的人。"

"他呀，喜欢站风头，不要站风尾。别人做过的事，他就不想做了。"妈妈微笑起来。

"那时候去日本，在松山机场起飞，我们还可以站在航站挥手。"我记得他提着公事包，戴着墨镜，进关后回头看妈妈一眼，挥手的模样。有一次，他回来的时候，居然买了东京时尚的花格子 T 恤衫和牛仔裤送我。当时台湾的衬衫还比较保守，牛仔裤的喇叭裤管也比较小，他居然去买了一件口袋有花纹边的大喇叭裤，说是现在新出来的花样，最时兴的。后来我才知道，那是嬉皮风的开头。

"咱们老爸哦，比我们都还 fashion。难怪呢，你们会生一个搞时尚的女儿。"小妹笑着说。她指的是大妹智玟。

"这个智玟，也真的很像你爸爸。爱风神，爱花钱！"妈妈说。

"那时候出国的人很少，那些工业设计的书、字典，设计用的图纸，买一堆。呵呵呵，连画图的自动铅笔也一次买好几支，回来慢慢画。"我笑了。

"全家都被他传染，大家都喜欢买铅笔，连孙子也一样。"小妹说。

"一个小学毕业的台湾囝仔，就靠那一点小学生的日文，要看得懂那些工业专用书，做锅炉的专业设计，成为学者专家都佩服的人，也很不容易。"我说，"他虽然爱赌爱喝酒，可是这种打拼的精神，真不容易。"

"一个做田人，本来只知道播种、割稻子的农民，却要来做工业锅炉，付出很大的代价！他害我都去跑路坐牢。"妈妈苦涩地笑着。

"妈妈，你们出生在农业时代，从田园里走出来，走入工业时代，要建铁工厂，要经营管理，要照顾那么多工人的生活，实在很不容易。"我想起在美国做研究的时候，曾和学者讨论过台湾经济奇迹，他们说是儒家精神、高储蓄率、勤劳节俭文化等，但我说，靠的是爸爸妈妈这一代人的奋斗，他们付出整整一代人的血汗，甚至以赌上家庭的幸福为代价。那是性命的拼搏，不是奇迹。

"妈妈，有一次，我跟美国人说了你们的故事，他都很惊讶说，怎么可能一个农人可以变成企业家。你知道吗？那欧洲人，从农业时代，走入工业社会，再走到工商社会，要四百年的时间才能够完成"，我指的是欧洲资本主义的发展历程，但妈妈不了解这个名词，所以我只能这样说，"可是你们用这一辈子，几十年就走过了。"

小妹也笑着说："就是嘛！现在我要处理跨国公司的财务会计，虽然管的也有好几国，但其实内容都差不多，靠电脑就可以。不像你，那时候你一个人要管会计，管工厂，管仓库，管工人，还要帮工人去提亲，还要跟银行调钱，平衡财务，那才是真功夫。"

"不会啦，自己用手记记账，算清楚就好了。"妈妈谦虚地说，"你们这种跨国公司，要懂得外语，联络好几个国家，确实比较复杂。"

"你也是小学毕业生呢！"我说。

"没办法啦，我们这一世人，不拼是活不下去的，只有尽力去打拼。现在想起来，一世人，当做三世人在活，真像是一场眠梦。"妈妈说。

1 八指赌徒

一九四五年，日本投降的时候，父亲才十五岁。因为战争后期美军大轰炸，学校都疏散停课了，他并未受到完整的初中教育。等到台湾光复后，经济破败萧条，许多中学未恢复上课，他只去上了短期的夜间部，就因为课上得断断续续，再加上家中经济困难而辍学了。

他只得去台中第一市场卖甘蔗。每天早晨，他推了一车甘蔗，到市场叫卖。为了卖得快一些，祖母说，他用练武士刀的精神，在练削甘蔗皮的速度，比别人快了一倍，削得又白又漂亮。

甘蔗大量种植始于日据时期，日本政府有意把台湾建设为糖业生产基地，半鼓励半强迫民间种植，并规定由政府收购，由于收购过程严重剥削，终于导致台湾农民团结起来反抗，发生全台组织化的农民组合运动。一九三〇年左右，日本政府开始镇压社会运动，反抗者大多逮捕入狱，农民运动沉寂一时。但糖业依旧作为出口商品，继续大量生产。一九四五年台湾光复后，糖业生产尚未恢复，糖厂不来收购，民间种的甘蔗只能去市场求售，一时间产量过剩，菜市场里，充斥着来卖甘蔗的小农。父亲甘蔗削得再好，也赚不了钱。

父亲没别的本事，就是有能耐结识各地的江湖奇人，三教九流、引车卖浆、成药小贩、赌徒骗子，无奇不有。

农村成长的他缺少社会经验，不识江湖风波恶，不知道世间诈赌手法千百种，竟和人去赌一种名为"倒骰九"的赌戏。那一次小赌，他不只所有钱被赢得精光，想借钱再赌，还被赌场赶了出来。他非常不甘心。回家之后，买了骰子，拿一平底竹篮，天天打骰子，无时无刻，苦心钻研，想练出可以控制骰子的技巧。

"倒骰九"的赌法其实很简单。赌博的人围成一圈，可以是围着桌子，但更多是在大床板上盘腿围坐，将下注的钱，置于前方，每一局决定下注多寡。为了公平，大家轮流做庄。庄家如果赢了，可以通吃，如果输了，就通赔。决定输赢的关键，是用三颗骰子，一起投入一个杯状的竹筒里，左右前后摇动，再倒出来，投于平底竹篮里，三个骰子加起来的总数，如果是七到九点，算胜，如果是十一到十三点，算输，其余算平盘，没有输赢。押多少赔多少。

这赌技的关键是你要尽量掷出赢的点数。当时日本小林旭的黑道电影中，赌徒就靠一身手艺，行走江湖，他不但可以掷出想要的点数，甚至可以让骰子站成一排，每一颗都是他想要的点数。这也是后来《赌神》电影中常见的手法。

然而，在三合院里，整天什么事都不做，只是拿了三颗骰子一直倒，这样的"颓废青年"如何不被骂？

祖父气得拿扁担要打他。他躲到三合院的公共茅厕旁边，几棵尤加利树下。那里是全三合院最脏、最臭、最多蚊子的地方。他竟然可以忍受，继续"练武功"。

祖母说，练了一两个月以后，竟让他找到窍门。他手腕灵巧，微妙旋转，竟有一种"手势"，可以"打"出骰子的点数。彼时，他已经瘦了一大圈。整个三合院的人都觉得他中了赌毒，变成废人。

他独自去第一市场，再次加入赌局，要找对方报仇。

那是一个职业赌场，平时就有许多市场的小贩来来去去。他们看见这个不怕死的青年敢再来，先是问他："你有带钱吗？"

父亲掏出身上借来的五十元（那时新台币五十元已经很多了）。他们笑起来说："很好。来押吧。"

开始赌的时候，他还只是客气地赢了两三把。等到几次倒骰子后，对方已经看出他的"手势"有职业的水准，警觉起来。

在其他的赌徒还未发觉以前，赌场的人把他拉出场子说话。

"自己人，坦白一些，是谁派你来的？"两个人一左一右堵着他，对方认为他的技巧和手艺，有职业水准，一定是道上行家派来抄场子的。为了怕得罪背后道上的老大，他们不敢轻举妄动。毕竟，江湖要混，要先摸底。

"没有人派我来。是我自己练出来的。"父亲说。

"骗痟（骗人之意）也！干，你这样的功夫，谁教的？"对方仍不信。

"是我自己练的。前一次，被你们赢了钱，我实在不甘心，自己回家苦练，现在，我已经学会了，我只是要来试试看。"他坚持说。

"你是那个削甘蔗的?"那人忽然想起来。

他们两个人互望一眼，终于认出这个青年就是在市场门口削甘蔗的家伙。那时他输红了眼，还想向赌场借钱再拼下去，是他们老大不同意，坚决要赶走。他就是那个被赶出去的家伙。

他们想了想，回去里面，把老大请了出来。那老大望着他，一个才二十来岁的农村青年，并不生气，只笑着说："少年仔，你很有气魄哦，干! 自己练? 练多久?"

"两个多月。"父亲老实地说。

"谁教的?"老大问。

"没人教，乡下所在，自己练。"爸爸说。

"没人教你'手势'，你可以练成这样?"老大问。

"我天天练，手势熟，就会了。"爸爸没有说出这是躲在茅厕，被蚊子咬出来的功夫。

"干，算你厉害。可是你不能再赌。像你这样玩，我们场子还开什么? 干，你干脆加入我们，做伙来赚钱!"老大说话邀约。

不能赢，就拉入伙，这是江湖规矩。能够不依靠骰子灌铅的诈术，而纯粹靠手法取胜的实力，确实难得。可是父亲无意于此，他只是不服输，一定要来证明自己也可以做到。如今仇已报，恩怨了，当晚和他们一起喝了几杯酒，拿走赢了的几块钱，互相敬重告别。

长大以后，父亲这些赌界的老千朋友还曾来我家喝酒。

我记得最清楚的是一个头发半秃的中年男子，颇能喝几杯小酒，可仔细一观察，他右手的食指和中指断了一截，是一个

"八指赌徒"。拿起酒杯的时候，特别明显。酒后他想邀父亲入他们的股，再去设一个赌场。他拿出几种赌具，玩给我们看。其中最普通的一种，是单颗骰子，赌一到六点。这是最简单，农村最常见的赌法。

骰子看起来并无任何不同，就是一般小骰子的模样。

那八指赌徒把它投入大碗里，掷出点数后，立即盖上。问我说："来，团仔，你告诉我，押大的押小的?"押大是四到六点，小是一到三点。

我不敢说出声。父亲笑着说："没关系，你随便讲，不是赌博。"

我押了小。那赌徒故意夸张地抬头看天，笑声爽朗地说："来来来，天公伯啊，请你来保佑，让魅寇的团仔，可以赚大钱。"

说完，他一打开，碗公（较大的汤碗）里的骰子竟然真的是小的。

他再来一次。这次我押大的。

他再向天说道："天公伯啊，这个小孩子第一次赌博，你就好心，让他再赢一次吧!"

他一打开，我依然押对了。这太神奇了，我竟然这么准!

"哦! 小弟弟，你真厉害哦，你眼睛是可以看进碗里面吗? 你有看到里面的点数吗? 你去赌博一定会赢大钱!"他笑着说。

第三次，他掷了骰子，要我非常认真地注视大碗公，然后说："来，你要用心去想，想到你好像可以看见它的点数，想到让它变成你要的大或者小。这样，你才会更厉害哦!"

我闭上眼睛，用心念着"要开大的，开大的，开大的……"

然后我说："开大的。"

他很高兴地大声说："你要猜大的哦? 真的要这样吗? 你有

把握吗？你一个囝仔，真正有这么准？连赢三次？真有可能？天公伯啊，你会这样偏心吗？"

他打开碗，五点。果然是大的点数。我高兴极了。

"好了，小弟弟，我来教你，天公伯是怎么保佑你的。"八指赌徒拿起手中的骰子，没盖上碗，掷出去。点数是一点。

"你看，现在是这样。好，你们都不要动，只要喊一声，用力喊哦。我来把它变一变。"他说着，左手朝大碗公搧了一下，仿佛要扇风进去。

"变，变，变！"我要站旁边的弟弟一起喊着。

没想到，没有人碰到碗公，骰子竟然真的翻了一个身，一下子，从一点，跳成了五点。

"啊？怎么会这样？"我和弟弟大惊。

"呵呵呵，来，再来一次。这次，你们要看好哦。以后不再玩了。"

他照常掷出骰子，然后也不盖上碗公，只是让它显现出来，是六点。

"你再变它一次，来，这是最后一次了。"

我们再次喊"变，变，变"，它果真变成一点。

"有没有看出来了？"他微笑着说，"看出原因了吗？"

我们摇摇头："真的看不懂。"

他把断指右手上的一把钞票拿给我说，你打开看一看。我拿着钞票，不知道该怎么办。

"你打开看啊，打开就知道了。"

我把那些百元钞票打开一看，中间夹着几张钞票，是黏在一起的。我想把它分开，却分不开。

"小弟弟，这就是要害。这中间夹了一块磁铁。"他要我用力摸一摸隐藏在钞票里的磁铁。

"这样，你看，我用一沓钞票把它包在中间，谁也看不见。等到我们的骰子掷出去，大家都下注了。你再看看，押大押小的，那一边的点数多，你再决定让它变大还是变小。"

"那骰子怎么会跟着跳啊？"我问。

他微笑着说："当然是在里面灌了磁铁啊。它们才会互相牵动。"

"啊，我明白了，正极负极，这样就可以了。"我得意地说。

"是啊。你看，每一次打开碗公之前，我都会大声喊，天公伯啊，对不对？你以为我习惯这样喊哦，不是啦。哈哈哈，这是要让大家听不到骰子在里头转动的声音嘛！你要大声一点，把它盖过去。"断指赌徒得意地笑起来。

父亲看着他酒后的表演，开心地笑起来，说："以后，你们如果去什么职业赌场，要记得，人家都是有设计的。十赌十一骗，出来赌的人，没有人不是职业的。"

那八指赌徒要邀父亲入股，参加他们的职业赌场，主要是想用父亲的钱去当赌本，但父亲拒绝了。他拿了几千元请他们去小赌，有赢钱回来再请喝酒，自己却不参加。

八指赌徒那几个人走了之后，我问父亲："伊这么会赌博，也说是稳赢不会输，你为什么不要去入股？"

父亲只淡淡地笑着说："如果赌博的江湖这么好走，他怎么没了那两根指头的？"

2　歌仔戏班

经过土地改革后的台湾农村，开始安定下来；日据时期的小型工业也恢复了生产，然而日据时期的政策是"工业日本，农业台湾"，台湾工商业基础原本就薄弱，除了少量农产加工品如糖厂、农产罐头工厂，台湾缺乏工业基础。一九六〇年代，在美援的协助下，开始推动"进口替代政策"。那立意本是进口货品太贵，与其让人赚外汇，不如自己生产，即使品质稍稍差一点，至少可以开始建立一些本土产业，尤其纺织厂，因为民生有此需要，加上上海撤退来台的江浙财团有一些技术，就开始生产起来。

但在我们家乡乌日小村，能算得上工业的，也只有糖厂和纺织厂，其他都是农村边缘的小手工生产者。自制手工木工家具的艺匠，街头叫卖中成药的商贩，挑着锅碗瓢盆的货郎，在各村子里流浪的艺人，这样那样的不甘命运安排的人，出来寻找生路。

很奇怪的是，父亲就是有这个本能，去结识这些流浪江湖的艺能奇人。

小时候父母的卧房与祠堂相邻，房间较高，上面有一间阁楼；阁楼上有一个倾斜的小空间，一直放着用纸包起来的东西，它散放着中药的香味。祖母一再交代我们不要乱动，偏偏小孩子一听这是禁止的东西，更非去动不可（虽然那时还未读过"潘朵拉的盒子"，但这好奇本能，就是天性）。有一天，我们悄悄打开一看，竟是黑黑硬硬、四四方方的一块怪东西。好奇心驱使，我用力去咬一小口，味道苦涩，有浓厚中药味。

小学课本读过鸦片，天真的童心总以为鸦片是用乌鸦提炼的，颜色必定乌鸦鸦。这东西既然乌鸦鸦，有没有可能是提炼好的鸦片？

我很好奇，趁着晚上睡觉前，悄悄问祖母："那是不是鸦片？"

"鸦片，你敢吃吗？"祖母笑着说。

"不敢吃，有毒呢！"

"那当然不是鸦片啦，憨孙，那是'棉被原'在卖的中药，叫'虎骨胶'。是用老虎的骨头，加上很名贵的药材，去提炼的。"祖母说。

那"棉被原"是个江湖卖艺人，敦厚直爽，重情重义，因和父亲交好，当我祖母的义子。由于流浪各方，他通晓各种奇闻逸事、江湖秘方、武林奇谈。

祖母说，当初这"虎骨胶"是他买来大陆的虎骨（台湾没有老虎），加上何首乌等各种名贵药材，在我们三合院的院子里，用大锅子加小火熬煮了好几天，才炼成的。他做成一块一块四方形的黑胶，好长久保存。卖的时候，只能一小块一小块地卖，因为很名贵，切一小块就可以炖一只鸡。

这个"棉被原"是父亲一生的朋友。无论何时，只要他有路过台中，一定来吃饭聊天，有时留下一块"虎骨胶"，有时正在卖蚕丝被，就留下一条给祖母好过冬。他流浪各地，总会带来台湾最新的风土人情故事。

妈妈一生最气父亲的是，朋友特别多，五湖四海，黑道白道，赌徒骗子，工匠术士，甚至歌仔戏演员，都来过我们家。他随时可以带一群朋友回家吃饭，仿佛家里养着的鸡鸭鹅太多，随时可以杀来吃。

他们刚结婚不久，乌日街道上有一个乡民代表是派系桩脚①，

---

① 桩脚，台湾选举的候选人靠各村里的支持者为他跑腿拉票，这些支持者就如同建筑物的柱子，俗称为桩脚。

先是让父亲帮他助选，后来就带去台中戏院看歌仔戏。当时的歌仔戏只有过年大拜拜，有人要还愿的时候，才会在庙会演出，平时根本见不到。

看完歌仔戏之后，此君带父亲到后台，和团长、歌仔戏女演员喝酒，酒过三巡，爽劲上涌，他就怂恿父亲包下歌仔戏，回来乌日唯一的金明戏院演出，乌日没人见过歌仔戏演出，这个《陈靖姑收妖》，保证成功赚大钱。

父亲听信了，就把戏院包下来，让他们来演出好几天。

妈妈跟祖母都没享受到包戏班可以就近看小生小旦的乐趣。她们只记得：煮饭，煮饭，还是煮饭。祖母评语："哦，真夭寿！要演歌仔戏就演出吧，还要天天来我们家吃饭。内场外场加起来至少二十几个人，小生小旦、举拂尘的、搬道具的，统统要吃饭。演歌仔戏有什么趣味？天天在家里煮饭，天天像在割稻一样忙！"

关键是：乌日乡下人，习惯去庙会看免钱歌仔戏，没有人会花钱买票，进戏院看戏，当然赔了许多钱。

父亲的歌仔戏班生涯，就此宣告失败。还好，他没跟着戏班的小旦跑了。

没折腾多久，大约我生下来才几个月，他就去当兵了。

依照兵役规定，每一个国民都要服义务役，但父亲二十岁的时候，正是国民政府大撤退的一九四九年，政府自己逃难和安置流亡士兵都来不及，哪里顾得上台湾充员兵？

等到政府安定下来，想到兵役一事，已是一九五七年。那时一些未及服役的年轻男子，一梯次一梯次地去补服兵役。父亲虽然已经二十八岁，也和他同年生的结拜兄弟阿显，一个凤阳教的后代，同一梯次入伍。

部队里调查个人专业，父亲填上水泥、工匠。偏偏此时"八二三炮战"① 打得正酣，不到一个月，他就以土木专业，派去金门挖地道、建防空洞了。

那时金门天天打炮，炮弹如雨，炸遍了每一块土地。为了躲大炮，金门大兴地下土木，父亲躲在地下坑道里，用他的专业，不断挖地洞，打木桩，抹水泥墙。连写信的机会都很少，因为战火交织，海上交通常常断绝，信要一两个月才到得了家。

妈妈后来说，家人担心的，不是大陆打来的炮弹，因为乌日乡下，没人知道金门的炮战有多激烈，反而更担心父亲刚直好强的个性，会不会在军中闯祸。但父亲却生存得非常好，因为他是少数的专业工匠。

幸运的是，他碰见一个山东的老士官长，那士官长远远地听见炮声，可以听声辨位，准确判断炮弹的落点。所以厦门那边一打炮，人人惊慌，他老神在在，指着山边，抽着烟说："不用跑，会落在那边。"

"你在台湾有老婆小孩了吗?"这士官长问父亲。

"有啊，结婚了。太太刚刚生了一个儿子。"

"你们这些台湾郎，是有家要回去的人，跟我们不一样。我们这些没妻没后的老兵，不怕死，死了也没人拜。我们出去拼，连鬼都怕!"他很直接地说，"你不一样。不要逞英雄，可以躲

---

① 即"金门炮战"，台湾称为"八二三炮战，指 1958 年 8 月 23 日至 10 月 5 日之间，发生于金门及周边的解放军与台湾金门守军的隔海炮击。炮战由解放军发起，双方海军、空军也多次战斗。十月初，解放军改为逢单日炮击，双日停火，这一状态维持到 1979 年中国大陆与美国建交。"

就躲，可以闪就闪，好好保住自己的小命，平安回家，不要让孩子没爹，知道吗？"

这就是父亲对外省老兵的记忆。一群流亡者，来自山东、四川、云南、贵州各地方，在偏远而寒冷的小岛上，在不知道明天会不会被炸死的情境中，用难以了解的地方口音，留给父亲的唯一温暖话语。

几十年以后，父亲在乌日筹划建设旧妈祖庙，成为庙的主委。庙旁有一条小街，两边住着成功岭退伍下来的老兵。像我们漂泊的祖先一样，他们无处可去，唯有河流边的无主地还可以筑屋暂居，就这样建成小小的眷村。那房子极低矮暗潮，只有一间小厨房、一个餐桌、一通铺卧房，却住了一家子人。每年过春节，父亲总是邀请他们到庙前办桌围炉，好安慰远离家乡的孤独。那种感情，和父亲在金门的遭遇有关。他总是说："我们是有家可以回去的人，他们是无家可归的人，让他们一起围炉，有一点温暖。"

3　土埆厝

父亲有一双巧手，一个灵活的脑袋以及一颗不安分的心，这是我们三合院公认的。他们说他是"想孔想缝，无所不至"。

退伍后，他不甘心只做一个单纯的农民，就一边种田，一边兼差赚外快。

在那土埆厝的年代，能做什么？有钱人盖红砖房子，没钱的农民就盖土埆厝。只要有人找他测量，他就用他做土埆和抹水泥的技术，"盖起来又直又漂亮又好用的房子"。

在父母亲的卧房里，有一个黑色的漂亮衣柜子，那是妈妈的嫁妆，里面挂父亲的西服，和妈妈外出的洋装；柜子外面有一面穿衣镜，镜子的边缘刻有装饰的银线花纹。柜子最底层有一个褐色的木箱子，木箱子里放着他做水泥和木工的器具，有线尺、水平线、刨刀、刻刀、钻子、钉锤等等。这些是他盖房子的基本工具。我不知道他是从哪里学来的，总之，在我出生以前他就会了。

小时候只要三合院的谁家要盖房子，总是要先找父亲商量。这时他就会拿起线尺，到现场去探查。我记得有一年发大水，三合院里靠池塘边的几间仓库房子倒塌了，叔公们决定重建。于是爸爸就当起了"土水师"（那时候还没有"设计师"，或者"工程师"这种名词）。

彼时，父亲先量土地长宽，再用黑色的线尺在地上做记录，逐一丈量，设定高度。然后，最忙碌的事情——做土墼开始了。

农村最重要的房子建材是"土墼"。它像土砖块一样，做好的土墼不一定要马上用，堆在厝边的角落里，房子有破洞，围墙倒了一块，有需要时，就搬几块来填补。

做土墼是三合院最欢乐的日子。对小孩子来说，它更像是"泥巴艺术节"。

在收割后的田地里，泥土比较有黏性的地方，先挖开一个大坑洞，使之围成了一圈，中间加上水，让泥和水充分混合成泥浆状。旁边还要有人，用柴刀把干稻草梗切成断片，不断投入泥浆里。稻草梗的好处是增加泥土之间纵横交错的纹理，使之更有韧性，不易断裂。

为了让泥土、干稻草梗充分混合，有时候还把一条牛赶下去，让牛不断地在泥土里打转，踩个彻底，增加泥土的黏性。

妈妈总是说，要一面唱歌，一面踩啊踩的，唱到泥土有一种QQ①的感觉，像有弹性的碗粿，这样才可以开始制作。

还有一种办法是把泥土运回三合院里，在晒谷场上做。

做土坯的日子，三合院里的男人要一早五时许，天濛濛亮就起床，赶在天亮前，天气还凉快，尽快为泥土浇上水，妇人则在一旁用柴刀快速地切干草，再把干草和米糠混合了加入泥土里。男人使上力气，拼命在泥土中踏踩，让草、糠、泥混合。这劳动太单调了，于是有人唱起歌来，从《牛犁歌》，到《望春风》，也有人唱起七字调。

孩子怎么可能受得了泥土的诱惑？当场就要加入踩泥巴的游戏里。近上午七八点，大人有点累了，出来在一旁吃点心补充体力，小孩子就毫不客气地跳上去了。

大人是用脚踩泥土，小孩子却是把整条大腿陷入泥巴里，去感受那种黝黑柔软、温润湿黏、浑浑沌沌、缠缠绵绵、大地任你揉搓的感觉。

尤其脚要拔出来的时候，会有一种人被黏在土地上的挣扎感，好像和土地在拔河，费很大的劲，才能抽出，极是好玩。小孩子不仅可以帮大人踩，还可以拿一大把泥巴，在旁边捏塑出小猫小狗、桌子、椅子、泥人像等等。

我们还有一种"撞破鼎"的游戏，那是用泥土捏成一个平底的大碗，碗底要平而薄，然后，再用力把它往地上一掼，盖在土地上，看这碗底可以破多大的洞，洞大，就算赢了。这是

---

① QQ，指食物口感弹牙，或物质、身体有弹性的感觉。

要考验孩子可以把碗做得多薄的技巧，技巧好，碗底愈薄，碗的面积愈大，破的洞就愈大。

每一次，我们总是玩到黄昏，玩到忘了要做土埆这件事。

晚上时分，吃饱了饭，坐在土埆边上的屋檐下，望着做好的土埆，闻着泥土的芬芳，大人们便欣慰地拿出弦琴，拉了起来。

做土埆的过程如同三合院的集体游戏，放开手脚玩泥巴，全身弄得脏分分，有一种节庆的欢喜。大人欢欢喜喜地劳动，想象新屋的模样；孩子尽情玩泥，做出小动物、小建筑、小碗盘，好为泥塑的新家添上许多用具。

土埆晒好了以后，盖房子的日子开始了。父亲会拿着量尺，在地上做记号，再用线尺，把边界画出来，于是土埆的放置就有了准确的范围，也有直线的依据。在这些基础上，把土埆一层一层地叠上去，一边叠，一边抹上黏着的泥浆，还要用角尺和垂直线尺，从每一个角度去量，看看是否有形成准确的直角，这样房子的地基才不会歪歪斜斜。然后，一步一步把土埆加上去，把横梁架上去，把四周合围起来，房子的结构就大体完成了。

最后，大人们要去靠近山区的竹林里，砍长长的竹竿子回来，把竹皮劈成长长的竹片，晒干后，和稻草编织起来，做成茅草屋顶，盖在房子上——整个房子就完成了。

父亲那一把画直线的黑线尺，曾被我拿来玩。拉得长长的，再一弹，就可以在地上、墙壁上，画出一条直直的黑线。他还有漂亮的水泥抹刀，用来抹平泥土，让墙壁平整漂亮；他还会做木工，用刨刀，刨平了木头，做出晒谷场上聊天时给孩子坐的小板凳。

祖母总是叹气说："你老爸哦，每一项都会做，都很能做。

起厝、土水、木匠、做瓦，样样行，连盖土埆厝的角度，都比别人漂亮。四四角角，方方正正，不会像有些人，厝起得歪歪斜斜。可惜，他就是不甘心。不甘心在三合院里，过这样的日子，不甘心做农民，这样过一辈子……"

4 第一辆摩托车

一个男人，要走过多少沧桑，才能成为一个男子汉？

一双眼睛，要看过多少白云，才能望见天堂？

一个转型的社会，能给那个时代的人，留下多少机会？

想想父亲的一生，在战争中失了学，在战乱中失了根，在转型中失去依靠，一个人，活在那时代，还有多少机会？

一九六〇年代以后，随着土地改革的展开，农村开始有红砖房子，土埆厝逐渐被取代，父亲的"土埆厝建筑业"宣告失败了。

随后，有人议论说：你做土水的功夫这么好，不如去做大水泥管来卖。现在政府在做整治河流的工程，水流穿过地下，上面要盖马路，需要一些涵洞。你做大水泥管，可以卖给他们。

他信了。于是买了水泥，加上沙子，自己做起大水泥涵管。

可是，政府工程早就有包商给说好了，一个小青年哪有门路？

再度失败。

没关系！

有人说：土埆没人要，是因为土埆过时；水泥管没人要，是因为公家的工程太少了。你最好做大家都需要的，人人有需要，家家赚大钱，你不如做瓦片吧。不管是土埆厝，还是红砖厝，总是要盖屋顶的。

经历几次失败，三合院的人总是笑他"空思梦想杨魅寇"。他非常生气，下定决心，买了制瓦的模子设备，还请了两三个从云林来的工人，开始做了起来。

他认为乡下农村没钱，盖房子还用茅草，只有扩大销售范围，去都市卖瓦片才是正办。

但一个农民模样的小青年，骑一辆自行车，很难被势利眼的都市人接受，所以一定要有一个可以显示派头的工具。

那就是——摩托车！

他毫不犹豫，买下一辆日本制 SUZUKI 摩托车。

当时，摩托车是一种非常稀少、时髦的"风神级"交通工具。在乌日乡下是只有医生这种等级的人，才会骑着摩托车出门。医生的摩托车后座，还不是坐人，而是绑了一个大大的真皮医生包，里面装有各种常用药物、止痛针筒、点滴药瓶等等。当时除了医生，就只有父亲骑着摩托车在乡间行走。只要远远听见摩托车噗噗噗的声音传来，就知道他回家了。

他负责在外面接生意，妈妈一边忙着农事，一边帮他照顾制瓦工厂。但他实在太风神，太喜欢交朋友，摩托车又跑得太快，有时一出去就忘了回家。

有一次，有人盖好房子装修内部，要先装上瓦片，以免下雨淋湿，所以预订三天内上好瓦。不料爸爸不知道去了什么地方，三天不见踪影。

那屋主追到乌日来，大骂："要落雨了，你是要我们淋雨过年吗?"

妈妈赶紧用人工拖板车拉去屋瓦,叫工人爬上厝顶,很快盖好,终于帮爸爸补了破网。

妈妈能够经营瓦片,主要靠阿西和哑巴阿团两个工人。

阿西来自云林台西,有一头西瓜皮式的头发,长相可爱,如同谐星黄西田。每次过完农历年回来开工,总会带一些土产花生,教我们放在火炉上小火慢炒,干炒得有一点微焦,特别香。

每天黄昏,吃过晚饭,洗好了澡,他会穿上白净净的衬衫,去水泥厂外面,纺织厂门口的马路边,眼巴巴望着女工下班,看有没有邂逅的机会。祖母说,他完全是一只发春期的小狗,谁也挡不住。

不久,他果真认识了一个纺织厂的女工,两个人热恋起来。

黄昏的时候,吃过晚餐,他老是神神秘秘的,穿上白衬衫紧身裤,一转眼就不见了。阿西的快活日子不长,有一阵子,他开始愁苦着一张娃娃脸。妈妈问他发生什么事,他也不说。后来只说家里有一点事,想回去台西一趟。

回来以后,他还是忧愁着脸说:他的妈妈答应让他结婚了。

"结婚是好事,怎么一直愁苦着脸啊?"妈妈问。

"因为那女生有身孕了,"阿西忧愁着,最后终于怯生生地说,"我家在台西,太远了。我想拜托头家娘,帮我去提亲,可以吗?"

妈妈于是请父亲骑上那一辆 SUZUKI,带了一盒冬瓜糖和槟榔,去女方家提亲。那女生家是大肚乡的穷苦农民,看看阿西是农民子弟,人也老实,就把女儿嫁了。

结婚后,阿西还工作了一段时间,等女人生下孩子,就回乡种田了。他是一个讲情义的人,偶尔带孩子回娘家,还特地来看我们，带来一大包他自己炒的花生，依然是特别香浓。

另一个工人是哑巴，名为阿团。他自幼耳朵听不见，但嘴巴可以发出咿咿唔唔的声音。自小到处流浪打工，生命力特别强。他也正值青春期，对我们家旁边的纺织厂女工，兴趣一样高。

每天傍晚，他洗过澡，就借着水，把一个头梳得油亮油亮，咿唔着说："我要来去找，找长——头鬃的。"他发音不准，把"长头发"发成"长——头鬃"，惹得阿西狂笑，说他是"哑巴人，惦惦咧秋（静静的发情）"。每天傍晚，他们就比赛说谁真的可以找到"长头发的"。

靠着这两个云林来的年轻孩子，制瓦的模子每天如期运作，帮妈妈完成了业主交代的事。

因为父亲常一失踪就是好几天，妈妈只好去问乡长。乡长是父亲的老朋友，教会父亲打麻将，并且介绍了几个台中的麻将咖。

乡长有一张肥肥圆圆的脸，胖胖的五短身材，典型的地方民意代表那种模样，看起来很是和善。他两手一摊说："你们家魅寇是五脚狗，遛遛走，谁知道他跑哪里去了。"

"四脚狗"已经很会跑，何况是"五脚狗"。他把责任推给父亲。

妈妈毫无办法，只好去偷偷问乡长太太说："你看，魅寇已经几天没回来了，制瓦生意没办法做下去。无论如何，你一定要告诉我，他们到底在哪里打麻将，不然，我没办法去跟人收钱啊！"

那乡长太太可怜妈妈焦急得快哭出来了，终于透露他们聚会打牌的地点，但用一种保密的口吻说："你不可以说是我说的。"

5　白文鸟年代

一九六〇年代，不仅是我们的村子，仿佛全台湾都做了许多奇怪的发财梦。

虽然没有一样东西让我们发财，可是，我们用梦想筑出的快乐，度过了那些艰苦的岁月。

有一阵子，大家流行养小鸟，十姐妹、白文鸟、绿鹦鹉都有。传说这些鸟是都市人、日本人、外国人的最爱，家家户户要买小鸟，听鸟叫。只要把小鸟养大，就可以卖得好价钱。于是农村一阵捕捉、一阵疯狂买养鸟的竹笼子，连养鸟的小米都价格暴涨。

在田地，我们小孩子用鸡笼子设陷阱。把鸡笼子一边用细竹枝支撑，竹枝后面绑一条细绳子，笼子下面放着米粒，等待小鸟进去吃米粒，再突然一拉，笼子落下，小鸟抓住了。

但小鸟动作灵活，尤其麻雀飘忽迅速，好像活在第三度空间里，根本捉不到。但当时真奇怪，无论什么鸟，都可以在亲戚朋友之间，多多少少卖一点钱。

你如果问买小鸟的人到底想做什么？他们一定会回答："要生小鸟啊，生很多小鸟，卖很多钱，赚大钱啊！"

因为小鸟生得快，许多人养了又舍不得卖，准备让它再生更多，于是整个小村子的家家户户，都变成鸟园，传出唧唧啾啾的鸟叫声。因为养鸟太忙，连大人骂小孩子的声音都听不见了，只听见各种口哨声，那不是为了招呼人，而是小鸟。

等到大家互相买来买去，一窝蜂地养起来，最后才发现，传说中要外销的小鸟，怎么都没有人来收购？这鸟，竟然没人要。

一夕间，人们不知道养这些鸟要做什么了。要吃，那白文鸟太小只，十姐妹太漂亮，而且没什么肉。根本不值得吃。最后是你想卖我，我想卖你，谁也不想买，更不想再浪费钱去买饲料。最后，大家都不要了，只好全部放生，让它们飞上自由的天空。

那一段时间，所有乌日的林子里，充满唧唧啾啾、咕咕叽叽、清脆无比的鸟鸣大合唱。

最后大家终于明白，我们有赚到，赚到一个"鸟梦"。

小白松茸是另一个梦。

所谓"松茸"其实就是现在的白蘑菇。当年政府想用加工农产品赚取外汇，于是鼓励农民种植，由政府的农产公司制作成罐头，外销日本。但种此作物需要场地，政府自己种不来，就鼓励农民向农会贷款，买菌种回家自种，最后再交农会统一收购。

此计一出，乌日乡长立即鼓励父亲一定要做，千载难逢，赚钱天机。父亲说家里没钱。乡长说，这个容易，政策鼓励，农会可以贷款。

在乡长做保下，父亲在农会贷了款，再去乡长家，购买乡长代理的菌种回家。养殖场的工寮，由父亲搭；培植的事，由妈妈做。

那菌种细细白白的，丝一般，装在小小的罐子里，妈妈要用一根长长的铁线才能把它勾出来，种到阴暗的培植工寮里。

那培植的工寮位在三合院外面，靠近纺织厂围墙边，在一排龙眼树的后面。那工寮天然就阴湿，靠着浓浓的树荫，和纺织厂水沟经过的水汽，再加上菌种不能晒到太阳，整个充满霉味。为了增加生产，父亲特别分为两层来培植，每一层都覆盖着潮湿的稻草，草上再撒上菌种。

那小松茸长得白白胖胖，很是可爱。尤其每天洒水，看着它长大起来，从小白点变成一颗颗的小白头，那真是很有成就感的事。但它有一个规律，如果不能在长大时尽快收割，它就会长成开花的伞状模样。那就是过熟了，根本无法在市场上卖出，农会也不收。

收割是最累人的活。没有人替代，弟弟太小，祖母身体太弱，爸爸在外面交际应酬，只有娇小的妈妈和我可以爬上两层的竹架子，去采收小松茸。每天早晨上学之前，我们一定要先采收。盛产季节，为了怕第二天早上蘑菇开花，傍晚还得再去采收。

我还记得有一次那些蘑菇疯长，像着魔一般，不知道为什么长得特别快。明明早上才采收了，到了下午就长得胖头胖脑。如果不采收，明早一定开花。于是我和妈妈拼了命的，用小刀子割呀割的，刚刚采收了一片，另一片又冒出来。虽然辛苦，但这样的丰收，让我们都很高兴。

隔天一早，我们把蘑菇洗得干干净净、白白嫩嫩、漂漂亮亮，妈妈挑着满载的篮子，走到收购站的时候，他们竟然连秤都未拿出来，就说：今天不收了。

妈妈当场傻眼，她呆呆地问："你们不是说好收购的？"

"太多了，我们也卖不出去啊！"那农会的人说。

妈妈眼泪都快流下来了。她说："我们辛辛苦苦，爬上爬下，采收了这些，现在你不收，我们要去卖给谁啊？"

"没法度啦！我们没办法收。"

妈妈挑着满满一篮子的蘑菇，走着走着，走到了我们村子街道上的传统菜市场。妈妈想用收购站的价钱去卖，却没人买，只能拜托路过的人说："来啦，来买啦。这真漂亮的蘑菇。"

平时我们吃到的蘑菇，都是挑剩下半开花的蘑菇，真正漂亮的蘑菇，我们舍不得吃，先送去给收购站。现在自己吃这么漂亮的蘑菇，好像还是第一次。那味道真鲜美，但妈妈却像吃苦瓜一般，忧伤着脸。

白色的蘑菇梦，就这样结束了。

父亲向农会贷款的钱，最后只有自己还，乡长所做的保证，只是保证你借到钱，再去向他买菌种，而不是保证你赚钱。

为了还钱，妈妈卖了稻子，主要收入都还给了农会。

没有稻米，我们只能去买最便宜的美援面粉，自己做包子馒头吃。

那一两年，大概是我一生中吃过最多馒头的日子。直到有一日，实在受不了了，向妈妈诉苦说："可不可以不要每天吃这种白白的馒头，吃到最后，都忘记米饭是什么味道了。"

6 地瓜的尊严

有一次，一位堂叔家清理一片地瓜田，收割了地瓜叶子回来，在大灶里煮一大锅地瓜叶子，准备喂猪。

那天是星期日早晨，堂兄在灶前帮他妈妈看灶火。他很无聊，于是找我过去一起玩。我们先用炉火烤地瓜，地瓜还没熟，闲来翻大灶。大灶里有些不太熟的地瓜，也拿出来放在火里烤。按照平时习惯，大家都会一起吃，在我家你家都一样。这是孩子的规矩。偏偏那一天，他的妈妈半途回来了，看见我们从大灶里拿地瓜出来烤着吃，而我手上正好拿了一根，生气骂道："这是给猪吃的，你怎么来跟我们家的猪抢东西吃？"

这话说得很难听。我是小孩子，大人要骂，我们只能默默走开。不料，这邻居随后在河边洗衣服的时候，竟当着其他邻居的面，向我妈妈念道："你们家的孩子是怎么了，没饭吃吗？怎么来我们家跟猪抢地瓜吃？"

我妈妈听完，连连向她道歉，直说小孩子没教好，以后一定不会再这样了。

回家后，她把我叫到跟前，只问我："你有没有去他们家？你有没有拿他们家大灶里的地瓜出来吃？"

"有啊，是跟她家的某某一起吃的……"

我本来想解释是她家儿子带头做的，何况那地瓜根本没什么可吃的，只是连着根茎的小地瓜子，是人家不要的……但她连听都没听，立即叫我跪下，拿起一根大藤条，死命地打。

那一次她打得好狠，平时主要都打手心，但这一次连着脚和大腿一起打。我不敢跑，腿和脚痛得蹦蹦跳，一条一条，热辣辣，像火烧。

她边打边哭边骂："你真丢脸，去跟人家家里的猪抢东西吃。你跟猪抢东西吃，你是猪吗？你太让我丢脸了，不知羞耻，不知羞耻……"她哭得好伤心，气得手都停不下来。

妈妈最后只有一句话："就算是饿死，也不许再踏进她家的灶脚！就算是饿死，也不要被人看不起！"

这一次打得太严重了，连我祖母都看不下去，赶紧过来用身体护着我，她才停了下来。

我不是不知道别人家的东西不能随便拿，毕竟我们都住在三合院里，各个家门都开着，可以随便进出，谁家丢失了什么东西，你常常进出，免不了会引起怀疑。但我从未被怀疑过，而且因为我长得白白净净，得到大家疼爱，从小娃娃时就被这家那家抱来抱去地玩，从未被如此看待过。

从此后，我未曾再踏入他家的厨房，即使有事去传话，也只在门外喊一声，绝不停留。

那一年冬天，可能是我童年最艰难的岁月。

那一年，妈妈认为有一新品种的稻子长得很好，向一个堂叔买稻种。为了有好品种，妈妈还付了比较高的价钱。不料那亲戚居然拿了一些半是空心米、半是实心米的粗稻子来。那稻子一播种，只有一半长出秧苗，其中还夹杂一些杂草。

妈妈看着稻种变成这样，而插秧的季节已经到了，欲哭无泪。她去和他们理论，那堂叔居然说："要不然呢？稻子卖出去，你自己不会分辨，是活该。世界上有人保证一定要卖出好稻种给你吗？何况，我卖的时候，也不知道它是坏品种啊！你自己不长眼珠，不会分辨，要怪谁？"

妈妈生气地说："可这是下一季的稻种，是我们要种、要吃的，你这样害人，我们明年要吃什么？"

"你明年要饿，饿的是你的肚子，关我什么事？"他恶狠狠地说。

"你害一家人明年没米饭可以吃，怎么可以？"妈妈最气的话，也只能说到这样。

她当然知道对方是故意的，任何一个农民都知道，什么稻子可以做种，什么稻穗只能喂鸡，他们说分不出来，根本就是欺负人。她赶紧想办法补救，可是该播种的季节已到，插秧班也排好了，最后只好把剩下可以用的先种上去，不够的，再找四叔公、六叔公和七叔公他们帮忙，匀一点秧苗来插上。

那一年，稻子的收成三成不到。那堂叔竟还恶意地笑说："做田呐，要自己有内行，没内行，收不到稻子，这怪谁？"

我妈妈没说什么，让我们吃了半年的面食。从包子馒头到面疙瘩，搭配的当然是自家青菜。偶尔有稀饭喝一喝，配一点咸菜萝卜炒蛋，就觉得那是人间美味了。

如果有煮白饭的日子，就是幸福的天堂。

7　红衣女鬼

小时候，父亲会去一位堂伯家赌博。那里有一间大通铺，铺着草席的床板上，大家盘腿而坐，掷骰子赌博。我去叫他回家的时候，总是说："爸爸，阿嬷叫你回家了。"

他抬头，眼神锐利，瞪我一眼："好啦！你先转去。团仔人，紧转去！"

但妈妈有交代，要再等他一下，如果他没动，再叫他一次，他如果再不动，我才可以先走。

然而他开始打麻将以后，整个情况就改观了。那是从乡长家开始的。乡长属于台中的某一个海线派系[①]，在马路边上，开

---

① 海线派系，台湾台中的地方派系有"山线"与"海线"之别，靠中央山脉的几个乡镇政治人物相结合，自成派系，俗称"山线"，靠海的乡镇叫"海线"。

了一家三层楼的小旅社。当时交通不便，也有一些出差的人来入住。

就是这乡长，拉着父亲去做松茸菌种的生意，也教了父亲如何打麻将。而且一打就上瘾，下不了牌桌。

回想起来，麻将，可能是父亲活动范围的转折点。他从乡长的关系，结识了一些做建筑、盖房子的人，再认识一些在台中市做生意的人。于是他的应酬，从乡长家的麻将桌，再转到附近九德村的朋友家；接着，扩大到了台中市，最后终于离开了妈妈能够追查的范围。

尤其，有了摩托车，更让他的活动范围不断扩大。而我们只能坐着公车、骑脚踏车，根本无从追踪起。

父亲待在家的时间，愈来愈少。有一天早晨起来，他还在睡觉。那时，已经读小学的我和弟弟，正在喝着妈妈准备的稀饭，却见妈妈拉着祖母，说着悄悄话。

这种情况很少见，于是我和弟弟特别小声地喝粥，以免干扰窃听。

"魅寇今天早上才回来。回来的时候，全身一直抖，抖个不停。"

"啊，是怎样了？"祖母问。

"他回来的时候，差不多快五点了，他讲，经过那桥上的时候，有看到了'坏东西'！"

"看到什么'坏东西'？"祖母微微发抖地细声问。我跟弟弟也竖起了耳朵。

"魅寇讲，他骑车要回来乌日，过那桥上的时候，你也知道，那桥弯弯的，他骑着摩托车，转个弯，突然间，看到前面的路上，竟然飘啊飘的，飘着一阵的红影。是一个穿红衫、长头发的女人，在空中，脚不着地，飘来飘去。"

"唉哟！夭寿，看到坏东西了！天要亮的时候，最容易出来啊。"祖母惊呼。

"魅寇也吓死了，他也不知怎么办，一时间，他大喊一声：'干，干你娘！你要找死哦！'就把它冲过去。"

"啊，他有怎么样吗？"

"想不到，给他冲过去了。冲过去以后，转过那个弯，他不敢回头看，一下子冲回到家前面。他说，他见到前面有挑菜要去台中市卖的阿杏嫂仔，就停下来问说，他们有没有路过那里，是不是有看到一个红红的影子，飘来飘去。"

"那阿杏嫂仔说，前几天，有看到一场车祸，一对男女，骑一辆摩托车，路过的时候，被一辆卡车给撞翻了。那男的，穿着黑色外套，倒是活了。但那女的，穿着红色的洋装，据说是要去参加什么婚礼的，就这样死了。这红影子，莫非是那一个女人，要来抓人去替死？……"

我和弟弟对望一眼，喉咙快跳出来了。

"魅寇呢，他人有没有怎么样？"

"没啦，人是好好的。不过，他给阿杏嫂仔一说，全身开始发抖，抖个不停，回到家门口，连停车都抖得歪歪斜斜，还要我帮忙扶着。"妈妈声音也发抖了。

我和弟弟吓得半死，吃稀饭的碗和筷子，停在半空中，张着嘴，转头去看着妈妈。

妈妈也很紧张，没注意到我们，她继续说："他本来喝了一点酒，也吓醒了，要上床去睡觉。可是，盖了一条棉被，还一直叫冷。我拿了另一条比较厚的，再盖上去，他还是叫冷。过了老半天，他还在颤颤抖抖啊……"

"唉哟！这是要来抓替死鬼。以后千万不要半暝出门。你叫魅寇不要再出门了啊！"

我和弟弟也听得全身都抖起来了。

那一天，下课回家，我就听到三合院的人在议论说：今天早上，一个从台中要赶去彰化的摩托车骑士，在桥上那一道弯处，被一辆运蔬菜北上的卡车给撞了。骑士飞出了桥，掉到桥下，摔得太重，当场死亡。

"可怜啊，真可怜。伊还这么年轻！"祖母感叹说："这几年，南来北往的车多起来，透早透晚，那些大货车横冲直撞，实在很吓人呐。"我们家位于纵贯线上，难免看见这种悲剧。

我和弟弟都很害怕。我们都不敢想象，如果万一碰上这种红色鬼影子，该怎么办？后来我问了爸爸，是不是真的有这件事。他倒是非常坦然地说："当然有啊。"

"你不会怕哦？"我问。

"怕啊，当然怕，那是事后才开始怕的。当时骑着摩托车，突然看到一个女人的红影子，飘到前面来，我吓了一跳，根本来不及反应，我心里只是想到，如果撞上去，伊不是会死吗？伊这样冲过来，是找死哦！我当场大骂一声：'干你娘，你找死哦！'可是我刚刚骂完'干你娘……'，眼睛一花，摩托车就冲过去了。一过去，我才想到，不对啊，这是人吗？是人，哪会这样飘来飘去？伊不是人啊！一想到这个，我就害怕了。幸好，前面就碰到阿杏嫂仔，我停下来问她，她说两天前，有一场车祸。那女人就是长那个样子，穿红衣服，躺在路边，用草席盖着。我吓都吓死了。回家来，全身还在抖啊抖，抖个不停啊！……"

"幸好你冲过去了，不然你一怕，手一抖，车一歪，掉下桥去，就很危险了。"妈妈心有余悸地说。

父亲从来"铁齿硬牙",不信邪门歪道、装神弄鬼的事。但一讲到有没有鬼,他一定说,确实有,他见过,但不必怕,怕反而有事。鬼只能靠吓人来达到目的,你不要怕,鬼就没有用了。

8 楼仔厝的诞生

时代转变太快,许多古老的行业注定要消失。爸爸的制瓦生意就是一个典型。

那时节的农村有一些变化,已经悄悄发生。虽然我们只是小孩子,不一定能看清楚变化所在,但记忆中最深刻的,可能是去台中一个亲戚家,参加一场"入新厝"的请客。多年以后回想,那就是所谓"命运的时刻"。

那是一个明亮而怡人的秋天。三合院的亲族们早就在议论,要去参加一位亲戚的"入新厝"请客。

这亲戚是一个叔公的女儿,她丈夫迁到台中市,盖起了一幢小楼,据说非常新颖舒适,和农村这种土埆厝房子完全不一样,上下有三层,人们叫他"楼仔厝"。

那个黄昏,妈妈急忙帮我们洗过澡,换上干净衣服,在屋里等候。

"好了,走啦!"当叔公的召唤在黄昏的晒谷场响起,三合院有二十几个老老少少,穿着干净新衣,有如要去郊游般,踏着黄昏的微光,谈笑着一起出门,站在公车站牌下等候,那确实是很壮观的场面。

那楼仔厝位在市区的边缘,一排三层小楼房子的中间,前面有一排正在兴建的房子。我们走进去的时候,黄昏的光线已经没了，但屋子里明亮的光线，却照亮了每一个人的面孔。我还记得，六叔公的脸上，又黑又亮，还有深深的皱纹，照得极其清楚，把我吓了一跳。在我们的三合院，都是用五烛光、二十烛光的小灯泡，最多是祠堂的大客厅用六十烛光灯泡，还未曾用过这么多、这么明亮的灯。

"憨囝仔，你在看啥？"六叔公笑说。

"哦，好亮啊！"我指着他的脸，不敢说出真正的想法。

"咱这一间厝的电灯，都是用日光灯。这种灯啊，买起来虽然比较贵，但是比较省电啦。"主人介绍着说。

"哦！难怪呀，看起来像日光那么亮。照得都刺目刺目的。"叔公说。大家都高兴地笑了。

"可是，这一楼到三楼用那么多的灯，电费也是很贵的哟。"我心里想。

随后父亲也到达了。他是骑摩托车从另一个地方赶来的，他不是没见过都市的楼仔厝，只是他也想看一看都市新房子是怎么盖起来的。

楼仔厝的一楼当客厅，几张深绿色皮沙发，摆成一个方阵；一张大茶几，上面摆了瓜子、糖果、花生；它的正前方，靠墙壁转角处，是一台大同电视机，电视机上，用一片大红绣花布给盖起来，上面站了一个三十厘米高的大同宝宝。主人用一种喜庆的心情把电视机的门拉开，旋转开关，说："这个电视机是最大台的啦，用这个看杨丽花唱歌仔戏，好像看真人在唱呢！"此时正是黄昏杨丽花歌仔戏的时段，电视传出都马调（歌仔戏曲调）的唱腔。

"咦？这一间厝，怎么没有灶脚（厨房）？没有大灶，要去哪里煮饭？"一个婶婆比较细心，她站在一张大饭桌的旁边，忽然想到了。

这让我想起我们家最重要的地方，就是大灶。那古老的黑黝黝的大灶台上，有一口大炒菜锅和一个煮饭用的铁锅。大锅子可以用来烧水、煮饭、蒸粿、煮地瓜等等，冬天的时候，我最喜欢蹲在大灶前，帮妈妈看柴火，这样我就可以趁机烤地瓜来吃。可是这里竟然没有大灶。

"呵呵呵，这都市里面，较不方便，不需要大灶啦。"主人以一种有点谦虚、是你少见多怪的口吻，笑起来说，"这里用的是瓦斯炉，叫工人送瓦斯桶过来，直接点火，就可以烧了。"

他带着婶婆和亲戚，一起到了厨房，点了火柴，把瓦斯打开，当场点燃了。既不用生火，也不必吹得满脸灰。

"啊呀，实在是真进步。这样都不会有黑烟了。真赞！"婶婆赞叹了。

楼仔厝的二楼是主人的卧室和起居间，卧室里有一张大大的床，看起来不是木板做的。那主人介绍说："来，你坐坐看，很软很舒服的。"我们正想上去，叔公就骂说："你团仔人，还没有洗脚，不要去弄脏了。"

"没有关系，这新床，让男孩子跳一跳，容易生儿子呢！"主人说。他竟然指着我说："你去跳一下看看。"

我有些讶异，但并不畏惧，就上去跳一下，整个人弹了起来。想不到，这床是有弹性的，害我差点撞到上面的日光灯。

"好了，好了，下来下来。你会把床跳坏了。"一个叔公说。

这新房子另有一个特色是：在每一个楼层都有一间厕所。

"哎呀，真有这个需要吗？就这么几个人，需要用这么多厕所哦？"一个叔公有些讶异地问。因为我们三合院，几十个人住一起，也不过共用一间公共茅厕。

"总是比较方便吧。大家不必楼上楼下地跑，每一楼都可以上了。"主人微笑着解释。

"啊，真的很好，很干净呢。不像我们乡下，'屎壆仔间'都是臭烘烘的，你们看，墙壁白雪雪，地面光亮亮，多漂亮，多好！"另一个叔公说。

"还可以蹲在里面看武侠小说呢！"一个叔叔说。

那主人很开心地去拉动厕所上方的排水管，刷的一下，清水冲过蹲式厕所，它立马变得干干净净，好像没人上过。

"你看，上完厕所，只要这样一冲，就什么都不见了，很干净的。"

"哇？真是太好用了。可是，这用水，会不会很凶啊？"一个叔叔悄声地问。在我们乡下，用自来水是要钱的，所以我们都只是用来煮饭煮菜，平时用水很凶的洗衣服、洗被单等等，还是到河边去洗，这样比较省钱。

主人没回答，但主人的妻子说话了："我们住市区里面，大家都这样用啦。"

一个婶婶不无羡慕地说："哇，上厕所要用到这么多水，你们把钱这样冲掉，不会觉得太浪费了？"

主人的妻子无言地微笑着，仿佛在笑你们这些乡下人呐，未免太大惊小怪了。

"不过，你看，这放屎之后，水这样冲掉，底下有没有'屎壆仔池'？这要流去哪里？"另一个叔叔有些讶异地问。

这其实是一个大家都想问，但不敢说出来的问题。在我们三合院的公共厕所，排泄物最后都积存在那"屎号仔间"的粪池里，变成长久的恶臭，但它也提供了肥料。每隔一段时间，就有叔叔伯伯会把它清出来，去倒在菜园子旁边的田地里，和一些杂草、废土搅拌，让太阳晒一阵子，除去恶臭，就变成菜园子的有机肥料。

妈妈说过，晒过太阳的肥料，会变得比较干净，比较不会长出很多虫来吃菜。

我们乡下的粪池还提供另一种功能，那就是里面有些苍蝇的蛆，是白白肥肥的虫，一些会钓鱼的叔叔，可以用网子捞出来，丢水池里洗净了，变成钓鱼的饵。

但都市这种厕所，排泄物要流去哪里？谁来倒？

因为怕被人家笑我们"乡下憨"，我们都没敢说出来。

"哦，没关系啦，有设计好了。它会自动流到外面的地下排水沟去。"女主人笑着说，再去拉动了厕所的排水，再冲一次。

我忽然想到：自己常常帮妈妈去菜园子浇水，也浇过肥料。每一次都是把家里尿桶里的尿尿，加一些清水，稀释后，才去浇菜。我心里暗想，这个都市厕所倒是很好的设计啊，他们上完了厕所，要用水把尿尿冲掉，等于就是稀释了，那就可以直接变成肥料了呀。如果它可以接一根管子，长长的、远远的管子，拉到我们家的菜园子去，那我们就不必每一次辛苦地挑尿桶，再弯腰挑水去稀释，弄得好累好累啊！

我把这个想法，悄悄地和妈妈说。

妈妈想了想，摸着我的头说："你怎么会这么想啊？憨团仔！"妈妈笑起来，"这里跟咱乡下，是两个世界啦。"

参观到最后，我们从楼梯口出来，上了四楼的天台。这里是整排楼仔厝的屋顶，可以望到更远的地方。都会的小楼，成排成排地延伸出去，起起伏伏的影子里，有几处居家的窗口，透着暖暖的微光；黄昏向西天沉没了，最后一缕红光，映着远方宽阔的平原，也映着逐渐建起成排小楼的工地。

站在四楼顶，晚风逐渐吹起来了，舒服的凉意，浸透全身。

"要是夏天在这里，不知道有多凉快啊！哪像我们乡下，坐在大稻埕，都还很热，凉风都吹不进来。"一位堂叔赞叹说。

爸爸倒是没说什么，只是东看看西看看，仿佛在观察什么，最后才问道："咦？这附近的房子没有屋顶，下雨了，怎么办？"

"啊，对啦，你问得真内行。魅寇，你确实是做土水工程的内行人。"亲戚说，"这房子盖到顶楼，水泥是要防水的，下雨的时候，雨水就从旁边的水管里排出去，所以不会积水。"他指着屋子一隅的水管。

"啊，这就不必用瓦片来盖了！"

"是啊，你看，我们这里的房子，都是这样。不怕台风，不怕大雨，吹也吹不走啦。"他指着旁边一大片公寓房子的屋顶，得意地说。

"附近的房子都是这样盖。"爸爸声音有些低沉地说。

"主要是台风吹不走，盖起来也方便。不像我们老家的茅草屋、瓦片厝，台风一吹，我们得拿石头去压屋顶。"主人说。

我们站在四楼顶吹着晚风，凉意拂过爸爸的脸。他仿佛在想什么心事似的，看着远远的成排房子的屋顶。

直到有人喊他："魅寇啊，来热闹一下，喝酒啰！"

9 西服制服

在父亲折腾的那些岁月里，妈妈竟能把家计维持得好好的，这实在是一件奇迹。

我三岁时，祖父过世，家庭生计都由父亲主持，他天天在外做各种梦想，试探各种可能，然而失败的多。

祖父一生节俭，靠着"三七五减租"和"耕者有其田"政策，分了一点田地，再靠着全家人省吃俭用和几个姑姑嫁人前上班的一点薪水，买下了两分农地，可是这些地也不够养活全家人。

妈妈维持家计，靠的还是她的裁缝手艺。农闲时，她帮开裁缝店的大姑姑做衣服，赚一些外快。

丈夫过世后，大姑姑回家乡开了一间裁缝店。当时流行日本时尚的裁缝杂志，还附有教人如何剪裁缝制的分解图，只要依样画葫芦，就可以做出当季流行的新衣。大姑姑就依了那时尚的杂志，为乌日的女士夫人们，裁缝出东京流行时装的风景。每年除夕前，大家习惯做新衣过新年，她总是日夜赶工，忙到无法休息。而农历年前，妈妈忙完了稻子的收割，有一点空档，就帮姑姑做衣服。她会把裁缝剩下的布料，拼起来，为我们缝新衣。

小学三年级那一年冬天，天气特别冷，东京流行毛料大衣，许多人买来布料定做。恰恰好有两个人，买了相同的毛料。于是姑姑说："秀绒啊，这个毛布料有剩下一点，另外一件也剩下一点，你要不要把两块剩料接一接，做一件制服，让阿浓穿，天气这么冷哪！"

事实上，妈妈为了省下买冬衣新制服的钱，常常捡人家不要的旧西装，裁剪开来，把布料重裁剪过，缝成上衣，让我当制服穿。所以我曾穿过夏天西装裤做成的冬外套，也曾穿过黑得有一点银亮的西装制服。老师都知道，这是妈妈的本事，所以并不奇怪。

可是那一次用剩余毛料接起来的制服，真的非常温暖，妈妈做得时间也比较长，我喜欢得不得了。穿去学校的那一天，我舍不得穿去扫地，怕弄脏，就挂在椅子上。

扫完地回来，准备下课了，老师突然跟我说："阿浓，你留下来一下子。"

我没跟上路队，自己留下。女老师走过来摸着我还未穿上、挂在椅子上的外衣，说："你这一件衣服，也是妈妈做的吗？"

"是啊，我妈妈做的。"我有点疑虑，心想，难道是因为布料是毛的，不符合学校的规定？

"这衣服穿起来特别温暖哦？"她转过来摸着我的头说。

"嗯，妈妈用大姑姑剩下的布去做的。"我说。她的口气温和，我比较放心了。

"你妈妈应该是做很久吧？"她仔细看着布料的缝痕说。

"哦，是很久。过年前，她就在做了。除夕夜，她才做好。"我说。

"妈妈很辛苦哦。你要用功读书，孝顺一点，知道吗？"老师的眼中有一种温柔的光。

回家以后，我跟妈妈说了这件事。妈妈未说什么，只是湿润了眼睛，她没哭，只是擦拭着眼泪，最后才说："憨团仔，你不知道啊，这件衣服是用很多布料，一小块一小块接起来的，以前只有乞丐才这么穿的。老师看得出来，所以你要用功读书哦！"

10 肥鹅新衣

每年农历大年初一的早晨，全部三合院的人都会端着各家的三牲四果，到祠堂来拜拜。我们的卧室就在祠堂旁边，一定会被吵醒。

但叫醒我的，反而是妈妈，她更早。"你先来试穿一下。"

寒冷的冬日早晨，我和弟弟从被窝里爬出来，穿着单薄的内衣，披上有一点粗粗的毛料外衣，来试试新衣是否合身。妈妈拿着一片白粉笔，在毛料上东画一下，西画一下，再试一下手臂长度，才让我们回到被窝继续睡。

我们随即起床，穿上便服，去祠堂拜拜。妈妈也匆匆忙忙去拜一下，又回来做衣服。缝纫机的声音咔哒咔哒地传出来。

祠堂里拜拜的亲戚总是笑她说："秀绒啊，你嘛卡差不多咧，都新年了，缝纫机也该休息了。过年呢！"

"不行啦，不赶一下，我们阿浓阿杰就没新衣服穿了！"妈妈笑着说。

等到拜拜结束，各家都收了供品回去，妈妈的新衣也做好了。她永远有办法让旧布料变新衣，让我们像一个小小绅士，走出祠堂，出去过新年。

几十年以后，有一次在美国和朋友听着西洋的跨年音乐，在"新年快乐"的乐音中，我突然想起除夕夜妈妈踩着缝纫机的声音，时断时续，咔哒咔哒，像延伸一整晚的音乐。那就是我的除夕音乐吗？

我们四个兄弟姐妹都在长大，每年要为四个孩子添置新衣，对妈妈而言实在是一笔负担。

有一年冬天，实在没有新衣服可以穿，也没有旧布料可用，而我们学校又需要买新外套，妈妈只能想到祖母所养的那几只鹅。

祖母喜欢养鹅、养鸡鸭。这仿佛是一种天性，无法克服的弱点。每次的过程都一样：一个小贩挑着两担竹篓子，装着刚刚出生不久的小鸭小鹅。那小小的生命，伸着小小脖子，在篓子里跳跃。粉嫩嫩的毛，有一种鲜得不得了的淡金黄色。

祖母一看到，口中发出惊叹："唉哟，这么古锥（闽南语，可爱的意思）！你看，这么小小一只，这样活跳跳，多叫人欢喜哦！"

她的手中捧起一只小鸭子，看那短短的小脚，摇头晃脑，望着她呱呱叫。然后，再换一只。慢慢的，她已经挑了七八只，最后她终于说："这几只都真可爱，不知要怎么选捡？"

那小贩就说："都是这么可爱，就一起留下来，让它们也做伴啊。反正一起饲养，这么小一只，也不会少一口饭。"

祖母于是都留下了。每天，祖母都会"啄啄啄"地呼唤着她的鸡鸭鹅，只要她一召唤，那些小生物就回来了。早晨如此，黄昏时候也是如此。它们会分辨祖母的叫声，循声归来。

她看到的不是只有鸭子和鹅，而是生命在长大。尤其是开始要长骨架子的时候，她会利用星期日，叫我去水田里捞田螺，打碎了喂食，好让它们有足够的营养。等到鸭鹅长得再大一些，她便会说："哇，这一只长得真壮，那大腿真有力，跑得又快。到时候，那大腿的肉质一定很有弹力，很好吃哦！"

养鸡鸭鹅，对祖母来说，是一件大事，那是为过年过节的祖先而准备的牲礼，也是我和弟弟的生日礼物。每年大年初三，我和弟弟一起过生日，我们都会有祖母特地留下的鸡腿、鸭腿，配上红鸡蛋。如果是鹅腿，那就更"雄壮"了。

然而，为了让我们有新衣穿，妈妈决定把那几只大肥鹅带去市场卖了，换成新衣。

祖母虽然舍不得，还是尽心尽力地喂饱那些鹅，连喂好几天，好让卖出去的时候肥一点，卖一个好价钱。

那是一个天光薄薄、雾气濛濛的清晨。再过两天就春节了，冰冷的空气，把雾气都凝结成为露珠。我一早被妈妈叫醒，一翻身从被窝爬起来。天色还暗，鸡还在睡，没听到啼叫声。每天早晨都是鸡先起来把鸭鹅叫醒的，只要鸡还在睡，其他动物似乎就不会醒来。

妈妈先叫醒了我，要我用米糠和青菜拌好饲料，先去喂鹅。那些鹅被我一叫唤，"哦哦哦——"地互相叫醒了。鸡听到鹅叫，似乎也醒来了，在隔壁鸡舍里开始咕咕咕地叫晨。我们家的鸡一叫，隔壁睡在树下的、屋檐下的、走廊上的所有公鸡母鸡仿佛都被吵醒，一块叫了起来。

本来寂静的冬日之晨，忽然热闹无比，天光也感觉明亮许多，我的心情也跟着开朗起来。

听见鸡叫声，祖母也跟着醒来了。她穿着一件棉布的外套，站旁边看我喂鹅，忍不住跟鹅说："啄啄啄，你们这些憨鹅哦，现在就要吃饱饱，今天去了菜市场，吃都没得吃了。吃肥一点，好让阿秀绒多卖一些钱，孩子的新衣就靠你们了。"她的样子，好像在哄小孩。

喂好了鹅，天色刚亮，妈妈也没吃早餐，就挑起担子，前后各一个竹篓子，各放三只鹅，走出家门。矮小的身子摇摇晃晃，赶紧冲到市场。她要在别的菜贩还没来之前，先占一个市场入口的好位置。

虽然我曾帮妈妈去菜园子摘菜，整理青菜出去卖，但未曾陪着妈妈去市场卖东西。我有些害羞，站在妈妈的身后。

妈妈倒是落落大方，挑了市场入口的转角，一家杂货店的门口，和老板打过招呼，就打开竹篓子，让人观看。不久，我们摊子的旁边，来了一个写春联的夫子模样男子。他戴眼镜，穿着白衬衫，黑外套，双手还特别套着一副工作的袖套，显得有些专业的样子。他面前摆上一张长桌，桌子上排出一副一副写好的春联。那红底黑字的对联，字迹清秀，墨香飘逸，显然很吸引人。

要过年了，家家户户都需要春联，他的生意兴隆。许多人围着挑，有人则指定要写什么字，或者用公司行号来嵌上什么字头。我听那本省口音的夫子客气地说："我会写好。请晚一点再来拿吧，要等它干了。"

妈妈不是很会招呼生意，只是微笑站在那里，偶尔出言说："来啦，来看看鹅，这几只都刚刚养大，现在最好吃。"

那六只鹅倒是很争气，不时伸长脖子，嘎嘎叫着，颇有帮妈妈助阵的味道。可是鹅卖得并不是太顺利，原因不是询问的人少，而是一般人不会杀鹅，尤其杀鹅不比杀鸡。鸡比较容易杀。脖子往翅膀下一夹，让它不得动弹，再拿一平底空碗，用来盛血，念一遍再生咒，祝鸡只早日超生，向幸福世界投胎，菜刀往鸡脖子一抹，就了事了。

但鹅真的太大只了，那些纤细的家庭主妇还真有些害怕。虽然询问的人很多，但真敢买下的不多。本以为可以很快卖完的，一早上三个小时下来，却只卖去三只。偏偏此时，远远走来我们隔壁班的一个女生,陪着妈妈来买年菜。

她是我们这一年级的模范生,衣着整齐,功课优秀,长相清秀,白白净净,从不打赤脚玩水,当过班长,还是一个美女。这女生竟然穿着干干净净的衣服,还穿上白色袜子,陪妈妈来了。

我一时间不知如何是好,正想低头闪避,却见那写春联的夫子说:"你来帮我拉一下好不好?"他正在写一副九个字的春联,可能要给公司用的,裁得比较长,需要有人帮他拉平,墨水才不会往下滴。

那女生和她妈妈朝着我们的小摊子走来,停了下来,怯生生地站在妈妈后面,伸长脖子,看肥鹅在竹篓子里,眼神尽是又害怕又好奇的样子。

"很漂亮,很肥的鹅,很好吃哦。"我妈说。

我实在很想走上去跟她说:不必怕,鹅是很乖的动物,可以抱一抱,而且祖母养的鹅很乖。

但我又怕她知道我是卖鹅的小孩,这会让我感到自卑,只能帮那书法夫子拉着春联,假装是帮忙的路人。可是过后,我却为自己害怕被她知道的感觉,感到很受伤。妈妈明明是卖鹅人,为什么我不敢大方承认?我难道不敢承认自己的母亲吗?

那一年的冬衣,是用柔软的羽毛料做的,淡蓝色,感觉又轻又温暖。这是我第一次买新衣,以往都是妈妈做的。它的尺寸比我身材大两号,以至于两年后,我都还可以穿。

"每次看到这一件衣服,呵呵呵,"妈妈总是笑着说,"就想起这是用两只鹅换来的。"

多年以后,我才慢慢明白,我们用肥鹅、用土地,去换了生活所需,即使没有足够的物质,我们用梦想,用白文鸟、七姐妹的彩羽，来装点我们贫困的生活。在一九六〇年代，我们追寻各种可能。像我的父亲，辗转从土埆、水泥管、小松茸、到屋瓦，挣扎在时代转换的边缘，梦想，幻灭了，再梦想，再幻灭，再继续梦想，辗转奋斗，直到最后，等待成功的一日。

第四章 ……

铁工厂时代

0

全世界的加护病房仿佛都有一样的规格。二十四小时点亮的灯光，照在一床一床白白的床单上，每一个病床边都挂着点滴瓶，输液无声地滴入肉身，维持着一个苍白蜷缩的身体；一台显示心电图的仪器，上下浮动的图点，证明生命还在；生命的本质竟然只剩下这样……

我们在一排病床边找到父亲。

他双眼紧闭，眉头痛苦地深锁，可能是假牙拿了下来，脸颊顿时凹陷下去，看起来特别瘦削，灰白色的胡须渣子稀疏地长在下巴上，喉咙发出呼噜呼噜的声音，听起来像卡着一口痰；右手臂上的注射液，缓慢地滴入他的身体。

上一次住院约莫是农历年前。因为跌倒伤及后脑，进行缝合手术，术后有些感染，大约住了一个月，当时他的身体反应还比较正常，术后的伤口容易发痒，忍不住用手去抓。失智的他无法控制自己，只好用一条长长的布条将他双手双脚，分别绑在病床的两侧围栏上。

他非常愤怒，发出咿咿唔唔的声音，扭动挣扎，狠狠地瞪着妈妈。

他那直瞪的眼睛，如此锐利，直射如箭，护士忍不住悄声问："阿嬷，他以前是不是很凶？现在都不能讲话，还这么厉害，吓死人了！"

年轻时候，父亲的目光就非常锐利，带着一种武士道的狠劲，即使近六十岁时，我和报社的摄影老搭档关晓荣回台中采访，在老家住宿一晚，当时父亲正在画锅炉设计图，在我们打招呼时，拉下老花镜片，点头示意，那眼角微微射出的光芒，依旧让关晓荣非常讶异地说："你爸爸以前是不是混过黑道？"

"没有啦。怎么了？"我问。

"目光怎么那么锐利？都已经当了阿公，但只是这么随便看一眼，还是有一种慑人的杀气。"他笑着用侯孝贤形容另一个朋友的话说，如果去混江湖，他绝对会是"老大"。

然而，曾经锐利、曾经强悍的父亲，现在无力地闭着眼睛，脸上布满老人斑和皱纹，眼袋浮肿，嘴角无力地下垂着。

"爸爸，爸爸……我回来了！"小妹站在床边，靠近他的耳朵，一手抚着他的脸，轻声呼唤着。她的声音，很像小时候要父亲抱抱，带一点撒娇的尾音。

小妹长得娇小，长相像妈妈，有一双可爱明亮的眼睛，很得爸爸的疼爱，到了小学六年级，已经十二岁了，还像小孩子，一把就跳上他的大腿，像一只小猫扑在怀里，睁着无辜的大眼睛咕咕笑。有时候，爸爸连续两三天打麻将，胡须渣太长，她还会撒娇要他先去刮胡子再亲她的脸。父亲对孩子一向严厉，根本没有孩子敢批评他，唯有大妹和小妹，可以用撒娇的方式说东道西。

"爸爸，爸爸……"我握着他未挂点滴的手，那手因为久未运动，瘦得皮包骨，皮肤薄得像一层黄黄的蜡纸，他的手掌冰冷，没什么温度。我很想像小妹那样，抱一抱父亲，摸一摸他的脸颊，让他知道我们都爱他，但不知道为什么，就是很难。

记忆中，我不曾有过父亲的拥抱，最多就是摸一下头说"乖"。他用狼一样的眼光，看这个世界，要求自己，也要求儿子们，要像狼一样，勇敢成长，孤独无惧，强悍向前，去世界拼杀！

然而这一匹狼，这一匹我们心中永恒的狼，竟是如此脆弱，如此需要被照顾，不知道为什么，我竟然不知道如何面对这样的父亲……

我很想去抱一抱他，就像我曾抱过祖母和母亲，但我只能用双手把他的瘦骨扭曲的手，合握在掌心说："爸爸，你一定要坚强，要坚强起来啊！"

父亲的主治医生大约五十来岁，讲一口广东口音的国语。他很有耐心地带着我们到开刀病房，拿出 X 光片，指着一个脑部的影像靠下方处，一块小小的白点，说："这就是那一个血块，它在作怪。"

他用手指轻轻敲打了两下底片，说："哪，这应该是淤血，可能是上次跌倒受伤造成的，也可能是后来二次跌倒受伤的。反正，我们也搞不清楚了。我只能说，就是它害的。"

病房的走道上，白色的日光灯照着妈妈苍白无血色的脸。医生望着她悲苦的愁容，有些不忍心，转头对我说："开刀吧，不开刀就没办法救回来了。"

"但，开刀以后，能够完全复原吗？"妹妹追问。

"这个，很难讲。依现在这种情况，开刀以后，能先恢复个五六成，就算不错了。没办法啊，淤血已经伤到脑神经。"

小妹有些着急地问："那开刀要怎么开？你可以说明一下吗？"

"开刀是这样的：我们要从后脑这个地方，"他伸手来摸着我的后脑，指给妈妈和妹妹看，"切开一个小洞，把这个小血块清出来。但开刀会流血，我们不能让它流进脑部，所以会再留下一个小小的洞，让血水向外流出来，才不会压迫到脑神经。"

"可是，开刀会不会有什么其他的危险呢？"小妹还是不能放心。

"危险是一定有的。不过，这种是很普遍的手术，我们常常在做。"医生说。

"啊？怎么会这样？"我和小妹同时问。

"最常见的是车祸。大部分是年轻人骑快车，安全帽不戴好，撞车以后，脑部受伤，大脑淤血，要开刀清干净，再留下一个洞，让淤血慢慢流出来。不过，老伯伯真正的危险是他的年龄，老人家的体力不是太好，抵抗力比较差，很容易感染到并发症。"

"是啊。"小妹说，"他生病很久了，会不会容易感染什么病？"

"主要是肺部。"医生说，"老年人肺部容易积水，肺气肿。手术后身体虚弱，容易感染发烧。一发烧，身体里面本来就有的各种细菌压不住，就很危险了。"

医生看了看自己的手表，说："这样吧，你们再讨论一下，决定好了，等一下到手术室来签同意书，明天才能开刀。"

我和妹妹望着妈妈，妈妈望着我，说："你们做决定吧！"

1 静子的婚礼

由于祖父早逝，几个姑姑的婚礼，都是由父亲一手操持。那确实也是一种甜蜜而沉重的责任。

小姑姑本名杨静贵，全家人都叫她的日本名字"静子"。她前面的几个姐姐年纪到了，在父亲的主持下，结婚成家，只有她一点也不着急。

她是我们家乡有名的美人。跟大姑姑青春时候一样，上班的途中，下班回家的路上，沿路有男性崇拜者在后面远远地偷看她。尤其大姑订制的东京时装杂志，时有新装，为了试做来吸引顾客，喜欢找她试穿。那东京风的时尚与美丽，总是吸引着乌日的青年男女。

但她无视一街注视的眼光，也不屑于不做正事、只想看美女的愚行，对那些跟随者的目光，她用鼻孔哼着说："无聊男子，真丢脸，像一个男子汉吗？"

有一次下班回家，她刚刚下了公车，看到我从幼稚园下课走出来，特别高兴，也不管一身优雅的淑女装扮，脱了鞋子，打着赤脚，就要跟我赛跑，比赛谁先跑到家。那时的泥土路还非常柔软，她一手拎着鞋子，一手挥舞要我快快追上来，跑得满身大汗，尘土飞扬，完全是一个充满野性的女生。

读幼稚园的时候，她喜欢早晨带我去上学，再搭公车去沙鹿的纺织厂上班。有一天早上，上学途中，我突然看见路旁的灌溉小田渠里，有一条头大身壮、黑黑亮亮的大土虱（一种热带或亚热带淡水鱼），可能是水变浅了，它被困在那里，两条长长的胡须，愤怒地摇来摆去，想跳过隔开的石头，回到原来的地方。

小姑姑站在沟渠边，才发现什么捕捞的网子都没带，一身美丽的洋装，怎么办？再回家拿，怕那土虱跑走了，不能抓到，太可惜了。

她当机立断，拿起鞋子，"叭哒"一声，打了下去。那土虱头大身壮，可这么当头一下，大概也晕了，忽然动作迟缓。小姑姑毫不犹豫，立即伸手，用鞋子压住它的身体，抓住它的脖子下方，以免被它的须角给顶到受伤，一把抓了起来。她豪迈地一手抓土虱，赤着脚，一边回头跟我说："你先帮忙看着，我等一下就回来，这种土虱，总是一公一母同时出来玩，说不定等一下，就有一只母的出来找它，注意看好啦！"

静子小姑姑性情顾家，说话轻柔有礼，可是个性坚强刚烈，几分英气豪爽，在五个姑姑之中，最像我祖母。眼波微微一转，眼珠子轻轻一瞪，便有几分威严正气，把所有轻浮都压了下去。

她在一家理容院烫头发的时候，遇上了一个海军仪队的高个子男子汉。这海军仪队生性豪迈，身高一米八五，擅长绘画，有几分艺术家的气质。他对小姑姑一见钟情，很慎重地派了家族的人来提亲。小姑姑没有反对，就下嫁了。

小姑姑嫁人那一天，我们在晒谷场办了十几二十桌，远近的亲戚都来喝喜酒。许多不相识的各路人都来看一眼，他们要看看这美丽的女子盛装打扮成新娘，会有多漂亮，也想向海军仪队的新郎敬酒，恨不得把他灌醉。因为，他竟然有这福气，把美女娶回家。

原本在房子后头屋檐下的一堆木头，是父亲在夏季发大水的时候，捡回来的漂流木，他要妈妈晒干，以备家里烧柴需要。以前我总觉得奇怪，为什么平日煮饭不拿它来烧。但小姑姑的婚礼让我明白，原来烧柴最吃重的时候，就是请人来办桌，那可是要准备好久，好几个大灶同时在烧，柴不断添进去，才能完成的。

不仅是小姑姑的婚礼，还有三姑、四姑和小叔叔的婚礼，都在父亲的一手主持下完成。因为祖父早逝，家族的婚丧喜庆，乃至于我曾祖母的丧礼，都由身为长子的父亲主持完成。那也确实是相当重的负担吧。

小姑姑和海军仪队的丈夫结婚后，在台中市区开了一家看板设计的店，专门帮公司、电影画看板海报。小姑丈擅长画图、写艺术字体，他总是用淡淡的铅笔，画上轮廓，再用鲜亮的色泽着色。有一阵子，他帮电影院画看板，那斗大的看板画着国内外影星的面容，总是吸引过路的人观看。

当时正是台湾经济起飞的年代，许多新公司商号设立，需要漂亮大看板，他的生意兴隆。但他不曾想储蓄，也不曾有投资的想法，总是把钱拿去买各式好茶好酒，诚意接待各方好友。

他家住在台中市绿川街边的小小违建里，但一室高朋满座，南北好汉，下了火车站必定先来报到，每个月接待来客花用的茶，比买菜吃饭还多。小姑姑只能尽力操持，维持家计。

我跟小姑姑和姑丈感情特别好，他家的气氛又特别开放，让我接触一个全新的世界。姑丈天性豪迈，结交各方豪杰。和我爸爸一样，朋友三教九流，可能因他的身材高大，有武功底子，为人正派，与警察交情特别好，警察又带来黑白两道、酒店歌厅、演艺中人，台中市几个警察大队、刑警干员、检察官、法官等，常来他家泡茶喝酒。有一阵子，因为长相豪迈，有武打明星架势，还有人想找他去拍武侠片。

但他从来不作此想。总是说："你们演艺圈子复杂，我在家画图，陪漂亮老婆比较快乐。"

我曾在他家碰见过一个出过唱片、人长得非常漂泊（闽南语，"潇洒"之意）英俊的闽南语歌手。酒后茶余，他唱起闽南语老歌《港都夜雨》，那种沧桑流浪的韵味，会让异乡人流下眼泪。他是南部海边贫穷乡村的孩子，在南北各地的歌厅秀场驻唱。那是歌厅秀场的黄金年代，他年少风流时，各地粉丝追着捧场，情妇无数，每次出现时带的女人都不一样。可惜中年以后，秀场没落，他酒色过度，落魄江湖，情人散去，孤独流浪。后来据说他好赌负债，客死于台北异乡。那个流浪的歌手，和那没有卡拉 OK、KTV 的年代，跟着古老的歌厅秀场，一起走进老声音的隧道里。

多年后，当霓虹灯开始生产，新兴的塑料产品取代了传统看板，他的生意也渐渐没落。

我曾和小姑丈喝酒聊天，谈及在他家见过的英雄好汉、歌手警探、黑道老大，不禁深深感叹。他们这一代人，真是非常艰难地生存。一切都改变得太快，年轻时学会的技艺、决定的行业、一生奋斗的方向，似乎没有一种可以恒久。在时代的飓风中，那些传统师傅传下来的技艺、歌厅秀场、演艺活动，无论多古老的行业，都注定要成为过去，被新科技和新娱乐取代，飞散无迹。

唯有美丽的姑姑和那海军仪队青年的结婚典礼无法遗忘。那一张家族合照的古老结婚照，是祖母最珍视的。在三合院的祠堂前，我们排好椅子，所有长辈一一就座，晚辈盛装站立，海军仪队青年英俊挺拔，小姑姑美丽时尚、优雅端庄，他们挺胸注视镜头，面露微笑。摄影师调好镜头，对着每个人说：来，来，看我这里，看我的手（他握着拳头），好，新郎新娘，不要眨眼睛哦，微笑，好，现在（咔嚓）……他的手按下快门线。

那一对漂亮的新郎新娘，永远留在我童年的记忆中。

2　寻人夜车

黄昏的天色暗了下来，妈妈帮每一个小孩洗过澡，让他们先睡觉，自己换上平时很少穿的外出洋装，叫我穿上学校制服，和一双"中国强"牌的黑布鞋，我们走向纺织厂门口的站牌下，等候前往台中市的公共汽车。

我站在她的旁边，感觉自己已经和她一般高了。虽然制服有些小，但我没有外出的便服，这已经是我较整齐的外衣了。公共汽车要很久才来一班。有时邻居经过，总是要问："阿秀绒啊，这晚上了，你带团仔要去哪里？"

"啊——？"妈妈有些慌乱，不知怎么办地回说，"要去台中啦！"

"这么晚了，去台中做什么？"

妈妈羞愧起来，低声说："去台中一下，去台中有事情啦……"

大约小学四五年级的时候，妈妈常常带着我，去台中市寻找赌博多天未归的父亲。她怕亲戚知道，很丢脸，总是千方百计地想遮掩。然而，带着我在黄昏出门，坐公车去台中，总是奇怪的事。

后来，妈妈索性带着我站在稍微有点距离的地方，一排尤加利树下，让树的阴影遮住我们，避免被看到，等到公共汽车的声音远远传来，才赶紧地冲出来招手。

下班时间过后的公共汽车上没什么人，司机看着妈妈和我，打量着，仿佛在想："晚上了，这母子要去哪里呢？"

两个人，坐在稀稀微微的公共汽车里。妈妈总是低着头。偶尔转头看着车窗外，回头和我说："你爸爸这样赌博，害我们三更半暝的，要去叫他回来。实在是很见笑。你长大了，千万不能这样哦！实在是真见笑！"夜间交会的车灯闪烁过她黯然的眼睛。

我转身望向窗外，汽车缓缓穿过乡村道路，穿过两旁的稻田和甘蔗田，寒风飘摇着路边的樟树阴影，只有偶尔交会的车灯，带来一丝光亮。

"我们真的可以找到爸爸吗？"未曾进入过台中市区的我，第一次见识到夜间的道路，居然可以如此明亮，有一盏一盏的路灯，有不灭的各种百货行、西药房、杂货店的市招。和我们乡下不一样，原来台中市区到了夜间，还可以如此热闹。

公共汽车摇摇晃晃慢慢转到台中二中附近，我们在一个菜市场附近下了车。市场门口有一个小摊子在卖油炸臭豆腐，香味传遍整个街道。另外还有一家卖肉圆和冬粉汤，一样香气四溢。我们穿过香味浓郁的街道，穿过一座小桥，终于来到一排二层楼的平房前。妈妈仔细核对了地址，才伸手去按电铃。

一个穿着宽松花洋装的女人来应的门。

她没有穿得特别华丽，但眼神中若有若无的冷淡，手随意一指说"哦，他们在楼上啦"的口气，让妈妈和我都有一种乡下人进城的自卑。

我们的衣着朴素又土气。我还特别穿上白天在学校都舍不得穿的中国强布鞋呢！要知道，这布鞋每次一弄脏，我就会被妈妈骂一顿。因为它每洗一次，就更容易坏掉，一坏掉，就得买新的。浪费钱！

学校老师规定，每天下课后，要帮花园的所有花草浇水，我们总是趁机打水仗。水桶的水不够，我们还拿水龙头对冲，常常弄得全身湿透，布鞋变雨鞋，沾满土泥巴。妈妈一看见，立即大骂。所以我都脱了鞋子上课，凉爽又不会弄脏。现在，我穿上中国强布鞋出门，就知道有多慎重。

妈妈的衣着比我好多了。她得空就帮大姑做裁缝，偶尔也照着裁缝书上的式样，为自己做一件新洋装。她的衣着总是很合身且带着东京的流行时尚感。

但我们还是感到不自在。

"真歹势（闽南语，'不好意思'之意）哦，我是来找魅寇的。"妈妈微笑着。

"哦！进来吧，在楼上。"那女主人斜着眼睛，用一种不经意的声音说。

房子的一楼是起居间，有一个小客厅，几张沙发椅，沙发前面，有一台日立电视机。电视机的拉门关着，用一块织花白布盖起来。电视机上，有一个瓷器的花瓶，里面插着塑料花，旁边是一个大大的烟灰缸。屋子正中央上方，有一盏很漂亮的串着玻璃的吊灯，看起来比较豪华。

和城市的这种小楼比起来，我们住的乡下，既没沙发，又没电视，房子幽暗暗，只有一盏六十烛光的灯。每天傍晚，我还得趁着天色还未暗下来，赶快写完功课，才不会被骂浪费电。相较之下，我们家简直像乡下的狗窝。不禁感到一种悲哀。

妈妈带着我穿过一楼的客厅，走过楼梯，上了二楼的小客厅。

那里，四个男人围成一圈，在一盏日光灯下，正在奋力搓牌。

哗哗啦啦，牌声大作，父亲从烟雾弥漫中抬起头，看见妈妈来了，有些讶异，有些生气，用一种不耐烦的口气说："你怎么跑来了？"

那女主人随即端来一杯茶给妈妈说："来啦，先喝一杯茶。"

"不用啦，我不会嘴干。"妈妈硬着一张脸说。

"你怎么会来？"父亲问。

"你好几天没回家了。阿母，要我来叫你回家。"妈妈说。

"哦，好啦，知道了。"父亲说，"你先回去。跟妈妈说我人好好的，免烦恼啦！"

"你要赶快回家。家里的生意，都没有人管了！……"妈妈嚅嚅着。

"好了啦，不要再念了！我知道。"父亲粗暴地说。一边手上用力地叠着牌。

妈妈并不畏惧，反而抬高声音说："你要知道，答应人家的屋顶，再不去盖，以后没有信用，我们怎么做生意……"

"好了好了，我会回去。查某人，碎碎念，念啥小！你先带着小孩回去，不要在这里吵。"父亲说。

妈妈默默不作声站着，并不生气，只是看着他，空气凝固了。

其他三个打麻将的人，和站在旁边看牌的女主人，都静静不作声，只是继续摸牌，打牌，间或喊一声"碰"。妈妈在一边站着，僵持在那里。最后父亲终于说："这样吧，这么晚了，孩子明天也要读书，你先回去。等一下打完这一圈，我就回去。"

"好啦，好啦，你放心，我们一定叫他回去。"其他牌友也呼应着。

妈妈无声地走下楼梯。可是到了楼下，她转头对我说："阿浓，你先不要走。你去楼上等爸爸。等他带你回家。"

我心中默默"啊?"了一声。

妈妈走到我面前，眼神平静而认真地说："你留下来等。知道吗? 等到他打完牌，你再跟他一起回家。你明天要上课，他一定会带你回家。"

我点点头。

送我们下楼的女主人不知道该怎么办了。她支吾说："啊，囝仔留在这，明天要怎么上课?"

"等一下让他爸爸带他回家。"妈妈望着我，摸一下我的头，仿佛在交付任务地说，"去楼上等他。"然后有点舍不得地看了我一眼，转身走出去。我默默站在一楼的沙发边，不知该如何是好。那女主人于是说："来吧，我带你上去。"

父亲看见我走上来，吓一跳说："你怎么回来了?"

"他妈妈叫他回来等你啦!"那女主人说。

"哈哈哈，魅寇啊! 你某真厉害呢。"旁边一个胖胖的笑着说，"叫他做人质，要来押你回去啦!"大家都笑起来了。

我尴尬地站在那里，不知如何是好。只听得父亲说："好啦，好啦。这一圈打完就回去了。你来坐我后面。"

这是我第一次的都会初体验，忍不住好奇地打量着这未曾见过的都市"风景"。多年以后，仍留在我记忆的盒子里，让我偶尔回望，就会见到自己那一夜的"眼睛"。

小学时代，有两三年的时光，从乌日坐车去台中，穿过悄无声息的街道，去那传来麻将声的二层小楼里，自卑而安静的，像一个"小人质"，坐在烟雾弥漫的麻将间，坐在父亲后面，默默祈祷，希望他赢钱，希望他不要放枪，希望他自摸，等待他打完八圈，载我回家……

这样的日子不知经过多少次。我从麻将有什么牌都看不懂的孩子，到看得懂麻将技巧，甚至练习猜测谁可能在听什么牌。

那些夜晚，爸爸骑着他那一辆铃木机车，穿过中华路的夜市，再经过五权路、三民路一带回家。

我们回家有两种路径，一种是赢钱的，另一种是输钱的。

如果输钱，那我们就会走五权路转三民路。在三民路的一处街角，有一家小面摊子，一个妇人常常背着一个婴儿，在那里煮面，切豆干小菜。父亲口袋没什么钱，只能一人叫一碗阳春面，一颗卤蛋，各自闷着头吃完回家。

赢钱的时候，他会带着我去中华路的夜市，一家他熟识的海鲜店。

"喂，头家，烤一尾赤鬃，一瓶啤酒。"他喜欢吃烤鱼，往往先叫一尾赤鬃，再说，"给团仔煮一碗什锦面。"

我的什锦面满满，有虾、有鱼、有肉片、有蛤蜊和青菜。父亲叫的那一尾赤鬃鱼烤得微微焦黄，上面洒一点柠檬汁，带着鲜香的甜，真是人间美味。而父亲则满足地呷一口他的啤酒，指着烤赤鬃的鱼尾巴部位，说："你吃这边，这里比较没刺。明天要上课，多吃一点，你正要转大人呢。"

"你的团仔这么大了！"老板和父亲认识，过来招呼。

"呵呵呵，我的大儿子。"父亲得意地说。

回家上床睡觉前，妈妈会问："吃过了吗？肚子会不会饿？"

"吃过了。"

"吃什么？"妈妈问。

无论是"什锦面"或"阳春面"，妈妈一听，就知道输赢。

那些日子，我一夜一夜看着赌徒的人生。赢钱的时候，欢欢喜喜，眉开眼笑，烤鱼啤酒；输钱的时候，愁眉苦脸，唉声叹气，豆干阳春面。

不过我最服气的人还是母亲，她对赌博的分析一针见血：十赌九输，爱赌博的人都不会赢钱，原因在哪里？因为赌场抽头。一圈一圈地抽头，赌得愈多，抽得愈多，你赌久了，所有钱都进了赌场的口袋，当然没有人赢钱。要嘛开赌场，要嘛不要赌，否则你别想赢钱。这是妈妈的结论。

长大以后，我曾经恨过父亲，为了他的不负责任。然而真正明白以后，却很感谢父亲，他带着我们见识了这个万花筒般的世界。那里面，有赌徒、流浪卖药人、歌仔戏班、黑道、地方乡长、都会小楼、黑白电视、麻将和小面摊……这些生命的容颜啊，多么鲜活而真实。

那个终将消逝的一九六〇年代的台湾，那个向工业社会转型前的台湾，一个真实血红如黄昏般的容颜……

3　铁工厂起始记

一九六〇年代，台湾土地改革后，安定下来，农村有了一点余钱，就开始兴建房子。用水泥红砖新建的三层楼透天厝，就是那时最时尚的式样。

都市新房子大部分都不再用瓦片，农村新建的房子也一样。水泥式的小楼，变成一种流行，取代了传统的土埆厝、灰屋瓦。只有老房子的屋顶要维修，才使用灰瓦。

"那种房子比较不怕台风。大家都习惯这么盖了。我们做的瓦怎么办？"妈妈这么问。建筑的方式一旦改变，瓦片工厂直接受冲击。

父亲没回答。他有时去赌博，有时到处奔波找出路。妈妈操持农作之余，勉力维持着工厂的运作，让工人有工作做，有饭吃。然而做好的瓦片堆在工厂的角落，哑巴阿团也去找了其他工作，终于离开了。

一年以后，父亲关闭瓦片工厂，开始新的生意。他和姨丈合作，把旧厂土地改建成铁工厂。

那阿辉姨丈是妈妈的妹夫，人胖胖圆圆的，笑起来很是和气，酒量也不错，颇能交际应酬。每年初二回南屯娘家，他总是和爸爸、舅舅们喝得笑语连连、茫茫渺渺，很是开心。

他住在台中市一个铁工厂云集的地区，承接铁桶焊接、铁管打造之类的粗活。他是下包，有两三名工人一起干活，上游是锅炉工厂。当时台湾经济起飞，纺织、食品、饮料、电机等中小企业在中部地区如雨后春笋般出现，而各个公司都需要工业用的锅炉。一家规模较大的锅炉工厂生产不及，于是外包给外面的小工头。小工头把基本粗活做好了，再运回工厂焊接组合起来。

那锅炉工厂的业务经理姓马，人都叫他马经理，是发派工作的人，因发派工作给阿辉姨丈日久相熟，就鼓励他出来自己做。那马经理打的如意算盘倒也清楚，与其只是发派工作，收一点回扣，不如把整个锅炉业务拿出来给人做，卖整个锅炉利润更大。

阿辉姨丈本身只懂得做焊接铁管等粗工，如果真要整个承接，技术上得依靠马经理，请一些熟练的工人，另一方面还需要更多资金和更大的工厂用地，于是他找上了父亲。

父亲也不懂锅炉工厂的技术，但他认为这些都是钢铁粗活，很快可以学会，眼看瓦片生意没落，锅炉生意接都接不完，他怀抱着"工业时代"的梦想，两人一拍即合，迅速开起铁工厂。

为了接马经理的锅炉业务，他每天早晨起来，总是穿上新做的西装，整整齐齐，笔挺鲜亮地出门，要做一个总经理的样子。

为了巴结这位马经理，他每天忙于交际应酬。起初还会带他们回家里一起午餐，后来去外面的餐厅吃，更后来是去台中市的酒家应酬喝酒。喝了酒，便去一位黄经理家打麻将。锅炉生意没做多少，但交际倒是花费很多。

父亲和姨丈赔了不少钱，阿辉姨丈于是去南屯娘家，向外公借了约莫几十万元。对当时的农家来说，这已经是一笔很大的数目。外公家本是佃农，因为耕者有其田，才有了一点积蓄，于是勉强借给姨丈。但周转来周转去，支票终究要兑现，姨丈没办法，还不出外公的钱。

妈妈夹在外公和父亲之间，内心非常痛苦。她既未参与锅炉公司的运作，也不知道父亲有没有借过钱，她只是在家里种田、种菜，让孩子有饭吃，有衣穿，正常上学，不料最后仍是让她两面为难，连南屯的娘家都不能回去了。

那一年，我十岁左右。父亲被逼得没办法，想卖掉祖父留下的一块农地，一部分还债，一部分要筹划下一个计划。

原来，那公司的马经理眼看公司失败，姨丈也没什么钱，于是转而建议：公司无法成功，是由于规模太小，人员不足，业务员太少，无法承接够大的锅炉业务，只能赚一点小钱，小钱当然不够开销。要做锅炉，就得扩大公司，做大生意，把它做得像原来那一家大锅炉公司一样的规模。马经理认为，只要他跳槽出来做，业务多得接不完，保证赚大钱。

父亲听信了他的话，决定请马经理跳槽，一起开一家新锅炉公司。

然而马经理的条件，自然要有足够的资金与职员。马经理表明他只有人脉和生意的关系，资金和工厂用地，要靠父亲去筹。父亲左思右想，就只有回家准备卖地。

有一天晚上，他早一些回家，妈妈多煎了一盘四破鱼和菜脯蛋，她仿佛预知会发生什么事似的，要我和二年级的弟弟早一点吃完，去后面写功课。

我们家维持着闽南人的饮食传统，要让男人与小孩先吃过饭，女人才能上桌。虽然三合院里有一些叔伯的家里并不如此，但祖母坚持如此，妈妈只能奉行。今晚，我和弟弟陪父亲吃过饭后，就到旁边的长条椅子上写功课。

他不像平时吃过就离开，而是坐着，跟妈妈说："你去叫阿母来吃饭。我有事情谈。"

祖母坐上餐桌的时候，妈妈把两岁大的妹妹叫过来，端着一碗稀饭，喂她吃。妹妹是我们家的第一个女儿，有一张圆圆的脸，笑起来特别开朗，很得父亲的疼爱，是我们全家的开心果。

"卡桑，有一样事情，想要跟你参详一下。"父亲用日本语的敬称来和祖母说话，这和他一贯大男人的风格，非常不同。

"上次，咱和阿辉合作做锅炉，赔了一些钱，说实在的，不是我不打拼，实在是因为靠铁工电焊，做到大粒汗小粒滴，只是做苦工，也是赚不了钱的。再拖下去，我们欠南屯的钱，也还不了。现在若真正要做生意，一定要做大生意。要做锅炉，就做大锅炉，才能赚大钱。我想和三立的马经理合作，把公司开大一点。这样才能做大锅炉，赚大钱。"爸爸顿了顿口气说，

"我想，我们把大马路南边的那一块地卖了，用这些资本来开新的工厂。"

"啊？什么？你要卖地？"祖母有些讶异地问。

"是啊，不卖地，我们还不了钱。"父亲说。

"你要卖哪一块地？"祖母仿佛还在惊疑中，端着碗不动。

"就是南边那一块，靠大马路边，一二三旅社旁边那一块。"父亲说。那旅社是我二叔公所开，生意不错。

"唉！你也都知道的，这是你爸爸，一分钱、一角银，慢慢俭省起来的，才买下这一点点的田地，是咱一家吃饭的母本，你怎么甘心卖了它？"祖母的口气有一点心酸，"你都记得的，那时，你爸爸有多节省，你妹妹去布会社上班赚来的钱，他用小布包包起来，每一张薪水袋，都留下来，让我存在柜子里，一点一滴，勤勤俭俭，才能买一小块地。现在，你怎么可以一整块地卖了？你爸爸若知道，会点头吗？"

"是啊，买下来真的很不容易。不过，我们有这些地，又能怎么样？只是放在那里，你再怎么种，每年能收的稻子，也就这么多。最多是丰收，能让你增加几斤啊？靠粜谷的那一点钱，怎么还得起欠的钱？"父亲说。

"不行。不能卖地。"祖母坚决地说，"你爸爸如果还在，一定不会点头的。他一生的心血呢！"

"妈妈，你们女人不懂，男人在外面要做生意，要做大事业，一定需要资金。'要做粿，嘛要有粿粞'（粿粞，糯米磨成浆后，装在布袋里头，压上石头把水分过滤掉，使米浆变成固体状，可用来搓汤圆或做年糕的材料），没钱，就像做粿没粿粞。我们不是要去卖地，是要用它去赚钱！"

"赚什么钱？"祖母有些生气地说，"钱这么好赚，那姓马的不会自己去赚了，还会分给你啊？"

"你不知道，妈妈，"父亲说，"这马先生，是三立的大经理，很会做生意，很会交际应酬，拿业务的能力一流。他只是在别人手下工作，没自己的工厂，没人帮他做锅炉。现在，如果他去拿业务，我们出地建工厂，一起来做锅炉，生意很好，可以赚大钱！"

"可以赚大钱，人家为什么不自己赚，还来跟你分？"祖母说。

"唉，你们女人不懂，做生意就是要掌握机会，趁时机赚钱。他现在想出来自己做，我们一定要掌握时机，不然他和别人合作，我们就没机会了。"

"机会总是会有的，只是我们不能拿出老本，最后连一口饭都没得吃啊！"祖母断然地说，"他今天要利用我们的土地，以后他不需要了，你要靠什么经营下去？"

"他当然有这个需要。没有土地，他怎么开工厂？"父亲说，"他需要土地和开工厂的资本。我们拿得出这个钱，两边都有利。"

"不行，没有地，我们靠什么吃饭？"祖母重复说。

"后面不是还有两分地，还是有田地可以种。何况，我们一定会赚大钱，你怕什么？到时候，再大的地，我都可以买回来。我赚了钱，可以买更大更多的土地。"父亲大声说。

"这是咱祖先的土地，不能卖。我若去'那边'，对你老爸要怎么交代啊？"祖母放下碗筷，转身走进她的房间。

父亲望着祖母的背影，转头看见妈妈只是安静地喂食着妹妹，不理会他，也不说同情的话。而妹妹只张着一双纯真的眼睛，嘴巴上还黏着几粒稀饭粒。一时间，爸爸火爆的脾气爆发了，他大骂道："你们啊，憨女人！世界就要翻过来了，你们知不知道？再不抓住机会，难道要一辈子趴在田中央，做一只憨牛？"

妈妈知道他在气头上，沉默不语。

"你们就是要我做憨牛吗？你们难道要我这样傻傻憨憨，一世人做一个无用人？"父亲怒道，"这样种田，一世人，一块田，能生出的，就是那几根稻子，你要我，一世人，趴在田土里？不如早早死了吧！"

"魅寇啊，"妈妈低言软语地说，"妈妈是老人家，总认为有地才有根底，你就忍一忍吧。"

"忍什么忍？一个活生生的人，忍死在泥土里，死了变泥土就好？"他怒吼着，仿佛恨不得坐在隔壁的祖母会听见。我相信祖母一定也有听见。

"如果你们要我这样，憨憨过一世人，我就这样做废人好了……"

4　飞蝇钓

从那天起，他不再骑着那一辆摩托车出门，不去赌博，也不去找朋友喝酒，只是穿上旧旧的雨鞋，带上雨衣，提了一支专钓溪哥鱼的"飞蝇钓"，一早出门，去溪边垂钓。中午回来吃饭睡午觉，黄昏再去垂钓。

有一天黄昏，我下课回来得早，天色还很亮，想去溪边看父亲钓鱼。于是带着弟弟，往溪边跑去。

家乡这一条溪属于乌溪的支流，有一道拦水坝，在坝上的地方，水较深，旁边有高高的堤防。再往上游，便是火车的铁桥，南来北往的铁道，由此经过。火车当当当，敲动着铁桥上的铁轨，发出一种快活的节奏。这是我们最常来的地方。夏天暑热时节，我们总是瞒着妈妈，和三合院的哥哥姐姐一起来，泡水学游泳。碰上载甘蔗的火车经过，我们就远远地冲过去，站在铁道边等候，等火车来了，先跟着火车奔跑，加速，再迅速跳上去，站在火车踏板上，一手拉住火车的把手，一手不断去抽出火车运载的甘蔗。那甘蔗本来捆绑在一起，一抽，就松动了，愈来愈好抽。火车继续向前冲，我们则把甘蔗丢下铁道边，等到火车开得远了，才跳下来，沿路把抽下来的满地甘蔗一一捡起来，带去水堤边，泡在凉凉的河里洗净，手中抓一根甘蔗，用牙齿把甘蔗皮撕下来，吸吮里面的甘蔗汁。

那个黄昏，我站在高处远远看去，平时我们嬉玩的河中，只见父亲一个人站在水中央，挥着长长的、细细的钓线，用甩竿的方式，让线在溪面漂飞，而那两只绑在线上的假苍蝇，就像真的苍蝇，飞来飞去的，停在水面，用来引诱溪鱼。顺着水流，那钓竿终于拉起一只溪哥鱼。

我和弟弟看得呆了。我们看着父亲把鱼取下，放入他背在身侧的竹篓子里，自己一个人继续向前走。

河水从他的身边慢慢流过，他的身影显得有些渺小，在宽广的河面上。远方的铁桥上有火车呜呜驶过，黄昏的风吹起来了。

"爸爸，爸爸——"我和弟弟呼叫他。

他抬起手，摇了摇，喊着："小心一点，先带弟弟回家吧。"

我们等到他钓完上了岸，才一起回家。

"爸爸，这种苍蝇是假的吗？"弟弟问。

"你看，是假的啦。"父亲举起钓绳。

那是一种用纤维做的假苍蝇。

"鱼会吃吗？"我有些好奇地问。

"这种钓竿，只能钓水面的鱼，水底的鱼就钓不到了。"父亲说。

那一天，他钓起了许多条溪哥鱼。活蹦乱跳的溪哥鱼在竹篓子里拍打，噼里啪啦，打得好开心。我们走过乡间小路回家。弟弟和我一路呼叫妈妈，叫她快快出来看，晚上可以煮鲜鱼汤。

妈妈从未看过父子三人一起回家，高兴得眉开眼笑。她把鱼去鳞洗净，直接加几片姜下去煮清汤，味道鲜美极了。毕竟，父亲已经很久没在家一起吃晚饭了。这几天下来，可能是父亲待在家里最长的一段时光。

我和弟弟叽叽喳喳问他，光用假苍蝇，怎么可能钓出鱼？好奇怪啊！

他笑着说："这个溪哥鱼很爱动，很会跳。它爱跳起来咬，你要让它觉得苍蝇是活的，会动的，它才会想吃底下的饵。太静的死水，溪哥鱼不会去。所以，竿子要挥动，随着水流漂。"

虽然我们很开心，但妈妈也看得出来，他还在生闷气，一副"你们要我做憨人，我就做憨人给你们看"的模样。

祖母熟知他的脾气，知道他在怄气，故意不理他，只说："他太太姓张，他又不姓张，怎么这么会'张'？"妈妈虽然姓张，但闽南语中"很会张"的意思是很爱怄气。

私底下，祖母和几个姑姑、叔叔商量，希望拿个主意。叔叔还年轻，刚刚结婚，人在台北读书，祖母主要和大姑姑商量。

有一天下午，我和三合院的孩子一起玩躲猫猫，躲到祖母的大通铺床下去了。那床下放了几片木板，是替换用的床板，

夏天时，可能接近地气，还有点阴凉。也不知为什么，我竟忘
了游戏，模模糊糊地睡着了。等到醒来，已经是下午五六点，
天色要暗下来了，只听得祖母和大姑姑喁喁的说话声。

　　我有些讶异，大姑姑白天都在市街的裁缝小店照应，这一
次特别回来和祖母商量，可能是有什么事吧。

　　我还迷迷糊糊，来不及作声，就听得祖母轻声道："这个魅
寇哦，好像一个小孩子，整天嘟着嘴，还在怄气呢！"

　　"就是啊，像个小孩子。还在'张'。"大姑笑说，"从小时
候就这样了。爱生气，翘嘴唇。"

　　我心想，他们说的是我爸爸，我还是莫作声，先偷偷听一
听。于是静静躺在床底下。

　　"不过，这一次他是气很久了，没那么容易消。"祖母说，
"看起来，他是真想去和那马经理做锅炉了。"

　　"可是，他对铁工厂也不内行，会不会被这个姓马的给骗
了？"大姑说。

　　"我就是有这样的烦恼啊。"祖母说，"他自细汉时，讲他聪
明，咱们这个村子，无人比他聪明。可是讲被骗，就没人比他
被骗的多。他太倔强，太不服输了。只要一激他，就会来打赌。
这一次，他和那个阿辉拆伙，不相信自己不能做，就要和那马
经理合作，不知道会不会是骗他的。"

　　"是啊，他一世人赌强，想成功给人看吧。"大姑笑着说。

　　"魅寇是很聪明，但太容易相信人，不知道人心险恶，很容
易被骗。"祖母说，"可是，这一次不给他做，恐怕不能甘休。
总不能让他这样下去啊！不知道要怎么收尾？"

　　"这一次，讲起来，他也有一点道理吧？"大姑顺着祖母的
语气说，"他也不想一辈子当一个赤穷的农民。现在这个时代，

作田实在没出路！"

"话是这样讲，没错，但他也太爱赌博，太爱交朋友了。他做的事，有哪一件做成？做瓦，找不到人盖屋顶；做土埆，每天流汗也赚不到钱；做松茸，只是被人家骗去买一堆菌种。他整天忙忙碌碌，却是赔了许多钱。"祖母细数爸爸的战绩。

"不过，咱替他想一想，也有他的道理。一个男子汉，想要打天下，拼出路，却找不到路。一世人黏在泥土里，他也不甘心呐！"大姑说。

"可是，真的要让他去做生意，只能卖了你爸爸留下的地。"祖母说，"咱的亲戚叔伯，看到我们卖地，会不会说我们是败家子？唉！"

"可是，如果让他这样下去，每天只是钓鱼闲晃，他这一辈子就是个废人。这样也不是办法啊！"大姑说。

"他若要做，要好好做。如果他可以答应改过，我们还是让他去好好做吧！"祖母仿佛是下了定论。

"对，如果他改过自新，好好做，现在卖了的地，以后还可以再买回来。妈妈，就让他再试一次看看吧！"大姑说。

我默默听着，心中暗暗为父亲感到不平。那个站在河流中，孤独挥舞着钓竿的父亲，那个不愿意这样过一辈子，只想出去打天下的父亲，我为他不甘心。"他不是这样的人，他一定会成功的。"我在心中默祷。

但无论如何，总算有机会重新开始。

二十多年后，我读到李登辉所写研究主题"农工之间的不等价交换"，想到那时父亲总认为农民没有出路，一生一世只是埋没在泥土里，所以一定要出来奋斗。他的直觉认知并没有错。

当时的政府确实是以不等价方式，压低农产品的价格，以压低劳动者的工资，抬高工业产品的价格，让市场在不平等的状态下，形成不公平交易。农村只有日益萎缩，而工业就愈益发达。

父亲如果不走，再怎么样也没有出路。但走向一个全然陌生的工业生产模式，它背后涉及的生产模式、专业技术、财务调度、工厂管理、经营方法等等，他根本缺乏。他只是一个"先感者"，预感到一个大时代的变化已经来临，但他过去的学历、知识、能力、社会脉络，却未曾准备好。

一切无法准备，时代的战场已经开始了。

5 第一台"嗨雅"

"看呐，那个魅寇，竟然驶一台'嗨雅'了！"

父亲买下第一台新轿车的时候，三合院的人这样议论着。他们的眼中，父亲是一个有车阶级，但私底下却不免"红"着眼睛，幸灾乐祸地说："看吧，看他能够摇摆到几时？"

没办法不招摇，那是一九七〇年代的开头。乌日乡下只有几部轿车，大约只有乡长、纺织厂老板才有车子。而父亲则是开着一部全新的裕隆车，驶向他风雨的一九七〇年代，一个工业化的摩登时代。

他卖去一块地，还了一部分债务，剩下的，作为资本投入了锅炉工厂的运作，也整了一片农地，当做工厂用地。

原本在三立锅炉工作的马经理，跳槽过来担任厂长，他长得圆头大耳，面色红润，胖胖壮壮的肚子，颇有一些厂长的派头。他还带来一位黄经理，外号叫"菜店仔"。此君生性风流，喜欢去酒家，在不同的酒家都有他的老相好，很会应酬喝酒，颇有"菜店仔查某"（即酒家陪酒女的通称）的气质，因此得名。父亲担任总经理，负责工厂的经营，人人都称呼他"总欤"。工厂请了一个会计，是附近台糖糖厂一个亲戚的女儿，人很诚恳忠厚，等于帮爸爸看着账目，避免有人贪污歪哥（也是贪污之意）。

父亲是公司登记的负责人，所有财务与支票都用他的名义开出。支出去的钱，开出去的票子，该兑现了，就由他负责。

他开着车子回来的那一天，我们都很好奇，跑去工厂观察车子长什么模样。那是刚开始设厂的裕隆汽车公司的新车型，鹅黄绿色泽。弟弟和我把那方向盘抓在手上，假装自己是司机，嘴巴发出"喔——喔——喔"的声音，以表示车子开得愈来愈快。偶尔按一下喇叭，虽然前面根本没人，弟弟还会大喊："闪啦，闪啦，车子来了！"

三合院的人看着那车子说："魅寇买了新的'嗨雅'，咱们这乡下的路，开得进来吗？"

"嗨雅"是英语转日语的结果，本意应是指出租车，即"hired"。以前没人自己买车，只能去租，于是在我们乡下，"嗨雅"指的就是车子。

有了一点资金，有一间铁工厂，有一辆汽车，父亲意兴风发，首先做了两三套西装，夏季的是米白色和浅灰色，冬季是深灰与黑色。每天早晨，他要妈妈帮他烫好西服，裤管笔挺，上衣鲜亮，领带正中，昂首出门。

"现在，我已经不是那个天天牵牛车、梭田草、搞土埆、卖瓦片的乡下人，做一间锅炉铁工厂的老板，要去各地跟人比拼做生意，就得穿得整整齐齐，才有一个头家的派头。不然怎么管理人？怎么去银行借钱？怎么去谈生意？"父亲对妈妈这样说。

为了培养父亲成为"现代生意人"，马经理几乎每晚都带着爸爸去"学习交际"，实际上，就是去酒家喝酒。

马经理有一个堂皇的理论：要踏入商场学做生意，就得先学交际应酬。交际应酬，就是要陪客人去酒家伴摱①喝酒，划拳跳舞，你兄我弟，打成一片，酒酣耳热之际，那些大公司、国营事业的负责人，才会给你业务。同时还要学会打麻将，这也是应酬的必要。因为麻将可以故意输钱，把回扣给出去。

台中市的"松鹤楼酒家"成了父亲夜夜欢饮的所在。据说，马经理在那里有一个老相好，已经跟了他很多年，每次一去，就由那女人来招呼。而"菜店仔"黄经理也有一个老相好，比较年轻，他喜欢常常换女人，陪他的酒家女总是换来换去。父亲跟着去"学习"，过没多久，就有了一个自己的"逗阵仔"②。

因为交际，他不能免于醉酒。有一次深夜，远远的，妈妈就听到他把车子停好，关车门，咿咿唔唔，胡乱唱着《上海归来》，也听到了敲门声，但开门一看，怎么见不到人影？她正讶异，却听见地上有唔唔声。低头一看，只见父亲把门槛当枕头，用手扶着下巴，呼呼大睡。

三合院非常安静，半夜有个声响，隔壁邻居都知道，他这样醉醺醺归来，几次之后，就成了三合院的笑柄。他们总是说，有一天他会不知在什么地方醒来，忘记自己家在哪里。

然而，父亲有限的资金，如何应付这庞大的开销？

---

① 伴摱，形容人之间的相处，如做米食时的揉搓，互相揉合在一起。

② 逗阵仔，"逗阵"是形容朋友关系，如同一阵线；"逗阵仔"是形容某人为好朋友，称之为"逗阵仔"。

起初，他还开开心心跟着上酒家，后来发现每个月的交际开销太大，早已超出负荷。但马经理安慰：没关系，工厂刚开始，总是要"交学费"，先投入交际，打通人脉，到处交朋友，等到你的人脉够熟够广，就会开始回收，钱会滚滚而来，扫都来不及扫，挡都挡不住。

日复一日，他抱着梦想，不断找钱支付期票，渐渐感到压力了。但最主要的，虽然马经理与菜店仔都说有很多业务，可是几个月下来，除了零星的小工程，根本没什么大锅炉的制造业务进来。

每个月，餐厅、酒家来结账一次，那大笔的酒菜钱，让会计小姐看得心惊肉跳。她悄悄告诉妈妈："你一定要来管一管啊！他们总是带着总欠，到处花钱。这样下去，再多的钱也不够他们花啊！"会计还悄悄说，"你千万不要说是我说的，否则他们会开除我，我会没工作呢！"

有一次，妈妈趁着一早，他在喝稀饭的时候说："你们最近的生意好不好？"

"很好啊，最近才有一个罐头厂要做锅炉，正在谈。"

"我路过的时候，去看了一下，好像也没有很多锅炉在做。你要叫马经理他们去跑业务，他们不是说有很多业务要带进来？"

"现在才刚刚开始，他们正在做关系，生意场要靠人际关系，到处有人引介生意，业务就会源源不绝地进来了。"

"已经几个月了，他们都没带生意进来，只是这样吃吃喝喝，公司能够支撑下去吗？"妈妈直言说，"你是不是要管一管他们？"

"管什么管？我公司的事情，要你多嘴？人家做钢做铁做锅炉，经验丰富，你一个乡下女人懂什么？"父亲被念得恼羞成怒。

"我才不要管，我只是在提醒你，人家是吃铜吃铁吃锅炉，什么都可以吃。再这样下去，你们杨家有再多地，也不够他吃！"

"哼，查某人，放尿都洒不上墙壁，你懂个屁？做大事、做大生意，你懂吗？做一个农妇，你好好把田种好就够了，不要多说，省得讨骂。"他生气地说。

"我是怕万一失败了，连最后的农地都保不住啊！"妈妈忧心地说。

"保不住？你要唱衰吗？以后，你尽量少来公司。一身土布衣还戴斗笠，简直就是一个种田人，真难看！你让我都很没面子！知道吗？"父亲说。

"不要去就不要去！"妈妈也生气了。"如果不是我帮你看着，你以前做瓦的时候，谁来维持？你现在有工厂，有工人。自己会管吗？你自己去管吧！"

从此之后，妈妈只管农田插秧，菜园种菜。她穿着质朴的布衣，手上套着袖套，身上沾着泥土，脚上踏着雨靴，荷着锄头，自己从工厂的旁边走过，不愿意再进去看一眼。即使那工厂明明就在我们仅剩的一点农地的前面，妈妈总是要穿过工厂的围墙边才能到达菜园农地，但她就是低头避开。

有一次，为了我们要交学费的事，她进去公司拿钱，不料，父亲望着她的模样，有些嫌恶地说："以后叫会计送去就好了，你来这里，让公司看起来像在种田的！"

晚上，她很感伤地对我说："以后要学费，你自己去公司向爸爸拿吧！"

她自己很会做衣服，式样都是仿照那些东京裁缝书中刚刚流行起来的和风服饰，穿起来其实相当优雅，只是平常她不会这样穿着。要种田，要生活，怎么可能天天穿好衣服？

后来她才知道，在台中市的酒家里，父亲已经有一个相好的酒家女。那酒家女会陪他喝酒交际，应酬生意场面。妈妈很难过，只能期望这是生意场的应酬，默然承受。

此时父亲完全不管农事，所有农事由妈妈处理。可是公司需要周转用钱，有时还会找妈妈调度。有时年底刚刚收割的稻子，就被他先粜出去，换成一点现金，以为支应。

本来每年的稻子收成，农民总是在晒干后，一部分交农会换肥，一部分存在米行，有资金的需要，才依当时市价粜出去。但爸爸提早粜光收成的稻子，让妈妈弄得左支右绌，支应不过来。

有一次，妈妈打算请一个亲戚来喷农药，但他拒绝了。他语带嘲讽地说："你们家魈寇这样做生意，什么时候赔光还不知道。现在你们付不出现金，喷农药这么累的事，我不想做。"妈妈没办法，只好自己来。她去农药行买了药，依照那亲戚的指示，加了水，再注入喷洒的桶子里。那桶子有她的半人高，她背在背上，一手持喷嘴，一手拉开关。可是，即将动手前，她却呆住了。"该从什么地方开始呢？"

如果从旁边一排一排地来，慢慢洒过去，后面她一定会碰上已经洒过的农药。届时她可能中毒，如果一个区块一个区块地走，也一样很危险。她望着稻田发愁了。

此时，恰恰六叔公走了过来，望见她正背了农药桶发愁，就说："秀绒仔，你这是做什么？你这么细瘦，要怎么洒呢？"

妈妈比了比农田说："想要自己洒农药，只怕这样做，等一下会不会毒到自己？"

六叔公赶紧说，"唉！我远远看去，还以为什么人要喷农药，一个人，都快比农药桶矮小了。你怎么自己来做？一个妇人，还没见过有妇人这么背农药的。"

"没有啦，大家都忙。请不到人啦。"妈妈回说，"怕农药再不上，稻子会被虫给吃了。先自己来吧。"她怕父亲没面子，这样回答。

"你没有经验，这样莽莽撞撞自己来，很危险呢！幸好碰上我刚好经过，不然哦，你中毒了都不知道。"六叔公赶紧说，"这个喷农药啊，最要紧的，不是什么地方开始喷洒，而是风向。你要先看风从哪里吹？如果南风，你就从下风的地方，慢慢往上走。背着风，斜斜地走都没关系。这样喷出去的农药才不会吹回来。你一边喷，一边吃自己喷出去的农药，一下子就毒死了。知道吗？"

妈妈吓出一身冷汗，一直向六叔公道谢。

后来六叔公总是向人说："这么小粒仔团的妇人，农药桶快要比她高，有这种力气去喷农药的，这一辈子没见过。只有阿秀绒一人！"

贫穷，但不要让人知道，只有自己拼命地去做好，不去求人，这是妈妈的原则。

我记得有一次，妈妈让我去菜市场买煮菜的花生油，要向一位亲戚借十几元。当时我已经拿着油瓶子（以前买花生油都得自己带瓶子，去杂货小店一勺一勺地舀进去），不料那亲戚不愿意借钱，就推说："叫你妈妈自己来说，我不知道是不是真的，不能借钱给你。"

妈妈心想，这孩子未曾说谎，也带着家里的油瓶子，怎么会被怀疑呢？原因只是因为人家疑心我们贫穷，不想借钱，找个借口罢了。她自己用一点残余的猪油爆香，或者干脆烫青菜拌酱油，不再去开口求人。那一年冬天，趁着稻子收割之后，她自己种了一季的油菜花，收成后榨成油，自己种，自己吃。

在命运的面前，妈妈不曾低头。

然而妈妈不知道，父亲从一个平凡的农民，想成为一个开着车的"企业家"，还要多久的努力？还要付出多少代价？她只知道，那个站在河水中钓溪哥鱼的丈夫，再也不会回来了。

6　跳票通缉

从一个俯伏在大地上的农民，要转为一个企业经营者，父亲要上的"课"，不只是寻找业务、制造技术、交际应酬；最关键的，是学会金钱的调度，也就是财务管理。这一切对他而言，都是全新的领域。尤其财务管理，涉及一个人对金钱的观念与调度处理，不是一夕可以学会的。

农民的金钱调度其实很单纯。每年收成以后，把收割晒好的稻米，除了作为税金交给农会的稻米之外，会把一部分稻米存在家里的谷仓，一部分存放在碾米行里，有需要现金的时候，随时可以去碾米行"粜米"，即卖出若干斤米，换成现金。一般而言，都是由于家中有婚丧喜庆，需要现金支用；其余零星用度过日子所费不多。碾米行的稻米即是农村的"储蓄"。

有时若真的有急需，也可以先向碾米行调度。例如，年荒收成不佳，而稻子还未成熟，可以先预支现金，人们称之为"粜稻仔青"，即预先卖了稻子，待收成后，再交稻还钱。当时农会还未有贷款业务，农民只能向米行商借。但它的金额总是以一个农民种了多少地，可以收成多少稻谷为限。米行不会过度借支，农民很少透支到农地都得卖了的地步，这是农村的

"借贷"模式。

相对农民的财务，企业的调度就复杂多了。对中小企业来说，可以使用支票、借贷金钱的，主要是信用合作社。而它所需要质押的，不是稻米农产品，而是土地资产。为了调度支票，父亲开始拿土地去质押借款。当时台湾的民间工商业刚刚开始活跃起来，借款与财务管理还不是很有规范，就算有土地质押，正常借款也很困难。

除了信用合作社的条件苛刻之外，主要是经营的主事者：经理与职员刻意刁难，逼使得企业缺乏资金，只能向特定的人借高利贷。而高利贷的实际经营者，大部分是信用合作社、银行合库的经理、总经理。他们借着手中借款的职权，收取数倍利息，才将银行的钱借出。企业主为了调度现金，只能求爷爷告奶奶，恳求赶紧支应调钱，才不会犯了票据法，被抓进去坐牢。而如果还不出高利贷，土地就会被银行拍卖。

父亲公司的支出，都是使用他的支票，由他负责调度。但公司没有足够资本，现金调度出现问题。他只得向草屯信用合作社的一位吴经理借高利贷。那吴经理本身从银行调出资金，再以高利贷借给业者，获利数倍，一时间拥有庞大的资产。

为了借钱，父亲先是拿工厂地契去质押，后来连农地也要拿去质押，但被祖母反对而无法如愿。为了巴结这位外号"草屯吴"的经理，假日的时候，父亲还要自己开车当司机，带他们一家人出去游山玩水，极尽巴结。

有一次星期日，父亲要带他们全家去梨山玩，因他们还有一个比我年纪大四岁的女儿，特地带上我，让我去陪玩。

草屯吴不住草屯，他家住台中市。我们先去市区去接了他和妻子、女儿，再沿着山路，开往谷关、梨山。

沿路上，为了招待他们，吃好的，喝好的，玩好的，一切由他们决定，只要吴经理手一指，爸爸就去买单付钱。

虽然我知道是为了业务需要，但天性有一种大男人气概的父亲，自小就是家中的主宰者，我未曾见过他如此卑微地侍候人。

黄昏的时候回到台中市，请他们吃过晚饭，送他们回到家，父亲终于提出，希望草屯吴帮忙借款。但草屯吴经理坚持，除非你拿出家里的田产地契作抵押，才能去贷款，而且贷款的金额与利息，也未曾稍有降低。

"没法度啦，但我们做这一行的，总是有一个行情价。"草屯吴抬着头，眼睛看着天空说，"不是我今天要给你高或低，看不看人情，而是行情价就在那里。不能破坏行情。"他的眼睛仿佛不是在看天空，而是看行情。

父亲有些不甘心，陪了一整天，就只是一个平常条件，连一点人情都不顾，这实在是太刻薄了。但他也只能陪笑着说："那还是先借给我周转一下吧，只要几天就好了。先不要用地契吧，我妈妈还不愿意拿出来。"

"每一次都是这样说，几天就好了。每一个借钱的人都这样说，几天就好了。如果大家都几天就好，还需要银行吗？"吴经理兀自昂首微笑说，"照规矩来办吧，把地契拿来，设定抵押，不然免谈。"

没过多久，公司就跳票了。

支票是用父亲的名义开出的，跳票了，他立即要被通缉。

父亲票子一跳，那马经理与黄经理怕父亲要借用他们的名义开支票，便赶紧找了个理由，辞职快闪。

一开始讲得如何做大生意的合伙关系，最后只剩下父亲一个人来收拾善后。

父亲用叔叔的名义，开了一个新户头，用新支票把旧支票换回来。彼时，叔叔刚从台北一所私立工学院毕业，开始去一所偏远的公立学校教书，他被叫回来匆匆开了户，盖了章，根本不知自己已背了一身负债，就又坐了夜车北上。

叔叔是一个老实人。自小好读书，读了台中二中之后，考上台北的大学夜间部，靠着白天教书夜间上课，半工半读完成学业。三合院的人总是说，他完全继承了祖父的长相和性格，勤劳节俭，谨小慎微。即使他已经在台北读书，每年冬夏，稻子收割时期，正逢寒暑假，他一定会回来帮助割稻干农活。

叔叔的婚事也是父亲操办的。

为了热闹，也为了摆场面，应酬商场的往来，父亲花了许多钱，请一个歌舞团来表演，在三合院的晒谷场上，摆开舞台，唱歌跳舞，闹腾了一个晚上。

所有三合院的孩子，大大小小，男女老少，都来到戏台前，看着清凉的歌舞女郎，在台上高唱闽南语歌《望春风》《丢丢铜仔》，或者日本歌《荒城之月》《爱你入骨》，以及国语的《苦酒满杯》或者刚刚流行起来的阿哥哥舞曲《今天不回家》。父亲和重要宾客在台前的圆桌上划拳喝酒，还把钞票放在酒杯下面，包红包给唱歌的女郎，以换取一个飞吻和连串的口哨声。

由于农村的三合院未曾如此招摇地大宴宾客，载歌载舞，过后，三合院的叔公婶婆就有人讥讽说："也只有魅寇哦，这个空子，能让我们土埆厝可以这么有面子，这么热闹！"但私底下，他们却说，"花这种憨钱，摆这种场面，败俗伤风，教坏大人小孩，真是杨家的见笑。如果海永大伯仔（我祖父的名字）在的话，一定骂到臭头。"

"魅寇啊，你这样替铭峰办婚礼，是很热闹啦，"祖母以一种温柔的口气说，"只是花了很多钱，我们村头的人在议论说，你做得太大了，花了太多憨钱。以后不要这样浪费了。"

"咱做生意的人，就是要摆场面，有面子，不会被人看不起。不然谁敢跟我们做生意？这些乡下人，憨憨不懂事，要做大事，就要敢拼!"父亲说。

长兄如父，更何况叔叔的婚礼和大学学费都是父亲支应的，叔叔感激信任之余，未曾过问一声银行开户和使用支票的事。

然而，父亲的财务黑洞却愈来愈大了。

他未曾管理过一个公司，而原本答应要找来业务的马经理和黄经理统统跑了，他一方面跑业务，学锅炉技术，一方面赶三点半（银行关门的时间），追着钱跑；另一方面，他的交际应酬也没减少。

妈妈以前还会带着我去台中市区去找他回来，现在已经不知他在什么地方了。更麻烦的是，有传闻说，他在台中包养了一个酒家女。

一天早晨，妈妈趁着他醒来喝着稀饭的时候，问他："他们说，外头有一个酒家女跟着你，是不是有这样的事?"

父亲很生气地说："黑白讲！什么人敢这样说？谁说的?"

"什么人你不要管？你到底有没有?"妈妈坚持地问。

"根本没有的事。我在外面做生意，在酒家应酬，难免有酒家女在一起喝酒，这是很普通的事情。你不要听别人乱说。"

"可是，你没回来睡觉，难道不是去了她那里?"妈妈生气地说。

"你不要乱讲！我去打麻将，打通宵而已。"

"怎么可能？哪有麻将这样打了几天几夜，都不回来睡觉的？"妈妈说。

"不是不睡觉，只是在牌桌旁边先睡一下而已。白天，我还不是有回来办公。我不回来办公，谁来发落工作？"父亲说。

"家里的田，也只有这么少少的几分地，你这样地赌博喝酒，再拿土地去借钱，以后要用什么来还？你还不了，以后妈妈和小孩子都要喝西北风吗？"妈妈说着，忽然悲伤起来，"孩子还这么小，他们正在长大，以后读书都要花钱。你不能这样啊！"

"团仔读书的钱，我会发落，你来拿就是了。"父亲说。

"不是团仔读书的事而已，是你这样花下去，以后连土地的老本都没有了，要怎么过活？"

"我会赚回来的。等我生意做大了，你等着瞧！"父亲一口气喝下粥，站起身走出去了。

7　代罪的人

没多久，叔叔的支票周转不灵，跳票了。

当时叔叔寄居台北县的公寓，在近郊的一所公立学校教书。由于学生时代寄住宿舍，迁来移去，他把户籍设在市区的一个朋友家。有一天，他刚刚从学校回家，只见那朋友匆匆跑来，手上拿了一张通知，说："有警察来找你了，要来抓你的。你要赶快跑！"

"为什么？我犯什么罪？"叔叔大惊失色，实在想不起自己犯了什么罪。

"你看，是票据法。你的支票跳票了，你现在是被通缉的人啊！"那朋友说。

为了生活而奔走教书的叔叔，身体本就虚弱，一听此言，差点昏了过去。他问那人："那以后怎么办？我可以跑去哪里？"

"你先不要回来我家，免得被他们找到。"那朋友有些犹豫，但还是认真地说，"别躲在我家，不然，我会被牵连，变成包庇犯罪。我家里还有小孩要养。"那朋友说。

"啊？那他们会不会找到我这里？"叔叔指的是他郊外的家。

"一时应该还不会，他们不知道。不过你要小心，不要让他们找到。"朋友说，"他们这个通缉令会发布到每一个地方。"

"我能够去哪里？"叔叔失神，只觉得天地间，竟无容身处。

"先跑再说，过一段时间，风声不那么紧，也许会好一点。"

"要跑多久？我太太要生了，不能一直跑，她身体受不了。"叔叔老实说。

"过一阵子，也许警察会忘记……"那朋友安慰他。

"还有啊？他们会不会来学校找我？"叔叔惊慌问。

"不知道呀。他们可能还不知道你在哪里教书吧。"

"可是，如果他们知道了，来到学校，那我会丢了工作呀。谁会用一个被通缉的人当老师？"叔叔急得不得了。

这样过着躲躲藏藏的生活，约莫有两个多月的时间吧。叔叔实在受不了了，回家向祖母诉苦，请求祖母找爸爸商量一个解决的办法。

因为被通缉，叔叔是坐夜车回来的。他一早出现在三合院的洗脸台前，脸色苍白，高耸的两颊颧骨，现在竟只剩下一层皮包骨，而脸上的胡须黑苴，更显得突兀。"真像三叔公刚刚从南洋回来的样子。"祖母说。

妈妈把早餐做好了，请他过来吃。可是他手端一碗稀饭，却说胃有点痛，医生检查是胃下垂，最好是吃干饭，不要喝稀饭，因为胃会被水的重量压下去。

祖母问他为什么不好好吃饭，他只回答，白天在学校教书，晚上还要赶去另一个补习班兼课，得骑一个多小时的机车，往往来不及吃饭，饿过头了；有时候先吃了一点饭却更难过，因为骑着机车，路上一颠一颠的，食物在胃里面上下跳动，一个多小时下来，胃反而更痛，上课都很辛苦。

他的模样让妈妈吓了一跳。妈妈嫁来的时候，叔叔还是一个高中生，穿着制服，结实粗壮，节俭勤劳。我刚刚生下来不久，发生了"八七水灾"，还是叔叔背起我往外逃。稍稍大一点的时候，他的一个高中同学刚刚买了相机，常常带我去水田里学拍照。然而，无论台北读书多辛苦，寒暑假回来，他一定帮忙农活。他的身体有一种农民的结实粗壮，小腿肚粗得像一根大萝卜。可是他竟变得如此消瘦，把妈妈都吓了一大跳。

叔叔有些嗫嗫地说，台北的生活很辛苦，很害怕，怕人家来抓他，搬了几次家。可是老婆已经快要生了，肚子那么大，不能再继续搬家了。他害怕地说："现在他们还不知道我在哪里教书，如果知道了，去学校找我，学校不敢用有案底的人，我一定没了头路，到时候，我和菊美要怎么生活？"

"啊，菊美肚子里的孩子快生了吧？"祖母问。

"快生了。"叔叔说，"医生检查说，可能下个月要生了吧。"

"还是把你的问题解决才好，不然他一个人做生意，全家人受罪。"祖母说。

妈妈默默站在旁边，有一点过意不去地望着叔叔，她也只能叹一口气，先端着盆子去河边洗衣服。

"我去打听了一下，有解决的办法。"叔叔说，"只要那些开出去的票，一张一张去换回来，他们撤销支票的告诉，法院就不会再通缉了。"

"那些支票要怎么换回来？"祖母问。

"叫阿兄用其他人的支票去换吧！先把我的人头换下来。"

晚上，祖母要父亲早一点回来商量，她明确地说："这个铭峰，在学校教书，如果他被通缉的事，让学校知道了，一定会丢掉头路。他什么都不知道，事情都是你做的，生意好歹，也是你做的，你要自己承担责任。"祖母不无责备地说，"无论如何，不能让他这样子。你赶紧找人把他的支票给换回来。"

叔叔坐在旁边，头低低的，仿佛对父亲很不好意思。

"不过，可以找谁呢？根本没办法。"父亲有些愁苦地说。

"你公司有没有人可以顶替一下？"祖母问。

"没有啦，这是有法律责任的，万一出了事，要去关，谁会答应？"爸爸有些忧愁地说。

"可是，这个铭峰，他是你的小弟，什么都没有做，就要帮你承担责任；他还这么年轻，如果被抓去关，他的一世人，就这样被你毁掉了。你怎么可以这样？"祖母生气地说。

父亲一筹莫展，点起香烟，抽了两口，起身走了出去。

妈妈站在大灶前，默默烧着柴火，她正在准备孩子的洗澡水。

这时，祖母走了过去，看着妈妈的眼睛，说："秀绒啊，你看，铭峰这件事，怎么办呐？"

妈妈慌张地望着祖母，也只是摇头说："我也不知道。要问一问魅寇。"

"秀绒啊，没法度了。这个铭峰，他才刚大学毕业，太太还大肚子，就已经在跑路。实在很可怜呐！你来我们杨家，看着他读中学，上大学，一路看他长大，他的一世人，就要毁在魅寇的手里。你要救一救他呀！"

"我只是一个做田的女人家，怎么可能救得了他？"妈妈慌张地说。

"你先帮他担一担这个责任吧？"祖母站在妈妈的前面，几乎是用哀求的声音说，"你叫魅寇去开你的支票，用你的支票，换回铭峰的支票，先帮他躲过这一关。"

妈妈茫然地望着叔叔赢瘦的脸色，再望着祖母哀求的面容，不知如何回答。

"你就答应了吧！就算是帮这个小叔子一次，救救他的命吧！如果再这样下去，铭峰活不下去了啊！"祖母说。

妈妈无言地看着大灶膛里的火，忘了添加新的柴火，慢慢转为暗淡。

我本想过去帮妈妈的忙，却见她只是呆呆望着炉火，转头望着祖母说："可孩子还小呢！"

"魅寇的事情，都归给乌日这边吧。家里的孩子，工厂的事，我们这里还有人可以作伙商量，一起担。铭峰在台北，他一个人实在无法支撑。这事情，不能这样再牵连下去了。你就答应吧！"祖母说。

"阿嫂，歹势啦，要拜托你，我实在是没办法再支撑了。"叔叔说。

妈妈无言地站着，炉膛里的火变小了，而她的脸色却更暗淡了。

妈妈安静地坐在炉火前，终于低下了头，向祖母说："让我再和魅寇商量一下吧。我不知道能不能用我名字去申请支票，如果可以，就用我的吧。"

"好吧，那晚一点，我来和魅寇说。"祖母说着，握了妈妈的手。

"阿嫂，就拜托你了。"叔叔感激地说。

平时陪着妈妈巡视水田的那一条老狗库洛，走过来大灶边，偎在妈妈的脚下，用舌头去舔妈妈的手。

二十烛光的灯泡照着老旧的厨房，大灶冒着微微的烟。

不久，白白的蒸气蒸腾起来。雾蒙蒙的空气中，妈妈仿佛忘了我和弟弟要洗澡这件事，兀自望着灶火发呆。她的脸映在火光中，一闪一闪，一明一暗。

"水滚了！妈妈。"我说。

第五章 ……

青春俱乐部

0

在医院签过字，决定明天一早开刀后，我们立即通知在越南的弟弟，上海的妹妹，各自想办法尽快回来。

他们回报已经订好飞机，明天傍晚抵达。

晚上洗过澡，妈妈坐在沙发上，从一个旧旧的日式铁盒子里，拿出一大叠老照片，有黑白的，也有彩色的，都已经泛了黄。她戴着老花眼镜，一张一张，看得很仔细。

小妹知道妈妈选照片的用意。她怕万一开刀无法复原，丧礼上要用哪一张照片，所以挑的都是正面照，而不是生活照。那是很艰难而伤感的选择，小妹过去陪在旁边。

"妈，你看这一张，爸爸年轻时候也很英俊，很漂泊呢。"小妹刻意说。

"也确实是很漂泊，才会招惹那么多女人缘。"妈妈微微笑着。

小妹不敢接腔，只是笑。这种父母的情爱恩怨，小孩子静静听着就好了。

"他一生爱整洁，每天早上起来，即使只是在楼下上班，他一定西装领带，像一个董事长的模样，整个办公室就没人敢作怪了。"妈妈笑了，"他的一生呐，就像他的名字，杨铭煌，真爱煌。呵呵呵。"这"煌"字，在闽南语本是指很辉煌、爱体面的意思。妈妈用来形容父亲，真是贴切。

妈妈仔细在翻找中年以后的半身大头照，可父亲后来反而比较少拍照，最多的是出国的大合照。那个没办法用。

翻呀翻的，她翻出一张小妹和大妹的合照。"你看，你和阿玟，小时候多可爱。"

照片里大妹和小妹只有五岁和三岁左右。那时我们刚搬过来工厂，农历新年，她们穿红色新衣，倚着父亲那一辆淡蓝色裕隆车，作出帅气的模样。

"这一台车，看起来真像是好莱坞的古董车，"小妹说，"这是爸爸买的第一辆车吧。"

"是呐，你爸爸总是要做第一个。我们三合院里，他第一个买摩托车，第一个买汽车，第一个开工厂；一世人，什么都跑第一。"妈妈说，"他也真不容易，一个土埆厝的团仔，什么学历都没有，自己拼到这个地步，有自己的工厂，有自己的事业，也是真贤能。"

"咦，这一张，爸爸好年轻，好帅啊！"小妹惊呼拿出来要我过去看。

照片里，他一手勾着一件西装上衣披身后，另一手夹着一根香烟，站在日本原装的 Nissan 红色跑车的旁边。

"他呀，就是爱风神，爱漂亮的跑车，难怪有那么多女子喜欢来勾搭他。"妈妈说，"以前，那松鹤楼酒家，有一个酒家女叫阿月的，还追来我们家，唉，说是要娶回来做细姨。"

"细姨"就是二老婆的意思，妈妈似乎还在生气，她说："当时，我就跟他讲，你'娶一个某无人知，娶两个某是相卸事'，你敢娶回来，会让人笑死了。幸好，他还不敢。"我悄悄看着妈妈的侧颜，虽然老了，有一些皱纹，还戴着老花眼镜，但她眼睛射出的妒火，仿佛还会冒着烟。

"哇！"我在心中暗想，"即使爸爸病危，吃陈年的老醋，她还是火光四射！"

"我为他吃过的苦头，一世人，简直像欠你们杨家的。"妈妈说，"可是他这个人呐，说匪类是很匪类，说拼命，还真是拼命，连日本人都挡不住。"

小妹在旁边对我做了一个鬼脸，悄悄说："女人，如果要吃醋记恨，是一辈子的哟。"

晚上睡前，妈妈依旧忧心着父亲明天的开刀。

我想起一个故事，就和妈妈说：记得很小的时候，台风过后发大水，我和弟弟跟在父亲的身后，要过一条溪去对岸捡漂流木。溪水暴涨，夹泥带土，浊浪拍岸，走石怒吼，让溪流看起来凶猛残暴。用五根粗竹子绑起来的竹板桥，分成两段，搭在溪流中央，看起来细瘦而单薄。桥底下激起混浊的浪花，水流速度奇快，竹桥仿佛随时会被大水冲走似的。我和弟弟站在桥边，望着溪水，吓呆了，我们不敢走上桥去。父亲走在前面，他兀自走上桥，才发现我们没跟上，他站在中间，水流从身旁急速流走，溪水哗哗地响，他回头大喊："不要怕，上来！"

"弟弟会怕。"我嗫嚅地说。溪水声盖住了我们的声音。

"你说什么？听不到。"父亲喊道。

“弟弟会怕啊！”我回喊。

“怕就回去，不要过来。要过来，就不要怕！”他仿佛怒声地喊着，“怕什么？你以为怕死，就不会死吗？”

“怕死，就不会死吗？”这是父亲的口头禅。

他总是如此教育孩子，在我们的成长过程中，难免有恐惧胆小的时候，他从未教我们退缩，总是教我们不要怕，冲上去决战。

“过来啊！怕死，就不会死吗？”我仿佛听见父亲站在桥的另一端，高声喊着。

1 告别古厝

黄昏时，祖母在房间里整理她的老衣柜。金色的光照亮了茶褐色的柜子，愈发显出它日日手掌摩挲的美丽。

那是她的嫁妆，上面刀刻的细致花鸟图案，犹带着一种初婚的喜气。祖母总是将重要地契文件、照片和纪念性文物锁在里面，外头挂着一个老式的铁锁。她打开了老柜子的门，拿出一些小饰物，逐一细细审视。

“阿嬷，你怎么了？怎么在看这个？”我问她。

“你爸爸说，我们要准备搬家了。我先整理一下。”祖母说。

“啊？搬去哪里？”我问。

“去新的工厂那边。工厂要有人帮忙看顾，我们得搬过去。”祖母说。

“啊，真的，都没听爸爸说过。”

“那马经理、黄经理都走了，你爸爸一个人要负责铁工厂。铁工厂有不少的工具和材料，怕人家来偷，晚上需要看顾。我们去吧，工厂比这里大。"祖母说。

"这个要带过去吗？"我指着柜子随口问。

"这个是我的嫁妆呢，怎么能不带走。"祖母说。

"啊，几十年了，还很漂亮。那其他的呢？"我想起自己藏在床底下的许多纸牌和弹珠。

"用得上的，要记得带走。我们不一定会再回来住。"祖母说。

那一阵子，祖母总是一个人慢慢收拾东西，收拾她的每一片回忆。

有一次，她对着厨房那一口又大又黑的老灶说："老师父啊，你太大太老了，要留在这里。"我顺着她的眼睛看去，不知道她说的是大灶还是灶上被黑烟熏得早已看不清面容的灶君。

"以后就不能烤地瓜了。"我说。祖母疼爱我，总是会留一两条地瓜给我，煮饭时用火的余温，顺便烤了吃。

"要不，我煮地瓜汤给你吃罢。憨孙仔！"

祖母收拾大灶上的铁锅，中型的还可以带走，但可以煮十几个人吃食的大锅，就完全无用了。

她看着那大灶，回头微笑着说："你知道吗？我十七岁嫁来你们杨家的时候，就是用这一个大灶，用这个大铁鼎，煮给三十几个人吃呢！"

"阿嬷啊，你才十七岁，那么小，怎么可能煮给这么多人吃？"我很好奇地问。

"是啊，那时还没有分家，全家人一起吃，你阿公是大房，我是大媳妇，当然要煮给一家子吃！我们那个时代的人，都是这样，哪像你们，这么好命，可以读书。"祖母笑起来说。

"哇，那菜要怎么炒？大鼎里面，可是很深很大呢。"我说。

"呵呵，一只煎匙，好大一只，像大铲子呢！"祖母比画着说，"每天从早到晚，都在煮饭似的，光是准备要煮的青菜，就要先去菜园子采摘，回来洗，洗好再切菜，生火，炒菜，一天煮三餐下来，累得根本不知道饿。唉，平时还好，过年最累了。最怕的是去杀鸡鸭鹅，我根本不敢杀呀。"

"我也是，每次一闻到那热水烫鸡毛的味道，我就想吐。"我跟祖母说，"可是鸡腿很好吃呀！"

"以后，这些都用不着了。"祖母指着那些大铲子、大锅子说，"煤气炉小小的，放不下这个大鼎了。"

祖母最舍不得的是祖父和曾祖母留下的一些遗物。她拿着一件深蓝色的毛料上衣，轻轻抚摸着说："这是你阿公后来做的，是你大姑为他过生日特别裁缝的新衣，他舍不得穿，就走了。你看，这衣服还是新的。"

"农村种田的人，太节俭了。"我说。

"阿公最疼你了。这衣服，等你长大了，再给你穿哦。"祖母说。

厨房旁边还有一个小房间，放一些农具、蓑衣、竹篓子、锄具和一些不用的旧衣杂物。里面比较特别的是一个老式的衣柜子。那写在衣柜玻璃上"新婚志喜"的红字，部分脱落了，但镜子却还很清晰，并不模糊。祖母说，这是曾祖母的嫁妆。以前女子出嫁时，都有陪嫁的嫁妆，衣柜、书桌、梳妆台等等，是不能省略的配备，要放在门口给吃喜酒的宾客看，让人知道新娘的家世，和对这一桩婚姻的重视。每一个衣柜，仿佛都曾陪着一个新娘走过她初嫁时的羞涩和青春，那镜子照过她青春到白头的容颜，陪着她走过一生的岁月。

平时我们很少来这里玩，但要离开了，祖母要我帮忙收拾。那是一个星期天的下午，趁着天色还亮，我鼓起勇气，打开那未曾打开过的老衣柜大门。

衣柜里飘出一股熟悉的霉气，这并不奇怪，所有的老柜子都有这种味道。只是这一次有一点不同，它带着一种淡淡的香味，像端午节香包的气味。我惊讶地东翻翻西摸摸，才发现抽屉的边边，真的有一个香包，宝蓝色的布料细致柔软，上面绣着小牡丹花纹，兀自散出香味。

在抽屉更里面，还有一排漂亮的绣花小鞋子。那绣花鞋有宝红、宝蓝、墨绿等，但鞋子却小得出奇，不到我的手掌大。尖尖的头，窄窄的跟，长长的鞋套子。说它是小孩子穿的，还太小了。说它是布袋戏穿的，又太大了。

我似乎见过这东西，但已经忘记它是什么了，就拿一个去问祖母："阿嬷，这个是什么？里面有好多呢！"

祖母立时笑起来。

"啊呀，你不找出来，我都忘光光了。这是你绑脚阿祖的啦！"

"绑脚阿祖"，就是曾祖母，大约在我四五岁的时候过世了。

祖母拿着鞋子，细细端详说："以前呐，都是我帮她洗鞋子。带子那么长，花纹那么细，不能用肥皂用力地搓，味道又特别重，我只好在溪边，用清凉的河水，泡呀泡的，让带子流呀流的。轻轻地揉洗，好半天，才能把味道洗掉呢。"她把绣花小脚鞋上的白布带子拉开，眼睛慢慢端详着那细致的绣花图案。

我想象着白色的长长的布带子，在早晨的溪水中漂呀漂，仿佛要流走了，又被拉回来，轻轻地洗呀洗。

"这样小的鞋子，这么厚的布，人怎么穿得下？"我说。

"当然穿得下。那小脚的头尖尖的，像一根白竹笋，插在鞋子里。她自小绑小脚，当然穿得下。"祖母温柔地呢喃说，"那时候，要用一条白布，长长的，长长的，慢慢把小脚缠起来，把脚趾头都缠好了，再套上这小鞋子。你看呐，绣花的小小鞋子，一个人的脚，要放进去……"

"难怪这古早的绑脚阿祖老是拿鬼故事吓我。这样的脚根本没办法走路。"我说。

想到"绑脚阿祖"，我的记忆夹着深深的恐惧。

我是家族的长曾孙，"绑脚阿祖"特别疼爱我。农忙时，妈妈要去下田，把我交给祖母照顾。祖母也忙家事的时候，就把我交给"绑脚阿祖"照料。

"绑脚阿祖"睡在三合院后龙阴阴暗暗的边间，白天不开灯，那里只有一小片天窗透进来的光束。早晨，那一道光束投射在绑脚阿祖的八脚眠床上，透过蚊帐的细纹，反射出蒙蒙的光；中午那一道强光束直射在房间中央的泥土地上，留下一道长方形的图案。傍晚，那光暗了，整个房间变得特别阴凉。

我喜欢用镜子玩光束，让它折射到阴暗的角落，让老阿祖的八脚床的雕刻花纹，和她幽暗中的脸，显得清晰明见。

她睡在古老的八脚眠床上。床板是用一块块木板拼起来的，阿祖移动身体的时候，那床板就会咿咿呀呀地发出声音，仿佛会呻吟的老人。因为绑过小脚，年纪也大了，阿祖走动非常不方便，很少走出来晒太阳，甚至下床也多是在房内洗洗脸、擦擦身体而已。她长年绑着一个发髻，戴着黑色头饰，总是穿着黑色台湾衫，由于长年未照到阳光，她的皮肤特别白皙，近乎透明。

阿祖从也不吹电扇，不管天气多热，只是手摇一把团扇，摇呀摇的，让空气中流动着她的气息，即使睡着了，她的手仍能缓慢地摇扇子。

绑脚阿祖行动不便，怕我一旦下了床到处跑，她绑着小脚追不上，就创造出各种可怕的妖魔鬼怪来吓我，让我不敢离开她的身边。

其中我最惊骇的是"痟查某"（疯女人的意思）。

她说，在街道上，有一个痟查某，孩子被坏人抓走了，因此"起痟"，她的头发散乱、眼睛瞪得比龙眼还大，身上脏兮兮，指甲尖尖长，满街趴趴走，要找回孩子。她随便看到谁家的孩子就抓起手来问："你有没有看到我的孩子啊？我的孩子啊啊啊……"如果你说没看到，就会被她抓住不放，甚至抓回去当她的孩子。

"你不要下床乱跑，被抓走了，就关在她家，再也回不来了。"阿祖说。

我被吓得不敢下床，做了很多次噩梦。每一次噩梦都一样，一个发疯的女人，头发散乱，要过来抓我，我吓得疯狂地跑啊跑的，最后没力气了，被她抓住，我大叫一声，全身酸软无力，哭着醒来。

为了吓我，阿祖还发明了用一支鸡毛掸子，挥舞着说："看哪，她的头发啊，会这样飞来飞去的，她要来抓人了……"

就这样，已经足以把我吓哭了。她的房间，仿佛成了我的梦魇。

有一次，我梦见自己变成一只非常小非常小的昆虫，像小蚂蚁，而这个世界的所有东西，都变得无比巨大，到最后，甚至家里龙眼树下的小石头都足以压扁我。我在巨大的石头底下爬行，不料石头还是压下来了。像一阵大雨般，纷纷落在我头上。"啊，阿嬷喂——"我惊吓得大叫醒来，却见自己睡在阿祖身边，她正拿一把扇子，徐徐摇动，她的头发整齐，满是皱纹的脸，带着神秘的微笑，仿佛那梦只是她变出来的把戏。

到最后，我已经无法分辨我所恐惧的是阿祖神秘的微笑，还是她口中的"猜查某"了。

"阿嬷，这些绣花鞋和阿祖的一些老衣服，要带过去新家吗？"

祖母犹豫了片刻，再看看手中的绣花鞋，说："带过去要做什么？只能留着做纪念吧。"

"可是，留在这里，会不会不见了？"我问。

"先留在这里吧。这里还有柜子可以放，带过去，恐怕没地方放了。"

"那，阿祖的那一座洗脸架呢？"我问。那是一座雕工非常精细的木制洗脸架子，上面镶了一面古老的小圆镜，放在阿祖房间的角落。

"带过去吧，也许可以用一用。"祖母说。

无论多么依依不舍，能够离开三合院，妈妈终究是高兴的。至少她不必在三合院里，再听见别人说东道西数落父亲了。更高兴的原因是，她会有一个新的大同电锅和瓦斯炉，只要用火柴点上，就可以炒菜，不必再生火烧热大灶，吹得满脸黑烟，才能吃上一顿饭。

有一天晚上，祖母郑重其事地说："我们搬离开这里，是希望帮你爸爸看顾工厂，把事业做成功。除非爸爸失败，否则我们不会再回来了。但如果爸爸失败了，我们还有什么脸再回来？"

2 妈妈心事

对我来说，住三合院其实是很幸福的事。好几房的叔公家族，让我可以随意穿梭游荡。

四叔公家有年轻的姑姑，她们买了新唱片，有姚苏蓉、青山、婉曲、谢雷，夏天晚上，我可以跟她们一边听唱片，听姑姑跟着哼唱，一边看她们家订阅的《征信新闻报》上的武侠小说连载。

那时正是武侠电影风行的时代，王羽的《独臂刀》，郑佩佩的《大醉侠》《金燕子》，风靡一时，租书店的武侠小说也成为那年代最普遍的娱乐。七叔公家的几个堂叔大我好几岁，偶尔去借武侠小说本子回来，我就去借看一回。由于小说本子不厚，我开始练习尽快看完。

六叔公家的孩子手艺特别灵巧，有许多木工玩具，打陀螺，小玩具特别多。

我最喜欢夏天，因为可以从自己家的龙眼树爬上屋顶，先吃自己家的龙眼，再以武侠小说里那种"轻功"的架势，沿着三合院的屋脊，爬过隔壁的屋顶，一家一家过去，吃遍每一家的龙眼，看看谁家的最甜。

我的"轻功"了得，未曾踏破屋顶上瓦片，还曾经从一个屋顶，跃上一棵树，而树枝未曾摇动太多。

每年冬天，我们都可以在收割后的稻田里打棒球，把田地当球场，把竹棍子当球棒，把田里的稻埂都踩平。每年季节要结束时，田里的地瓜、花生要收成了，我们可以去田里捡拾剩下的各种作物，拿来烬土窑。

那种在田野中自在漫游、随意找食物生存的幸福，是我多年后才知道珍惜的。因为永远不再了。

而当时的妈妈却想着：离开也很好，自己过日子比较清净，不必再听这一房那一房的传言耳语。毕竟三合院的故事里，除了家族大团聚，还是有许多难言之隐。

有一次，某个叔公家的稻子收割后，正在晒谷场上晒着，不知谁家的鸡鸭去偷吃了，他的儿子异常生气，竟故意在一些稻粒里下农药，撒在干草堆的旁边，结果害得另一个叔公家的鸡鸭死了一片。那受害的非常生气去理论。他们却说：那是鸡鸭不长眼睛贪嘴，自己要去吃下了药的稻子，鸡鸭要寻死，奈何桥又没有加盖……

最令人惊异的是：一个叔公家里丢失了一小串金链子，那婶婆大怒，怀疑是我们家大姑姑拿的，因为大姑姑丈夫过世后，在乌日的小街上做裁缝，平日总要一早经过他们家门前；但又怀疑是另一家的某人曾走过他们家门前，有嫌疑。当天，她站在三合院晒谷场的正中央，手指对天，发起毒咒："天公啊，你给我看着，你有看着吗？"

她哭嚎道："不管是谁，那个夭寿的人呐，我赌咒他，赌咒他不得好死啊！老天啊，你要给我记住！"

她赌咒的那一个晚上，夜深之际，三合院里的几只狗吹狗螺，发出"噢——呜——，噢——呜——"的哭嚎，带来一种不祥的凄凉。祖母害怕地说："她今天做得太过分了，这样当天赌咒，太恶毒，太可怕了！"

几个月之后，那婶婆发现，是她嫁出去的女儿，因为与婆家相处有问题，回来不敢说，又想买东西讨好公婆，竟偷了她的金子出去变卖。可怜那女儿，丈夫不爱，又不得婆家疼爱，抑郁过日，没过多久，竟仰农药自尽了。

死亡消息传来之日，整个三合院惊恐得张大了嘴，却静悄悄不敢出声，生怕惊惹了什么怨灵似的。

那一天夜晚，祖母和妈妈反复告诫我们后生，无论什么人，有什么不得了的过失，无论多么气愤恼怒，切切不可对任何人下诅咒，因为毒咒之于人，咒到的只是自己的心。含毒的人，含毒的心，是最危险的。"人呐，心存厚道，老天才会厚道待我们。"祖母说。

让妈妈期待搬走的原因是父亲。父亲赌强好胜，"天生爱做王"。亲戚对他的形容最传神："相争不曾输，相输不曾赢。"争论道理这方面，他嘴巴厉害声音大，无理有理，脸红脖子粗，也要争辩到赢。但"相输"（即打赌）总是输，因为他好持异见，爱出人意表，必然输多赢少。他为人豪爽，好客好酒，热情大声，有他在就会热闹有趣。辈分上，是这一辈的长子，大家敬称"魅寇大兄"。

然而，他闯荡世界，败多成少，生意失利，变卖祖产，已经成了反面教材。在洗衣服的河边、种菜的园子里、稻子收割的时节，妈妈偶尔会听见妯娌语带嘲讽地教训孩子说："哎呀，如果你再这么爱搞怪，就要变成魅寇了……"

她最无法忍受的，是有人用同情的眼光看着她，说："你一个这么细瘦的女人，要背着农药桶，要挑柴卖菜，还要去台中追魅寇回来，真辛苦啊！"

"要搬走，就不能失败，我没有脸回来。"有一夜，我听见妈妈对父亲说。

"不会回来了。打拼到死，成功为止。"父亲说。

3 总经理

离开三合院，离开农村的生活环境，谋一个工作，变成工人、教师、公务员，脱离农民的生活；或者把农田变工厂，变成工业生产基地，这几乎是那个年代贫困农村的共同期望。农村生活太苦了。

农业财经学者后来做的研究证明，那一段时期，国民党政府基于掌控与稳定粮食来源、加速工业发展、降低劳动生产成本等因素，以"肥料换谷"、"保证收购价格"、"家庭即工厂"等相关政策，以不等价交换模式，挤压农业部门的资源，以支持工业经济发展；也未顾及生态环境的破坏，让工厂可以直接设在农村里；如此完成工业部门对农业部门的"不等价交换"，让农业资本向工业资本流动。最后，扶持了工业，牺牲了农业。

当时农民如果不离开农村，向工业部门流动，那就只能坐等被牺牲。那是台湾经济的转折点，那是从农业社会向工业社会转型的大时代，那是家族命运的转捩点，也是父亲母亲生命史的关键抉择。

后来我才真正了解，一个经济学上的小数点，一个零点零几的农工经济的增减，都可能是无数家族的流浪迁徙，辗转漂泊，无数孩子命运的上升，或者沉沦。

然而生活于当下的人们，却只是无由自主、无由知悉地随着命运的大潮起伏挣扎……

历经一九六〇年代的进口替代，培植了足够的经济基础，一九七〇年代开始，在政策的全力主导下，台湾从进口替代，走向加工出口型工业，中部地区的小地主利用自有的农地，新设立许多小型工厂，人们称之为"中小企业"。

要发展工业需要技术的提升，新知识变得无比重要。此时日据后期留下的日语基础就成为学习新技术的工具。像父亲那一辈早期学习了日本语的人，开始从日本引进新技术，购买新设备。而日本在战后迅速发展起来的经济，此时也到了转型阶段。由于人力与土地的成本上升，一些较低阶、需要大量劳动力的工厂，或者日本开始取缔的污染工业，纷纷迁徙来台。

因应社会发展起来的需要，民间的消费力增加，纺织厂、鞋业、泡面、饮料、罐头等等，各种生产都需要工业锅炉，拜时势之赐，父亲工厂业务兴旺。

没有了姨丈的电焊技术支持，也没有了马经理的业务协助，父亲只能独力经营工厂。他只是一个农民，没有学过一天工业机械，一切得靠自己摸索。

为了业务的需要，他不仅要应酬喝酒，陪银行经理去玩乐，还得下工厂，直接盯着锅炉制造进度。有些锅炉的安装，需要他到现场指挥，甚至爬到锅炉的炉心，直接修改部分工程，才得以顺利完成。

他得学习"从设计到制造，从制造到安装"的全部流程。

公司请了一个高工毕业的制图员，长得文文弱弱、年轻老实，脸上还冒着几颗青春痘。他的锅炉设计图画得仔细精确，但经验不足，只是依照书本比例去画，不太会依实际需要，做适度修改。后来，公司请了一个学识经验都很丰富的洪姓工程师。他是台北工专毕业的高才生，在一家公家事业任职，设计图画得准确又漂亮。他都是吃过晚饭过来兼差，忙到十点半离开。

没有应酬的日子，父亲泡一杯茶，和他坐在制图桌前，细细学画锅炉设计图。那洪先生比父亲大几岁，像兄长般手把着手地教。他总是说："你要做锅炉，一定要学会自己看设计图，画设计图，如果设计错了，整个就没办法运转，做好了以后反而更惨，改都改不回来。"

此时，正好有一家食品工厂的锅炉爆炸，当场死了两名工人，炸开的铁片还打破隔壁房屋的屋顶，父亲才惊觉事情的严重性。

那洪先生趁这个机会说："为什么会爆炸？因为锅炉是一个燃烧蒸气、使用蒸气的大铁锅。里面的设备非常复杂，主要是一种'流动的气体'，所以锅炉的安全很重要，一不小心，烈火焖在里面干烧，里面的蒸气一旦爆炸，比一颗大炸弹还可怕。如果出了什么意外，你所有的财产、所有的田地都赔不起。你是自己的事业，要很内行才行。"

为此，父亲自修学习画设计图、读流体力学、热力学与锅炉设计等的书。父亲中文程度不好，幸好洪先生也是受日式教育长大的，带给他看的书都以日文为主。就这样，父亲开始学习锅炉设计。

只上过日据时代小学的他，白天在现场观看制造，晚上比对设计图和书本所学，很快学会了制造锅炉的知识。这让他从一个技术工人、实际操作的层次，提升到知识学习和设计制造。

工厂的工人大部分是从台中市旱溪、后火车站一带来的。

那里是日据时代以降的古老工业区，聚居着各种各样的小铁工厂、铁架铁锅的小店作坊，工人普遍居住在低低矮矮的平房里。由于出路有限，年轻人从小跟着父兄当学徒，学电焊、打铁、打磨等手艺，身强体壮，有一身自小练就的手艺。因为在艰难的工作环境长大，他们个性都很强悍，率直爽朗，大口喝酒，大声笑闹，尚武重义，结伴打架，完完全全的男子汉世界。

工人主要由阿兴师父带领。他身材矮矮胖胖，壮硕如小牛，抡起铁锤往铁板一打，响得邻近的工人都要捂住耳朵。他能把平的铁板打弯成漂亮的圆弧，那确实是一种本事。他讲话总是以三字经作为问候语，例如吃饭，他会说："干你娘，你吃饱没？"

回答的人就说："干你娘，刚刚吃饱了。干，你要喝啤酒吗？"

他为人义气，照顾工人如同兄弟，教导各种技术不遗余力。

这些工人本来都是骑着自行车或坐公车来，后来随着经济逐渐好转，日本人来台湾开了摩托车工厂，摩托车变便宜，他们都纷纷骑上了新型的摩托车。工人之中，也有几个邻近村子的青年，没有升学，就来工厂当学徒，学习电焊和铁工。

有一天晚上，工人都下班了，父亲独自坐在办公室里，抽着烟，看着设计图发呆。工头阿兴走了进来，语气有些犹豫地说："总欸，那个阿原的老母生病了，最近需要看医生用钱，你可不可以先借一点钱，以后再从他的薪水里面扣？"

"总欸"是他们对总经理的闽南语称呼。

父亲拿了一根烟给他抽，说："他老母怎么了？病得重吗？"

"骑铁马去市场送货，脚跌断了，要开刀。"阿兴没点，只把香烟夹在耳后说。

"那这样吧，伊厝里既然没钱，包一个红包给他，再借他一个月的薪水，应该够了吧？"父亲说。

阿兴感激地说："够了，够了。"

阿兴走后，父亲转头对妈妈说："咱们这些工人，跟我们是不一样的。我们可以有地方借点钱，他们不能没做工，没薪水。没薪水，就没办法过日子了。"

"都是艰苦等人呐。"妈妈说。

"有几十个家庭，要靠我们生活呢！"父亲说。

4　头家娘

妈妈的角色开始改变。

她的银行账户和支票是怎么申请出来的，自己都不知道。她只是把身份证和印章交给了父亲，在公司会计所给的文件中签字盖章，就算完事。叔叔的支票跳票问题，用妈妈的支票去交换而渡过难关。父亲又卖去一块地，暂时解除财务危机。

起初，妈妈不想参与父亲工厂的经营。她只想荷着锄头，把几亩田地照顾好，晨昏种菜，洗衣煮饭，维持一个平静的生活，让孩子平安成长，却浑然不知已经背了多少债务。

父亲的铁工厂是用自家农地改建，大门面向马路，宽广且可容大卡车进出。工厂右边一家酱油工厂，空气中不时飘来一种浓浓的烧酱油卤汁的气味。每年夏天，大黄瓜盛产季节，酱油工厂会收购大量黄瓜，作为制作酱油的材料，许多附近的妇人和孩子会带一根汤匙，去那里打工，只要用汤匙挖出黄瓜的籽，让果肉与籽分离，论斤计算工资。

我们工厂的左边和后面仍是水田农地。周边的小沟渠里，种植着新鲜的茭白笋，有许多小鱼和蝌蚪在叶片下游泳。

铁工厂的办公室是用红砖水泥盖的简单而单调的狭长矮房子，前半部作为办公室，后面是我们自己的住家：一间小客厅，一台有拉门的日立电视机，一间爸妈的卧房，一间祖母和我们兄弟姐妹四人一起睡的大通铺，隔壁是一间给叔叔回来住的房间。

厨房后面是公用的浴室和厕所，连接厂区，我们一家人与工人共用。

相较于三合院，我们有"进化"了：日立黑白电视机（终于不必半夜起来，去隔壁的叔公家看世界少棒赛转播了）、日光灯（终于不必在黄昏前写完功课，否则用电灯写功课太浪费钱了），我们没有书桌，用的是办公室一个空下来的办公桌，但桌子很大，兄弟可以共用。

办公室总要讲究一点门面，妈妈穿着旧旧的农服，粘着泥土，荷着锄头，有时甚至背着农药箱，从工厂的办公室进出，如果有客人在谈生意，毕竟不搭调，父亲就在厨房边开了一道后门，让妈妈自己进出。

对正在发育中的我和弟弟来说，虽然三合院有玩伴，农村有农田和青蛙可抓，但铁工厂有新玩具，那就是工厂里的几根特大绳索了。那是为了移动几吨重的钢板，以及要运送制造好的锅炉出厂时，所必需的配备。

彼时电视正在流行《人猿泰山》的连续剧，他可以从一根树藤，荡到另一根树藤，穿越整个丛林，召唤森林万兽，共同对抗邪恶。另一个喜欢荡绳子的是蒙面侠苏洛，他总是一手拉着绳子，一手持剑，从黑暗中飞身而上，把坏人打得落花流水，再吹一声响哨，唤出他的神驹。

我和弟弟看见绳索，眼睛立即一亮，在绳索的下部打一个结，好让两脚可以夹紧支撑，然后学泰山，学苏洛，从一根大绳子，荡过来荡过去，荡得高了，再换手到另一根绳子。如是来回地荡，还要一边发出"噢——呜——"的叫唤，有如在呼叫丛林中的万物，或者吹口哨呼叫神驹。

工厂地上散落着锈痕斑斑的大铁板、钢筋、切割开来的铁块、烧焊用的一包包焊条，和一罐罐氢氧气筒。那些切割开来的钢铁，很是锐利，一不小心就会割伤。所以我们要玩得很小心，但它也是另一种宝藏。

妈妈要我们做一项工作：捡拾废铁。由于锅炉制造需要用乙炔切割钢板，喷出的钢铁火星，冷却后变成铁屑掉落在地。黄昏时，我便和弟弟拉着一块大磁铁，在工厂走来走去，磁吸地下的小铁屑。那铁屑吸成一坨后，会自动互相黏附，活像一只大刺猬。

不要小看这个活，妈妈说，每天把铁屑存起来，当作废铁卖给炼铁工厂，还可以换不少钱，我们兄弟姐妹的学费，就有了着落。

起初，妈妈不管铁工厂的经营，但她是老板娘，事情自己会来找上她。

比方说，一开始，她只帮工人蒸便当，后来父亲偶尔叫职员在家里吃午饭，职员就拜托妈妈每天中午供应午餐。后来，连十几个工人也拜托妈妈，一起煮饭。一方面可以省钱，另一方面让大家有干净的午饭吃。

这工作本来可以请人来做，但妈妈为了省钱，全部揽下来自己做。每天清晨，天蒙蒙亮，她荷上锄头，穿着雨靴，巡一回水田，再到菜园子里浇水，趁着太阳还没出来，青菜叶子上还带着深夜露水的凉意和鲜嫩，摘回来作为职员和工人的午餐，好让流下满身大汗的工人吃得下几碗饭，让他们有足够的力气继续下午的工作……

习惯农村"气味"的祖母很不习惯。她不喜欢工厂粗糙干硬、黑色铁锈的环境，自己在工厂后面的空地上种几株芭蕉，在围墙边上种一些花草，让四季有不同的色泽。

父亲不解地问她，没事为什么要种花？

祖母回答得理直气壮："过年过节做粿的时候，总是要芭蕉叶子，自己不种，难道要去野地里寻？"

她还请工人在后门外，一条灌溉小沟渠的旁边，钉了几根木桩，再拉上铁丝，变成一个丝瓜棚架。丝瓜长得快，春天一种，夏天爬满了绿叶，开始长出丝瓜来。一个荫凉的棚子，就成了工人消暑好所在。

工人打铁电焊，一身大汗，累了一上午，两脚劳苦热烫，总喜欢把鞋子脱下来，双脚泡在凉水里，坐丝瓜棚下洗洗脚，再手捧一大碗的白饭，浇上卤肉汁、拌青菜，泡着清凉的水，慢慢享受午餐。

夏天的时候，妈妈还会特地准备一大桶冰仙草，作为餐后茶饮。他们吃得高兴又凉爽，就跑去工厂荫凉处睡午觉。

或许是出身农家，妈妈仿佛用对待割稻团的方式在照顾工人。

夏天夜晚，加班热得工人一身汗臭，妈妈会为他们准备冰凉的绿豆汤、米苔目、冬瓜茶、仙草等，让工人喝一碗冰凉的点心再回家。冬天夜晚，她会准备热包子、馒头、汤圆，让工人喝一碗热汤，吃得肚子暖和，再骑上摩托车回家。

不管妈妈愿意不愿意，不管有没有管理工厂，也不知道从什么时候开始，职员与工人都叫她"头家娘"，许多事最后都来请示她。

——"头家娘啊，月底了，公司要发薪水，总欸不在，你看要不要先发一下？你看这支票，是不是要这样开？"会计陈小姐如是问。

——"头家娘啊，我们最小的那个兄弟阿玉仔，把对面一个女孩子的肚子弄大了。"工头阿兴如是说。他讲的那个工人阿玉仔，一样住在台中市旱溪一带，"下个月阿玉仔要结婚了，你和总欸要来哦！把团仔也都带来啦！"

——"头家娘啊，我小弟今年底要娶某了，要花些钱，你跟总欸讲一讲，看我能不能先借一些钱，要去买新房的电视和冰箱，也要花一些聘金呢。"一个工人说。

有时候是有人要来卸货，工人已经下了班，只好妈妈出面处理。

"头家娘啊，你们订的货来了，要不要现在先卸货？"一辆满载钢板的大卡车，在门前停下。那粗重达数吨的钢板，是从日本进口的，自高雄港口运来。货运公司知道已经超重，为了怕白天上路被警察拦查，常常是半夜运送偷跑，清晨五六点到达。原本生活于三合院的祖母很爱安静，往往一早被吵醒了。

"真辛苦啊，半夜开这么远的路。来，先喝一杯茶，再来吃一点稀饭吧。"妈妈一起来，立即准备早餐，同时让他们把大卡车开进工厂卸货。

"伊祖嬷咧，"那大卡车司机与搬运工开车熬夜，整个身体又臭又脏，总是用三字经开头，一边笑着说话，"都半暝了，还遇到警察哩。他们说要检查。准备给我们开一张罚单。后来是送红包比较快，不然呐，不知道要拖多久。"

"红包要怎么给啊？"我好奇地问。因为一大早，我还未去上课，帮忙拉开大铁门。

"你读书的孩子，要先学这个啦，社会学呢，老师不会教的。"那司机开心地说，"我跟警察讲，你不要开罚单啦，我们没读书，不知道去哪里交钱。现在我在这里交罚单，你不用开，就当做没带驾照好了。结果，我塞给他几百元，就解决了。哈哈哈!"

"你们这是哦，江湖一点诀，厉害无底比。"妈妈笑了。

像管家，像厨娘，像朋友，像扫地的妇人，又像坐镇工厂的厂长，她逐渐脱离农妇的角色，成为大家口中的"头家娘"。

"头家娘"是一个企业管理上未曾出现过的名词，但它确确实实存在于台中一带中小企业的实际运作里。她们像厂长，像财务长，像营运长，甚至像仓库管理员，但更像一个大家庭的家长，因为这些中小企业总是把公司当做家庭在经营。

但那时的她，依旧不管公司的账目，主要公司业务与财务，都听父亲的调度。

5　阿树嫂

阿树嫂是妈妈的好朋友。她比妈妈瘦小，体形干黑，穿着粗粗的工作服，和旁边几个锅炉搬运工的彪形大汉恰成对比，但她指挥的口令一出，声音清亮，几个大汉无人不从，比黑道老大还有威严。她是妈妈的密友。

锅炉做好之后，得先运送到购买工厂去安装。几吨重的大锅炉，要搬运实在是非常费劲的事，平时有好几组搬运工头来负责运送。那些大卡车司机与工人都非常豪迈粗壮，开着大车在纵贯线南北闯荡，总是会遇见诸种大大小小的是非冲突。那时台湾海线的乡下地方，仍有人出来拦车，要收取保护费，否则不让通过。所以他们的大卡车上，随时藏着一些"家私"（武器），路上偶遇武力对峙，江湖冲突，算是家常便饭。

用行话说："要钱给钱，要命一条，没天没理，车拼到死。"有时候他们开着大卡车横冲直撞，完全不要命的模样，有些地方黑道还真的不敢出来挡。但更重要的是，最好黑白两道都有些熟悉的朋友，才可以靠江湖关系过关，光靠武艺是走不远的。

当时工业界的行话，把搬运工叫"托密"（日本语）。搬运锅炉常常是上午开始作业，晚上出发。晚上出发有一个好处是：锅炉往往超重，卡车违规超载，半路难免被取缔，半夜比较不会碰到拦检。

到了晚上，妈妈总是要做一些宵夜点心给工人吃，久而久之，就熟悉了。

阿树嫂是这一行里，唯一带头的女性。她丈夫阿树本是带队的头头，出去工作时，不免南来北往，应酬喝酒，肝病发作突然就过世了。阿树嫂哭得死去活来，孩子还小，她自己也弱小，根本不想活了。

那"托密"团队中，有一个粗壮的汉子，眼看这样不是办法，就去劝阿树嫂说："你不要哭了，孩子还这么小，再怎么样，我们把阿树当大哥，都要帮阿树把他的孩子养大。嫂子，你坚强起来，你带头，我们帮你做，一直到把孩子养大了，再来结束工作。"阿树嫂不理会。直到她眼泪哭干了，看见孩子放学回来还没吃饭，终于自己站起来。

整个团队本来有五六人，有卡车、有搬运器材和熟悉南北各路的兄弟，阿树嫂答应出来带队。

阿树嫂那娇小的身子从脚踏车上下来的时候，妈妈吓了一跳。

"会骑脚踏车了？"妈妈问。

"我已经学会骑脚踏车了。"阿树嫂说，"他过世以后，本来不知要怎么活下去。他什么都没留下，只有两个孩子和一辆大车。"

阿树嫂流泪说："后来，几个工人都来我家，看我抱着两个小孩在哭，实在不忍心，就叫我要坚强起来，不要怕，继续带他们，继续来做'托密'。你放心，我已经好了。我这么小一个人，已经学会骑脚踏车，可以从台中骑到乌日来找你。你放心把工作交给我，工人没变，气魄没变，能力不变。他们答应，一起把孩子带到大。"

阿树嫂的事，让妈妈和所有工人都很感动，一起来帮助她。

那阿树嫂脸上有一片暗红色胎记，愈发地显出强悍之气。虽然只有一米五左右，然而，她一站出来，纵贯线运输界的江湖兄弟都认了她，说她丈夫死了，出来讨生活，大家要共同照顾，沿路照应。

她身形小，声音沙哑，却自有一种气。尤其她大喊一声："把绳子拉好，全部注意，大鼎要起来了！出力。好，一、二、三！起来！"所有身强力壮的大男人，在她的指挥下，一起出力，把几吨重的锅炉用起重吊具，硬生生拉了起来。拉到一定高度，再开着卡车到它底下，让拖吊工把锅炉慢慢放下。这整个过程，都要非常小心，否则一旦压伤，非死即残。阿树嫂就这样带着这一群江湖铁汉，走南闯北。

她常来和妈妈聊天，讲起走南闯北的故事：

为了避开警察，阿树嫂常常走夜路，有一次，在公路上不知道怎么开的，就是在一个树林旁边，一直绕来绕去。她觉得很奇怪，想下车看，车上的司机说："慢一点，你看，那边有一点光，一直在飞。"

阿树嫂说，她看到一个飘来飘去的红色光点，后面拖着白光的尾巴，她想起过去丈夫曾告诉过她，如果是夜路见到这种事，不要害怕，双手合十，念阿弥陀佛，告诉对方，自己只是一个出外人，现在念佛经，帮助它超度，希望它让我们过去，改天再带着香烛，来祭拜超度。于是她念了起来。过一阵子之后，光线渐渐变亮，仿佛有一条路，从前面打开了。

当时交通不便，没有高速公路，南来北往，拖运大件锅炉，上下卸货，需要两三天才能来回，常常在外面住宿。他们又不是有钱的人，只能住一些小旅馆，而这些古老的小旅馆，有的是发生过"事故"的地方。

有一次，阿树嫂住在一间乡下旅馆，靠高雄与屏东交界的高屏溪边，那旅馆有一条磨石子的楼梯，在后门的外边，半夜要上厕所都得走出门外。那时是冬天，冷风吹得人不想起来上厕所。

阿树嫂睡到半夜，突然觉得有人在摇她的床。她半梦半醒间，迷糊醒来，只见床边站了一个头发散垂、面容苍白的女子，身穿米色洋装，哭着摇动她的床。她吓得双手合十，紧闭眼睛，直念阿弥陀佛，向那灵魂说："我只是一个可怜的苦命女，为了生存，千里之外，寄居在这小旅馆。你不要来吓我啊，我也是苦命的人。我现在先为你念经，明天白天，我会去买些银纸烧给你。希望你保佑我们，一路平安。"

终于，床不摇了，但小小的台灯还是一闪一闪的。她没办法睡，就起来和旅馆值夜班的女服务生聊天。

第二天一早，她去附近的香纸店买了许多冥纸，烧给那鬼魂。她去问了旅馆的主人。主人起初否认，后来听了她夜半的事，才老实地说，过去有一个女人，因为被丈夫抛弃，独自来此喝农药自杀。

走江湖，经风浪，脸上带着坚毅笑容的阿树嫂，总是带来各种地方传奇，她让未经江湖风浪的母亲，又害怕又疼惜。

6　祖母与小鸡

离开三合院，祖母还是无法抵挡农村的召唤。

有一些声音，有一些气味，有一些色泽，有一些触感，会像古老的基因那样，触动她内心最柔软的部位。

有一个星期日的早晨，工人都休假了。工厂门外传来叫唤的声音："阿永嫂子，阿永嫂子在吗？"

这是在叫唤祖母的，但声音有点畏怯，似乎不太熟悉这里。我走去一看，原来是那个卖小鸡小鸭的贩子。他跟以前一样，一根扁担挑着两担小鸡鸭，到处走卖。以前在三合院他总是进到大灶边，在厨房放出鸭子，满地乱跳，让祖母边看边挑，但这一次他站在工厂门口，似乎陌生得不敢进来。

"阿永嫂子在吗？"他张望着眼睛说，"你阿嬷在吗？"

"在里面，我去叫她出来。"我说。

祖母一走出来，那人已经把小鸡小鸭子的担子打开，让小鸭在爸爸的办公室地上，摇摇摆摆地走动起来。起初，小鸭子踏在水泥地上，有些怯生生的，摇着小黄尾巴，东望望，西瞧瞧，呱呱轻轻叫。那柔软得让人想去摸一把的鹅黄色绒毛，像一团小毛球，可爱无比。

"阿嬷！好可爱！"妹妹阿玟刚满三岁多，在一旁笑着叫着。

那几只小鸭子兀自摇尾巴，晃动身子，忍不住好奇心，用红红的小嘴巴，去啄着祖母的手。祖母手抚那黄澄澄的柔软绒毛，被小鸭子逗得笑起来，开心地让它跳上手心。

今天是星期日，公司职员不上班，整个办公室就成了我们写功课的地方，现在，变成小鸭子散步的地方。几只小鸭子跳起来，用红红的小嘴巴去啄桌子边的报纸，祖母微笑说："这么小，就这么爱跳，还想吃报纸，真有力气。"

"这边还有小鸡呢。"小贩说着，打开担子的盖子，让一群小鸡在里面抢着蹦蹦跳跳。他不敢让小鸡出来，因为它们跑得太快，会抓不回来。

"要不要买几只下来，现在养着，过年就有新鲜鸡仔鸭仔可以拜拜了。"小贩说。

祖母的手去扶起一只跑得太快，跌倒了的小鸭子，说："还这么小，就这样活跳跳的，怎么会这么古锥！"她开心极了。

"这一水的鸭子，是特别去挑出来的，伊的鸭母，是那种大只番鸭，以后会生得很大只，过年拜拜真好看，祖先也高兴，请客也有面子！"

"唉，可是，我们家魅寇已经说了，这是铁工厂，是制造锅炉的地方，工人每天都要进进出出，他怕把地上弄得到处是鸡粪、鸭屎的。这样的铁板，怎么制造锅炉？"祖母有些忧愁地喃喃着。

刚刚搬过来的时候，父亲就希望不要把三合院那一套老家具、八脚眠床、老式大木头餐桌、曾祖母嫁妆的洗脸架等搬过来。他认为这些都是老东西，一律留在老家就好。祖母不能割舍的，就是她和祖父结婚时的那一套嫁妆柜子。那是雕刻着细致的花鸟图案，有着春天的风景的老木头柜子，祖母总是把她的衣服、首饰、过年的压岁钱等，藏在其中的夹层里。我从小睡祖母身边，看着她收拾东西，所以连她藏钱的夹层我都知道。

她只带来这一套三件的柜子，和我曾祖母留下来的结婚嫁妆——一个雕刻精细的洗脸架，其他体积太大的八脚眠床和黑色供桌，就留在老家了。

可是来了不久，那洗脸架也因怎么摆都不对，被放在屋子的角落，沾满灰尘。父亲有一次看见了，很生气地说："这破东西，连木头架子都快散了，怎么不收起来，难道要叫人拿去烧了？"

可是那洗脸架上有一面很漂亮的镜子，镜子边上镶嵌着贝壳，细细的刻线，可以看出手艺非常精美。即使有灰尘，只要轻轻一擦，就会看出它明亮光滑的木头质地。绑脚阿祖晚年的时候，每天早上一起床，妈妈就为她打洗脸水，她会在这洗脸架前，用毛巾先沾一点水，细细地擦着脸，脸洗完了，再去拭耳后、脖子、手臂等。洗完，妈妈就把水拿去倒掉，换上新水，让绑脚阿祖备用。

父亲气得要把这洗脸架给丢了的时候，祖母仍非常舍不得，最后先偷偷藏在房子的一角。

至于原本在三合院养的鸡鸭鹅等，父亲要求不许带过来，因为它们的粪便会带来臭味。一个工厂有鸡鸭粪便味，太不像话了。因此刚搬来时，妈妈总是要在早晨和黄昏，分两次回去老家喂食鸡鸭鹅，要养到它们可以吃了，一只只吃完才结束。

"开工厂，要有工厂的样子，不然怎么做生意。"父亲说。

现在，祖母如果要再养，怕要和父亲起冲突。

"伊是怕鸡鸭乱跑吧。但是，只要你把它们关起来，每天固定喂饲料，不就好了？"小贩不死心地说。

"可是，魅寇不知道会不会说话？"

"啊呀！你就这样吧。要过年的时候，杀一只土鸡，煮麻油鸡给他们进补一下，他们吃得暖烘烘的，肚子一舒服，什么话都没了啦！"

"这样说，很有道理哦！"祖母表面好像被说服了，但其实她只是要小贩帮她找一个理由，好让她去说。现在她的理由有了，果然就开始挑起鸭子和小鸡来。

本来祖母只是想养个七八只，过年过节自己吃就好，不料在那小贩极力鼓舞下，祖母想到要给工人加菜，竟然鸡鸭各买了十只。

临走前，那小贩还笑着说："这一水的鸭子哦，活跳跳，年底你就知道，养太少，不够吃的！"

妈妈从农地回来时，看见祖母用几根竹子在后面圈一片小空地作鸡舍、鸭舍，她也呆住了。"妈妈，你怎么买这么多鸡仔鸭仔呢？"

"不会啦，就是这几只而已。"祖母笑起来说，"等它大只了，可以开始吃，你就会嫌我养太少。"

"哦，对啦，你明天去菜园子回来的时候，记得把剩下的菜叶子捡回来，可以喂鸡鸭啦。"祖母开心地说。

然而，到了晚上，父亲回来的时候，情况立即改观了。

"嗯？怎么后面好像有一种味道？"他吃晚餐的时候说。

"哦，没什么啦，是煮菜的味道呢！"祖母说。

"不是哦，好像是小鸡还是小鸭子的味道？"

"哦，我怕今年过年，拜拜没有好的鸡鸭，所以今天早上，买了几只小鸡小鸭，长到年底刚好可以拜祖先呢！"祖母说。

"啊，不是叫你不能再养了，整个工厂臭烘烘的，你要叫工人怎么工作？"

"不会臭啦，就是几只而已，我会关好好的。现在，它们还小，放在工厂最后面的地方，不会打扰到工作。"

"难道它不会长大吗？以后跑出来，一样会弄脏工厂。"父亲气得不想吃饭了。

"我会管好它们的，你放心吧。"祖母说。

"明明说过那么多次了，你怎么还这样啊？"父亲无奈地叹气了。

"唉，你不知啊，一个家，无鸡啼，不成家。好像少了一些声音，静息息的，我有点不习惯呢！"祖母低头微笑说。没有农村的生活，至少维持一点农村的声息，这大约是祖母唯一的安慰吧。

"好了，明天我叫工人焊烧一个铁笼子，你不要让鸡鸭乱跑哦。"父亲说。

7　青春的女工

一九七〇年代的台湾，空气中还飘着浓浓的农村气息，可是工业已经开始萌芽了。

因应纺织厂的扩充生产线，带来大量的男女工。尤其纺织需要眼明心细，动作灵活细致，女工的需求特别多。女工和男工，为古老的乌日带来一片青春气息。青春男女，相约出游，需要一个谈心的地方，乌日小村的街道，就新开了好几家冰果店，让约会的男女，有含着冰块，喃喃细语的小角落。

每天早晨，初中毕业的女生，会穿上纺织工厂的制服，走入织布机的流水线。黄昏，她们走出工厂的时候，天空中的彩霞映着纺织厂门口那几株高大的椰子树。她们口中唱着陈芬兰的歌"为将来为着幸福，甘愿受苦来活动，有一日总会得到，心情的轻松"，踏着轻快的步伐下班。而电视机里已经有傍晚的歌仔戏，开始放映了。

电视改变了夜晚的生活方式；歌曲，改变了生活的节奏。而少棒队的世界冠军传奇，则让我们第一次感受自尊和荣耀的喜悦。

以前在三合院，一个叔公家买了第一台电视，改变了三合院的生活。我们终于见识到人的影像可以在一个小小的盒子里出现。这个盒子像一座小小的电影院，可以跳舞唱歌，还可以演出各种戏剧。

一九六九年夏天，台湾的少棒队首度打进美国威廉波特世界大赛，那是个还很少人能出国的时代，这些孩子竟可以代表台湾去国际上比赛。对三合院而言，那是一个最伟大的夏天。因为那一年的代表队，就是"台中金龙少棒队"。

那时有三场比赛，是现场转播。三合院的所有人一起拜托二叔公家人，把电视画面对着三合院的晒谷场，让大家一起看。

第一场还好，三合院的婆婆妈妈都继续睡觉，只有男人半夜爬起来，一路看到结束，天色蒙蒙发亮。第二场更轰动，参加的人就多了，年轻的姑姑开始加入，晒谷场有二十几人一起观看。

到了第三场，冠亚军总决赛，那真是盛况空前，四十来人，全部起床看棒球。为了怕有些人还爱困，有个叔叔冰了仙草茶，另一个叔叔不甘示弱，泡了冬瓜茶，还有人煮咸粥，各家各户都端出东西来，总之，就是不能睡觉，一定要为中华队加油打气。

"靠腰！怎么可以去睡觉？咱台中的金龙队在美国打拼，谁敢去睡?!"

比赛中间，三合院几十人的眼睛、心气、口气、手脚、叹息，甚至看见的天空的颜色，完全融合。不仅呼喊加油的声音一致，连"哇——"这样一声叹气，都一起发出来。那空气中的热度与湿度，绝对是三合院仅见的唯一一次了。

离开三合院之后，我们有了第一台新电视，不仅可以看转播，更方便祖母每天傍晚看歌仔戏。

但每天傍晚最好看的风景已不再是电视，而是从工厂门口走过的女生。

每天傍晚，上夜班的女工，坐着交通车，或者自己骑了脚踏车，陆陆续续地进入工厂打卡，开始晚间工作。而下班的几百个女工，像一道美丽的流水线，不同花色的时装，手挽着手，缓缓从纺织厂里，那几棵大王椰子树的高大树影中走出来。此时一辆一辆的交通车也载着女工回去沙鹿、大肚、彰化等地。

随着纺织工业外销的开展，中和纺织厂已经扩充到一千五百多人的规模。日夜三班地工作着。

我的家乡乌日，因为这一千多名女工的来临，变成一个青春活泼、充满爱情故事的小村。

在推动加工出口型工业的年代，纺织成衣出口成为台湾最重要的产业。当时还没有国中学制，孩子小学一毕业，就得开始找工作。去工厂当学徒，去服装店学裁缝，去工厂学会计等。

这纺织厂既然需要大量的人，也就不能只靠里面的职员慢慢引进，后来就有许多人直接来求职。国中学制开始以后，纺织工厂有了新的办法：和附近的明道中学进行"建教合作"，纺织厂的工人只要愿意，由工厂支付学费，员工可以在下班后，继续去夜间部的补习学校上课。如此就吸引了附近许多乡下穷人家无法上学的孩子，来这里半工半读，努力上进，改变自己的命运。

就像《孤女的愿望》唱的那样：

请借问播田的田庄阿伯啊，人在讲繁华都，台北那里去？

阮就是无依偎，可怜的女儿，自细汉着来离开，父母的身边，

虽然无人替阮安排，将来代志，阮想要来去都市做着女工度日子，

也可来安慰自己，心内的稀微。

那时代，无数的男孩女孩毕业后，就离开农村的家乡，到城市里做个工人过日子。

为了训练工作能力，补校开了许多实用性的职业训练课程，如：会计、裁缝、美发、电机、汽车维修、电焊等等。会计、裁缝大多是女生去上，汽车、电机大多是男生去上。

每天黄昏，女工们匆匆吃过晚餐，路过我们的工厂，开始走向学校。蓝色的裙子，白色的上衣，轻柔的细语，害羞的眼神，手挽着手，步伐轻快，露出丰润而饱满的小腿，仿佛正搭配着陈芬兰的节奏，怀着对未来的无限希望，走过红霞明亮的

黄昏，走向了未来。

青春是如此鲜活，不必打扮，不必花俏，即使只是穿着天蓝色制服，自自然然地走在路上，就是一片美丽的风景。

她们只要把眼角扫到我们铁工厂的男工，这些工人就会兴奋得像中了奖券，互相挤眉弄眼，兴奋半天。

我们铁工厂的工人和对面纺织厂的年轻女工，都唱着新的歌。

本来铁工厂的工人就很熟悉尤雅的一首闽南语歌，叫《无良心的人》，人人口中都会来一句：

啊，无良心的人，
可恨你无情无义抢人的生意，
人面兽心的坏东西，
狼狈为奸社会的毒虫，
人人骂你无良心的人。

这歌词本是说商人不良，靠互相争抢、恶性竞争来做生意。但那"坏东西"三个字还要用国语唱，尤其是由女生来娇声地唱，就会显出一种打情骂俏的趣味。

随后，尤雅新歌来了：

时光一去不能回，
往事只能回味。
忆童年时，竹马青梅，
两小无猜日夜相随……

那时的我只是一个情欲初萌的国中生，望着青春的身影，充满对女性的爱慕与渴望，却不知道，正是这些身影，这些农村出来的少女，这些努力追寻幸福的生命，隐藏着一个时代前行的巨大秘密。

8　钥匙俱乐部

　　父亲铁工厂的工人来自台中附近地区。最多是台中市旱溪一带的工人区，另外有些来自成功岭、王田附近的农村。工人的孩子，善电焊，能打铁，也能打架，铁打的身体，拳来拳往，打得像游戏。而农村的孩子，就比较害羞，个性直率，说话轻声，天性老实。

　　可能铁锤挥多了，无论胖瘦，他们大多手臂粗壮，肌肉硬实，下班时，喜欢喝一杯酒，喝了酒，就扳手臂拼力气，比拼谁比较像男子汉，输的，就去买酒来请大家喝。或许是铁板捶打声音很大，他们必须大声讲话才听得到，就养成了大嗓门的习惯。

　　互相问候开玩笑，都是用大嗓门喊着："干！伊老母的，你结过饭了没？"

　　"干，啥潲天气，这么热，真嘴干！去灌一碗绿豆汤！"他们不会说"吃"一碗饭，"喝"一碗绿豆汤；而是说"结"一碗饭，"灌"一碗汤，非常生猛有力。

　　有一次，有一个工人两天没来上班，他想要占便宜，仍报了那两天工资，被工头阿兴发现。阿兴也不骂他，只是把他找来，笑笑地说："干伊娘的，钱这么好赚，我卵葩给你割去卖比较快啦！这两天没来做工，你也要报哦？"

阿兴是工头，带领十来个工人，有人会电焊，有人会电机，有人可以打大铁板，有人会用机器弯管子，等于是承包了铁工厂的主要工作。他看得懂爸爸的设计图，知道怎么施工、监督工人。但他最大的能耐是带人，许多脾气极坏、个性强硬、好赌爱喝的人，都在他的手下服服帖帖。

有一对孪生兄弟：阿玉和阿丰，结实精瘦，力气过人。他们做工本事一流，打架功夫更惊人，下手之狠之重，下手部位之准，完全是街头快打的人物。有一次，有一个新来的工人去街道上买水果冰，回来时可能多看了人家的女朋友一眼，对方一路骂一路紧跟要打他，直追到公司的大门口。那新来的工人眼睛泛红，大声叫喊："来人啊！要打人了。"

阿玉和阿丰动作飞快，冲出来，对方还站在那里，正想理论的样子，他们一上前，什么都没问，就朝人家的鼻子，用力地"问候"下去，只见那人的鼻血当场喷出来。没有夸大，鼻血是用"喷"的！

还有一个名叫阿南的，并不高大，但身材壮硕，结实饱满的肌肉，充满全身。从大手臂到手腕，从胸肌到腹肌，从大腿到小腿，都是圆滚滚一块，每个地方仿佛都有一块肌肉球，可以拿出来滚动，完全就是当时卡通"原子小金钢"的真人版。

原来他是练过拳击的好手，只要挥动铁锤打铁板，别人打三下才可以打弯的，他一下就够了。他的力气是别人的三倍，饭量也是别人的三倍。每天傍晚扳手腕的游戏，都是他第一名，所以早早被除名了。

阿南个性耿直，笑起来眯着双眼，可是一看到女生，就红了脸，说不出话来。他们因此故意闹他，每天傍晚，一定要他站在门口，说是靠他的肌肉，和那一双可爱的眯眯眼，一定可以吸引对面纺织厂的女工。

"你去帮我们说啦，我们这种黑手仔，她们看不上眼，只有你比较缘投（英俊之意），你先钓一个认识了，再帮我们去约她们出来，我们星期日骑车去溪头玩。"

阿南涨红了脸颊，说不出话不打紧，忽然就不见了。"别闹了，我喝多了啤酒，去上厕所。"他逃走了。

有一次，一个国中刚刚毕业不久的少年来当学徒，学电焊和打铁，长得瘦弱，天性老实害羞，休息时间也不和他们打牌、说黄色笑话，只是乖乖在角落看人家玩，或者读一点书，说是想考夜校。他因为家里贫穷，骑了一辆旧旧的自行车来。后来领了薪水，终于有钱了，就去买一辆新脚踏车。

有一天黄昏下班时，他先骑了出去。不料隔不了多久，他突然就冲回来大门口。正要下班的阿南等人一看，他双脚布鞋都跑掉了，赤着脚，被追得没命地狂奔。他脸色苍白地大叫："救人啊——！"

阿兴带着工人们冲出去，只见两个凶神恶煞似的人，竟真的追来门口了。他眼神一扫，阿南站了出去。对方两人感觉有异，突然出现这么多人，可能想先打先赢，说时迟，那时快，他们立即出手，双双出拳打向站前面的阿南。阿南连躲都没有躲，也不管胸口挨一拳，他的一拳已经出去了。

那人胸口挨着一拳，身形竟像被吹出去一般，往马路的另一头一直退，最后整个翻倒在地。他想爬起来，却两次都起不了身，脚底一滑，又跌了下去。另一人已经吓得魂飞魄散，浑身哆嗦，只说："啊，失礼，真失礼啊！我不知道他是你们公司的人！"他转身想去扶另外一个人。

"干伊老母的。你没长眼睛吗？敢来弄我们铁工厂的黑手仔？你这样欺负团仔，这样欺负老实人？"

阿南抓起他胸口衣领，拎了起来，见他一张哆嗦的脸，竟下不了手，骂了一声"干"，就把他给放下了。

那人扶起另外一人，直道歉走了。

此时阿南才拿起自己的手说："干，太用力了，手还有一点疼哩。"大家都笑了。经此一役，据说街道上的各路人马，不再敢来招惹铁工厂的工人。

可是这样勇猛的一堆黑手仔大男人，碰上纺织厂的女工，还是一点用也没有。他们害羞如处子，不敢去搭讪。

但他们正值青春，血气旺盛，怎么可能耐得住？每天黄昏，望着对面纺织厂的青春女工，像一群小母马，穿着漂亮干净的制服，伸出那苗条的小腿，穿着小白袜子白布鞋，迈着轻快的步伐，唱着《只要为你活一天》经过工厂门口，去上夜间部，一群男工，像一只只饿狗，流着口水，站在门口，口哨吹得震天响。

一只只喘气的公狗，一罐罐沸腾的荷尔蒙，天天黄昏，华灯初上，站在门口，看小母马走过，这样的日子能熬多久？

没过多久，他们通过一个女工的介绍，就参加了那年代最风行的新游戏——钥匙俱乐部。

星期日休假的早晨，一群青春男子把自己摩托车洗得干干净净，上油上得光鲜明亮，约定好，一起骑到纺织厂的斜对面，也就是我们家门口马路的前方。那里有一排长得很是高大的尤加利树，树下可以乘凉。他们的车子在树下，成一排停好。

此时，这一群约莫十来人的青春男子，穿上当时最流行的花衬衫、紧身小喇叭裤，站在摩托车前方，抽着香烟，故意做出有点斯文有点帅气的模样。而旁边的野狼 125、伟士牌、SU-ZUKI、YAMAHA 等等，仿佛静静等待女主人的来临。

过不久，一个女子代表会从工厂走出来，和他们先商量一下，问人是不是都来齐了，来了几个，准备去哪里……稍稍问清状况，她就转头回到纺织工厂的宿舍。一会儿，就把约好的女子带出来。她带出来的人数要刚刚好可以和男子配对。

如此，一群女子静静地走到树下荫凉的地方，手挽着手，低头害羞，轻声耳语。偶尔睁着明亮的眼睛，悄悄望着男子这一边。她们有的穿着新花色的薄衫，有的穿着流行的迷你裙，有的仿佛还刚刚从学校毕业不久，穿着朴素的连身裙，但青春的美丽、年轻的活力，无法遮掩地显露出来。

那一群男子立即行动，赶紧把钥匙都交了出来，一并交给了带头的女子。那女子则把一大把十几支钥匙，用手捧起来，带回女子群中。起初，她们有些不好意思，互相推托着说："你先啦！还是你先拿吧！"

然后就一一抽走了摩托车钥匙。她们把一串钥匙拿在手上，一下子不知该怎么办。此时带头的女子便说："现在啊，去找自己的钥匙主人哦。"

于是女子害羞地走向车子，男子也走上来，望着那些女子的手，寻找自己可能配对的对象。

运气好的，彼此看对眼，高高兴兴一起走了。运气不好的，可能比较不那么对眼，彼此有一点小小的冷淡，但有什么关系呢？一整天一起走下来，可以谈一谈家乡、亲人、朋友、电影、未来的梦想……什么都好，在这个时刻，人生的起点上，有什么不可以想象的呢？

为了美丽，那时的女子不流行跨坐，而是侧坐，这样看起来比较淑女。只要美丽的双腿斜斜地放在车子的一边，双手用力抱着前方的男子的腰，摩托车就会充满激情，奔向远方。

至于要去什么地方，其实也不那么重要了。天气热的时候去山上看云，去海边吹风；远一点的，早早出发，去日月潭、溪头都可以。反正回来晚，也正是调情的好时光。夜色浓浓，依依不舍，互诉衷情，正是情窦初开的时刻。

眼见别的地方的人，纷纷来我们工厂前面带着女工出去玩，我们工厂的男子汉如何忍得住？通过一个朋友介绍，他们终于约上了，不久就参与了游戏。而且他们很方便，工厂就在纺织厂对面。他们把一些野餐郊游的东西都带来，欢欢喜喜从工厂出发。

妈妈是"头家娘"，她没有出来招呼，只准备了一大壶甜茶，放在门口，给那些等候的青年男女喝。最后，再嘱咐他们说："不要骑太快，小心一点哦。"

那是一九七〇年代的星期日早晨。

无论是阳光灿烂的春天，情火热度像狼烟的夏天，薄雾微凉的秋日，还是寒冷得让人鼻头发红的冬天，青春热度无法抵挡。喇叭裤、花衬衫、短热裤、迷你裙、嬉皮头、烫卷发、飘飘长发、野狼机车、光阳越野……配着《只要为你活一天》的歌声，唱出一九七〇年代的风情。

爱情的钥匙已经打开了锁，车子已经发动，饱满的身体在燃烧，呼啸的车声穿过街道，穿过青春的年代，穿过台湾经济要起飞的活力时刻。

9 今不做，何时做？

全家搬过来之后，妈妈协助管理工厂，内部较为稳定；拜经济起飞之赐，父亲的业务源源不绝，工厂忙得不可开交。不只是忙于应酬交际，还要出差去做锅炉安装。有些工程怕安装的人技术不够，他会亲自出马。

但他也有偶尔不见踪影的时候。有时他傍晚带着客人出去吃饭，饭后去酒家应酬，一出去就两天不见踪影。说是去打麻将，但麻将咖的家都没找到。两天后他才出现。妈妈想过问都不行，他只会生气地说："陪人客去吃饭喝酒，打牌应酬，有什么好问的？"

公司的营运似乎渐渐就绪，并无问题，但真正的危机还埋伏着。他的财务问题愈来愈严重，沉重的高利贷，常常跑银行三点半轧支票，压得他喘不过气来。

虽然如此，父亲对公司的管理以严格和火爆脾气让工人畏惧。他有一双如武士道剑客那种带杀气的眼神。工人说，他不笑的时候，眼神如黑道老大。只要他发脾气一瞪眼，工人立马吓得话都说不出来。如果有什么事，他们宁可拜托妈妈去说。

但妈妈最常被父亲骂。他对妈妈说的内容不高兴了，就骂道："查某人，放尿撒不上壁，懂什么？去旁边。"这是一句很大男人的歧视语。

但他果断勇敢，敢做常人不敢做的事，是一个有威严、有决断力、敢带头冲、敢狠心杀伐征战的领导人。

他写在办公室有一句话："今不做，何时做？我不做，谁要做？"他的管理像带军队，说一是一，使命必达；如有违逆，一定痛骂。工人都怕这个"总欶"。但他也爱惜工人，逢年过节发奖金，他总是说，我们不是一个家庭要过日子，还要让二三十个家庭都过得上好日子。

可是，他的财务却一直败坏下去。向"草屯吴"借的高利贷，不断堆高。

那草屯吴长得肥头大耳，嘴唇特别厚而大，总是骑着一辆白色伟士牌的大型机车，每次来拿利息钱，我就仿佛看见一个肥肥白白的水蛭，正从父亲身上吸着饱饱的血，再舔着舌头上的血迹，移动那肥大的身躯，邪恶地笑着，跨上伟士牌机车，扬长而去。

而父亲却只能不断陪着笑脸，不断拜托他给一点宽限，给一点时间，拜托他放松一点。低声下气的态度，连工人都替他觉得难过。

一个月一个月这样支付下去，父亲被利息压得痛苦万分，总是劝说祖母，一定要卖掉一些土地，先还清债务，否则高利贷一直累积上去，永远不能翻身。

"阿母啊，咱先还一些钱，不然做再多的锅炉，也只是白做工，用来付利息，我们只有破产！"

但祖母抵死也不肯同意。

"这是你老爸留下的一点点保命本，你卖了，如果生意失败，要我们去饿死吗？"祖母总是这样说。

工厂欠的钱到底有多少，是不是只有草屯吴一家，妈妈也不清楚。公司常常有人来追讨货款。进口的铁板、制作保温工程的公司、铁管供货商、零件供货商等，他们逐渐发现父亲开出去的支票有困难，无法兑现，就来公司要债。但父亲不在家，就推了公司的会计出来应付。但会计只是一般做账的人，也无法应付，最后都落到妈妈头上。

妈妈也不知道怎么办，只能温婉地解释："这些是货款，我们知道你们的辛苦，现在还不出来，以后赚了钱，一定会先还的，你让我们宽限一下，先把货出过来吧。没有这些原料，我们做不出锅炉，更还不起钱呐。"

妈妈的态度诚恳，平时待人也厚道，职员和工人都支持她，有些货款就暂时欠着。

就这样，高利贷愈欠愈多，货款愈拖愈大，财务的洞永远也填不满。

有一天夜里，父亲很晚回来，他按了门铃后，妈妈去开了门，只见他苍白着脸色，一喘一喘，坐在车子里喘一口气般的，怔忡地抽着香烟。

妈妈觉得奇怪，走过去问他："你怎么了？怎么不开车进来？"

"今天晚上，差一点回不来了。"父亲喃喃着说。

"是按怎？发生什么事情？"妈妈知道有点不寻常了。平时好强的他，很少如此脆弱。

"我被押去苗栗狮头山那边的山上，差一点被他们做掉了。不要让卡桑知道。"父亲静静地说，他怕祖母担心。

"啊？怎么会这样？"妈妈惊讶地说。她看见父亲的脸上，有被压制过的一道印痕。

"他们用武士刀，把我押去，要我还钱。"他黯然说："钱不多，只是他们把利息加起来，用高利贷算，就多了好几倍。"

"可是，我们不是只跟草屯吴借吗？怎么跑出这些人来？"妈妈问。

"是在台中认识的，为了周转，先借了一笔，根本不多，才几万元。不料竟然这样算利息！"

"既然是这样，就不要去向他借啊。"妈妈说。

"没办法，当初只是说五分利，想不到后来加了三倍，简直是吃人！"

"那怎么解决的？"

"我跟他们讲，杀了我，也不会有钱，先让我回来，才能把田卖了，把钱还给他们。"

"可是阿母不愿意卖地啊！"

"没办法了，先卖一点地还债吧。不然，以后我们别想安心做生意了。"

公司的债务还包括钢板、铁管、零件商、货运行等等。有些来讨债的人认为，一般公司负责人白天躲债不在，晚上会回来睡觉，总是晚上来。这时，唯一能应付的人就是妈妈。

许多夜晚，妈妈坐在公司，刚刚忙完农事、家事，正想坐下来休息，电铃就响了。她开了门，进来的是来要债的人，妈妈只能陪着笑脸道歉。对方知道妈妈不是主要负责人，也只能说："头家娘啊，我们实在是小小生意人，你们一口锅炉要几十万，我们这样小金额的五金零件，你也先给一给吧。让我们渡难关……"

为了解决一些小生意人的困难，妈妈开始拜托公司会计，优先开一些支票。但她没有调度财务的权力，只能干着急。

妈妈最担心的事终于发生了：经过多次的退票又补回，退票又补回，她的支票最后还是跳票了！

公司开出去的支票，都是用妈妈的名字。支票跳票后，只有赶紧还钱给银行，或者给有支票的人，把支票换回来，否则会被控告违反票据法坐牢。但父亲实在想不出有谁可以代他出面，扛下这一次支票的责任了。

就这样，妈妈开始被通缉。

起初，妈妈还不知道什么叫"通缉"，也不知道"被通缉"会怎样，只知道警察会来抓人去关起来。

父亲安慰她说："免惊啦，怕什么？这整个乌日警察局，从刑事组到分局长，都是我的兄弟，一起喝酒吃饭，不会来抓人的！"

父亲很是仗势，根本不在乎。

妈妈想想，刑事警察局的警官，有好几个还常常到我们家一起吃饭打牌，甚至一起去台中的酒家喝酒，应该不会有事的，于是失去了警觉。

不料，最不堪的事，终究发生了。

0

开刀的早晨，我们坐在等候区，等待开刀的结果。妈妈和小妹焦急地望着显示灯，那里标志着开刀次序，过了号码，就表示开完刀了。

开刀房外有许多年轻的伤患。一个漂亮的年轻女子穿着运动短裤、人字拖，长腿白皙光滑，左腿支撑了上身，手上拿着一包香烟，站在一个坐轮椅的男生旁边，扶着他的手，抚摸着那绑了石膏的手臂说："要开多久？"

那男生摇摇头说："一个小时，差不多要。医生说，血块在后脑，不好清。"

"算伊衰，坐后面还摔成那样。"女生说。

"他翻一圈，后脑刚好撞到水沟边的安全岛。我是运气好，在地上滚两圈，断了手骨。好险。"

"你别再骑那么快了，妈都哭了好几次。"女生怨嗔地说。听那口气，她可能是妹妹。

"玲玲不是说要来?"男生说。

"不知道怎么还没到。"女生说,"自己男朋友开刀,还这样……"她虽然不高,但修长的腿交叉地站立着。

"我看他们再逗阵也不会太长了。"男生说着,拿起手机,无聊地滑动着,看了片刻,说,"好无聊,我们去楼下抽烟吧。"那女生把香烟放入短裤的后口袋,推着那男生,走向电梯。

我望着开刀房外周遭,还有不少年轻人,大多是手臂挂着绷带的,头上绑着纱布的、大腿上了石膏的,三三两两地发呆等候。

回头看见妈妈低垂着头,精神忧心得恍惚了,我安慰道:"妈,你看,这里很多年轻人,都是车祸受伤的,他们可能撞伤后,跟爸爸一样,后脑有血块,才来这里开刀。这种伤患这么多,看来,这里的医生是很有经验的,每天开好几颗头,应该没什么问题。"

"有道理。妈妈,你放心吧,不会有问题的。"小妹说。

"他们年轻人这样骑快车,真的太危险了。难怪人家说,开车是铁包人,骑车是人包铁。"妈妈提起精神。

"少年郎,哪管什么铁包人,人包铁,爽,快,就好。不知道害怕。"我说。

"生命真脆弱,轻轻一撞,大脑受伤,什么都不知道了。"小妹说。

"千万哦,不能让小孩子骑机车!"妈妈睁大了眼睛说。小妹的儿子小凯小时候在台中让妈妈带了一阵子,她特别疼爱。

此时,几个年轻的男生本来还在旁边等着,后来觉得无聊,于是推着一个朋友的轮椅,快速滑向走道,跑了起来,把轮椅当飞车玩。"催下去!好胆,再催下去!"那轮椅上的还喊着。快到电梯前,他们忽然停下来,几个人的脚在地板上滑,那坐轮椅的人大骂三字经，一群人哈哈大笑声中，下楼抽烟去了。

青春，青春的欢笑，青春的身体，连死亡都不怕的生命力，仿佛死亡只不过是一撞而飞。朋友开刀，他们一样嘻嘻闹闹，了无畏惧，不知畏惧。因为青春，一切都可以复原，都会再生。

然而父亲，却是老化，无法像他们一样，有彻底复原的机会了。老人和青春，上升和下坠，这便是最大的差别吧！

妈妈独自坐在椅子上，再度低垂了头，闭着眼睛。我知道她不是在睡觉，却更像是在回忆。她此生的一切，就是和父亲共有的人生。她的多少境遇起伏，多少爱恨交织，多少携手共渡，多少长夜等候，如今剩下的，只是这相守的片刻吗？

"妈，会不会口渴？"我过去握着她的手，手指冰凉。

"不会啦。你自己去买饮料喝。"她不看我，兀自低下了头。

小妹在右边，无言握着她的另一只手。但妈妈低着头，不理我们。

三个人握着手，一起面对未知的命运，只能这样互相陪伴，除此之外，我们能如何？

在父亲老去的过程里，生命的虚空、病苦、脆弱、残破、卑渺，全都无法遮掩，真实呈现。

外在的名声、金钱、利益、权力、关系等等，都没有帮助。

一无所有，一无依靠。

我们看着父亲回复到最初，一个稚子，一个肉身，一个何其脆弱的肉体，一个何其渺小的灵魂。

生命的终站，果真毫无差别。肉身平等，病苦平等，生命的极限平等。在永恒的虚空之前，脆弱平等。

我们裸身一命，用这个被我们使用了一辈子的身体，用这个如同开了长路的老车，用这一只破了的风筝，去迎向最后的一场风暴、最后的一击……

1　逃亡之夜

母亲开始逃亡的那一年春天，我十四岁。我未曾料到，为了了解这一次逃亡的意义，我还要再花四十年的时光。

那个寒冷的黄昏，一个时常与丈夫吵架而回娘家的姑婆，回到娘家，不断向祖母和母亲抱怨她信"鸭蛋教"的丈夫，挥着拳头凶狠地殴打她，她气起来回嘴，结果换来他拿扁担要打人，她害怕，只有离家出走，唠唠叨叨有如一堆扫不清的稻草纠缠在一起。这已经不是第一次，他们吵了一辈子，祖母只有耐心地听着。

祖母坐在小小的客厅里，习惯性地看着歌仔戏。

妈妈时而望着电视，时而回应姑婆说："你也要忍耐忍耐啊，总不能这样天天吵！"她瘦小的身子一边折叠着刚刚从晒衣竹竿上收进来的衣服，一边头也不抬地说："阿浓，去洗澡，阿杰，你也一样。功课写好了吗？"然后继续劝慰姑婆。弟弟阿杰坐在祖母旁边，目不转睛地看着电视。电视上"移山倒海"的樊梨花眼波流动，手舞长枪，口中唱道"千山万岭斩妖魔……"和敌人杀得正起劲。我只得先去洗澡。

比起当时农村大部分人家里还用大灶烧热水，再把水提到浴室里洗，我们家算是很进步了。父亲用锅炉原理设计了一个小型的热水炉。每天傍晚，我们捡一些废弃木材放进炉子里烧，炉子的水管烧热后，接到浴室的水龙头，算是相当方便。妈妈总是催促我们趁着水热，洗好身体。

由于身体刚刚开始发育，嘴角长出细细的髭须，下身开始长出稀疏阴毛，我再也不好意思像以前一样，和差三岁的弟弟阿杰一同洗澡，便自己去洗。这一天，刚在身体淋上水，抹好肥皂，突然听到外面有急促杂沓的脚步声，慌乱的关门声，然后浴室的门砰砰作响。

"谁？"我喊道。浴室里五烛光的灯泡在蒸腾的热气中，散发幽暗的微光，我有些恐惧地问。

"快开门。听到没？开门！"陌生的、威吓式的男音。

"等一下，在洗澡。"我说。然后匆匆冲去身上的肥皂，一边听到外面传来男人的声音："这里是通到哪里？""会是从这里逃掉？"另一个声音说。他们指的是通往水田的后门。

我从浴室急急忙忙打开门时，穿着警察制服的两个男人立即打开手电筒进入察看，连角落的厕所也不放过，而后走出来，到通向黑黢黢的铁工厂作业场里，拿起手电筒一阵照射。一只猫从墙角里跳出，在手电筒的照射下回头用恐怖的萤萤幽光看着，而后跃上墙头。

初春的北风呼呼地吹，下班后的工厂空荡荡，只留下些未完成的锅炉和铁管，堆积着褐黑色的幽暗。我回头用询问的眼神看看祖母，她先是斜斜地看我一眼，随即装出很悲伤、很无辜的样子对警察说："大人啊，伊人早就走了，你看，只留下孩子让我照顾。大人啊，你就要可怜我们啊。"

"走罢，不在，大概跑不久。"身上配着警枪警棍的那个警察说。

"你跟她说，反正跑不了的，跑路最后还是会被抓到，不如早早出来投案。"他跟祖母说。而祖母根本无视于我一再以询问的目光看她，只是做出很悲哀的样子，"是啦，是啦，大人，我会跟她讲，但是我也找不到伊人在叨位（闽南语，'在什么地方'）。"

　　仿佛在刹那间，母亲从世界上消失了，我一边担心母亲突然被警察发现藏在某个角落而遭到逮捕，一边又担心母亲真的消失，心里暗暗祈祷，千万别被发现了。但警察似乎没有离去的意思，站在办公室里，用凶狠的口吻向祖母说："叫她出来投案，唛跑了，跑无路啦！"

　　好不容易警察起身向外走去时，祖母轻轻喘了一口气，但依旧用愁苦的样子，跟在警察身后，喃喃说："多谢哦，大人，多谢你啦，我会跟她讲啦。"不料，走到门口，警察中的一个仿佛想起什么，突然回过身来，由于他的转身太过突兀，几乎和祖母相差不到一个手掌的距离，祖母被吓得差点跌倒在地，全身竟然微微发抖起来。警察似乎只是为了威吓，站定了身子，扬起下巴，得意地俯望着瘦小的她，说："你在怕什么？啊？你在怕什么？"

　　"无无无无……无啦！大人，大人。"祖母说。她的手握在一起，有如拜托似的，抖个不停。那种遭受过日本殖民统治后所根植在骨髓深处的对警察的恐惧，刹那间发作起来。"阿嬷！"我过去扶着她的手臂，却无法阻止那种颤抖，心中又愤怒又同情，便紧紧抓住她。

　　"好啦，别怕，别怕，只是吓吓你的。你的媳妇如果回来，就叫她来投案啦。知道吗？"警察戴上帽子说。

　　"好啦，大人，我一定会跟她讲。"

　　警察的摩托车发动后，另一人还四下张望，看看马路上有无可疑的行人，然后才离开。

警察一走，祖母还不放心，用眼神暗示我去外面看看，直到确定他们离开，才返身关起门，慢慢停止颤抖，说："好佳在（闽南语，'幸亏'、'幸好'之意），神明保佑，你妈妈从后门跑了。我叫她往田里逃。好在，警察没有去后面找。"

"妈妈跑去哪里了？"我问。

"我也不知道。"祖母说，"等一下你去田里看看。可能会躲在那里。"

我推开后门，悄悄走出去。没有路灯、没有光线的水田里，只有黑暗；黑暗的田埂，黑暗的阡陌，黑暗的夜风。

2 水田中的眼睛

初春寒流从北方的铁道上方吹拂而来。那铁道经过一条大圳，大圳上方的桥和大圳中间的空隙有如口琴，风一吹过，呜呜吹响，悠远绵长，越过家族三合院老家，越过夏日我们游戏的溪流，越过竹林鬼魅幢幢的传说，带来火车敲打铁轨哐哐当当、寂寞如午夜孤魂呼唤的汽笛声，吹到这黑暗水田里的田埂上。北方夜风刮过田埂边上的茭白笋叶尖，让叶片互相摩挲，发出沙沙声响，远方三合院老家传来遥远的狗的吹螺声。辽阔的水田在夜色中静止如黑色的海洋，早播的秧苗在夜海中摇动如波浪，而一条细小的田埂路便伸向茫茫的黑色世界。

"妈，妈妈。"我在田埂上边走边低声呼叫，由于怕警察回头埋伏查看，我必须弯下身子，让自己只有茭白笋叶尖的高度。

甚至马路边传来摩托车驶过的声音都足以使我心惊得蹲在地上，惊疑是警察回来了。但黑暗中没有妈妈的回音。我继续小心前行，口中不住低声呼唤："妈，妈……"

"阿浓，阿浓。"黑暗中突然传来压低的沉沉沙哑呼声，有如鬼魅，惊吓得我急忙呼唤："妈，妈。"

"蹲下来，蹲下来才不会被看见。"母亲的声音终于比较清晰传出。我全身颤抖起来，四下张望，但无法分辨来自何方，"妈，你在哪里？"这时从水田中央传出"在这里"。

一个黑色人影像水蛇一样挪动身体，划开秧苗，缓缓从水田中间爬了出来。她的半边脸上沾满污泥，身体因在泥土里躲藏爬行，也沾满水田里的烂泥。她爬到田埂边上，全身不知是因为寒冷或是害怕，不断颤抖。

"警察走了吗？"妈妈问，同时用手去扯拧头发上的泥和水。然后她抬头看见我颤抖的样子，说，"不要怕，我没办法，只好躲在田里。是我，不要怕。"

"警察走了。"我终于说。泥水一把一把地自头上拧出来，她便趴在田埂边用小沟里灌溉的水清洗双手，而后又抹去身上的泥土。由于全身都是泥，根本无法弄干净，"回家去洗澡，好不好？"我说。

"不行，警察还会回来的。"妈妈说，"你等一下回去告诉阿嬷，我没有事，然后帮我拿干净的衣服，阿嬷知道放在哪里。我在这里换就好。"然后母亲开始说自己为什么躲在这里。那时警察走进来时，祖母眼尖，便叫母亲从后门快跑，她去前门假装找不到大门的钥匙来拖延时间。母亲跑到田埂上，心想反正要躲，如果一直跑，反而容易被看见，于是躲藏到水田里。但她又怕警察追出来，就往水田中央走，但是秧苗太短了，只有三四十厘米高，妈妈怕人伏在上面压下稻子会陷下一个人形，容易被发现，便侧着身体，但侧着身体肩膀又露出来，只得像一只泥鳅，把自己往软泥里钻，以至于整个身体都是泥巴。

"你先回去，叫阿嬷帮我拿干净的衣服，还有，拿行李。我必须跑路了。"母亲的声音在风中颤抖。我迅速跑回家中，要祖母准备衣物。读小学五年级的弟弟、读幼稚园的两个妹妹，用惊恐的眼睛看着我，不敢出声。四岁的小妹是早产儿，身形特别瘦小，睁着大眼睛，害怕地跟在祖母身后，不敢落后一步。祖母回头说："不要跟啦，我只是拿东西，不会走掉啦……"但两个小妹就是害怕地紧紧跟随。突然间母亲不见了，警察要来抓走她们的母亲，她们比谁都害怕再失去唯一可以依赖的祖母。

祖母迅速地拿了衣服和一双拖鞋，用一条布巾包起来，交给我。"去，叫妈妈去什么地方躲一躲。叫她要躲好哦，不要被人看见了……"

拿来换洗衣服和毛巾时，妈妈的身体已在寒流中打颤很久了。她开始用水沟的冷水擦洗身体，一边把泥衣换下。但牙齿格格作响的声音在黑暗里传来，那种恐怖的骨质碰撞的声音，夹杂在筊白笋叶片摩擦的声音、寒流的风声之中，格外清晰，仿佛是人的身体与巨大的寒冷对抗，显得无助又无力。

洗好之后，妈妈的头发湿淋淋滴着水，牙齿还在打颤。她只得咬咬牙，稳住自己，然后沉着地说："现在，我必须跑路了。你爸爸以为去警察局送红包，警察就不会来，其实他们是骗人的。收钱的没来，其他人来了。我已经被通缉，再不跑就会被抓去坐牢。我不能住家里了……"妈妈说着，望着漆黑的夜色，眼眶红了。

"以后就是你要当大哥，要照顾弟弟妹妹，阿嬷的身体不好，你要帮助她照顾家里。你爸爸现在欠人钱，也在外面跑路，要等到我们把钱还清了，事情才会解决，但不是一下子就能做到的。"妈妈一边流着眼泪，一边说。

妈妈平日只是在家里种田，父亲公司的事根本不管，我实在无法理解为什么最后变成妈妈在"跑路"。我也无法明白，为什么中年不甘于农民生活而转行的父亲无法在生意上成功，而只是在借贷、借高利贷、欠债的恶性轮回中，连母亲都被拖下水。我更无法明白今后的生活应该怎么办。祖母、十一岁的弟弟、六岁和四岁的两个妹妹，一家人怎么过活？

连妈妈似乎也不明白以后的日子会是什么景况。她站在水田边，站在黑暗的田埂上，望着远方的黑夜天空，回过神来，还在颤抖的她拉起我的手说："阿浓，你是大兄，以后，以后要照顾弟弟妹妹……"

她一边流着泪，一边说："以后，你就是家里的男人，一定要坚强，一定要自己照顾自己，照顾弟妹，当个有用的人。"

"以后，千万不能像爸爸这样，做生意失败，走错了路。家里虽然穷，但一定要活得有志气，不能让人看不起。作为大兄，要好好读书，才能做弟弟妹妹的榜样，要像男人一样照顾家里。阿嬷身体不好，弟弟贪玩，两个妹妹都还在读幼稚园，一定要负起责任，否则妈妈会很不放心……"

仿佛是告别前的最后叮咛，她在急迫中反复再三，而我只能死命地点头，并且在心中向自己立誓，一定要牢牢记住妈妈的话，要信守对妈妈的承诺。但时间已无法容许，夜已经深了，她提起祖母为她准备的碎花布包，里面放着两三件冬天的衣服，说："我必须走了。要永远记得妈妈的话。"

我咬着牙说："我会好好记住的。"

　　她说完，望着远方的夜，刹那间，我突然想起来，问道："妈，你要去哪里？"

　　妈妈愕然了。她想了一下，黯然说："我也不知道。"然后扬起湿淋淋的头发，望向无边黑暗的茫茫田埂路，"有路无厝……"她喃喃地说，她想不起来到底可以到哪里投宿，即使是娘家恐怕也不能去，因为警察会去追缉，"只有先走再说，一边走一边想。"她怕警察在路口埋伏，准备从田埂走到另一条更偏僻的小路，然后转到别的地方去。但那一条路特别黑暗，我想起她平时夜间巡视水田都带着手电筒，突然担心起来："要不要手电筒？"

　　"不行，有光线警察会看见的。"她说。我终于明白以后母亲只有走夜路了。她拎起祖母准备的包袱，拿着几十块钱，转身要投向茫茫黑暗的夜色，却又回头走回来，说，"你先回去罢，天气冷，先回去告诉阿嬷，我会自己想办法的。记得要好好读书，照顾弟妹，照顾阿嬷，要坚强，当个有用的人。"她反复说。而后回身离开，走了几步，又回头，摆摆手，叫我先回去。但又见我只是茫茫然站在那里，便哽咽着声音喊道，"先回去罢，我自己走。"

　　我咬着牙，站在那里，望着母亲瘦小的背影，提着暗淡的花布包袱，像一个农妇要出远门，到不知什么命运的远方，更像极了一个小小的黑点，被巨大而茫漠的黑夜吞没，却不知道她会遇到什么命运，我只能一再告诉自己要坚强，要坚强，坚强。而后我才突然恐惧起来，妈妈会真的永远消失吗？她还会回来吗？以后就是一个没有妈妈在家的家庭的长子，必须勇敢啊，"妈妈，要保重自己，要回来啊！"我在心中说。

那一年我十四岁。初中二年级。回到家后，我告诉祖母，母亲已经走了。祖母流下眼泪，两个妹妹拉着祖母的手，不知道发生什么事，只跟着流泪。祖母把弟弟妹妹叫到我面前，告诫他们说："妈妈有事必须出远门，没有办法住在家里，你们出去，千万不可以乱说，只能说：妈妈出去办事，很快就会回来。知道吗？"

十一岁的弟弟阿杰稍微懂事了，频频点头，只是忍不住问道："妈妈会去哪里？"祖母黯然说："我也不知道。"

"妈妈会回来吗？"阿杰没有看见她的神色，仍然问。

"当然会回来，过一段日子，就会回来。"祖母态度一变说，"囝仔人，有耳无嘴。你默默记着就对了。"

六岁的妹妹阿玟做出非常明白的样子，说："我不会说。不然妈妈会被警察抓走。"祖母心疼地抱着她胖胖的身体，说："很乖，乖孙子……"然而她还是正色地说："以后，妈妈不在家，你们必须听哥哥的话，知道么？"弟妹正经地看着我的脸，乖巧地点点头。

祖母要弟妹去睡觉之后，回头和我商量道："你爸妈房间里，有一些账簿和重要的东西，怕有人去偷，如果丢掉，会有很多麻烦，以后如果爸爸没有回来，你就睡在他们的房间里。"

我感知到自己的责任重大，便决心要记住母亲代的每一句话，再也不要忘记。于是拿出日记，写下这样的句子："一定不能忘记今天晚上的事，长大以后，一定要洗刷今天的耻辱。一定。"

我想起来家里讨债的人，那个放高利贷的银行经理，我在心中怀着暗暗的仇恨，我发誓从此不再掉下一滴眼泪，即使碰到再大的困难，一切只有咬牙去同命运战斗，从此后，要成为一个战士，站着战斗。

然而，妈妈在黑夜中的背影，却像一个永恒的问号，要我用一生去找答案。

3 流离之家

妈妈离开家的那一年春天，我暗暗地怀了难言的恨，对父亲。

随着慢慢揭开他们两个人的裂痕，我童年时像宫本武藏般充满勇气、豪迈无畏、带领我们面向世界的父亲的形象，仿佛砍杀过的武士刀，伤痕累累，蒙上斑斑的锈色。

那一晚，父亲过了一个多小时后才回到家。那一辆玫瑰红色 NISSAN 跑车停在门口，我去推开工厂的大门，让他开进来。

"你妈妈呢？她跑去哪里？"

"她从厝后面，七叔公的水田那边跑了。"我说。

父亲点起一根烟。他的额头上散乱着几天未洗的头发，面颊凹陷，嘴角紧抿成一条下垂的线，下巴绷得紧紧的，咬着牙，眼神空洞，环视着小小的办公室。我看见他的西装皱皱的，上头还有些烟灰。

他的眼神转向后方，我心里暗暗希望，他会走向后门追出去，帮助妈妈逃亡。

"魅寇，你转来了，你知么？厝内出了这么多事情，你到现在才回来……"祖母从厨房走了出来，她的声音与其说是责备，更像是有几分委屈。

"外头有事情，我一知道就赶回来了。"他看着祖母走过来，声音低沉歉疚地说，"秀绒有带衫裤么？天气冷了。"

"有是有，她随便带两三件，就跑了。警察刚来过，也不敢叫她等太久，就从后面竹林那边跑了。可能走五张犁那一条路吧，那边比较暗，希望不会被看见。"祖母说。

"现在，不知会跑到什么所在？"父亲起身走到后面，厨房通往水田的后门，一边拉开门。

"不要开太大，别让警察看见了。"祖母悄声地警告。

"没关系，他们走远了。"父亲走到外头，还是掩上身后的门，以免露出灯光。夜色如墨，只有寒风吹着，茭白笋的叶尖轻轻抖动，沙沙作响。水田的远处，只有一盏渺渺的路灯，闪着孤独的光。一股寒意透上来，祖母打了一个哆嗦。

"进来吧，她可能走远了。"父亲低头回身。

"现在，也不知跑到哪里？一个查某人，三更半暝，走在路上，也很危险，很容易被发现呐！"祖母呢喃着。

妈妈走的那一条田埂路，要穿过一大片刺竹林，刺竹林过去是通往五张犁的碎石子马路，没什么路灯，特别暗。如果妈妈沿着大肚溪畔的小路走，或许会到达五张犁祖母的娘家，那儿还有几个亲戚在。但妈妈为了家族的面子，一定不想让亲戚知道自己被通缉，不会投靠到那里。

"她会不会去南屯家？"祖母问。那是妈妈的娘家。

"她不想让她妈妈操心，不会去那边。"父亲说。

"南屯有一些亲戚，例如她的妹妹什么的，会不会比较容易躲？"祖母说。

"我出去看唉咧，你不要操心，我会去找。"父亲说。

"你现在才回来，"祖母看着他的消瘦的脸，忍不住说，"肚子会饿吗？要不要煮点心吃？"

"不要了。你讲一下，警察来的时候，说了什么？"父亲说。

祖母在他面前站着，看起来特别瘦小，只是仰着头，随即唠唠叨叨地述说整个过程。"他们很凶，还拿着手电筒，向后面的水田里照，幸好秀绒躲得比较远，藏在稻子里面，不然也会被看见啊！"说到最后，祖母眼眶也红了。

"她是侧着身体，一半挤到田土里面，才没有被发现。"我斜着肩膀，做出妈妈躲着的模样，向父亲说明，"后来还在水沟里洗完头发，把泥土清干净才敢离开。"

父亲低头，看着眼前小拉门已关上的电视机，一根接一根地抽着烟，他的眼睛爆出愤怒的冷光。"干！这些贼头，明明已经拿了红包，还说如果有人来抓，会先通知我，干伊娘，都讲好了，还叫人来抓？"

"有什么路用？"祖母悲哀地说："他们哦，这个收红包，叫另一个人来抓，拢是按呢（闽南语，'都是这样'）。"

"贼头！"他恨声说。

我想起父亲有一个当刑警的好朋友，常来喝酒打牌。他有一张和善的脸，说话语气柔和，笑起来有一点孩子气的天真，听说他是柔道上段，但一点也不凶悍，他偶尔会带着酒家相好的酒家女来泡茶，再出去街道上的小食堂喝酒。他知道我爱看书看电影，总是拿了百元钞票说："帮我去买两包烟，找零的钱给你存起来看电影。"或者说，"自己去租书店借书。细汉爱读书，大汉才有前途。"

但是，他会这样吗？母亲是他出卖的吗？如果这么和善的人，都可以随时出卖朋友，这世界还有谁可以信任？

"人若在落魄，总是会被瞧不起。"祖母说。

"社会现实，自己站不起来，没人会扶你。"父亲叹了一口气，望了我一眼，好像要我好好记住似的。

"最担心的是秀绒啊，她这么细汉一个小女人，拎一个包袱仔，不知道会去叨位？……"祖母念着。

父亲无言地摁熄了香烟，抬头问："阿杰和阿玟、阿清都去
睡了吗？"他的眼神有一丝温和的光。

"明天要上学，先去睡了。"祖母柔声说。

"你也去睡吧，明天要去上课。"父亲对我说，然后转头望
着祖母说，"我开车去附近找看看。"

"哦，对了。"父亲想起来似的，对我说，"以后，如果我没
有回来，你就睡我们房间。帮我看着里面的东西，尤其是床底
下的那些账册，那是公司的账册，不能让别人拿走，知道吗？"
父亲说。

"啊，好。"我挺起了胸，有如接受了任务。

"你不回来睡了吗？"祖母问。

"若有找到，我带秀绒找地方躲一躲，不方便再回来睡。"
父亲坐上车，从衬衫口袋摸出香烟，用打火机点上。

夜风漫漫飘来寒气，他仿佛用香烟在取暖似的，吸得烟星
一闪一闪，亮着一点微暗的红光，白色的烟雾在暗黑中飘散。

车子开出大门口的时候，远方传来一列火车敲打铁轨、穿
越铁桥的咔哒咔哒声，清亮，沉重，一记一记，永远不回头。

4　长子的便当

妈妈离开的次日早晨，我很早起床，祖母已经在厨房准备
早餐和便当。她的身体有些虚弱，可能也没睡好，眼睛红肿。

我站在后门看出去，稻田上方飘浮着一层薄薄的雾，笼罩
在水田上，青翠的叶片上有晶莹的露滴。我用手去摸了一滴，

冰凉透心。

妈妈昨晚躺下去躲避的地方，还有一排稻子留有被压下去的痕迹。

洗脸刷牙后，我把弟弟妹妹都叫起来，要他们自己准备上学。

"妈妈没有回来吗?"大妹念大班，抱着棉被，天真地问。

"没有，妈妈有事情，会先离开家里一阵子。最近她不能回来了。"我说，"妈妈有交代，她不在家的时候，叫你们要乖乖的，要听阿嬷的话，自己刷牙洗脸去上学，知道吗?"

"知道。"他们说。大妹用胖胖的小手，帮小妹站起来。我们一起睡的大通铺上，还拥挤着冬天的棉被。

弟弟上小学五年级，还算懂事，但两个妹妹才幼稚园大班和小班，根本不知世事。她们只感觉母亲不在，现在许多事都得自己来，有些不便。

祖母进来帮她们穿好衣服，对我说："你快去吃饭吧，要去上课!"

我有些惊讶，有些孤单。三个稚小的弟妹，一个老祖母，每一个都比我矮小，仿佛只有自己长得最大。

"起来吧，妈妈不在。照杰要带好妹妹。"我说。

不一会儿，祖母做好了我的便当，走到我面前说："这是便当，你要带上哦。"

"没什么菜了，我煎了一个菜脯蛋，和一点青菜。你自己多吃一点白饭吧。你妈妈不在，什么都要自己来。"祖母有点认真地向我解释着说。

"没关系。随便吃就好。"我故意像个成人，随口应答。但祖母这样郑重其事地说着她给我带什么便当菜，反而让我有些不习惯。以前都是妈妈带什么吃什么，我怎么会有意见呢？

"你先吃了去上学，弟妹比较晚上课，慢慢来。"祖母用报纸包好便当，放进我的书包。

"我来吧，阿嬷，不要放在书包里，会弄脏了。"我赶紧拿过书包，怕她把便当放斜斜的，会有菜汁流出来，弄脏了书本。

"不要紧，你先好好吃，赶快去上学比较重要。"祖母依旧站在旁边，用一种等候我出门的样子看着我。这让我愈发不自在起来。

祖母的态度，让我想起平时她都是侍候着父亲、工厂的职员、孩子先吃饭。她从十七岁嫁入杨家开始，就遵守着古老的规矩：先侍候男人吃饭，等男人和孩子吃饱了，才轮到女人。从以前在三合院开始到现在，一直如此。即使搬离开了三合院，她依旧坚持老规矩。

但她是祖母，这样对待孙子，我实在很难接受。

"阿嬷，你叫他们赶快一起吃。"我赶紧说。

"不要了。"她故意走去旁边拿一小碟子酱油，一边说，"你快吃了去上课吧。"

我没办法，只好匆匆忙忙扒过稀饭，一边和她说："阿嬷，好在你当初有买了几只鸡，现在还有鸡蛋可以吃。"

她笑起来，说："就是啊，你爸爸哦，做铁工厂是很厉害，但你能够吃铜吃铁吗？还是咱做田的人有根底，有稻米，有青菜，有鸡鸭，至少生活过得下去。"

我拿过书包，站了起来。

"阿浓啊，"祖母看着我要走出去，忽然走了过来，站在我面前，低声地说，"傍晚下了课，早一点回来，咱厝里，没有大人，你早一点回来吧。"

"好。我下课就回来。"我安静回答。

那一刻我忽然明白，这个家，我已经是一个"大人"。我必须负起保护的责任了。

5　裁缝师

逃亡那晚，妈妈并未走远。她怕警察会在附近巡逻，在那安静的农村小路上，一个女人夜间独自行走，太过醒目，决定先躲起来。

她穿过日据时期就传说有鬼魂在盘旋的竹林，走到一间废弃的旧砖窑厂，那里有好几间烧砖的小隔间，堆着一些老砖块。那一间砖窑厂曾是附近孩子玩耍的地方，用破旧的砖来盖起家家酒的房子。

妈妈先躲在小隔间里，不时观望，注意每一盏路过的车灯，怕警察突然来临。那时车辆还很稀少，每一次的灯光，都让她心惊胆跳。她打算更晚一点，再悄悄上路。

后来，她看见一盏熟悉的车灯，在路上来回两三趟。她感觉那是父亲的车灯，但不敢确信，就先站在暗处观望。直到后来，车子停下来，父亲站出来抽烟，她看清了人影，才悄悄走到他的身边，低声呼叫说："魅寇！魅寇！"

父亲回头："啊，秀绒？"

声音一出，她自己就先哽咽了："魅寇啊，你把我害到这样……"

那一晚，父亲开车带着她，去投靠台中市水湳的三姑家。

三姑自幼勤奋，一直在三合院旁边的纺织厂工作。结婚以后，她未放弃工作，依然认真通勤上班。每天早上，她总是先到老家来，和祖母说说话，再去纺织厂上班。下了班也一样，先回来老家坐一坐，陪我们玩一玩，看一看功课，七八点吃过晚餐再回去。

三姑丈是电信局员工，老家在后里，是一个诚恳忠厚的客家人。当时所有电力全靠人力施工，为了竖立电线杆、拉电线、把电力传送到偏远的地方，他常常出差，走遍中部地区的海角山巅。据他说，最高曾至合欢山，在积雪的地方把电线拉起来。冬天电线被大雪压垮了，次年还要再拉上。

我记得有一次，台风过后，我们家附近大停电。他恰好被派来乌日修理电线杆。他腰间别着一排修理的工具，一手抓着电线杆上横插进去的铁支架，一步一步往上爬。爬到非常高的电线杆上，却只用一条腰间皮带，拉住了人，就可以放开双手，专心修理电线。他在上面修理的时候，我们总是提心吊胆，深怕他会跌下来。神奇的是，他的手仿佛有魔力，不怕电，不怕高，只要摸过了，就可以带来光明。

三姑和姑丈最大的遗憾是无法生育，所以她回老家总是和我们这些孩子玩。并且总在星期六的晚上，下班后把我带回台中市住处过夜。他们赁居在市区绿川西街一带的小阁楼，不远处就有电影院，记忆中，史恩康纳莱在"007"中，与天空中的飞机展开追杀，最后歼灭了飞机的那一场戏，就是他们带我去看的。

因为没有孩子，三姑姑请二姑姑把她生下的最小一个男孩过继给她，以为子嗣。

为了抚养这孩子，他们搬到了水湳一处较大的眷村租屋住。

从褓褓开始，她每天抱着孩子坐公车，早早出门，无论刮风下雨，把孩子带回来寄养在我们家。那孩子与我最小的妹妹同年，一起喂奶，由祖母和妈妈一起照应着。

现在妈妈躲在她家，躲在市区里，周边无人认识，应该是比较安全的。

虽然在逃亡，妈妈仍自食其力过生活，她通过南屯老家的亲戚介绍，帮一间裁缝店做衣服。那裁缝店的老板见她裁缝灵巧，针线做工细致，就请她把衣服带回家做，论件计酬。后来她觉得附近并无可疑的人，裁缝店的人也很友善，就直接去店里上班。

因为专心认真做裁缝，她反而存了一点钱，托三姑带回来贴补家用，祖母的压力总算减轻许多。

妈妈离开之后，父亲的一些赌友眼见他没什么钱，付不出赌资，就不让他上赌桌，他反而比较常回家。

此时，正是台湾经济起飞的年代，虽然父亲的资金出问题，却还是有不少锅炉需求。只是他必须靠厂商预付的订金，购买必备材料，否则供应商不愿意出货。而为了安装锅炉，也为了帮忙照顾家里，祖母从她的家族找来一位年轻亲戚来训练。

依照辈分，这个亲戚我们得叫他"阿鹿舅"，长得皮肤黝黑，眼窝深刻，面容轮廓鲜明，可能有一点高山族血统。他头脑非常灵活，也没当过什么锅炉学徒，可任何古灵精怪的电器用品，在他的手上都可以拆卸、修理再复原。再奇怪的机械问题，他总是会想到解决的办法。有了他帮忙做锅炉安装工作，父亲轻松很多。

最重要的是，他可以住在我们家。

有一晚，那狗呜呜地吹了一整晚的"螺"，仿佛传说中见到鬼一般。祖母害怕，叫他带着手电筒去工厂内巡视一遍，没看到什么；又不放心，去工厂外围的周边水田巡视一通，才发现有一个大破洞，是小偷准备进来偷铁板而挖开的。幸好他发现得早，才免去损失。然而他回来时，手上还抓了几只大青蛙，说是在田埂上碰到的，手电筒的光一打，就昏了，抓回来烫熟，沾大蒜酱油，当宵夜吃。

那一晚上，他忽然兴致大发，和我说起在乡下，如何看到鬼火飘忽，大水后要怎么重建的故事。

他说，祖母的老家，就住在乌溪的旁边，溪上游是草屯、埔里山区，每年夏天，台风一来就发大水。"八七水灾"的时候，他目睹整个村子淹没在无边的汪洋中。

当时还有一些人不想走，躲在厝顶，想说，水应不至于淹这么高。不料，大水一直淹上来，一直升高，一直涨起来，最后整个土塝厝的房子，被大水泡到融化，漂浮起来冲走。那时，人就在厝顶上，厝顶是稻草做的，底下有木头横梁，浮在水上，人抓着稻草横梁，在水中漂呀漂，拼命喊救命，可谁也救不了。他们跟着大水浮浮沉沉，最后被流到台湾海峡去了。

大水过后，田地里充满了山上冲下来的大石头，人们只能一个一个，一天一天，慢慢搬走。有些大石头就拿来盖房子。但也不能用太好的材料，最好是用竹子搭建，否则下一次大水来，一样要"通通带去给海仔"。

这是我第一次听到这样的话："通通带去给海仔"。仿佛海是一个人，会接收任何东西。

阿鹿舅才二十来岁，青春活力，总会买一些《幸福家庭》《南国电影》之类的杂志。那杂志中最吸引人的，据阿鹿舅说，不是什么如何布置家庭、洒扫庭院的报道，而是一个"蓝医生"专栏，他用回答读者来信的方式，写出露骨的文字，包括男性为何勃起，自慰多少次才算正常，男生为什么会梦遗，女性什么时候会有月经来，什么叫高潮，高潮的时候为什么会想叫，女人与男人初次"发生性关系"，为什么会很痛，还会流血……

阿鹿舅看完了杂志，就丢在床头，那些乱七八糟的"蓝医生信箱"，就是我性教育的启蒙书。

有着阿鹿舅的照应，工厂不再那么空荡荡，我们不再孤单怕黑，祖母有人可以招呼，家终于比较安定下来。

6　讨债鬼

为了维持生活所需，祖母用尽各种办法，让我们不会感到贫穷和饥饿。

每天早上，她会去养鸡的园子里找一找，看看有没有新鲜鸡蛋，如果有，就煎几个荷包蛋，再从菜园子里采摘当季的蔬菜，炒过后带便当。弟弟妹妹也一样，有多少就一起分着吃。感谢祖母曾买下那些小鸡小鸭，他们生下的蛋，帮我们渡过了难关。

真正让人感受最深的是：因了家道中落，看尽人情冷暖，世间凉薄。以前曾和父亲一起坐在家里喝酒吃饭、称兄道弟的好朋友，生意场上往来的人，如今都成了冤亲债主，换上一张脸，和一双带刺的眼睛。

有一个做乙炔生意的人，刚刚开始转行，一直来拉拢生意。他喜欢傍晚来喝茶谈事，父亲天性好客，总是留饭。他也不管主人是否只是客套，径自留下吃饭闲扯。我记忆非常清楚，主要是因为父亲会差使我去买黄酒、绍兴酒。而他的留食，也会给我们带来不便，但他态度热络，一直拍父亲的马屁。

父亲生意失败后，妈妈逃亡的事，全乌日都传开了，他开始来追着要债，追得比谁都急。有一天傍晚吃过晚饭，他可能与人喝了一点酒，一进门，就带着酒气大呼道："你老爸在不在？"顺势直往后面的起居室走去。

此时，我和弟弟正在办公室写功课，抬头一看，只能道歉说："爸爸还没回来。"

"怎么可能？都不回来？"他不相信我的话，气冲冲往后走。我只好起身跟着说："妈妈也不在。失礼！"

祖母正带着年幼的小妹在餐桌吃饭，抬头一看，歉然说："魅寇真的没有回来！"

"干，你家魅寇，实在是真可恶，叫货，欠钱，欠了就不还。他还是人吗？他还有人格吗？……"那人不知道是不是酒气上冲，忽然对着祖母大声咆哮起来。

祖母虽然没在外面做事，但开工厂这么久，也见识过不少人，未曾有人敢如此失礼地对待一个长者，一时愕然。两个小妹妹被咆哮声吓得停下吃饭，呆呆地张着一双嘴。

"这个魅寇，欠钱跑路，没人没格，根本不是男人，根本不是人！……"他骂得兴起，竟停不下来。

"阿叔，我祖母也不知道什么事情，你还是等我爸爸回来，再跟他说吧。"我低声下气地说。

"干伊娘的，你知道什么？你一个小孩子知道什么？……"他用一连串的三字经回骂。"你老爸啊！伊根本是猪狗不如！欠钱，欠钱，不出来解决，不是男子汉！……"

我咬牙忍耐。祖母怕两个妹妹害怕，先带着她们起身，也不吃饭了，走到另一个房间里。

他还在骂着，一边骂，一边往外走："你给你老爸讲，赶紧出来解决，想躲，躲不了的，你有听到吗？你要跟他讲！"

"我爸爸，一定会出来解决的……"我站定了，正视着他的脸说。

他有些酒醒似的，声音稍稍低一些，说："男子汉，要出来解决才对。"

他走出去以后，我才惊觉自己气得全身发抖。

等气平息了一点，才进去房里看祖母，却见她抱着两个妹妹，一直拭泪。大妹比较勇敢，就劝祖母说："不要怕，阿嬷，你不要怕。"

我默默看着他们，并无任何伤感，心中反而升起一股愤怒的恨意："没关系，我会记得这一天！"

7　吸血鬼

父母不在，只有我们四个孩子和年迈的祖母，面对着讨债的人。那一段时间，我看尽了青白红黑、各种脸色；面对过正斜冷鄙、各种眼神。

我再不相信，人间有所谓道义。那些客套的恭维、热烈的称兄道弟，都只是商场的利害关系，一切的钩心斗角，最后也只是利益。

我恨透了这商场的虚情假意。

可是常常接电话的是我。我总是要忍耐着，一再被叮咛：

"告诉你爸爸，不要再跑了，是男子汉就出来解决吧！"

商场买卖的人，都很现实，很势利眼，反而劳苦的人，像阿树嫂，她总是默默地体谅着。

她默默地来，并不要债，只是微笑着问："爸爸在吗？妈妈有回来吗？"她还会摸摸我小妹的头说，"有吃饭了吗？你这么瘦小，要多吃饭才会长大哦！"

她辛辛苦苦带着好几个工人，去搬运锅炉，运送锅炉，赚得只是卖劳力的钱，父亲总会想办法先还给她。但有时候没钱就是没钱，未付就是未付。可是阿树嫂未曾说过一句重话。

走的时候，她会叮咛道："爸爸妈妈一时困难，你不要失志，要好好读书，不要让妈妈失望了。"

她用那种母亲般的口气，关心地询问着，反而让我更难过，更想念妈妈。但我宁可坚强起来，冷硬着心肠，也不要被人同情，变成弱者。

放高利贷的草屯吴经理讨债不曾断过。

草屯吴长得肥肥壮壮，骑着白色伟士牌机车，黄昏的时候来到。他会在工厂里巡视，看看工人有没有正在制造的锅炉，以此判断父亲有没有业务，有没有钱拿出来还。

父亲常常不在，他改为打电话。他的声音厚重粗浊，充满权威，非常好辨认。

"你老爸回来了没？"他总是如此开头。

"还没。"我回说。

"你跟伊讲，我是草屯吴经理，叫他回来打电话给我。"他说完就挂上电话。

爸爸想躲他的债务，但躲不掉，因为放高利贷的他是最主要的债权人。如果他不放手，债务与利息一直上升，爸爸永生都不得脱身。也因此，爸爸一直和祖母商量，希望早日卖掉一块田，先解决草屯吴的一部分债务。

有一天傍晚，约莫刚刚吃过晚餐的时刻，草屯吴打电话来了。

"你老爸有在吗?"他沉声威严地问。

"失礼，还没回来。"我说。

"你是那个大儿子么?"他问。

"是我。"我回答，心想以前也见过面的。

"我看过你。上次去梨山，你有一起去。已经不小了，你应该懂事了。好，我直接告诉你，你去告诉你老爸，欠的利息，已经有三个月没付了。再不来付，抵押在这里的土地，就要拿出来拍卖了。知道吗?"他声音转为低沉愤怒。

"好，我知道了。"我回说。

"你给我记好啊，不要忘了。"他严厉地说，"告诉你老爸，抵押在这里的土地，还包括你家工厂。不要到时候，把你们家拿来拍卖了，全家没地方住，再来怪我哦!"

"啊? 怎么会没地方住?"我惊慌地问。

"你小孩子不懂，把这件事告诉你爸爸就好。听到了吗?"他威严地说。

"好。我知道了。"

我问父亲，才知道为了借钱，他拿工厂的土地去抵押，而抵押的借据，就在草屯吴的手上，难怪他会毫不客气地逼债。

可是最多也只能先筹措一笔又一笔的利息钱，那有限的业务，根本还不了全部借款。利上滚利，债务愈来愈多。爸爸只能唉声叹气，恳求祖母把土地卖了。但祖母每次都说，这是祖父一生辛辛苦苦才积下的一点吃饭老本，"如果连这一点田地都没有了，现在我们不是要饿死了？"

有一天傍晚，写完功课，吃过饭，祖母正在帮小妹洗澡，草屯吴打电话来了。他依旧问爸爸在不在，过后还不忘沉声威胁道："你一定要跟你老爸讲，再不来付钱，你们家就要被查封，被拍卖了。银行不会等他啦！知么？你记得跟他讲！快来还钱，不要变成有路无厝哦！"

他的声音如此冷酷，仿佛为了那一点利息，我们全家人被迫无家可归，他都毫不在乎。我忽然无法控制了。

"你怎么这么狠心？就为了利息，你要把我们全家赶出去是不是？你这样放高利贷，害人家家破人亡，你还有良心吗？"我悲哀转怒气，忍不住这样说。

"你团仔人，不懂事，乱来，叫你爸爸出来说！"他没想到我会如此回答，一时愕然，就怒声回骂。

"你这个吸血鬼，你害我妈妈逃亡，害我们家庭四散，你还有良心吗？……"我气得口不择言，急得心跳加速，喘息起来。

他大怒起来，可能也没被这么直接骂过，一时语塞，只能气喘呼呼地说："干，干，你是小孩子，你不懂事，叫你爸爸回来打电话给我！……"

"你这个吸血鬼！你没良心！吸血鬼！……"我内心气极，语无伦次地吼着。

"你，你，你团仔人，你猴死团仔，知晓什么事……"他边讲边喘息，迅速挂断电话。

我眼睛直瞪前方，拿着话筒，听那嘟嘟嘟的忙音，左手的拳头还紧紧地握着，忘了挂上电话。

祖母走过来问:"是什么人?你怎么气成这样?"

"是草屯吴经理。"我喘气道,"他说,如果爸爸再不还他利息,他就要把我们的工厂查封,我们就没地方住了。"

"啊,怎么会这样呢?你怎么跟他说?"祖母问。

"我太气了。我骂他是吸血鬼。"

"哎呀,你这个憨团仔,怎么可以这样说?他有说什么吗?"祖母也担心起来。

"没有,他只是要爸爸回来打电话给他。他被我骂吸血鬼,也很气,气得摔电话。"怒气平息下来,我有些后悔了。

"唉!他真的是吸血鬼啊。可是你不能这样冲动,万一他对你爸爸做什么不利的事,就麻烦了。"祖母说。

但话已说出口,也没办法了。

那一夜,我无法成眠。一想到如果房子被查封拍卖了,我们可以去哪里?看起来只有回老家三合院。但三合院如果也被拍卖了,我们要去哪里?更何况,三合院的亲戚必定要瞧不起我们,未来的日子,只能低头自卑,过着毫无尊严的生活。

8 做伴的工人

有一天黄昏,放学回家,走进工厂办公室,我大吃一惊。办公室的木质门被踹破了,玻璃碎片掉了一地,几张办公桌被掀翻,抽屉翻出,设计图纸散落各处,绘图师小林正低头收拾图纸。两三个职员垂头丧气,默默整理残局。

我心想,可能是有人来讨债,翻桌子,发生冲突了。还来不及问,此时,工人阿南被工头阿兴和几个工人合抱,一群人从工厂后方，大声嚷嚷，互相拉拉扯扯，拖着进了办公室。阿南的衣服已经撕破，抓成一条一条，挂在身上。

阿南大叫一声："干伊娘，好了啦，我又不会怎样！"阿南练过拳击，全身肌肉爆突，有如一头蛮牛，他一扭动，几个瘦小的工人就跟着转圈。

幸好其他工人也都力气充足，没被他甩出去，硬是拉住了他。

"把他抓进来喝茶，才不会那么醉啦！"工头阿兴对其他工人吩咐说。于是他们七手八脚地拖着阿南，硬是把他按在地上坐着，有人拿了一杯水给他喝。

"阿南，干伊娘，你在醉啥小？这样乱来！"阿兴骂道。

工头阿兴用一种抱歉的眼神望着我说："啊，不好意思啦，这个阿南喝醉了。伊不听话，起憨痟了，胡乱来……"

阿南还兀自念着什么，却被灌了一大杯水。水有一半没喝进去，流到本来就满身酒气的胸前。

我没说什么，转头进入起居室，却见祖母流着眼泪。

"阿嬷，是有人来讨债吗？"我问。

"不是，是工人阿南，他喝醉了，起憨神，一直要讨薪水，说你爸爸对不起他们，他们这样辛辛苦苦，一个多月了，还拿不到薪水，没有钱拿回家……"祖母无力地垂首说，"你爸爸还没发薪水，我也没办法啊。"

"他那么有力，要翻桌子，大声骂人，几个人都拉不住啊……"

我无语地站着，也不知道说什么好。

父亲最近有两三天没回来，祖母没钱买菜，每天便当只能带青菜和菜脯蛋，浇一点酱油。我也很习惯了，大家都苦苦撑着。

"头家嬷！头家嬷！"外面忽然传来阿南大声叫嚷的声音。

"啊？怎么啦?"祖母惊慌起来，说，"你是小孩子，不要出去了。他会打人，谁都拉不住哦!"

我望着祖母惊慌的眼神、瘦小的身材，心想，至少我可以先挡一下子吧。于是我先站在祖母的前面。

"干伊娘，阿南，你是讲不听吗？干伊娘……"工头阿兴一路骂着。可是他们一群人都挡不住阿南的蛮劲。

"你们不要拉，不要拉，我只是要跟头家嬷说一句话，我要说一句话!"阿南放声喊着，"头家嬷！头家嬷!"他的身躯撞在薄薄的木板隔间上，仿佛快撞破了。

"我在这里啦!"祖母并不害怕，她用一种平静的声音说，"什么事情?"

阿南并不拉扯其他人，只是摇晃着身子，到了祖母的前方，一个斗大的块头，忽然就跪下去了："阿嬷，失礼啦，失礼啦!"

他忽然就哭了起来。

"阿嬷，我把公司的玻璃都打破了，失礼啦，你不要生气，我不是故意的。只是总欸，没给我们发薪水，日子实在很难过啊！家里都没钱了，阿嬷，你不要生气哦！你要原谅我哦!"

他的头伏到地上，一张胖圆脸，哭得像一个小孩子，眼泪鼻涕，流得满脸纵横。

"不会啦，是魅寇的错，"祖母悲伤地说，"他要好好做生意，要好好打拼，赚钱来养活大家才对。咱这么多家庭，都是要吃饭啊!"

本来拉住他的那几个工人，终于松了一口气。或许是喝醉了，阿南跪在祖母脚前，拉着祖母不放，拉也拉不起来，直嚷着"阿嬷阿嬷，真失礼啦"。

"没关系，咱作伙打拼，总是，咱一定会渡过难关的。"祖母安慰他们说。

父亲回来之后，把阿南、阿兴和所有人都找来，向他们说明工厂经营的困难，希望他们谅解，"干你娘，我不是不给薪水，我没法周转，调不到钱。再过两天，我把货款收回来，会先给大家发薪水，你们要忍耐一下。干你娘，我若有饭吃，就不会让你们饿肚子。"

阿南红着脸，很惭愧地低着头说："总欸，我不是故意的。酒喝多了一点，有卡醉啦。你千万不要生气哦，我有跟头家嬷说失礼，头家嬷也有说要原谅我了，你别生气啊。"

"是我不好，让你艰苦过日子。总是，我们工厂的工人，加起来也有十几个家庭，每一个家庭都要吃饭过日子，我会努力打拼，赚钱让大家好好过日子。"父亲承诺说。

自此以后，父亲不曾再拖欠工人薪水。而黑手工人也有情有义，一起捍卫自己的工厂，无论谁来讨债，那些工人总是站在最前方，护卫着我们全家，有如自己的家人。

有一次，一个债主找了几个黑道要来讨债，而且带了长刀。他们才到门口，工人一看苗头不对，一起带着铁棍钢条，围住了办公室。那黑道本是来讨债的，不料反被包围，只能默默离开。

在艰难的岁月里，一直未曾离开的是做业务的吴经理，他个性圆融，口才极佳，负责洽谈介绍过来的业务；还有一位绘设计图的小林；工厂里有工头阿兴带领十来个黑手工人，做电焊的，打铁的，做车床滚轮的，勤奋地继续打造，让锅炉及时完工；最后还有负责安装锅炉的阿鹿舅，让锅炉可以运出去运转。靠着这些有情有义的职员和工人，整个工厂竟奇迹似的维持了最低度的营运。

当然，父亲是营运的核心。他到处寻找业务，周转财务，让员工的薪水可以发出来，让购买原料的经费有来源，还要费心收钱。所幸，那时需要锅炉的新建工厂不少，公司可以先预收订金再开始制造，而持续不断的订单，让他勉强维持周转。可是不断升高的高利贷，让他为了债务而逃避在外，终究无法让公司恢复正常营运。

9 发大水那一夜

那一年夏天，家乡突然发了一场大水，整个工厂被淹没了。

那是一场突如其来的大雨，黄昏时，还只是小雨，到了晚上，忽然就转成了倾盆大雨，雨势下得极惊人。夜里，雨声敲打在工厂的铁皮屋顶上，有如几百面大鼓，咚咚咚，打个不停。

"这雨大的，再这样落下去，会做大水！"祖母有些忧心地说。

大妹问祖母："阿嬷，你小时候有看过这么大的雨吗？"

"有啊，我们老家那里哟，住在乌溪旁边，大雨一来，就淹上来了。小时候，下大雨的晚上，大人都不敢睡觉，怕淹水。"

"会淹多高？"

"比厝顶还高呢！"祖母说。

"啊，那是不是可以划船出去玩？"大妹天真地问。

"呵呵，憨孙呐，船不是可以随便划的，那水大起来，什么都往海里冲走了，哪有办法行船？"

"是不是直接到大海中去了？"大妹说。

那一夜，我们关灯睡下不久，突然就听见阿鹿舅大叫一声，"啊呀，快起来，快起来哟，淹大水了！"

原来，阿鹿舅睡的床比较低，先被水淹没，他在水中浸泡，首先冷醒。

他来到我们房间叫醒祖母，也叫我名字。我一睁开眼睛，阿鹿舅拿一支手电筒，我顺着手电筒的光线看去，只见水已经淹到大通铺的床沿。水中漂浮着拖鞋、木制小柜子、木头小椅子等，还有我平常藏在床底下的游戏纸牌盒子，也漂出来了，在水中载浮载沉。整个房子已经停电。

"哦，老天呐！"我先醒来，大叫一声，"阿杰、阿玟、阿清呐，快起来！做大水啦！"

祖母叫醒弟妹，决定大家先逃出去再说。阿鹿舅有经验，他看看水流，是从前门办公室门口灌进来的，显然工厂大铁门已经被大水冲垮了。大水自大门冲进来，逆水走不出去，他决定绕道后门。

小学五年级的弟弟较大，由阿鹿舅背着；我背着读幼稚园大班的大妹；祖母身材瘦小，背着小妹。

阿鹿舅背着我弟弟，艰难地走到后门，一打开门，水一下子找到了出口一般，哗一声，向后门奔涌而出。所有的漂浮物，根本来不及看一眼，就全部冲出去了。

阿鹿舅看着水流，向祖母说："啊，坏了！咱工厂地势较低，都流到我们这里了。"

"哎哟，那些鸡鸭，还关在笼子里，怎么办哪？"祖母忽然想起来。

"咱工厂是水路，后面的墙壁，恐怕都冲破了，没办法去看了。"阿鹿舅说。

"阿浓，你背着妹妹先走，我去看一下。"祖母说。

"不行呐，后面是水路，水太大了，人会被冲走。"阿鹿舅急起来了，"那些禽牲，没有关系，那里地势高一些，水流从后面出去以后，不会淹到。"他如是安慰祖母。

祖母叹了口气说："总是禽牲会飞，应该会自己找路走吧！"

为了安全，我背着大妹先走在前面，祖母走中间，阿鹿舅走最后。因为我们工厂比马路的地势要低一些，那水流果真沿着工厂边一直流进来。本来在工厂的边缘还有一条田埂小路，现在也成了水路。哗哗的水流，急速穿过。

我虽然逆水而行，但靠着以前在溪边玩水的经验，赤脚在上面，反而不害怕。只是到了工厂与马路的转角处，那是水流向下流淌的地方，因为有一个直角，仿佛有一个漩涡，我有些担心，怕被卷入跌倒，就告诉祖母说："不要去踩那边，那里有水涡！"

祖母倒是很警觉地避开了。我们全家总算安全地逃到了水流比较缓和的马路上。

老家那边三合院的亲戚都跑了出来，赤着脚，卷着裤管，头发脸上已经分不清雨水或泪水，站在马路地势稍高一点的地方，看着大水说："啊，这大水，怎么来得这么快！才刚合上眼，就淹上来了！"

马路已经变成一条"水路"，水哗啦啦地流下去。在黑夜中，只见老厝的亲戚拿着手电筒，三三两两地聚在一起。

"啊！我们旧厝，旧厝会不会淹到水啊？"祖母看见老家的亲戚，着急地问四叔公。

"还好啦，你们那里地势高一点，应该不会淹太多啦!"四叔公住我们隔壁，了解情况。"现在都半暝了，着急也无用。等明天水退了，再去看看吧!"

"这次大水，怎么来得这么急? 这么快啊?"一个年轻的叔叔说。

平常很会抓鱼，尤其是善于在台风大水后抓鱼的四叔公说: "这大水是从山上发下来的。山上雨一定是更大、更恐怖，一下子，就把山上的水沟、水泉都淹了，又来不及排出去，全部冲下来。"

"我刚刚才把小孩子叫醒，就已经淹到了神明桌脚。吓死人了，没见过这样的，什么东西都来不及拿。"

"啊呀，太恐怖了。'八七水灾'那一次，好像没来得这么快!"六叔公说。

"那一次更快，一下子，整个田就淹得白茫茫了!"四叔公说。

我们去附近的大姑家休息，祖母很累了，带着我和弟妹，一起睡在一个大通铺上。

次日一早，回家一看，才发现整个铁工厂满地都是厚厚一层的泥泞，泥泞中有些不知道谁家遗落的破拖鞋、在水中打得凹凸不平的锅子、一条犁田用的木犁头、还有一条厚厚的棉被，沾满了泥，被墙角的铁板勾住了，太阳一晒，那棉被硬得像一块铁板。

虽然铁工厂成为水路，工厂后方的墙壁被大水冲破，让水直灌而出，但工厂的铁板还是很重，没有被大水冲走，只有一些电线电路出了问题，损失不是太大。有一个工人捡到了一只像古早的裹小脚绣花鞋。那鞋沾满了泥，洗净后，却有一种细致的花纹，大约是什么农村人家的传家宝贝。于是工人把它挂在工厂的铁柱上，慢慢晾干。在充满坚硬灰褐色泽的铁工厂里，那是唯一的彩色，宝蓝艳红金针线，让人有一种看歌仔戏似的想象。

几日后，有一个工人说，那东西是古人的，不知道有没有死人穿过，不吉祥，像有古代女鬼会出来，看久了怕怕的，就拿去丢了。

淹水后的次日傍晚，我一下课就赶紧回家帮忙清理。不料刚刚走进门，就见到妈妈拿着一把扫帚，正在清理湿淋淋的泥泞。她的头发绑起来，头上套了一条布巾，两手脏兮兮，沾了污泥，但她的面容比以前开朗多了。

"啊，妈妈，你怎么回来了？"我惊讶道，很担心警察会不会跑来。

妈妈高兴起来说："快去把办公室的大门关上吧！别让警察路过看见了。"

她说，一早接到祖母电话，知道昨夜大水，幸好全家平安，尤其两个妹妹，年纪那么小，祖母又年纪大，平安度过就很幸运了。只是祖母没力气，总是要有人来清理，不管如何，先偷偷回来几天，等清理干净了，再回去工作吧。

这时父亲从工厂走出来，他也回来指挥工人清理工厂，清洗铁板、电焊设备等，忙得告一个段落，他站妈妈旁边说："今天我有去刑事组，跟组长说过了，让他帮忙看一下，你这几天会回来清理家里，让他们别过来。如果上面有人要下来抓，叫他们要先通知我。"

妈妈回来，仿佛全家再团圆了。两个小妹妹高兴得不得了，围在妈妈旁边，一个拿扫把，一个要提水，忙得真快乐。

晚餐的时候，祖母多煎了一大块菜脯蛋，和一条四破咸鱼，大家都吃得开心极了。

"魅寇啊，你知道吗？"父亲和我们先吃饭，祖母和妈妈没有上桌，她们依旧维持古老的习俗，让男人孩子先吃，她们站在旁边说话。

"这一次啊，幸好魅寇帮我做了挑高的铁笼子，关那些鸡鸭，靠在后门这边，虽然大水很厉害，但那铁笼子很重，都没被冲走。"祖母笑着说，"那些鸡鸭还会跳起来，栖在铁笼子上面，没淹到水哩！"

父亲微笑说："自己是铁工厂，总是做坚固一点。"

妈妈在旁边叨念着工厂铁板上的泥泞不好清洗；祖母微笑着先走开，她要去看歌仔戏。我们吃着妈妈刚卤好的焢肉。

仿佛一个家，因为有母亲，终于完整了。

10　屋檐下

为了躲避警察的追捕，妈妈不敢睡在家里，她回到三合院老家，把已经破旧的老通铺打扫干净，独自住在那里。

她把房间的窗户用厚厚的布幔围起来，以免晚上有光线外泄出去，出门之前，她会先留意房子的门锁。那是一把老式的木板门，两个铁环扣在一起，用一把大锁扣上。妈妈特地把门锁斜斜地插在老式铁环上，回家的时候，她会先看一看有没有被动过。

此外，她虽然把房间里面整理干净，但外面的一些环境，例如放漂流木的柴堆，放置老农具的角落，我阿公骑过的那一台老旧脚踏车等等，都因为我们已经离开一年多了，爬满蜘蛛网，妈妈尽量让它保持原状。

妈妈交代我们，尽量不要去动它，让它看起来像荒废许久，没人住的地方，以免警察来的时候，发现有人住在里面，就会怀疑她可能会回来躲在这里。

我没想到妈妈如此细心，还会用各种掩护的方式，来隐藏自己的行迹。

平常的日子，妈妈总是督促我们写完功课，洗过澡，她才会安心地回老家休息。父亲还是常常不在，但有了妈妈，仿佛一切回到轨道，运行如常了。

那一年夏天，稻子收割的季节，妈妈一样找了以前割稻班子的亲戚来帮忙收割。她戴着大大的斗笠，上面绑一条大花巾，脸上蒙了一层布，根本看不出她的脸，她因此很高兴地忙进忙出，做割稻子饭，也卤了一大锅的焢肉，让我们可以带便当。

割好的稻子，依旧晾在老家的晒谷场上。每天早晨，妈妈把稻子摊开晒太阳，黄昏再把稻子堆起来。用草席盖上。

夏天太阳太大了，妈妈怕鸡鸭来偷吃，就站在屋檐下休息。

有一次，她刚刚翻了稻子，站到一个亲戚家的屋檐下，却听见屋子里仿佛有人支支吾吾地耳语着，过一下子，一位婶婆从屋子里出来。她用一种歉意的眼神，看着妈妈说："他们都说，你是被通缉了，真的吗？"

"是啊，没有啦。只是暂时不能回家。"妈妈只能谦卑地低下头。

"那你现在还被通缉，不能回家住，不是吗？"

"是不得已的。"

"你晚上住在这里，好像都不敢点灯呢！"

"嗯，没点灯，比较省电。"妈妈说。

那亲戚仿佛明白了，就直接地说："是这样的，我们家也是一个吃公家头路的人，如果被牵连了，会没有头路的。你还是，不要躲在我们这里吧！"

"啊？"妈妈很是惊讶地睁大了眼睛，因为她觉得这是自己的三合院、自己的家呀！怎么都不能回来？"我没有躲在你家呀，我都是住自己的家。"她委屈地说。

"你要站，就站去你们家那边的屋檐下，一样不会晒到太阳啦。"那婶婆有些歉疚，但直接地说，"真失礼哦，万一警察来抓你，会有牵连呢！"

妈妈看着自己的脚下，白花花的阳光，无情的太阳，一条黑白的明亮与阴影的界线，切割开来。她明白了自己的双脚，不能站在别人家的屋檐下，便很快地挪动脚步，顶着太阳，直接回到自己家的屋檐下。

她后来说，当时她的眼睛白花花一片，站在自己家的影子里，却只觉得天地间，竟没有容身的地方。

她没有掉下眼泪。她还得面对另一件更麻烦的事。那就是爸爸的外遇，仿佛已经走到一个危险的地步：爸爸想要让那个女人到家里来一起住。用台湾话讲"娶细姨"。

11　外面的女人

妈妈逃亡离家后，父亲虽然尽力维持营运，却偶尔几天不回家。他的理由当然是外面有应酬，要躲避债主。他不在的日子，都是我帮忙看着他们的房间。晚上睡前，我得翻开弹簧床，看看里面的那一大布包的账册是不是还在，还得检查父亲的书桌，那里面有他专用的印章。

父亲总是早上回来，跟工人交代工作，检查进度，和职员看看制图，和会计算算支票的钱。工作到下午五六点，工厂下班了，有时候他会在家吃饭，有时候就出去应酬。

但妈妈离家一段时间后，他更少回家过夜了。

有一天，住在附近的大姑忽然回来，神神秘秘地和祖母商量什么事似的，两个人在房间的角落里，叽叽咕咕半天。祖母脸色凝重，直说："啊，不行啦，不行啦，咱杨家，清清白白，没有这种门风！不行！"

"就是啊，我也说不行。他就是不听呢！"大姑说。

"他若敢回来讲，我就骂他个臭头。"祖母说。

"他还要我去跟秀绒讲，劝秀绒同意呢！"大姑说。

"真见笑啊！咱杨家，无这种门风！"祖母断然说。

虽然是小孩子，但我们都约略听过：父亲在外面有一个女人，是在酒家认识的。开始做锅炉生意的时候，那个马经理常带着父亲上酒家，当时马经理就已经包养了一个酒家女，父亲常常去应酬，不免叫同一个酒家女，名"阿月"。久而久之，就有了感情。这在当时的台湾商场，其实是很普遍的。

他们几个出入酒家的朋友，总会酒言酒语地互相调侃，事情就传了出来。妈妈因此很生气，两人吵架时，她会骂爸爸是"开憨钱，人家在赚钱做生意，你当做是真感情……"

"我们做生意请客，总是要摆场面，这个阿月呐，至少，在酒家会帮忙点菜倒酒，接待厂商，按捺客人，让客人高兴，对我做生意很有帮助。"爸爸脾气好的时候，这样解释。

"男人在外面做事业，需要有能力的女人帮忙应酬。你一个查某人，什么都不知晓，把家顾好就好了，事业的事，不必你插嘴!"父亲有时会生气地说。

后来，据说父亲和那女人赁屋，在台中市有一个同居的地方。

妈妈很气，约了大姑去台中市那酒家女的家，要找父亲出来面对这件事。但他当时不在。那酒家女阿月也是见过世面的，既气妈妈知道了她的住处，还穿门踏户来要人，就大骂道："是你丈夫自己要来的，难道是我去拉他来吗? 脚生在他的身上，你去把他的脚绑起来好了!"

妈妈毫无办法。祖母也无法劝阻父亲，只能安慰她："他总是会回头的，咱杨家，没有这样的门风啊! 他没钱就不能去了。"

然而，让大姑惊讶的是：妈妈逃亡，爸爸落魄跑路躲债的时候，竟是藏在那酒家女的家里。

大姑有些惊讶地和祖母说："这个酒家女，也是有一点中意咱魅寇吧，不然，现在他正落魄，没钱没场面，还能让他住? 可是这个魅寇，说是要给她交代，想要接她回来，这要怎么办啊?"她有些六神无主。

"这个魅寇，不敢来跟我讲，就表示他知道这是不对的事，所以你先不要管他。反正那女人是不能进我们杨家门就是了。"祖母直接地说，"'娶一某，没人知，娶两某，相卸事'。这种卸世卸众的事啊，绝对不能做，被咱家族亲戚知道，头抬得起来吗?"

"啊? 那要不要让秀绒知道呢?"大姑问。

"魁寇叫你去劝秀绒，你偏偏不要去讲，让他有胆量自己去讲。"祖母静静地说。

"这个秀绒，你不要看她小粒籽，脾气很温柔，她若是气起来，不是软弱的人呐。魁寇千万不要去说。"大姑担心地说。

"你看她，自己一个人在跑路，不求什么人，做衣服过生活，还可以寄钱回来养孩子，她这么倔强硬气，是不会容情的。"祖母说。

不料，父亲像是鬼迷心窍，竟和妈妈直接说了。

12　一命配一命

那是晒过稻谷，交了稻子给农会后的夏天。农事都忙完了，妈妈稍稍休息一阵子。她用老家那一台缝纫机，接了一些裁缝，赚些外快，也帮妹妹做了新衣。

一个安静的暑假星期日早晨，妈妈一早从老家过来，帮忙打扫办公室，父亲没在外面过夜，一早起来，吃过早餐，正在喝茶。弟弟在玩布袋戏，大妹和小妹在房间里，我拿着毛笔在写周记，抄写学校规定的一周新闻提要，正在翻看报纸。工人与职员都休假了，办公室里非常安静。

妈妈扫地的时候，父亲说："秀绒，你来一下，我有事要说。"他坐在办公室的座位上，抽着香烟。

我未注意听，继续抄着报纸。

这时，忽然听见妈妈提高了音量说："你真过分，你怎么敢这样说？你怎么可以这样说？"

父亲低头说了一声："这也是没办法的事，她跟了我那么久,帮我打点生意,想要入我们杨家的门,何况也有了孩子……"

"那家里的孩子呢?你不要了吗?"妈妈忽然沉下了声音。

"家里的孩子当然是我的孩子啊,我不照顾,谁照顾?我会叫她一样照顾好。总是,家里要有人来帮忙照顾。不然你在跑路,孩子靠妈妈,她老了,一个人照顾不来啊!"父亲低声下气地说。

"咱这四个孩子,别人家会顾他们吗?她来了,我的孩子有谁来疼?"

"她是有情义的人,会好好对待我们孩子啦。你想想,我这样落魄跑路,都会照顾我,我不能无情无义!"父亲有些歉然地说。

"她有情义?她有情有义?"妈妈冷冷地望着他,恨恨地说,"我替你签支票,被警察通缉,在外面跑路,有家不能回,有孩子不能疼,有家庭,没家人。她这叫有情有义?那我算什么,我是白白去赴死吗?"

"不是啊,总是,孩子需要有人照顾呐!"

"孩子没人照顾,也是你害的。你现在怎么有脸这样讲?你害我跑路,却要找另一个女人进来?你敢说出口?你说得出口?"妈妈愈讲愈气,气得全身颤抖。

"你难道不知道,如果别人进来,她只会疼爱自己的小孩。我的小孩,谁来照顾?阿清、阿玫这么小,她们有谁疼爱?"

"不会的。"父亲不知怎么回答,只是支支吾吾地漫应着,"不会啦,不会啦,总是自己的孩子,我会疼他们。"

妈妈忽然丢下扫把,转身走进了厨房,随后,她手上拿着一把菜刀,那菜刀平时是切肉用的,有一个手掌宽,白晃晃的,她直接走到父亲面前，举起刀。他吓得跳了起来，大叫一声："你要干什么？干什么？"

"你不让我活，我也不想活了。要死，一起死！"妈妈一边哭着，一边举起菜刀，向爸爸直冲过去。

"别这样！干什么？"父亲大叫，一只手横出去，先拉住了妈妈那一只拿菜刀的手，另一只手拉妈妈手臂，想夺下菜刀。

妈妈虽然长得娇小，但长期做农事，力气很大。她被拉住了手，只能一边哭着，一边用力想把刀夺回，拉扯间，她愤怒地说："你放手，你要我死，我们一起死！"

"干什么？"父亲声音焦急颤抖，他大声说，"孩子在旁边，你不要这样！"

"你害我这么惨，害到这地步，我有家不能回，你也别想让别人进门！"妈妈哭着说。

我先冲过去，帮忙拉住妈妈的手。

祖母听到声音，从房间里也冲了出来，弟弟和妹妹也都跟在祖母身后，跑出来了。她一看，大惊失色，急忙上去拉住妈妈，大叫着："秀绒啊，秀绒啊，你不要这样。孩子都在这里！"

大妹和小妹跑上去抱住妈妈，大叫一声： "妈妈，妈妈……"她们看见妈妈哭，也跟着哭起来了。

一听见妹妹的哭声，怕伤到小孩子，妈妈的手就软了。她手仍紧紧握住菜刀不放，却已经无力举起。她低头看见妹妹，终于手一松，一手一个，去抱紧大妹和小妹的头，大哭起来。

她的身形本就瘦小，此时更因低下头去抱着妹妹，而显然低微了。

菜刀落到父亲手上，他把刀交给了祖母，松了一口气。但还是怕妈妈做出什么傻事，先用手紧紧拉着她的手臂。

妈妈抱着妹妹一直哭。许久，她抬起头，挺起胸，一无所惧、恨恨地望着父亲，一字一句地说："这四个，都是我的孩子，我不会放着我的团仔，被人欺负。你敢让那女人带她的孩子进门，告诉你，我用我的命，配她的命，不仅是她的，她带来的孩子，也不会活下来。我不会让我的孩子被人欺负！"

妈妈的脸色惨白，但她的眼睛直直盯着父亲。

他只嚅嚅着："好了啦，好了啦。我不会这么做。你不必再说了。"

自此之后，他不曾再提过一句话。

13　逮捕的早晨

妈妈被逮捕的那一天早晨，我正在学校上课，是回家听祖母说，才知道整个过程。

父亲一直认为，他已经和刑事组的朋友讲好了，只要上面有命令下来要逮捕，他们会先通知，让妈妈先逃走，于是她也就日渐放松了警戒。

当然，妈妈被那一次夜晚来逮捕人的事情吓坏了，一直不敢在家过夜。即使再晚，她依然坚持一个人，走着夜路，绕过田埂，回到那古老的三合院老家。已经很久没人住的老家，偌大的一间房子，阴暗暗，空荡荡，树影森森，风声淅淅，二十烛光的小灯泡总是无法照亮长长的走道，仿佛上百年的祖先暗影都在夜色中飘浮。但妈妈一夜又一夜地回到这里，独自忍受寂寞长夜，独自躲在古老的祠堂旁边，面对不知明天的逃亡生涯。

直到，最后的逮捕来临。

那一天早晨，秋季的稻子要播种，妈妈打算播种前，先下一点肥料，就把刚刚买来的肥料倒在地上搅拌。她手拿着铲子，正在后门的丝瓜棚下搅拌，警察就从前门冲进来了。他们仿佛知道躲藏地点似的，直接往后面冲。更让她措手不及的是警察来了好几个，一下子将她包围。

警察拉过她的手，立即上了手铐。妈妈眼泪当场流下来。

祖母赶过来抱着她，拜托警察不要把她抓走。

"你们可怜可怜啊，她还有两个这么小的孩子！"祖母带来六岁的大妹和四岁多的小妹。

警察用一种无能为力的口吻说："没办法啊，她被通缉，我们只能来抓她回去交差。"

小妹抱着妈妈，一直哭。妈妈环抱着小妹，却只能哭着说："要乖乖啊，要听祖母的话……"

妈妈被警车带走时，祖母赶紧问一句："要带去哪里啊？"

"乌日警察局。"

父亲赶紧打电话去拜托刑事组的朋友，但他们只是用歉意的口吻说："啊，实在真歹势啦，我们都不知道他们去你家了。上面派下来的，直接从台中过去，我们都不知道啊！"

他着急地到处打电话，没有一个人伸出援手。

妈妈先在警察局扣留一天，办好逮捕的手续，再移送出去。

一个三合院的亲戚赶紧去南屯通知外婆家，告诉他们："秀绒已经被抓了。你们赶紧去看看她呀，去晚了，就看不见了。"

外婆找了一个在台中监狱做事的亲戚，托他来说项，也爱莫能助，但可以特别通融，让外婆进去警察局探视。

外婆和舅舅在警察局里见到妈妈，抱着哭成一团："阿绒

啊，你怎么这么傻，你怎么这样啊？你没做错什么事，怎么会
这样？"

妈妈回答是票据法，魅寇开出去的支票不能兑现，就变成
诈欺，被通缉了。

"你也没做错事，你只是在家里种田，怎么他做生意欠钱，
要你来坐牢？"

"没办法，他自己的支票不能用了，用了铭峰的。铭峰人在
台北教书，不能被通缉，所以就用我的名字去开支票。"

"啊，你怎么这么憨呐，人叫你去跳火坑，你怎么傻傻的，
真的往里面跳？你难道不知道吗？"

"我知道，可是没办法。不签字，事情无法解决啊……"妈
妈只是一直掉眼泪。

外婆去求警察说："你们呐，都有听见吗？你们应该都知
道，事情不是她做的，她是一个好女人，她只是帮别人受过，
你们放她出来吧，她的孩子还那么小啊！"

当天晚上，妈妈就被送到了台中看守所。

0

近中午，爸爸从开刀房被推出来，我们陪着他一路走回加护病房。他脸色青苍，血气微弱，眼睛紧闭，鼻子插着氧气管，手臂插着针管，身体缠着、贴着各种侦测吸入氧气量与心跳的仪器。还在麻醉中的身体，没有任何意识。

送回加护病房后，主治医生走出来站在病房外。

"还好，顺利地清除淤血。血块不大，只是挤到脑血管。没有其他不好的发现，还不错。"医生轻快地说，"现在他的脑部后面，还留下一个小孔，让淤血流出来，等淤血流光，就可以把伤口缝合了。"

"他什么时候可以醒来？"小妹问。

"应该是晚上吧，做全身麻醉，时间会稍微久一点。"医生说。

"复原后，我们可以做什么？例如说，要用什么药？怎么帮助他恢复体力，早一点复原？"小妹问。

"暂时都不用吧。他需要休息。"医生回答。

傍晚时，弟弟从越南、大妹从上海都赶了回来，几个分散各地的孩子终于团聚。妈妈望着我们说："爸爸现在是活下来了，但以后会怎么样，能不能复原，我们也不知道。有些事，要你们兄妹好好商量。"

因为加护病房有探望的时间限制，我们匆匆忙忙赶去医院。

爸爸依旧昏迷不醒。大妹依附他的耳边，握着他的手，说着许多话，告诉他："爸爸，你要放心，我们会照顾妈妈。我们会孝顺妈妈。你只要把身体养好了，安安心心回家……"

爸爸一点反应也没有。

大妹走出加护病房时，劝我进去和爸爸说一说话，告诉他要放心，我们会照顾妈妈。"你是大哥，跟他这样说，他会比较放心。现在他唯一放不下心的，也只有妈妈。"

我站在他的身旁，看着他瘦削的脸颊，苍白的脸色，原本坚毅而紧抿的嘴唇，现在仿佛要忍着痛苦，咬破了嘴唇。但他的退化已经到了后期，无法用嘴巴说话，平时的他，只能用眼睛表达高兴、愤怒或者忧伤。我实在很希望像妹妹那样，可以摸一摸他的头，握一握他的手臂，但自幼被爸爸训练的习惯，让我不会这样表达。狼是不会示弱，也不要被视为弱者的，我在心底对他说。

"爸爸，放心吧，我会照顾妈妈。她一生在杨家吃了许多苦，我会孝顺来回报她的。"我握着他的手说。

爸爸双眼紧闭，脸上戴着氧气罩，呼吸非常微弱。

"魅寇啊，你要坚强，要自己呼吸，要加油哦。"妈妈在他的耳边，反反复复地叮咛着，"等你好起来，我们就可以回去申昌，每天早晨，你会听到工人打铁的声音，铿铿锵锵，你就会安心了……"

"幸好没做放弃救治的决定，否则妈妈根本无法承受啊！"听见妈妈这样说，我心中暗想，一生一世共同奋斗的历程，根本无法割舍，怎么能放弃呢？

唯有妈妈最了解他对申昌铁工厂的感情。一个农村的孩子，创立自己的铁工厂，每天要听着打铁的声音午睡的人，他要怎么样才能放心？

我想起了自己工作了二十几年的《中国时报》老板余纪忠，据说，早年《征信新闻报》创业时非常艰辛，每天工作到半夜截稿后，才回到位于办公室隔壁的家中休息，但并未安睡，而是洗过澡，看书坐着等，等到印报机咔啦咔啦地开动声传来，他才能安心地睡着。像余老先生和父亲这样的第一代创业者，大约都有那样的精神吧。

"爸爸已经要休息了，我们找一个地方去吃饭吧。"妈妈说。她望着我们四个孩子，说，"真辛苦，难得你们都一起回来了。"

"咱们爸爸妈妈也真会生哦，"大妹说，"四个孩子，每一个都是'五脚狗'，遛遛走，到世界各地去打拼。"

"咱台湾人，漂浪四海，漂泊百年。"我说。

"都是你爸爸传的种。"妈妈说。

1 探监

独自去台中监狱探视妈妈的那个星期天早晨，秋天的阳光明亮灿烂，一无遮蔽的天空，没有一丝云翳，只有一种近乎透明的蓝，仿佛蓝得可以直抵宇宙最远最深的边界。

天气并不热，微微的秋风吹着，又干净又舒爽，带来一种穿透整个身体的轻灵感。

我站在乌日的站牌下等公车，工厂对面的纺织厂有几个年轻的女孩手挽着手，轻声笑语走出来，走向站牌旁边。尤加利树下，几个等待的男生穿了花色鲜艳的香港衫，迎了上去。他们大约要骑摩托车去郊游了。

从乌日到台中的路上，台湾樟树薄薄的叶片近乎透明，淡绿色像飘浮的光影，在空气中飞散。

星期日不上班，乘客不多，车子开得很快，我有些紧张，终于要见到妈妈了。

但我也很担心。监狱到底什么模样，它会不会让一个少年进去呢？我能不能办理会面，见到母亲呢？

我手上拿着一个铁提盒，里面有祖母早晨刚刚做好的焢肉，她用了多一点的酱油，希望菜咸一点，可以多保存几天，让妈妈这几天有家里的菜可以吃。祖母也煎了一大片的菜脯蛋，它不能保存，但可以和狱中的其他人分享，这蛋是家里的母鸡早上生的，祖母希望妈妈看到家里的母鸡蛋，就会想起孩子。

这些食物都是祖母一大早起来做的，她一边做菜，一边叮嘱："监狱里面的菜饭，一定很难吃。她一定很想念家里的菜。你今天带去给她吃，她会很开心呐！"

"妈妈平常爱吃什么菜？"我问祖母。

"她什么都吃，但是自己家的焢肉，一定最爱吃了。"

"还有这些土鸡蛋，自己养的鸡，早上刚刚生的蛋，最新鲜了。"祖母说。

啊，妈妈会不会想念家里最好吃的"焖蛋饭"？我心里想。

小学的时候，学校还没供应蒸饭的设备，午餐得自己想办法。住远一点的人，去附近的面店吃一碗阳春面；不是太远的，就回家吃。我没带便当，每天中午肚子饿得咕咕叫，都是跑步回家吃午饭。

但妈妈不是每天都有空煮好了午餐等我们回来。尤其农忙的时节，准备播种插秧或割稻子的点心餐食，花了许多时间，往往我跑回到家，上午的点心已经被吃完了，中午的饭菜还没准备，我只好饿肚子。

但妈妈就是有办法，在最短的时间里，变出好吃的饭来。那就是家里养的土鸡生的蛋。

用一个大碗，盛上刚煮好的白饭垫底，打上一个新鲜鸡蛋，鸡蛋上面，再盖上一层白饭。稍稍闷一下，就可以淋上猪油和大蒜酱油，整个拌一拌，拌均匀了，就非常的漂亮。

黄澄澄的蛋汁，半熟不熟的，柔柔的，滑滑的，包覆着一粒粒的白米，猪油更让它呈现一种油亮油亮的光泽，再拌上酱油，就会有一层浅褐色的亮度。此时，热腾腾的白饭里飘出猪油、酱油与新鲜鸡蛋混合的香味，那真是人间美味！

妈妈一定会记得那些鸡蛋的味道。因为她总是能找出刚刚生下来的、还有一点温度的蛋，来为我做鸡蛋猪油拌饭。

"这种蛋最香了。"妈妈说。

"如果看到菜脯蛋，她会不会想起为我们做焖蛋饭？"这应该是祖母所期望的吧。妈妈会想念我们四个孩子吗？

出门前，祖母一再交代，一定要和妈妈说：阿嬷年纪大了，

无法出门，不能去看她；请妈妈放心，孩子在家都很乖，弟弟
有认真读书，大妹上了幼稚园，会读唐诗，小妹长高了一点；
家里的水田已请人来插秧，今年雨水足，年底会顺利收成。如
果有办法，希望妈妈年底可以回家过年，不然没有妈妈的家，
孩子怎么过年？

早上，祖母一边做菜，一边在我耳边叨叨念念，还觉得真
啰嗦，现在在公车上，才知道该说的，祖母都说了。

我实在不敢想象，没有妈妈的年要怎么过？

每年的除夕，妈妈踩着缝纫机，为我们缝制新衣的声音，
就是我们的除夕音乐。她会趁着冬日收割完毕、农闲的空档，
在东京洋裁的书本上，为孩子选好新年新衣的式样，再去裁缝。
我和弟弟还好，男生没什么变化，可是两个妹妹就可以有许多
变化了。女生的衣服虽然只是小小一件，好像我和弟弟在学做
的布袋戏服，但每年她们穿出来，亲戚都会抱起来说：这么可
爱，真卡哇伊呢！

再贫穷的日子，妈妈都有办法让我们穿得干干净净、漂漂
亮亮的，不会让人欺负，不会让人看笑话。

妈妈也会带着我们动手做一点传统的点心。例如：用大大
的柴火鼎来蒸萝卜糕、推着石磨做糯米年糕、用木印子做红龟
粿等。在大灶前看着红红的火炉，等待萝卜糕蒸熟；用大大的
一支木棒去搅动愈来愈黏稠的年糕；把红龟粿的印子拿来当雕
刻玩……那便是妈妈带给我们的过年记忆。

没有妈妈的年，我们还像家吗？

我在三民路口下了车，平时未曾独自来到台中市区的自己，
走在陌生的街道，刚开始还会感到害怕，因为如果要问路，那

是一个让人很难启齿的事情。

我选择一家卖面的小摊子问路。一个五十来岁的妇人坐在摊子旁边的竹椅上，手上抱了一个孙子模样的婴儿，见到我，她并未站起来招呼，只是带着善意的微笑说："要吃什么？"

"阿桑，请借问一下，台中看守所要怎么走？"

大约因为见到一个少年手上提一个铁提盒便知道是去探监的吧，她用一种同情的眼光看了我一眼，随即指着道路说："往前走，到了路口右转，那里有很高的围墙，你沿着那一堵墙走，走到底，看到有人守卫，就知道了。别担心，不远。"

她本想再说什么的样子，但张了口却只是眼神温柔地望着我，就又低头对孙子说："来，再吃一口哟。"

她说的没错，那一堵墙确实很高，厚厚重重，从外面根本无法知道它有多厚；上面最高的地方，倒挂着成排的铁蒺藜，砖红色的墙，成片延伸，一眼望去，整个街道只让人感到四个字："插翅难飞"。

我沿着高墙的阴影走呀走，终于看到一扇铁门入口，有人在门口把守。他看了我的证件，并不多说，手一摆，指着里面，就继续高仰着他的头东张西望，仿佛随时会有人越狱。

我往里走，小小的登记处挤满了人，有一个年纪比较大的老人，站在窗口，苍老的声音说："你好心一下哦，帮帮忙，我要来看我儿子啦！"

"你先在这作登记再讲。"窗口里面的人用冷冷的声音说。

"你让我央求一下，我不会写字，你替我写一下好不好？"老人拿着身份证说。

里面没有声音，警察可能不想理他了。我正想过去帮忙，却见一个年轻妇人，一伸手就拿起了他的证件，说："阿伯，我来给你写啦!"

那妇人看起来约莫三十来岁,有一张白皙明净的脸和一双明亮的眼睛,穿着米色的洋装,有一点洋气,不知道为什么,她一看就不像一个家庭主妇,而像一个见过世面的职业妇女。或者,更像电影中所演的酒家女。但她圆圆的脸上,有一种坦然的和善,让人感到很温暖。她望了我一眼,微笑说:"啊,少年仔,要不要顺便来写一写?"

"啊?"我惊讶地有一点慌乱,急忙说,"不用了,不用了。我只是来面会人的。"

"哦?是谁?"她柔声问。

"我,我妈妈。"我回答得有点迟疑,为了自己不小心说出妈妈坐牢的事,感到羞愧起来

"哦,你第一次来吧?那你会不会填会面的申请?"她坦然而诚恳地问。

"还不会,"我低着头,"不曾来过。"

"你去跟他拿表格,我教你填,很简单啦。"她像一个大姐,用一种老经验的口吻说。

我填好表格,那妇人看了一下,叫我补填几个空格,就先带着那老伯走过一道门,她回头看我一眼,说:"喂,表填好了,交给窗口那边就行了。"

我微笑着说谢谢,不料那办事的人只查看了一个本子,便冷冷地说:"你不能会面,刚才已经有人来会面过了。"

"啊?"我呆立当场,不知该怎么办才好。准备一整个早上,才一句话就被拒绝了。"拜托拜托,我从乌日来,我要来看妈妈啊!"我的声音突然沙哑。

"没办法啦!"窗里的人说,"每一个人,一天只能办一次会

面。她的会面已经用过了，你改天再来吧。"

"能不能拜托一下？我只有这一次，星期日才可以来看？"我几乎是哀求。

"我知道。可是，监狱的规定是这样，我也没办法啊！"他无奈地摇头。或许，他真的看见我伤心的样子，也感到不忍心吧，终于说，"这样吧！你把东西留下来，我帮你送进去。你妈妈会收到的。"

"感谢哦！真是谢谢！"我感激得一直点头。"能不能跟妈妈说，说我有来过了。家里的弟弟妹妹和阿嬷都很好，请她放心！"

"哦，少年团仔，我们不能进去说话，只能帮你转东西。"他安慰道，"没关系，你妈妈在里面看到这些东西，一定会知道家里有人来过了。"

离开监所的时候，我独自沿着那一堵高高的围墙慢慢走。

正午的阳光愈来愈强，照着那黝黑而厚重的墙，我只感到自己愈变愈小，小得像正午的影子，只剩下一个小黑点，即将要消失在炎热的大地上……

隔着这一堵墙，妈妈在里面做什么？

隔着这一堵墙，这个世界变成两边，我站在这边无依无靠，妈妈被关在黑暗的牢房里；

隔着这一堵墙，放高利贷的人要讨债，穷人就失去自由；

隔着这一堵墙，我们家破碎了，但是谁让我们变成这样？

我不甘心。

谁让我们变成这样？

我好想找一个角落，找一个人，抱着哭一哭。

但我不能哭，不能让人看见我的脆弱，否则他们就赢了。

我还记得妈妈离家的那个夜晚，她说："你要坚强起来，要照顾祖母，要照顾弟弟妹妹。"从那个夜晚开始，我就要求自己，绝对不能再落下一滴眼泪，绝不软弱，无论什么理由，无论用什么办法，无论把手握得多紧，牙咬得多深。

我继续沿着监狱的围墙走。让秋天正午的太阳，烤晒着身体，让那热度的刺激，把死去的灵魂叫醒吧！

旁边走树荫，路边走站牌；但我不想坐车，也不想停下来。

让它热，让它烤，让它晒，让汗水继续流，让苦难一起来吧。我要一直走下去，一直走下去，直到世界的尽头……

直到世界的尽头，有一个角落，没有人认识，没有人知道，像狼一样，我会舔好伤口，再回来报仇……

2　被查封的家

探监的前几天，一个黄昏，我从学校放学回家，只见工人都围在门口，指着办公室的方向，议论纷纷。

办公室里，一些保险柜被贴上法院的白色封条。那种黑色字样、红色印章的封条，有如符咒，胡乱地贴在一些保险柜、制图桌、办公桌上。

"他们为什么来查封？查封要干什么呢？"我问祖母。

"说不能再动了。"祖母低着头说，"后面的房间也贴了封条。"

旁边的会计比较有经验，她主动说："因为你爸爸拿了这个工厂去抵押给银行，向银行借钱，银行要我们还钱，我们还不出来，他们就要来查封工厂和房子，准备拍卖出去，去抵债务了。"

"啊？那查封以后，我们还能住吗？"我问。

"法院的人说，他们会先公告出去。公告拍卖那一天，如果有人有兴趣，出价买下来，房子就变成他们的了。"会计说。

"那我们怎么办？"我感到惊慌了，难道我们会无家可归、无处可去？

会计无言地沉默着。祖母不说话，她显然早已知道后果，伤心地走到办公室后面的起居室里，然而她忽然呵斥道："哎呀！你们这两个憨囝仔，你们怎么把电视打开了，这电视不能看啦！"

那日立拉门电视机，本来贴着一张白色封条，但拉门已经打开，他们正笑嘻嘻地看着歌仔戏。

"阿嬷？电视怎么不能看？可以看啊！"大妹神经大条地说。

"这是他们贴过封条的，这是法院的东西，我们不能去动啊！"祖母说。

她走过去，用力地把电视的门关起来，却见那封条已经破损，怎么动手都抚不平了。她废然地放弃了似地说："唉！这封条不能动，咱怎么生活啊？算了，你们看吧！"

她随后指着厨房的方向说："你去看看，连厨房的冰箱都贴上封条了。"

她领着我走到厨房。大同冰箱原本白色的门上贴着红字封条，也不能打开了，看起来特别醒目。

"这样贴上封条，里面的东西，不能用了吗？"我问。

"是啊，打不开，怎么用？"祖母说，"他们法院的人，凶巴巴，想把我们家拍卖了。"

"阿嬷，那我们怎么吃饭？"弟弟望着被贴上封条的冰箱。

"东西都贴得死死的，人要怎么活呢?"祖母说。她也一筹莫展了。

这时，阿鹿舅从办公室那边走了进来，他贼兮兮地笑了笑，走过去，撕开冰箱上的封条，说："他们法院的人来了，就这里贴那里贴，好像贴膏药，也没有登记贴封了什么东西，他们根本不知道什么被动过，你管他那么多，通通都撕了，随便用就算了。"

"不行啦，你这样撕了，会不会被他们抓去关?"祖母怕怕地说。

"怕什么? 他们自己糊涂，怪谁? 他们乱贴膏药，我们就不要生活了?"

"这个，这个……"祖母一边说着，一边望着阿鹿舅，"你真有把握?"

"没关系啦。到时候，你说半夜被小偷偷走了。他们又没派人来看着。"阿鹿舅带着几分无赖地说。然后，他带头撕去所有写着台中地方法院查封字样的封条。他还一边说，"来啊，你们小孩子，来帮忙撕啊!"

祖母叹了一口气，开始洗米煮晚餐。但我却不能放心。

半夜睡觉前，祖母把灯都关了以后，我忍不住问她："今天来查封的，是法院的人吗?"

"是啊，法院派来的人，才能贴封条。"

"如果法院拍卖了，我们就得搬出去了?"我认真地问。

"嗯，如果卖掉了，这房子就是别人的，我们当然要搬出去。"祖母老实地说。

"可是，他一拍卖，我们就必须搬。那我们住哪里?"我问。

"如果不行，我们就先回旧厝那边吧，土墼厝是土墼厝，至少还有地方可以窝一下。"祖母说。

我无言了。这就是我们面对的现实，如果钱还不出来，如果草屯吴和其他的债主继续追诉，一旦拍卖出去，我们就会无家可归。

现在只是查封，如果房子拍卖还不够还钱，说不定三合院的老厝都保不住。那时，我们只能流落街头？我们能够去其他地方讨生活吗？

"不要担心吧。你爸爸会回来处理的，我们先卖一些土地，看看够不够还，也许可以先还一些，从头开始打拼吧！"祖母感叹着说，"真可怜啊，你阿公，一辈子俭肠捏肚，勤勤俭俭，到头来，只是拍卖去还钱。我实在很不甘心呐！"

黑暗中，祖母沉默了片刻，说："你要好好读书，不然以后找不到头路。你要知道，我们不会有田地了，以后就只能靠自己的气力，出去吃头路、讨生活了。"

"如果全家没地方住，没饭吃，我怎么读书？"我在心里发问，不忍心说出来。

闭上眼睛，黑暗中，只听见祖母长长的、悠悠的叹息。

3   少年乌托邦

现在，沿着台中监狱的围墙慢慢走，我已经走到了三民路的转角。刚刚我问路的那一家小店，婆婆站在摊子汤锅前，兀自拿一个大汤勺在搅动。她的孙子睡在旁边一个可摇动的藤编小床上，上面盖着白色软蚊帐。秋风吹呀吹，凉凉的早晨要结束，近中午了。

她望着我，邀约式地说："要不要吃一碗面？"

"我不饿。"我回答。

她开朗地说："有会面吗？"

"没有。"我说。

"啊？没在这里吗？"

我不知道怎么回答，只是虚弱地摇摇头说："在呀，只是我见不到。"

她温柔地笑着说："没关系，以后再来吧。"

正午的强烈阳光烤着身体，我继续向前走。

沿着复兴路向南，以前只是坐在车上看见的风景，如今如此贴近。

一间修车厂，里面有许多被拆开来的车子，车壳和马达各自分散，大卡车头与小轿车的身体比邻，工人拿着焊条在焊接一个车体，火光四射中，他们衣衫沾满油污，汗下如雨；有几个工人蹲在一辆大卡车底盘旁边，正在议论什么似的；几个小学徒模样的人，用磨砂纸在磨着一辆车体……

不知道是不是因为附近有台中高级工业学校，这一条路上，有许多家修车厂和铁工厂，做各式各样的工具机与车床。

还有一家工厂是做酱油的吧，里面飘出一种带酱油与醋酸味的蒸气，在秋风中浮动。

我不能不想到未来。那一夜，祖母想说的是：我能够读书的日子，已经不多了。

然而，这就是我的未来吗？修车厂？铁工厂？酱油厂？纺织厂？不管什么工厂，如果我要养活祖母和弟弟妹妹，就一定要找到工作，不管是靠什么维生，一定要生存下去！

如果哪一天，回家的时候，房子突然被拍卖了，我们变成无家可归的人，我读书的日子就结束了。

我得休学，找工作，未来还能有机会半工半读，上夜间部吗？

从小我就是一个爱看书的孩子，三合院的叔叔姑姑都知道，只要有小说、文集，我就会安安静静地待在角落里，看上半天都不会动。如果有机会卖一些捡来的酒瓶罐头，换到一点钱，我也不会去买糖果乱花，都是省下来，去租书店看上半天的漫画或小说。

亲戚总是向妈妈说："这个孩子哦，是文生的，不是做武生的料。以后得让他好好读书。"

没机会读书了。

我开始恨起放高利贷的草屯吴、那个来家中把父亲骂得猪狗不如的商人、那些带着父亲去酒家交际的商人、那个带父亲去做锅炉生意的亲戚、马经理、黄经理……如果不是他们带着父亲去做铁工厂，今天我们只是一个平凡的农家，即使再困难，也还有一口饭吃，还可以生活得好好的。

可是，父亲不做生意，像一头水牛，在农村一辈子，他怎么甘心？

现在，我们的房子要被拍卖，我们的田地，可能被出售，我们本来有家的人，变成无家可归，这都是谁的错？是父亲的错？是那些坏朋友陷害？还是这个现实的社会，让我们陷入困难？没钱的人呐，难道只能走入绝境？是谁害妈妈去坐牢？是谁让我们无路可走？这个社会怎么能这样对人？

如果有一天，能够把这个社会翻转过来，让贫穷的得粮食；让受苦的得安慰；让饥饿的得面包；让无家的，有住的地方；让年轻的孩子不会贫穷失学……

我还小，力气太小了，连报仇都谈不上。如果要报仇，我一定要先长大，要长大到有知识、有能力、有金钱，像基督山那样，用自己的力量回来改变一切。

但我要怎么样渡过这难关？我怎么继续上学？

眼前的问题是：我得安排家庭的生活，祖母的、弟妹的，他们该怎么办？

我可以去工作，但祖母呢？她的身体不好，没有钱，她去哪里看医生？而弟弟、妹妹，谁来抚养？像我们这样的穷人，可以去哪里？

阳光如此灿烂，秋风凉爽吹动，世界如此明亮，却无一个容身的角落吗？我开始幻想：如果有一个地方，可以接纳孤儿和穷人，像亚森·罗平常常捐献的孤儿院那样，照顾穷人家的孩子，那我们就不会没地方去了；如果有一个医院，可以免费给穷人、老人医疗，为穷苦的人治病，那祖母也不至于贫病无依了。

这个世界，应该要有一个侠盗，像亚森·罗平那样，劫富济贫，去抢劫那个草屯吴的钱，去把高利贷的不义之财都偷出来，建一个孤儿院，一个贫民收容所，一间贫民医院……

如果有一天，我长大了，要当个罗平那样的侠客……这是我唯一能有的幻想。

4　女犯的告白

那一天，我不知道自己走了多久的路，才回到乌日的家。祖母担心得不得了，千言万语的心疼，她只红着眼眶说："你脸上怎么晒得这么红！"

"我用走的回来。"我低头说。

后来听妈妈说，她在监狱经历了最大的转折。命运给了她最艰难的监牢，却也给了她一个可以喘息的角落。

刚刚被抓进去的时候，她每天以泪洗面。想起家里的孩子，想起自己的命运，她就哭呀哭的，停也停不下来。

同房有好几个女犯，看她如此伤心，都来安慰。她们互相并不问名字，只用代号互相称呼。

三号是个有经验的女犯，她只听了妈妈说是"票据法抓进来的"，就把她的头抬起来指着其他人说："你不要伤心了。你看，这监狱里有一半是票据法进来的，你并不丢脸，有什么好伤心的？你看着，我也是这样；还不都是为了丈夫，为了家庭。我们都是为了男人犯的罪在受苦，不是我们的错，你不要低头自卑。"

等妈妈眼泪停下来，她马上用冷静的口吻问："你在公司有管开支票和财务的事吗？"

"没有。都是我丈夫在开，在管的。"妈妈说。

"那你知道自己被抓进来，是欠了多少钱吗？"三号问。

"我也不知道。"妈妈苦笑。

"你什么都不知道，如果法院问你，你要怎么回答？"她说。

"我只能照实说。不然，我也不知道该怎么回答。"妈妈老实回答。

"你如果这样去法庭上说，一定会被他们抓到把柄。你会很惨哦！"三号女犯说，"你知道吗？我当初，就跟你一模一样。丈夫去银行开了我的户头，用我的支票，我什么都不知道，只是盖上章，就把印章都交给他用。结果他跳票的时候，我被通缉了。我一个女人家，外面什么门路都没有，根本没地方逃，就被抓了。抓来的时候，他们问我，你知道不知道你开出多少支票？我说，我不知道。他们又问，你不知道，那支票是怎么开出去的？我说，是我丈夫开的，我根本没在用啊。结果，你知道什么结果吗？"

"什么结果？"妈妈被她问住了。

"我丈夫也被抓了。"三号说，"他们说，我既然不是使用支票的人，那就要抓真正诈欺的人进来，竟然把我丈夫也抓来关。"

"怎么可以这样啊？一个人担就好了。"妈妈说。

"是啊，这害得我丈夫也被关，我们夫妇两个人都被关，小孩子没人养育，只能拜托婆婆照顾。他们有没有吃，有没有穿，有没有上学，没人知道。很可怜呐！"三号红着眼眶说，"你一定要记住，千千万万，不能说你不知道。你就什么都认了，什么都担了，自己扛起来。"

几个同样遭遇的女犯，抱着妈妈说："你不要再伤心了。你没错，这整个监狱有一半以上的女人，跟我们一样的罪，自己要坚强起来。"说着都哭了。

妈妈记住了。她在法院开庭审理时，一肩扛下所有责任。法官问她："你一个女人家，怎么这么大胆，敢这样开支票？几百万，这么多的钱！"

"我是想先买原料，做好了锅炉，交了货，收了钱，回来就可以还了。没想到，钱没收回来，周转不灵。我不是故意的，我只是调不到钱。"妈妈说。

"那你丈夫都不管事？他不会找钱来付？我看，你不像是在外面走动的女人。不可能做这么大的生意？"

"我丈夫只管业务的事，钱都是我在管。他也不知道。"妈妈说。

"你知道这样犯了票据法，要坐牢吗？"

"我不知道。我也不是不付钱，只是我们没钱了。"

法官听了只是摇头说："你们这些憨女人，都是来帮男人坐牢的。"

就这样，妈妈扛下所有责任，判刑六个月。

幸好，南屯外婆家有一个亲戚在台中监狱做事，靠了亲戚的引荐，妈妈被调去工厂做裁缝。平时，她为监狱做工，缝制学生服、工厂制服；有时监狱的主管、职员想要做自己的西装、洋装，也会来找她。他们带着东京裁缝书，指定式样，请妈妈量好尺寸，再买布料来做。

妈妈的手工细致，职业水准，相当受欢迎。她因此有较多的时间在车间做裁缝，不必受到监狱的限制。有时，裁缝做累了，眼睛花了，监狱放风休息，让她去一片小绿地里荡秋千。从小到大，她从来没有这么空闲过，竟可以看着天空荡秋千。然而，她又想起了孩子，想如果可以带着小女儿一起荡秋千，不知会有多幸福！……

她回想，结婚之后，农事家事，从未间断，未曾有过休息。坐牢前，曾有算命的说，她将有牢狱之灾；南屯通灵的外公也曾警告她将有大劫难。她非常害怕，不知道能不能躲得过，每次去庙里拜拜，总是一求再求。

逃亡的时候，在被爸爸的外遇折磨得快发疯的时候，她的身体又瘦又小又黑，仿佛快无法支撑了，却还要硬生生地去种田，养家活命。

然而，是祸躲不过。这一场劫难让她失去自由，失去家庭，却也让她躲入一个无法动弹的不自由世界，靠着牢狱的缚绑，她不必再逃亡，得到了喘息，身体竟奇迹似的慢慢恢复了过来。

5　回来围炉吧，妈妈

没有一个同学知道，我是带着随时要告别的心情，在上学读书。我不敢说出家庭的遭遇，即使对最要好的同学，也一样沉默。我默默读书，珍惜这安静的时光，也不知道什么时候，工厂被拍卖，我们被赶出家门，读书生活就结束了。

在不断的阅读中，寻找思想的出路；在少年的乌托邦梦中，我开始建构起贫民收容所、孤儿院、贫民医院；我只能告诉自己，要奋斗，以后有机会，一定要建一所孤儿院、一间让穷人不必交保证金的医院。

用遥远的梦想，逃避现在的苦难；用埋首于书本的考试，度过那最煎熬的时光。等待妈妈的出狱，这是我唯一能做的事。

这一段时间，讨债闹事，法院查封等麻烦，没有断过。但奇怪的是，法院的查封居然没办成。有一次法院已经来拍卖了，却没人来投标，最后废标。

父亲在这危机中，勉力维持锅炉业务，让工厂还可以接一点工作，低度营运过难关。他眼看着自己把家庭搞得破散，祖父留下的一点田产，快变卖一空，也很没面子，下决心尽心尽力工作。

一个男人让妻子为自己去坐牢，其实是很不堪的耻辱。他信用破产，赌场不欢迎他，赌友不愿意跟他赌，他唯有自己站起来，才能再次走出去。

因为支付不起薪水，工厂的一些职员陆续离开。只有阿鹿舅和负责业务的吴经理不弃不离，坚持到底。父亲勉强周转，有时付得出薪水，有时拖欠一下，但他一定优先付薪水给工人。工人很义气，互相体谅，自带便当，一起在丝瓜棚下，吃着简单的午餐。

有一次，一个债主故意找黑道来讨债，那黑道带了两个兄弟模样的人，故意露出胸前的刺青，走了进来，就拍桌子说："干你娘，你们老板是哪一个？"

父亲眼看有麻烦，正在寻思如何应付，却见工厂里的工头阿兴已经带了几个工人，一身黑手的粗壮，手拿起打铁用的铁锤铁棍，一起走进来，站成一排，说："总欸，听说，咱工厂有事情吗？"

那几个黑道兄弟一看，绝对打不过这些真正的黑手，转头就放缓了口气。

靠着这些工人兄弟相挺，父亲和他们一起度过最艰难的时光。

由于画设计图的职员离开，靠着有限的日文，父亲开始自己绘图，学习设计不同要求的锅炉样式。有一些是新式的，例如原本烧石油的锅炉，因石油涨价，成本太贵，想改为烧木柴；有些工厂有锯木屑原料，想以此为燃料，他也一一找答案。如果有不懂的地方，就去请教来兼过差的工业设计师，一起找解决方案。

父亲常在工厂亲自督导工作。他认为锅炉是工厂的心脏，心脏出错，生产就不能运转，公司就无法运营。而锅炉安全非常重要，稍稍出错，蒸气爆炸，就可能致命。他个性如此父权而强悍，有些年轻工人一见到他就怕得发抖，不敢作怪。一些供货商也开始敢供应零件，他们认为父亲有认真在做生意，至少他们送货来都见到他在工厂督导的身影。

放高利贷的草屯吴经理，因为父亲卖了一块地之后，先还了部分欠债，自动调低利息，并未再强硬逼债。

有一次草屯吴向他抱怨，说："你那个大汉孝生（闽南语，'长子'），个性跟你一样，很歹哦。你要小心，他若大了，不好好读书，一定会去当流氓。那种个性，会做流氓头！"

爸爸问我到底跟他说了什么？

我不敢说出当时痛骂他吸血鬼的事，只是模糊地回说："他骂了你，我气不过，在电话里回骂了几句而已。"

痛定思痛，让父亲不再那么浪荡，也认清世间的现实与残酷。赌博减少，酒家减少。这一年，他四十三岁。

他变得比较常在家，但妈妈没回来，全家仍笼罩在一种"有一个家人被关在监狱"的耻辱感之中。每次邻居亲友见面，我总是头低低的，仿佛人家已经知道了自己的妈妈是罪犯。而在学校中，我也很怕老师同学谈起家人。

那一年冬天，父亲看我们几个孩子无依无靠，实在不忍心，于是再卖了一块地，再向银行借一点钱，去监狱交清了剩余的罚款，让妈妈可以提早回家过年。

那是除夕前一天的黄昏。学校已经放寒假，我们早早知道了，全家都在等候妈妈归来。两个妹妹很懂事，静静在房间里玩布娃娃。祖母准备了猪脚面线，也准备了一盆炭火的小火炉，她先点上小火，放在大门口，让它慢慢烧。空气中有一种过年围炉的炭火香。

天色慢慢暗下来，夜风愈来愈寒凉，工人都下班以后，整个工厂显得空空荡荡，几根拖吊车用的绳索，几座未完工的锅炉，那黑黝黝的铁器，有一种粗犷的荒凉。快七点的时候，对面纺织厂的女工都走光了，街道上的行人更稀少。我和弟弟妹妹一起站在门口张望。

两个小妹妹担心地拉着祖母的衣服，一直问：妈妈怎么还不回来？

许久之后，父亲的车子从台中市的方向，绕过一道桥，开回来了。车子先停门外，妈妈走了下来。

"我先带她去剪头发，回来得比较慢。"父亲说。

妈妈刚烫过的头发，显得有一点喜气，散发出一种发油的味道，她穿着毛料大衣，从大门外走下车的时候，两个妹妹忽然从里面跑出来，大喊一声："妈妈，妈妈！"

"等一下。"她哽咽着，没有立即走过来。

安安静静地用艾草水洗过脸，用手巾慢慢擦干净手脚，仿佛要去掉一身从监狱带出来的霉气。

小小的炭火炉子在地上闪动着红红的火光，冬天的夜，吹着冷冷的风。

妈妈跨出一步，抬高了脚，跨过了小火炉，她终于伸出手，抱住了两个妹妹。

她眼中，满是泪水。

"回家了。回家就好了！"祖母说。

妈妈肤色看起来变白，也比较不那么干瘦了。她望着我，说："你较大汉了。"

她先走回到厨房，祖母盛上准备好的猪脚面线，只吃了一口，象征祛除不幸，迎接好运气，再拿起筷子，卷起面线，一口一口，开始喂小妹吃了起来。

大妹妹拿着碗说："我也要妈妈喂。"她捧着碗，站在妈妈旁边。

"好啦。碗给我。"妈妈一口一口轮流喂她们。

祖母站在一旁看着。我们陪着父亲坐下，开始吃饭。

"先吃猪脚吧，今天才刚刚炖好的。"祖母说。她依旧站在旁边，依照过去的惯例，妈妈也一样。

"今年还没有新衣服哦？"妈妈抬头问。

"还没买呢，你明天带他们去马莎家买一买吧。"父亲说。

"阿玟、阿清都长高了。"妈妈望着两个张口等待喂食的小女孩说。

妈妈回来，仿佛一切安稳都回来了。

6　归来的头家娘

头家娘回来了，许多人上门来探望。

最先来的是阿树嫂。隔天一早，她带来一大盒糖果饼干，给孩子过年吃。她握着妈妈的手，只道："回来就好，咱孩子还小，不要失志，从头开始哦！"两人就流泪了。平时带着一群男人在外头打拼，大声指挥，当搬运工头的男人婆，如今和妈妈喝喝着。

"总是回来了，要开始新的一年啦！新的一年，要欢欢喜喜，欢欢喜喜啊！让孩子都快快乐乐过新年！"阿树嫂说。

本来除夕都已经休假的工人也特地回来看妈妈。

"头家娘，你回来了！"他们高兴地说。

"我们最想念你的焢肉了！"

许多老朋友趁着新年来探望。他们看妈妈有些自卑，意气消沉，就打气劝道："你要再站起来，把申昌的生意做起来，申昌公司没有你不行。回来好好做！"

大姑也回来劝妈妈，希望她出面掌握公司的会计财务，因为父亲虽然有气魄，也能赚钱，但他"花钱太凶，手指缝太大，留不下钱财"，管理财务完全没有章法，一开心就挥霍。

"这只野马，一定要有人管住他。你是唯一的一个。如果不这样，赚再多钱也不够他吃喝嫖赌，申昌再也没希望了。"大姑说。

过去的会计来探望妈妈，她直接而明白地说："其实公司还是有赚钱的，现在景气好，有许多业务，工作多得做不完。但总欸的开销太大，钱一直流出去。朋友来，吃饭喝酒，不知节制。他有时候赌博输了，就让他们来公司拿钱。票子开出去，什么时候付款，什么时候会有钱进来，他毫无概念。如果没有好好管理，公司还是会出问题。但我是做会计的，只能听他的命令做事。虽然明知道以后会有问题，我们也只能照办。这个洞不补起来，千万不能再做下去！"

但妈妈很怕。她逃亡过，坐牢过，深知一旦涉入财务，从付钱、调钱、发薪水、付货款、银行周转等等，非常庞杂；而且每一个工人的生计，都要照顾，这个责任实在太大。她只想平平安安过自己的小日子。

她只想继续去做裁缝，赚一点小钱，足够过生活，让孩子平平安安上学长大，她不想扛一个天大的责任。

一个进口日本钢板的供货商带着他的太太，特地从台北南下。他太太一见面，就握了妈妈的手说："你不要担心，我们不是来要钱的，我只是来看你。他们说你回来了。真好，吃过苦的人，什么都不怕了。"

妈妈歉意地说："真是不好意思啊，欠了那么多的货款。"实际上妈妈知道，他的货款有一百多万。这在当时已经可以在台中市买下两幢透天厝，是一笔很大的金额，但他们却好意地什么都不说，只是安慰她。

"这一次回来，你千万不能失志啊！"那位太太看妈妈头低低的，仿佛很自卑的样子，就鼓励说，"你不要难过，'神仙打鼓有时错，脚步踏错谁人无'，以前的日子都过去了。你不要头低低地过日子，这不是你的错，要抬起头来，好好带孩子走下去啊！"

"我会好好做下去，请放心吧。"妈妈说。

"那你以后有什么打算，我们可以帮上忙的。"她问。

"没有什么，我想要去找一个安定的工作，做做裁缝，赚一些钱，好好地培养孩子长大。"妈妈平实地说。

"可是，申昌的事，你不要管了吗?"

"魅寇的事，实在是不想管呐。他个性太强，公司的事，又太复杂了。总是帮帮忙就好了。"

"你这样不管，公司财务一出问题，最后还不是一样的结局，全家都受罪，孩子也不能读书，你无法不受影响啊。"她说。

"可是，至少我可以自己赚钱，不受他的影响。"

"可是如果你不做，他自己不会管财务，公司不是又要面对困难倒闭? 不然就只有收起来了。这些债务，怎么也还不完啊！"那太太很认真地说。

"可是，就算是我们再打拼，也拿不出几百万来还债，银行也借不到钱，一样会垮啊。"妈妈认真地说。

"你不要担心，我们也不想现在就叫你们还钱。只是现在你们倒了，我们一样拿不到货款。还不如这样，我们继续供货给你们，但是你们用收进来的预付订金，来买铁板、零件等，继续接业务，继续做下去，等到锅炉交货了，你们就可以收回一些钱，以后每个月，有钱就还一点，一点一点地还，总是有还完的一天。"那太太说。

"可是，我们不只欠你们一家，还有一些零件供货商、氧气桶供货商，他们也要还钱。"妈妈说。

"总是，你用我的办法去想一想，他们其实跟我一样，都不想看到你们倒了。你们一倒，谁也收不到钱。还不如继续供应你们，让你们站起来，等你们公司好起来了，以后再慢慢还。大家如果都是这种想法，你把他们都找来，谈一谈以后怎么还钱，只要是你出来说，他们会相信你的。"那太太真诚地说，"我们都知道你很善良，我们认识那么久，也不曾见过你占人一点点的便宜，总是，我们希望你出来做，我们有信心。我们都会帮助你的。"

父亲的一些生意伙伴也都主张，唯有让妈妈出来管理财务，公司才有希望。他只好去和妈妈商量。

但妈妈还是不答应，坐牢让她怕到骨子里了。他没办法，只好请祖母做说客。

祖母很厉害，她不说公司的事，只说："你不在的时候，孩子都没人照顾，衣衫破了没人补，旧了没新衣穿；你不出来做，魑寇把家里的土地都败光了，我老人家只好带着孙子去流浪街头，最可怜的，还是这些孩子，没法读书了……"

祖母的话没说完，妈妈整个心就软了。

最后，她向父亲开了一个条件："要我管财务可以，但你不许指挥钱的进出，支票、印章归我管，你不能随便付钱，不正常的钱，我不付，否则我就放下不管。"

父亲同意了。

妈妈开始的第一项工作是给过去的债主一个一个打电话，一个一个谈，希望他们体谅，给一点宽限时间，以后会逐步还款。

并不是每一个债主都乐意接受，但眼见头家娘坐牢后还有诚意主动打电话来，要出面解决，他们都吓一跳，即使付款时间慢一点，但至少可以收到欠款。

妈妈管财务，让父亲失去挥霍的自由，刚开始很不习惯。有一次，他去赌博输了钱，欠了好几万，不敢回家说。直到对方来收钱，妈妈把他拉到卧房里盘问，才吞吞吐吐地说出确有此事。

但妈妈不付钱。妈妈向对方明确表示："这是他自己去赌博的结果，不是公司的行为，公司不会为他支付任何钱！"

对方怒道："骗痟仔，他是公司负责人，他不付钱，谁付钱？"

"是他去赌，又不是公司赌，公司当然不付钱。你自己找他要。你当初要借他钱，就得想到赌博的钱，收不到是天经地义的事。你自己要借，就得承担这种风险。"妈妈强硬地说。

最后，妈妈坚持不付钱，对方只好认了。这种消息传开来，父亲的赌博之路，慢慢被断了。

掌握财务一年多以后，父亲只能找几个熟悉的老搭档，如做炼铁工厂的白老板、在农会信用部的经理、做软水设备的老板等，去这个或那个人的家里打牌。它只是一种家庭麻将，小赢小输，而不会像以前那样大赌几天几夜了。

然而，赌徒仿佛都有想大战一场，大赢大输一决生死的冲动，父亲也一样。他曾瞒着妈妈偷偷打一两次。有一次，台北几个生意上的朋友，做钢铁进出口的大贸易商，相约来台中旅行，晚上在一家饭店里打麻将。他们打得很大，两万元底，对插，一台一千元。依当时市价，五十万元可以在台中市买透天厝，这一场赌局有多大，可想而知。父亲被邀约，不愿示弱，去打了一夜。

几年后，他才跟我说，这是赌过最大的一次，真的很紧张，注意力要非常集中，仔细看别人可能听什么牌，绝对不能出错，先不要想赢钱，一切以安全为上。他小赢五万，于这种牌局等于没输赢。他说，不敢大赌有一个原因：输不起，输了你妈不付钱。

为了控管财务，妈妈不是只管记账，她还要管理材料的进出货。刚开始，公司营运有困难，她得拿现金去买钢铁零件，所以要仔细管理工厂进出零件，控制成本。她叫工人建了一个仓库，依照每一个锅炉的合约，去订必要的材料，不许浪费，把每一个锅炉到底有没有赚钱，算得清清楚楚。

她负责开出去的支票要兑现，所以每一个锅炉的进度，什么时候结束，什么时候要收钱回来周转，都有一本账。

每天晚上，工人都下班，孩子也睡下了，她一个人在办公室慢慢算账、记账、开好支票。她说，这时间不必煮饭、洗衣、管孩子、管工人，特别安静，数字才不会出错。她常常拿着老算盘，一颗一颗地打，自己算到夜深。

妈妈的财务信用良好。虽然她不曾亲自去银行交涉，但"申昌头家娘"说话算话，付钱不会出错，得到银行信任。她调度起来竟然比父亲灵活。

当时，刚刚遭遇石油危机，全球经济本来就不景气，但政府为了活络经济，推动十大建设，进行公共工程投资，奖励民间投资，再配合加工出口型工业政策，带动中小企业的设立，作为工业生产的心脏，锅炉生意供不应求。不仅申昌一家，许多锅炉小公司纷纷设立。

用妈妈的话说："那些年，生意好到人家拿着现金来拜托你做，只要做得好，就有钱进来。他们也急着要开工，开工了，他们就可以出货有钱赚。"

"但关键是咱中小企业的朋友，总是有感情的，逗阵相挺，我们才能渡过难关。"她总是心存感恩。

出人意料的是，妈妈还的第一笔大钱，竟是我们家对面的一个农民——臭头仔伯。他年轻时曾患过头虱，用了过量的药，才被这么叫的。他曾陆续借钱给父亲周转达五十万。本来他已经把妈妈的支票存入了银行托收，父亲支付不出来，妈妈就要被通缉。但他善良用心，同情妈妈，把支票抽了出来，只说："你这么可怜，都在跑路了，我怎么忍心把支票轧进去？真的没钱，害你去坐牢，有什么用？等你们有钱了，再来还吧！"

他的好意，妈妈铭记在心。生意好起来，存了一点钱，她首先设法还这一笔。当妈妈拿了一张五十万元的支票，还给臭头仔伯的时候，他惊疑未定地问道："阿秀绒啊，这么大一笔，你确定可以支付吗？我慢一点还没关系，不要再害了你们。"

"放心吧，我准备好了。"妈妈保证说。

这是妈妈还的第一笔大钱。其他积欠的货款，每个月一万两万的，陆续还一点，收到钱的人，几乎不敢相信她会这么守信用，名声在业界就传开来了。以后再叫货，也不必用现金了。

拜经济景气之赐，三年不到，妈妈就还清了债务。但她不甘心只是这样，于是边还钱，她边开始想用什么方式，争回自己的尊严。

"我们从三合院出来，一个种田的人，遭遇这么多事，人家都认为我们垮了，田地卖了，人坐牢了，大家都瞧不起我们。"妈妈说，"现在，我们生意慢慢稳定下来，一定要做一点事，证明我们站起来了。"

"要怎么做?"父亲问。

"我们自己建一幢楼房，房子站在那里，就说明我们站起来了。"妈妈说。

"要建什么样的楼房?"

"楼下一层可以作办公室，有体面一点的模样；楼上可作为住家，二三楼我们自己住，可是需要多一点房间，四个孩子都长大了，再不能每天和阿嬷窝在一个通铺里。他们需要自己的房间。"妈妈说。

父亲做过土木工人，自小就会盖土埆厝，现在更会画设计图，于是从设计、打地基到建筑材料，全部都自己来。

盖房子，闽南语叫"起厝"。其意有"起家"、"建设一个家园"的意思。一个成功的人，在农村里，要建一个三合院落。而在工业社会，则是要建一间"楼仔厝"，也就是楼房。妈妈要用这一幢小楼，来洗雪逃亡、坐牢的耻辱。

7　年轻媒人婆

因为妈妈的归来，我安安静静读书，那一年终于考上台中一中。

在我们乌日乡下，从日据时期开始，读台中一中的人，后来大多当上医生、工程师，父母不免有所期待。刚刚读过史怀哲传记的我，也在心中怀着暗暗的梦想，期望有一天，建一间贫民医院，让受苦的、没有家的、无钱医治的人，有地方可以去。

每天中午，工人又回到后门的小沟渠边，排成一排，双手捧着饭碗，打着赤脚泡在水里，让上午劳累的燃烧般的双脚，冰镇凉透，一边喊"头家娘，最怀念你的焢肉饭，菜脯蛋了"。

这时节，正是工人青春的时光，铁工厂的工人都二十来岁，怎能抗拒对面纺织厂女工美丽的风景呢？平时来上班的时候，总是穿得一身脏兮兮、有铁锈气味服装的黑手工人，每次到了星期天的早晨，忽然就穿得特别整齐漂亮了。花俏的港式衬衫，小喇叭裤，抹得油油的发蜡，身体有雪花膏的香味，混合成一种阳光男子汉的气味。

有一个星期天早晨，七点多一点，出乎妈妈意料之外，工人阿丰提早来到公司。妈妈正在打扫办公室。他只是安静地站在办公室外抽烟，偶尔望了望妈妈，张口想说什么似的，又低头不语。妈妈以为他在等什么人，要一起出去玩，随口问："你要不要先去洗洗车，不然怎么载姑娘出去玩？"

"等一下吧，今天来得太早了。"阿丰说。

妈妈看他有点怪怪的，忍不住说："你要不要先拿点钱去加油？"她怕阿丰没钱，不好意思说。

"没有，车子还有油。"他说。

"哦，那你坐一坐吧。"妈妈说。

不料他只是站着，等到妈妈扫完了地，他丢下烟头，走过来说："头家娘，我有一件事情，想，想，想拜托你。好不好？"

这阿丰是一个粗壮的男子汉，整个手臂粗得像两根棒球棍，他可以一拳打得对方从马路的这一边，滚到另一边。但他平时是一个老实而容易脸红的青年，个性害羞内向，有什么事，一句话就可以说完的，他常常只说了半句。这时，还是吞吞吐吐。妈妈笑了。

"阿丰，你们今天是不是约了去钥匙俱乐部?"妈妈以为人没来齐，星期日早上的钥匙俱乐部还没开始。

"不是啦，头家娘，我有事想来拜托你。"

妈妈好奇地说："你力气这么大，一辆汽车都可以搬起来了，还要我帮什么忙?"

"是这样的，头家娘啊，我是有去钥匙俱乐部玩，四个月前开始的。我们载了咱纺织会社的女孩子出去玩，去日月潭，还有埔里。"阿丰幸福地说。

"那真好啊，少年郎，找好伴，结好缘，真正好!"妈妈说，"去了几次，你有找到好对象吗?"

"有啊，就是有才烦恼啊。"阿丰说。

"有了伴，高兴都来不及了，你担心什么? 她有喜欢你吗?"妈妈问。

"她是喜欢我。但她的家庭，好像很反对呢!"阿丰苦恼着脸。

"反对什么? 你也是堂堂正正一个男子汉，有手有脚，勇勇健健，有什么好反对?"

"她爸爸，希望她嫁给一个吃公家头路的人，以后生活比较稳定! 但我们是做工的人，又不是吃公家饭的。"阿丰说。

"慢慢来吧，你只要继续努力工作，存一点钱，就会有成就，她父母总是会答应的。"妈妈安慰他。

"头家娘啊，不是我不努力，我很努力，可是，可是……"

唉，没时间了啊！"阿丰欲语还休地说。

"怎么会？你们还年轻呢，以后多的是时间，她爸爸妈妈也反对不了多久的。"

"不过，不过啊，头家娘，她有身了……"阿丰说。

"啊？怎么会这么快就有身了？"妈妈惊讶地说。

"我们去了日月潭，后来有一次，去彰化鹿港，回来比较晚，她就没有回宿舍……"阿丰涨红了脸。

"三四个月了。"

"这样，是不是开始有一点肚子，快看得出来了？"妈妈惊讶地说。

"看得出来了。可是她一直拖着，不敢说。"阿丰说。

"唉！左手牵衫盖肚脐，是盖不住的，赶紧去提亲吧。"妈妈笑着说。

"要拜托头家娘，她家里反对嫁给咱们做黑手的。可是，我又不会说什么话，只有拜托头家娘去说亲事。"阿丰说。

"没关系啦，咱做黑手的人，有情有义，会顾家。"妈妈说，"咱们做黑手的，正直可靠一世人！"

"做黑手"是一个特别的名词，专指在铁工厂、车床厂、机械厂、汽车厂等工作，容易把手沾上油污，双手弄得黑乎乎的人。我们铁工厂每天傍晚下班的时候，身体和手，的确会弄得脏兮兮的。但他们总是认为：男子汉，不都是这样吗？上班流得满身大汗，下班洗干净，吹着黄昏的凉风，喝一杯冰凉的啤酒，快意的人生。他们宁可当黑手，也不愿意去纺织厂当小白脸。

妈妈当起了媒人婆，出面去提亲，表示这工人信用还不错，至少是一个可靠的人，工作有保证，亲事谈起来容易多了。

那一段时间，工人正当青春，一身肌肉蛮力，一辆野狼机车，一双饥渴的眼睛，整个人像一罐荷尔蒙，满得要溢出来了，自然爱情爆发，生出许多故事。即使那时政府开始推广避孕，各处墙壁上贴着如何使用套子的图，但那些像气球使用说明书的图和放在大医院走廊里的自动售卖机，根本无法追得上荷尔蒙的扩张速度，我们工厂的工人，从机车俱乐部到搞大肚子，到礼堂完婚的速度，和父亲新买的那一辆红色跑车一样，火热飞快，迅速抵达。

父亲天性好"风神"，喜欢风风光光出入，事业初有成，他就换了一辆日本原装进口红色跑车，显示他东山再起。当时有车的人不多。经济刚刚起飞，就算有车，也是买交际实用的黑色轿车，像他这么大胆，买原装流线形鲜红色跑车，这在我们乡下，真是开了风气之先。

开着"风神"的红色跑车去提亲迎亲，后面再坐两个小花童，简直再合适不过了。头家娘顺理成章地成了媒人婆，父亲的跑车常常拿来当新娘礼车，由阿鹿舅当司机。

那时的工厂真热闹，工人结婚要请客，生小孩送红蛋，过年过节，新人还要带孩子来给妈妈抱一抱，感谢媒人婆的玉成，顺便领个小红包。那时的妈妈，不只是一个头家娘，更像是工人共同的母亲。

父亲生性强悍，管理工人是家长制的。命令下达，没有转圜余地，工人有什么事都不敢跟他说，只能请妈妈帮忙。举凡提亲聘礼、结婚生子、邻居喜庆婚丧等，一应人事，都由妈妈综理。有时工人父母生病要送医院，谁家需要一点慰问的红包，谁家的孩子满月要送礼物等，甚至夏天加班的工人需要喝一些冬瓜茶、仙草冰，冬天加班的工人需要一点红豆汤、热包子，好穿过夜风回家，都由妈妈照应。

"头家娘"三个字，等于是：家长兼媒婆，会计兼厂长，总务兼仓库管理员，只有调度银行的钱、发薪水的时候，她才回到一个"财务长"的角色。

有了头家娘的公司，一切有了重心，头家在外面打拼业务，喝酒应酬，南北奔波，后方是头家娘看守，用她的细心管理工厂，用她的温情善待工人，用她的信用处理财务，用她的耐心，日复一日，包容男人在外面的奋斗与成败。

这就是一九七〇年代，台湾中小企业成功的奥秘。

8　东京书店

父亲慢慢改变了。他比较少赌麻将，因为他要赌更大的。

经历那么多的挫败，曾被人瞧不起到了人人躲着他的地步，曾被熟识的人如此辱骂，甚至连打麻将都没地方去，他总算在跌倒后，感受到失败的痛苦，乖乖服从妈妈的管理。即使妈妈故意不支付赌债，他也只能摸摸鼻子，想办法找朋友来解决。

但父亲天性好赌好强，一旦安定下来，又不甘心过平凡日子了。他想在锅炉经营上有所突破。

本来铁工厂所做的锅炉不大，属于民间中小企业用的中小型规模，两吨、五吨，了不起到六七吨就很大了。而且主要是烟管式锅炉，结构比较单纯，爸爸已经熟悉。但台湾经济起飞，烟酒的需要量愈来愈大，各个公营的烟酒厂为了扩大生产，纷纷购买更大、更新型的锅炉。

父亲看到这个趋势，想要介入这一门生意，但要参与投标，必须有做过大型锅炉的资格，他在等待机会。恰好这时台中酒厂正要做一个十五吨的水管式锅炉，资格限制比较宽，他决定加入投标。

妈妈和吴经理都劝他不要冒险。因为，台中酒厂十五吨水管式锅炉，对当时的公司来说，是超级大型，公司未曾做过，连设计图怎么画都不知道。

但他认为：如果今天不去做，以后永远不会有资格，公司只能做小锅炉，技术和能力无法提升。如果跨过这个门槛，以后就有资格参加政府的大标案。他认为，做一个大标案，成败的风险虽大，但公司的资格与技术能力，才可能提升。至于怎么做，他认为只要找到好的工程师，画出正确设计图，锅炉的建造，他有信心监工完成。

透过与其他三家锅炉厂的协商，以及公开投标的程序，公司终于得标。但得标才是梦魇的开始。父亲不会做水管式锅炉，于是透过朋友找到一个民营大企业的工业设计师。但那个设计师一开口，竟要五十万元设计费。

他当场傻眼。

五十万，所有利润加起来最多如此，这个工程就等于白做了。他不甘心，决定自己动手。

他向一家进口日本设备的贸易公司买了一套必要的炉心设备，再买了大量有关水管式锅炉、热力学、流体力学、锅炉设计等的书。

他上过日本学校，但只有到小学程度；光复后，失学失语，中文重学，困难重重。他想用仅有的一点小学生日文基础，开始阅读工业用日文书，困难重重。

"就像一张脸，鼻子嘴巴耳朵你都认识，可合起来却是一张不认识的脸；那些书，每一个字都认识，但加起来，你就是不知道它说什么。"父亲说。

他找来以前画设计图的洪工程师，两个人一起研究。那洪先生一边教父亲制图，一边教他如何看懂锅炉设计、热力学等书。无论是专有名词、流体力学原理、热力学原理、设计图表、计算公式、专业术语等等，许多人们熟知的名词，对他都是全新的功课。

那洪先生一边教，一边用锅炉的实物比对，学起来竟是无比实用。

十五吨的锅炉设计图，就在两人通力合作下完成。然而图归图，能不能用是另一回事。

所有工人都很害怕，不知道这样设计下去的锅炉能不能用。如果不能使用，搬到了酒厂试车不能运转，要再改都来不及了。

台中酒厂的合约是有限制的，如果无法如期完工，一旦开始罚款，那就只有一个结果：赔死了，公司也垮了。

"剉咧等（闽南语，'害怕地等待'）"，工人一边做，一边念。

妈妈去妈祖庙拜了好几次，只祈求平安过关。只有父亲，一路往前冲。根本不想"失败"二字，只想着非成功不可。

锅炉制造好了，运去台中酒厂安装的那一天，父亲带着工人去现场安装的同时，妈妈带着三牲五礼去乌日朝天宫拜拜，祈求妈祖保佑，还许了一愿：如果顺利安装完成，一定来还愿。

所有管路、电线、配电等安装，父亲一路亲自监工，所有周边管线都安装好以后，开始试车。父亲口念阿弥陀佛，开动电子点火器，轰一声，锅炉开始燃烧，水管里的水加入流动，开始热了起来。

"哇，烧起来了！"工人欢声雷动，高声庆祝。

欢呼过后，隔天继续试运转下去，却出现一个大问题：无论怎么试运转，锅炉的总量就是无法到达十五吨的要求。换言之，如果无法满载，达不到十五吨标准，这个锅炉就不能检验合格，而公司不仅收不到钱，还要赔偿违约金，它的金额足以让公司倒闭。

父亲亲自试车，白天试，晚上想，隔天再试，回家再想，再试，终究难以解决。每一个关键部位都试过了，就是没办法。他心急如焚，再去找工程师谈，也找工人一再试，就是达不到标准。

最后没办法了，他和妈妈去求妈祖保佑，请神明帮忙。

说也奇怪，一天半夜，他忽然想到，会不会不是锅炉设计出问题，而是酒厂供水的水压不够。第二天，他去把酒厂的水阀开得更大一点，当水一冲入，水压立即上升，锅炉有了足够的水，顺利到达十五吨的容量，而且超越了。

工人一片欢呼鼓掌声中，父亲抽着烟，微笑地说："锅炉这东西啊，是所有条件的总合，不能只看设计本身。"

当天，台中酒厂的老工人特地送他们一大水壶原汁米酒头，至少有三公斤重。那是米酒酿制过程中第一道出来的酒头，特别香醇，特别浓，至少有四十度。当时还在烟酒公卖的阶段，工人从未喝过原汁米酒头，唯有这一次，父亲叫工人用平时喝茶的大水壶，带回来一大桶，陪着工人开了一桌菜，每一个人，用碗盛了一大碗酒，痛快喝，痛快笑，痛快醉。

9　螺旋形人生

一个连种田都可以搞出"铁指甲"的人，是不可能一辈子安分做锅炉的。总是喜欢创新搞怪的父亲，继续追求他的"技术升级"。

他的知识基础只有简单的日文，可锅炉的专业知识一旦打开，热力学、流体力学等理论一旦明白，他就停不下来。

那些年，工厂固定向一家日本公司购买核心设备，每年总有两次，他借机去日本订购设备，顺便逛书店，买新的锅炉设计与流体学、热力学的书。

"他呀，总是去了日本，被日本婆子那样'阿娜内呀内的'，内到不知道要回来了！"有人问起父亲是不是去了日本，妈妈就这样笑着说。

像学生一样，他每次从日本背回来十几本书，那些书是在台湾买不到的。

他读不懂的，就问工程师、设计师，甚至问我叔叔。叔叔在大同工学院读过书，不懂日文，但懂得看图表和设计图。他还去日本买了好几种不同的专业词典，包括热力学、流体力学、工业字典等等，看不懂就查。

靠着这样的自修，小学毕业的他，开始设计出各种各样的锅炉。热煤锅炉、水管锅炉、烟管锅炉等，连台湾锅炉协会台北工专毕业的专家，都佩服他的知识之新，直通日本的最新技术。

父亲一贯秉持那种即使插秧也要速度最快、赌博也要当职业赌徒的"专业精神"，总想跑在时代前端。有一天，他看见日本有一种新型设计，燃烧效率比传统锅炉高出三成。也就是说，一样的燃料，花一样的钱，但燃烧效率高出三成。既省油又省钱，非常厉害。

他仔细比对，发现其原理是把一般加热的直形铁管，改为螺旋形。让水流通过铁管加热的时候，由于螺旋形而增加受热面积，效率自然增加。但如何做出螺旋形的铁管呢？

他决定去日本公司一探究竟。

由于是专利技术，那公司不愿意让人参观制造过程，也不谈这种铁管的设计原理，只展示其效能。

这种效能，让一向崇拜技术本位的父亲，看得口水直流。他忍不住和日本公司谈专利授权。

但这家公司不愿意将螺旋形铁管的技术转移，只同意可以卖制造好的螺旋形铁管给台湾。可是，那螺旋形铁管的出售费用特别高，根本不是台湾厂商可以负担的，即使做了，也没有利润。

然而，那技术的高效率实在太吸引人，让父亲心痒难耐，每想到就食不知味。他找了日本的生意伙伴，询问有无资料可查，有无专家可咨询。他自己也拼命看资料研究，想找个解决方案。但毫无结果。

几天后，他和那一家公司约见，想拜托他们降低条件，好让他引进台湾。不料那日本公司的人看他如此心动，反而提高条件，不仅螺旋形铁管要卖钱，连台湾制造的锅炉还要收专利权利金。如果要，现在得签约，才能有台湾独家权利，否则会签给其他公司。

父亲明知道专利在别人手里，要买就得照着走。但他实在吞不下这口气。

那一夜，他独自喝着酒，心里很犹豫，到底是要吞忍这口气，直接买技术比较快？还是回去，自己拼拼看？

他在一间小小的居酒屋喝酒，满屋子香烟味、酒味，一屋子日本语醉酒男人的喧哗。他仍在犹豫着要不要去签约的时候，妈妈桑过来问他要不要再来一壶？他又要了一壶，却忽然跟自己生起气来。

"巴格耶鲁！就不信我做不出来！"他对自己说。

他干了酒，走出门去，站在路边，望着新宿夜色的灯红酒绿，点上一根香烟，大吐一口气，用闽南语骂道："干伊娘！你以为我不敢跟你拼！"

这个技术真的太新了，日本刚刚开发的专利，台湾有谁懂？

他跑去找几个做铁管的大厂，把成品交给他们，找技师一起研究，希望可以制作一样的东西出来。但没有一家技师可以办到。他又跑去高雄，找在地铁工厂的朋友寻求铁工界的技术高手，但没人有办法。他去台北找台北工专的专家，他们回答，日本的技术比台湾快十年，我们暂时还没这个能力。最后，他忍无可忍，只有下决心自己来做。

他把日本带回来的书都查遍了，没答案。他找来一个头脑机灵的车床工头，叫阿达仔，带了两个年轻徒弟，依照父亲的设计，没日没夜，实验制作。一次又一次，做出过各种弯弯曲曲、奇形怪状的管子，却没有一次成功。但他不管，用青年时代连续一个月倒骰九倒到变成专业赌徒的拼命精神，天天做，夜夜拼，希望可以做出结果。

许多夜晚，他独自画图，画到深夜，隔天一早，兴冲冲请阿达仔去做，但不是管子扭曲，就是破坏了铁管，结构整个变形。

有时，他下午才想到了一种设计方案，要阿达仔立即做。他等不及了，非要工人加班，他不管别人怎么累，就站在旁边等。有时结果做出来，已经半夜十二点或一点了。

日复一日，夜复一夜，车床师傅阿达仔开始生气了。他是一个干瘦而爱碎碎念的人，一个多月下来，他变得更干更瘦了。有天晚上，父亲的制作实验再次失败，他跑来和妈妈私下抱怨：

"拜托啊，拜托，头家娘，你叫他不要再做了。咱们申昌的铁管是不用钱的吗？一根又一根，已经做了不下一百多根，没一根成功，都成了废铁。咱总欶是要拼到什么时候啊？"

"他不累，不怕花钱，可以。反正我是工人，领薪水，做事。但你能不能叫他不要再加班了……"

妈妈从以前就知道爸爸的脾气。爸爸要拼的事，除非走到尽头，路都走绝了，否则天皇老子都别想叫他停下来。铁指甲、倒骸九都拼过了，现在只是再增加一样。

妈妈劝道："咱总欶的个性就是这样，除非他不玩了，否则你千万别叫他停下来。你们愈叫，为了面子，他更不会停。反而会搞得更久，你就陪他做到底吧！"

阿达仔还在念，妈妈就说起父亲年轻时代做"铁指甲"的往事。

"你知道吗，那个打铁匠陪他做了一年多，最后打铁匠都可以打金戒指了。你知道最后怎么结束吗？"

"啊？"阿达仔张大了嘴。

"是拼不过泥土的吸力，才宣告结束。"妈妈说，"这一次，才刚刚开始呢。"

"阿弥陀佛，不要再一年，再半年我就起痟了！"阿达仔说。

这一段时间，父亲一边做，一边再找工程师、教授，把各种实验方法和结果，拿去请教，但找不到答案。他可以做到把铁管做成圆纹状，确实已增加了传热面积，但就是无法呈螺旋形状。就锅炉来说，非要螺旋形才能让水流顺利通过，否则水温无法均衡受热。

有一天晚上，已经十二点了，他请阿达仔做最后一次修正。他认为，再修正一下，也许就可以了。可是，到了半夜两点多，工人拿来一根管子说，可以做螺旋形了，但管子还是会变形，弯了。

他看着发呆，一想再想，抽了几根香烟，无解，最后放弃了，说："你们先下班回去吧。"他自己坐在办公室发呆。

妈妈半夜起来，看他还在画图、抽烟、发呆，怕他有什么痴病发作了，就倒了一杯茶给他说："先睡一下，明天再来吧！要不休息一下，打两天麻将，脑子放松一下也好。"

睡觉前，妈妈想起了乌日村子里那个叫"空竹丸仔"的人，他年轻时，据说是很聪明的读书人，只是书读得多了，想得太多，竟发起了痴病，最后"起痟"。她不免有些担心。

隔天一早，工人还未来上班，父亲已经坐在设计桌前，画好了图。一夜未睡，满桌子烟灰，他叹气对妈妈说："昨天有一根轴心，可能设计错了，今天再修正一下看看。"

下午的时候，妈妈只看到他拿着一根铁管，那是一根有着旋转圆弧的管子，黑黑的，外表有点粗糙，表皮磨得沙沙的，不好看，但已经成形了。他对着所有办公室里的职员宣布说："生出来了！我要做的，生出来了！"

他后来说，当时他在心里对着日本国方向，大叫一声："干，我做出来了！"

他把这个技术拿去申请专利，专利权可保有十年。

他成为业界的传奇：日本殖民地小学毕业生，一个农民出身的庄稼汉，一个失败的赌徒，一个欠债逃亡的浪子，一个锅炉小企业主，一个不知道热力学与流体力学的门外汉，最后竟可以突破技术局限，做出日本人都不愿意出让的专利技术，这让所有人都跌破眼镜。

爱膨风吹嘘的父亲，总是说："发明这个专利根本没什么，这是遗传。你去看电视剧的杨家将，几个人就可以把几万个番邦大军打得屁滚尿流！"

他请制作车床的阿达仔和所有工人去喝酒。庆功宴的那一天，他很骄傲地透露："屎伊娘的，这些阿本仔，真欺负人，当初竟然跟我要一百万权利金，还要每做一个锅炉，给一次技术权利金。伊娘卡好（闽南语，'他妈的'），吃人够够！咱不信他，自己做，终于做出来了！"

"总欸，您这一支确实比较厉害，很大支，还会旋转。咱台湾制造，比阿本仔的那一支，还更大支啦！"阿达打趣说。

"总欸，你这一支磨了两三个月才磨出来，不厉害还行吗?"工人说。

"哦，我们总欸这一支家私，拼过阿本仔了。"

隔了一年后，父亲带妈妈去日本旅行。这是妈妈唯一一次和爸爸一起出国旅行。我们都以为会像二次蜜月旅行，有些浪漫。

他带着她去看东京风景，看富士山，参观锅炉厂，还去居酒屋吃日本料理。主要还是去逛书店，买书，买设计用的铅笔。他的旅行箱中，总是带了好几支自动铅笔和设计用的文具。

妈妈的感想是："你爸爸很像电影里的小林旭，把西装披在肩膀上，喝了酒，摇摇晃晃，唱着演歌，在街头放浪，也真漂泊，不知道有没有日本婆子爱上伊……"

10　我祝你幸福

花了三年多的时间，妈妈一点一滴还完了三四百万元债务，这在一九七〇年代的台湾，已经是相当大的数目了。

最难得的是，她筹划了建楼仔厝的钱，每个月开销一些，逐步把楼房的地基打好，并依照父亲的设计图，开始找工人兴建。

房子落成入厝那一天，妈妈特地备了五牲和盛大的祭品，从前一天半夜开始祭拜，感谢天地神祇的保佑。她进行了百跪百叩还愿。刚刚开始祭拜时，她想到自己逃亡的生涯，耻辱的过往，忍不住流着眼泪，但拜到最后，她的腰酸得几乎无法直起身子。然而她坚持着，每一跪每一叩，实实在在，感谢天公让她重新站起来。

父亲大宴宾客，请了所有客户和邻居，在工厂的空地，席开四十桌。数百宾客，让门口的道路上，车子停得满满的。父亲到处敬酒，感谢大家的照顾，用行动证明他已经重新站起来。

新建房子把原本直通后面水田的后门给关闭了。那一条田间小路，那丝瓜棚架的小空间还留着，成了纺织厂青春女工和男生幽会的小径。

有一天晚上，六叔公去后面巡视水田，走过那一条小径。只见一对男女，极其亲密拥抱。他来到我们家，忍不住骂道："现在的男女，实在是真不俗鬼（闽南语，'狼狈'、'下流'），趁着暗暗的，就抱在一起，也不管我从旁边走过，两个人还继续抱着，像两条水蛭，吸得紧紧的。那女生更不俗鬼，身体一软，陷入那男人怀中，跟没有骨头一样……现在的女人呐，都没长骨头吗？"

六叔公走了以后，我跟弟弟为了了解什么是他说的"没长骨头"，立即跑去二楼，透过楼上栏杆的缝隙，从高处偷窥。只见那些亲热的男女在黑暗中传出伊哦叹息的声音，什么都看不到。

有一夜，妈妈在楼下拜完土地公，正要上楼时，忽然听见隔墙传来女生的哭声。那女生哭得极是伤心，嚎啕之声，震得黑夜都颤抖了，妈妈忧心起来。

"你来听一下，是不是会出事哪？"妈妈到楼上来问祖母。

祖母身子不好，但耳朵很是灵光。她怕惊扰了那一对，慢慢地、悄悄地推开窗户，仔细一听，就直觉地说："啊，不好了，那女的哭得凶，怕不要出什么事了。秀绒啊，你去楼下的围墙边听一听吧。"

妈妈于是下楼，躲在楼下的围墙边，我们陪着祖母在楼上观察。却只听得嚎啕转成抽抽搭搭的啜泣，说话声如喃喃细语，渐渐就听不清楚。

后来妈妈上楼来了。她回报祖母说："那女的怀孕了。原来跟我们工人一样，骑摩托车出去玩，过夜没回来，有身了！"

"每次都这样，那她怎么哭那么凶？"

"要那男生赶紧娶了她，可是那男生还没当兵呐！两个人抱在一起哭。"

"唉哟喂呀！这夭寿的，这么少年！"祖母说。

"唉，不要紧啦，会抱在一起哭的，总是会有结果。听起来，那男的是准备回鹿港老家，找他父母去提亲了。"妈妈以一种好笑的口吻说："鹿港人提亲，呵呵呵，像小婷说的，去鹿港烧金。"

"提篮子去烧金"，意指去庙里拜拜烧金纸，这是台湾人一种传统，祖母保留这个传统，每月初一、十五总是会去庙里"拜拜烧金"。可是我叔叔的女儿从台北回来，不太会说闽南语，总是把"烧金"说成了"相亲"。那车床师傅阿达仔因此老是欺负她,要她说"阿嬷去庙里相亲",逗得所有工人笑翻了天。

祖母听到"去鹿港烧金"也不禁笑了,说:"这下子鹿港人要去相亲了。"

后来祖母想起来,问道:"咦?怎么没了声音了?"

"好像还没走,"妈妈嫣然一笑说,"刚刚哭过,还在安慰那女生吧。"

那是一个青春的时代。乌日村的街道因为有这么一间纺织厂,有一千五百多名女工,除去通勤的人,每天至少有几百个女生在这里流连。许多饮食小摊子应运而生,阳春面、臭豆腐、肉羹、刨冰、豆花等等,最重要的是:冰果室。它仿佛是为了恋爱而存在的。

冰果室开了五六家,黑胶唱片配老唱盘,街道上飘着青春的歌。文夏的《妈妈请你也保重》,凤飞飞的《燕双飞》,尤雅唱着《往事只能回味》,江蕾唱着《在水一方》,张宗荣刚刚从电台跨到电视,制作武侠连续剧。

每天黄昏,我们工厂对面的纺织厂一下班,女工的青春身影就鱼贯而出。有的女生会踏着轻快的步伐,走到明道中学去上夜间补习学校;有的和男生约会,就相约吃一碗面,或吃一碗蜜豆冰,再去电影院看电影。

她们的生活单纯,想法单纯。上班下班,赚钱过日子;上夜间部,学一技之长;如果怀孕,就离职去结婚生子,做一个农家的贤妻良母。然后,纺织厂就补充了新的女工进来。年轻活泼的女生,一批又一批,走过我们铁工厂的门口。

不仅是纺织厂,公卖局的啤酒厂扩大了,附近的小型铁工厂、修车厂、食品厂一家一家地开,有些路边的农田,不知道什么时候，就变成了工厂。

年轻的男男女女，骑车出游，恋爱约会，结婚成家，来来去去，让那时候的乌日，整个是一个青春的小村，轻快走向新的工业时代。

那时，乌日有一间电影院，外面有几个墙面，画了漂亮的电影看板，尔时琼瑶电影开始流行。林凤娇、林青霞、甄珍、邓光荣、秦汉、秦祥林，三旦三生的爱情画面，充满小村的街道。海边的奔跑，客厅、餐厅、咖啡厅的"三厅电影"成为年轻人追逐的风尚。那电影，虽然只是在客厅、咖啡厅、餐厅里，重复着相同的模式。但无论怎么平庸老套，却依然吸引着年轻的男女，去想象一种未曾有过的都市生活。有自己的家，有一个小客厅，有一间自己的小屋，一切仿佛都可以梦想，一切都有可能，那是我们农村未曾有过的现代生活，一种幸福的想象。

多年以后，我读到刘进庆有关台湾经济史的书，他说：台湾经济奇迹的秘密，即是这些女工。她们国中刚毕业，就进入工厂，把最鲜活的体力，最佳的工作能力，青春的活力，用最便宜的价格，献给劳动；做最需要细活的纺织工作，等到要结婚了，就离开工厂，进入家庭。她们的付出与劳动，甚至不需要退休金、保险金、健康医疗保险。有人去结婚，就有新的毕业生进来，新的劳动力源源不绝，从农村到城市。这些便宜无比，而且不必有任何代价的女工，才是台湾经济奇迹的秘密。

那时，我才了解自己当年所看见的青春，我的小学中学同学，他们毕业后的工作，代表着什么样的意义。

那是美丽，是青春，是一种一起从农村出发，去工业时代奋斗、去工商社会浮沉的兄弟姐妹。

那是一个大时代转型的永恒印记。

多年以后，我一听到凤飞飞的歌，就会回想起那时代的纺织厂下班时的风景。

毕业不久的女生，刚刚发育的青春，因为在室内工作而显得白皙圆润的手臂和小腿，淡蓝色的制服，微微隆起的胸部，手上拿着书本，喁喁地低声轻笑，走在黄昏的金色光影中，走过乌日的街道，耳中飘出凤飞飞的《祝你幸福》：

送你一份爱的礼物，我祝你幸福，
不论你在何时，或是在何处，
莫忘了我的祝福。
人生的旅途有甘有苦，要有坚强意志，
发挥你的智能，留下你的汗珠，
创造你的幸福。

第八章

温泉乡的吉他

0

　　小妹从台北带回来一件父亲破旧的衣服，她和妈妈努力穿过重重的针管和贴在胸前的各种测量仪器，勉强帮父亲穿上。那是一位传说能通灵的道教老师所指点，他帮这件旧衣作了法事，为父亲祈福。

　　开刀后四天，父亲还未醒来。因呼吸道感染，引发肺部发炎，身体发烧，气管有重痰，无法自主呼吸，氧气进不去。医院为他插上抽痰管，直抵肺部；他的脸上罩着氧气罩；消炎药从点滴打入身体。

　　但他还是衰弱得连眼睛都无法睁开。

　　妈妈心急如焚。我们拜过朝天宫妈祖，祈求妈祖保佑平安，要不就"带他回到身边奉侍妈祖"，让他平静地走。

　　小妹无法可想，请朋友介绍一位道教师父。那师父在神像前拜了拜，沉默片刻，回头问一句话："你要生？还是要死？"

　　小妹讶然半晌，愕愕地说："当然要生啊？谁会要求死？"

"不是我不吉利，生不是最难决定的事。"师父说，"你父亲要生，有生的做法，可他也会多受些苦。但也有人因为太痛苦，在病房中辗转昏迷，成植物人好几年而无法回去，他的家人就会来求死。那也是一种解脱。"

"帮我爸爸求生吧。"小妹犹豫片刻，终而下了决定。

她带回祈福过的旧衣服，立即帮父亲穿上。没有人知道有没有效果，但无助之极，除此之外，还能如何？

我们平时所受的科学教育，在生死之前，竟显得如此脆弱。

在生死之间，我们只是一只小小蝼蚁，想寻求一点点生死抉择的依靠，却一无所得！

即使想向上苍求助，我们也不知道应是"求之于生"，还是"祈之于死"？

求生，如果只是生命之延续，却没有生活的品质，也无法品味人生的美好，这有什么意义？

如果只是卑微地生存于病苦之中，这是慈悲？还是折磨？这是爱？还是残忍？

他是一个如此爱体面的人，总是追逐时代的浪潮，实验最新的技术，面对新时代的变化，他未曾有过恐惧，总是用好奇的心，去试探各种可能。一九八〇年代，台湾环保运动最盛的时候，他推出"无烟锅炉"，主旨是"把蓝天还给天空，把绿水还给大地"。他认为只要完全燃烧，把所有有毒物质烧尽，就可以彻底解决空气污染。

这样一个生命，愿意接受自己逐渐老化，而终至无由自主、无奈生存吗？如果必须死，而走得如此卑微，他愿意吗？

两天后，父亲的发烧慢慢降温，肺部的痰也因为检验报告出炉，可以使用较准确的消炎药杀菌，而逐步改善。有一天，我们去看他的时候，妈妈依旧呼唤着他的名字："魅寇啊魅寇，咱的团仔都来看你了，你也睁开看一下。"

奇迹般地，他竟然睁开了眼睛。仿佛从很远的地方旅行回来，用一种迷茫的眼神，有一点讶异地看着我们。

妈妈拭着眼泪，低声地说："魅寇啊，你回来就好了，回来就好了。"

"他是怎么样啊？"大妹高兴极了，眼泛泪光，开始胡言乱语，"他好像是去那边的什么地方旅行哦？现在才回来，而且眼神迷茫，好像很爽的样子。"

"哦，爸爸虽然生病了，精神可能还有五只脚，趴趴走，不知道去哪一国旅行，只是他没办法讲而已。"小妹如是说。

我们一家都是爱旅行的人，想想爸爸被病体禁锢那么久，一定很闷吧。如果他的灵魂可以去旅行，那该多好！

父亲在加护病房、呼吸病房住了两个月，终于摆脱氧气罩，开始自己呼吸，但意识已经大不如前，不太能认人了。

他一直认得的是妈妈。妈妈从不放弃，一直努力地教他："认得我吗？我是谁？我是秀绒啦！"他会跟着说："哦，秀绒，秀绒。"

父亲复健情况还不错，我们扶着他，沿着墙壁行走，学习平衡，练脚力。他的身体竟一日一日地复原。许多亲戚来探望，都觉得不可思议，连主治医生也说："能治疗到这样，简直是奇迹！只能说，他活下去的意志，真的很强。"

出院那一天，我扶着他，迟缓地一步一步走近车子。支撑着他的身体时，我才想起来，高中时，我生了一场怪病——骨髓发炎，有将近一年的时光，他三天两头载着我去上学、看病、敷药、打针。那时我无法走路，靠着他的支撑扶持，进出学校和医院，甚至上台北"荣总"准备开刀。曾在加护病房濒临死亡的自己，根本不知道父亲曾在病房外，哭着要为我承担所有"罪业"，如果病痛是由于人的"罪业"。

现在，换我搀扶着他，那曾经支撑我的生命，如今脆弱如风中残烛，但我又可以向谁祈求，为他承担"罪业"呢？

他坐在前座，拉上安全带，望着前方的街道，眼神空荡荡，仿佛来自另一个星球，看着这一个陌生的世界。

我们没有直接开回家，而是绕道妈祖庙拜拜。

他无法下车，我把车子正面对着庙门，让他看见此生中最后归属的地方。因为心情轻松，我向他说："爸爸，我带你来谢谢妈祖，她保佑你平安回来。可见，妈祖还不要你去陪她，她要你多陪妈妈一阵子哦！"

他本来低下的头，在闻到妈祖庙熟悉的香火气息时，忍不住抬起来，怔怔望着前方，妈祖庙的正殿。那是他每年除夕都要来开庙门的地方。当午夜的寒风吹起，庙里打起锣鼓的声浪，带来热血的气息，他会看一看表，在十一时左右，以"主委"的身份，宣告"开庙门！"

在庙的侧边，有一座香炉。那香炉是他用锅炉的专业知识，特地为妈祖建造的。每年大年初一，我们来拜拜，一大群人围着那鼎盛的香火，总是有人赞叹：全台湾最好的香炉设计在这里，不必折纸钱，只要一沓沓地放在通风口，那强力抽风功能就会把香纸一张张吸进去。不仅是香炉，他用毕生的功力，为妈祖庙做所有的规划。在阿兹海默症的后期，他再怎么遗忘回家的路，可车子最后一定开回到这里。是妈祖的牵引，还是他心底的皈依呢？

回到家，我们先让他在自己熟悉的总经理座位小坐片刻。我泡了一杯淡淡的乌龙茶，让他喝一小口提神。许多日子，我们早起运动，一起早餐，泡茶，开始议论国事家事。

喝过茶，我想让他动一动脑筋，就拿几张麻将牌给他看。

我拿着红中问他："爸，你看，这是什么字？"

"红中。"他竟然连想都没想，随口回答。

"Bingo！爸爸，你好厉害！"小妹在旁边说。

我继续拿青发、白板测试，几个大字牌他都认得，连大饼都记得住，这简直太神奇了！

妈妈笑起来说："他这个人，连我都可以忘记，却不会忘记麻将哩！"

为了训练他的手指，我们教他把十几张麻将牌排起来。看着他慢慢地叠，慢慢地摸，不知道为什么，心中忽然有一种安下心的放松。

父亲回家了，我在心中说。

我仿佛明白，人的生命，可能是一个回归的旅程。我们成长，我们壮大，我们中年、衰老，再逐渐从一个老人，一步步回归为一个孩子、一个婴儿，直到结束。而这是我们要修行的功课。

1　骨髓发炎

一九七〇年代，黄昏的办公室热闹哄哄。工人下班前洗过手脚，却洗不去一身汗臭味和长寿烟味。虽然是冬天，整个办公室被下班打卡的声音、相互用三字经问候的声音以及打火机叮叮响的声音充满，而依然火热重味。

父亲坐在办公室里，泡着茶，用三字经和工人问候说话，一边指示明天谁该去哪里出差。工头阿兴拿着图纸，问他工程的进度。问完后，又拿了另一张图，说是他家准备盖新房子，请父亲帮忙看看那设计是否妥当。

"孩子长大了，要不要准备一间房间，以后可以用?"父亲看着图说。

"给他们两个人一间，够了。"阿兴说，"团仔人，要什么房间?"

"总是孩子大汉以后，带'七仔'回来，太小间了，不够睡。"父亲笑着说。"七仔"是指女生，有如国语的"马仔"。

"要做那种事哦，少年人会自己去野外玩啦，总欸，你不必担心。肚子大了才会回来说。"业务经理阿森说。

"入厝啊，要请，要请!"其他人起哄说。

"干，怕什么? 厝起好了，啤酒给你们喝通海!"阿兴豪迈地拍胸脯。

那是经济起飞的年代，因为铁工厂有赚到钱，工人也过上较安定的日子，他们陆续成家，买了新房子，时常有入厝的请客。妈妈不免要包一点红包，帮工人添些家具。

在一个平常的黄昏，我刚从台中一中放学回来，却惊讶地看见，那和父亲泡茶的客人，正是卖我们乙炔钢瓶的商人。当初为了讨债，他曾在我们面前，把父亲骂得"猪狗不如"。如今一看到他的脸，我就想起那难堪的一夜。我转身想离开，却见他用一种谄媚的口吻说："啊呀，魅寇，你大汉后生这么大了，还读台中一中呢! 这么聪明，这么厉害! 伊以后一定是咱乌日的贤人！"

"呵呵呵，哪有啊？"父亲得意地笑着，"伊自己爱读书，只是一个读书囝仔。"

"可是读台中一中呢，咱中部最好的学校啊！"他说，"囝仔会读书最好，以后啊，看看能不能像那个鸿源仙仔，做一个医生，大赚钱呢！"

我无言地瞪了他一眼，转头就走。

过后，我有些不解地问父亲："你知道那个人，有多可恶吗？那时候，妈妈去跑路，你不在家，他来讨债，直接骂你，把你骂得很难听，很难听……（我实在说不出'猪狗不如'这几个字）现在，他怎么好意思，还来这里笑嘻嘻的？"

"没关系啦，总是生意人。生意人嘛，要讨钱，说难听话，这也难免。不要去想那么多，不要记恨。不然，人生起起落落，以后要怎么过？"他笑着说。

晚上，我向妈妈说，我不知道如何原谅这个人，咒骂我可以，但咒骂父亲的人，实在难以原谅！

"人呐，都是势利眼。很现实的。"妈妈也宽容地微笑着，"眼睛长在别人的头上，我们无法叫他们瞧得起我们，我们只能要求自己，不要被瞧不起。"

草屯吴后来也曾来过我们家，他看见我的时候，有点尴尬地笑着说："长大了，读台中一中哦？"

他后来并未再用强硬的手段追讨欠款，而是和妈妈商量，一步步解决银行的欠款。妈妈一直很感激他的善心，每次一说到草屯吴，总是说他是一个善良的人，帮我们解开了债务的枷锁。

但我终究无法遗忘"高利贷"这三个字，以及我曾愤怒咒骂他是"吸血鬼"的往事。被逼得走投无路的时候，在无家可归的边缘上，谁来帮助我们？

上了台中一中的我立志要当医生，好好赚钱，以后开一间贫民医院。我也曾和乌日的台中一中同学，在农历春节前，请人写了春联义卖，把所得捐给了一家孤儿院，并陪院童唱歌游戏一天。

然而，高一那年的寒假，命运的飓风，却像打小船一样，把我打向一条完全不同的路。

有一天下午，我和同学打篮球，回来后，左大腿突然肿起来，痛得不得了，父亲带我去看西医。西医说是蜂窝组织发炎，打针消炎。可我们不知道什么是蜂窝组织，不知其严重性，我只觉得疼痛难当。爸妈想，或许是筋骨扭伤，次日上午又去看了一家位在乌日菜市场里的跌打损伤中医。

那中医诊断说，只是筋骨扭伤，血气不通，要吃中药配米酒，以助血气运行。

服过中药后，到了下半夜，整个腿肿得更严重，疼痛得更厉害，全身发高烧。次日，整个腿部的抽痛，已伴着呼吸和血液循环，一抽一痛。那酸痛的感觉，从大腿往上连接身体，直达骨髓，痛得恨不得把大腿切断。整条大腿肿了两倍大，严重到仿佛皮肤要绷开来一般。

一夕间突然罹患怪病，妈妈吓坏了。父亲带我再去看那个中医，他说不出原因，只又开了一点所谓消炎的药，还说，是因为药效未行到大腿，所以应该要再加强。然而，那一夜，不仅毫无效果，而且痛得我意识模糊，呻吟欲死。唯有祖母用她的手慢慢抚摸着我的背部，才能稍稍合眼片刻。

"不要再吃那个中医的药了，"妈妈说，"可能是被他的药害了，还配酒喝，才发炎这么严重啊！"但已经来不及了。

次日早晨，一量体温，四十度，父亲立即把我送往当时台中最大的一家医院——澄清医院。

然而，那一天是星期六下午，医院休息，没有医生值班，没人来处理或先打针。我只是在医院里放牛吃草，独自呻吟，痛苦万分。

等到星期一早上，医生来了，掀开裤子看看大腿肿起的模样，再量体温问了两天来的状况，他只有一句话：生命危急，送加护病房。

此时，我已痛得意识模糊。医生的诊断是蜂窝组织发炎，并发大腿骨膜发炎。他已没有时间追究引起发炎的细菌是什么，什么药有效，就先用各种消炎西药，直接合并着打进去，再从大腿抽血去做细菌培养。

在加护病房中，我只记得隔床的病人两天后就去世了。他死前，身体发出一种臭味，无论我什么时候醒来，都会闻到。他死亡的那一天，身体被搬离开病床，那死亡的气息，从床上蒸腾起来，有如鬼魂在四周飘浮。我只听到家属低低的哭声，佛号和引磬（佛教的宗教乐器），以及一声声叫魂的召唤。

那一天，我的烧才稍稍退去，人开始有一点点意识，能听得到妈妈说话。妈妈只说："闭上眼睛，再睡一下吧。有些坏的东西，你不要看比较好。"

我什么都没看，只闻肉身腐朽败坏的气息，那样强烈而令人悲伤。我知道，自己站在死亡的边缘，闻到了死亡的气息。

死者刚走，就来了一个梨山上的伐木工。他在山上伐木的时候，被倒下来的大树压到，大腿断裂，从梨山上经过几个小时的车程，摇摇晃晃，才被送到医院，人已经被疼痛折磨得快没气了。开刀前，他一直哀嚎着说："快快开刀啊，叫医生快快开刀啊！"

开完刀，他终于沉睡了好一阵子，可是一醒来，就开始痛得继续呼喊着："给我打止痛针啊，医生啊，拜托拜托，给我打止痛针！"

妈妈一直在旁边陪着我。她的双眼红肿，除了在床边眯一下眼，可能根本未曾睡过吧。父亲曾来了几次，妈妈没说什么，只有在我出院后，她才说，我送进加护病房的那一天，爸爸哭了。他哭着说："我一生做的罪啊，我自己来受吧，老天哪，不要让孩子受苦啊！"

2　命运的偶然

住院一个多月才回家，学校已经开学了。

由于左腿发炎无法正常走路，父亲每天早晨开车送我去上课。但医院未曾料到的是，由于蜂窝组织发炎太严重，细菌已经从左大腿侵蚀进去，穿透骨膜，进入骨髓。而一旦进入骨髓，就是所谓"病入膏肓"，消炎针的药效都难以彻底消灭细菌了。

高一下学期，我几乎天天下课就跑医院，起先是打消炎针，后来眼看肌肉注射和血管注射仍抵挡不住，医师决定打点滴，让消炎药直接进入血管中。如此才止住了大腿的继续发炎。

更麻烦的是，医生发现细菌侵入大腿骨髓，已开始啃噬大腿骨，有一圈骨头被侵蚀。

乌日的郑添兴医师是日据时代留学东京的内科医生，医术和医德都很好。为了我的病，他遍查所有书籍，找了最新期刊，甚至向台大的医生朋友询问，他判断靠药物已无法治疗。最好的办法，就是开刀把被细菌侵蚀的骨头挖除，把细菌清洗干净，才能让骨头长回来。如果不这样，已腐烂的骨头将不断侵蚀正常骨头，最后细菌会把整个左大腿骨吃光，左大腿可能要锯掉才能保命。

"那么，他读书怎么办呢？"父亲问。

"这孩子，这么爱读书，我看他在这里打针的时候，手上总拿着书，还是让他去学校上课吧。上到这学期结束，利用暑假去台北的荣民总医院开刀。那里是台湾的骨科权威，一定会有办法处理的。"

"可是，他可以拖这么久吗？"父亲问。

"我先打针控制病情，不要让他痛得无法忍受，现在大腿骨头只剩下一半了，"他指着 X 光片上面的骨骼说，"要小心，他的支撑力已经不够。你得带他去上课，不要让他走太多的路，万一撑不住，立刻就断了。"

父亲自此非常小心，除非有事出差，由亲戚代劳，否则尽量亲自带我去上课。每天上下课，我一跛一跛地扶着他的肩膀，回到乌日医院打点滴。

那半学期里，我几乎不知道自己在上什么课。腿痛得难以忍受的时候，我就看课外书。此时，我的同学正在流行看禁书，他们在一家书店找到李敖、殷海光、胡适、《自由中国》、《文星杂志》等禁书，大家读得不亦乐乎。借着禁书火辣辣的论战，热血反抗的批判，我得以暂时遗忘大腿的痛苦，不自觉地一步步走向自由思想的海洋。

那一年暑假开始，我们带着郑医师照过的 X 光片和全部治疗病历，去荣民总医院挂号，立即被安排住院检查。住院期间，爸妈只能住在附近的小旅馆，就近照顾。检查第三天，医生说："这个骨髓发炎的情况，已经得到控制，应该是不必再开刀。"

父亲大为讶异说："怎么可能，医生说很严重，才让我们来让您开刀的。"

"你们这个医生是学什么的?"医生说。

"他早年去日本东京学医，学的是妇产科，只是后来在乡下，主要是内科，但什么病都得看。"父亲老实说。

"他很用心呢! 抽骨髓炎的细菌去培养检查，用对了消炎药，把病情控制住了。而且你看，这大腿骨没再继续侵蚀下去。"医生指着新照的 X 光片说，"这里，黑黑的地方，是过去被侵蚀的，但这里，是新长出来的，有一圈白芽似的骨头。这是慢慢在长回来的迹象。"他又拿了以前拍的 X 光片来比对，果然有些差异。

父亲有些疑心地问："如果不开刀，难道它会好起来吗?"

"看样子，慢慢地，它会再长回来，只是时间快慢的差别。"

"真的可以不用开刀吗?"妈妈已经准备了一大笔的钱，他们知道，这花费下去，不是普通的开刀费用而已，还有南来北往的交通、食宿、医药、红包种种费用。他们准备把卖锅炉赚来的钱，全部花掉也在所不惜。现在危机仿佛解除了，妈妈有点不敢相信。

"真的。回去好好保养，慢慢会好起来的。如果有问题，随时来找我。"那医生笑着说，"你要回去谢谢那个故乡的医生，他很厉害。一个乡下医院能做到这样，很用心呐!"

但父亲不放心。我们没有回台中，而是去看另一间私立大医院。那医生照例检查后，认为立即开刀是唯一的办法。

父亲很是彷徨，决定再去一趟台大医院，比对三家医院、三个医生，再做最后决定。台大医生的判断和荣总相同，不必开刀。

父亲把这三种结果，打电话问家乡的郑医师。郑医师才安心地说："那我们回来慢慢治疗。"

终于活下来了，然而，骨髓之病，真是"病入膏肓"，怎可能完全复原？高中三年，那病不断困扰着我，只要过度运动，或者天气突然转冷，腿着了凉，血液循环过不去，就时不时复发。进出医院，打针、吃药，如家常便饭。

一个乡下中医的误诊，一次用药的错误，差一点要了我的命，也折腾了父母无数的精神和金钱，那代价真是难以估计。我的人生因此转向，一辈子，我都在为此付出代价。

我们总是说，未来要如何如何规划，仿佛人生是一个可以理性规划的道路。然而这件事完全事出偶然，却成了决定性的瞬间。所以我常常想，或许规划命运的，不是理性自主的力量，而是某一种更高、更难测的偶然性力量。是偶然在决定人的命运，而不是理性的必然。

那一年秋天，骨髓炎复发，父亲一个朋友来报说，在草屯芬园乡，有一家中医诊所非常厉害，是凤阳教①的后代，治跌打损伤特别强，可以去看看。上次被中医误诊所害，父亲已对中医失去信心。但这一次亲戚说的凤阳教后代，却是父亲年轻时的结拜兄弟的家人所开，什么时候变成名医，他也感到好奇，决定带我去看看。

---

① 凤阳教，属于道教之一派。起源于江西省凤台县的玉台山上凤阳府、凤阳洞，其祖师姓姜名芸。中国古代戏法，例如沸水立冷、茶现乌云、草变蜈蚣、滴水成冰、清水变酒等都是取自凤阳派"法术"。

3　凤阳教奇医

芬园的中医院位处偏僻。我们过了大肚桥，穿过彰化县区边缘的道路，走过一座佛寺前面，绕了许久才到达，约莫要一小时车程。在那一条看病的路上，父亲陆陆续续和我谈起这个中医世家的传奇。

父亲的朋友三教九流，年少时，好侠义，结交各路豪杰，但一生只有一个真正结义的兄弟姓洪名国显，是凤阳教传人的后代。此君排行老二，和父亲同年生，他们见面都不称呼名字，只叫"同年的"。

年轻时他们是一起仗义打架的好搭档。

当年成功岭刚刚从马术练习场改建为军事基地，两百万从大陆迁徙来台的部队，无处可去，此处算是国军落脚的驻扎地之一。

这些部队的阿兵哥，单身来台，寂寞无伴，休假日便来乌日村的街道上看电影、喝凉茶，打发时光。但国军纪律本来就差，有些人教育程度不高，兵匪难分，竟维持大陆生活习惯，在街道上向一些卖东西的小贩妇人、电影院售票小姐、冰果室小妹等，动手动脚吃豆腐。他们仗着人多势众，嘻嘻哈哈，嚣张过街。许多人敢怒不敢言，只能隐忍。

年轻气盛的父亲和阿显看不下去，决定找机会给他们教训。但老百姓打士兵，会被判处军法，非常危险，何况打输了，可能被军队抓去成功岭集体毒打，这更惨，所以必须格外小心。

父亲和阿显结伴，商量好趁着电影散场，阿兵哥要走回成功岭的路上，没有路灯，又多树，便埋伏于路边，手中握一把沙子。当阿兵哥三五人落单，就发起攻击。

他们突然冲出，手中沙子一把撒出，一时间，阿兵哥的眼睛被沙子刺激得无法睁开，此时俩结拜兄弟冲上去，一阵滥拳狂打。打得阿兵哥抱头蒙眼，躲到一边，他们才赶紧撤退。

父亲说，自己的拳脚功夫远远不如那凤阳教的结拜兄弟，他是真正练过武术的，出拳专打要害，一个人打十来个人都"像在吃甜糕"，轻松寻常。因为一起结伴闯江湖，他和阿显感情非常好，和家人也成为好友。阿显的妈妈正是凤阳教的后代。

凤阳教在台湾一直有一个可怕的传闻：会使用符咒，抓走小孩子的魂魄，当小孩子死了变小鬼，再驱使那小鬼去为恶。传言如此，人人都怕。所以家乡的大人要吓小孩子，不曾说"虎姑婆要来抓你"，而是说："你再不乖，凤阳婆就来把你抓去了。"

那"凤阳婆"到底什么形象，没有人知道，但会把小孩子的灵魂摄走，变成小鬼，那就很可怕了。所以凤阳婆的形象，如同鬼婆，小孩子往往吓得不敢吭声。不知是否这恫吓奏效，我童年便为此做了许多噩梦。我妈妈老是笑我童年什么都不怕，就怕"凤阳婆"，或者"痟查某"。

阿显的外公，是正宗凤阳教的传人。传说他很会画符咒，鱼刺鲠在喉咙，他能画一种化骨符，让鱼刺化了；还有一种唤牛的符，只要在牛栏里贴上符咒，就可以把走失的牛找回来。更厉害的是在柳枝上画符做法，把柳枝遍插河边，筑一道无形拦水坝，让河水转向流走。

但凤阳教认为，人一旦学会了符咒，拥有强大的权力，去改变天地万事万物，就可能做出违逆天意的事来，所以学画符者必得发誓，要顺天爱人，不能逆天，要做利益众生的事，不能图利自己，否则必遭恶报。

父亲带我去这位结拜的家族看病时，曾稍稍谈及他们的历史，和凤阳教一些不传秘术的力量。父亲只说，凤阳教的符咒力量太强大，心术不正的人，无法抵挡神秘力量的诱惑，最后总是会利用它，所以后来阿显的外公把符咒术书，全部都烧掉了。

后来我曾问了阿显的弟弟，他虽然是凤阳教家族的后人，依然不愿多谈，只透露了三个小故事。

故事一：

他的外公有一个农民弟子，家住乌溪南岸，种田种竹为生。乌溪河床宽广，从南投流出，平时河床干涸，并无太多水，然一旦台风暴雨发大水，往往成大灾难。暴雨后的河道有两条，一条偏南，一条偏北，总之，看水流而动，并无定向，而最后都流向西海岸。

那一次大水发出时，那弟子住在北岸河边，眼看着大雨狂下，河水暴涨，怕自己在偏北的农田淹水，心急之下，立即画符做法，用做过法的柳枝条，插在自己农田周边。大水来时，那柳条所围的地方，形成一道无形的护堤，护住了那一块农田，水竟不淹入，反而从他的田边急流而过。他独独保住了。

然而，大水被阻，向南边冲刷而去，南岸人家因此受灾。

后来，阿显的外公把这弟子叫去教训了一顿。因为天意要下的大雨，该如何流动，该淹谁家的田，自有定数，每一个农民都有各自的业障与福报，淹与不淹，这是天意，任何人都不应逆天行事。

然而来不及了，这弟子因为逆天行事，以符咒权力图利自己，还不到四十岁，就得了怪病过世。

故事二：

另有一个弟子也是农民（当时是农业社会，主要徒弟当然是农民），在乌溪岸边养猪。有一夜，悄然无声中，他的猪全部被偷了。

偷猪贼并非一只一只抱走，因为猪只太大，要捆起来抓走很不容易。所以偷猪贼先把猪赶出猪舍，赶到乌溪里。这猪本身虽然肥胖，却可以漂浮游泳，竟往下漂流，到了下游，再一只只，用绳索去河里套上来。此时猪只已经筋疲力竭，当然乖乖上岸。

被偷者非常愤怒。他不知道谁半夜来偷，只发现地上有杂沓脚印子，就对着脚印画了一种"钉脚符"。这符咒有一种法力，可以透过脚印，追溯脚的主人。即使他不知道脚印是谁的，那法力会自动去追。

那窃贼的脚，被法力追到了，一条腿开始红肿、长脓疮、腐烂，甚至长满了蛆虫。他到处找医生治病，都无效，最后他只得从小腿处锯断，才保住了一命。

然而使用这个可怕的符咒的徒弟，因为把符咒变成遂行个人恩怨的工具，违背顺天救人誓词，不久后，他做了一梦：梦见阎王殿的七爷八爷来抓他，把他带到殿前，拿一把大斧砍他的头。他吓得从梦中惊醒，手抚脖子，大惊失神，恐惧万分。

不久，他的脖子罹患肿瘤，肿得有几个馒头大，开刀治疗也治不好，未几即病逝了，死时，三十岁不到。而那个被"钉

脚符"的人，锯断了一只脚，却一直活到现在，据说现在已经
八九十岁了。

故事三：

养小鬼。凤阳教被视为邪教，和养小鬼的传说有关。

据他们家族转述，记载中确实有此一做法。但这是逆天叛
道，非常邪恶，所有使用者都下场悲惨，不得善终。有关此等
符咒之画法记录，已被彻底烧毁。

传说中养小鬼的做法是：先确知某人家中有妇人怀孕，乃
画符咒于一片桃木之上，画符者将此桃木，悄悄置于妇人会经
过的地方，使她不知不觉，踩踏其上，再拿这桃木，取其脚印，
摄其腹中胎儿的神魂，回去做法。

等到妇人怀胎十月，产下孩子，即以符咒对着桃木做法。
四十天之后，此婴儿会因病夭折，小小神魂于是被摄取于桃木
之上，法师再祭拜桃木，使婴儿神魂永远附着于桃木，变成听
任其驱使的小鬼。

法师要每日供养，这小鬼就能听其驱使行事。但若未好好
供养，法师也将反受其害。取小婴儿的纯真神魂，供权力驱使
行事，确乎邪恶之极，难怪传说中无人得善终。

然而，符咒之术毕竟是一种法力，也是一种权力，他的徒
弟之间也不免互相比拼，彼此竞争，比较高下。

最后一次，阿显的外公，也就是凤阳教的传人，眼看弟子
互相竞争，互相画符陷害，竟想害死他的儿子，他气得赶走所
有徒弟，封存有关符咒之书，并严格禁止儿孙再学任何符咒之
术。所有的符咒之书，全部烧毁。

烧毁之日，天地暗黑，浓烟蔽日，鸡犬无声，只有纸灰，

飞扬天际。

当时，阿显的妈妈已经出嫁了，听到其父如此伤心愤怒，就赶紧回家。此时正在焚书，她眼见父亲站在火场中，一本一本地往里丢，觉得全数烧毁实在舍不得，于是冲过去安慰父亲，一边就捡起最后未烧完的几页书。她的父亲看了看，只是几页有关跌打损伤的医术，就放手让她带走了。

她把那几页残书交给丈夫，也就是阿显的爸爸。阿显的爸爸是一个普通的农民，上过几个月汉学，读得懂汉字。但平日并不懂什么医术，就去和中医师讨教，慢慢学得一点配药和草药的知识。事实上，剩下的这几页，还不是中医的全部，主要是跌打损伤疗法而已，并无其他内科、妇科等等。

平日里，这些跌打损伤医术没有大用。农村生活，最多是用来治疗一些被牛角顶到，肋骨断裂，从树上跌下大腿骨折，在河边落水，被石头夹到小腿断筋等等的外伤。基本上不是性命交关的事。

但这倒是让他慢慢把骨科的草药秘方给实验齐全了。骨折有骨折的药方，急性有急性消炎的草药方，复健有复健的蒸气治疗法，逐渐发展了一套行之有效的各式秘方。

父亲和阿显结拜的时候，这个自学成医的义父约莫四五十岁，正当壮盛，还是农民，骨科只是服务自己乡人的兼业，基本不收费。

这义父也是极好玩的趣人，喜欢到处搜奇寻怪。他曾经在大圳沟的上游处，捕得一水怪，据说有长手长脚，状如人形，约有一百厘米高，潜伏于水草深处，夜里才出来，喜欢吃蛇和青蛙。那义父认为，这就是人称的"水鬼"。他基于尊重水底世界的人鬼分际：人不能侵犯水鬼世界，水鬼就不会侵犯人界，便放走了。

父亲说，他也很好奇，却未曾见过。

为了实验中药是否灵验，这义父也曾为牛、狗等动物做治疗。有趣的是，他了解到动物也有自己寻找草方的本能，于是把几种草药试用于其中，竟有些效果奇佳。

未曾料到的是，父亲以前认为"就是专门治疗被牛顶到，断了肋骨的跌打损伤"的凤阳教世家，现在成了远近驰名的骨科中医诊所。

4　黑狗与骨科

我去看病的时候，芬园乡的犁安中医诊所已经是中部地区有名的骨折治疗专家。

父亲的结拜兄弟阿显并不从医，他学得一手厨艺，手法高超，早已是可以办婚丧喜庆的总铺师，可以操办五六十桌宴席，齐齐整整，十五道料理外加甜点。家族的中医事业，依照惯例应由长子继承，而最小的兄弟外号"黑狗"，则负责协助长兄，照顾医院的日常所有事务。

父亲早年和他们全家兄弟认识，黑狗曾在乌日开了一间脚踏车店，能够喝两杯，也爱交朋友，特别喜欢和父亲抬杠往来。老大则是一个真诚老实的农民，自幼跟着爸爸务农习医，由他传承家业。

黑狗医生一见爸爸扶着我走进去，突然站起来，惊喜地叫了一声："阿兄，你来了？真久没见了啊！"之后，他看见了我，扶我坐下，问道："大儿子？"

老大洪医生则端了一杯茶说："魅寇啊，你要来也不说一声，我传两杯赞咧［闽南语，'准备两杯好的（酒）'］，给你喝。"

"嗯，阮大儿子啦，大腿患了骨髓炎……"笑着寒暄后，爸爸先说明我的情况。

老大洪医生立即过来，伸手摸了摸大腿骨头，按一按疼痛的地方，摇摇头说："啊，这个在发炎，先消炎再说吧，不能这样肿着。"他回头吩咐小弟黑狗："你去煮滚膏，放一瓶麝香进去，给它落重一点，烫烫的，正在发炎哩。"那麝香是很贵重的中药材，他不惜血本，下了重药。

"这多久了？"他问。

"有快一年了，都是看西医，打消炎针。唉，老是好不了。"爸爸叹气。

"你啊，早早来就好了。这个真难治，要时间保养，咱自己老兄弟，用最好的药，也要跟它车拼啦。"老大说了这承诺，口气平和，是一种农民在聊天说稻子要怎么长才好的口吻。

父亲有些不好意思地说："真歹势啦，实在没想到，幸好有朋友提起来，才想到我们自己人是专家。"

说来奇特，那中药敷了三天后，竟能够把原本积沉在大腿骨的发炎细菌，像聚积起来般，凝结为一个突出的白色脓包，那脓包慢慢变薄。最后让我去隔壁与他们合作的一家西医院，由西医开刀割破。而一旦割破，里面的白色脓血并流而出，医生再用力挤压，挤出底层的暗黑脓血，待到血液呈现较为鲜红的色泽，医生用消炎药清洗杀菌，外面再去包上中药，以助消炎。此种方法竟比打针还有效。

原本西医治疗只能靠不断打消炎针杀菌，但过不久，身体稍稍虚弱一点，抵抗力差一点，就会再发病。

但此种治疗方式是透过中药，把细菌与发炎的地方，收束集中起来，让它开始化脓，化脓后，让细菌有发病的出口，最后使它脓血并流，那病也就开始好起来了。

我请教过医师有什么办法可以永久不再发病。他说："没办法呀，你这是病入膏肓，细菌没办法杀光。唯有让自己的身体好一点，抵抗力好一点，过久了，它自然就消灭了。"

因为常常去看病，我见识不少他们医治的奇怪百病。那里的诊疗室是开放式的，医生坐中间，前有一书桌，病患坐他旁边，医生的侧面有一张硬板床，是检查和治疗用的，有些大腿骨折、严重患者可躺床上检查敷药。

有一个患者，趁着一家大医院的医生护士去吃晚餐的时间，偷偷逃出来的。他的大腿因为车祸骨折，医生开刀后，接回大腿骨，上了石膏，封住不让动；因为上石膏而不能打开，结果车祸的伤口未换药，竟在里面化脓，整个大腿骨头痛得不得了。他明明看着血水往外流，可是医生怕破坏骨折接回的地方，不许他移动。一日一日，病患受不了，趁空逃出，到这里求助。

黑狗一闻到味道，就知道大事不妙，整个大腿已经腐烂。他找来隔壁的西医，准备各种消炎抗生素，再用锯子锯开了封住的石膏，老天，那当下，整个诊疗室的臭味可以熏死一幢楼的生物。更可怕的是，一条大腿甚至露出了森森白骨……我当场差点吐了出来。

那病患自己都不敢看。他骑机车跌倒受伤，本以为骨折容易治疗，却被一个庸医整成这样。

"没关系，会好起来的。"黑狗安慰他说："咱人呐，靠的是筋骨。人说，筋骨筋骨，有筋就会生骨。这筋是输送血气的，只要筋还在，消炎以后，血气有了，肉会慢慢长回来。不会很久，一个月内，保证你可以长回来，要有信心。"黑狗医师拍拍患者。

然而我当场就想：有可能吗？只剩下骨头了？

一个月后，那人真的好了起来，敷着药，拄着拐杖站在门口抽烟。

那里常有各地治不好的骨科患者来求助。有一天，一个骨头接坏了的患者来这里，洪大医生看了直摇头，他说："你真的是叫医生接的吗？自己接可能都比这个好一点！"

他叫患者躺在病床上，把弯了二十度的手臂放在硬桌板上，他用手摸着摸着，问道："你这骨头要打断重接，才会正常。你要不要？"

那患者还犹豫着，只说："是该重接比较好，但会不会痛啊？"

那医生说："会不会痛？可能要摸摸看好不好接。你手臂平放在这里。"他继续摸着手臂，口中吟哦道："哦，原来断在这里。"只见他一举手，轻轻一拍，咔嚓一声，那手臂应声而断，一只手顿时软垂在桌上。

那患者来不及惊呼，也来不及叫痛，只能看着断臂，整个嘴巴张得大大的。正在他还未回过神来的当下，洪医生又拉起手臂，两边用力一扭一挤，再用手掌摸了摸患者手臂，把手放回了桌上，叫旁边的黑狗医生说："好啦，接正了，绑上木板，上一下药吧。"

那患者张着嘴巴，还是不知该说什么。此时黑狗已经把药弄好了，敷上。热热的药效让他回了神，他只嚅嚅说了一句："啊？就这样，就好了？"

"嗯,好了。你还要再来一次吗?"医生笑着说,"也可以啦,人说打断手骨反而勇,你要再断一次试试看?"

那患者终于松了一口气,竟笑起来说:"人都说要打断手骨重接,才能接直。我不敢来,以为会痛死人。没想到,你这么快!"

父亲看如此偏远的芬园乡下,竟聚集了如此多的病患,也不禁惊叹起来。

"以前,你老爸在的时候,咱们这样做田做山,只偶尔帮人看看病,怎么也想不到会有今天啊!上港有名声,下港有出名,真正厉害。"

"也不知道呢!"洪大医生说,"早些年,农民的病,无非是被牛角顶到排骨,断了几根,被铁牛车撞伤了,大腿骨折等等。想不到这些年,突然出现一大堆骨折的事故,起先是彰化附近来的人特别多,后来是咱中部地区几个县市的人都来看病,再后来,连高雄、台北都有人特地找上门。"

"都是这摩托车害死人呐!"黑狗医生说,"这摩托车速度太快,一些少年人骑车无节无制,爱快趁爽,像疯狗般,狂狂闯,一不小心,随便滑倒相撞,就出事了。"

洪大医生也笑着说:"咱们这彰化,王永庆那家塑工厂开了以后,又开了几家新工厂,一下子冒出太多汽车和摩托车,大家都爱开快车,就容易相撞出事。"

"还有,你看,那些少年家。"黑狗医生指着门口几个抽着烟的年轻人,笑着说,"像这种少年家,他们假日就约了'七仔',穿得帕里帕里(闽南语,'光鲜亮丽'),一群人,很风神,玩钥匙俱乐部。相约去日月潭、溪头,到处玩。但一边骑,一边只顾着跟'七仔'聊天,大腿摸到忘记在骑车,一不小心,就滑倒出事。"

"这经济发达起来，摩托车、汽车太多，才有这么多事故。"爸爸叹气说，"要接骨都来不及哩！"

"没办法，都是交通事故。所以魅寇啊，你开车要小心呐。"洪大医生说。

"没问题啦，我开车不快，一百二就好！"父亲笑说。

"一百二，还就好?! 你哦……"洪大医生笑了。

"别臭弹了，"黑狗比较了解他的脾气，"这种乡下小路，七八十就很快了，别开太快，路上有牛，这憨牛是不会闪车的。"

回程中，父亲聊起他的义父。他说，那老人极是好奇，总是去试各种草药，家里有一个房间，老是在炼丹一样地飘着草药香。没想到他的药这么有效。不过，这也不一定是草药的效果，有时需要时势和风水。

那老人家去世的时候，父亲是义子，提前一天到，和他们兄弟一起，披麻戴孝送行。出殡那一天，大清早，狂风大雨，天地冥晦，风雨大到搭起来的布篷都撑不住，送行人穿的孝服也全部湿透。但没办法，看好的时辰，不能不走，只好暗冥冥地走。想不到走过风雨，走上山路，走到墓地的时候，风雨突然都停了，刹那间，雨过天晴，阳光突然出来，天清地朗，照亮整个田野。

"那时的时辰，下葬时候的异象，就已经预示着他的中医骨科，会大大地兴起啊！"爸爸不无感叹地说，"那凤阳教的最后一代传人在焚烧掉那些医书的时候，万万想不到有一天，这残留几页的跌打损伤，竟起了这么大的作用，救治了这么多的病人！"

他们很聪明，处理骨折的方法是以中医药治病，做接骨和治疗。但车祸往往有外伤，他们就结合了隔壁的一间西医小医院，为伤患的伤口做消炎杀菌处理，避免了感染的危险，再使用中药做治疗，双管齐下，极是有效。

"要发展，需要时势。"爸爸下结论说，"经济发达起来，交通便利，车祸就多，没想到骨科变成这么重要的生意。"

5 叛逆的青春

骨髓炎成了我永久的梦魇。只要身体稍微虚弱一点，例如感冒感染了细菌、运动稍稍过量、跑步太剧烈、睡眠太少身体虚弱等，骨髓发炎就复发。

那痛苦有如魔鬼在抽扯着左大腿的筋，像屠夫拿着锯子在磨切左大腿的骨头，每一下血液流动，它就抽扯一次，痛得彻夜难眠，恨不得一刀切去左大腿。每一次都要用凤阳教的中药来敷，把细菌集中，再开刀切开脓血，才能消炎，而每一次至少要疼痛一星期到十天。

我只能靠阅读文学、诗、小说来遗忘这种锯骨抽筋般的折磨。唯有文学，唯有诗的幻想韵律，唯有另一个世界的故事，能给我一点自由与安慰吧。

因为不断进出医院，我对医院的味道充满恐惧。那种带着消毒药水、棉布、酒精的气味，那种冰冷的钢制刀具的金属反光，那种白袍所折射的幽浮光影，那种灰暗的夜间长廊……一切一切，只让人感到生命的晦暗、衰弱、渺小、虚无和惘然。我常常在想，如果当下死去，会不会后悔？如果生命只是惘然，还有什么值得留恋的？

我想到自己所选择就读的类组，目标就是要进医学系，成为医生。可是，时时生活于这样的环境，天天呼吸着这样的空气，日日望着苍白病苦的面容，这真的是我想要的人生？

虽然，我仍梦想着贫民医院、为受苦的弱小者服务；我仍喜欢看生物的书、医学的书，一如我喜欢文学、诗、艺术；但我却无法再忍受这样的"气息"了。

是的，确切地说，真正无法忍受的是气息。那种无所不在的西药、消毒药水加酒精，加上病苦的、死亡的气息。

我开始和父亲讨论时，他无法接受。他期望我们家出一个医生，这在乌日乡村，是何等的荣耀。他难掩失望的表情，但听了我对医院的观感，对病苦的厌倦，终于忍下来了。可是他要我选择商科，因为这样我才能继承他的锅炉家业。但高三时，我却死不悔改地，选择了文学，他真的气疯了。

"你读文学？你读文学做什么？以后能活吗？"父亲气愤地说。

"文学一样可以生活啊。可以写小说，写文章过生活。"我回答。

"写文章？你知道什么叫写文章？你会写吗？你知道写小说的，都是一些什么人吗？"他大声问。

"我不知道。"我老实说。毕竟，读高中的自己，除了学校老师有小说作家杨念慈、诗人楚卿，或曾听过一些作家的演讲外，何曾知道什么是写作与真正的生活？

"我认真告诉你，你这个憨子！我在台北见过，见过真正的小说家。我看过写武侠小说的人，跟疯子一样，全身穿得懒懒散散，住在圆环的小旅社，晚上喝得醉醺醺的，睡到下午才起床，去吃一碗卤肉饭，过得人不像人，鬼不像鬼。你真的要当这样的人吗？"

"我还可以教书。"我说。

"教书？教书可以过生活？"他说。

"我真的无法忍受医院的气味，一想到就害怕。"

"好，算了，你去读文科就算了，反正以后再回家做生意吧。"他说。

"做生意做什么？人生只是为了钱，可以互相背叛，互相欺骗，有什么意义？你的朋友为了钱，当初把人骂得猪狗不如，为了生意，再把人捧上天，做生意有什么尊严？"我说。

"因为没钱，我们被瞧不起，你今天不赚钱过日子，以后准备要饿死吗？"他愤怒地说。

"我不要做生意。"我倔强地说，"我要过自己的生活。"

"你过什么生活？生病都要人来照顾，没办法养活自己，可以过什么生活？"他愤怒起来。

从小到大，我很少和父亲顶嘴，但为了读大学的选择，我们真的杠上了。

高三那一年，叛逆的我，除了生病，其他的时间一直去图书馆耽溺地阅读课外书籍，甚至没有去学校上课，放弃了各种模拟考试，高三最后一学期，我终于被留级。

那一年夏天，用同等学力去应考，没考上大学，我被视为一个反叛的逆子。

重考的那一年时光，我也不愿意和他说话。只靠妈妈在中间传话。也幸好妈妈的柔性温婉，我才留在家里，否则我早已离家出走，去花莲找一个台中一中的同学，一起去"江湖"流浪了。

叛逆的时光，直到我考上大学才和解。

但此时的我，已经熟读了陈映真的小说，而从小说那梦想着"建立一座贫民医院、收容所"的安那其主义（Anarchism）者康雄，寻找认同，从而走到无政府主义的克鲁泡特金（Kropotkin）、俄罗斯的雪原与俄国革命，以及后面的社会主义革命去了。我不再和父亲争执，只是在台北读着大学，寻找父亲与家族命运的线索，怀抱着安那其主义的梦想，想做一个写作者。

6　"搓圆仔汤"

在这世间，会带着儿子上酒家、和儿子在同一酒场饮酒唱歌的人，应该只有我的父亲吧！其他人也许有，但我未见到。

那是在我大三那一年。

或许是知道了我对做生意毫无兴趣，妈妈开始换一个招数：要我去帮父亲开车，出差谈生意，希望带我慢慢走入商业活动中。

"慢慢带着他去实习，带他去看看生意场，他就会有兴趣了。"妈妈试着用这种方式，让父亲与我和好起来。

"长大了，会开车了，真好！"妈妈会这样鼓励我，"趁着暑假，你会开车，帮爸爸开一下车，长途旅行有个伴，比较不容易睡着。"

就这样，我开始变成父亲的寒暑假司机。

父亲一向开快车，公司也有这种风气。我开始开车是在国三的时候，利用父亲不注意时，把车子偷偷开了出去。当时路上的车辆还很少，我打着一挡、二挡，一路从公司开到乌日街上，绕过乌日国小操场（当时还未有进出管制），绕操场一圈回来。为什么要绕操场？因为我还不知道如何打倒车挡。

自此开始，每天傍晚收工后，把公司的车开进工厂里停放，就变成我的责任。

到了大二、大三，我的车龄也有五六年了。

父亲起初对我没信心，他要我代为开车的时候，总是有点忐忑，坐在旁边，很紧张地观望着。但他的态度非常好，从不指东道西，否则司机会无所适从，不知如何开车。他只是沉默着，过后再叫我要注意这个那个。有一次，我过弯太急，车子倾斜，有点要翻车的危险。事后，他只是静静地说："过弯的时候，不要等到过弯再踩刹车，先踩一下，让车子慢下来，过弯时，可以稍稍带一下油门，这样轮子才抓得住地面。"

父亲独自一人南来北往，养成了孤独开车的习惯。有时一天要南北来回，非常辛苦，精神不济时，也会自己唱老歌提提神。

我曾问他，如果车子开累了，要如何提神？他说，一般不想休息，就用数超车多少辆来提神。有时回台中一趟，会超车一百多辆，不过，过了一百辆，就不再数了。

或许受到他的影响，我们开车的速度都比较快。有一次，他要南下高雄，约了人三点半到高雄公司。

午后十二点半左右，刚刚吃过午餐，他一上车就说，想睡个午觉。依照他的习惯，他就坐到了驾驶座旁边，如往常一样说："不要开太快，一百二就好。"

在高速公路上，维持时速一百二，其实不难。但那一天，有一辆黑色的宾士车，开得极快，竟从我身边一闪而过，那瞬间，立即刺激我的肾上腺素。那一台红色跑车的引擎刚"搪缸"过，引擎有如半新车，需要重新操一操，快跑可以让它未来保持饱满有力。于是我加速冲刺，一把追上那一辆宾士。

那车子本来也没注意，看我追了上来，忽然就来劲了，加快车速，超车向前。当时南部高速公路刚刚建好，路上车子不多，好开得很，他一路飞驰而去，我一路尾随狂奔。

我看了父亲一眼，他还在睡觉，便不打扰他，和那宾士车一路做伴，也不拼车，只是他快我也快，他慢我也慢；他想考验我开到一百六，我也追上去。有时我在前，有时他在前。有时他超过了车，而我却被后面的慢车挡住，他也会稍稍放慢，等我一下。

就这样，不知不觉开到了高雄，他在第一个交流道要先下，我在第二个下。下交流道时，他还闪了闪灯，仿佛一种告别。我也闪了闪大灯，表示感谢一路相伴。

下交流道之后，我不知道要去哪里，路要怎么走，就找个路边停车，想问一问路。此时父亲醒了，他看一眼时间，一脸惊讶地说："怎么到高雄了？才过了一个多小时而已！"我们找了一家咖啡馆，悠闲地喝一杯咖啡，再精神奕奕地去谈生意。

父亲南来北往，无非是谈业务、订货、看钢板以及安装等；还有就是参加投标。当时参加大型锅炉投标，需要有资格限制，以免小厂胡乱投标，能力不够，安全堪虑。也因此，全台湾有资格参加投标大锅炉的厂商不超过四五家。幸好父亲拼了命地做过十五吨锅炉，才领有这资格。

而这些厂商在投标场子混熟了，就会相约一起，于投标前先"搓圆仔汤"。我曾经见识过"搓圆仔汤"的场面。

那一天一大早，我们从台中出发，到台北开会。

五家公司负责人一起坐在一家高级大饭店的咖啡厅里，先是闲聊，互相刺探情报。有人说，这一次的底标，不是太高，实在不好做。有人说，上次在南部的某一家工厂，做的工程最后赔了钱，因为审查的科长太龟毛，找碴儿到了没有节制的地步。有人说，今年的国营事业工程都不好做，因为政府在查公务员的操守，也有人说，每年都在说，每年都没查出什么，反正政府就是说一说而已。蒋经国搞的梅花餐，还不是照常吃了十几道。

"呵呵呵，"有人笑着说，"可不是吗？梅花有五菜，中间一道汤，可是五菜的每一个碟子，都用另外五道小菜加起来的，所以啦，要丰盛，你可以搞出二十五道菜哩！更累人呀！"

最后终于有人提议了："好啦，好啦，来吧，咱们来搓一搓，看这一次圆仔有多大啦。"发话的是台北的一家公司老板。

五个公司的头头叫饭店的服务生拿来一张白纸，当场裁成五份，每个人的那一份都是全部的一部分，以后有什么问题，就可以追究，也不会作弊。就这样，这五个人各自去旁边填上自己打算出的金额。

这金额即是所谓"搓圆仔汤"的钱，谁出的金额多，就由他负责去得标，其他四家参与陪标。圆仔汤的钱则由其他四家均分。

政府三令五申不可以如此，这叫"绑标"。但因为当时资讯并不透明，只有一家俗称"圆仔汤报"的小报，每天刊登政府标案的消息，民间对如何参与政府标案并不熟悉。政府也无法阻止民间企业自行搞这种"搓圆仔汤"的模式。

我记得当天搓完圆仔汤，有一家出了钱，他取得投标权利，当场开出支票，几十万元拿出来给四家平分，但还剩下约几万元零头，于是有人就提议说："这样吧，我们去北投把它喝掉算了，咱们很久没在一起了！"

"去北投洗温泉也不错！"

"可是我带了儿子哩。"父亲有些尴尬地说。

"儿子不是读大学了？"有人问。

"都大三了。"父亲说。

"啊呀，带去啦，带去见见世面，试一试粉味的。"有人回头看着我说。

"今天晚上，替你娶媳妇，哈哈哈！"有人对父亲说。

7　北投那卡西

一九七〇年代后期的北投，还未被取缔的情色世界，酒家隐藏山腰树林之间。

华灯初上，车子穿行过山间道路，斜斜一转，幽暗的光线从林间穿出，仿佛进入神秘幽谷。一些酒家的招牌并不明显，写着"通天阁"之类的字样，有些是日式平房，有些像小洋楼。因为早期的北投客人以日本观光客居多，应酬之间不免充满和风。

夏夜刚刚开始，黄昏的暑气未消，空气中飘浮着浓浓的温泉气味，白白的温泉气体，自山谷中流动上升，但无风的夏夜，让它停留蒸腾，仿佛浓得化不开，带来一种暖洋洋的热带的闷郁。

我们绕着山路穿行，耳中传来时断时续的那卡西的节奏，闽南语老歌，日式演歌。陪酒女声的演唱，细致而幽微，哀伤或者撒娇的嗓音，让你仿佛会碰见一个艺妓，从远远的山路上走来。

我们停在一间酒家的停车场，再绕山路走上一段阶梯，到达一个小小园林的竹篱笆前，便见一个妈妈桑穿着和服，站在门口用日语说"欢迎光临"，向着父亲喊着"佑桑"（杨先生），然后迎进了里头。有些人已经来了，便点了酒菜和鱿鱼螺肉蒜火锅。

陪侍的女子来了一群，站成一列，好让客人挑。照例，是由熟识的妈妈桑介绍。父亲找了自己的老相识，很快活地说："找一个年轻的哟，我带了儿子来，今天替我娶一个媳妇，要卡水（闽南语，'比较漂亮'）的姑娘。"

我非常尴尬地坐在一边，手足无措，却听见妈妈桑一串成熟的笑声，说："佑桑哟，要办桌，请吃喜酒哩。"

随即，她笑眯眯地对我说："你挑一个，没关系，只要找一个自己中意的人。"

我未曾见过这种场面，无法决定，目光飘移，只能说"随便"。

妈妈桑于是推了一个看起来比较年轻的女孩子，说："就你去吧。"那女孩子面露微笑，只默默在我身边坐下来。

父亲于是快活起来了："哦，来叫爸爸，你今天是我媳妇。"

于是众人都快乐起来，起哄说："快叫爸爸，马上有红包哦。"

父亲说："对，快快叫。"

那女子见过世面，非常大方，毫不犹豫，立即对父亲就叫："欧多桑！"日语声还带几分撒娇。

在众人起哄声中，父亲就把钱给包上，叫那女子来接。满桌的酒客立即要那卡西①奏起了结婚进行曲。音乐声中，那女子握着我的手，我愈发尴尬了。父亲倒非常熟练，哈哈笑着说："来来来，喝酒啦！"跟他们喝起酒来。

这是我第一次进入所谓"酒家"。满座俱是中年商人，唯有我独自一个大学生，生涩稚嫩。

————————

① 那卡西，一种流行于日据时代并遗留下来的传统，盛行于台湾各地有女侍陪酒的酒家里：找来二至三人的乐团，在包厢里唱歌作乐；大多以电子琴、鼓乐为乐器，有一人主唱，客人也可点歌唱歌，以此助兴。

我是带着小林旭电影的印记，和川端康成小说中的日本艺妓的想象，在酒场中，看父亲喝着酒，唱着老歌。

小林旭是日本青春的象征，小学的时候，他的电影非常流行。我还记得，电影院即将散场前开放大门的片刻，自己溜进去看最后的片段，看见他背着吉他，到处流浪，打抱不平的小林旭，最后如何打败坏人，为小人物伸张正义。当时最流行的歌曲，是《温泉乡的吉他》。

仿佛每一个父亲辈的台湾男人，都有着流浪吉他的记忆。北投的酒家，也是这样。那卡西一开始，就唱出了《温泉乡的吉他》，而后长得有一点年纪的陪侍，就唱起了当时最流行的《岸壁之母》。

这是一部当时非常风行的日本连续剧，描写一个母亲，为了等待她战争中失踪的孩子归来，不断在海岸边呼唤苦守，片子是由吉永小百合主演的。我母亲看得直掉泪，那是战争年代的母亲的共同心声。现在，在酒家陪父亲喝酒，旁边还坐着女人，似乎有点怪怪的，不知道是不是对母亲的罪恶感？

但父亲唱得非常开心，他宣告要唱一首他的主题曲《孤独的酒场》：

> 独自一人置身于浩瀚的东京
> 哭泣着夜色已笼罩下来
> 双手握住玻璃杯
> 爱的面容也浮现出来
> 深夜于银座喝着酒
> 为何身心深刻感伤着

父亲唱完，所有的侍应生都鼓掌，要和他干一杯。

在座的其他公司老板也都笑起来，说："你去东京都这样骗女孩子的？唱得这么有感情！"

"你们不知道，我一个人去东京，唱的就是这一首歌！"

我不知道要做什么，便和那年轻陪侍聊天，才知道她家乡在彰化花坛，种田人家的孩子，出来学做头发，因长得清秀漂亮，就转来北投了。她当然也谈过恋爱，但刚刚和男朋友分手。那男人移情别恋，让她非常伤心。她现在自己过日子，希望以后可以赚一些钱，好好回家乡开一间美容院……

我听得非常感动，觉得自己的家乡离彰化不远，我看病的乌日医院里，也有一个花坛来的女护士，长得相当清秀，像歌星江蕾。我们仿佛有一些共同的朋友似的。

我们终于一起站起来，站到了那卡西前面，一起合唱《港都夜雨》和几首台湾老歌。那女孩子抱着我的身体，柔软的胸部紧紧贴着我的手臂，酒后的我，抱着她，唱着古老的歌，情欲和幻想逐渐上涌，但仍压抑着。

或许看我有点害羞，父亲的朋友刻意找我喝酒，直到脸孔泛红。父亲倒是非常自在，时而喝酒，说黄色笑话，时而和酒家女划拳赌酒，还赌说等一下如果输拳，就要动手脱那女人衣服。那酒家女赌我父亲是男子汉，不会对女人动手，便努力划拳。不料我父亲果然输了。他作势起身，作恶狼状。作为儿子，我实在有点尴尬，正在不知如何反应间，只见我父亲拉起那女子的手，说："好了，动'手'了。"此时众人皆不平，说要"真的"动手。偏偏父亲只是无赖地笑着喝酒。

约莫喝了两三个小时，大家都已六七分醉了，才提议要散去。依照"社会规矩"，他们本应续摊，或者另外开房间的，但可能因我在，就放过了。

临去时，陪着我聊天的女子还特地留下电话，她知道我在台北读书，希望有空约出来见面，也希望我有空常常来，而后用力抱别。酒后的心情容易飘浮，她的柔软身体，竟让我身体发烫，异样沉迷。"如果只有我们出来，要带她去哪里？"我忍不住自问。

酒家外是黑暗的夜，树影婆婆，夏夜的晚风异样温柔清凉。我和父亲各自点起一根香烟，走向停车场。父亲在点着香烟的刹那，吐出一口烟，用一种极为清醒的口吻说："回家吧！酒家欢场，就是这样。"

我和父亲说了那女孩子的故事，父亲只是淡淡地说："在这种地方，玩归玩，不要欺负人，这也是一种职业。人的命运，会走到这里，一定有她不得已的地方，咱要尊重人。"

父亲的声音如此冷静，竟和刚刚酒场狂乱嬉闹，判若两人。我仿佛被他吓到了似的，完全清醒。自此，无论在什么酒场，如何欢乐与玩笑，我总是想起父亲的冷静与分际，以及他对女人的态度。

这是父亲给我的成年礼吗？

8 终生职业之奋斗

知道我还能喝几杯的父亲，开始要我陪着客户喝一点酒，有时也会当着我的面，和客户讲起黄色笑话。

大三那一年寒假，我陪着父亲去埔里一家酒厂考察。那酒厂希望改善锅炉的效率，邀请父亲去看看，希望提出比较省钱的改进办法。过后，他们好意请我们在酒厂旁边的土鸡城吃饭。

虽是冬天，但天气不会很冷，埔里有一种小阳春的温暖。

陪父亲去检查锅炉，我流了一些汗，但劳动过后，小口小口地喝着酒厂自己带来的陈年绍兴酒，那种微微酸、微微甘甜的酒香，一边吹着慢慢浮动起来的山风，是如此舒爽，再抬头仰望澄亮澄亮的夜空，满天的星星仿佛可以和人说话一样，闪动着温柔的光。坐在那山谷里，整个人，仿佛可以飞翔起来。

那年代的土鸡城流行现杀现煮的活鸡，以米酒佐中药材烧煮半只；再把另半只做了三杯鸡。承主人的美意，还点了埔里清溪里的活虾，佐以清溪的炒蛤仔，鲜炸溪哥鱼，简直美味极了。

父亲一高兴，喝得多了，就开始说，你可以喝一点，但别喝多了，等一下你开车，于是他就放心地把绍兴酒喝开了。

等到离开餐厅的时候，父亲已经喝得相当醉了，走路有一点摇摇晃晃。我刚刚把车子开出停车场，转过一段高坡，他要我先在路边停一下。

他站在一排竹林边上小解，一副准备长途旅行的姿态。小解完，他带着几分酒意，站在路边，回望着埔里的方向说："等一下，抽一根烟再走吧。"

许是喝酒让他觉得热了，他脱下西装外套，一手把西装披在肩膀上，一手夹着香烟，抬头仰望星空，又看看埔里的夜色。

我们站在幽暗暗的道路上，星星更加地明亮了，冬天的夜风中，远远的埔里小城的灯火，也飘动闪烁，如同更远的星星，带来一种穿透的冰凉的光。

"以前呐，我一个人，去日本旅行，白天买了书，晚上没事，就喝一杯小酒，把西装披在肩膀上，自己抽着香烟，落散落散的，漫步在东京的街头。"他望着小城的灯火说，"东京的暗冥，更晚了以后，人少车少，夜色也很美。"

"那时，我常常唱着《空港》那一首歌。呵呵呵，咱人呐，好像在空港之间流浪……"他说着哼了起来。

他感叹着说："一个男人，总是要一个人在外面走踏过，才会成为一个男人！"

他手中的香烟一闪一闪，映着他的有些寂寞的眼睛。抽完了香烟，他把烟头熄了，坐上了车，用一种毅然的声音说："走，回去吧。"

望着他几分酒意的脸，并不是想睡的样子。我于是说："今天酒厂的人，真是好酒量。他们会来找你，想改善效率，可能是想运用你的螺旋形锅炉设计吧！"

"他们从锅炉协会知道我们有这个专利，才找来的。要不然呐，我只是一个小学毕业生，又不是大学教授，谁会来找呢?"父亲说。

"这也真不容易啊，一个小学毕业生，要看懂那些技术的书。"我想起他的书架上，排满了从日本买回来的书。有时设计碰上了困难，他就拿了厚厚的一本工业辞典，慢慢查找着。这些知识于他，真是一个字一个字慢慢找出来的。

"岂止是不容易，咱只是一个乡下的牵牛团仔，日本在战争的时代，怎么有机会好好读书？咱什么都不懂，就是一个做田人，只会牵牛播田，要出来这个社会打拼，谈何容易啊?"

"你以前刚刚出来做生意的时候，也是吃了不少苦头呢！"我想起妈妈逃亡的那个夜晚，我们全家陷入困境，甚至面临着被拍卖的命运。

他默默地又点上一根烟，拉开了窗户，吹着风，仿佛不想睡了，他挺直了身体说："咱是一个乡下团仔，只会牵牛种田。可是那农村，种田有什么用？你再厉害，就那几分地，你能种出多少稻子，每年都算得出来。每一次去粜米，看着稻子要一粒粒、一斤斤地算，我就是不甘心，干！这样一粒一粒，把这一世人算完了，真没路用，我怎么会甘心？"他有些负气地说："你阿嬷，总是说我吃了三叔公的口水，才会变成这样。可是你不出来见世面，不出来走透透，一世人当乡下憨牛，怎么会甘愿？"

"无论怎么样，都要拼一回。不拼，没有人知道输赢！"他不是负气，而是一种豪气的男子汉口吻。

我默默地听着。这是他第一次和我讲起心事。

"咱确实是乡下的憨牛，什么都不知道，被牵着玲珑旋，旋来旋去，他们就是要你的钱。要你拿钱去投资，好让他们花。这个，我当时还真的不懂，以为他们都是好心，想来帮忙的。没想到钱一花光了，马仔啦、蔡店仔啦，这些人就跑光了。呵呵呵，人呐，真现实。"

"最近他们不是有回来找你吗？"我小心地问。

"有啊，嘿嘿，他们看我再做起来了，就想来拉我去做另一桩生意，说是很能赚钱。但我怎么敢呐，那些人，每一个都是吃铜吃铁的老剑仙，不是吃素的。"爸爸自己笑着说，"咱是交过学费了，交得太彻底咧！交得老婆都跑路，我也在跑路。凄惨落魄，有够达底（闽南语，'彻底'）！哈哈哈。"他不是伤感，而是得意地笑了起来。

"他还想来邀你一起做生意哦？把你看得太憨了吧！"我有点怕爸爸太讲义气，一冲动起来，又跟人去合伙了。

"他真的以为我是憨牛哦？一只牛呵，再憨慢，也只能被卖一次，我怎么会笨到被卖两次？"爸爸无所谓地笑着说，"人呐，真是奇怪，一个不正派的人，只能骗一次。但你不可能到处去骗人，骗到最后，就没路走了。他们来找我，我总是好酒好菜地招待他们，不是相不相信他们，只是人呐，总是有走到没有路的时候，我们请人吃一顿饭，送一点钱，留一条路给人走。"

"想起来，他们也是牵引我走进去做锅炉的人。如果不是他们，我今天可能也不会来做锅炉了，存一点感恩的心，这样比较好。"他感叹着，"这世间，最坏的，也会带来好的结果，就看人怎么做吧。"

"可是，主要还是要靠自己的奋斗。如果不是自己努力，怎么会做出螺旋形铁管呢？"我想起他为了研究螺旋形锅炉的那几个月，不眠不休，带着车床师父，不断实验，不断失败，最后才做出了螺旋形的铁管。

"其实也是要人来教。我运气不错，有人教。不然我一个小学毕业生，懂什么锅炉啊？呵呵呵，我们是草地徒弟。"父亲说，"但设计图还不是最难的，最难的是你明明看见了这个东西，螺旋的锅炉铁管，人家做得出来，我们怎么就做不出来？心肝里，实在不甘愿呐！"

"啊，你在日本不是请教了许多人，也去买了书回来看？"我问。

"看是看了，有看没有懂。那些书都很深，热力学、流体力学，都是写给大学教授、专家看的，我一个小学生，看得懂吗？咱是一字一字、一行一行，去查字典查出来的。可是有时候，你查字典也没用，每一个字都认识，但连起来，不知道在讲什么？哈哈哈！"

"真的是这样吗？"

"我讲一个笑话给你听。那时候去日本，我买各种专业的书，可是我一直在找一本书。我一直在想，总是有一本书，可以跟我解释这些字是什么意思吧!"爸爸自嘲地笑起来。

"后来有找到吗?"

"有啊,我找了几家书店,还去问书店的店员,在一家东京的大书店里,店员才告诉我,有一种书,叫工业辞典。那时我才知道,日本人呐,真夭寿,做功夫做到这个地步,实在真功夫,什么辞典都有。工业有工业辞典,物理有物理辞典,流体力学、热力学,都有各自的辞典。光是辞典,各种门类的,就有好几排的书在卖。这才是工业基础啊!咱什么都没有。唉,差人家差很多!"

"不过,卖辞典是卖辞典,专利的技术,他们一点也不让。"爸爸坐直了身子,点了一根烟,大口地吸着,吐出一大口气,回忆道:"那一年,跟日本人要螺旋形铁管技术的时候,你知道吗?他们要拿我一百万,做权利金,伊娘的,这还只是使用的权利金,以后我们使用多少,还要向他们买。这不是欺负人吗?"他呼出香烟。

"那一天,我很想忍一口气,买了就算了。因为,说实在的,那些日本人还不错,很守信用。我们只要认命做,技术买回来就可以了。可是,技术老是握在别人手里,而且一直在付钱,我实在吞不下去呐!"爸爸笑着说,"我在东京街头走来走去问自己,是要跟他拼了?还是认了?咱做人,就是这一点硬气,吞不下去。若是用了他们的技术,以后都要依靠他们,我们怎么也站不起来。干!我会很郁卒!做人嘛,总要拼一次看看。你阿嬷总说,我是'杨铁齿'。呵呵呵!真的是这样。"

自问自笑了一下,随后说:"回来台湾以后,我请人家带我去请教大学教授,也问台中高工、台北工专的老师,都没办法。他们都是理论派,学习的书也是从美国、日本来的,而且不常去日本，工业知识比业者还慢。这不能怪他们，我们实际在做的人，总是会试用各种新技术，用一阵子，这发明的成功或者失败，就很清楚了。学者得等到技术成熟了，才会开始教。"

我忍不住赞叹地说："真不容易，你也够厉害啦！"

"呵呵呵，不是厉害，是骨气。当时我就在想：你日本人，给我看着，有一天，我要让你看到我设计出来的。后来，我果然做到了。我再度去东京。送他们的礼物有两个：台中太阳饼，他们日本人很爱太阳饼；还有一根螺旋管。我向他们说，要来感谢他们的指导。"

"啊，他们怎么反应？"我没想到他还会做出这种挑衅的事。

"他们都吓坏了！呵呵呵，他们不相信这是我设计出来的。他们说：你骗我们的，背后一定有高人指点，是很多专家一起研究出来的。"父亲得意地说，"什么专家？就是我一个，加一个车床师父。可是，我也真心感谢他们。真的，如果不是他们先发明这个技术，我也不会想到这么做。他们跟我们不一样，是大企业，我们只是中小企业，没有钱去做研究。"

"这人生，终归是一句话：终生职业之奋斗。无论要做什么，你要有'终生职业之奋斗'的觉悟，才能做出事业来！"带着酒意，抿着嘴唇，他决断地说。

我想起他办公桌后面，墙壁楷书写着十二个大字——"今不做，何时做？我不做，谁要做？"的标语。有一次，一个职员在推托一件事，不想去出差，他怒目而视，只问那人一句话："你有看到上面写什么吗？"那职员有些迷糊地说："有啊。"

"字看得懂吗？"父亲问。他点点头。

"念一遍给我听。"父亲说。

那职员一句都没念，转头就去出差了。

那一句"今不做，何时做；我不做，谁要做"，一直是所有职员、工人、家人想起父亲的时候，一定会想到的。那是他生命的象征。我们一直以为那是他自己创造的。直到2014年，电影《哈利波特》的女主角赫敏——艾玛·沃特森，代表联合国妇女亲善大使去发表演说，其中一句"If not me, who? if not now, when？"让我想起父亲贴在墙上的格言。我上网查，才知道公元一世纪，一位叫希勒尔（Hillel the Elder）的长者先说出后面那一句。那语言如此精妙，传达了一种气魄和勇敢的行动力。我们不知道父亲是否曾在日本文章中看过这格言，但可以确定的是：那十二字，必定是他的创作。

9　浪荡心事

夜的埔里的山路，弯弯曲曲，细细长长，路边是河道宽广的乌溪。夜间的溪看不见，只有对岸的山脉，时而巨大如浓浓的阴影，时而低伏如温柔的猫背，我慢慢地开着车，听着父亲讲他的故事。以前，他未曾对我吐露过的心事，未曾听过的心情，现在才真正了解。

有时候，一个男人也需要喝一些酒，才能解开他的强悍外表，开始讲述他的心事、他的得意与忧伤吧！

在异国漂泊的父亲，那个敢和日本大企业对决的一个小学毕业的台湾团仔，让我开始懂得了一个男人生存的精神所在：一种做人的骨气，一种拼战到底的硬气，一种明白事理的感恩之心……

　　我抽着烟，慢慢开着车，心想："一个男人终生的奋斗，全家人也一起付出许多代价。"

　　他把香烟熄了，望着窗外的夜色，酒后沉默着的眼睛，看来有些落寞。

　　"要不要休息，睡一下吧。还要开一个多小时。"我说。

　　"啊，不用了。一下子就到家了。"

　　在台北读书的我，也常常和朋友这样喝酒，一边谈着心事，只是，我从未和父亲一起喝酒。现在，因陪伴他出外应酬，我们才真正带了一种酒后的放松心情，谈着心事。那感觉，更像是和朋友一起聊天。

　　"你说终生职业之奋斗，可是你刚刚开始奋斗的那些年，也牺牲很多。"

　　"过程中，最可怜是你妈妈，她去跑路，坐牢，一世人，跟着我吃苦。她自少年嫁来我们杨家，没有享受过，只有吃了许多苦，咱杨家，欠她许多，你以后一定要孝顺。"

　　父亲这句"妈妈嫁来我们杨家"的说法，让我有一种说不出的怪异感。因为，我们一出生，妈妈就是我们的母亲，是我们的依靠，从未有"别人家的女儿嫁来我们杨家"的感觉。

　　"呵呵，爸爸可能真的喝醉了"，我在心中微笑着。他自己拿出打火机，关上窗子，点上香烟，再开了窗，吹着河谷的山风。

　　"你妈妈为了我，吃了很多苦。她是我最对不起的女人。可是，你们不知道，她在跑路逃亡的时候，我也在外面躲债。那时啊，我有路无厝，无家可归，只能在外面躲来躲去。是外面那个阿月仔，她给我吃，给我住的地方。我也是对不起她的……"他的声音有些沙哑了。

他说着这件事，就让我有些尴尬了。

说真的，妈妈逃亡时，他在外面和酒家女同居，甚至想让那女人进我们家门，曾引起轩然大波，妈妈几乎想玉石俱焚。现在，他带着一种伤感的语调，谈起这件事，真是让我不知如何回话。

"你知道吗？我是一个乡下的牵牛囝仔，初出社会，去做锅炉的时候，他们总是说，你要先学会交际应酬，有交际手腕，口才好，你才会有生意。他们就带我去酒家喝呀喝的。我也不是憨慢的人，只是这样的生意场，我第一次碰到，连怎么点菜，怎么喝酒交际，怎么热场子说笑话，咱都是外行人。他们花我的钱，养自己的女人，包整个晚上，可是我不懂，只能憨憨听人家的。后来是阿月，她看我也是一个豪爽的男子汉，也看不惯他们吃定了我，就帮我打点，才不会继续当冤大头。她照顾我，帮我喝酒摆场面，替我招呼生意场的客户，总是慢慢就有了感情。"

我默默听着父亲的外遇告白，心里总有一种矛盾的感觉。作为儿子，我无法同意，但今夜的酒后，作为"朋友"般在旁边聆听，我又似乎应该体谅。然而他只是用一种感伤的语调，漫漫说着。

"后来，你妈妈也跑路去了。我到处躲债，没有地方去，她让我先住在她家，帮我交际应酬，继续做生意，替我跟酒家签账。那些年，我们逗阵，唉！……"

他的语调充满伤感，低沉而恍惚。

"唉！咱查埔人，最怕的不是逢场作戏，不是酒场欢喜逗阵，而是真正要跟着你，不顾性命，就是要来跟着你的女人。你怎么办呐？"

他顿了一下说："我是有家庭的人，自一开始，我就讲清楚了。她都知道的，还是要跟着我，这样的情义，人要怎么报答？"

我无法回答，只好默默看着前方。从埔里出来的夜路，沿途有一些槟榔摊子沿路闪着小小的灯光。

他突然默不作声了。我转头一看，他兀自静静抽着香烟。前方来的车灯，偶尔照亮他落寞的眼睛。

"很久没消息了，伊后来跟了别人，不知道有没有好好过日子？"声音有些沙哑。

"后来就没再联络了吗？"我问。

"你妈妈出狱以后，我想想，也真的对不起你妈妈，害她坐牢，就想我要好好拼事业，照顾自己的家庭，慢慢地就疏远了。"

他的眼神迷茫着，声音喃喃，酒意更深了。

"她是风尘中的女子啊，总是会遇见别人，她知道我有意地疏远，后来就跟上了别人吧，也就不再联络。只是，想起来，对她，对那两个孩子，我都没有尽到父亲的责任啊！"

我默然了。从一个男人的角度，我或者可以体谅像爸爸这样的朋友；但从一个孩子的立场，无论如何，我都很难接纳一个破坏我的家庭的人呐！

然而，想象着那艰难的岁月中，妈妈去逃亡，他自己一个人也在外面落魄，该是如何地孤独？那女人，像尤里西斯流浪故事中的克莉佩索（Calypso），她救起了海难中的尤里西斯，照顾了他，把他藏起来，养好他的伤痕，甚至和他生了孩子，可是他还是想归乡，回到一个男人的战场。当他可以再出航时，就永远地离开，回到他的绮色佳（Ithaca），回到潘尼洛普和孩子的身边。他有他的家园和责任。

我默默想着这无解的难题，却瞥见了他的眼角中，有微微湿润的光，他吸一口香烟，吐出白色的烟雾。

"人生一世，草木一春。路，一直向前，不会回头。有情还情，有义还义，恩怨分明。可是人生中，还有这种，要跟你走一世人的感情，你无法报答啊！

"最后我当然回来照顾你妈妈，伊拼生拼死，真正跟了我一辈子。可是人生，总是有一些事，有一个人，是你饮酒之后，想起来心肝会艰苦的人……"他斜斜靠着窗户，眼睛空茫地望着前方……

不知道是哪一部日本电影说的："一个男人流泪的时候，你不要去看他，让他自己把泪擦干就好了。"我不敢转头看他，只是用眼角的余光，悄悄把那孤独的影子，烙在脑海中。

10　风尘人，风尘缘

回到家的时候，父亲已经醉得差不多了。我扶他上楼，妈妈接手扶他上床睡觉。也用热毛巾，帮他敷脸，擦一擦脖子，让他醒了一醒。

他似乎好一点了，便抱着妈妈，直说："这一世人呐，都是你来照顾我，以后我一定会照顾你一辈子。"然后，他大声唤我和弟弟妹妹，妈妈要他别再说话了，好好睡吧。他不听，继续大声叫唤我们。他要我们站在床前，还一个一个点名，然后说："好了，我现在告诉你们哦，要给我记住，不然，你们就是不孝。你们以后要孝顺你妈妈，知道吗？"

我们都点头。

"告诉你们，你妈妈嫁来我们杨家，一世人，跟着我，真艰苦。你们要孝顺，知道吗？古早之前，她一个人，半暝仔去顾田水，落大雨，在晒稻田，若不是她，若不是她呐，怎么会有现在的杨家？……"他开始口齿不清地叨念着。

"你先睡吧！"妈妈劝他，一边拿了毛巾擦他的脸。我的两个妹妹都还在上中学。

"不是啦，一定要让孩子知道孝顺啊。他们都不知道妈妈的艰苦，他们都不知道呢……"爸爸一直念着，像一个撒娇的孩子。

妈妈让他喝下热茶，要他睡下。

但爸爸还在酒后的伤感中，他侧过脸，直说："咱在跑路的时候，实在是真艰苦呐……"他的醉意似乎不断上涌，讲话开始颠三倒四地重复。

妈妈安慰他说："那时候，你也是不得已的，总是人有艰苦的时候，过去就好了。以后咱们要小心做，不能再跌倒了。"

隔天，我悄悄问妈妈，父亲酒醉后，曾说他和醉月楼的酒家女分开了的事，这是真的吗？妈妈点点头说："我知道。这是酒场总会碰到的事，跟了马仔刚刚去做生意那一阵子认识的，交往了很久，还想带回家来，被我拼了命地阻止，吓得不敢再说了。"

妈妈淡淡地说："我出狱以后，你爸爸后来还曾悄悄去找过那个女人。应酬去酒家嘛，捧场总是会有的。但她是风尘中的女人，风尘中来，风尘中去，今天跟这个，明天跟那个，伊怎么可能安定下来？何况你爸爸事业失败，会不会再起，谁也不知道，分开也是注定的。"

"后来，她还有消息吗？"

"没有消息了。听说，她跟了其他人，好像是一个从银行退休的人，老了以后，又嫁给一个退伍军人。她年纪也大了，现在在哪里，我就不清楚了。"妈妈叹息说。

0

随着退化的加剧，父亲一步步走入一个沉寂的世界。

起初还可以叠麻将当积木玩，偶尔也翻一翻农民历，那是他日常生活的习惯。但因了身体的衰弱，他已愈来愈难下楼到自己的办公桌前坐下。到最后只能在楼上，起床坐在轮椅上，对着电视，看看闽南语老歌的演唱。

有时久久地闭着眼睛，仿佛他有一个自己的世界，可有时眼神依旧锐利，看着你，仿佛要说出什么来，却已无法言语。

我们已无法分辨他是无法表达，所以不想说话，还是整个人的感官与思维都退化到无法思考。看着他沉默得近乎生气的脸，我们难免会想，他是气我们？或者气他自己呢？

那个没有帮佣经验的菲律宾女佣 Rose 来了以后，我们仿佛感觉，父亲可能有一个我们无法触及的世界。

Rose 长得比一般菲律宾女佣高一些，皮肤白一些，有一双猫一样温柔的眼神，这是我的第一印象。面试的那一天，妈妈就认为她的个性温和，应该可以胜任照顾"阿公"的责任。唯一的缺点是，她在菲律宾本来做美发的工作，未曾担任过看护，所以许多事都得从头教起。而妈妈和她语言不通，沟通起来相当辛苦。

有一次，我回台中探望，发现 Rose 把父亲照顾得还不错，气色明显好转，红润了一些，他的手脚柔软度有所增强，呼唤时也比较有反应。每天早晨，Rose 会把他抱起来，擦拭身体，摇动手臂，再扶他走几步路，走到客厅里，坐在轮椅上，为他盖好毛毯，"听"电视。说"听"是因为"看"的时间更少了，很多时候闭着眼睛。但那电视播放的闽南语老歌、日语演歌，都是他熟悉的，我们希望这些旋律可以唤醒他的感情和记忆。

我问她如何照顾父亲的。她把早上到晚上的程序说了一遍，果然比其他人还细心，我暗自惊讶。

我看 Rose 很尽心，便问道，来台湾一个多月了，还习惯吗？她的脸色忽然黯下来，只习惯性地回说："还可以。"我问她吃东西还可以吗？她说，也还可以，只是会想家。

"哦，有给家里打电话吗？有电话卡吗？"我问。

"有，阿嬷有给我。可是……"她欲言又止地卡住了。

"不够用吗？"我问她，主要是怕她无法用语言表达，妈妈帮不上忙。

"可是，每一次打电话，我小女儿来接电话，她一说妈妈我想念你，我就一直哭呀哭的，哭得停不下来。"Rose 的眼泪开始流了下来。

"啊……"我不知道该怎么回话，愣在当场。随后，只好试着安慰性地问："你有几个孩子？"

"四个。"她垂首说，"有三个儿子，一个女儿。女儿是最小的，我最疼爱她。她才五岁，总是会在电话里说：妈咪，我想念你……"她的眼泪仿佛开了闸，流个不停。

为了转开她的注意力，我于是说："四个孩子，最大的几岁了？"

"老大十三岁了，已经上了初中，其他也都上学了，是后来才生下这个小女儿，特别舍不得。"

随后，她说："起初，每一天晚上，想起小女儿，就哭呀哭的，哭得毫无办法。但我知道，这个工作是要做三年才能回去的，不能这样哭下去。"

"你有朋友可以说一说吗？"我问。心想，有些菲律宾女佣的聚会，或者天主教的教会有做礼拜，可能对她有帮助。

"没有，我刚刚来，以前也没做过女佣，这里没有朋友。"她说。

"哦，你或许该想个办法，和家人通信，或者写 E-mail。"

"我没办法的时候，就只有阿公可以说话。"

"啊？"我惊讶得以为自己听错了，"阿公？"

"我晚上有时哭了，早上醒来，就跟阿公说，我好想念女儿，然后抱着他哭一哭。"她眼神温柔地说。

"阿公可以听见吗？他听得懂吗？"我心里很讶异，因为爸爸只会日文，根本不懂英文，而 Rose 又只会讲英文，怎么听得懂？

"有啊，阿公听得懂，我看得出来。阿公知道我在说什么。"她坚持说。

"啊？那阿公有什么反应？"我问。

"他的眼睛，会流下眼泪。"Rose 望着我，眼神澄澈，口气温柔，仿佛她不是在说服我，而是在说，阿公真的了解她。

"阿公很好，你手过来。"她微笑说，"你可以这样，摸摸他的头，他会很舒服。"Rose 用手掌轻轻抚摸着父亲的额头，像抚摸一个孩子。父亲温柔地低着头，仿佛很平静而舒坦地闭上眼睛，直到结束许久，他才慢慢张开眼。

我看着父亲的脸，他静静望着前方，没有焦点的地方。

"爸，你还好吗？"我握着他的手，心想，你一定有一个我们所不知道的世界，那个世界，是你无法言说的。

那一天夜里，我独自睡在我高中时代的房间，一样的书架，一样的木质结构的墙壁，都是父亲当时设计的手笔。我心中依旧盘旋着一个疑问：父亲真的了解 Rose 所讲的事？他可以听得懂吗？

Rose 来到台湾，来到一个陌生的世界，如此寂寞，如此孤独，如此无助，如此彷徨。她的这一切，莫非爸爸也可以了解，因为他也生活于一个陌生的异乡，一个寂寞、孤独、无助、彷徨的世界里？

莫非，孤独者的灵魂，可以跟另一个孤独的灵魂交会？……

1 失窃的鸡鸭

我们总是以为，大时代的转变会是轰轰烈烈、改天换地，有如一个洪流向前澎湃汹涌而去。

而真实的是，它往往是寂静地、悄悄地转变着。某一种声音消失了，某一种味道改变了，某一个角落的树林子没有了，某一条河流的鱼不见了，某一种生活常有的人声，例如卖肉粽的呼唤、收酒瓶人的铃铛、脚踏车的老叮当等等，慢慢从我们的身边走远。

你未曾知觉，等到有一天，你忽然想起来，才知道早已错过了记录那个关键性瞬间的机会。某一种感官、某一种感情、某一种记忆，已经永远消失。

一九八〇年代的台湾，我们被新的感观充满，被更亢奋的刺激包围，被更多的金钱淹没，而逐渐失去许多熟悉的感观、感觉和感情。可是在那当下，我们并不知道那是一个大时代转型的征兆。

祖母所熟悉的"家"的声音，就是消失的一种。

祖母不喜欢外出，她是内向而含蓄的人，她唯一的嗜好，是帮工厂前后的小空地，种一点季节的花草，早晚去浇花，以及饲喂那些心爱的家禽。

黄昏的时候，工人洗净了手脚，带走所有汗水与铁工厂烧焊条的气味之后，祖母就出来召唤了。

用一种召唤孩子般的声调，她口中发出不同曲调的音乐。如果是可爱而轻声的："啄啄啄"，这是叫小鸡的；"咪咪咪"，这是叫小鸭的；如果是粗声的，例如"啯啯鸡"，这是叫大鸡的，"哦哦哦"，那当然是在叫鹅群们回来了。

每当召唤声起，那些散落于各地的小鸡小鸭，就踏着小蹼小爪子飞奔回来。小动物雀跃欢欣，跳起来抢食的模样，让祖母开心极了。她总是笑骂着说："来了啦，来了啦，别像草猴一样。"

小鸡鸭长大了，变壮硕肥大，祖母就开始计算着，真好呀，今年什么庆典、什么祭祀，可以宰杀哪一只，用来供祖先享用。用心用爱，把三牲养大养肥，好成为供桌上的佳肴，这对祖母是一个生命的连续过程，一点也没有矛盾。那些鸡鸭上了供桌，反而像完成使命，完成对祖先的敬重，走完了它们应走的历程。这实在是祖母最微妙的观念。

可祖母自己是不杀生的，所有家禽的宰杀，都由妈妈负责。妈妈会抓好家禽，一边念着往生咒："今生不幸，出世来做禽牲，你就好好往生，早早出去投胎，投到好人家，过上好日子……"把它们送上西天。

养鸡鸭的地方在房子后头，靠工厂围墙的一角，以避免家禽的粪便味道飘出。可是，再怎么样，一个铁工厂里养鸡鸭，偶尔还养几只鹅，它们散步般地走在坚硬粗糙的焊条铁管之间，每天早晨会发出鸡啼的声音，仿佛还住在农村的三合院里，这总是不太搭调的事。

父亲好几次劝祖母别再养了。但她总是挡不住诱惑。每次小商贩挑着竹篮子，里面放着黄澄澄、嫩毛毛的小鸡小鸭，那啁啁啾啾地叫着跳着的可爱模样，总是让她无法按捺，非要去摸两下，摸得爱不释手，就又挑了几只买下来。

"一个家，没有鸡在啼，怎么会像个家哟？"祖母说。"鸡"和"家"，在闽南语同音。祖母早晨叫我们起床，从来不说几点几分时间到了，而是说："赶紧起来哟，鸡在啼了，天亮了！"

父亲起初还希望那些工人的粗粝打铁声，那种巨大的噪音，可以让鸡鸭害怕，长得不好，祖母就不再养了。但没用。鸡鸭在祖母的照料下，照样夜夜好眠，长得壮硕肥美。

那一年，祖母还特地买了十几只鹅和六七只火鸡，她说，今年生意非常好，做了几个大锅炉，一定要好好感谢神明保佑。

不料，农历年前的一个夜晚，那天，寒流来袭，天气特别冷。我们都瑟缩在棉被里，早早上床，完全沉睡。隔天早晨，没有声音来吵，大家都睡得非常香甜。一个非常安静的冬日早晨。

我们都不觉得奇怪，只有祖母首先发觉了。她觉得太安静，就说："奇怪，天都亮了，怎么都没有听到鸡啼？"她起床，发现妈妈已经起来做早餐。

"秀绒啊，怎么会这么安静，都没听到鸡啼，你有去后面看看吗？"祖母问。

妈妈说刚刚起来煮稀饭，还没去喂鸡鸭。

祖母打开后门，忽然大惊道："哎呀！遭贼偷了，遭贼偷了呀！"她巡视一遍，发现鸡鸭鹅的笼子都打开，家禽全部不见了。她大叫一声说："夭寿哦，都偷了了啊！"

所有的肥鹅和火鸡，一夕间，全部偷走，一只不剩。

昨夜的寒流，让我们把窗户都封起来，特别大的风声又掩盖了鸡鸭求救的叫唤，我们根本听不到任何声音。

祖母坚决不相信她的禽牲有这么笨，她认为小偷一定是用了迷药，让聪明的鹅都昏沉了，否则鹅一定会先叫的。

那一年，父亲特地买了一只大肥鹅和一只火鸡作为补偿，想让祖母高兴一点，但她一点都不想吃。每次一看到肉，就想到她心爱的禽牲，她手环胸一抱，有如抱着鹅说："那鹅有这么大，多可惜哟，被偷了。我那么用心养的哟，比这个肥多了，美多了……"

自此之后，祖母便不再养这些禽牲了。只是那卖小鸡小鸭的贩子挑着担子来，闻到那熟悉的小东西的体味与粪味，她就忍不住要去摸一摸那黄绒绒的细毛，听听小东西在担子里啁啾呼唤，然后惋惜地说："以前我养过鹅和火鸡，唉，被偷了，真伤心，儿子再也不让我养了……"然后目送着挑担者走出门去，久久未曾回头。

那种农村田园的鸡啼声，自此在我们家绝迹。以前要早起，只要告诉祖母说，早一点来叫醒我们。她就会依照鸡啼声来判断时间，很奇怪的是，她还可以依照季节的天光，来判断时辰。自从鸡啼声消失，祖母就失去叫醒我们的能力，只能靠妈妈的闹钟了。

2　风神的宾士车

一九八〇年代开始，幕刚刚揭开，父亲就以全新的姿态，向全世界宣告他新时代的作为。

一九八〇年一月，农历除夕的前一天，父亲发了非常大的脾气，不跟妈妈说话，也不理会工人正在工厂里大扫除，职员在办公室里整理、布置年节的气氛，他自己躺在二楼的卧房里，生着闷气。妈妈不理他，指挥职员挂回洗过的窗帘，擦拭办公桌，布置一些兰花、盆栽，打上漂亮的红丝带，过节的喜庆气氛就浓郁起来了。但办公室里充满低气压，父亲生闷气的事，大家都知道了。

快吃中饭了，妈妈准备好午餐，就叫妹妹："阿清呐，阿玟呐，你们上楼去叫爸爸下来吃饭了。"她没好气地说。

最小的妹妹阿清念小学五年级，她是幺女，长得特别娇小，父亲最宠爱她，每天下课她还会跳到他身上，坐在腿上撒娇。大妹阿玟个性开朗，爱笑爱玩，父亲最爱逗着她玩闹，听她讲出奇奇怪怪的念头，所以妈妈希望让她们俩去请他来吃饭，化解闷局。

我是前一天晚上搭夜车从台北回来，刚刚睡醒，完全状况外，只见父亲气呼呼上楼，自己面着墙壁，不理所有人。

小妹走进去卧房，说："爸爸，爸爸，妈妈叫你下楼来吃饭了！"

父亲不理她，用背部说："不吃了。你告诉她，我，不，吃，啦！"

阿清碰了一鼻子灰，回头看着站在她旁边的姐姐，等着阿玫说话。

阿玫比较会说话，她看气氛怪怪的，就说："爸爸，妈妈已经煮好饭了，工人都在等你下去一起吃饭呢！"

"吃饭？吃饭？吃什么饭？"他大声说，"不吃了。你告诉她，我不想吃，饿死算了。这人生做牛做马，打拼一世，有什么意思？"

声音很大，说的内容也不像是讲给小学和国一的两个女儿听的，反而像是想传到楼下给妈妈听。

妈妈在楼下的厨房听到了，一脸盈盈笑意，转头对我说："他怎么像小孩子呀，要不到东西，就用'张'的。老用这一招。"

我细问原委，才知道今天一早，公司来了一个卖进口汽车的商人，他卖了那一辆红色日本跑车给父亲，但那跑车老了，虽然搪过缸，引擎大整修，但终究不能跑得像以前那么快，免不了有些小毛病。父亲打电话去抱怨，他反而来拜访，说："这个车子老了，跟人老了一样，怎么磨林固①，都没办法跑快，你公司今年赚这么多钱，干脆换一辆新的，还可以节税。"他于是拿出最高级的宾士车简介图片，一张一张介绍起来。

"这宾士车呀，是台湾现在进口车里面，最高级最好的车子了。你看，这是它的外表，纯钢板，一体打造，这个皮椅，是

---

① 磨林固，来自日语的外来语，指车子大修，将引擎重新打磨整理。

纯牛皮，全台湾所有成功的大企业家，台北大公司的董事长，都坐这种车。"

那车子确实漂亮，父亲听得眼睛都亮起来了。车商继续介绍说："你不要看这个车很贵，可是你想一想，开着这个车一出去，人家就知道你的身价。一个人，有能力把一两百万的车子开出来，在街上跑，开玩笑，一两百万耶！咱把一幢透天楼仔厝，这样开着，在街上跑，这不是成功的企业家，什么才叫成功？"那人把"企业家"三个字说得特别重。在那年代，"生意人"还比较通俗，"企业家"三个字还是很新鲜的时髦名词。

"你开这车子去银行，往门口一停，就算你进去说要借三五十万元周转，他们敢不借吗？随便几十万，他们都敢借你。开玩笑，半辆车子都不止这个价值！"

"这就是面子！"那车商说得很高兴："咱做生意的人，不能没有排场，你开一辆这种旧跑车，人家当然怕你，你还得去求人家借钱。现在开着这宾士车，他们求着你来借钱。"

父亲拿着宾士车种的简介，认真看了起来。

"何况呐，这种好车，你们村子里，保证还没有人开过哩！"那人说。

"真的吗？"父亲来劲了，他早年是我们村子里第二个买摩托车的人（第一个是我的二叔公，他的脚因"二战"轰炸断了，所以用摩托车代步），喜欢新玩意儿的个性，一点都没有因年龄而改变。

他盘算了一下，乌日的那一家炼铁工厂，开的是美国大别克，乡长开的是日本丰田，我们对面的纺织会社老板开的也是美国车。如果他开德国宾士车，还真的是小村子里第一台。那确实是很风神呐！

"这德国车有什么不同吗？"父亲问。

那车商简直看准了父亲是二次大战时代长大的小孩，他说，世界上的车子，都是靠战争发展的。有战争，就有战车，有战车，车子就厉害。好车不是来自德国、日本，就是美国。德国跟日本，这两个国家，都不是多大的国家，却可以发动世界大战，实在有它技术上的强大，所以他卖的车，都是德国和日本车。实际上日本车学的也是德国技术，德国的战车可以横扫欧洲，飞机炸得英国都保不住，这才是汽车飞机的祖师爷。买日本车，不如直接买德国车，尤其是最好的宾士……

"真勇啊，像战车那么坚固！"那人说。

父亲完全动摇了。

最后，那车商加码说，如果父亲有兴趣，他现在有在办分期付款。每个月只要交一点钱，几万块而已，对公司不会有负担，三年下来就可以伫清了。

"轻轻松松，分期付款，毫无感觉，开车感觉更爽！"

父亲于是很高兴地把妈妈叫过来："秀绒啊，你来看，这个车子又安全又好。那日本车老旧了，我们来换车吧。"

"什么车呢？"妈妈知道那车子贵，故意装不知道。

"你看，多漂亮的宾士。德国车，开起来很安全。我常常开长途，需要这种性能有保证、安全又舒服的车。"父亲说。

妈妈是很实际的人，本来坐旁边就暗暗在听着了，此时开门见山就问："车是很好，但这一辆要多少钱？"

那车商指着250的车报了二百多万元，他看妈妈眼睛睁得大大的，就再指着另一辆200的车子说："这一辆比较便宜啦，才一百五六十万……"

妈妈二话不说，只笑问："一百五六十万呐？不是一百五六十元，这要卖多少个锅炉才赚得回来？"

父亲本来是主观意志强的人，一般都不听妈妈说话，自主自决，唯有面对现实财务支出，这么大一笔，他得让主管财务的妈妈衡量。此时，妈妈一说，他忽然语塞，嚅嚅地说："这个，没关系啦，不必全部付清，可以分三年分期付款。"

"分期付款就不是钱吗？"妈妈只能委屈着说，"这钱，是工厂一锤子一锤子打出来的，你一下子花一两百万，不会心疼吗？"

父亲被泼了冷水，有些生气，何况在陌生人面前被妈妈拒绝，于是提高音量说："我开这车子去银行借钱，至少不必被人家青眼白眼，你也不必调钱调得这么辛苦啊！"

"可是，这一两百万去了，你才是要开始调钱。不花这一两百万，至少不必去调钱啊！"妈妈也提高了语气。

他为之气结，一时间，不知道怎么反驳，只好生气地说："好，你不让我买，好，你让我开这种破车，出了什么危险，你来负责好了。"

妈妈僵持在那里，沉默着。

"我天天开车在外面跑，你都不顾我的危险吗？你，查某人，没开过车，你懂什么？你把钱捏着，会生出钱仔子吗？"他气极了。

那车商眼看情势不对，闹出夫妻失和，借个理由说公司有事，先溜了。

父亲一时气愤难平，上楼睡觉，干脆不下来了。楼下所有职员，包括业务经理、阿鹿舅、工程人员，都在暗暗地窃笑。他们平时被父亲骂惯了，对他的脾气了如指掌，这是第一次，看到作为总经理的老板，被老板娘说得毫无办法。

他不来吃饭，妈妈也不管，反而笑着说："他哦，总是会肚子饿的，想吃再吃罢。"

但父亲真的不下楼吃饭，整个下午，待在卧室睡闷觉。

妈妈上楼请，他大声骂道："我不想起来了。做事业做了这么一辈子，买一部车都不行，这种人生，比废物还不如，做生意有什么意思？赚钱有什么意思？就算做牛做马，也可以换一下马车牛车吧……"

"不是做牛做马，是你要想想，我们好不容易出来从头开始，才存下一点点钱，做个生意的母本，你这样花掉，把一幢楼房开在路上跑，不怕被人家抢、被人家偷？很危险。"妈妈碎碎念。

"好，你只要钱，不管我开车在路上有多危险吗？"

那声音真的很大，我们在隔壁都听得见。我们偷偷看一下，他的脸面向着墙壁那一边，故意不看妈妈。祖母站在他的房门外偷听，一直窃笑，只觉得他怎么像一个小孩。

妈妈出来以后，并不生气，反而嘻嘻笑着说："他那样子，好像那一只卡吉。哈哈哈！"

妈妈指的"卡吉"，是我们家狼犬的名字。那狼犬长得高头大马，很是英挺。它的叫声低沉雄壮，长相威猛，所有客人一进来，都会被它吓一跳。它自有一种沉稳气质，不会随便对客人咆哮，睁着眼睛看人的时候，相当沉静。到了晚上，它在工厂巡视，显得特别威猛，只要听到它的叫声，所有小偷都不敢来。它是妈妈自小养大的，随时跟在妈妈身边，平时谁也不敢招惹它，只有两个妹妹，偶尔想跨到它壮壮的身子上，想当马骑，它就一偏身，很有技巧地闪开了。

有一次，妈妈帮卡吉洗澡，洗后湿淋淋，平时它会去稍远的地方摇动身体，抖去身上的水。那一次不知怎么了，竟在妈妈身边就抖了起来。抖得妈妈一身都是水。妈妈一气之下，大骂一声"卡吉！你在干什么啦！"随手打了它一巴掌。

这下，它生气了，立即跑去公司后面，靠祖母种花的角落，自己窝在一角，不理人。妈妈叫它出来，它也不动。妈妈看了又好气又好笑，便不理它。不料，它后来出来了，趴在办公室外面，故意在妈妈可以看见，它也可以看见妈妈的地方，但把头偏向墙壁，不看人。

中午过后，妈妈去叫它说："卡吉，卡吉，来吃饭了。"把一碗饭端到了它的面前。它故意偏过头向墙壁，一个头伏地上，瞪着前方，不理妈妈，一张狗脸上，有一种"哼！我不跟你好了"的表情。它还真的不吃。

妈妈觉得好玩极了，就叫我们都来看看狗狗生气的表情。我们开玩笑地说："卡吉卡吉爱生气，明天带你去看戏。"它虽然听不懂，却知道我们嘲笑它，就更气了。一直到晚上，才恢复正常，自去趴在妈妈旁边。

妈妈想起平时威猛雄壮的狼犬，正在"张"，在生气的样子，用来形容爸爸，确实很传神。

到了傍晚的时候，公司的职员开始担心了。业务经理吴先生说："这个，总欸每天南来北往，做业务，他车子开得又那么快，也很危险呢，老板娘，你让他买好一点的车，比较安全啦。何况，他辛苦打拼一世人，买一辆车，保他的生命安全，实在很值得。"

祖母也说："这几年，他这样拼死拼活地做生意，全台湾跑透透，做得那么辛苦，就让他买吧。只是，他生气的那个样子，比小孩子还好笑啊！"

妈妈一听，也笑开来了。她本来就没在生气，只是担心公司的财务，也舍不得开一辆这么贵的车在路上跑，不过父亲既然如此坚持，她也就放手了。

她去楼上说："好啦，你别生气了，我们来买那一辆宾士车，可是你不能开太快，很危险哦！"

父亲大喜过望，立即应说："怎么会？这么贵，傻瓜才会开快车！"

"还要好好做生意啊，今年得多付这一大笔钱。我们是跌倒过的人，不能再失败了。"妈妈叮咛说。

"就是因为咱失败过，才要买这种车。让他们都看到，我们成功了。我们不要让别人看衰洨（闽南语，'晦气'）！"

隔天是除夕，上午银行有开门，那车商来不及办好所有贷款手续，只拿了订金，去银行签了字，就把车子开过来。父亲坐上新车，先熟悉每一个部件和动作，就像一个孩子拿到新玩具，出门试车去了。

他先把车子开去乌日妈祖庙，让新车去拜拜保平安，再绕去附近转一大圈才回来。

次日是大年初一，一大早拜完祖先，一闪眼就不见了。妈妈很担心他开着这么贵的车出门，会不会出事。他没回来吃中饭，全家正担心着，就接到电话，说他在乌日警察局和刑事组的兄弟喝酒。他把车子开去刑事组，让一些老朋友看一看宾士的模样，顺便一起试试新玩具。

"原来他买车，就是大年初一透早，要去跟那些贼头风神啊！"妈妈恍然大悟说。

3　人多的地方

每一个中南部的孩子北上，仿佛都会接到父母的叮咛："人多的地方不要去，有人群在集会的时候，先走开。"长期的政治恐惧，依旧占据着人们的心灵。

北上读书时，父亲知道我读文科，也一样特别交代："有人在集会的地方，千万不要去。有冲突的时候，闪远一点。宁可看人吃肉，也不要看人打架。"

父亲年轻时参与过乌日乡长的选举。当时地方派系的买票，还没有开始使用金钱，而是肥皂。那肥皂分两种，一种是粗肥皂，可用来洗衣服；另一种水晶肥皂，可以用来洗澡。每次选举，就有人拿两三块肥皂来送，然后悄悄地说："这是谁给的啦，伊在替某某人运动。"意思是那亲戚是帮某某候选人跑腿的。我们乡下，选举的活动叫"选举运动"。

但也有亲戚收了肥皂，就当场问："真要投给他？可靠吗？"

是真正认识的，会说"可靠"；如果不确定的，也不会随便推荐，就说"你再斟酌啰"。

父亲帮人选举过，送过肥皂，是一个政治上"知情的人"。但他一再告诫我不要参与政治活动，因为"政治尚黑，倚黑倚白，买来买去无道义，选举运动，世间第一憨"。

然而，一九七九年的"美丽岛事件"①却让他震惊了。他每天看报，每天详读《中国时报》的审判报道，摇头叹息，忍不住说："打人的喊救人，拿枪的喊救命，实在吃人够够，吃台湾人够够！白白布，硬要染成黑……"

妈妈也详细地看报，她看着那些坐牢的人，站在法庭上，

① 美丽岛事件，指 1979 年在台湾高雄市发生的一场重大冲突事件。以美丽岛杂志社成员为核心的国民党党外人士，于 12 月 10 日组织群众进行游行及演讲，诉求民主与自由，终至引爆警民冲突。事件后，警备总部大举逮捕党外人士，并进行军事审判，为台湾自"二二八事件"后规模最大的一场警民冲突事件。

一脸正气，模样悲哀，就认定了这是一场"冤枉的陷害"。但他们都不声张，只是告诫我："这样的律师，这样的医生，都可以抓去坐牢，这政治呀，太黑暗，千万不要碰！"

然而，在后来的选举中，他们终究支持受难人家属。他们和亲戚悄悄耳语着：

"他们吃人够够，太过分。这些人真冤枉，真可怜，咱要支持可怜的人。"

"不能说出去，我们静静把票投下去就好了。"

那一年有某党候选人送来了一大盒香皂，也有人送了钱，他们是拿着户口名册，依照每一家的投票人口数来给钱的。有趣的是，送钱的人也都知道他们的政治态度，只笑着说："你就收下来吧，过年买几只鸡吃了。票哦，随便投！"

"美丽岛"大审的时候，他们打了几次电话，一再告诫我说话要小心，因为这个政府很黑，说了什么错的话，都会坐牢。但他们认定，我是一个爱读书的小孩，爱读书的孩子不会变坏，所以并不担心。

然而，他们根本不知道，为了寻找父亲生意失败与家道中落的命运之谜，我已经读了许多禁书，包括自由主义、社会主义的书。由于对美丽岛事件的绝望，我开始写一首歌颂刺客荆轲的诗。那是受到克鲁泡特金的无政府主义影响，向刺客致敬的诗。

那一首诗后来得到时报文学奖，但他们只是陪我去领奖，完全看不懂诗的内容在讲刺客，更不了解我内心那激烈浪漫的安那其主义。

一九八一年大学毕业时，美丽岛大审已结束。美丽岛事件后的国民党外的年轻人开始以"党外新生代"的名字出现在政坛。那一年底，党外新生代首次参选，组成连线，我和台中一中毕业的几个朋友参加助选。选举期间还被跟监，竞选总部天天接到恐吓电话。但我们都不敢告诉台中的家里人，也未曾公开露面。选完后，我们陆续加入党外杂志的编辑工作。我们在台北写稿、聚会、唱歌、喝酒、搞文宣助选，和警备总部玩取缔禁书的捉迷藏……

爸妈依旧以为我只是一个还在读艺术研究所的学生。

隔壁的邻居亲戚每每问起我在台北做什么？爸妈就说：读书。读什么书？他们就为难了。"艺术研究所"听不懂，他们只好说，做戏剧的研究。

"哦，我明白了，电视那种戏剧哦？"有一个亲戚曾这样问过我。

我不知如何回答，就说："也算是啦，戏剧研究嘛！都有。"

"啊，哈！我知道了，是研究杨丽花（台湾著名歌仔戏演员）要穿什么衣服，唱什么戏文啦！"另一个亲戚很聪明地替我解围。

我脸上一阵青，不知如何回答。另一个亲戚接着笑说："读这个做什么？毕业以后要替杨丽花举拂尘吗？"

所谓"举拂尘的"，也就是俗称的"跑龙套"。在我们乡村，亲戚们大约只有这样的认知，我不知如何解释，就跟着笑说："有时候，还可以帮杨丽花拿一排刀枪哦！可是你们认不出我啦，已经画上大花脸了。"

他们于是说起我小时候，在小学演出农村曲的故事，说我化妆后很"幼秀"，像"阿旦"，会不会有一天男扮女装？

"去你妈的蛋蛋啦！"我在心里臭骂。

总之，为了不让父母担心，我宁可把读书当笑话胡说，他们也一笑置之。

一九八四年，生下女儿小茵之后，因为夫妻都在上班，就把女儿带回台中，请妈妈帮忙照顾。我们每个周六晚上回去，周日再北上，这是那个时代双薪家庭很普遍的事。

那一年冬天，一个星期日，我陪着女儿在楼上午睡。忽然听得父亲叫着："有朋友来找了。"

我匆忙下楼一看，是廖莫白①带了林正杰②、蔡式渊③一起来了。他们去彰化看黄顺兴④，要送廖莫白回台中，路过我们家门口。他们连电话都不打了，就顺路进来看看。

我陪着他们坐了一会儿，泡茶聊天，笑谈党外杂志、文学创作和黄顺兴养猪的故事。父亲坐在自己的办公桌前，一边制图，一边静静听着。

等到他们都走了，他才用一种犹疑的神色问："这些人是谁啊？怎么看起来有点面熟？"

我不隐瞒，说了名字。他恍然大悟说："啊，那个林正杰，不是报纸上的那一个？难怪哦，很面熟，都是党外有名的人。"

---

① 廖莫白，本名廖永来（1956— ），台湾诗人、政治人物。1980 年代，从事台湾"党外运动"，并参与环保运动与农民运动。曾任"行政院"中部办公室执行长、台湾省政府委员兼副主席等职。
② 林正杰，（1952— ），福建漳州人。早期曾为台湾"党外运动"中反对派人士组织"党外"的重要成员，有"街头小霸王"之称，曾经担任新竹市副市长、台北市议员、"立法委员"、中华统一促进党主席、红衫军自主公民协会第一任理事长。
③ 蔡式渊（1949— ），台湾嘉义县人，台湾政治人物。2000 年 1 月担任新竹市政府教育局局长。2002 年，任"考试院"第十届"考试委员"。2008 年 6 月，马英九提名他连任第十一届"考试委员"。于 2014 年 9 月 1 日卸任。
④ 黄顺兴（1923—2002），台湾彰化县人。历任台东县议会第四至六届议员、台东县县长、台北富利冷冻仪器公司总经理、台湾"立法院"的"立法委员"，中华人民共和国第七届全国人大常委。2002 年 3 月 5 日在北京因心脏病过世。

然而，他忽然又惊醒说："你在台北到底是在做什么啊？他们怎么和你这么熟？"

　　我只好说："哦，我在报社工作，总是会刊登政治的消息，和各方的人都熟悉嘛。"那时我已在《美洲中国时报》工作了。

　　他望着我，有如重新看一个陌生人似的，说："你们很熟，他们才会电话都没打，就来找你。"

　　我默默点头："其实，他们人都很好。"

　　"你自己要小心一点。"他叮咛道，"我们是乡下人，没有那么大只的手臂，不能去举那个重担。"

　　"总是，要有人试试看，去改变一下，总不能，这样一直下去吧？"我有些犹豫地说。

　　"总是要有人去，没错。但我们没这个气力。你要真的出了什么事，我们杨家谁都没办法救你。"他用一种平实的方式说。

　　我知道这是无法解释的，就只好转个话题说："不会吧，我只是在报社工作而已。"

　　"但我们可以默默出钱出力，也可以用投票，让党外去制衡政府。这个政府，太鸭霸了。"他说。

　　随着美丽岛大审后党外新生代的崛起，政治禁忌逐步崩解，那些曾被压抑的不满声音终于变成后来反对党的基本盘。父母亲那一辈人总会记得，那时候"吃人够够，白白布染成黑"的冤屈，这已经是很难改变的政治态度。

4　疯狂大家乐

　　一九八四年之后，女儿小茵回台中和父母一起住，彻底改变了他们的身份，成为阿公阿嬷，也改变了他们的作息。父亲抽了四五十年的烟，为了孙子的健康，说戒就戒，而且没见他有任何痛苦。本来偶尔约来家里打麻将的习惯，也因为牌友抽烟太多，被妈妈查禁了。

以前父亲应酬喝酒回来，喜欢自己泡茶，或者看电视，和妈妈拌拌嘴。但现在喝醉了回来，只会抱着小茵，大叫一声："塔搭伊玛（我回来了）！"

两个人拉在一起，他让小茵一双小脚踩在他的脚踝上，唱着儿歌《桃太郎》，一起跳舞。因为喝得太醉，他最后跟着小茵跌在地上，乐得满地打滚。

那个严肃得只会指挥工作脾气暴烈的父亲不见了，只见一个乐呵呵的祖父，用一种近乎享受的慈爱，去疼爱小孙女。

大约在小茵两三岁时，有一次回台中。她忽然用手指比出一种奇怪的姿势，眼神顽皮，说："三、五……"我有些讶异，望着妈妈："咦？她在做什么？"

"报明牌。"妈妈哈哈笑起来。

"什么明牌？"

妈妈说："楼下的职员和工人，都在签'大家乐'，每天早晨，总是玩笑着问小茵，这一期会出什么明牌。小茵讲对了一次号码，后来他们就每次都要问。问太多了，小茵就习惯性地乱比。别认真就好。"

"什么是'大家乐'？"我不明就里。

妈妈笑着说："哎呀，这是咱们台中现在最流行的。你怎么还不知道呢？"

土地改革实现"耕者有其田"政策后，台中地区有不少中小型地主，像我们家一样，一九七〇年代的加工出口型工业发展，把土地拿来盖工厂，经营一些铁工、模具、食品等生意，有人则把土地与人合资，或者出租，倒也生意兴旺。有钱有地，台中人的生活步调比较悠闲，习惯住透天厝的平房，白天总是大门敞开，一副"欢迎光临"的样子。有时左邻右舍、亲戚走动来访，也很少事先预约，想到就来坐坐。

来了，不管有事没事，依礼貌，先泡一壶功夫茶，两三杯之后，喉咙甜润，再开始谈正事。没正事更好，闲心闲情，纯吃茶，谈天说地，讲古早的趣味。

因悠闲，台中人容易创造出一些新鲜有趣的美食、歌曲、建筑、玩乐等。沈文程的《心事谁人知》，就是从台中的歌厅先红起来的。所以每一次我回台中看小茵，总是顺便问一问：最近台中人在玩什么？流行吃什么？

现在，居然有新奇的"大家乐"？

父亲解释说，这"大家乐"是跟着爱国奖券来的。每期，爱国奖券开牌，除了首奖、二奖之类的大奖，还有最后对小奖二百元的两个号码，总共有六组数字，你可以依此去签赌，如果全部签中，就算你赢。赢多少钱呢？得看签的人数多少来决定。如果签的人多，整个赌金加大，扣掉抽头的一成，赢者拿的就多。如果签的人少，赌金少，就分得少。如果同一组号码有多人签，就由这些人均分。

为了预测下一期会出什么号码，每天都有许多人在问明牌。各种道教神仙、鬼怪通灵，只要能显示明牌号码，皆大行其道。

台中南屯附近，有一间号称"团仔仙"的小庙，据说早年因常常有小孩溺水，人们就盖了一间小庙来祭拜。传说它的明牌特别灵，能够半夜出显灵现数字。于是有人彻夜等待，希望夜半阴气特别重，那些小孩的鬼魂才敢出来，就会显示明牌。

还有一间"百姓公庙"，靠乌溪河边，传说是河中常常有漂流的尸体，住河边的人不忍心，于是打捞起来，合葬在此。因是无名尸，长期无人祭祀甚是可怜，附近的人们建了一间小庙，供奉无主孤魂。想不到，"大家乐"一来，这些无主孤魂也特别有灵，传说在夜半时分，会显示号码。有时是燃烧的香火白烟的图案，有时是掉下来的香灰的形状，总之，什么才是有效的灵示，得看个人有没有能力去"感悟"。

有一个亲戚痛心疾首地说，上次百姓公庙显示了三组号码，他回去想了很久，有两种选择，但他选错了，捶着心肝说："明明这神明已经要给你赚钱了，你却白痴一样的，悟错了，眼看着它溜走……"

这种显示明牌、鼓励赌博的事，正统的大庙如妈祖、关公、观世音菩萨、玉皇大帝等，是绝对不会做的，都是阴灵庙、百姓公庙以及一些私人的神坛。

为了采访"大家乐"，我决定和工厂的"大家乐"迷们一起走访位在台中市东区的一间济公神坛，传说上一期出了非常灵验的明牌。

那神坛位在一排透天小楼的一楼，外面点着几盏红色光罩的灯，但灯光昏暗，灯罩也被香火熏黑，显得阴阴森森。

我随着工头阿兴和三个工人一起进去的时候，附近已经有许多人围在神坛前议论纷纷。停在门外的，有高级进口车，也有摩托车；有西装笔挺的，也有像阿兴这种劳动者。

神坛前，供奉着几尊神明，看得出有土地公，但主要是中间供奉着济公的本尊神像。神像前，摆着好几瓶米酒，红色标签特别鲜明。而地上，更摆着好几打米酒，是信徒拿来贡献的。

那乩童约莫四十来岁模样，身材干干瘦瘦，披一件色彩斑斓、有如百衲衣的道士服。但腰带已经松开，袒胸露肚，半裸着上身，摇一把用白羽毛做的扇子，摇摇晃晃，先烧香对着神坛祭拜济公本尊。不久，济公的神灵就上身了。

他摇头晃脑，唱了几句劝世文，听起来像闽南语韵文：

> 讲到世间真怪奇　五花十色满满是　一样米饲百样人　天地创造万物生　天地饲人人人知　但是现在的世界　目睛展开钱做人　有钱讲话有人听　没钱壁下无人问……天地饲人有功德　不孝父母天不从　猪狗禽兽为何来　不仁不义不孝人　醉生梦死求财利沉迷酒色呒知醒　家庭风波闹昧离　财失人走才知悲

我们听得似懂非懂，只知道有押韵，仿佛有些学问的样子。

他一边念劝世文，一边喝酒，那酒精随着他的吟唱，有一半被喷了出来，空气中充满酒气。喝了大约两瓶米酒后，他喃喃说了。

他讲起某一次在杭州街头，悄悄显灵，帮助一个破破烂烂、饿得半死的乞丐，去寺庙读书，最后成为大官的故事。没有人在乎真假，只感觉他说得很细，连当时杭州西湖的鱼有草腥味，味道甜美，都讲得清清楚楚。大家都感觉到：济公大神可能真附身了。

最后，他大叫一声："拿笔来！"这时全部人都屏气凝神，挤到前面，睁大了眼睛，注视着他的所有动作，深怕遗漏了什么细节。

旁边的信徒拿来一支红笔。

那济公附身的乩童，一手米酒瓶，一手红朱笔，拿笔在空中挥舞，比来比去，仿佛在画画，又像在写字。挥了一阵子之后，他停下来，在一张符纸上，龙飞凤舞地写了几个字。围在旁边等着的，有十几个信徒，立即把头都凑了上去。大家挤成一团，也有几个熟识的人想去认字，但没有人看得懂。

最后，那乩童跳起来，摇着羽毛扇，拿起那一张纸，示现给信徒看，大笑着说："哈哈哈，全世界的查埔人（闽南语，意指男人），统统都是'采花蜂'！"原来那不是字，是一张蜜蜂的图案。

"啊？""啊！"众信徒齐惊呼，不敢相信自己的耳朵。那济公的化身又说了一次。而后，他喝起第三瓶酒，再提起笔，写了几句诗在纸上，随即身体哆嗦一阵，本来张扬动摇的身子，慢慢停下来，化成一个衣衫不整的凡人，就不再开口说话。

"走了。"有人说。济公的本尊已经走了。

那济公的附身稍稍醒来后，拿起最后写的那一张纸，读着上面的诗道：

> 修道首先火候炼
>
> 火中栽莲金丹成
>
> 炉火纯青清凉地
>
> 一炁三清五朝元

许多人想一看究竟，纷纷上前挤成一团。济公于是大声说："别挤，别挤，济公真慈悲，等一下抄给大家。"

大家意犹未尽，一边等待抄诗签内容，一边这里一组那里一组的，继续聚集在那神坛外讨论。

"采花蜂是什么意思？"工人阿南问。

"蜂有六只脚，六字头，有六号，或者六字头的号。"工人
阿玉仔说。

"不然，签六〇到六十九，拢总签吧。"阿南可能决定要多
花一点钱。

"再想一想，查埔人，采花蜂，是不是指一个男人，有好几
个女人，这是一个人娶几个老婆吗？"有人低头想着说着。

"若讲是查某人，是不是七号？"

"什么七号？"

"查某人，就是七仔啊！"在闽南语里，女人有时也俗称
"七仔"。

"哦？那要开七号哦？"

"采花蜂，四处飞，找女人，这是什么意思呢？说不定会开
四号才对。"

"不然，签六四，或者签七四。"

"签四七、四六不行吗？"

"那最后那一句诗'一炁三清五朝元'是什么意思？会出
一、三、五吗？"有人问。

"唉，你真笨，'一无'就是不会出一，三清是指三会给清
出来，应该会出三。五朝元，就比较奇怪，元是一，所以可能
会出五十一号。"有人先领悟，说出来分享。但我看阿兴，脸色
不太信的样子，就问他："他说的有理吗？"

"他们胡乱说，故意让你去签了错的号码，他们才会中奖，
独得奖金。你千万别信。"他老神在在（闽南语，'心神安定、
无所惊惧'）地说。

"啊！不然是几号呢？"工人阿南问。

"随便啦，自己回去看看吧。"工头阿兴看这样议论下去，怎么也不会有结果，最后当然是各凭本事去体悟，自己去选号码了。

那一期开出来的结果，由工头阿兴中了奖，他高兴得不得了，直说，那济公简直神准，太厉害了。他回家想了很久，终于明白，那"采花蜂"的意思，当然是指是一个男人压在女人身上，在做采花的事，那就是"压七仔"。"压"的闽南语发音，是"二"，所以他签了二七，真的中了。

其他有去看的工人都悔恨不已，直说自己悟性不够，怎么未曾想到这一层？千金难买早知道啊！他们问我有没有签，这么好的机会！

我说有签，签了"60，51"，因蜜蜂有六只脚，而肚子圆的，所以没中。他们就乐了，直说，你连"压七仔"都不会悟，怎么就会生了小孩？

整个台中地区，像集体中了邪，着了魔，大部分人正事不做，一门心思只在问明牌。荒村小庙，野地坟头，河滨土地公，都有人半夜去找明牌。甚至有亲戚问我，在报社工作，是不是认识发行爱国奖券的台湾银行，有没有特别公式可以算明牌。

连从来痛恨赌博的妈妈，也和所有人一起：大家乐！

一开始，她想起以前父亲爱赌博，弄得妻离子散就有恨，坚持拒绝。但所有的亲戚都投入以后，她不得不帮亲友传讯息，转告各地庙宇传来的明牌号码，甚至要用她的记忆力，帮父亲分析那些明牌的优劣。

分析久了，也像着了魔。她数字能力本来就比父亲强，父亲在猜想明牌的时候，喜欢和她讨论。可她分析的结论，父亲又不一定听。最后她生气了，就想：你不听，好，我签一次给你看，看谁会中。

赌神真邪门，果然让妈妈中奖。可惜那一次，她是首度签，只有很少的金额，赢了几万元。她还不敢告诉父亲，是直到庄家拿钱来，才被发现。

我曾劝妈妈：你说过，十赌九输，原因是赌场要抽头。每次抽10%，十次之后，就全部变庄家的钱了。妈妈说她也知道，只是陪亲戚玩一玩。但我看得出来，亲戚老说她有赌运，才是关键。

面对这种新的社会趋势，我决定做一次深入的调查报道。除了去现场看大家乐的组头、神坛庙宇的怪现象以外，我特地访问一个社会学者。他分析指出，根本的问题是游资太多，用外汇存底去换算，每个台湾人的游资至少有十三万多，但如果是集中于少数中小企业手中，就更恐怖。全民都疯狂赌博，背后的根本原因是经济迅速增长，民间有许多游资，而政府管制下的经济活动有限，可投资标的太少，只好去玩投机赌博。更何况，民间普遍还不懂得如何做现代性的资本管理。

我劝父亲去买房地产，或者股票，因为以后会是一个过量游资追逐有限物资的世界。但父亲认为台中房地产有什么好买的，土地这么多，咱们家还有农田，买什么土地？土地值什么钱？他也认为股票根本就是政府设局，给有钱人诈赌的场子。

"只有憨人才去玩股票。哪一个玩股票的，不是输光了家产？"他说。

那一年的年底，政府眼看这样赌下去，全台湾都发疯了，最后决定停掉爱国奖券，以遏止赌风，但已经太迟了。人们转而去签赌香港"六合彩",继续玩,只是改了名称。父母和中部的亲戚,依旧有事没事,继续赌着。无论"大家乐"还是"六合乐",人们都叫它"阿乐"。

"团仔仙呐,你看这一期阿乐会出几号?"那一段时间里,亲戚们看到两三岁的小茵,就这么问。

5 飓风吹过的小村

一股飓风,一股金钱狂潮,一股疯狂的赌博游戏,席卷台中,从乡村到城市,再向南北狂扫而去,把整个台湾卷到金钱游戏的大浪中。

那是一九八六年。

台湾仿佛一条大肥虫,从加工出口型工业吸饱了血,张着大口,饥饿无比,仿佛什么都可以吞进肚。

台北房地产,随后狂飙,股票,发烧狂涨。所有人,一夕间变得非常富有似的,追逐少数可以购买的东西。经济学专家说,这是资本过度泛滥的现象。社会学专家说,这是人类的非理性行为,社会崩解重组(restructure)的前兆。

有一句民间俗语讲得很鲜活:台湾钱,淹脚目!

本来在父亲铁工厂担任现场安装工作的亲戚阿鹿舅,曾帮助我们度过母亲逃亡最艰难的时光,他的妻子是独生女,继承大片土地,家境很好,结婚后他就辞职回家,偶尔才以专案的方式,帮忙做锅炉安装。此时他开始做组头经营"大家乐",由于本钱雄厚,得到签赌者的信任,在他那里签赌的人不少,每个月仅是抽头收入,就有十来万。不到几个月,他买了一辆全新的宾士 300，比父亲的还大还快。

父亲笑说："你开这车，叫我怎么请你去安装锅炉啊?"毕竟安装工作得在刚刚做好的锅炉里爬上爬下，进出肮脏的炉心。但阿鹿舅笑着说："没关系啦，来帮忙阿兄的。"后来"大家乐"的生意做得更大了，他放弃了锅炉，只专心做一个签赌的组头。

"唉! 打拼一世人，买的车，还不如人家做大家乐哩!"妈妈感叹着。

那一段时间，满街都是新的进口车，宾士、BMW，还有许多新型跑车，以前听都没听过。马莎拉蒂、保时捷、莲花等，都见识到了。有人中"大家乐"大奖，立即买一辆新跑车;不久输了，又当中古车出售求现。

父亲的铁工厂有一个业务员，他父亲是台中市某家银行经理，因私下经营贷放款业务，赚许多利息钱，都用于购买房地产，此时，地产每天升值，他已经不知道怎么计算他爸爸的财产。此君虽只是业务员，却开着进口的莲花跑车来上班，他家里还有一部保时捷，每天穿着新款时尚的休闲服、进口西装，打电话买只股票，赚的钱比上班几个月还要多。他来公司，基本不为薪水，而是帮妈妈调钱，以及开跑车去拿业务。有些公司反映说，你们锅炉工厂太阔气了，连业务员都开几百万的名车。

后来，他玩车子玩得更凶，常去台中港附近，一条笔直的大马路与人飙车，在外面也有女朋友，不久，连上班的兴趣都没了。

那时，为了因应七十年代石油危机而推动的十大建设——台中港，刚刚建好，大马路是新的，沿着港口而建的海线南北纵贯路，笔直漂亮。新建的台中港还没什么生意，来往货车稀少。那马路是笔直宽阔的六线道，晚上安静无车，就变成跑车爱好者的"赛车场"。

每个周末，此地固定有数十辆跑车迷来飙车。每次一排三到五部，众人下注对赌，看哪一部跑得快。彼时也，引擎轰轰作响，轮胎空转，燃烧着地面，空气中飘荡烧焦的气味，只等候最后一瞬的冲刺。

港口附近有一个空地，是路尽头的回转空间，到了飙车时刻，就成了汽车表演场，举凡急刹急回特技都可一展无遗。

真正玩跑车的人，就得有不断换轮胎零件的本钱，毕竟每周这么折腾，耗损太大。修改汽车也是一门学问。加装 Turbo 引擎，强化瞬间加速，让跑车有飞机的快感，是一种流行。

我有一个朋友颇好此道，帮一辆 BMW 跑车加装 Turbo 超级引擎，瞬间加速惊人。据说此车拼赢过许多跑车，有人出价一倍，要把它买下。

"开玩笑，养跑车，像养女人，是自己调教出来的最好，怎么可以卖？"那朋友说。他爸爸也是一个银行经理，总叫人拿土地来质押，才给人贷款，最后还不出来了，土地就便宜卖给他，于是成了一个都会地主。台中市有一条路，约莫三四百米长的街道，有一边的田地都是他父亲的，那些钱，一个小康之家几辈子也花不完。

因为玩跑车，拼飙车，台中海线一带出了许多车祸，附近的一家私人医院，竟因车祸手术做得太多，操刀经验丰富，变成海线最有名的外科医院。

有这么多跑车爱好者，而且有能力消费，真正的原因是"田侨仔"。

再没有什么名词比"田侨仔",更具有解释历史的能量了。

台湾早期很穷,只有去国外赚了钱,才可能回国变成有钱人,所以"华侨"一词,意指的就是有钱人。而"田侨仔",意思就是"农田里的华侨",靠卖了土地,或把土地和建筑商合建,一夕之间,突然致富的有钱人。

在那房地产狂飙的年代,建筑商追逐着地主,给钱给得比什么都凶,生怕明天还会再升值。土地,让纯朴的农民一夕致富。

有一个建筑商,看中了一个亲戚的土地,带着一大袋现金,去找他们谈判。他看准这一家人一生未曾见过那么多钱,故意把一百万现金拿出来,摊在桌子上,然后告诉他们:"赶紧地签一签,不然明天我就去别的地方,你要知道,我盖房子不一定要盖在你们家。"

"你们做田人,是老实人,我不会骗你们。只要字一签,这些现金就拿去分一分,明天,还有两倍的现金,我派人送过来。"

那亲戚是老实的农民,反而怕了。他怕的是家族会为钱吵翻天,决定先缓一缓。

但大部分的小地主、老农民,一生未曾见过这种阵仗,如何承受得住?尤其在一些家族共有的土地案子里,必须所有兄弟一起签字同意出售才能成交,但有人要签,有人不签,很难处理。可是建筑商一旦拿出现金,不免有兄弟当场阋墙,想拿钱的声音比什么都大,谁能抵挡?

大多数地主都是因为一九五〇年代的土地改革,受惠"三七五减租"和"耕者有其田"政策,才有了一片耕作的土地,他们惜地如惜生命之根,当然有人会像我祖母一样不愿意变卖祖产。

但如果长辈不在,兄弟各自经济状况不一,就很容易卖了土地，大家分了家。而原本纯朴的农民，一夕暴富，不知如何运用资金，那故事就更曲折离奇，一言难尽了。

这些"田侨仔"的生命经验中，只有稻米成熟，存放粮店，有需要再粜谷换现金，以应付生活所需，对现代资本的运用，毫无概念，更不必说如何投资保值。此时一旦坐拥资金，像中了乐透大奖，有人不免阔气地大笔花起钱来。

买金条，买进口车，买跑车，都还算好；甚至有的农民拿到钱，不知如何花，硬是在酒家玩了一年多，抛妻弃子，包养女人，从大酒家开始，把钱败光了，再去小酒家，靠向兄弟借钱度日，最后才拖着一身病回家。这种人在经济转型的过程中，确乎不乏其人，他们就成为长辈告诫下一代的典型。

母亲娘家的南屯是台中市新开发区，土地不断重划各种新区，道路不断开设，房子一直盖。原有的社区与农村聚落，完全解体。

小时候去过的那个神坛，在外祖父的三合院中间，香烟总是不断缭绕，周边有安静辽阔的水田，幽暗暗的一大片竹林，夜里，还有许多野狗在远方嗥着狗螺，仿佛无数神鬼都会出来巡视。

如今，它依旧香火旺盛，只是以前看起来那样神圣尊严的地方，如今竟成了被公寓楼房包围起来的小平房，低矮老旧，像一个老时代的遗留。像我父亲一样，他们的后代把农田变工厂，做起铸铁翻砂的生意。我舅舅的几个孩子，相继投入其中，是一个十足的家庭工厂。

神坛前的晒谷场加盖了铁架棚顶，变成一个公共的泡茶场。晚饭后，亲友和信徒来泡茶，聊天，喝小酒。

"已经不种田了，留着一个大晒谷场也没用。不如拿来泡茶！"三舅舅说。

老家三合院的亲戚也都走光了。

有一天，我带着小茵去以前住过的三合院老家，想散散步，找一找妈妈以前洗衣服的小溪流。不料到了三合院一看，完全不认得了。

以前的祠堂，那写着"弘农堂"的木匾额还在，但里面的神明都迁走了，只留下几个神像的贴图。原本住那里的几个叔公家族都迁出去了。他们的农地在新建道路边，和建筑商合建了一排透天厝，自己居住几间，其余的就出租给一些汽车公司、修车厂、翻砂模具厂之类的。

现在的三合院，像一个废弃的荒凉老屋，只等着时间，让它变成更破旧的鬼屋。那时，我们童年的记忆与故事，也会一起消失。

我走到以前和妈妈洗衣服，和弟弟摸蛤仔的小溪流。它已经因为不用灌溉，上游被堵死，剩下一条细细的水流，浮着几只蝌蚪，若是太阳大起来，可能一晒就干涸了。

我抱着小茵说："以前爸爸都在这里打棒球，这一片晒谷场是我小时候玩跳格子的地方；前面那一片农田，割完稻以后，可以找到很多的小蚱蜢。这河流里，有很多的鱼虾，我还抓过一条水蛇，那水蛇摸起来，冰凉冰凉的，真舒服啊……"

小茵茫然地看着，不知道我为什么声音变得如此感伤。

有一天，我路过纺织厂门口，突然看到一块牌子上写着"招募女工，意者内洽"。我有些讶异地想，国中的时候，这里有那么多的女工，一个带一个地从乡村引进来工作。那些明亮的黄昏，那青春美丽的女生，穿着干净的制服，手挽着手，一起去上中学夜间部，难道这一切已经改变了？

然而仔细一想，已经十几年过去了。那一天黄昏，我特别地注意一下，果真进出的女工零零落落。

"现在还有钥匙俱乐部吗？"我想起那些"爱情热度像火箭"的星期日早晨的摩托车。

我回家问妈妈说："怎么搞的，对面的纺织厂在招女工？"

"是啊，他们缺女工很久了。现在的女孩子，不喜欢做纺织工，她们嫌这个工作无聊，都想去都市做服务生，去百货公司站柜台，比较轻松。"

"不只是女工，"爸爸从制图桌上抬起头说，"我们这种铁工厂也找不到黑手。现在少年家，都嫌这个工作太肮脏、太辛苦，不想来做。我们找不到工人，也很久了。"

"什么时候变成这样的？"我问。

"不知道呢，现在的人怕艰苦，他们说，买一张赚钱的股票，抵得上一个月的薪水。谁想工作啊？"妈妈说。

"你没看见吗？我们工厂贴招工的广告牌，已经有好几个月了，还没有新的工人来应征。"爸爸说。

飓风已经吹过的整个岛屿，所有的土地与人，甚至人与人的关系，全都已经改变了。

"妈妈，咱乌日怎么变成这样了？"我喃喃着说。

"不知道哩，"妈妈说，"台湾人呐，一时间，人都变得空空了！"（"空空"是闽南语，指的是脑子不正常，疯疯癫癫）

6 武财神

一九八〇年代下半叶的台湾，像一辆加了 Turbo 引擎的跑车，狂奔前冲，大声唱着《爱拼才会赢》。

在泡沫的光影中，我们都身披五彩幻影，旋转天际，不知飘向何方。

一个富裕起来的、浮动的、不安的社会，逐渐成形了。

我们生活其中，并不觉得奇怪，因为我们都已经"空空"了。

为了了解经济狂飙的现象，我曾访问一个股市知名的金主K君。

K君在市场以快狠准闻名，号称战无不胜，攻无不克。为了强化他的战神形象，他的办公室门口放着一尊二米高的关公桧木雕像，手持大刀，英勇威猛。

采访是在股市收盘后进行的。办公室除了霸气的大且豪华之外，就是站在门外的几个保镖。两个年轻人，穿黑色西装裤，制服笔挺，一脸恭敬肃然，接待了我们。但K君却非常休闲地穿着进口的丝质唐衫，看起来就是名家设计师的手笔。

他叫来几个分析师，想证明他投资准确的原因。但我对各种线图、技术分析不感兴趣，他看在眼里，点头几下，打发他们走了。

我只好说："事实上，我对股市的买卖一窍不通，也没买过股票。我感到兴趣的是，一个股市的操盘者，到底是用什么来决定下手与否？我感兴趣的是你的 way of thinking。"

他有点讶异地望着我，沉默不语，然后他微笑起来说："哈哈哈！你是第一个这样问我的。哈哈哈！很有趣的问题。"他仍微笑着。

"我觉得好玩的是，那么大的金钱进出，你真的有把握一定可以赚钱？你凭什么有把握时势不会改变？我想知道你信心的来源。"

他继续看着我，半晌，才说："来吧！进来我的贵宾室请你喝一杯。"他站起来说，转身向一个保镖示意。那保镖于是打开一个酒柜，酒柜后有一个把手。那保镖把把手旋开，现出后面一道门，他站在门前，毕恭毕敬地扶着。

那董事长于是走了过去，说："来，我们看一看我最心爱的收藏。"

原来那门后面是一个大的收藏间，里面有各式各样的雕刻，有一人高的雕像数座，有关公像、观音像等，有些是桧木雕刻，上面还镶嵌着宝石；有些是青铜，有些看起来像朱铭的作品，还有几张看起来非常古老的西藏唐卡。靠墙壁的柜子上，有几排茶壶。依照当时流行的风气看，应该是顾景舟或者什么名家的作品。

其中几尊相似的雕像，刻着一个将军模样的神，他手持长鞭，有的骑在大黑老虎上，有的是骑着麒麟，形象威猛。

"喝一杯，三十年的白兰地。"他端着酒过来。

"这是什么神？"我接过酒，有些不解地问。

"这个一般外面不太了解，我们做生意的人一定要知道。他就是赵公明，鼎鼎大名的武财神。"董事长说。

"哦？这个我真的不认识。"

"他是我最近才开始信奉的，他实在太神了。"他说，"去年有一段时间，我做得不是很顺，做什么都有点卡卡的。不是碰上政策有新的变动，就是公司派的合作者出状况，股票锁不紧；要不就是市场上的合作者财务出问题。后来一个做建筑的朋友带我去南部，一家武财神庙，拜了一个晚上，后来就顺利多了。所以现在，我都请做雕刻的朋友帮我刻武财神的像，以后有机会去献给那一家庙。我还打算请一尊神像回来家里供奉。"

"啊！真的有这么神吗？"坦白说，我在心底冷笑着。

依照我浅薄的财经知识，台湾的股票市场常常跟着华尔街，或者国际市场起伏，你一个搞现代性金融游戏的人，不搞懂华尔街，不派人研究美国股市，反而去南部乡下拜武财神，有用吗？

"你不要不信。"那董事长极会察言观色，看我一张不信邪又略带笑意的脸，便笑着说，"所有人都不相信。但我真的相信了。带我去的朋友本来也不信的，但大概是十几年前，有一个大公司的董事长去那一家庙的时候，他们正在开庙门，那庙有一个习俗，要扶乩决定谁来开庙门。这个董事长当时还不曾去过，所以不觉得跟自己有什么关系，而且他很'铁齿'（形容性格强硬、不信邪），根本不相信这个。想不到，那时麦克风里突然传出他的名字，他吓了一跳，以为听错了。但那乩童再叫了两次，他才赶紧地冲过去，为神明开庙门。从那一天开始，他完全相信了。他生意好得不得了。现在已经发展成一家超级大的建设公司了。"

他说得虔诚，我却疑惑。毕竟，这种经济起飞的时机，房地产飞涨，土地狂飙，谁做都会赚钱，做建筑业根本不需要有太强的专业能力，真正需要的，反而是公关能力，只要有关系取得土地，取得建照，卖出不是问题，有没有武财神有什么差别呢？

"啊！真的太不可思议了。"但我决定继续观察他思考的方法，"这神像为什么要骑着一只大黑虎？"

"啊，这个神明叫赵公明，本来是天上的十个太阳之一。后羿射太阳的时候，射下九个太阳，其中有八个掉海里了，成了后来的八仙，只有一个幻化成人，隐居在四川，就是这个赵公明。他守护着元宝山，一手持长鞭，一手持聚宝盆，所以被称为武财神。"他虔诚地说着，拿起武财神手上聚宝盆里的蜜蜡和一颗天珠，转头对我说："这蜜蜡是几千万年前的树脂，在地壳变动的时候，沉埋地底，经过千万年的凝结转化，聚集天地精华，终于变成这样的晶莹剔透。天珠据传是用三四千年前外太空的陨石制作的，这种花纹，这种磁场的力量，超过所有宝石。不要小看了它，它绝对有古老的灵力。"董事长说着，拿起一颗，在手上摩挲，仿佛在感受它的温润。

"这种信仰，会不会影响你对股市的做法？"我还是忍住了，没有说出"炒作"二字。

"当然啊。股票做得愈久，愈知道天地间有太多不可测的事了。你想想，一个人的一生，多少无常，多少不定的事，生死我们能决定吗？财富我们能决定吗？就算是战争，一场战争打下来，为什么有人发财，有人毁灭？"他眼神中闪烁着一种强烈的光，仿佛一个充满战斗意志的战士。

"所以我每一次要开始做一只股票，就算再十拿九稳，我还是去南部我们的庙请示武财神。不然，很容易失败。有一次，我不信邪，去做了一支小股票，想说，试试看。想不到，不到三天，赔了几百万。我立即杀出解套。"他微笑着说，"那一次之后，我再也不铁齿了。"

那一天的采访，对我是很大的震撼。那一间密室，那一个充满武财神像与关公雕像的地方，仿佛是一个人心灵最后隐藏的角落。即使他在现代性的资本市场杀伐，即使他和国际炒家在厮杀，但最后让他得到信心的，不是资本，而是古老的神。

一种现代性金融资本的流动，一个国际性的资本战争，反而要靠着古老的神明来做最后的心灵依靠，这是什么道理？美国股市的"黑色星期五",我们殷商时期的武财神能预测、抵挡吗?拿着长鞭的武财神,和现代武器的华尔街,要怎么比拼?

我有一种荒谬感。但不知如何解释。

我想起家乡有一个亲戚,卖了一块土地,手上有大笔资金,存在农会。他每日仍过着农民的生活。骑一辆日据时代的牛皮坐垫自行车,慢慢行过村子那日渐繁忙起来的马路。马路上满是轿车、公车、卡车,他兀自悠悠漫漫地骑着。后来他的女儿说要去做建筑生意,便把钱借走周转,后来不够,土地也拿去抵押借钱。但生意并不顺利,他只是去庙里拜拜,祈求佛菩萨保佑。后来生意失败,他失去了毕生积蓄和土地,但他仍是骑着那一辆老老的牛皮自行车,在村子里闲闲行过。有时来找父亲泡茶,感叹命运对他的不公。

这个股市大户和卖了土地的农民,仿佛有一些说不出来、相似的地方。面对巨大的现代资本游戏,大家似乎都无所依靠,台湾的教育和传统,也没有教会他们使用现代资本的知识,最后只能回头,依靠着古老的佛像、传统的神祇、卜算的预言。

因为,我们突然漂浮,在无边无垠的金钱巨浪中。

那时候的台湾,已经被金钱冲昏了头。

那时候的台湾,白兰地用瓶计算地喝,威士忌用三百 CC 的杯子喝。洋酒有多少种牌子都不清楚,只知道白兰地和 XO。我们叫它"叉圈酒"或"圈叉",把它当绍兴酒或虎骨酒来喝。

有一次,一个"立委"请吃中饭,带来六瓶一公升装的 XO,菜还没上,就放在桌上说:"兄弟呀,今天喝给他爽,这半打,没喝完，谁也不许走。"他把小杯子拿走，换上大杯子，于是开喝。

满桌子的菜，上了三道以后，就没人知道接下来上什么菜，大家都在喝酒，很快喝醉了。

那一天中午，十个人，喝光半打的 XO，共六公斤。大家说要继续去唱歌，但"立委"说，下午"立法院"要开会，有议案要投票，于是决定让"立委"先回去投完票，再去酒店唱卡拉 OK。

那时的"立法院"议场还未彻底围起来，观众与记者可以在二楼直接观看议场的进行，摄影记者还可以进入一楼的会议现场拍照。

回"立法院"的时候，有些"立委"正在针对议案进行发言，尚未进入表决程序。有一位跑了"立法院"很久的记者，站在二楼的观众席上，对着台下大叫："兄弟啊，你别讲了，出去喝酒，你不要再讲了啦!"

那"立委"微笑回头，对着二楼说："阿坤，你别闹了。稍等一下，表决好就去喝!"

"干，你好胆别走，我们再喝半打。"另一个"立委"转头说。

像车子开太快已经失速，像飞机翻太猛无法回复，我们失去旧时代的秩序和仪节，也失去原本的价值和信仰，却未曾建立新时代的理性和信念；我们只剩下金钱膜拜，物质崇拜。当时媒体批评：这是"暴发户"现象。但真相应该不只是这样。

7 艰难的转型

我走在正午的街道，阳光从头顶直直射落。我看见自己的影子，缩成了一团黑影，踩在自己的脚下。

我踩着自己的影子，一步一步向前，在大马路上。

头顶发热，热得烧烫，可是我不怕，我就是要这样，在太阳底下走，直到烈日把我灼伤，直到世界的尽头……

可是，路边的一家汽车修护厂突然着起大火了。熊熊大火燃烧起来，我畏惧地后退，突然想起，要给妈妈带的食物铁盒子里，还有卤蛋和白饭，不知道会不会烤坏了？妈妈在监狱里等着我的点心。我忧心抬头，忽然大火爆裂，火光上冲，我转头跑过街道，赶紧离开，心想，要快快通知消防队，那些修车工人太可怜，没人来救，可我得先去监狱啊……

那是我大学时代做过的一个梦。我依旧在一个追寻母亲的梦中，尚未醒来。

大学四年，我花了很长的时间，阅读书籍，想解开父亲生意失败、母亲入狱之谜。我一直不甘心，为什么这个家族要面临这样的命运。

高中时代开始，我着迷于陈映真的小说《将军族》。他的短篇小说中那怀抱着安那其主义梦想、希望建立贫民医院的《我的弟弟康雄》，仿佛是自己的写照。循着陈映真，我找到了克鲁泡特金。从他那优美如诗的文字，跟随他走向西伯利亚无尽荒凉的草原和善良的人民，我也走进无政府主义的理想国，而后又走入社会主义。那时，一个"各尽所能，各取所需"，为贫民而建构的乌托邦世界，深深地吸引了我。我仿佛找到少年时代在追寻的知音般的喜悦。

一九七〇年代后期，我阅读着带有左翼色彩的禁书，写着诗，度过了大学生活。这仿佛也是我许多朋友的写照，我们在重庆南路的地下书城里，买了马克思、卢卡奇、马尔库塞的禁书，暗暗地阅读，带着一种练武林秘笈的乐趣。

"美丽岛事件"是一个转折点。高中时我们已经阅读了大量的《自由中国》旧杂志，也看了殷海光、李敖的禁书，胸中充满叛逆的思想。等到"美丽岛事件"发生，我看着大审的不公不义，苦闷无比，又受到无政府主义思想的影响，觉得如果改革无望，那就走上暗杀之路吧。于是写了长诗《刺客吟》，描写荆轲与高渐离的故事，歌颂人生可以像一把飞出去的剑，绝对、鲜明、利落、干净，射向不义政权的心脏。

这一首诗得到"时报文学奖"，我于是结识了诗人施善继，是他带着我去三峡探望隐居作画的吴耀忠，也认识了心目中崇拜的作家——陈映真。

大学毕业后，《时报周刊》曾找我去上班，但因我曾投稿一篇报告文学作品《矿坑里的黑灵魂》于《大地生活》杂志，我终究选择《大地生活》，和"美丽岛事件"后一群叛逆而充满理想主义的青年，一起为几个党外杂志写稿编辑。

这是"党外运动"初起，党外杂志大盛的时代。一九八一年选举中，"党外新生代"的崛起只是一个现象，基底的原因仍是社会结构改变了。一个高度控制的党国威权体制，在经济发展后，逐步失去控制力而崩解。党外杂志带来的思想启蒙，则打破旧有的禁忌，挑战威权体制的正当性。其实，当时的党外杂志有许多撰稿者是体制里的记者，他们悄悄写稿，让不能见光的报道，透过党外杂志刊登出来。

那时的我，心中暗藏着一种"要推翻那个让农民受苦的体制"的愿望，只想如何积聚力量，结合群力，推倒不公不义的党国政体。

一九八二年，有一位高雄市选出的"立委"苏秋镇先生在"立法院"质询政府为什么仍关押着"二二八"时代的老政治犯，已经关了三十几年了？警备总部在答询中，完全否认此事。后来一位客家籍的老政治犯，也是我工作杂志的长期作者徐代德先生告诉我，其实事情是真实的，如果我有兴趣，他可以安排我去采访一位关了二十几年的政治犯，他们在狱中长期相处，非常了解情况。于是我采访了卢兆麟先生，他详细地列出关了三十年的政治犯名单，说明每个人因何案入狱，现在身体情况等。有了这份名单，我再去台中采访一位老政治犯的妈妈，她天天在老家等待，那一年被抓去才刚刚高中毕业的孩子，现在已经白发苍苍，却还未归来。

《大地生活》杂志出版后被查禁，我们也因为财务困难宣告停刊。但苏秋镇拿着"三十年政治犯"的名单在"立法院"质询，逼得警备总部不得不面对这个事实。这一年春节前，蒋经国终于开始特赦第一批政治犯。

人生机缘真是奇妙。因为这一篇报道而归来的老政治犯（他们称为"老同学"），有一场悄悄的聚会，把我找了去，表示感谢之意。但我更感动于他们一生奉献于社会改造的理想，即使入狱三十几年后，仍未改其志。这让我真正看到一种"人的生命该如何活着"的恒久典范。

也正是在这一次的聚会中，他们为我介绍李明儒先生，当时《美洲中国时报》的副总编辑，他介绍我去报社学习如何处理新闻。就这样，我终于进入此生中待得最长的工作。

我一边在报社工作，一边并未放弃文学创作。一九八四年，《美洲中国时报》停刊后，我一度离开《中国时报》。

一九八五年秋天，我觉得如此游荡下去不是办法，乃决定重回报社工作。当时我在报社碰到一个老朋友——胡鸿仁。他是王拓①第一次竞选时的干部，也是党外的长期支持者，他刚刚从美国回来，负责《时报杂志》。他知道我编了许多带有"革命性质"的杂志诗刊，充满叛逆，就问我："你有没有想过，你现在要干的，是改革还是革命？"

我一时语塞。

他说："如果你要干的是革命，所有现状，包括经济制度、政治制度、社会现状都要打破，一切推翻重来。就像俄国革命、中国大陆的革命。但台湾能不能这样？台湾社会是否有这种革命条件？就需要想清楚。这需要社会分析，去做实际的调查，看看有没有农民、工人要跟你干革命，不是说革命就革命的。但如果要改革，一切就得有耐心，从各方面加以改革。这是两条路。你有想清楚自己要走什么路吗？"

这一席话，把我从乌托邦的梦想中唤醒，拉回现实。我于是决定重新凝视台湾社会的真实面貌，它的社会性质、社会发展阶段、主要矛盾与次要矛盾、社会的阶级构成等，都要重新认识。我决定先把台湾社会弄清楚。

我不是社会科学训练出身的人，而当时也没有所谓台湾社会分析的书，一切只能靠自己。我利用时报资料室，找有关农业、劳工、渔业、少数民族等的研究，做初步的笔记和采访的大纲，等到有新闻事件发生，就前去实地采访。

一九八六年前后，正是台湾社会运动风起云涌的时刻，我

---

① 王拓（1944—　），原名王纮久，台湾基隆市八斗子人，为台湾乡土文学作家、政治受难者与政治人物，曾任"民进党秘书长"。

直接参与鹿港的"反杜邦运动"①，又跑去支援新竹"反李长荣化工"②，一九八七年去恒春组织了台湾第一次的"反核示威"③，大约那是我的社会运动参与年代，也是大量阅读分析的研究时光。后来写成《民间的力量》与《强控制解体》两本书。

这些社会运动的现场采访，让我了解：来自不同阶层的社

---

① 反杜邦运动，1985 年，台湾"经济部工业局"计划将彰滨工业区两百多公顷土地开辟为农药制造区域，将全台六十九家农药厂都集中于此，引发当地居民的强烈反弹。1985 年 8 月，美国杜邦公司决定投资一亿六千万美元在彰滨工业区生产二氧化钛。事件见诸报端之后，当地居民反弹强烈。1986 年 3 月，彰化县"议员"李栋梁发起陈情书签字活动，在两天内即获得数万人连署签名，引发全台各地的反对杜邦至彰化设厂行动。1986 年 10 月，"彰化县公害防治协会"成立，以各种抗争手段抵制杜邦设厂。1987 年 3 月 12 日，杜邦公司宣布取消于鹿港设厂计划，反杜邦运动也成为台湾首件环保抗争导致外商终止投资计划的事件。

② 反李长荣化工，1980 年，李长荣化工厂（简称荣化）投资三千万美元于新竹市东区水源里设厂，生产福尔马林、二甲基甲醯胺及有机溶剂。生产制造过程中产生了大量工业废水及带有刺鼻鱼腥臭味的废气，造成严重的空气污染与水污染。为了节省开销，荣化将废水直接排入水沟，造成居民经由被污染的井水染上恶病。但直到 1982 年 6 月，荣化才接到违反"空气污染防治法"的罚单，而此时臭气已经笼罩台湾清华大学与交通大学两校校园。台湾清华大学教授们向荣化沟通与陈情，向新竹市政府陈情，并且由当时的校长出面，三百多名教授联名上书向"行政院长"俞国华反应李长荣化工污染的状况，但皆未获得回应。1986 年，无法忍受的水源里居民终于发起抗争行动，农民与居民以混凝土车载运砂石与水泥倒在荣化门口，筑起一道矮墙封闭厂区大门，强迫荣化封厂。居民并在矮墙后搭起棚子，每天派人轮班堵在工厂门口，不让工厂开工，并要求荣化迁厂。1987 年，新竹市成立了新竹市公害防治协会，是新竹第一个民间的环保团体，成员包括台湾清华、交大与新竹师院的教授，目标是解决荣化造成的公害问题。抗争运动持续了四百五十天，终于迫使荣化停工。长达一年多的围厂抗争运动，被誉为台湾史上第一桩因为人民集体力量而成功的社会运动。

③ 反核示威，1987 年 3 月 27 日，恒春举行全台第一次反核示威，是由作者本人催生主办。当时向"党外人士"邱连辉借宣传车沿街广播，请姚国建担任主持人，邀请《新环境》杂志的社长柴松林、《人间》杂志陈映真、台大教授张国龙、彰化师大教授施信民、鹿港反杜邦运动的领导人李栋梁等，一起赴恒春举办演讲。本来在恒春国中举行演讲，后来因南区警备总部出动大批警察在街头围堵，乃转而至街头演讲。恒春居民全面出动观看，深怕爆发冲突。后仍控制局面，安全结束演讲。会后，演讲的宣传车上堆满了恒春居民送的各种罐头水果，他们以此表示感谢。这是全台湾第一场反核示威。

会运动，并没有要推翻既存的体制与社会秩序；他们要的是基本的人权。例如劳工要集会结社权；农民要停止进口外国农产品，保护农业；抢救雏妓是为了帮助弱势的高山族女孩；学生运动要争校园民主；环保运动要争环境生存权。这些都没有要推翻体制。

我开始明白，当时风起云涌的社会运动不是一种"社会革命"的开端，而应视之为"走向资本主义社会的补课"。如果欧美资本主义不仅是一种经济制度，而是包含议会民主、多元文化、社会福利等的总体社会结构，那么台湾的"现代化"是不完整的。它有二十世纪完全自由的经济活动、全球贸易，但文化上是受控制的威权体制，而戒严体制下的政府，却仿佛还处于十九世纪的英国。至于社会福利，更是远远落后于二十世纪的福利国家。然而，经济基础既然已经转变，就该带来政治与社会的变革。因此民主运动、社会运动的要求，基本上不是要推翻体制，而是要求一个正常的现代化国家而已。

这就是"解严"前后，我对台湾社会的分析。

社会转型不是一天造成的。那是从经济开始，走向文化的觉醒，再走向政治的自由、开放与民主化。

我的父亲，从一个乡下农村的孩子，没有受过什么教育，只靠着那一点小学的日文基础，买一些书自修，到日本去观察，去学习锅炉工业的知识，最后才终于摆脱农村，变成一个工厂（工业生产的具体显现）的负责人，这过程，不是一般人所谓的"转型"二字，就可以简单地带过。那是他要摆脱农村、农民的思维，试着去学习现代性的资本运作，付出无数代价，才能学会的。

起初人们带他去酒家，去赌博，都叫做"学应酬"、"学做生意"，他也一一照做。然而最艰难的现代金融运作，根本上与农村、土地生产、以季节来思考收入的思维方式完全不同。他不懂银行、贷款、资金运用，终于只能借高利贷，最后付出妻子入狱的惨痛代价，家庭在破散边缘，才终于醒悟过来，学习财务的管理，成为一个小企业主。

但不是所有的人都有这样的幸运，农民就算卖出了土地，拥有了财富，又能如何？他没有现代的金融知识，不懂得运用，只能用最简单的办法，近乎农民的思维来理财。这便是当时兴起地下金融投资公司的原因。

那些金融投资公司只要告诉老百姓，你把钱存在这里，每个月可以领取百分之十、百分之二十，甚至更多的利息，我们用专业来帮你投资，你只要当老板就好了。于是许多人真的把毕生的心血积蓄投下去。起初也确实收到利息，用以生活，仿佛真的得到利益。可是没人想到这是用后面收的钱来付前面的利息，最后终于无法支撑而倒闭，所有投资人一生心血泡汤。

然而，农民的悲哀就在于：他们根本没有现代金融知识，不知如何投资，也缺乏投资的管道，更何况政府还缺乏管理现代金融秩序的能力与法令，于是整个社会呈现一片混乱。

我后来见到的股市大亨和他崇拜的武财神，一点也不必讶异，因为，即使他玩的是现代金融，但他的思路是农业时代的，信的是农业时代的神。这明明是矛盾的，但他深信不已。

·而台湾与欧洲国家的资本主义发展进程不同，原因在于台湾不是自发的，非来自于社会内部的生产力与生产关系的发展需要，而是由外部的压力所形成。

欧洲的资本主义发展，从英国圈地运动开始，历经四百多年的逐步演进，中间也发生了狄更斯笔下的《双城记》和雨果的《悲惨世界》那样悲惨的社会阶段，以及好几次的社会革命与动荡，才慢慢演进为现代这样的发达资本主义国家。从农业社会跨入工商业社会历经四百年，农村是数百年的速度，逐步没落，社会逐渐转型，农民和他的后代可以有时间去寻找其他生路，不会在一夕间全面崩毁。

424

但台湾之不同在于：欧洲以四百年完成的资本主义化进程，台湾从农业社会走入工业社会，仅仅用了四十余年。以十倍的速度向前冲，让所有社会基础来不及改造，所有人来不及反应，所有制度来不及建立的瞬间，就彻底瓦解，彻底崩溃，彻底转变成一个谁也不认识的社会。

欧洲的都市化花了几百年才完成包括卫生医疗、公共教育、交通建设、城市规划、行政管理、商品流通、食品安全、居住规范等等，那是一步步建设起来的。但我们却是急速发展，来不及配套，像倒豆子一般，哗啦啦全面来临了。但最难的不是经济，而是文化。

经济生产、政治制度或可迅速转换，唯有文化，其内涵实是人的"思维方式（即 way of thinking）之总和"，要一下子改变过来，根本不可能。唯有靠时间，让人的思维方法，随着社会变迁而逐步自我调整。因此，政治可以革命，只要推翻一个政权，建立一个新政权即可。古今多少朝代更迭，不都是如此？经济也可以革命，俄国革命把所有制改变，社会基础更迭，即革了经济的命。但唯有文化，它是人的思维方法，它植根于古老的血脉、宗族、民俗、信仰、生活饮食、哲学思想等等之中，如何一夕转变？

台湾最现代的股市大户，要不要操盘某一只股票，仍要托问于古老的神祇，难道不是一种思维方式的延续？

然而，农民、农村、农业社会的古老文化仍在，我们却已被逼迫走入工业时代，怎么办？

我的父亲不知是幸或者不幸，竟和铁工厂的人合作，失败多次，在酒家应酬与借支高利贷的种种磨炼后，终于看清真相，站了起来。但有更多的人是根本无法从这个转型中站起来的。

把整个社会发展脉络想清楚，我才真正从十四岁那一年，去监狱探望母亲未果，走在正午的街道上，不断为我们的命运感到困惑的迷宫中，走了出来。这探求，至少花了我十五年的光阴。

有一年除夕的早晨，我站在家门口看着一位亲戚从门前经过，她虽然长得娇小，却是很会耕作的农妇，尤其擅长种菜。但她却推着一辆小车，上面好像有可以贩卖的年糕之类的，往乌日市场走去。

我有些讶异地问妈妈，有没有需要买什么拜拜的米糕，妈妈说，已经做好了。我于是问她：为什么那个亲戚会去市场卖年糕？年节赚一些小费吗？

妈妈说，她的一个孩子去做建筑，没周转好，欠了银行许多钱，回来将家里的土地拿去质押，现在那些地已经都没了，再没办法种田维生。

啊，那小小的农妇的背影，就是我的农村家乡的写照吗？在经济狂飙的一九八〇年代之后，我的家乡只剩下这个背影吗？

8 妈祖要起厝

乌日妈祖庙朝天宫的人来找父亲的那一天下午，他并不知道，这将是神明交给他此生最后的任务。

父亲请他们坐下来，泡茶敬烟。那庙宇的住持是住在靠乌溪边的老村长。

妈祖庙不大，主要是民众集资捐钱建起来的。

日本统治以前，乌溪水流还多，河面宽广，有小船可以连接到上游的大里、雾峰、草屯、埔里等地；往下可以到彰化一带的出海口，出了海，便是唐山，这里是一个中转站。而大陆来的农具、药材、石材、木料等，也可以在这里中转。日久，逐渐形成市集，商贾热络，于是在河口修了一座小庙，供奉妈祖。后来捐献增加，盖得稍大一点，但也不高大。但随着乌溪的河水流量变少，河川淤塞，庙前的商船活动没有了，庙的周边反而形成市集。而妈祖庙就被包在市集的中间，变成了摊贩包着妈祖庙的现象。这大约也是许多台湾庙宇的共同命运。

一九八四年，乌日乡公所决定改建市场，整理市容，必须迁移妈祖庙到其他地方。乡公所选了靠近乌溪边的一块公有地，占地有几公顷，算是非常宽广的所在。但庙的主持老村长反而头大了，他不知道从何处筹集这么庞大的资金，才能建出一座够高大、够宏伟的庙，好配得上这大片的土地。

他们来找父亲，主要是希望借重他在乌日企业界的名望，担任主委，为朝天宫募款，参与庙宇改建。

父亲未曾想到自己会参与庙宇的建造，有些害羞、有些讶异地望着来找他的老村长，说："可是我，合适吗？"

妈妈坐在旁边，心中暗笑。她知道父亲的意思是："我这种吃喝嫖赌之外无不良嗜好的人，去做庙的主委，合适吗？"

"怎么不合适？"那老村长说，"我们不只需要一个有能力筹资金的人，更需要一个有魄力有规划能力的人，才能够把庙做起来。"

"你们要我捐钱，没问题。我尽力啦，但要主持建庙，这可不是小事情，我怕自己能力不够。"父亲坦白地说，"我不是客气，建庙不比做生意，是对神明负责。我是信徒，千万不能对不起妈祖。"

"可是，我们想过了，咱乌日有事业成功的生意人，可是要比魄力、比能力，只有你最合适。有些人虽然事业成功，但不信妈祖；有些人信妈祖，但有私心。你正派，也海派，叫大家捐献建庙，才有号召力。"老村长说。

"你不用这样说，我还是会捐献啦！"父亲想回绝，就说，"我自己会捐献建神明殿，也会用我儿子的名义，捐一座香炉；放心，我保证用最好的设计，建一座台湾最好用的香炉给妈祖。不过，我还是不要去做主委比较好。这个责任太重大了。"

"可是，你不做，谁来做？"那老村长把庙旁边几个有意争取的人名数了一遍说："如果这样下去，会演变为争权夺利，妈祖庙不仅建不起来，如果被存心不好的人拿去做成神坛，咱们怎么对得起妈祖？你看。你头上这个字不是写得清清楚楚：今不做，何时做？我不做，谁要做？"

父亲看着写在办公室里的标语，似乎没有拒绝的办法，最后只好说："那这样吧，我们去庙前拜拜，问问妈祖的意思。她说可以，我就去做吧！"

在所有人的见证下，父亲掷筊杯。妈祖一下给了三个圣杯。父亲二话不说，跪地长拜，准备此生奉献给妈祖。

全家族的亲戚，包括当初请父亲协助建庙的人，大概都没有想到，他所花的力气如此之大，用的功夫如此之深。那些年，他把一生从土木小工开始，到锅炉的热力学所学的功夫，全部拼了上去。从设计规划、土木结构到实际的施工，从木料的选择到石材的雕刻，全部亲力亲为。两岸刚开放时，他甚至出机票钱，去泉州订制老师傅的神像石刻，再用船运回来。

为了筹集建庙的捐款，他跑了许多地方，向人低头请托。以前他个性高傲，讲话大声，如今变成一个和气的庙公。用了十几年的功夫，他转变了气质，朝天宫也在河滨重建起来，成为乌日重要的庙宇。

每年除夕，父亲总是在围炉后，陪孩子玩一会儿，十点半左右，他会穿上正式的西装，打上整整齐齐的领带，如果天太冷，会加一件大外套，去朝天宫准备今晚的开庙门。

那是每年必有的仪式。

在一年之初，子时的开头，打开庙门，迎接天神，迎接全新的一年。

9　祖母的告别

祖母过世的那一年，是一九八九年。自从十四岁母亲开始逃亡之日起，我一直倔强自持，不愿流下眼泪，即使再多悲伤，只是咬牙闭气强忍。

一九八九年的年底，祖母的过世竟让我茫然长哭，不知如何面对。

祖母的婚姻是最为传统的指腹为婚。由于曾祖父与外曾祖父佃了同一个地主的地，比邻而耕，举凡插秧、除草、割稻的农事大都同在一农事互助团，又互相照顾灌溉水田，便结为好友。祖母犹在腹中时，曾祖父便约定了生男为兄弟、生女为夫妻的盟约。祖母生下时，命运便已为她画上清晰的轨迹，注定是杨家的人、祖父的妻。

祖母娘家临近乌溪。早期台湾建筑都是土块砌成的土埆厝，但祖母家常因台风引发的大水而浸漫成灾，土埆厝在水中浸泡即松软冲垮，遂建成以竹编制、中间灌以泥土的墙壁，因其较为便宜，复建迅速，屋瓦也必然为茅草，然屋内阴暗异常，且因大灶烧柴，常飘着烧饭时的稻秆干焦气味。

祖母曾因童年的大水记忆而对大雨充满恐惧。她细致地描述过谁家因大水来临逃离不及而举家丧命，仅留一子；而谁家又因门前有一棵老树，举家攀爬其上始未被冲走。

妈妈被通缉时，乌村家中曾因乌溪支流的一溪暴涨而遭大水，是时祖母在半夜唤醒大家，口中喃喃念着："大水来了，大水来了，快跑！快跑！"而当时水已淹至大腿小腹，桌椅都在水中漂来浮去，唯祖母的惊惧眼神却令我记忆深刻。那眼神与口气仿佛在预示：全部东西都会冲走，人类要毁在末世般的滔滔洪流之中。那眼神，让我看见大禹神话中的恐惧，或《圣经》中诺亚逃生的惊惶。

在乌溪畔常常淹水的家中，少女的祖母躲在竹子隔成的小小窗口，初次看到年少的祖父打田埂间走过。那一年她十四岁。

十三岁时，祖母便在母亲教导下开始学习缝制衣服、枕套、绣花等女红，为的就是要准备自己的嫁妆。这时，她已知道要嫁的丈夫是谁，以及这个婚姻的宿命。

谈到十四岁和祖父的初遇，那年祖母已经七十几岁了。她向十五岁正念初中的大妹叨念说："你们真是好命，可以念书，我像你们这么大的时候都要准备嫁人了。好命的人还不知道好好念书！"

妹妹为转移话题便说："你们是不是指腹为婚？和阿公从小就订婚了？"

"是啊！出娘胎就定了。"祖母说。

"那你什么时候知道要嫁给阿公？结婚以前有见过吗？"

"从来都没见过，只是从小就知道要嫁给你阿公。"七十岁的祖母回忆说，"直到十四岁那一年，他到我们村子里来，从田埂上走过。远远的，有人就指着他告诉我：快来看啊，那就是你以后的尪婿（闽南话，意为丈夫）。我躲在竹窗后面偷偷看，可又不敢一直看，怕被人笑。远远的，看他走过去，知道是他……"

那一幕在祖母生命中应是永远铭刻的记忆，以至于五十几年后回忆起来犹能感受到被人嘲弄的害羞，以及初识"他"的惊心和情感。我曾仔细望着祖母的面容，想要在那浮出些微褐色老人斑却犹白细光滑的脸上，追索她少女时代的模样，想象她当时的心情：在竹编土厝的阴暗屋子里，在飘着稻秆气味的角落，一个十四岁的少女躲在竹窗的缝隙间，暗暗望着一个少年打春天翠绿色的稻田间走过，她望着少年结实的身体，因农事而粗壮的臂膀和大腿，害羞地低下了头，又斜着眼角偷偷地瞄，心底开始怦怦作响。

"就是伊了。"自出娘胎就注定要在一起生活一辈子的人终于在眼前浮现，她终于明白这一生要牵手的人是这个样子，如此真实、如此实在地在眼前走过。而那少年却浑然不觉，兀自踏着大步，在春日翠绿色的稻田之间。

晚年谈起第一次看到祖父的感觉，祖母总是害羞地笑着："怕被人家笑，偷偷地看、远远的，看得也不清楚，知道就是伊，就是伊了。"

在鼓吹唢呐声中迎进杨家之门的新娘，步下花轿时才十七岁，初开的农村少女容颜温驯地沿着出娘胎就注定的命运轨道行走，走到丈夫的面前，这轨道要延续一生，直到生下子女、抱过孙儿，以迄于最后之日。

结束少女生涯的她，最先是被杨氏家族三四十名成员的吃饭规模给吓坏了。依照规矩，家族吃饭事宜由娶进门的媳妇轮流煮食，祖母从未想到大家族的吃食人口这么浩繁，以至于晚年回忆时总是说："十七岁就煮饭给三四十人吃，那饭有多大的一灶，满满的。可是做田人又特别会吃，一顿饭下来，煮的人都快累死了。"

轮到煮饭的媳妇要过这样的日子：透早起床先到菜园子里摘菜叶，以及浇水。回家后在井边打水洗菜和淘米下锅，热灶、煮饭、烧菜，而男人此时大约在田间除草先干完部分农活回来，男人吃过早饭又去田里，这时才轮到妇人吃饭和喂小孩，之后喂鸡鸭猪牛一类，然后带着脏衣服到河边洗濯，手中拿根木棰以敲打衣物，小腿则泡在水中，夏日虽透凉，但冬日则冷沁入骨。近午时回家晾好衣服随即准备午饭，又是一阵洗米、挑水、热灶。午饭后稍事休息午睡，避开正午太阳后又开始工作。下午妇人大多收拾田间零活，如菜圃拔草等，黄昏则收拾草叶杂枝，捆扎成串以便煮饭之用，并把六畜赶入栏里，而后又是一阵忙乱的晚饭。如是生活，日复一日。

开始母亲生涯的祖母在大家庭中也学会了各种大家族生存的技巧：年节时如何在儿女碗底藏放一块难得吃到的肉，上面覆白饭以掩饰；如何减省吃食以喂饥饿的子女；孩子不乖时如何痛打给妯娌看以维护尊严；耳语起时如何反拨或冷眼以对；侍奉公婆以尽长媳之责等。

十七岁入门到五十岁丧夫，以迄于死时的八十岁，一生侍候丈夫、养育孩子的祖母一直保有传统的习惯，非得等到男人吃完饭，绝不上桌。祖父去世后已成为一家之长的祖母常是忙忙碌碌，陪妈妈择菜煮饭，弄得妥当才会收拾东西唤家人吃饭，而此时她兀自收拾东西去喂鸡鸭或猪牛，即使已成为一家之长依旧如此，而妈妈就只能这样陪着她，吃着残剩的冷饭冷菜，冬日亦然。

这个习惯看在受新式教育而成长起来的儿孙辈眼中极为难受，曾数度要改变其习惯，硬是坐在桌边等她来，却只见她三催四请之后，仿佛极害羞地红着脸说："憨孙，快吃吧，菜都冷了。"便率先开饭，却一直低着头，或为孙子夹菜。但也仅此一次，往后便以洗澡为推托而避开了。

大学时代，离开台中老家北上求学，有一次春节，祖母不知何故翻出了祖父去世前的一件毛料深蓝外衣，我穿上极为喜欢，便走来走去给家人看，而祖母拉着我的手坐在旁边，轻轻抚着我的背，又有如在抚摩着外衣的质地，静静地说："你阿公那一年过五十岁生日，几个女儿就合买毛料，叫你大姑做这件外衣。他生性节俭，一直舍不得穿，直到生病，死去，都未曾穿过这件新衣服。很可惜，一世人勤勤俭俭，都未及享受到什么，就这么走了。"

那一件毛料上衣，又古老又合身，陪着我走过大学时代的冬天。

日据时期，农业社会的台湾中部乡村，有一对夫妻指腹为婚，一九六○年，丈夫去世，留下妻子生活直至一九八九年冬天，三十年间台湾社会剧变，工业机器已吞没他们当初迎娶的田间小路，更淹没那躲在竹窗后窥探的少女的身影。晚年的祖母想必有极深极深的寂寞，那是无法同这个年代的轮子转在一起的灵魂，是无由言说的感情的旋律，是属于农业时代的贫困与节俭、保守与深情、害羞与执著，以至于初一、十五祭拜祖先时，她总要站着说许多祈福的话，有时历一小时而未歇，仿佛喃喃自语，又仿佛是寂寞的诉说。

内向而有些羞怯的她很少外出，只是在二楼的窗前支颐望向窗外，看着黄昏的路上开始有放学的学生骑自行车经过，心里估算着孙子该回来了，在夕暮的余光里等待着。

即使是时常回想起她的背影，至今我依然无法理解那孤寂的真正滋味，从指腹为婚的茅草屋嫁出的少女，以至住在工厂里的小企业家庭中的老祖母，那是多大的差距，那是何种生命感受呢？那实实在在的生命历程是否饱含"魔幻"般的不安与忧思呢？这便是"经济成长"所消灭并且永远无迹的东西吗？

祖母生病始于一次摔倒后骨折，年纪大的身体复原特别慢，加之卧病在床无法运动，愈发使身体衰弱而明显老化。继之而来的是骨刺生长出来，腿疾的抽痛，以及脊椎骨因骨骼老化而变得空洞松脆，身体骤然变得伛偻。肉体的局限在那过程中，竟是明显可见的。

"应该起来动动身体，或许血液循环会好一点，骨骼就能够恢复。"家人总是这样劝着祖母，而每日侍奉祖母饮食吃药的母亲在一、二楼之间来回奔忙时，也这样说着，但祖母的身体确乎难以再做运动了。

"憨孙，骨头老了，松了，医生也看不好，怎么会有力气运动呢？人总是要老去的。"祖母说，面容竟是安详而坦然的，近于无惧地说："只是，天公要我活就活得健康一点，要我老去就老去，不要这病痛来折磨就好。"

生之忧苦以夜间难以成眠最甚，习于熬夜的我从台北回台中老家探望时，常在夜半犹听闻祖母低低的、长长的叹息，仿佛生命至深的悲吟。"唉……"长长的、深深的、向天地俯首般的沉寂之声。

在病苦的后期，每每在祖母身侧枯坐着，抱抱她的瘦小身躯也必须谨慎，以免弄痛她的骨头，而她的颊上肌肉也没有以往的弹性，轻吻她的面颊时竟是松垂而绵软的。我坐在她的床侧，握着手，无言地面对生命的极限。

"这骨头如果再不好，就去住院做长期治疗吧！"我对父母亲说。

"不要去住院，骨头不是感冒，不会好了！"祖母突然插嘴，并且坚定无比，还带着一些生气，"不要去住院。"

"不会的，住院太远，不好照顾啊，怎么会去住院？"父亲向她说，然后示意我出来谈。

原来，祖父的死讯就是因罹患癌症住院开刀，所以祖母无比恐惧，仿佛住院即是死亡的征兆，而她，无论挨忍多大痛苦，也要在家里面对死亡。

她的挨忍能力是无比强韧的，卧房在二楼的她已经无法正常走动，却不用轮椅，一日三餐都只能在房里吃。当病情发作必须下楼去看病就由父亲背着下楼，每一步下楼梯的震动对她都是骨骼撞击的剧痛，回家时也一样。但她坚持着，仿佛只要能再握着我稚弱的女儿小茵的手，她就有无比的心满意足。而小茵似乎颇为懂事，在幼稚园放学后总是先到祖母的房间说："阿祖！我回来了。"

面对祖母的病苦，承受最大的是母亲，汤药、三餐、诉说、长叹，乃至于夜半起床上厕所的扶持，都教人无法成眠，母亲就这样熬了一两年的光阴，且日渐消瘦。

最后的一日终于来到。那是一九八九年十一月末的夜晚。吃过晚饭后，从埔里办完事回家的父亲坐在楼下，祖母突然病情转为严重，口中念着："叫铭煌上来，快点！"父亲赶紧跑上楼，只见祖母已然呈现半昏迷状态，他跑上去说："妈妈！妈妈！"父亲抱住祖母的身体，轻拍她的背，而后，感知到她身体最后的抽动。他大叫一声"妈妈！"但已来不及，这细小的、来自于河滨竹编老屋的农村生命，在自己孩子的怀中，垂目离去。

那时我正在高雄采访选举，那一夜不知道为什么心神不宁地打了几次电话回台中老家，黄昏时，家人说祖母好好的，刚刚吃过饭。等到九点打电话回家时，家人告知祖母病危，速回。那时已知道祖母可能要离去了。

回家看见伊的身体已躺在白色的灵堂里，一切病苦与挣扎，化为洁白与安静，旁边放着梵音。我犹以宗教的安慰告诉自己："告别一切病苦与挣扎，祖母将会有平静而无碍的灵魂吧！"而后焚香、祭拜，像往常回家那样，想亲吻她的脸颊，但被拉住了，他们说："不可以这样！"那时才真正体会到告别的滋味。

但倔强的我不愿意告别，就反复在祭拜时说："祖母，你喜欢跟我们在一起，那么，灵魂就不要离去，虽然我到处飘荡采访，但你可以跟着我，不要怕孤单。灵魂不想走就别走，跟着我。"便是这样反复在心底说着，而未曾流下一滴泪。

直到出殡前夕，褐色的棺木在门口出现时，我倏地惊慌起来。"真的要走了吗？"我茫茫然望着抬运的工人把巨大的棺木抬起，刹那间，一切的反抗与倔强都崩溃了。

我赶紧跪在祖母的身边，望着她瘦小的身躯被宝蓝色的寿衣包裹着，而愈发使她的脸色变得苍白，手上犹提着小小的皮包，仿佛是要去远方旅行。但一生鲜少出远门的她，最是害怕孤单，更惧于远行。我于是安慰道："别怕，阿嬷，自己出远门要小心，自己要照顾自己……"

然而，抬着棺木的葬仪社的吆喝声已把巨大的死亡之箱愈移愈近，他们无视于悲伤，坚定地移动着，而祖母远行后的纸扎的小小房舍、小小汽车、色彩斑斓的宅邸也都送来了。我惶急起来，用自己常常独自采访旅行的勇气说："要勇敢啊！阿嬷，要勇敢，自己要会照顾自己，不要怕孤单。"然而又明知祖母一生的惧于孤单与远行，明知她少女时代以迄于今总是那样羞怯而内向，明知她的不愿远行……

我终于再也无法挨忍地痛哭失声了。

从未有过如此脆弱的感觉，像一个风中的稚子，在死亡的巨大空茫中，赤足走在墓地的中间，四周是荒蔓与野草，乌云压在眉毛上，风中的稚子没有奔跑，因为他不知道该朝哪个方向走，他也没有呼喊，因为不会有声音。他只能俯首，在无垠的、无限的死亡边界。

出殡之日，我持着经幡，父亲捧着祖母的灵位，走过乌村的街道，街道竟变得如此陌生。它不再是童年时与祖母一同走过的街道，那是一九九〇年代有超市与汽车的年代，工业的时代。属于祖母的岁月，属于农村生活的温暖，那柔软的土地的触觉，那有着鸡啼声的微凉的早晨，随着她的逝去，永远消失了。

记忆使人常常梦见逝去的亲人，一如离别后只能在梦中相聚，在梦中握手、诉说、哭泣，将比未曾相聚更好。人们就愿意相信世间是有灵魂的。

祖母有几次来到家人梦中。

大妹从法国读书归来，一夜，梦见祖母与棺木在她眼前行走，她大惊哭泣，祖母要她口念阿弥陀佛，但她依旧失控惊哭，全身战栗醒来，跑去要跟母亲睡，母亲细问原因而醒，跟母亲睡的我的女儿小茵亦醒，三人有些惊吓。却不料小茵说："但是我现在想尿尿，又不敢出去，怎么办？"母亲只得起身到洗手间去取小尿盆。不料走到门口通往楼梯与洗手间的玻璃门时，看见一个人影，她打开灯问道："谁啊？"

"啊！"的一声，一个男人身影自楼梯砰砰砰地往楼下冲。妈妈亦大惊，叫醒父亲道："有小偷啊！"

小偷是先把楼下办公室的桌子都搜过翻遍后，才上二楼的住处来，却不料因大妹做梦而叫醒母亲，母亲又因小茵要尿尿而吓走小偷。可以想见那小偷在幽暗中摸索，突然光线一亮，一个人影站在玻璃门之前的景象，何其吓人。家人都说："那是祖母的庇佑。"

我亦梦见过几次。一次是自己写作的笔记本竟不见了，于是惯性地大叫："阿嬷，你有没有看见我的笔记本？"一生不识字的祖母爱惜每一张纸、每一个字，以至于我写过的笔记与废纸，她都会在收拾我凌乱的书桌时一一收起，不敢丢弃。但全部收拾在一起，是无法分辨的。每一次笔记不见我就找她，保证能找到，而且这一本笔记有我的诗稿和日记，怎么能丢呢？

我开始在梦中找她，从新居的三层楼建筑，一直找到十岁以前居住的三合院老房子，穿过龙眼树下的井边，穿过前龙与后龙的走道，最后惆然地坐在灶前的桌旁发呆。祖母不见了。我从梦中醒来。

另一次梦见了祖母。

那是一个幽暗如墨的夜晚，我与女儿小茜和她的同学在阳明山曾赁居过的房子外面夜游，但似乎房子又非如现在一般，而是石屋。进入室内始知地点飘浮转换为陌生的所在。我在伸手不见五指的黑暗中举起手电筒照去，见祖母与她的妹妹、哥哥及另一姨婆四人对坐着，面容干枯不动如静止，我以为他们已死亡，却不料细看才知他们正喁喁地、轻声地交谈，一如他们生前那样，安静而谦卑的农村的妇人，带着做客似的拘谨。我沿着房子边缘的地方拾阶而上，望见一小小的窗口，窗口外的树上开了粉红白纹状的花，以及艳红色的花。

祖母站在我旁边，一生爱种些花草植物的她右手支着石头的窗沿，一边指着说明花的名称，她说："这粉红的是好花，又好看，这红色的斜枝挂在窗口，两个摆在一起不好看，找一天要剪一剪才好。"

我望着她，神色安详一如家常，说着普通的话，许久才回过神来，又欢喜又悲伤，竟说："刚才看你在跟姨婆说话，心里好高兴，觉得你还活着，还没有……还没有死。"梦中的我说到最后有些哽咽了。

就在"死"字出口时，倚窗看着花的祖母竟然渐渐模糊、淡化，然后像空气似的在眼前消失。梦中的我却更加抽泣，不由自主地……

祖母的过世，仿佛让我看见，

时间是长长的、黑暗的走廊，

记忆的段落在其中的每一个房间里，一一摆放。

每一个时代的房间里，存放着那时生活的气息，

语言的节奏，器物的光泽，镜子里的影子，

风一般的声音吹拂而过。

如果可以走入那房间，

我就可以回到十岁以前的三合院，

回到古老的年代，那是现实中永远不再，

却将在记忆中存留的另一空间。

一如乡村里指腹为婚的少女躲在竹窗之后，

偷偷瞧着肩荷锄头的青年，

从田埂的翠绿颜色之间行过，

怦然心跳，羞红了脸，

他们或将在时间的另一长廊里的另一个空间，

牵手相遇，一如青春的时代那样。

我的祖父和祖母的爱情，一定还在那里。

第十章

真像一场眠梦

0

二〇一二年春节，全家人都回家乡过农历年。

南方灿烂的阳光将台北的阴霾一扫而空，被东北季风带来的阴霾小雨淋得发了霉的骨头，也在阳光下晒得干爽硬朗。我们穿着薄薄的衬衫，去妈祖庙拜拜，再去附近的小公园踢足球，快活得像一只追着毛球跑的小狗。

我们帮父亲穿上毛衣，套上一件红外套，再戴上毛线帽，将他从二楼抱下来，坐上轮椅，推着他去附近的河滨公园晒太阳。

早春的台湾栾树已经开了花，翠绿的叶脉，鹅黄的花朵，映出一种温暖的色泽。空气中飘浮着细细的花粉似的颗粒，像微尘，像种子，像舞动的精灵。阳光带着穿透感，仿佛天地间所有再微小的生物，连衣服里的每一个毛细孔，毛细孔里的触觉，都可以被照亮，变得暖和起来。

风很细致，空气有点凉，舒爽而轻柔。

或许很久没晒太阳，父亲细眯着眼睛，慢慢适应强烈的光线。但长久卧病而变得坚硬的他的身体，似乎慢慢放松、任由轮椅的节奏推动前行。我推着他慢慢走。旁边跟着四个孩子，我的儿子小东和女儿小蕾，大妹的孩子葛宁和葛朵。他们年纪相仿，八岁与六岁，完全的调皮阶段。小孩子像一群飞出笼子的小鸟，叽叽喳喳，跳跃欢呼。

"啊，你推着爸爸出来散步呢！"一个堂叔提着蓝色的大塑料袋，穿着工作雨靴，大概是要去三合院旧居前的菜园子摘青菜。

"是啊，天气很好，带爸爸出来晒晒太阳。"我说，"你怎么这么勤劳，过年还下田种菜？"

"这过年的，吃太多大鱼大肉，摘些自己种的青菜，运动兼顾健康。"他笑道，"你妈妈在吧？等一下带些菜去给她，吃点新鲜的。"

"在啊，来泡茶走春。"

到了河滨公园，阳光让父亲的身体更放松了。他望着河岸，眼神清亮有如在安静地回忆。

祖母说过，父亲小时候很调皮，牵着牛出去吃草，他可以骑在牛背上，要赶着牛跑，把牛当马骑；要不然就是放牛不管，自己跑去河里游泳，有一次他爬上一棵大朴子树，牛只的绳子没系好，眼看那牛愈走愈远，快要跟一头母牛跑走了，他一急，匆匆从树上跳下来，被叉出来的树枝勾到下体，"蛋蛋"破了皮，流了血，祖母吓死了，怕以后不能生育。幸好，只是表皮伤，要不然怎么生下我们这一群后代？

"可见阿公小时候跟你们一样调皮。"我说。他们哈哈大笑，起哄说，还要再听阿公的故事。

"阿公很会钓鱼哦，他呀，用甩竿的方式，钓溪哥鱼，像这样，"我比一个姿势说，"啾的一声，甩出去，鱼会跳起来咬住，就钓起来了。"

"阿公好棒！"小孩子绕着阿公跳呀跳的。他眯着眼睛，望着河岸。小孩子无聊了，于是自己玩起了"鬼抓人"，在草地上追逐。

我想起父亲刚开始要做生意的时候，因为祖母反对，他气得天天来钓鱼，倔强地僵持了好一阵子。那时候如果祖母不同意，他便一直颓废下去，做一个农民，又会如何呢？我们也许还有一点农地，还有一个贫穷但安稳的农村生活，但面对后来的工业时代，父亲还有出路吗？如果最后只是倚靠农地而变成"田侨仔"，那样的生活，是父亲要的人生吗？至少他曾打过漂亮的人生一仗，未曾后悔。

是的，农村注定没落，工业时代崛起。所有农村生活的遗迹，不断迅速消逝。我放眼望去，这一条河流不正是最好的见证吗？

以前父亲遇见红衣女鬼的那一条弯弯曲曲的桥，发生太多车祸，早已拉直改建，连接着新建的道路，而旁边又新建了一座吊桥，成为河滨公园步道。

父亲钓溪哥鱼的溪流，两边的竹林子，都夷为平地，建起水泥堤岸，四五米高的堤防，把河流限缩在窄窄的河道里。高高的堤岸把人隔得远远的，再不能接近水源。

一个老人在河边用长长的绳子提起水桶，拉起溪水浇两岸的树木。

水里没有沙洲，也没了沙洲上偶尔种植的花生；没有捣衣的大石头，也没有了洗衣的妇人；没有可以下去网鱼的小水湾，也没了流浪者和他的茅草屋；只有直直一条溪水，哗哗啦向下流去。

一条溪被整治成这样，直条条一道水泥肠子通到底，再无蜿蜒的树林和水草，再无鱼虾嬉戏的小水洼，实在不符合生态原则，也毫无生趣。

溪流中，有一只体形不大的水鸭子在戏水，两只白鹭鸶亭亭立在水中央，偶尔低头去啄食水中的小鱼小虾。那水鸭子以前并未见过，有褐白色羽毛，体形瘦长结实，它振翅抖羽，低头啄食，最后竟拍着翅膀飞了起来，掠过水面，停在水中一块大石头上。

"可能是候鸟吧！"我心中高兴地想。至少，它证明了溪流已经可以开始洗洗羽毛，抓点小鱼了。

这一条溪流曾是我们农村生存的依靠，童年嬉玩的所在，可到了一九七〇年代后期，已被彻底污染。整条溪五颜六色，浮满化学泡沫，附近有几家小型染整厂，有一家电镀工厂，把溪流破坏殆尽，虾蟹死光光。

到了一九八〇年代，更是惨不忍睹。河流色泽乌黑如墨，有时还因为染整厂排放的废水，呈现诡异的蓝色、褐色、赭红色。灼热的夏日，暑气蒸腾上来，难闻的化学药品臭味，把清溪变成了臭水沟。表面是经济狂飙，外汇存底疾升，但生活品质却是不断沉沦。

当时我以为，故乡可能要毁了。

一九八〇年代后期，我采访过鹿港反杜邦、新竹反李长荣化工、台中反三晃农药厂、林园工业区抗争、反核示威等等，并且亲身参与过几次的反污染抗争，可就是未曾回到故乡"造反"。是不是因为故乡有太多人情世故、友朋亲戚，我不知道如何批判？还是因为故乡是最后的归宿，不是发动抗争的所在？

到了一九九〇年代，因为成本高、人工贵等原因，工厂开始外移。那些纺织、化工、造纸工厂，像一九七〇年代的日本，陆陆续续"公害输出"，迁到大陆、东南亚去，河流竟慢慢回复生机。起初只是开始长一点绿色水草，有一大群不怕污染的吴郭鱼，肥大得不得了，还可以在溪里游来游去，但没人敢去钓来吃，里面都是重金属污染。

后来是菲律宾、越南、印尼来的外籍劳工，因为不知害怕，开始钓起来吃，但味道还是掺杂着油、土、化学等怪味。有些聪明的外劳利用休假日往上游走，找到一些较干净的水源，终于钓到一些可以吃的鱼。

二十一世纪开始，公害污染的工厂差不多都走光了，溪流才慢慢变得干净一点。但沉积在溪底的泥土，还有污染，溪里仍以吴郭鱼居多。

时间是唯一的救赎。台风和大水，是清洗污浊的唯一手段。

每次台风一来，发大水、刮大风，把溪流底部的污染沉积，一次一次地清洗出来。年复一年，溪底竟长出新的水草，水泽边也开始有了小鱼小虾。这些小鱼小虾应该是上游漂流下来的，竟可以生存了。

生命是个奇迹，一条溪流的生命就这样，死去一次，再慢慢复原起来。假以时日，我相信它可以回复生机。

现在，这一条溪流建了一座新的徒步吊桥，人们可以沿着河岸散步，绕一圈大约一公里多，早晨的时光，家乡的亲戚有时会在这里碰上。只是，它再也不是我们童年的河了。

这一条生命之河，记忆之河，在水泥高堤的隔离下，已经离我们很远很远，再不能亲近地洗衣摸鱼了。

阳光照亮河岸，春天初开的花灿烂如招摇的小手，天气舒服得让人想跳舞。我要每一个小孩子跳一个舞给阿公看。我儿子小东是唯一的男生，不会跳，只能抖着肚皮，小蕾跳得像Hello Kitty；葛宁八岁，她可以一边唱西洋热门歌曲，一边跳着性感舞蹈，搔首弄姿。葛朵比较皮，只愿意摇着小屁股。

阿公在早晨的阳光下，晒得暖洋洋的，仿佛一只久违暖阳的猫，整个身体缓缓放松，毛细孔张开，脸上线条柔和，眯起了眼，看着小娃娃唱歌跳舞。

"爸，这是阿玟的女儿，葛宁，葛朵，伊们跳得好看吗?"

他没表情。我于是说："葛宁啊，再卖力跳!"

于是葛宁跳得更风骚了，她甚至撩起了衣摆，露出肚皮，还拉下肩上的毛衣，露出香肩，发出"嗯哼，嗯哼……"的性感歌声。我们都笑翻了。

唯有阿公眯着的眼睛，愈来愈柔和，慢慢下垂，好像很舒服地快睡着了。

于是我笑着说："唱一首《点仔胶》吧!"这是葛宁的闽南语拿手歌。

他们站在河边一处小小的木板平台上，一起摇着小屁股，唱着："点仔胶，黏到脚，叫阿爸，买猪脚……"

那姿势有点低级可笑，但没办法，葛宁带头摇了起来，小孩子都跟上了。他们个个大笑玩闹。

阳光下，父亲舒服地闭上了眼睛。

1　纺织会社走了

像一阵飓风扫过。时代的巨变，扫去旧风物，也扫去所有的记忆，和某一些细致的生命质感。

一九八九年祖母过世，让我重新观察故乡，才发现时代的脚步，已经走得很远很远。

影像在改变。小时候最喜欢去的电影院，已经打掉，那些漂亮影星的看板，和在后巷里遗落的电影胶卷，都不见了。新建的一家超市把附近的几家杂货店打倒，街面上多出一些卖打折安全帽鞋子的店。我曾经流连去等候一个单恋的女生的长巷，原本安静如戴望舒《雨巷》里的细而长的小巷子，曾带着我的眼光，长时间地追随那女生的背影回家，如今巷口卖着冷饮和锅贴。

声音在消失。以前打铁店的树仔脚下，总是有一些老人家聚集，那些飘浮着打铁的火光和安逸的笑声，那种讲古的热情和相挺的义气，如今早已消失；一排透天厝中，有牙科诊所、瓦斯行、厨具店等。小学对面的路上，卖着鸡排奶茶。

气味在消散。小时候拿着瓶子去打花生油的杂货店，偏处在菜市场的边边，依旧堆满杂物。虽然它不再飘着麻油的香味，但还卖着最古老的干货，甚至会推荐你什么才是台中地区最好的在地醋，超市里一定找不到的那种。看店的是我的小学同学，她还想猜一猜我是谁的孩子，以此证明，她的眼力非常好。然而这老店如此孤单，旁边都是新的各色小吃摊。

触觉变硬了，温度变热了。以前柔软的泥土路，如今被柏油路取代。我们不再能够赤脚走路，因为柏油热得可以融化，烫熟脚丫子，而上面的石块是切割的小石头，常常扎伤脚底。家乡正在变成一种"质感粗硬"的地方。

有一个地方的变化，是我们以前不敢想象，而竟然成真的，那就是"布会社"的离去。

布会社从日据后期开始建设，占地广大，技术先进，一直是乌日最重要的地标。经历光复后的政权轮替，它依旧屹立不摇，家乡人都相信，政府可以换，布会社不会倒。多少人是从十七八岁加入工作，直到老年才退休。

然而，进入一九九〇年代，中和纺织厂竟更换了两三次大门的方向。

起初，它把大门开得稍大一点。乡人以为交通繁忙，生意兴隆，想容纳多一点的车子可以停放。毕竟进出做生意的车辆多起来，门外的空间太狭窄也不方便。后来它又更换了一个门面，把大门朝向偏东南方，也就是稍微侧面一点的迎着马路来的方向。两年内换来换去，我开始感觉有点蹊跷了。

"怎么啦？中和纺织厂是不是出了什么事？有换老板吗？"我问父亲。

"没有啊。老板一样，只是换了大门。听蜜子说，布会社的外销生意不是很好，想换一换风水看看。"他还是习惯用日据时代的名称来称呼纺织厂。

蜜子是我三姑的日文名字，她从小学毕业后就在纺织厂工作，已经三十几年。

"它是一个几十年的老牌工厂，就算工人少了，也不至于生意就没落吧？人总是要穿衣吃饭，不是吗？"我问。

怎么可能没落呢？它的大王椰子树，从大门进去，成排对称，几十株，四五十年下来，有五层高；那里面的老榕树，枝繁叶茂、密密麻麻、棵棵相连，大得像可以容纳所有乌日禽鸟的森林。那里面的建筑，古老而安静，每一个作业区，复杂而庞大，布滚轮大得要用机器来推，连食堂都可以容纳几百个人轮流吃。从日据时期开始，五六十年了，怎么会没落？

　　"唉，你不知道，现在许多纺织厂找不到女工，工资又贵，就都移到大陆跟东南亚去了。他们在那边用便宜的工资，做便宜货，满世界去卖，打得我们这边的纺织厂没办法生存。我们的一些老客户，尤其是咱们中部地区的中小企业，能移出去的，大多出走了。"父亲说。

　　"他们想换风水，看生意会不会好一点。"弟弟说。

　　"我们锅炉工厂也会受影响吗？"我问。

　　"当然会啦。有新工厂的设立，才需要新锅炉。工厂都走了，我们怎么会有生意？现在主要都是靠以前的老客户，他们想去外国投资，还会回头买我们的锅炉，比较安心。此外就是公家机构的投标案。还好，以前有去参加政府采购，有了资格，不然现在根本没什么民间投资，我们更难生存。"父亲说。

　　在一旁的弟弟接着说："有几家我们的厂商，去大陆投资，他们不敢用大陆的锅炉，怕技术不够，有危险，所以连同我们的锅炉，当作设备投资，把资本额抬高，一起带过去。"

　　弟弟从大专毕业，当兵退伍回来就在工厂做事，父亲要栽培他成为接班人。

　　"大陆的锅炉也不好做，主要是它不承认台湾的安全检查。锅炉外销大陆，安全检查重来。"弟弟笑着说，"你也知道的，检查要送红包，请喝酒。一个锅炉派人去安装、安检，出差费加交际费，就比什么都高。碰到地方搞怪的干部，还要倒赔。现在都不太想做大陆台商的锅炉了。"

　　"可是，怎么连我们工厂门口也贴着'招募工人'的牌子？现在也招不到人？"

　　"岂止是招不到，根本没人愿意做'黑手'了！"弟弟感叹着，"以前我们招人，还有国中毕业生来应征，愿意吃苦当学徒，现在，连一只蚂蚁也没有。"

"为什么？这工作比一般职员的薪水高呀！"

"管你什么高不高，这种工作会弄脏身体，又要卖体力，流汗流滴的，年轻人已经不做了。"弟弟说，"他们只想穿得帕里帕里，去餐厅端盘子，去路上把马子①。"

"我们贴着这个'招募工人'的牌子，已经多久了？"

"一年四季，三百六十五天，都贴着哩！"弟弟笑说。

"中和纺织厂也一样吗？"

"是啊，呵呵呵，它贴得更久了。"父亲说。

"我们比较麻烦的是，工人要训练，要求专业技术。不能随便找。可是现在，我们的工人都老了。那个阿兴，儿子都结婚生子，当阿公了。还有那个阿南、阿裕，年纪都四十好几了，以后他们退休了，谁来做呢？"弟弟说。

"其实台北的几家大锅炉厂都关门了，他们用人多，成本高，干脆关门，把土地卖了盖大楼。我们还没关，是因为我们在中部，土地是自己的，人少成本低，还有老工人作伙打拼，有老客户来照顾。"父亲说。

我想起工人青春时，骑着"野狼一二五"去纺织厂前面等女工的"钥匙俱乐部"，忽然觉悟到，大家都变老了，台湾产业也整个变了。

一九九〇年代开始，电子产业大行其道，新竹科学园区取代了加工出口区。它的技术密集、资本密集的特性，让中小企

---

① 把马子，台湾一九七〇年代的江湖话，奉女生为"马子"。"把马子"指追求女子，和女子交往。

业难以参与，而传统产业面临土地飞涨、人力成本上升，只有纷纷外移，寻找出路。

"我们台湾人真有趣。"有一天，我和父亲站在门口，望着中和纺织厂，忍不住说，"这纺织的外销，明明是国际贸易，是世界性的竞争，其他国家的劳力便宜、成本便宜，也是没办法的，光这样换门面、改风水，有用吗？"

"我才不信这个，根本没有用，呵呵，不然怎么会一直换门！"父亲笑了，"可是我们还能怎么办？"

一年后，中和纺织厂也转到大陆和东南亚投资设厂。乌日的几家纺织厂早已出走，中和纺织厂算是坚持到最后的一个吧。

我的三姑姑也正式退休，结束她三十几年的纺织厂生涯。

2　异国婚礼

一九八九年初，大妹阿玟想去法国读书，妈妈很犹豫，不知道花这么多钱去读书，值不值得，或者干脆把这大约一二百万的钱，留给她当嫁妆。父亲倒是二话不说，帮大妹办了一张联名信用卡，让她可以自由刷卡，经济上没有后顾之忧，然后说："嫁不嫁人没关系，自己能力够强，不需要依靠男人，才是真本事。"

"可女人太强了，怎么嫁得出去？"妈妈担心。

"嫁不出去也没关系。趁年轻要出国去学习，以后没机会了。"父亲思想非常开放。

"那以后她的嫁妆，就是那一张出国的文凭了。"妈妈说。

大妹在法国留学时，父亲曾随团去法国工业考察，他特地带她去巴黎餐厅吃牛排大餐。大妹很惊讶，因为父亲遵守农家祖训，认定耕牛是忠诚的朋友，不可以吃牛肉；更且算命师说过，他命中注定不可以吃牛肉，一吃就破相。可到了法国，他居然大剌剌点牛排。妹妹怕他是为了陪她才吃的，就说：这里有羊肉或者海鲜可以点，你有其他选择。

不料他竟回答："这是外国牛，又不是我们农家的黄牛，台湾农民吃外国牛，没关系啦！"

他毫不客气地吃了一大块，说："这外国牛肉软嫩软嫩，甜美多汁，非常好吃。"他当然无从比较，因为他没吃过台湾黄牛肉。

两年后，大妹留学回来。

不久，来了一个在法国认识的男孩子，刚刚大学毕业，学国贸，来台湾帮法国公司采买东方的传统布料。阿玫个性大而化之，颇有男子气概，借一辆摩托车，带他去逛迪化街、南京西路一带的布料行。迪化街那些百年老杂货店的味道、布料行那种典雅温和的气息，让这个法国年轻人非常震撼，他们相伴逛了好几天之后，终于来我们家喝酒。他可能是高兴，可能是客气，总之一再说多么喜欢台湾，爱台湾。

我见他喝得爽快，有些醉意，就跟他吹嘘说：你这么爱台湾，以后就来台湾住好了，不要害怕，如果碰上黑道白道，无论任何问题，来找我！

这个法国佬，一再学台湾人说："大哥，大哥，我会回来找你。"

不久，他真的回来了。

当然，不是来找我，是找大妹。说了半天爱台湾，原来他爱的是台妹。

妹妹和法国人很快同居。爸妈开化的程度出乎我的意料。他们不觉得有何不妥，反而认为这可能是法国人习惯，住一起对外国人也比较方便。他们不仅去了新居，也买几件家具相送，有点像传统上父母支持孩子成家的意味。大妹和法国人特地煮了法国菜，请我们吃了一顿。

妈妈很单纯，她只希望女儿不要再受她曾吃过的苦，和外国人谈恋爱结婚，上无公婆，下无兄弟，不必煮饭洗衣，不必有古老禁忌，日子比较好过。

然而，等到妹妹想结婚的时候，妈妈却开始烦恼了。

她一直打电话，要我劝妹妹同居就好，不要结婚；不然，就是悄悄去登记结婚，不要办婚礼。

我不解地问："为什么？都要公证结婚了，办不办。有什么差别？"

"很丢脸啊！"妈妈说，"跟一个外国人结婚，在我们村子里，会很丢脸。"

"啊？"我更加不解，因为，既然反对，同居的时候就该阻止，怎么同居可以，结婚不行？

"你不知道啊，我如果拿着喜帖，去跟人说，我女儿要结婚，可喜帖的名字，印的是外国人的名字，这很怪啊！"妈妈说。

我哈哈大笑，觉得她的顾虑滑稽透顶。

"我们三合院的人都看不懂外文，喜帖上印着她的名字，但配偶却写外文，没有人知道她到底跟谁结婚，有点不伦不类。"妈妈补充说。

"可是你可以说明啊，就说妹妹是跟外国人结婚，喜帖当然这样。不然，叫他取一个中文名字也可以。"我啼笑皆非地回她。

"可是和外国人结婚，总是有一点那个怪怪的。咱们古早的戏文，不是都叫'和番'，他们会不会说，阿玟是和番人结婚呢？"妈妈口气犹豫地说。

"拜托好不好，妈妈！"我有些生气了，因为这个说法老得简直荒谬，而且有种族歧视的味道。"不是有很多外国人来台湾结婚，这有什么奇怪的？而且，那个蒋经国，不是跟俄国人结婚，他老婆是俄国人耶。跟俄国人都可以结婚了，法国人怎么不行！"

妈妈很不高兴地说："你妹妹难道要去跟俄国人结婚，你才高兴哦！"

"不是啦，跟谁结婚都一样，只要她幸福，我都很高兴啊！不然咧，碰上一个坏男人，吃许多苦头，像你这样去坐牢，有什么高兴的？"我话一出口，就后悔了，这话绝对不能让父亲听到。

"也是哦。"妈妈口气缓和一点了，说，"哪一国的人都一样，会幸福最重要。可是想到有人议论，说我女儿嫁一个金头发的，一个全身有金毛的外国人，我就不想办婚礼。"妈妈老实地说。

"什么？为什么金头发不行呀？"我很讶异地在大脑里打一个大问号。"人不是都有头发，我们是黑头发，不是吗？"

"我很怕人家说，我女儿嫁一个长得不一样的外国人。"妈妈口气混乱。显然她也觉得自己的说法不通。但我觉得更好笑的是，这种说法好像把女儿嫁给一个有金毛的怪物。这是什么逻辑？

我笑起来说："妈妈，法国人、俄国人、白种人天生就这样，不然怎么办？眼珠子还蓝色、绿色的咧，晚上，有反光，看到会害怕哦。"

"真的哦？会恐怖吗？"妈妈说。

"不是啦，妈妈。"我只好说，"只要相爱，好好过日子就好，你管他是金毛、白毛、黑毛，会疼惜老婆的，就是好毛。"我学着邓小平的话，但妈妈没有笑，她依旧忧心。

"其实他们私下去办一办手续就好，怎么一定要办婚宴请客？"她说。

"妈妈，你这样讲很没道理。"我生气地说，"可以同居，不可以结婚？可以结婚，不要办婚礼，这是什么道理呢？"

说到底，她真正怕的是被人议论，而外国人在保守的乡下，会被视为非我族类——从身份、名字、语言甚至毛发的颜色。所以她宁可接受同居，也不愿意公开宴客。

为了说服她，我决定举另一个极端的例子。

"我有一个朋友，他的同学和一个美国的黑人谈恋爱，要结婚。她的爸爸妈妈反对，哭得死去活来，直说没脸见人了，更不必说办婚礼。可是没办法啊，有孙子了。后来，他们结婚了，回到美国去住，过得非常好，幸福美满，小孩子好漂亮。后来，那男人考上美国外交官，现在去非洲一个国家当大使，那女儿，现在是大使夫人，堂堂正正的美国大使夫人，不是很好吗？"

"哦？"妈妈有些动摇了。

我于是说："现在，大妹就是要堂堂正正办婚礼。你不要担心，搞不好，我们亲戚都很喜欢法国人哩！"

"真的吗？"妈妈随口说。

"真的，万一被传出去，说你女儿跟外国人同居，不敢结婚，这不是更难听。"我恐吓她。

"哦，真的哟。"她吓到了，"那快快办一办！"

"爸爸有说什么吗？"我问她。

"爸爸很高兴，赞成去结婚，他还说，法国人不错，白兰地很好喝。"

大妹结婚那一天，家族的亲戚来了很多。他们都要来看一看"魅寇的法国女婿"。不会说法语的父母亲坐在主桌上，和法国来的"亲家母"比邻，他们客气地微笑、敬酒，和亲戚打招呼。

那法国女婿的妈妈，是一个典型的巴黎贵妇人，平时住在塞纳河畔的高级住宅区，墙上挂了一些当代艺术家的名画；她年纪不算小，却还在罗浮宫学画，身材高挑，衣服穿她身上，自有一种优雅的气质。她别的没学，倒是先学会了"你好、谢谢"和最重要的"干杯"。

妈妈穿着日式和风的洋装，身材娇小，和那法国贵妇站一起，显出一种文化的对比。她们人一起站起来，去敬酒的时候，让我看得直赞叹，心想，文化的差异确实存在，但就是这差异，才显现出文化有那么不同的美。

因为语言不通，起初婚礼进行得有些陌生客套，后来，父亲带着母亲、那个高大的法国女婿"葛浩博"（他的中文名字）和他的妈妈，一桌一桌去敬酒。葛浩博不太会讲中文，只会"你好"、"谢谢"、"好吃"之类的，但新学的一句"干杯"和"甘拜（即日语'干杯'的音译）"，就把许多亲戚搞得爽极了，众人都一起干杯说："水哦（闽南语，'水'即为'漂亮'之意）！水哦，这个都会讲，可以当台湾女婿了。"

那法国贵妇也学会了说"甘拜"。我们的台湾亲戚一听，都展现出一种未曾有过的异国热情，一起举杯，喝得达底。

"魅寇，你这个法国女婿，生得还真缘投（闽南语，'英俊'之意），人也很好逗阵，真不错哦！"我的叔公们坐一桌，用闽南语这样称赞。

"那个女婿的妈妈，那个法国婆子，年纪不算小，可是看起来还是很漂亮。真是比咱乡下查某更会保养！"有人这样议论着。

父亲很有面子，就说："这个女婿，从法国追到台湾，要来跟阿玟结婚，真有诚意，真赞！"

听到这些话，妈妈终于放心了。

后来，大妹生了三个女儿，这些混血儿个个长得眼睛明亮，五官分明，可爱漂亮。父亲总是张开双手，迎着他们说："来，小番婆子哟，这么可爱，让阿公抱抱！"

3 流浪与归宿

父亲爱流浪的个性，遗传给我们兄妹四人。大妹去法国读书，小妹去美国读书，弟弟继承公司业务，为开拓市场，常常跑大陆和东南亚。我则为了研究大陆的社会变迁，从一九八九年开始辗转到大陆采访旅行，有数十回。一个家，如果所有人都爱流浪，必定难以聚集齐心，幸好还有一个保守而愿意承担所有责任的母亲。

有一年重阳节，妈妈要找人返乡祭祖，才发现全部的人都出国。父亲去欧洲考察，弟弟去越南谈生意，大妹去法国出差，小妹去美国开会，我在北京采访。只有妈妈留守家乡，守着家，守着公司。

然而，父亲和弟弟都知道非开拓新市场不行了。台湾很少新工厂开设了，锅炉市场急剧萎缩，未来前景堪忧。一九九〇年代，父亲常常参加工商团体举办的参访团，去大陆、欧洲、美国等地考察。

有一次他从欧洲回来，立即从行李中拿出一个普普通通的米色的碗。那碗看起来比当时流行的保丽龙（即通常所说的泡沫塑料）碗更薄一些，但质地更重一点。他拿给我看，说："这个碗，看起来普普通通，但它有一个很不一样的地方。它是纸质做的。它不像保丽龙、塑料碗，不会被吸收，它是硬纸板加工做成的，可以耐热，耐高温，不会透水，还可以被土地分解吸收，以后就不会造成那么多污染了。"

那时的夜市，充斥着保丽龙、塑料碗、保特瓶（矿泉水瓶）等，乱丢的垃圾，让海洋变成无法分解的垃圾坟场。许多人想禁止保丽龙和塑料碗，但夜市里的环境卫生不良，流行性肝炎会随着夜市重复使用的碗筷迅速传播，政府只好提倡一次性使用的碗筷，但最终就是造成保丽龙的大量使用。大家都想找到解决的办法。

"啊！你真厉害！有想到这个。"我说，"这正是台湾最需要的，一定要有东西来取代保丽龙，不然这个地球会被保丽龙和塑料淹没了。"

当时我在报社工作，一边采访环境运动，一边研究各种问题；父亲平时也不多问，自己看报，自己思考，却很实际，跑去欧洲找到这样的材料，来解决夜市的需要。他认为，只要这东西可做，垃圾可以减少大半。

"这个材料做起来是比较贵，但要政府出面来规定，就可以了。"父亲说，"只是不知道夜市的小店能不能负担？如果成本可以降低，夜市全面用，就可以解决问题了。"

然而，父亲对环保材料终究外行，也不了解市场通路，后来就把这资讯转给了跟我们买锅炉的化工公司。

父亲也曾跟团去大陆考察。他认为锅炉市场非常大，尤其北方冬季使用供暖设备，锅炉不只是工业使用，也是生活必需，如果可以使用高效率的螺旋形锅炉，节省能源，一个冬天下来，省下百分之三十以上的能源，对整体能源的节约，效益惊人。

然而，接触大陆锅炉公司后，他却步了。原因是大陆锅炉工厂动辄数百上千人的规模，人事成本太高。台湾中小企业大多是靠几十个工人支撑起来，根本无法合作，于是作罢了。

我也曾建议他去大陆做泡面，那时"康师傅"方便面还未出现，我每次去大陆出差，总是要帮大陆的朋友带上许多泡面，可见它有很大的市场。但父亲以我们不是此一生产专业而作罢。

但他仍在锅炉协会理事长的任上，与大陆的锅炉安检单位达成两岸锅炉的安全检查认证，让台湾已经通过安检的锅炉，由大陆做文书认证即可。这是他为锅炉业界所做的一件好事。

靠着良好的信誉，公司仍有一些业务，虽然工人变老变少，虽然工作量减少，主要靠公家机关和大企业的招标为主，但公司仍可生存。因此，父亲并不急于赴国外投资。反而是弟弟和一些台商去东南亚开拓新市场。

我未曾注意的是，父亲慢慢在变老了。一九九○年之后，他已经六十岁，体力渐渐不如从前，有时看电视看到一半，也会睡着。过六十岁生日那一天，他的结拜兄弟——凤阳教传人阿显叔全家人特地来祝贺。他一生只有这个结拜兄弟，青年时代一起去打架寻事，一起去金门当兵，现在一起过着当阿公的日子。

仿佛台湾的地方"头人"都有一个最后的归宿：参与一间庙宇，为家乡做善事。六十岁之后，父亲最热衷的是当妈祖庙的主委，在地方做公益，帮贫苦的小学生交营养午餐费，寒冬送暖给穷人，过年过节办祈福活动，为无依的老兵办餐会等等。

当然，各种政治事务也会找上门。例如：小时候在乌日村的菜市场卖猪肉的谢先生要出来选乡长；妈祖庙边某人的儿子要出来选县议员；上面有政治人物来巡视，得动员一些人；某个小庙要改建募款；有兄弟为了争祖产的分配，要找人协调；北部的一间大庙来进香，要煮咸粥小菜做接待；还有庙里的许多志工家里有婚丧喜庆，要去道贺或吊唁。总之，从庙宇开始，拉出一件又一件左关右联、千丝万缕、利害关系、人情义理的网络。

这种网络，可以让一个人、一句话，变成一种实质的影响力，甚至左右地方政坛的动向。

黄昏时，正面朝东的妈祖庙光线有些幽暗，暗香浮动的庙堂中，有些难决的事，父亲会特别来请示。有时他并不特别去掷筊杯，请求神明指示，而是在庙里慢慢行走，东看看，西望望，让自己在烧香膜拜的祷告中，静下心来，把事情想清楚。他总是说："心若有平有正，妈祖就会保佑。"

有一次，澎湖一间妈祖庙来电，说当地的渔民在海边捞起一尊妈祖神像，神像不大，四十几厘米高，是木刻的，因为泡过水，颜色有点淡了，但上面写着"乌日朝天宫"的字样。他们供奉在当地庙里，已经有好几年；但庙的主事者想想，这神像既然有归属，是不是应该让她认祖归宗，于是开始查。才发觉乌日确实有一间妈祖庙，于是自己打电话来联系。

父亲查来查去，没查出朝天宫曾丢失妈祖神像。他担心会不会是被小偷偷了，因看到那不是金身，就被丢掉。但这几年也没有神像被偷。他特地找了朝天宫的老人家来问，也问不出所以然。

最后他决定亲自搭飞机去澎湖查看。他看到那神像底部确实有字，那字因为浸泡海水，有点模糊，但的确刻着"乌日朝天宫"的字样。而更玄的是，澎湖的庙宇主持人说，前一天晚上，妈祖托梦给他，说妈祖以前住的庙，会有人来这里，要好好接待。那庙不大，但父亲一见，就觉似曾相识，非常眼熟，可是，这是他第一次来到澎湖。两边都认为，相认是妈祖的旨意，就特别亲近起来。

4　台湾人的悲哀

一九九〇年代，台湾吹起龙卷风，认同的龙卷风。那时的人们，忽然都像着了魔的郭靖，不断地自问着："我是谁？我是谁啊？"

一九九四年三月，我开车回台中已经深夜。妈妈开了门说："爸爸在等你回来呢。"

"有事吗？"我把车停好，走出来问。

"他看了李登辉的新闻，正想和你开讲。想说，你在台北，会不会比较了解一些事。"妈妈说，"太晚了，爸爸睡了，你们明天早上说。"

隔天一早起床，发现父亲早已吃过早餐，坐在他的办公桌前。

"吃过饭，过来泡茶聊聊。"他淡淡地说。

吃过饭，我在他的大办公桌前坐定。他把报纸拿过来给我看，指着几天前的旧闻说："你看李登辉这样讲咱台湾人，他说'生为台湾人的悲哀'，你看他会不会出事？"

"啊？不会吧？"我讶然望着报纸说，"只是一场访问罢了。何况他是'总统'，别人也不敢怎么样吧。"

事实上，我已经看过了相关的报道，台北知识界有诸种不同争论。我对李登辉的历史做过研究，他是一个极度复杂的人，不会轻易被一眼看穿。倒是父亲和李登辉是同一时代的人，在日据时代出生，在军国主义的高压下成长，青少年时期经历政权转换，而他只是一个寻常的农民，一个力争上游的中小企业主，代表着更多寻常的台湾人，他心中一定有许多我未曾想过的感受吧。这才是我好奇的。

但我宁可不说什么，先听听他的想法。

"李登辉的一些想法，我们年轻人不太了解，你跟他同一个时代，会不会了解一些？"我问道。

他兀自暖茶壶，加茶叶，热小茶杯，泡着功夫茶。平时有些急性子的父亲，此时反而有一种沉静，好像在沉思，这倒出乎我的意料之外。

坦白说，父亲很少和我讨论国家大事，尤其是政治。其中，有一个关键原因是，我从一开始参与"党外运动"，就在台北，回台中是亲情聚会，有意地回避与家人谈政治，以免增加他们的忧虑。他也知道我曾参与"党外运动"，与"党外人士"有所过从，但我基本不讲，有讲也只是虚应故事，所以他干脆也不过问。后来我进入报社工作，有什么事就说是应报社采访要求。他倒也安心。

只有一次，是诗人朋友廖莫白要选省议员，特地来乌日家中拜访，请父亲帮忙。当时他用一种待客之礼，客客气气地接待，泡茶聊天，最后淡淡地答应会"尽力支持"。我不在台中，怕他有地方派系的顾虑，也不敢多问。后来才知道，他花了不少力气，去说服以前派系的兄弟好友，也动员了妈祖庙的朋友信徒，一起来支持。

他很少参与实际政治活动，但总是一个地方上有名望的"头人"，各种乡长、县议员选举事务难免有人来找他参详，甚至一些国家大事，尤其是李登辉挑动政争的时候，总会有一群朋友来家里议论。有一段时间，家里和庙里都是政论的所在，他的朋友多是地方意见领袖；妈妈的朋友则是邻居妯娌，代表着本土的寻常女性，他们两人可以说是我个人的"地方民意测验中心"。

"你看，以前我们台湾人，有什么事都放在心里，不能让别人看透。现在他竟然敢把它讲出来，讲出咱们台湾人的悲哀。"父亲郑重其事地说。

"你跟他同一个时代，你也有一样的感觉吗？"我微笑着问。

父亲泡好了茶，端一杯给我，他自己呼着热茶，喝一口，才接着说："本来，倒是没什么感觉悲哀的，可是他一说出来的时候，我的心内，'敲'一下！他说出咱的感觉了。"

"啊，为什么？你也会觉得悲哀吗？"问题尖锐，我把声调放低一点。

"你们少年人不了解的是'悲哀'这个词。我们这一代人，生下来，就是一个日本人；要不要都一样，户口登记，身份证件，就是写'昭和五年生'，日本国民。你三叔公去大陆当通译，他的身份，也是日本国民。战争结束的时候，他在大陆被当成日本间谍，差一点被抓去杀了，也是因为他是日本国民。"

父亲说。

"这一点，恐怕是外省人很难了解的。他们在抗战的时候，最多在沦陷区被统治，后方还在打仗，准备反攻，忍耐一下，还是有希望把日本打倒。可是台湾人却连这样的盼望都没有。他们不了解，才会说台湾人有奴性。"我呼应着说。

父亲喝一口茶继续说："可是日本人，不会把我们当日本人，我们是二等公民，是支那人。等到战争结束，台湾光复了，国民党来了，我们还是二等公民。我们的命运哪有什么改变？"

"所以你也会感到悲哀？"我问。

"就是做一个人，不能决定自己是谁，不能决定自己的命运，这样一种悲哀吧！"父亲说。

"不能决定自己命运的人……"我低声地回应着。

"确实是这样。你想一想，像我这样的年纪，生下来被当作日本人，读完小学，就被美国人轰炸，天天躲空袭。那时候，我们村子死了很多人，你二叔公被美军炸断了腿，我们的稻子被烧光光。那时候，我才十三四岁，一心只想开飞机，去炸了美国军舰，为村子的人报仇。那时候，谁想到会有战争结束的一天？战争一结束，他们突然就宣布，你回来做唐山人。做唐山人当然很好啊，我们祖先就是从唐山，背着一块石头公来台湾的。咱要做台湾的主人了。可是，国民党来了，我们还是二等公民。'二二八'那时候，你三叔公就说过，这种事，在大陆常常发生，想不到他来台湾，还是这样打打杀杀。然后，是美国人来了，他炸完了，现在说是来保护你，我们还要反过来感谢他们，帮助台湾人打大陆，送我们免费的面粉。这个世界，改天换地随便你，我们台湾人呐，像土沙堆里焢地瓜，烧得烫心肝，却只能闷在地底没得说。"

"啊?!"这一次，换成我心里被父亲重重地"敲"了一下。"土沙堆里焢地瓜"，这是很真切的比喻。烧得火红的土，把地瓜包起来，再用泥土掩盖，里面烫熟了，外表却一点也看不出来。

我的硕士论文研究的是"台湾戏剧运动史"，日据时代的知识分子用戏剧来启蒙、召唤人民起来反抗；文化协会、农民组合等知识分子举办的抗争，也都是如此。因此我一直认为，台湾民族运动史就是一部反抗史。只是，我过去的阅读与书本记载，都未曾料到"殖民地人民"心中的真实感受，那种悲哀与无奈，是如此真切地显现在父亲身上。

是啊，五十年的被殖民历史，并不是一开始就写定有"五十年"，时间一到就结束。而是到战争快结束了，才决定它归还的命运，那和大陆的八年抗战是完全不同的。八年抗战还有可以等待的后方，有人可以帮你报仇反攻，有游击队和地下组织在支撑对抗。台湾人没有后方，没有盼望，没有选择的余地。

几年后，等到一九五〇年代，美军协防台湾，台湾人又得开始接受美援，吃着美援的面粉，忘掉美国曾经的大轰炸，并且感恩美国的施舍。生存其中的小老百姓，感受如何?

妈妈此时走了过来，我端一杯茶给她。她并未坐下，只站着说："日本时代呵，治安真好。日本人很凶，很严格。一个小偷被抓到，一定打到半死，所以没人敢当小偷。"

"半夜门没关，都不会有人偷。"父亲说，"这个日本教育，日本法律，确实很严格。日本人虽然很严格，但大家一样照规矩走。不像国民党来了，没规没矩，看谁的拳头大只，谁有权有势，谁就可以拿去吃。"

"虽然日本警察很坏，可是日本老师，真的很好。"妈妈叨念着说，"为了让我继续去上中学，日本老师特别来我们家拜访老祖母，拜托让我去读书升学。可惜，老祖母说，一个女人，以后就是结婚生子、煮饭洗衣，花那么多钱读书，又不能当嫁妆，有什么用？我就这样失学了。坦白说，日本老师爱惜孩子的心，我永远会记得。"

"我们乌日的日本老师，都很凶。学生不听话，一个巴掌呼下来，打得我头晕目暗的。"父亲用一种夸张的手势比划着。

"是你自己太皮啦！"妈妈笑着说。

我默默看着父亲，想起他开着车的时候、洗澡的时候，会不经意地唱着森进一、小林旭、美空云雀等人的歌。平时没事也会开车去唱片行，买一些新出的日本演歌录音带，放在车子里听。

喝醉了酒的父亲，常常和朋友就敲着桌子，唱起日本演歌。

他的兄弟妹妹都是用日语互相称呼。他们叫爸爸是"尼桑"，叫大姑姑是"内桑"；他们也各自有日文称呼，例如三姑姑叫"蜜子"，小姑姑叫"静子"。父母之间，或者他们和几个姑姑之间，有什么悄悄话要说，怕小孩子知道，就会刻意用日语交谈。受日本小学教育长大的他们，仿佛有一种共同的记忆。那是一种童年的记忆、青春时代的美好、共同成长的经验等等，一起交织而成的难以分辨的情感。

那跟我们这一代人唱着美国民谣，听着 Bob Dylan 和 Joan Baez 的反战民谣，跳着 Bee Gees 的 Disco 舞曲长大，有时夹杂着两句英文的道理或许是一样的。

然而，我们两代人，果真是受着不同的教育长大的。他唱日文歌，我唱美国民谣；他喝日本清酒，我喝威士忌；他会用日文去找资料，我们用英文找资料；用萨义德的概念来看，我们毕竟接受不同的"殖民文化"，所以有不同的"殖民遗留"吧！

"那台湾光复以后，你不觉得自己是主人吗？"仿佛探知到父亲那一代人内心所显露出的微光，那平时他不轻易为人知的世界，我忍不住继续问。

"说真的，光复就是光复了，咱老百姓实在没什么感觉。只知道那时，不必再交米粮，不必再半夜偷偷杀猪了。你知道吗？战争后期，我们的东西都被日本人征调了，自己什么吃的也没有，台湾人，太苦了！"父亲说。

他说的是战争后期，日本政府征调了所有资源，米粮管制，食物管制，甚至连养几只猪，要杀猪，都得交上去，剩下的一点猪肉，才能还给你。那种拮据，确实很难想象。

"我们南屯，"妈妈说，"隔壁有一个人半夜偷偷杀猪，第二天他们邻居看到地上有血迹，因两家平日有仇，就去密报；日本警察来了，被抓去拘留二十九天。为了吃一块猪肉，打得都吐血了。"

"日本人统治的时候，我们没得吃，要交上去。国民党来了，不必交上去，他们是直接就拿去吃。更鸭霸啊！发生'二二八'事件之后，我们连讲都不敢讲了。"父亲感叹说，"日本人统治，严格得不得了，但有法可管，大家都照规矩走。国民党不一样，它没有法律，没有规矩，有权力，有刀枪，就是法律。你可以骂日本人，只要不犯法；国民党不行，骂了要出事。我们是吞忍再吞忍呐，心里想什么都不敢说，不能说，说了要杀头。几十年下来，我们都不敢想象有一天，有一天，台湾人可以做自己，做这一块土地的主人。连悲哀都可以说出来了！"

啊？连悲哀都不能说出来的压抑的心，那是什么样的感觉呢？有一天，因为有人说出内心共同的悲哀，而感到震撼的心情，又是何等的悲哀？我想起北上读大学，父亲叫我千万远离政治，真正原因，竟是在这里。

我仍想了解父亲的想法，于是逗他说："那日本人有好的，也有坏的吧，你以前去日本买专利，他们偏偏不给，也是唯利是图。"

"日本人还是很厉害，科学很先进，有不少发明。"他笑着说，"不过，再厉害也不如美国。两颗原子弹，就把日本炸平了，乖乖投降。什么神风特攻队，死再多人都没有用。要有先进的武器，才是老大。咱台湾，算小尾中的小尾，连小鱼都算不上，是虾米。人家是纵贯线老大，我们是跑腿小弟。"

"台湾人也很优秀啊！"我笑着说，"他们不卖给你，还要你出高价。你不是三个月就发明出来了，这样的台湾人，也不错啦。"我笑着拍他马屁。

"不能这样讲啦，还是他们先有技术，我们才偷吃步去研究出来的。"他正经地说，"如果它是我的专利，我也不卖给他。开玩笑，我花了几个月时间，才磨出来的技术，怎么可能便宜就卖给你？后来我不是申请了十年专利。一样的道理。"

"可是，如果你有机会受到更好的教育，有好一点的环境，说不定先发明的人是你。"我说。

"所以啦，我本来觉得'生为台湾人悲哀'，好像有道理，但我曾经跟日本的技术拼过，我没有输。我自己做出专利。这就是一种气魄。"

"气魄？"

"对付日本人，要记得，不能求饶。即使战死，也要像一个武士，站着死胜过跪着杀头。如果你软弱投降，他会像切豆腐一样，根本不把你放在眼里。对付日本人，没有软弱，只有战死。"

"哦。确实是如此。"我想起日本武士电影里的一些场景。

"不是怕死，就不会死。做一个台湾人，做一个有气魄的男人，战死了都不怕，有什么好悲哀的？只是，该吞忍，就吞忍，几十年都要等待，等待时机，再站起来报仇。你要记住，做一个台湾人，悲哀是没有用的。"

"哦，明白了。"我在心中说，"他想跟我讲的，就是这一句。"

一九九○年代的台湾，经历五千年历史未曾有过的变革，改变了五千年的专制政体。"国会"全面改选，停止"动员戡乱"，国民党分裂，"总统"直选，民进党"地方包围中央"，一直到二○○○年"政权"轮替，这是一场翻天覆地的巨变。生存于其中的我们，只是顺其自然地讨论、议论、争论、吵架、喝酒、欢欣、悲伤、投票、当选、落选……一轮又一轮地选举，不断轮替下去。从长远的历史来看，最后终究不分蓝绿，由所有人共同完成了"历史的变革"。

父亲不再悲哀，他变成一个热衷议论时政的人，随时看报，关心时事，有时还打电话问我有没有报纸上未刊登的真实消息。他内在的压抑，终于释放出来。

后来有线电视在台湾普及，谈话节目风行后，他成了谈话节目的忠实观众。重听以后，他老是把谈话节目开得特别大声，好像家里有人在吵架，他却看得哈哈大笑。

多年以后回想，我才真正了解，政治上"解严"开放、两岸开放、民主改革、蓝绿争执只是一种表象，一九九〇年代台湾的真正关键是要"做自己"，那是一个寻求"自我认同"的开始。

那只是政治的诉求，更像是一种内在的召唤，一种解开悲哀、想当家做主的自我意识的萌芽。那是一种"主体性"的追寻。

5　遗失的农村

一九九〇年代，当欧美陷入成长困境之际，亚洲的高成长反而成为他们艳羡的对象。日本与亚洲四小龙的成功模式，一时成为研究的显学。

一九九四年秋天，我赴斯坦福大学进行为期半年的学者访问时，正是亚洲经济奇迹的研究高峰。以日本为首，四小龙为辅的亚洲发展模式，突破欧美资本主义发展理论，被称为"雁行理论"——即一只大雁带领，一群小雁在后面跟随，带动整个区域成长。而这个区域的哲学思想——儒家、社会组织——传统家族互助功能、农业与工商的互补结构、爱好储蓄的民间美德等等，都成为探讨的重点。学者研究指出，是这些结构性特质，塑造了亚洲经济奇迹。

斯坦福大学有非常漂亮的校园，一流的图书馆，新鲜活泼的课程，多元多样的课外文化活动，宽广古老的建筑，运动活力十足的绿地，现代化的购物中心，方便的生活机能等等。更重要的是，它有一种宽广的世界观，在课程与讨论内容上，给我带来许多启发。

在这样的环境中，我慢慢安静下来，一边听课，一边把几年来的大陆采访经验进行整理，准备写书。我总是骑着自行车，穿过校园，上午听课，中午去听一听感兴趣的小型讨论会、文化活动，下午在图书馆整理资料。那图书馆资料之齐备，远远超出台湾和大陆，一个国家的知识力高低，在此一目了然。

而开始使用网络的校园，竟可以透过网络去租房子、买自行车等，对一个还在使用传真机、报纸广告、电话的台湾学生，简直不可思议。更不必说电脑连线的查询功能，让校园的知识力快速积累。

那时，网络才刚刚开始，谷歌还未诞生，但用几个关键字可以在学校的资料库里查到相关文章与研究论文，仍让我震撼不已。这已经不是电脑的功能，而是知识力的比拼。谁拥有强大的知识搜集分析能力，谁就是未来的主导者。

当时美国校园里依旧一片研究亚洲经济奇迹的热潮，商学系等更是。可我眼看美国进步的资料库发展，一边回想台湾和大陆落后的资讯处理能力，以及整个污染的环境、混乱的公共交通、危险的卫生环境，不禁感到汗颜。

尤其在那么典雅漂亮、贵族般的校园，听着美国学者把亚洲经济奇迹讲得天花乱坠，我就感到心虚。就好像听着有钱人在称赞穷苦人家的屋子多漂亮一样。

下午坐在图书馆角落里，我想着小小的岛屿家乡，想着贫穷的、奋斗的、努力要生存下去的故乡的父母和亲人，就觉得故事的真实，不是像美国人所说的那样。

储蓄率高？因为我们没社会福利，只有靠农民的储蓄习惯。

人民勤劳？不然农村赚不到钱，要怎么生存？

儒家思想？我们只有乖乖劳动，听命行事，不然在戒严体制下，谁敢起来反抗？

快速现代化？我们是被美国、日本这些国家拉着走，能有什么选择？

高素质的劳动力？我们用女工的青春，用最便宜的工资，用家庭即工厂的辛劳，换来生存的机会，所以我们唱着《孤女的愿望》。

高效率生产？我们用干净的土地交换污染的工厂，用清新的河流交换重金属的沉积，我们用生命交换了经济的成长，有什么效率？

而所谓"雁行理论"的成长模式，无非就是公害输出而已。日本在一九七〇年代输出公害，把农药厂、污染工业引进台湾，造成后来的环境污染；现在台湾把污染工业转进大陆和东南亚。更多的是，不断移动的资本，寻求更便宜的劳动力和不必支付环境成本的便宜土地。

真正的技术，怎么可能转移？父亲在一九七〇年代去日本学来的螺旋形锅炉，难道不是自己研究的？日本人会送你吗？

我想起小时候母亲的逃亡，爸爸卑躬屈膝去借高利贷，叔叔也被通缉；祖母为了卖地而流下眼泪，妈妈和工人半夜还在加班、我们工厂的工人站在门口抵挡讨债者的逼迫、纺织厂的女工每天去夜间补校上课、星期日早晨男女相约的"钥匙俱乐部"……这一切，难道不是我们的汗水和青春？

那些牺牲的河川大地，那些失去土地的流浪农民，那些小镇里默默付出的女工，那些家乡失去的纯真岁月，这一切的一切，都不是亚洲每年 GDP 的成长数字所能呈现的。

我们本来还有农地，但在经历过一九七〇年代的高速增长、一九八〇年代的金钱游戏狂飙的洗礼，我们几乎一无所有，这就是代价吗？

这些能叫作"奇迹"？

最重要的，有些人认为，是威权体制才能带动高速的经济成长。台湾、香港和韩国、新加坡都是如此。这意思就是说：为了经济成长，独裁有理，威权必须。等到经济有所发展，就会走上民主之路，一如台湾。

然而，真相是这样吗？台湾的民主，真的值得这么高的评价？这些欧美的学者，有谁实地采访过选举的现场？

这让我想起在台湾最南端，采访过的一场选举。

那一年冬天，我去台湾南部采访县市长选举。有一个好朋友正在帮他的亲戚助选，整个活动已近尾声，再过两天就要投票了，胜利在望，他颇感兴奋，要我去看他们经营的县市。

到达时已是晚上。依照地方"接待"惯例，朋友派了一部车来接，吃过晚饭，我们去竞选总部看看。总部的人气旺盛，插满了竞选旗帜和海报，许多支持者坐在门口的广场上聊天，戏说会不会当选的各种传闻。

朋友笑着说："这是表面的戏场，给人看热闹，聚人气的，我们去看真正操盘场子。"

场子在候选人的老家，一间古老的三合院。三合院是砖造的，建筑有些老旧，但映着两侧的水田光泽，有一种农民的沉稳和厚重。三合院的晒谷场不小，可以停放十几辆小车，当时已经有五六辆小轿车停着。院子外面，则有五六个警察在站岗，看起来有点戒备森严。

"咱们这里有什么问题吗？是不是怕对手来抗议示威？不然怎么有这么多警察？"我有些讶异。

"不是啦，咱们乡下，不玩你们台北那一套抗议示威。我们这边和警察关系好，他们是派来保护的。"朋友笑着说。

他引着我进入了三合院的边厢里。那厢房在东面，窗外便是水田。

主人请我在一张大通铺的榻榻米上坐下以后，接过名片，奉上茶，只看我朋友说："他是你朋友哦?"

我朋友点头道："自己的兄弟，十几年了，没问题，咱们自己人。"

"哦！这样比较好讲话。"他说。

这主人是整个派系的灵魂人物，虽然不出来选举，但操盘的事都由他主持。他长得方面宽额，眼睛笑眯眯的，一脸和气。只是他口气严肃起来时，那眼神有一种聪明的透视光芒。我朋友未敢笑闹，只是说明我来采访选举，想知道竞争如此激烈的地方，我们能不能赢。

他笑了笑，指着桌上的一沓资料说："现在回报回来的，如果没意外，大概赢将近一万票，我们'大老板'钦点下来选的，不能漏气。"

"本来不需要赢这么多票的，但为了'大老板'的面子嘛，要做得漂亮一点。"他笑着说，"这实在是花傻钱。只要赢一票，就是赢了，何必赢这么多?"

我有些讶异地说："能够赢，怎么不多赢?"

朋友笑起来说："这，你们台北人就外行了。我们这里呵，一票一票花钱去买，你要多一张票，就可能要买两三张，你要赢一万票，就得多买至少两三万票，这得票数，只要能赢，赢得刚刚好就好了，何必赢太多? 那钱，不是白花的?"

我呵呵笑着说："说得正是！我真是台北呆。"

他拿出手上的几张票数统计表。每一个投开票所会开出几张票，各地都有了回报。"就等最后一次的统计了，应该不会有错误。这两天，钱也依照报上来的规划名单，发下去了。"他说。

"那钱要怎么发呢？"我这个台北呆忍不住发问。

"这一次你既然来了，看一下也好。台北大概没见过的。"他说。

我们站了起来，从榻榻米下来，走到另一间厢房。这厢房正是在三合院的转角处。他敲敲门，走了进去，只见一张比床板还大的通铺上，堆满了一沓一沓的钞票，那钞票还不是一千元的，而是红色的百元钞。整个屋子里，充满钞票的臭味。有一个看起来像地方里长模样的人，拿了一本选举人名册，正在和发钱的会计对人数，数钞票。

我讶异地说："这么多，有几千万呐。"

"呵呵，也是需要啦，看选民多少来定的。"他说。

"这样不会危险吗？咱们在这农村乡下的？"

"不会啦。这两天要发钱，有特别拜托警察局派人来站岗。后面的田埂上，我们也有自己人在站岗，避免人家从后面来冲场。"他笑着说。

"原来如此。"我想起门口的那几辆车，莫不是各地村里长来回报和领钱的？

"可是，我还是有一点不明白，"我问道，"你们这么多的钱，几乎是一整车的钱，要怎么运回来？难道不怕被抢？"

"呵呵呵！聪明。你问到重点了。"那老大高兴地说，"我带你去看看，我们怎么把钱带回来的。"

他走到三合院的后门，打开一看，一小座广场上，停有三辆车。一辆宾士500的新车，一辆BMW轿车，第三辆，却是出奇破旧的老裕隆一千八百CC车子。

"我们开了这三台车去载钱的，你来猜猜，我们怎么运回来的？"操盘老大说。

"这个嘛，用宾士车开道，BMW 开中间，运钞票，裕隆破旧的这一辆在最后面，如果有人想追上来抢，可以用裕隆去撞，断后，前面两车立即跑。"我说。

"呵呵，你想过吗？如果人家从前面堵住了，你怎么办？"

"后面的裕隆挡，前面的宾士撞出一条血路，中间的 BMW 冲出去。"

"如果我们被押住了，抢走那一辆运钞车，怎么办？"

"哦！"我有些语塞，说："这个可能要再考虑一下。不过，你们实际上怎么做的？"

"我们把裕隆开中间，用来运钞票，宾士和 BMW 用来保护。"他说。

"为什么这样做？用宾士、BMW 来掩护吗？"我问。

"也不是，是用来保护的。"那老大微笑了，"你想想，如果这车子被押走了，他们开宾士、BMW 转眼就走人，我们如何追得上？"

"所以呢？"我好奇了。

"所以，实际上我们是把钱，放在这破破的裕隆车里，前后再用宾士、BMW 来保护，真正的重武器，都在这上面。如果半途上，有人要抢劫，就算劫走了裕隆，这破车也跑不远，他们如果要换快一点的车子，也要花时间。我们立即去追，他们跑不了。"

我看着那一辆破破的裕隆，叫一声："妙！"

这果真是选举操盘人才会有的经验与智慧。

选举结果，那位候选人高票当选。这一次，我算是彻底认识了地方选举的奥妙。

台湾的民主化，有各种美名与丑闻，"宁静的革命"是一种，"悄悄地买票"是一种；都是默默进行的。它们并不相悖，而是并存于台湾。

对追求过、参与过民主运动的我，眼看着民主的落实，既没有西方的欢喜歌颂，也没有过高的期待。我只知道，有什么样的选民，就有什么样的选举结果。要有人愿意接受买票，才能靠买票当选。不必讶异，也不必欢欣。与其期待民主带来多少社会的进步，不如期待人民素质的提高，否则，威权政治依旧可以透过选举，长期统治。

所谓"经济发展会带来政治民主化"，台湾或可印证，但它不保证民主的精神得到实践。总之，民主只是一个公平公正的选举程序，选出什么领导者，要看由什么人来投票。

然而，当时一起在斯坦福大学研究的大陆学者朋友却对此说颇不认同，认为这种说法，会给当权者反对实施民主的借口。他们的理由总是：人民素质不够，所以不能实施民主。但如果永远不实施民主，怎么可能提升人民的民主素质。而我认为，素质的提升是需要时间培养的。人的思想与文化，不可能因为有了选举，就一步到位，有民主选举，不一定就有了民主精神。而包容精神，更是从独裁走向民主的过程中，真正的难中之难。

二〇〇一年，台湾经历政权轮替，由民进党执政之后，我在北京和一位老学者有几度的深谈，还有了一段争论。他认为，只要执政者有意愿，好好实施民主，中国人是有素质、有能力实现民主的。他的观点是，当年在延安，为了实现民主选举，即使老百姓不识字，也可以用画人头的方式，把候选人画出来，在候选人像前摆上投票箱，人民所投的票也不必是有名有姓的票（因为投票者不识字），而是一颗颗染色的豆子。

"你选谁就把豆子投给谁，这不就可以实施民主选举？关键是要有真正实现民主的意愿和胸襟。"他说。

我于是举了台湾的贿选、作票①、绑桩②等选举黑暗面给他听，主张一定要做好民众教育，好的民众素质，才是民主的基磐。民主只是一个程序，它自身不一定能实践出正义与公平的价值，结果如何，是由投票的民众来决定的。所以一样是民主制度，有菲律宾的民主、拉丁美洲的民主。但他认为，民主唯有靠选举实践出来才能落实。只要当政者有诚意实施民主，仍可通过教育、制度设计、宣导等等，慢慢实现。民主更是一种价值。

为了让他看一看民主选举是什么模样，我建议他来台湾直接观察。他也充满期待地同意了。

但过了一年多，他就在北京过世了。我们的讨论，成了永恒的悬念。

6 遗忘的设计图

父亲开始有退化的迹象，大约始于二十一世纪的开头，他七十岁以后。

我还记得二〇〇二年世界杯足球赛在日本和韩国举行的时

---

① 作票，台湾选举的特殊产物，意指在开票的过程中，将原本投入的得票数加以改变，其做法甚多，过去"戒严时期"，有突然停电，再将想要的票投入，或假报得票数，或将甲的得票谎报为乙的票数等手段。此唯有靠选民自觉监察开票过程，才能避免。民主改革后，即很少发生。

② 绑桩：即以金钱利益交换，使各村里支持者努力拉拢人来投票，以求达到一定的得票数。

候，我每个周末回台中看孩子，陪孩子看足球，踢足球。当时就不时听见父母的争执。

"你是不会煮饭吗？这个菜不放盐，可以吃吗？"父亲生气地说。

妈妈只是说："你每次都吃那么咸，对身体不好。"

"没放盐，人吃不下去，身体会好才奇怪哩！"

他气得自己去厨房拿盐巴撒上去。他一加，当时小学四年级的儿子小威睁大眼睛，朝我做鬼脸。我也同他做鬼脸，表示这种事，就由着阿公任性好了。

可是一吃，老天，真的是太咸了！

我们都劝说他不要吃这么咸，会伤到肾，他反而更生气。妈妈只能默默忍受，把菜分成两盘，一盘是让他自由添加盐巴。

到了晚上，我们想看足球转播，父亲想看政论节目。我们于是分为楼上楼下，各看各的。但父亲的电视机开得好大声，直传到楼下。

每天晚上饭后，他总是坐电视机前看一群名嘴议论政事，转来转去，看各家对骂。要不然就是看 Z 台的日本摔角，看日本主播用非常夸张的声音大喊："啊，啊！啊——！这是最后一击，这是他拿手的十字架……"

"阿公都看很暴力的电视台，不是骂，就是打。"儿子小威说。

电视机的声音，愈放愈大声，让小威难以忍受，要求他开小声一点，但他用一种很惊讶的表情说："再小声就听不到了呀！"

一个医生朋友听了我的叙述，好意提醒：这不是父亲无理取闹，可能是人老化了，他的味觉、听觉器官变迟钝，所以觉得菜没味道，声音听不到。这是退化的迹象，一定要小心，带他去检查。

检查的结果是：阿兹海默症，会逐渐退化下去，没有有效的治疗方法，只有延缓他的退化。虽然买了各种可能的药物，包括出国去买或托人带回，但现代医学的极限就是这样了。

一切仿佛时间列车，只能前进，无法回头，它拉着父亲，往世界的另一头，不断开下去。

有一段时间，他会突然站住，仿佛忘记什么事一般，想着自己下一步要做什么，站在楼梯口叫道："秀绒啊，我本来上楼是要做什么？"

"你不是说要剪指甲，要拿指甲剪？"妈妈如果知道，就会这么回。但更多的时候她当然不知道他在想什么。

他开始跟自己生气，变得不太讲话。他遗忘的事情愈来愈多，包括他自己曾做过的。

有一天，父亲坐在设计桌前，从资料柜里，拿出一沓锅炉设计图纸，慢慢地看着。他看得很仔细，仿佛检查每一个管路、每一根钢管。我以为他想交给弟弟做成电脑资料，以后可以使用，便不打扰他，只是泡茶给他喝。

可过了一阵子之后，他抬头对妈妈说："这个设计图，画得很好。是我们公司里头谁画的？"

妈妈望着他，眼神温柔地笑着说："唉哟，你都忘了，这是你以前画的。你以前很聪明，最会设计了，你自己都忘记了。"

"啊！是这样哦？我自己都忘记了。"他有些不好意思。

他最舍不得离开的是妈祖庙的工作。担任主委近二十年，他用尽一身杂学，把一间庙宇，从无到有，建成宏大的模样，这是他最感自豪的成就。每年除夕的开庙门活动，是他永远的坚持。

由于日渐退化，妈妈怕他开夜车危险，便由我带他去参加。

除夕之夜，家家户户的围炉年夜饭都结束了，街道上一片冷清。

往年，父亲总是西装领带，米色风衣，一身盛装，开着那一部十几年的老派宾士车出去。现在，换我当司机，他坐在旁边有些高兴地说："每年开庙门的时间，就是天庭开门，很多人来抢头香，保佑一年大吉大利。你能来，真好，真好！"

庙前的广场上，许多认识的乡亲站在庙口等候。看到了父亲，笑起来说："魅宼，你来了，庙门就是要靠你来开！"

他笑着和许多人打招呼，精神非常好，整个人元气十足。

他走进庙里，开玩笑地说："今年妈祖会很高兴，这么多的人哟！"

等候的时间，他有些恍神，发呆片刻。十一时许，庙里的同仁告诉他，过了子时，可以开庙门。

他高兴地站出来宣布："现在子时已过，我们来开庙门。"

有人敲起大锣、打大鼓，有人打开大门的锁头，庙大门全开。此时，外面等候的人群一拥而入，点起了香，一起在妈祖神像前，虔诚地站着。

父亲拿着香，站在最前方，带领众人祝祷。他朗声说："弟子杨铭煌，今日带领我们的信徒，来为妈祖开庙门，迎接新的一年，也祈求妈祖，保佑咱的家乡，合境平安，国泰民安……"

随后他站在一旁，看着信徒一一参拜，祈求家庭的幸福安康，我看他有点累，便问道："爸爸，我们要不要回去了？"

"哦，很好，可以回去了。"他转头对庙里的工作同仁说：

"明天一早还要来主持，我就先回去了。很晚了，大家卡辛苦。"

整个人看起来是如此平安，仿佛阿兹海默症一时都消失了。

隔天一大早，他起床上过厕所，刮好胡子，先上四楼拜过祖先，再穿上西装和外套，整整齐齐地打上红色领带，整个人精神奕奕，吃过大年初一例行的素食早餐，就拿着宾士车的钥匙，发动车子，准备倒车出去。不料，他的角度没拿捏好，斜斜地撞上大门的左边门柱，发出"砰！"的一声。

妈妈紧张地跑出来一看，大呼："阿浓，你过来一下！"

"哎哟，你不要再开车了。不是说让孩子载你就好了！"妈妈直念着。

"骗瘸仔，我开车开了一世人，什么车没开过，你叫我不能开，这是什么意思？你当我已经是无路用的人吗？"他非常愤怒。

妈妈发觉讲错了，便安抚道："不是啦，你过年前没开好，撞坏了后车厢，车子才刚刚修好，你现在又撞坏了。唉！你不要再倒车了，角度调不准，每次都这样……"妈妈碎碎念着。但不是生气，而是有点心疼。

"阿浓，来，你带爸爸去庙里吧！"妈妈说。

我匆匆忙忙跑出来，请他上车，他很不开心地说："我只是开去妈祖庙，还需要人来带？女人家，紧张什么……"

"没关系啦，有孩子带你，反而很有面子呢！你都当阿公很久了，也应该让孩子服务。"我说。

他的病情时好时坏。有时清醒理智，仿佛还可以管理工厂，但有时精神不济，会恍惚到不知自己在哪里。

有一天，他自己拿了车钥匙，趁着公司的人不注意，一下子就把车开走了。等大家注意到他不见了，已经太迟。公司员工紧张地骑着摩托车在周边到处找，都找不到。妈妈定一定神，说："我们去妈祖庙找找看。"

妈妈到了妈祖庙，只见黄昏的庙前广场冷清清，父亲的车停在庙前，车子没停好，有点歪斜。但人不在车里。

妈妈穿过门前八仙过海的石刻，跨过门槛，进入庙的前殿，没见到他。

她去侧门边的办公室，也没看到。

她走到稍后一点，妈祖神像的正前方，只见幽暗的神像前，父亲一个人，孤零零站着，望着神明发呆。

"魅寇，你怎么一个人来这里？"妈妈柔声地说，深怕突然打扰他，让他惊吓。

父亲回过头来，眼神恍惚，好像神魂不在这里似的，只"哦"了一声，就继续望着神像周边的雕刻和建筑。

"魅寇，你看，这些神像，这些雕刻，这一根大柱子，都是你跟大家一起做起来的！你记得吗？"妈妈牵起他的手说。

"啊，是按呢哦……"爸爸说。

"是啊，很漂亮。这都是你设计的，妈祖一定真欢喜！……"

7 漫长的告别

阿兹海默症，像电影中逐渐 fade out（淡出）那样的感觉，许多事、许多记忆，从父亲的脑海里，一步一步淡化，一点一滴退化而去。

然而，初期失智的他，依旧维持着体面的习惯。一早起来，无论精神多么劳累，他都要穿上西装，端端正正，下楼坐在办公桌前，翻开报纸，前前后后地翻看。有些国家大事，他还会问我的意见。有时他会翻一翻农民历，转头叮咛："你属狗的，今年出门开车要小心。"

但他最重要的工作，是到工厂巡视。

他会拄着拐杖，自己走进工厂，看工人烧焊条，看黑手师傅打铁板，看车床上做螺旋管。他已经不能像以前那样指示工作，但眼神依旧专注严肃，老工人会打招呼说："总欸，你有卡好么？"

身体状况变得更差了以后，走路有些困难，他就只能倚靠助行器。即使如此，每天早晨，他会拄着助行器，一步一步，走过工厂。没有人知道他一天走了几回，他只是循着往日的生活习惯，迟缓地拖行着。

这是相当危险的。制造锅炉的厂房，难免有工人烧焊条、打造铁炉、切割铁块，有些铁块尖锐坚硬如刀，如果跌倒，会造成严重的外伤。因此妈妈特别交代菲佣和工厂的职员要小心，随时注意看护他。

然而，意外总是出现在难以防备的时刻。

二〇〇九年秋天，小妹全家要去上海玩，为了疏解妈妈这六七年来照顾父亲的压力，决定带妈妈一起出门。不料抵达上海隔天，父亲独自在工厂走着，竟因助行器绊到了一块小铁板，突然向前倾倒，他动作迟缓，来不及反应，正面撞伤了脸孔，血流如注，紧急送医。我在台北接到电话，赶回台中，但见他上嘴唇破了一个伤口，人中处擦伤。医院检查，还好，脑子没有撞伤。因为嘴唇受伤，他说不出话来，咿唔安慰我："没关系，只是跌倒……"

我们再三交代菲佣要随时看着"阿公"，妈妈也很快赶回来。但有一天，那个照顾父亲的菲佣刚好期满回国，妈妈又去妈祖庙做每月例行的参拜，父亲独自一人在工厂走着的时候，又跌倒了。

这一次是整个人向后仰，后脑直接撞到铁板，脑部破了一个大伤口，流了很多血，送到医院时，已呈半昏迷，病情相当严重。医生紧急处理做缝合，总算把病情稳定下来。但住院期间，失智的父亲无法控制自己，不自觉地用手去抓纱布，让伤口几度流血。最后只能用棉布手套把他的手捆起来，用绳子绑在床架上。

看着一生好强的父亲，双手被捆绑，只能无言挣扎、愤怒瞪视，我们内心很难过。

农历年前，父亲终于离开医院回家过年。除夕围炉夜，他坐在桌前发呆，无法言语，也无法响应我们。妈妈喂他吃一点流质的鸡汤和软一些的萝卜糕，但他眼神空洞，有时会凝神地瞪着你，仿佛要说什么，但终究说不出来。

不料，大年初二那一天下午，他挣脱了绳子起床，却跌了一跤，整个人摔在地上，半天爬不起来。当时，家人都在楼下，陪拜年的客人聊天，是直到后来大妹上楼，才发觉他在地上挣扎，却爬不起来，也不知道挣扎多久了。

本来，父亲为了摆脱被绑起来的双手，夜里睡觉会大声呻吟，但自那一次跌倒后，夜里反而睡得比较沉。我们未曾料到的是，他坐着的时候，身体呈现微微右倾，竟是轻微中风的征兆。

直到后来，妈妈看他反应愈来愈迟钝，带他去医院检查，才发觉有小中风的迹象。二○一○年三月二十日，妹妹首度给我发了"爸病危，需开刀"的短信，那一次回台中决定开刀。手术后的复健情况也还算稳定，只是阿兹海默症让他日渐衰退，医药也难以挽回。

其后的两年，我常常出国。有一次清晨搭早班机，刚刚出门，妹妹就传来"父危险，可否不要出国"的短信。还有一次，人刚刚到了北京，和约好的朋友才坐下来喝了一口茶，短信来了："父病危，可否尽快赶回？"

父亲的生命，竟像是徘徊在冥河边界的尤里西斯，硬是挺住，但他已经在黑暗的边缘，走不出来了。他无法说话，无法表达，午夜的剧烈咳嗽，往往掏心掏肺一般，整个心脏仿佛都要咳了出来。

妈妈常常听着他半夜气喘、咳嗽、抽痰，就自责不已。

"当初实在不应该叫你回来签字。那一次，他头部受伤，人已经没有知觉，我实在应该让他就这样走了，何必让他多受了这么久的苦……"

"妈妈，不是你的责任。生死，是上天的事，不是我们能决定的。"我总是这样安慰她。但我也不能免于自责，不知道让父亲在生死之间辗转，是对还是错。

好友徐宗懋安慰我：他父亲的晚年，也是在安养院度过，生死之间，这是一场"漫长的告别"。

8　真像是一场眠梦

二〇一一年，为了举办《吾乡稻香》摄影展，我特地带了图片回台中请教妈妈。

那是美国传教士在一九六〇年左右，为基督教媒体所拍摄的一系列台湾社会报道。其中有不少农村生活与劳动的图片，由于它是从一个美国人的角度来报道台湾，许多平时本地摄影者以为太寻常而不会按下快门的场景，反而留下影像。例如播田、插秧、除草、收割、堆草垺（把晒干的稻草堆起来），乃至于农家围坐老灶前，祖母与儿孙坐着小板凳，合家吃着简单朴素的晚餐，露出满足笑容的神情，那样寻常农家的一地一景，那些贫苦劳动的细节，是我们共同有过却早已遗忘的农村记忆，深深打动了我。

由于照片的内容古老，现代的年轻人，尤其是台北的都会人实在不了解，因此要加注图说。然而要写图说出书，我才发现有一些细节是我所不了解的。例如：几个年轻女子双手举高，手上扬着一束束像稻草又像麻线的细丝状的东西，整个画面有舞蹈的感觉，我知道那不是舞蹈，是一种劳动，但不知道在做什么。又例如，除草与插秧是不同的，插秧得身体后退倒着走，而除草则是整个人蹲在水田里，把稻田中的杂草拔起来，细草用力埋入土中使其腐烂，粗草则放入挂在身旁的袋子里，在田埂上晒干。此外，还有农民坐在田埂上吃着饭食点心，旁边放了一瓶米酒，那就是典型的吃"割稻子饭"；农民披着蓑衣，赶着牛，在灌满了水的稻田里犁田，等等，都是非常动人的图片。

而我早年的农村生活经验还不够，我想带回来请教妈妈，以避免出错。

妈妈戴着老花眼镜，仔细地，一张一张地看着，她感叹了。

"啊！这肩上荷着锄头的人哪，他一定刚刚忙完要回家，你看他的身体累累的，肩膀下垂，没什么力气。"

"这一张是翻土，插秧之前，要先把土整个翻过来晒晒太阳，让土松一松，过几天再灌满水，让田里整个淹上水，把土化了，咱们再来犁田，就容易多了。等到水田都平平的，像这一张，你看，田里淹上水，平得像一面镜子，就可以插秧了……"

她眼中充满温柔的回忆。

"你看这一张，我们以前都是这样，挑着点心担，坐在田埂边，叫大家一起来吃。冬天的时候，田水冷得冻筋骨，喝一碗热热的咸粥，真是暖得烫心肝。那时候的人，大家都艰苦，吃得很简单，大家就很满足了。"

"你看，这几个女人扬着手，拿这种丝条的东西，在做什么？"我问。

"可能是把稻草披开来，好取用中间的草秆，用来打草绳吧？这一张照片也是。"她指着一辆堆满稻草的手推车说，"把稻草堆得这么高，就是要载回去用。以前我们连稻草都舍不得丢，总要带回来做燃料，做草绳，哪像现在，在田里就烧了当肥料。"

"有一年干旱，我记得还去借了抽水机，从溪底抽水上来，大家抢着排队灌溉，半夜也在抽。"我说。

"是啊，田若无水，像人无血；就会干死了。"妈妈说，"为了灌溉，我那时候总是半夜，带着那一只狼犬，去上埤那里引水。那时半夜好暗，也不像现在这样，各处都有路灯。那时候，什么光线都没有，我一个人带着手电筒和一条狗，走在布会社高高的围墙边，旁边就是大圳，掉下去有一层楼高，水圳又深，半夜沉下去都起不来。可是为了让田里的稻子有水，我竟然敢这样去引水，现在想起来都会害怕呢！"

"真的，那时乡下普遍都很暗，屋子里只点着五烛光的灯泡，让人特别害怕。"我说。

"你知道吗？现在我半夜洗好了衣服，要去二楼外面的阳台晾衣服，冬天风呼呼吹着，狗再叫起来，我甚至会很害怕。想想以前什么都不怕，只一心怕稻子没水灌溉会干死，今年就没收成，我半夜哪里都敢去。真不敢相信那是真的。"

"现在旧三合院没有住人，连上埤也都没有水田了。"我说。

"这时间，过得实在真快！五十几年，咱种菜园，做瓦片，做锅炉，藏水田，躲警察，重起厝，站起来，到现在，咱乌日村，都快变成都市了。"妈妈喟叹说，"这一世人，活得好像过了好几世人呢……"

"是啊，我们从农业时代，生活到工业时代，现在生活在工商社会、电子时代，我们也都不敢想象。现在什么都靠电脑了。"我指着那一台秀照片给她看的笔记本电脑说。

"很早以前，你三叔公刚刚从南洋回来，看我去你二叔公家接了电话，他就说，现在，透过一条线，就可以听到声音，以后一定可以一边讲，一边看到人。想不到现在真的是这样了。阿玟在上海，我们还可以看到她的小孩子在手机里面大叫：'阿嬷生日快乐呢'。"妈妈笑着说。

"我囝仔的时候，赤着脚在水田里抓泥鳅，吃地瓜，穿破衫，怎么敢想象会变成今天这样。"我呼应她。

"真像是，一场眠梦，一场眠梦啊……"妈妈深深喟叹。

带着妈妈温柔的记忆，怀着一种淡淡的乡愁，黄昏时，我特地带着读小学的小东和小蕾，去乌日老火车站散步，玩猜火车的游戏。

站在稍稍高起来的马路上，我终于看见自己最熟悉的乌日老火车站了。

那煤黑色的铁轨，那扶疏的圆仔花树丛，那铁轨上斜的坡道，是我青春时期最爱去的地方。那里没什么人，我们几个好哥们儿，一起在铁轨边抽烟、聊天，想象有一天，要搭上火车，听着铁轨的乐音，去最远最远的异乡流浪，流浪哟流浪，直到世界的尽头……

我想起以前就读高中时，下课后搭火车回家，列车中有成群的学生，穿着卡其制服，头上戴着大盘帽，手上拿着《狄克逊英文成语辞典》，仿佛一句一句默念着，而其实是低头偷偷瞄着隔邻的高中女生。那些女生穿着绿衣黑裙，或白衣蓝裙，黑鞋白袜，安静低语。有些调皮的同学，则故意嬉戏玩耍，逗女生发笑。

即使是冬天，整个车厢里，有男生的汗臭味，有打闹的调笑，有女生喁喁的细语声，充满活泼温暖的气息。

那时候，冬日提早降临的黄昏，把金色的阳光照射在水田里。刚刚播种的秧苗还未长大，水田有如一面镜子，映出天空中灿烂的红云和阳光。

整个天地，仿佛用浓重的油彩，一层一层涂抹起来的大画。顺着阳光的逐渐消逝，由西向东，色泽层次分明。从金黄到鲜橙，从鲜橙到火光红，从火光红到暗红，再转为水粉蓝，从水粉蓝到粉紫，再由粉紫色转为夜的深蓝。那色泽层层晕染且饱满，如交响乐般，互相鼓荡呼应。日与夜，天与地，如此黑白分明，如此浓郁鲜活。

蒸汽老火车敲着咔哒咔哒的节奏，摇摇晃晃地带着几节车厢的学生，驶过翠绿的平野，行经大片大片的水田，穿过稀疏摇曳的香蕉林的阴影，终于慢慢进入火车站的边缘。

小小的月台上站着穿制服的检票员，木制的栅栏写着家乡的名字。我们走过碎石子铺设的铁轨，铁褐色的枕木，看着铁路边上开着的杜鹃花、四季红、胭脂花、小雏菊、紫牵牛花等等，来到出口。

老车站的房子是木造的，几盏昏黄的灯泡永不熄灭般地照亮着月台上的"上行下行"列车时刻表。贴在老木头上的时刻表，仿佛永远不会改变，时间到了，列车就会回来。

有着浓浓中台湾口音的站长总是说："啊，你是甲的后生哦？"

"甲"是典型的台中口音，意思是"谁"。

受到日本教育训练的站长，一定穿着整整齐齐干干净净的铁路局灰色制服，头上戴一顶帽子，站在出口看站务员剪票，看着我们这一群高中生走出来。他面上带着笑，仿佛这是他自己的孩子似的。

乡下的车站这样小，每个人的面容都带着家族的印记，他仿佛看着面容，就能说出这是谁家的孩子。"一看你的脸，就知道是魅寇的儿子。"他笑着说。

"猜猜看，你们猜火车会从哪一边过来？"我站在乌日火车站的月台上，望着这个古老的风景，问小东和小蕾。

"我猜，嗯，从这边过来。"小蕾睁着大眼睛，眨着翘翘的睫毛说。

"好，那我猜那边。"小东说。

我们坐在月台前等候。一会儿，一列北上的莒光号过来了。带着强大的风，穿过车站旁边的老树，穿过我们梦想去流浪的少年时代的月台，穿过车站前古老的钟，向远方飞奔而去。

9　流浪生死

　　"爸爸又进了医院的急诊室，你有没有事，快一些回来吧!"
妈妈在电话那头说，"他送进医院的时候，喘不过气来，后来还
大小便失禁。现在还在急诊室打针，我怕他有危险了。"

　　这是二〇一三年清明节的午后。

　　这两年多来，妈妈怕我们台中台北两地奔波太累，早已养
成把爸爸病情说成平安无事的习惯，她未曾说过爸爸"有危险"
这样的话。此时说出，显示情况确实危急。

　　那天下午，我带着女儿小茵和她的丈夫回台中。小茵怀孕
四个多月了，她本来就想趁着两天的连续假期，回台中看望阿
嬷。小妹也赶回来了。

　　在医院见到父亲的时候，确实吓了一跳。他的嘴巴罩着氧
气，双眼紧闭，整个人喘不过气来，胸部微弱地喘呀喘地起伏。
许是春天天气变化太快，人的气管无法承受，急诊室里有许多
咳嗽的病人，此起彼伏地咳着。

　　"他今天一早起来，就一直咳，咳得都喘不过气来，整个脸
都红到发紫了。"妈妈说，"后来我看不行了，赶紧叫救护车载
他来急诊。想不到到了急诊室，他的大小便就失禁了。我想起
你祖母以前要去的时候，也是先大小便失禁，一下子，腿一抽，
身体一抖，就去了。我很怕你爸爸也会这样，就赶紧叫你们快
回来。"妈妈的声音哽咽。

　　"那医生有说什么吗?"小妹问。

　　"医生说，他肺部本来就不好，这次可能有感冒，生了很多

痰，堵住了气管，才会这样。"妈妈说。

"医生有给他处方的消炎药吗?"

"有是有，但不确定是什么细菌。医生有抽了痰去化验。"妈妈说。

"你们有什么话，这一次回来，要赶紧跟他说，"妈妈流着眼泪说，"他这一次不知道能不能回来。"

我和小妹走到父亲身边。他双眼本来紧闭着，听到我叫"爸爸，爸爸，我是照浓"，竟然睁开了眼。特别的是，他的眼睛是一种努力睁开着、注视般的眼神。好长一段时间以来，在家里，他眼神都低迷着，仿佛要沉睡了。但这一次，他如此有神，仿佛要诉说什么似的。

我忽然明白，他是来告别的。

怕他听不见，我俯身他的耳边，轻声地说："爸爸，我知道你担心妈妈，你放心，我会好好照顾她。如果有什么事，你都可以放下了……"

他不断喘着气，眼睛随着我的话语，专注地、有神地注视着我。虽然不能说话，但父子连心，我知道他在想什么。

我握着他的手，冰凉、软弱、无力。在死神的面前，我不知道如何表达，只能平静地感受着那眼睛里传达的感情和惦念。

小茵从手机里拿出她怀孕照的超音波，用她半生不熟的闽南语说："阿公呐，我有身了，我要做妈妈了。今年九月就会生了。阿公，你要好起来哦，今年九月，你就要做阿祖了。阿祖呢，你一定看我当妈妈哦!"

父亲用力注视着小茵，仿佛知道她在说什么。

然而他终究累了，喘着气，闭上了眼睛。

隔天，他微微发烧，肺部还在发炎。

再隔一天，发烧依旧，但眼睛已无法睁开，血压降低，喘息变得很微弱。他的身上插满各种管子。下午，血压仍不断下降，他的喘息愈来愈微弱。虽然这是星期日，我们特地拜托主治医生来病房，查看血压、血液含氧量等数值后，他断然下令："情况很严重，送加护病房插管，不然无法呼吸了。"

他立即请护士办手续，让我去加护病房签名。妈妈跟在旁边，愕然地说："真的要再插管吗？"

"他快无法呼吸了。"医生看着护士移动病床，一边转头说，"立即通知加护病房，准备插管。"

真的要插管吗？我在心中犹疑着，却不知道该怎么下决定。我也没有勇气告诉医生，不要这么做。生命，在这个瞬间，只能这样，先抢救再说！

或许，留下一点时间，让他有时间和家人告别吧。明天，弟弟和大妹就会从国外回来了。我这样安慰自己。

是夜，住进加护病房的他，牙齿咬得下嘴唇都破了，流了许多血。我们猜想，可能是因为医生插管，硬生生塞进去，非常痛苦，他坚持抗拒，才会这样。他如果抗拒至此，是不是表明不愿意接受治疗，但他无法说出来？

妈妈心疼得一直掉眼泪："他一定很痛呐，咬成这样！"

病房护士随即走过来："请你们出来一下。"

她站到病房外走廊，用一种谨慎选择字眼的态度，慢慢地说："现在要麻烦你们做一些确认。因为，你们不能够长时间在这里等，而有一些时候，如果有紧急的情况，我们必须马上处理，再通知你们怕来不及抢救，所以要先确认，哪一些急救方法是你们能接受的。了解了吗？"

我们点头。

"如果要急救，可以接受到什么程度。首先，要不要气切？"她的手按在那一张写了许多表格的单子上。

"不要。"妈妈决断地说，"气切以后，就再也回不来了。"

护士在单子上打了勾。"可以接受 CPR，就是压胸吗？"

"啊？压胸？"小妹有些惊讶。

"就是指急救时，用力按胸部，看看他能不能恢复呼吸。"护士说。

"他的骨头，现在能承受吗？"我问。

"是有一点问题。"小妹说，"我读过一篇报道，写过他的父亲死前，被压胸，压得肋骨断了好几根。非常可怜。爸爸病了那么久，肋骨恐怕无法再承受了。"

"那就不要压胸。"我决定说。

"再来，要不要做电击？"护士并不动情，只是例行式地说，"电击大概是最后阶段，试着挽回看看吧。一般效果有限。"

"不，不要电击。"妈妈立即说。

护士走了以后，我和小妹对妈妈说："能做的，就是到此为止吧。不要再折磨他了。"

一切只能看爸爸的生存意志能不能撑下去了。

然而隔了两天，他的病情转剧。气喘更严重，呼吸功能在衰竭。供氧机器全开，才能维持血液中的氧浓度。急诊室医生说，爸爸愈来愈靠机器打氧气，本来想训练肺部功能，让他自主呼吸。结果立即呈现氧浓度偏低，只好再回来加强供氧。

"阿嬷,你恐怕要有心理准备,他回不来了。很不乐观,你们可能要考虑一下,要不要气切。"医生说。

"不要,气切以后再也无法拔掉,回不了家了。"妈妈反应激烈地说。

"哦?"医生有些愕然地望着她。他可能未曾想到,妈妈还想带爸爸回家吧!

次日,父亲呼吸未见好转,气息减弱,脸色灰白暗沉。他的眼睛不再睁开,用手去拨开,只见他眼睛罩着一层蒙蒙白雾。急诊室医师说:"他已经看不见,可能脑部的反应也没有了。"

妈妈悲痛地望着,不知道怎么办。

晚上,妈妈把我们叫到身边,忧心地说:"现在,爸爸已经这样,很难再回来了。你们四个兄弟姐妹商量一下,看是要不要做一个决定,不要再让他受苦了。"

我们都很难抉择。

"爸爸嘴角流出的血,仿佛在说明他不想再受苦了,他想自己了断,只是他没有办法做什么,唯一能做的,只是咬破嘴唇。"大妹说,"不要这样了,他太可怜了。"

"可是,我们如何决定一个人的生与死?"

"如果像医生说的,他已经没有意识,这样艰难地活着,一定不是爸爸要的。他一生好强,每天穿着西装巡视工厂,那样整整齐齐的人,怎么会愿意这样没有尊严地活着?"大妹说。

"但是,我们谁也不知道,他到底怎么想。我们都是为他好,一切想帮他。可是他到底要怎么样呢?"我问。

"他只是无法表达,其实很痛苦,我们都看得出来。我们怎么忍心看着他这样受苦?"大妹说。

"问题是,生命应该是上苍才能做决定的。人各有命,我们怎么可以决定人的生与死？"我说。

事实上，我已经无法判断自己到底是尊重生命，或者只是一时懦弱，不敢下决定。

妈妈难过离开，一个人在床上辗转反侧。

夜深了，我也无法休息，只能继续拿起毛笔抄写弘一大师手书《金刚经》，一个月前开始逐字抄写，只为了回向父亲，现在，终于写完了。接着，我继续抄《心经》。

弘一大师，此时此刻，我该如何做才对呢？一边抄着《心经》，一边这样地用心问着。

生与死之间，我们该如何抉择？怕他受苦，我们该放弃；但如果他还有依恋，他还有未完的宿缘，我们有什么权力去断绝，这是一个人可以做的抉择吗？

夜半，我静静打坐。然而，一切空虚。

一切回归到最初：如果此刻我是他，我会如何抉择？我会选择离开吗？或者还有什么未完的惦念，为这肉身支撑最后一口气？

如果我是他，我会选择离开，我静静地想。

一早起来，我和妈妈说："我们去拜妈祖吧，请妈祖保佑，如果爸爸要走，请妈祖来引度他。让他回到妈祖身边，守护这一间庙。"

妈妈流下眼泪，去准备四果和香烛。她大约知道我想放手了。拜拜完，我们去医院，此时，主治医师来了。

"我们看着他这样受苦，急诊医师说要气切才能维持；我们想，气切后就再也回不来了，我们实在不忍心，可否用最后安宁的方式，放弃治疗？"

那主治医师眉头深锁起来，说："怎么会这样？是突然变严重了吗?"他有些惊讶的样子,显示他并不了解急诊医师的想法,这让我们也感到讶异。"你们等一下,我去检查一下。"

医师先去医疗站看一些资料,再回到病床边看记录与数据,想了片刻,才说:"好像没道理放弃啊,他现在的一些数字有慢慢恢复正常,比那一天插管的时候好一点。呼吸还好,虽然不能自主呼吸,不过比以前平顺多了。至于血液的含氧量,好像也还不错。没道理现在放弃啊!"

"啊,真的?"我们都高兴起来,因为,被急诊室医师说得那么悲观,我们都以为活不下去了,现在听来反而是乐观的。

他直率地说:"如果你们现在要放弃,其实那一天不要插管就好了。何况我已经尽力朝活下来的方向在抢救,逐渐有进步了,现在放弃,实在没道理。你看,这些数值都有进步啊!"

"真是太谢谢你了。"妈妈一听,红着眼眶说。我也难过得不得了。我们差一点放弃了。

"阿嬷,我们一起努力,试试看。你叫他也要加油哦!"医生说。

医生走了以后,妈妈握着他的手一直说:"魅寇啊,魅寇啊,你知道哦?医生说,你有好一点了。你会好起来。你要加油哦!加油哦!……"

那一天中午回到家,妈妈心情变得开朗多了。虽然一夜未眠,她精神奕奕,笑着说:"我带你们去吃一家蚵仔煎的小吃。"

吃过午餐,几个工人走进办公室,问起去南部一家公司安装锅炉的事。因为弟弟不在,她直接把工人叫进来说:"你开那一部车,比较大一点,可以放上工具,晚上记得去吃饭,出差的钱找张小姐拿……"

我在旁边看着，仿佛看见那个陪着父亲走过最困难时期的"头家娘"又回来了。仿佛只要父亲还在，她的力量就在。

这样的情感，要怎么舍弃？

一个多月以后，父亲的病情稳定下来，但插管时限已到，必须拔出。医生非常担心，拔管时会造成气管出血，有生命危险。但他居然熬过去了，只是还必须借助氧气罩。后来他逐渐恢复呼吸，只借助着氧气筒供应一些氧气。如此，他又可以回家了。

主治医师直说："真是不可思议啊！从鬼门关回来了。"

几个月后，有一次我帮父亲按摩肩膀后，轻抚他的头。此时的他，愈来愈像小婴儿，喜欢人抚摸他的头。有时摸一摸，他就会安心地闭上眼睛，睡着了。那一次，我忽然发觉他的头上竟长出细细的黑色的绒毛。我仔细一看，还真是他新生出来的头发，与旧的白发相间，形成极为有趣的对比。

"哈哈哈，爸爸长出了黑头发，哈哈哈！"我很高兴拍照上传，跟弟妹分享。

然而内心里却有些好笑地说："上次为了他的病，我急得几乎白了半个头，好家伙，他竟然可以长出黑头发！"

有一次，深夜打坐完毕后，读着六祖慧能的《金刚经口诀》，读到"颠倒迷错，流浪生死"八个字，想到父亲在生死之间，辗转流浪，仿佛尤里西斯在冥河的边界流浪；想到自己此生种种，也只是从生到死，在时间之河里，无边流浪，一时间，无法自已地湿润了眼眶。

10　为人父，为人公

一九八四年六月，大女儿小茵出生的那天早晨，我第一次感觉到自己和父亲、母亲以及家族血脉的关联。

女儿出生的前一晚，我和朋友喝酒喝到天快亮，已经把母亲准备坐月子的二十升米酒都快喝光了。为了表示豪气，还把二十升的米酒桶子拿起来，直接对着嘴喝，最后和几个朋友睡在我的书房。不料才刚刚睡下，女儿就要来报到了。

那一天早晨六点进医院产房，一直等待挣扎，要直到隔天凌晨才生下来。刚刚生下来，医生就抱着小婴儿，从产房走出来，把婴儿的腿张开，让我看见她的身体，确定是一个女婴，然后说："恭喜啊，是一个女儿。"

"身体都健康吗？"我不知道该说什么，只能如此响应。

"检查过了，四肢健全，身体健康。"医生微笑说，随即抱了进去。

大约有一分钟，我没有离开，仍然惊立当场。我未曾想到，婴儿的面容竟是如此血红，如此扭曲，如此难看。仿佛穿过子宫的幽暗、穿过生死的交关，穿过人世与灵界的边境，那孩子有一种惊魂未定的感觉。

"可这是我的孩子啊！"我在心中说。我立即给妈妈打电话，她高兴地说："呵呵，你当爸爸了！"

那一夜我无法休息，在医院陪着孩子的母亲，直到天微微亮了，才决定离开。

我骑着一台旧摩托车，从马偕医院前的中山北路，骑到民族东路。

天色刚亮，一路上绿树还有浓重的影子，一些植物有晶莹的露珠，初夏的早晨，还有几分凉意。清爽的风吹在身上，拂去彻夜未眠的昏沉，令人精神为之一振。

"终于生出来了。"我高兴地对自己说。坐在医院等待了整整快二十个小时，在恐惧与期待中反复的焦虑，终于结束了。

"然而，我真的当爸爸了？"我恍惚地想。

清晨的街道没什么人，只有几个扫街的妇人，勤奋地挥动扫把，把绿叶清理干净。天没全亮，街道飘着灰蒙蒙的色泽，仿佛电影里还未对好焦距的镜头，视线模糊。

"啊？我真的要成为父亲了？"我半是惊疑、半是迷惑地自问着。

"它有什么不同呢？无非就是多了一个人，一个婴儿？"

"然后呢？生活有什么不一样？生命有什么不一样了？"

"然而，一个生命的来到，跟未来到，有什么差别？"

"生命，原来是那么卑微而血污，像穿过死亡的幽谷而来，它为什么要来？"

"以后会过着什么样的生活呢？"

一连串的问题，在脑海中，开始浮现。以前即使摸到宝宝在妈妈的肚子里踢着脚，也只是模糊地感觉要成为父亲。但具体成为父亲是什么感觉，其实都是想象的。现在，那个肚子里只是有感觉的"它"，真的来临了。用一种如此真实的血肉，在眼前呈现。

"哦，这真的是我的孩子，我的血肉……"

我慢慢骑着摩托车，骑回到民族东路面向机场的家门口时，天色突然明亮起来。前方空空荡荡的机场上方，一轮红色的旭阳，仿佛带着铙钹的金属质地的声音，轰轰烈烈地从东边升起。

它带来金色的光芒。

不知道为什么，一刹那间，那金光仿佛穿透空气，穿透时空，穿透千古以来的时间的局限，忽然穿透我的脑海。

"我是父亲了。而我的父亲，也曾这样，看见我的出生；我的祖父，也曾这样，看见我父亲的出生。每一个父亲，都曾这样看见一个小生命的来临……"

我想起祖父，祖父之上的家族流浪；我想起父亲母亲，想起自己，想起医院里的小婴儿。我们仿佛连在一起，在一条线上。

那是生命之线，也是血脉之线。

每一个生命的肉身，化为精血，成为新的生命，贯穿了祖父、父亲、我和女儿。这是一个延续的生命史，这是古老而未曾间断的生命之流。我们是生物，是物种传承中间的一个，也是血脉，是家族传承中间的一个。

我坐在刚刚射出的阳光中，看它照亮了家门口的松山机场，机场上的跑道，以及跑道上的草地。光线迅速位移，明亮的天光照遍天地。我心中刹那间明白，仿佛清楚看见自己是"谁"。

我曾许诺自己要流浪，到世界的尽头；我曾希望，摆脱这小小的格局，去无限的天地开拓。而现在我明白了，即使再怎么想摆脱家族的纠缠，想摆脱父母的羁绊，想摆脱家庭的束缚，但这个孩子，宣告了我的生命，无论怎么想远离，终究是这一条命运之线、血缘之脉的延续，我是其中的一个，勇敢承续，再也无法脱离。

我坐在早晨的阳光中，知道了生命的局限和无限，知道生命的渺小和绵延。

在这无垠的宇宙中，一个人，一个肉身，一个小点，一条血脉，一个家族，一个民族，最终，只是这生命的无限绵延。

我想着小小婴儿的红色的脸，知道她将成为家族的一个，绵延而紧紧相系。

女儿小茵出生后，满月了就带回台中，由妈妈帮忙带。每个周末，回台中看孩子。我变成一个周末的老爸。

但改变最大的是父亲。在女儿刚出生的时候，妈妈就劝他说："孙子都出生了，你也当了阿公，这么多陌生人在家里抽烟、打牌，空气太坏了，实在没办法带孩子，你就别再带人回来打牌吧。"

他竟然二话不说，立即就同意了。

过了几天，妈妈趁着晚饭后，他泡着功夫茶，很是舒服地抽着香烟的时候，用温柔的口气跟他说："魅寇啊，你这香烟，也抽了三四十年了，现在，要抱孙子了，这种烟味，会让咱孙子闻起来臭臭的，不让你抱抱哦。你要不要就改了算了？"

他继续抽一口香烟，还拿在手上望了望，有如在看另一种东西，有一点陌生，有一点好玩，望了望香烟上飘起来的白色烟雾，说："好像也可以，要不然明天试试看。"

没有人想到，本来一天要抽两包香烟的他，真的戒掉了。

公司的职员还有抽烟的，大惊失色，问他："总欸啊，你这样突然戒烟，会不会身体欠一味？难道你不会想？"

"不会啊。"他笑着说，"吃烟吹风，没什么关系。"

以前他喝了酒喜欢和朋友唱唱歌，嬉闹着玩，现在他喜欢回家抱着小茵，唱歌给她听，或者牵她的小手，一起跳舞，甚至玩得满地打滚。

妈妈看着他改变，笑着说："唉！我念啊念的，念了他一辈子，怎么也说不动。想不到小孙子一声'阿公'，就什么都改变了。台湾话讲：'孙子若叫阿公，头壳就空空'，实在有够准！"

二〇一三年九月，小茵生了一个女儿。我也正式成为"阿公"了。

我打电话给妈妈报喜。她兴奋地立即从台中赶来台北，迎接当"阿祖"的喜悦。

但我不是第一个知道的。我是一早醒来，看到家族的 Line，才发现自己当了阿公。再上脸书一看，哇，她刚刚生完孩子不到一小时，就把照片 PO 在脸书上。

"现在是怎样？"我一进小茵的病房很高兴地说："人家坐月子要麻油鸡、麻油腰子，你可以用脸书坐月子哦？"

女儿笑嘻嘻地说："平安顺产，孩子很健康啦。"

我跟脸书吃醋地说："啊，我以前都先打电话给我妈，你现在不跟爸爸说，先跟脸书讲哦？"

妈妈笑着说："啊哟，你也当上阿公了。人家说，孙子若叫阿公，头壳就空空，你现在已经在空空了。"

妈妈问小茵有没有准备一些坐月子的用品。她倒是很淡定，说她老公都有准备了。她指了指病房边一大行李箱说："这个，全部都在里面了。"

我妈妈去看了看，做检查，笑着说："这个什么都有，你们倒是很会准备的嘛。"

"阿嬷，我们看谷歌就知道了。"小茵说。

"哦？什么姑，什么哥？她会坐月子吗？"

"不是坐月子。它是一种网络啦。阿嬷。"

"网络可以找人坐月子吗？这个什么姑有经验吗？"

我笑了。闽南语叫姑姑，一般叫"阿姑"，其音同"阿勾"。小茵说的 Google，妈妈误会成什么"阿姑"、"阿哥"了。

"不是啦，阿嬷，网络没有坐月子，它是有人把怎么坐月子的资料放上去，我们依照它教的办法来准备就行了。"

"那坐月子怎么办？"妈妈问。

生小茵的时候是在台中由妈妈帮忙坐的月子。其后大妹、小妹的月子，基本也是妈妈帮忙做的。妈妈真是老手了。

"阿嬷，你放心。我有找了月子婆，她每天会来家里，帮我做一个月的月子。什么都不用担心的。你只要有空来看小曾孙就行了。你是阿祖了。"小茵很有自信。

该哺乳的时间到了，小茵把孩子抱出来给大家看。那娃娃长得清秀，脸色红润，让人想咬一口。

妈妈好开心，抱着娃娃看着，闻着，说："小孩子有一种特别的香味，好香哦！真可爱！要叫什么名字？"

妈妈带过那么多孩子、孙子，她天生有一种喜欢孩子的母性，现在闻着曾孙子的味道，还是很着迷。

小茵回说："阿嬷，她先叫蹦蹦，以后再取正式的名字。"

"哇，好丑。跟小茵小时候一样。"我故意说。

"喂，这位阿公，原谅你是新手阿公，不太会讲话。我们家蹦蹦很漂亮的，像妈妈。"小茵嗔笑说。

"小茵呐，"我笑说，"所有自然产的小孩都一样，穿过子宫出来，那产道太狭窄，挤压得太厉害了，很辛苦的，脸孔都扭曲了。所以刚刚生下来的时候，真的很难看。你小时候也一样。红通通像个染色的桃子，我看到都快不敢认你了。"

"可能是像爸爸。"小茵说。

"后来陈映真带他太太来看你的时候，还直说小孩子很漂亮，以后女大十八变，一定是一个大美女。"我说。

"你看，陈映真果然是伟大的小说家，一眼就看到事物的本质啦。"小茵说。

"那蹦蹦以后也会是美女，放心啦！"我说。

为了让她有哺乳的时间，我带妈妈和小妹出去吃午饭。

"以前，你们那时候生小孩很辛苦哦。"我随口问妈妈。

"以前都是请了产婆，来家里接生的。没有足够的设备，也很危险，还是现在在医院生产比较安全。"妈妈说。

我想起以前妈妈要生妹妹的时候，我已经八岁，懂事了。那时，家人会把妈妈的房间关得严严实实的，不让任何人进出，只有产婆探头探脑。那产婆会叫家人先在大灶上烧着热水，以便生下后随时可用。而妈妈的阵痛就开始了。她会痛得大叫、呻吟。我们小孩子只能无聊地在旁边转悠，等待妈妈生下婴儿，等待那一声婴儿的啼哭声。然后，产婆会抱着婴儿出来，张开双脚，露出性别的表征，说："恭喜哦，添一个千金。"

现在完全不同了。小茵生育，老公可以在旁边陪伴录影，记录一个婴儿的出生。

以前我是由阿嬷带大的，小茵、小威也是阿嬷带大的，现在小茵他们带孩子都问谷歌，谷歌大神给什么回答，他们就怎么带。

"现在哦，已经不是阿嬷在养育孩子，是谷歌养大的孩子哟。"我笑着说。

妈妈看着我说："我刚怀你的时候，还不知道怀孕了。你外公很着急，去问了神明，神明说，不要担心呐，已经有'白花来依枝'，应该有身孕了。那时候没办法检验，也只能等肚子有感觉才知道。后来果然生下你。你生下来的时候，长得胖胖壮壮的。我们家亲戚邻居看到都说：唉哟喂呀，麻雀生鹅蛋了！"

妈妈很温暖地回忆说："呵呵呵，现在，你居然也当阿公了！"

终曲
······

1　年夜饭

二〇一四年初春。红红的春联，贴满了街道两旁家家户户的门口，返乡过春节的旅人都回家了，围炉的时光快到了。

除夕黄昏，妈妈依旧准备了丰富的祭拜牲礼，在四楼的祠堂里拜拜。

孩子、孙子都回来了。我从台北，弟弟从越南，以及在上海工作的妹妹也带着三个女儿和老公归来团聚。而我的叔叔虽然在台北成家四十几年，但每年除夕，他依旧习惯在老家和我们一起围炉。算一算总共有七个小孩，和十个大人，虽然因为我和弟弟都嫁出去一个女儿，少了两个女生，但依旧热闹极了。

妈妈平日只有父亲为伴，寂寞而无人可说话，如今这么多人回来，抢着帮她做家事，她高兴得楼上楼下跑，指挥大家把春联贴上，把供礼端上四楼，准备拜拜。

但她有时不免糊涂，把我最小的女儿小蕾说成大女儿小茵，把大妹阿玟说成小茵，但小茵以前回来时，她也常常把她叫成阿玫。至于我的二儿子小东,明明还很小,她却一直认为像我以前小学时期的模样,开心地看着,有如看一个儿子再生。

父亲插管回来后的这半年里,她心力透支太大,精神的确退化很多。

四楼的祠堂里,摆满了供品,妈妈点上香,发给每人三支,先拜神明,再拜祖先。我作为长孙,要代表向祖先说几句话,妈妈特别叮咛:要记得哦,要请三叔公回来,不然他不是我们这一房的,不敢来吃。

三叔公,那个被我们三合院说成是改变父亲性格最多的人,最后和妻子离婚,在老家病故。由于他独自一人,便由大房的我们来供奉。

望着供桌上丰盛的菜肴,我认真地向祖父、祖母报告。

我是长孙阿浓,爸爸生病了,没办法上来拜拜,请祖先谅解,也保佑他身体健康,平安过日。家族的人都回来了,孩子也都平安过了一年,我们有正直做人,忠厚做事,请阿公阿嬷放心。

今年有一件新的事,我当上阿公了。小茵生一个女儿,在台北。现在我才知道,当年阿公多么疼爱我,我爸爸多么疼爱小茵,那是什么感觉。呵呵,阿公阿公,头壳空空。家族一脉,原来是这样……

妈妈静静地站在祖先牌位前,轻声说了许久的话。我想起四年前的黄昏,她独自一人站在这里,犹豫着要不要让父亲开刀。当时她还想到了如果父亲过世,她宁可自己住在这里,否则祖先没有人来祭拜。而四年过去，妈妈也变老了。

拜拜完，我们站在四楼的屋顶聊天，远处传来火车穿过铁桥的咔哒咔哒的声音。

从一九四一年开始建厂至今，七十几年岁月，为南进政策的日军供应军服而成立的纺织工厂，历经一九七〇年代的大兴盛，一九八〇年代的狂飙，一九九〇年代的没落，现在已彻底转移到东南亚。遗留的大片厂区里，分割成好几个部分。有一大块是超市加大卖场，有一个小区域建了一间幼稚园，在它的东北角则建了一间物流公司，每天早晨有十几辆货车进出。有一天，当所有改建完成，过去的厂房建筑都消失，再不会有任何遗迹可以见证纺织厂的故事了。

我想起佛家说的"成住坏空"。当一切都崩坏、毁灭、消逝无迹，当三合院、老田园、老厂房都改建成别的东西，我们的记忆还剩下什么？剩下的莫非只是一片空无？

中和纺织厂为乌日这个地方，到底留下什么？我想起妈妈因为纺织厂的日月潭之游而和姑姑结识，进而和父亲结婚；大姑因它而结识姑丈，当时年轻一辈的亲戚朋友中，有不少人是因了这纺织厂而结识、恋爱、结婚的，如今都已经儿孙成群。如果有留下什么，可以对抗虚空，莫非只是这样的人间情分与因缘？而因缘，才是未曾消失的唯一牵系？

而如今的高铁，又要为乌日带来什么样的因缘呢？百年之后，它会如何改变一个地方的命运？

母亲站在香炉前焚烧纸钱，火光映着一张张红红的归乡的脸。我的最小女儿小蕾和大妹的小女儿朵朵，都八岁左右，小手折了纸钱，因为怕烫，站得远远的，往火里抛，但火光热风太强，将纸钱往上飘。"啊，飞走了！"她们长长的睫毛和童稚的声音嬉闹着。

"来，来阿嬷这边，不要烫着了。"妈妈慈爱地召唤着。

晚风慢慢吹起来了。火光之外，还有一点寒意。远远近近的，家乡的空中飘着焚烧香烛的气味，天色慢慢暗了，只有成功岭方向的丘陵上，还透着西天的最后一点晚霞微光。

"来吧，帮阿嬷拿东西去楼下，我们要围炉吃年夜饭了。"

吃年夜饭，喝一点酒，带小孩子放鞭炮，混着混着，已经十点多。

妈妈坐在楼下看着十几个儿孙，有些玩侦探破案的桌上游戏，有些看着电视，有些玩电脑，有些泡茶。她眼神满足。

"妈，你忙了一天，要不要早一点去休息?"妹妹问。

妈妈没回答，只是继续看着，微笑着。

"你有高兴吗?"我笑着说，"你们两个人，可以生出这么多人。"

她笑起来说："就是嘛，真像一场梦。"

我决定去妈祖庙，参加除夕夜开庙门的仪式。

我上楼去看父亲，告诉他："爸爸，每年你都会在这个时候去朝天宫开庙门，现在你虽然不能去，我会替你去。以后，我每年都会回来参加开庙门的仪式。希望你能放心，所有的事，都有我们来承担……"

他的眼睛用力地睁着，仿佛想说出什么来，无法表达，却慢慢变得湿润了。

2 时间之门慢慢打开

夜间十点半，朝天宫庙庭前的大停车场上，已经有许多车，排在庙门口等候开庙门的人龙约有几百人。庙门未开，但庙里已传出咚咚锵锵的锣鼓声。大鼓的强大撞击，振奋人心，等候的人更加亢奋了。他们望着天色说：今年过年，天气真好，一点也不冷。你看，这晴朗的天空，满天星斗，好漂亮啊！

人龙愈排愈长。家乡的人们不知道什么时候开始，竟都喜欢在除夕夜来拜拜，抢头香。

我在庙门外绕一圈，慢慢欣赏父亲心血奉献的庙。这不是富丽堂皇的建筑，也没有名家的设计，却是实实在在，结构严谨的传统风格。

进入庙里，锣鼓声更加喧闹热腾了。几个敲锣打鼓的长辈用一种奇特的眼光看着我，我赶紧点头致意。虽然没找到庙的主委，倒是在办公室里，见到了我们家族的两个堂叔。那是七叔公的儿子，他们也都来庙里帮忙了。

以前父亲担任主委的时候，七叔公作为家族的长辈，天天来帮忙。他一直在糖厂做事，为人一丝不苟、正派正直，让有些想利用庙宇来营私的人知难而退，不敢存有邪念。

几年前，父亲因阿兹海默症而辞职以后，七叔公还来帮了好几年。但一年多前，他病逝了。如今他的两个儿子都来庙里继续当志工，继承了父亲的志业。

"啊！你回来了！"七叔公的长子阿栋叔叔笑着说。他有些惊讶于我的首度出现，但那态度，仿佛天经地义一般，好像我早晚会来一样。他倒了一杯茶给我。

"是啊，爸爸不能来，我来帮帮忙。"我回答。

"这是咱们早前的主委魅寇的儿子啦。平时在台北上班，现在回来过年，特别来给妈祖开庙门。"阿栋叔叔介绍说。

"哦，是魅寇的儿子。你爸爸有好一点吗？"一位姑姑问道。她在庙里也帮忙十来年了。

"他现在已经不能起来走动，也没法说话了。"我说，"可是他还知道人事，我们和他说话，他眼睛看得出来，可以了解。"

"啊，那就好了。你帮我们跟他讲一声，祝他早日康复吧。"姑姑说。

"平安就好，靠妈祖保佑。"我说，"以前是老人家在开庙门，现在后辈来帮忙吧。"

"那你在这里等一等，要差不多十一点十五分才会开庙门。现在先用大鼓敲一敲，热一热场子。今天天气好，来的人特别多。"阿栋叔叔说。

十一时许，子时到。现任庙的主委带头站在大门前，他和另一个人合力握着大门上的木闩，我和叔叔拉着右侧门的门闩，等待一声令下。此时，锣鼓声大作，咚咚锵，咚咚锵，咚咚起咚起咚锵……

时间到了，主委一声令下：开庙门！

我们一起拉开大门。

门开的那一刹那，我仿佛感受到时间之门，在遥远的天际，缓缓打开。时间之流，像光，像水，像风，那无声的节奏，拂过庙前的广场，穿过庙宇的每一个雕像的眼睛，穿过每一个等候的信徒的身体，飘浮在夜的天空中。

新的一年，新的时光，新的希望，来临了。

等候在外的信徒，瞬间拥入。几个志工早已点好了一大束的香，站在门口发送。

"不要急，不要急，每人一支香，我们一起来拜妈祖。"阿栋叔叔说。

人们齐集在妈祖神像前，由一位司仪唱道："吉日良时，乌日朝天宫由主委……"

我默默跪在妈祖神明前拜拜。

"妈祖，我们母亲一样的神，你在天上有灵，请帮忙照顾我的父亲。如果他的时候到了，请你带领他，让他回到你身边……"

我走出庙门，但见寒凉的夜空中，满天星光。无数的星星，闪动冰凉而晶亮的眼睛，凝视这安静的河岸。

风从乌溪的上游吹来，带来一阵中央山脉的深山凉意。想象以前，祖先刚刚移民台湾的时候，曾被追杀，从丰原神冈连夜走到这里，那时应该已经是清晨，他们可能会见到一片明亮的早晨阳光，映满宽广的河面。幸好这里有一座庙，让他们租了一小块庙产的田地，安顿下来。最后全家就定居在此，繁衍成一个家族。

"这是不是爸爸来这里建庙的累世因缘呢？"我心中默默想着。

而我们这些移民者的后代，其实更像是祖先要从唐山流浪出来的时候，从路边捡起的那一块石头，在生存与打拼的扁担上，在流浪死生的旅途上，我们顽强滚动，磨蚀碰撞，漂泊四方。

明天早上，带孩子来上香的时候，一定要告诉他们。我心里想：告诉孩子们，无论你们在北京、上海、越南、法国，要记得很久很久以前，我们的祖先，很穷很穷，只带着一包衣服，一根扁担，从唐山渡海来台。那时，他觉得这样无法平衡挑起担子，于是在扁担的另一边，绑上一块石头，挑在肩头，就这样，坐船来到了台湾。

我们活着，我们滚动，如一块顽石，漂泊四方……

3　最后的守夜人

二〇一四年四月二十三日，凌晨，约五时半，听到电话响。我未接到。心中隐隐有不祥之感，打电话回台中家。妈妈在电话那头哽咽道：父亲于今晨三时，印佣起来帮他清痰，五时许，发现他已无声息了。

本来当天下午三时半飞机飞北京，立即取消。同时通知孩子，准备回台中奔丧。

上一个周末，女儿小茵坚持要回台中看阿嬷，本来我们都劝她，小孙女蹦蹦才八个月，还太小，她自己带，搭高铁进出很辛苦，别回去。不料小茵着魔一般坚持。想不到这是爸爸见到小茵和蹦蹦的最后一面。

长期卧病的父亲，身体仍弯曲着，但肌肉已经放松；没有呼吸的脸，平静而安详，如同只是离开。"放下吧，爸爸，放下这肉身，让灵魂自由。"我轻声地说，"如果妈祖来接你，你要跟她走，记得，你是她的团仔，要回到她身边……"

我立即联络朝天宫，请阿栋叔叔祭告妈祖。

灵堂设置在工厂里。这是他一生奋斗的地方，让他听着工厂打铁的声音，会感到安心。我把许多事都交给两个妹妹处理，她们都是跨国公司的 CEO，具体事务到细节，都能应付。我坐在灵堂前抄写《金刚经》，整部经文有五千一百八十字，我用大楷抄写一遍，希望回向给父亲。

守灵之夜，小茵说，她以前曾梦见过阿公，阿公说他很累了，要休息。小茵哭着说："阿公你不要走，你还没有看到我结婚。"后来又梦了阿公一次，他说很累，要走了，小茵又哭着拉住他："你先不要走，要等着，看我生完孩子!"阿公真的在等她。她在四月二十日回台中，看完阿公，发现他已经很不舒服，后来蹦蹦也很不安静，而四楼祖先神位前的灯光，竟然都不亮了。过了三天，二十三日清晨，阿公就过世了。

"阿公等着看我最后一面。"小茵说。

告别的不只是父亲，是一个时代。五月九日，妈妈转告我，小姑姑前一天晚上也过世了。

一个多月前，我曾回台中看过她，她已经卧病，无法言语，气息微弱，我和她说话，她只摇着手，眼角湿润，不想多说什么，仿佛在告诉我，想放弃了。父亲去世时，小姑丈来访，谈起已经放弃开刀，只给药物治疗，"不想让她再受苦了。"他说。

前一晚，她气色好转，还用眼神示意，有一些表情，仿佛想说什么，不料夜晚就远行了。妈妈说：人啊，总是有一个最后时刻，是来告别的。

我想起小时候，她最是疼我，每天早晨牵我的手，带我去幼稚园上课；她喜欢赤着脚，和我在田埂上赛跑；她结婚的照片，因为比电影明星还漂亮，被许多亲戚要去作纪念。我还在书中写了她。不料她竟跟着父亲，一起走了。

我仿佛看到，小姑姑那漂亮的、像日本电影明星浅丘琉璃子的样子，那样温柔的眼神，那样含蓄的微笑，像我小时候看到那样，青春而美丽，挽着我父亲的手，轻声细语地说："尼桑……"而父亲穿着西装，挺直着腰杆，提着行李，站在路口，兄妹两人，一起要去远行……

父亲告别式的前一天，我们请人为他净身按摩，让他有干净的身躯，穿上干净的衣服去远行。我静静看着爸爸要远行的模样，想起年轻时他自己一个人，在东京街头流浪，抽着香烟，唱着演歌，像一个漂泊的男子汉，忽然想起来说："啊，爸爸，记得要带好小姑，她是一个内向闭思的人，比较胆小，要照顾她哦……"然后自己静静地红了眼眶。

净身的过程中，我见到一个熟悉的身影，孤单单，默默坐在灵堂前。我前去致意，他说："没关系，上过香了，我只是来陪魅寇坐一坐。明天就要走了，再陪他一晚。"他的模样没什么改变，是那个早年在我们三合院炼制"鹿茸虎骨膏"的阿桑——"棉被原"。他和父亲有超过六十年的友谊了，一个人从台南开车北上，在二叔公家开的小旅馆住下，自己来陪伴老友。以前他总是和父亲一起聊到很晚，睡在我们家。他看着我们长大，娶妻生子，如今，要陪老友最后一程。

父亲净身之后，我请他一起去看一看。他默默站在旁边，沉静的送行者。我想起他年轻时流浪台湾各地，摆地摊卖中药，冬天打棉被卖，流浪到了乌日，和父亲结成一生的朋友。父亲最艰难的时候，他拿出身上卖了膏药仅有的一点钱，希望帮父亲的忙。但他的钱怎么够一个公司的欠款？父亲心领了这一份情，一生感念。

出殡之日，我三点醒来，抄经，想不到"棉被原"清晨五时就来了。他一样自己去上香，独坐灵堂前，只叫我们先忙去，他自己坐一坐。

兄弟情义，也只能是这样，陪最后的一晚，送最后的一程。

父亲还有一个唯一的结拜兄弟，凤阳教的阿显叔。他们是同一年生的结拜兄弟，六十岁时，还一起过生日，办了家庭聚会。今年二月，突然因心肌梗塞过世。如今，父亲故去，"同年的"结拜兄弟，也同一年走了。

守丧的日子，我在灵前接待亲戚朋友，持香祭拜，才知道父亲为杨氏家族做了许多事。他是家族长子，举凡所有婚丧喜庆，礼节往还，主持争议，家族事务，都由他代表。他还为家族盖了一座公墓，让各房祖先的骨灰有所归依，而家族的孩子每年清明也会聚会一次。从一个被三合院长辈所嘲笑的"空思梦想家"，变成一个中小企业主，他赢得尊重，家族的后辈莫不尊称他一声"大兄"。家祭的时候，全部家族的人都来了。

大妹读完祭文，小茵读完祭阿公文，本来家祭就要结束了，不料有一个人突然冒了出来。

"慢一点，还有一个！"司仪紧急说。

堂叔杨文怀来了。他总是骑着老式牛皮椅自行车，在乌日的街道上慢慢晃。他常常用乌日乡农会的布袋子，拿了青菜，在门口停下，只问"魅寇在吗"？如果不在，放下菜，就兀自要走了。我要他进来喝一杯茶，他总是说，不要了。我问有没有事，他说，没事，青菜刚刚出来了，拿来给你妈妈煮。我会借故问他一些今年青菜稻子的农事，拖时间，刚好泡好了茶，请他喝了一杯再走。

堂叔是一个纯朴的农民，很会种菜，但因孩子做生意有些拖累了，过得比较辛苦。但他仍常常带菜来给爸妈吃。爸妈过年过节有什么东西，也和他分享。现在，他已经无法行走，由老妻推着轮椅，两个瘦小的老人家，颤颤巍巍，亲自来祭拜。

他坐在轮椅上，无法站起来，祭拜的手颤颤抖抖，眼泪流不停，只是说，你爸爸这样走，我再艰难，也要来送他，你爸爸，是我们的大兄。

公祭时，许多当年一起奋斗的工人兄弟都来了。一生像个硬汉一样的父亲，讲话大声，骂员工像骂孩子一样，一起拼酒像兄弟一样，竟有这么多人感念他。吴经理、阿鹿舅、阿树嫂、工头阿兴和工人，当年对抗讨债集团的兄弟汉子，想到一起奋斗重新站起来的情景，都老泪纵横，哭得不像个男人。

517

4　团聚

最后送行，走去火葬场的路上，儿子小威持幡，走在前方，我抱着灵位，阿玫长女要举雨伞，为亡者遮盖。我突然想起一九八九年，祖母过世的时候，是我举着幡，父亲捧着灵位，一起走过了乌日的街道。那时，我第一次感到家乡风景街貌的巨变。当时心中仿佛明白了，属于祖母的那个温暖的农村时代，已经结束了。

如今，二十五年过去，父亲的丧礼换我捧着灵位，而我的儿子持着白幡，生命是这样啊……

生命或只是这样？

我想着那些来送行的亲戚朋友，以及和父亲一起奋斗过的兄弟、锅炉协会的朋友，我们正缓缓走过停了工的纺织厂，改建成超级市场和电子卖场的工地，整个景观和祖母的年代对比起来，变化更大了。是的，一个时代，一个属于工业的时代，一个属于男子汉打拼天下、流血流汗的时代，正随着父亲的离去，慢慢结束了。

火化的时候，我告诉父亲，这身体已经不再用了，我们谢谢上天，把这身体让我们用了这么久，现在，这肉身要变成青烟，还给天地了。回家后，我抱着父亲遗像，小威抱香炉，走上顶楼，让父亲归位，回到他以前祭拜祖母的地方。他的照片，放在祖先牌位的旁边。

"他回来了。"妈妈静静地说。

告别式的次日清晨，我依然早起抄《金刚经》，却已不再听见小鸟的鸣叫。

从父亲过世后，我夜夜抄写经文，都会听见鸟鸣。晚上睡时约十二点，有鸟鸣；早上起来约五点，有鸟鸣。我感到讶异，问夜夜守灵的阿玟。她也觉得奇怪，就想起佛经有言，极乐世界，随时有鸟鸣的乐音，是不是父亲已经去了极乐世界？或者他回来告诉我们，他去了极乐世界。还有一说是：逝者会变成一种动物，一种声音，回来告诉我们一些事。如果这是父亲回来，他在告诉我们什么？他快乐吗？如果鸟鸣的声音是他的声音，听起来很平静，很安详。一声一声，不是呼唤，而是歌唱。尤其晚上睡觉前，早晨在抄经文时，那感觉特别强烈。安静的鸟鸣，伴着《金刚经》的文字，一笔一画，多美好的字句。

如今不再有鸟鸣，父亲果真离开了。

我照例去楼上祠堂换水，祭拜祖先。看着父亲的遗照，我说："爸爸啊，你也回来了，跟祖母他们在一起了。祖父，祖母，三叔公，我们的祖先，都在这里一起。你放心，你跟他们团聚了。"

于是我真正地放声大哭起来。

独自一人，对着早晨升起的太阳，仿佛看见祖先曾看见的百年前的早晨，明亮翠绿的风，从中央山脉的方向，缓缓飘出来，乌溪宽广的河面上，浮着一层薄薄的白雾。

都团聚了，漂泊一百年之后，我们依然会团聚。

而我知道，我的父亲母亲遭遇过的历史，我们见过的时代变迁，从殖民地台湾到两岸的冷战时代，从水田密布的农业社会，到铁工厂的工业时代；从劳力密集的工业时代，迅速过渡到商业社会；而人的关系，也从家族亲戚、兄弟结义，过渡到都会疏离、社区营造。这一切的一切，在短短数十年之内，彻底走过。

这转型的瞬间，这剧变的容颜，以后几百年、几千年的历史，我们不会再碰上。

我们再不会遇见父亲母亲曾遇见过的这些人，这些事，这些时代，这些情义了。历史只给了人们一次机会，去见证转型的瞬间，那奋斗的勇气、流离的辛酸、扶持的温暖、决战的魄力和永恒的漂泊……

一百年漂泊之后，那时代，一如父亲挽着小姑姑的手，永远地远行。

519

终曲

回到最初的一念

一九九三年，台湾《中国时报》人间副刊做一个专题：一九七〇年代忏情录，邀请作家回顾自己一九七〇年代的生活。参与的作家包括蒋勋、舒国治等。

回顾一九七〇年代岁月，我可以写台中一中的文化启蒙，也可以写后期的大学浪荡诗生活，但认真回忆，一九七〇年的开头，恰恰是我的母亲为了票据法而开始逃亡的那一年，也是父亲从一个农民小商人，转向铁工厂的时代。那农村生存的艰难，母亲逃亡过程的惊险，家庭破碎流离的忧愁，家道中落而尝尽债主青眼白眼的羞辱，寻找出路而不可得的少年的孤愤……最后全部化为一个少年的乌托邦。而这个"贫民医院、贫民收容所、孤儿院"的乌托邦，最后成了永恒的追寻，甚至决定了生命的方向。

那一次专题，我决定以母亲开始逃亡的夜晚为起始，透视台湾一九七〇年代，台湾农村向工业社会转型的困顿与艰辛。

可能，它太像一个时代的开头，该文发表后，就有朋友认为应以此为基础，前后延伸，写成长篇小说，用故事来显现台湾在经济发展过程中，寻常农村生民的社会生活史。或者，说得直白一点，是"台湾经济奇迹背后"的故事。

我确实有此一想，但每一次总是起笔容易续笔难。关键是自己贴得太近，情感太切，无法以一种客观而冷静的笔，去分析、书写自己的父母亲。再加上一九九〇年代，因采访工作而到处流浪，漂泊成性，难以安定，就这样延搁下来。

但想写的心念，一直未曾放弃。我常常陪父母亲聊天，谈农村往事、家族故事，但总是有一搭没一搭的，仿佛只是闲话。直到二〇一〇年，父亲首度病危，坐在通往家乡的列车上，想起大学时代，父亲来台中火车站接我的情景。他总是抽着烟，斜倚在轿车边，笑着说："吃饱了没?"于是我们顺道去买台中肉圆，回去给祖母吃……

我感知到，再不写，一切都来不及了。但随着父亲病情的起伏，情绪不免波动，根本无法安静，而写作，是需要安静的。

二〇一二年，父亲几度病危，我眼见他进出医院、插管拔管，有如徘徊在冥河边的尤里西斯，不禁想到六祖慧能在《金刚经口诀》中说的"颠倒迷错，流浪生死"，常半夜无法成眠，于是愈发坚定了写作的信念。

或许时间久远，历史的距离感出来了；或许是台湾的转型已经完成，它的轨迹与转折更为清晰；也或许岁月让回顾的眼睛有了沧桑的成熟，懂得在安静里凝视；我终于比较看得清楚这一百年来台湾命运的轨迹。

日据时期是被统治者的悲哀无奈、任人支使流浪；光复后是茫然无序、政权转变的恐惧无依；一九五〇年代的土地改革与白色恐怖；一九六〇年代的农村困顿、生存艰辛；一九七〇年代的加工出口工业化与急剧的社会变迁，乡土文学的兴起，本土意识的觉醒；一九八〇年代的社会运动与转型过程的社会冲突；一九九〇年代的民主改革与本土化的冲击，以及两岸开放所带来的世界观的开展；二〇〇〇年之后的政权轮替与族群冲突。回顾这整个过程，一百年的家族历史竟和台湾史浑然结合起来，每一个阶段的轨迹，每一个人的生命，如此鲜活，如此清晰，如日光明照，见种种色。

然而，我深知自己想写的不是一本家族史，而是透过父母亲的故事，去呈现台湾社会从农村转型到工业社会，再到商业社会的资本主义化历程。这个过程，欧洲国家是以四百多年的长时间跨度，始逐步完成社会之转型。但在台湾，却是以四十年时间，就加以完成。我称之为"十倍速发展"。由于速度之极度扭曲，人性也遭到前所未有的扭绞压挤，人们无法立即适应，遂产生各种悲剧。

父亲做生意的几度失败，背负高利贷，乃至于母亲的逃亡入狱，都与此有关。同时，家乡乌日有一个日据时代即建厂的中和纺织厂，生产大盛的一九六〇至一九七〇年代，女工曾多达一千五百余人，小村里充满青春女工快活的歌声和笑语。可是一九九〇年代，工厂开始外移之后，纺织厂也关闭了。

德国有百年工厂，瑞士有百年工艺，可是台湾从农村转变出来，不到数十年，那些新发展的工业又都关闭了。

然而，这种"十倍速发展"，从农村剧变至工业社会的历程，又岂是台湾所独有？一九八〇年代之后，大陆走上劳力密集的加工出口型工业，急速发展起来，它所呈现的社会变迁之剧烈，几与台湾当年无异。然而，一如台湾民间所信持的，无论多么扭曲、多么变形，至少有些不变的人性，还是值得人去活、去坚持的。

从二〇一二年春天开始，到二〇一四年初，大略写完整个故事约二十七万字后，我深怕自己受父亲生病的影响，让文字显得过于伤感，特地请朋友帮忙看，前统一集团总裁林苍生以他沉静之眼，字字校正，更给了我许多宝贵的意见，深深感恩。其次，我怕自己耽溺于台湾特殊经验，而疏于某一些应有的叙述，特地请北京朋友于奇和三联书店的资深编辑吴彬看。他们阅后，再想想大陆已经出版的与台湾相关的书籍，才发现其内容更多是关于民国时期、国共斗争史、一九四九大迁徙等，却缺乏有关台湾人的经济发展、社会生活历程的描述，仿佛国民党到了台湾，一下子就跳进了已开发的阶段。这确实出乎我的意料之外。

从这一点看，此书详细地叙述了一个平凡的台湾人家族，在政权改变、经济转型、社会巨变之际，所遭遇的故事，或可稍补不足之处吧。

一如所有诗人都有犹疑不决、老是想再寻找更准确的字眼的毛病，从写完初稿至今，此书作了几度修改，名称也有所改变。我原本想以"一百年漂泊"为名，来呈现台湾人这一百年来，从殖民地到现代化，从农村社会到工业时代的过程中，心灵的流浪漂泊；但在台湾，考虑到它可以更贴近土地的感觉，遂以"水田里的妈妈"为书名，以呈现一九七〇年代初，妈妈从逃亡的水田中浮现泥泞的面容之际，命运决定性的一瞬。现在，三联书店的大陆版本则回复为"一百年漂泊"之名。这是由于，我每每看到春节前后，只为了返乡，尽一个孩子对父母、对子女、对家乡的责任，几亿人迁徙于道途，就不禁想起以前春节时，自己拥挤在夜行列车返乡过年的感受，便明白这现代化过程的漂泊，绝对不只是台湾为然，而是大陆也正在发生的巨大社会变迁。农村人口向城市流动，乡村劳动者向沿海工业区漂泊，来自西部的大山大河边的青年——在异乡凝望的眼睛……这又岂是"现代化历程"几个字所能道尽？

这几亿从农村漂泊而出的生命，辗转于返乡道途之际，总是怀抱着善良的愿望，相信以后会回馈故里，做一点好事；然而，真正的现实可能是，城市化的必然，向农村扩散，我们的漂泊，是一个社会发展阶段向另一个阶段的过渡，我们注定再没有一个永恒的家乡可以回归。

我曾和作家朋友说，我们这一代人要写一写，年轻的一代人一出生就是在一个已经工业成形的时代，他们不会有这种转型的体验与痛楚。历史只给我们这一次机会，如果我们不能记录这个过程，未来再也不会有人来写了。像英国有狄更斯，法国有巴尔扎克，美国有福克纳，中国也应该有记录这一段转型故事的作家。这许是我们这一代人的责任。

愿以此书，献给漂泊的时代，流浪的旅人。